剪断江湖怨

沧浪客/著

云南出版集团　云南人民出版社

图书在版编目（CIP）数据

剪断江湖怨 / 沧浪客著. -- 昆明 : 云南人民出版社, 2021.8
ISBN 978-7-222-20245-0

Ⅰ. ①剪… Ⅱ. ①沧… Ⅲ. ①侠义小说—中国—当代 Ⅳ. ①I247.5

中国版本图书馆CIP数据核字(2021)第126874号

项目策划：沈阳市和平区立心侠图书文化传播工作室
责任编辑：刘　焰
助理编辑：梁明青
装帧设计：熊小熊　师　彪
责任校对：董郎文清　毛　雪
责任印制：窦雪松

JIANDUAN JIANGHU YUAN
剪断江湖怨
沧浪客/著

出　版　云南出版集团　云南人民出版社
发　行　云南人民出版社
社　址　昆明市环城西路609号
邮　编　650034
网　址　www.ynpph.com.cn
E-mail　ynrms@sina.com
开　本　720mm×1010mm　1/16
印　张　24.5
字　数　364千
印　数　5000册
版　次　2021年8月第1版第1次印刷
印　刷　云南出版印刷集团有限责任公司国方分公司
书　号　ISBN 978-7-222-20245-0
定　价　59.00元

如需购买图书、反馈意见，请与我社联系
总编室：0871-64109126　发行部：0871-64108507　审校部：0871-64164626　印制部：0871-64191534

云南人民出版社微信公众号

目　录

第一回

神龙无踪

一

江湖的平静，只会是短暂的。因为对于江湖来说，平静和喧嚣根本就是一回事。太阳叟东方圣死亡和独孤樵失踪还不过半年，整个江湖又陷入了一场更为可怕的噩梦之中。

柳家堡上，白马书生柳逸仙忧心忡忡，一反平时的飘逸洒脱，几乎是带着阴沉的神态对两个结拜兄弟道："如果再寻不到独孤公子，二位就不必再来见我这大哥了！"雷音掌连城虎和铁算子田归林对望了一眼，心头甚觉黯然，三人联袂江湖数十年，历经无数生死战阵，早已情愈亲生兄弟，他们怎么也想不到大哥今日会道出此等言语。

雷音掌嗫嚅道："大哥——"白马书生一挥手："愚兄言尽于此，二位请上路吧。"言罢长叹了一口气。铁算子道："大哥有何难言之隐，为何不吐露出来？想我们兄弟一场，莫非还有何事不能告知二哥和愚弟的呢？"白马书生低首叹喟。雷音掌道："大哥，我看三弟说得对。"白马书生转缓语气道："不是大哥我绝情，此事当真叫大哥难于启齿。唉！二弟三弟，大哥求你们一次，无论如何也要帮我找到独孤公子，将他带到柳家堡来，拜托二位贤弟了！"铁算子连忙道："大哥的事就是我们的事，又何须道出此等折煞愚弟的话来！""大哥！"雷音掌一抱拳，道："此番若再寻独孤公子不到，愚弟提头来见！”白马书生眼里闪着泪花：“多谢二弟！”言罢竟有下跪之意，吓得雷音掌和铁算子连忙伸手扶起。铁算子更不打话，冲白马书生一抱拳，转身便往门外走，雷音掌一转身“噔噔噔”地也跟了出去，少顷不见二人踪影。

小素女梅素素从屏风后转出，忧心忡忡地对白马书生道：“逸仙，你为何要这般对二哥三哥说话，唉……”白马书生握住小素女的手，黯然道：“素素，我也是没有办法，否则……”二人默然相对良久。白马书生道：“玮云她还好吗？”小素女道：“再过四个月就要生了，看上去还好，就是整日叨念独孤公子，人也日渐憔悴。”白马书生叹道：“素素，此事当真棘手，便是寻到了独孤公子，他对玮云如何怀上孩子一事一无所知，如果……”（《一剑平江湖》：玮云被千面狐智桐化妆成独孤樵骗奸，以至怀了身孕后，智桐被知个中情由的布袋和尚及胡醉所杀，而玮云自己对此事也一无所知。白马书生夫妇因着女儿的声誉，也不能将此事对着雷音掌和铁算子言明，故白马书生有此等说话。）梅素素笑着道：“咱们等二哥三哥寻到了独孤公子，咱们再求姚大侠和胡大侠替咱们保密。”“也只有如此了，总之不能让玮云知道此事。”白马书生沉吟良久，又黯然道，“但愿二弟三弟他们能寻到独孤公子才好。”

玉龙雪山，终年白雪皑皑。山顶，一间冰室。江湖浪子盘膝坐在石床上，宛若老僧入定。白雪反射的阳光照在他英俊刚毅的脸上，恰似雕像一般。司马青青推门进来，江湖浪子童超恍若未觉。她轻轻地坐在一边，凝视着他，心中涌起一丝莫名的情绪。

良久，门又“吱”的一声，毒手观者侯玉音端着一盘酒杯进来一见状笑道：“喂！你二人在练什么功呀！”江湖浪子一惊，道：“侯前辈——”毒手观音道：“一早寻青青不到，我就猜她是找童少侠来了。嘻嘻嘻，这丫头，连师父也不陪啦！”司马青青脸一红，娇嗔道：“师父，你又取笑人家，我可不依！”毒手观音将酒盛满杯，先端了一杯在手，道：“天寒地冻的，暖暖身子吧。”司马青青也取了一杯，却见童超对着酒杯发愣。青青将目光转向师父，只见师父轻轻摇摇头，然后慢慢走出小屋。青青走到童超面前，“喂”了一声，道：“童少侠，你在想什么？”童超望着她，苦笑了一下。青青柔声道：

“有什么事不要老闷在心里，说出来就会好些，你不知道，人家都急死啦！”童超凝望着窗外的皑皑白雪，缓缓道：“不知独孤兄弟怎样啦，还有胡大哥，唉——”“你想重入中原武林，”青青道：“去找胡大侠和独孤公子？”童超沉默不语。

长安右城，悦仙客栈。布袋和尚姚鹏一口气将一大皮袋酒全灌进肚里后，对小六道了句“明日卯时叫我”便倒头呼呼大睡，不时就鼾声大作。鬼灵子小六望着师父满面风尘，眼睛骨碌碌转动，没有谁能猜得透他小小的脑袋瓜里在想什么。从洛阳到关外，从关外到大漠……半年来，师徒俩踏遍万水千山，只为寻找独孤樵的下落，然而始终难理一丝头绪、不得一丝音讯。莫非独孤樵消失了？戌亥交替时分，鬼灵子冲熟睡的师父做了个鬼脸，蹑手蹑脚地走出客栈。他要独自去寻找独孤樵。

寅时，长安一片寂静。窗口“笃”地轻响了一声，布袋和尚骇然惊醒，尚未等他出声，便闻一细如蝼蚁的声音在耳边响起：“要找我，跟我来！”布袋和尚不做他想，犹如黑色电光，从窗口倏然飘出。隐约中一道白影向西疾奔，布袋和尚何等目力，他的心中一阵狂跳：那背影极似消失了半年之久的独孤樵！莫非真是踏破铁鞋无觅处，得来全不费功夫？布袋和尚急追而去。

胡醉真的醉了。胡醉号称千杯不醉，但此时，在洛阳古道边的一座小镇上，他真的醉了。他不是感觉到，而是将亲眼看到江湖的又一次浩劫！他后悔五年前自己隐身江湖，追查一代巨枭东方圣的阴谋时，不该将帮中事务全部交给副帮主铁镜照管。他没有想到铁镜如此阴沉不露。如今铁镜羽翼已成，要毁掉他谈何容易！作为江湖第一大帮，如果发生内乱，肯定是江湖的巨大不幸。他作为丐帮帮主，被人誉为一代大侠，能坐视不管么？但，他如何管？他并不怕与铁镜放手作一次生死之搏，但铁镜总是藏首不露尾！并且他隐约意识到自己的对手不仅仅是铁镜一人。到底是谁呢？他不知道。他要隐匿山林，铁镜又肯定不会放过他！怎么办？他该如何选择？端起酒碗的时候，一种强烈的情绪笼罩住了他，他几乎就要叫出声来：童超兄弟！独孤兄弟！你们在哪儿？为何不来陪大哥一饮三百杯！胡醉，丐帮帮主，豪气干云的一代大侠，他会就此一醉不醒么？

东方圣墓前，芳草萋萋。山，苍苍莽莽。天，白云悠悠。昔日的武林皇帝，此时只是一丘黄土。尽管坟头冒出些许绿意，但在萧瑟的秋风中，只令人生出无限喟叹，无限怅茫。一对少年男女肃立坟头。少男俊美愧死潘安、羞煞宋玉——他是金童；少女宛若天仙，几疑非尘世中人——她是玉女。金童玉女，昔日太阳叟东方圣御前侍卫，武功得太阳叟亲传，绝非等闲之辈。此时金童面若寒霜，玉女满面悲戚。二人肃立良久，突然天色刹那间昏暗，玉女抬头一看，脸色顿时煞白。日食！洁白的太阳被一月牙褐黄色阴影笼罩，天愁地惨。金童手握剑柄，神情凝重。二人仰视昏暗苍穹，沉默不语。大约过了一盏茶时分，褐黄色阴影消失，复又云开日现。金童玉女对视一眼，一齐跪下。只听金童阴狠狠地道："陛下安息，我童童若不杀独孤樵那贼子为陛下报仇，誓不为人！"言罢叩了三个响头，看着玉女。玉女却什么也没说，只叩了三个头。二人立起身来，向西疾掠而去。

第二回

风云乍起

二

乌云层叠，日色如晦。一条威猛大汉正心神不定地站在一道石门前。这大汉姓郑，名士武，是丐帮胶东分舵舵主。石门里边是他的练功密室。他在这里已经站了四个时辰。但是他既不进去，甚至连一步也未离开。他不敢。因为里面已经有四个人。

并且这四个人在丐帮中的头衔分别是：铁副帮主、黄长老、齐长老和陆长老！——他们是本帮中除帮主胡醉、布袋和尚姚鹏和早年失踪的卢长老以及在武帝宫被江湖浪子童超一掌毙命的徐长老之外仅有资格身负八袋之人。郑士武只身负七袋。身为分舵舵主，他自然知道本帮正副帮主早已势成水火，并且当日在武帝宫胡醉曾亲口说待与太阳叟东方圣之役一了之后，他与铁镜算账。但是没有。那一役之后，铁镜和胡醉都无了音讯。直到事过半年，三天前，铁副帮主才与黄、齐、陆三长老联袂而来，并且他们的面色都相当难看。郑士武不得不信铁副帮主之言：他们是在江湖上追杀本帮叛贼胡醉。虽然他满腹疑惑。四个时辰之前，铁镜面色黯然地率三长老进入密室，令他守护在门口，不得让任何人入内，郑士武自是应了。他知道他们是在密订剿灭胡醉大计，最多只须半个时辰便可出来了的，不料竟是一去四个时辰。郑士武正心神不定间，忽闻一阵大笑。笑声不绝，恰似被人点了笑穴一般。渐渐地笑声转为凄厉！郑士武大骇，猛推开密室大门，只看了一眼，不禁心神俱震。

但见齐陆二长老跌坐于地，目光散淡，双手撕胸扯发，兀自大笑不已！铁镜双手抱头，边大笑边上蹿下跳，有若耍猴戏一般。黄长老则委顿于地。郑士武目瞪口呆，却又手足无措，正震骇间，忽见一条高大黑影如鬼魅般窜进，身形如雷鸣电闪，未等郑士武看清其面容，陡觉左肋一麻，人早瘫倒于地，笑声也戛然而止。郑士武虽穴道被封，眼却尚能观物。但他只看了那进来之人一眼，叫得一个“鬼”字，人早已吓昏了过去。

来人骇然是江湖四大魔头之首，“武帝”东方圣麾下的左护法千佛手任空行。半年前在武帝宫那惨烈的一役中，任空行与领袖白道英雄的千杯不醉胡醉难分轩轾，终至以拼比内力决生死之境，江湖浪子暴怒之下，更不顾江湖规矩，一掌正击任空行后心，一代魔头已然毙命当场，那可是天下无人不知之事！——莫非死人也能复活？！若死人不能复活，那这半年后突然出现的千佛手任空行不是鬼又是什么？难怪郑士武堂堂天下第一大帮分舵舵主，也会陡然给吓昏过去……

他哪里知道任空行的确是“死”过一次了！江湖浪子童超何等深湛的内力，任空行血肉之躯，又怎能受那石破天惊的一击！虽人人均知任空行内力足可名列天下绝顶高手，暗器手段更是世上无双，但无人知道他尚有一门自幼修习却从未显露过的保命绝招“小化星法”。当日他与胡醉内力相若，不敢妄用此法将胡醉内力从自己身上引至地下化解，但童超骤下杀手，他知自己绝无幸理，猝然间自然而然地使用此法，竟然奏效，将童超的掌力大半转到地下了。只因童超掌力太过刚猛，才将他击得五脏离位，状似死人。而他全身真力，自然也被震散，十成中尚未留得一成。后武帝宫内人去屋空，江湖浪子一掌击碎门匾，不料却引发了东方圣用以荼尽天下英雄的炸药，将整个武帝宫夷为平地！无巧不巧，任空行给震飞起来，正摔落在东方圣先前所坐的黄椅上，也不知触动了什么机关，人竟和椅子一起摔落下去，先前置放黄椅的地方，却被横七竖八的巨石覆盖。

任空行悠悠转醒，只觉四肢百骸若针扎一般，但眼前却是一间极窄的石屋，屋内四角镶有四粒罕见的夜明珠，将四壁照得足可使常人视物。任空行大喜之下，挣扎着将屋内探视一番，便知是东方圣隐居之所精致的床上雕满龙凤图案，而在另一侧，一个同样雕有龙凤图案的巨大立柜里，美酒美食及药物竟一应俱全！……任空行本是使毒用药的大行家，只在里面静心调息疗养半年，便已复原如初，其功力也不弱往昔丝毫，且无意中又得知了铁镜等人早中东方圣“笑魂散”之事，大喜过望，携了解药便一飞冲天，脱困而出。他不欲让江湖中得知他“死而复活”，只昼伏夜出，暗中查访，待到铁镜等人堪堪毒发之时，便让他给赶到了。

郑士武悠悠转醒时，便见铁镜和黄长老皆是一副惨然之色，任空行则背对着他。只听任空行淡淡地道：“你们若不想如齐陆二位长老一般死去，一月后便来找老夫，并最好不要让人得知老夫复出江湖之事。”言罢众人只觉眼底一空，却哪里还有任空行的身影！

沉沉黑夜，木屋，油灯，灯光如豆，山风如祷。微弱的光线将两个人影投射到壁上。“墙”是用粗细不等的糙木搭成，因而凸凹不平。两条人影在上面不停地摇曳，显得煞是诡异。“你没有骗我？！”说话的是一个年约二十的少年。他的双目有若鹰隼，满面透出阴沉乖戾之色。“我不必骗你。”千佛手任空行，这个大难不死却又深藏不露、一心掀起江湖凶波以报私仇并必将使江湖英雄复遭涂炭的狂魔巨枭，狡黠地看着跟前的少年，缓缓道：“此事除你之外整个江湖尽皆知晓。”少年乖戾的脸愈加阴沉得厉害，将牙咬得咯咯直响，一字一句地道：“姚鹏！我若不杀你这老叫花为师父报仇，我冷风月誓不为人！”

任空行用一种奇怪的目光看着冷风月，就像老练的猎人在看着一只即将落入陷阱的兔子，缓缓地摇摇头。冷风月冷哼了一声。任空行干脆轻笑出了声。冷风月道：“你笑什么？！”声音有如寒风。任空行饶有兴味地道：“你要杀姚鹏？”冷风月道：“不行吗？我一定要为师父……”任空行打断他道：“但你杀不了他。”冷风月淡淡一笑，道：“等着看吧。”任空行道：“少年人心高气傲，固然是好事！但是——”“但是什么？”“我知道你已经学尽了师父的武功，轻身功夫更是胜令师一筹，否则当初令主陛下也不会派你孤身奔赴塞外……但你可知道，令师却被布袋和尚一掌毙命。”“一掌？！”“确实如此。”“据我所知，家师的功力比那老叫花更胜一筹，他的一掌——哼哼！”“那么胡醉呢？”“丐帮帮主？凭良心说，也许胜家师一筹。”“他师父呢？胡醉的师父，酒仙翁？”“只闻其名未见其人，据说是世外高人。”“大约在一年之前，布袋和尚和玉蝴蝶恶斗了一场，结果两败俱伤，布袋和尚尤其伤重，跟着性命不保，连胡醉也救他不得，结果你猜是谁救了他？”“难道会是酒仙翁？”“不是难道，而是肯定是。酒仙翁不但救了他，还把一身功力尽数传给了他。那老不死的因此丢了性命，但布袋和尚那老叫花却因祸得福，他此时的功力，当不在今世任何高手之下！”“若与你放手一搏？”“当是平手之数。”“此言当真？”“要不凭令师千面狐智桐的名头，断不会一掌毙于姚鹏手下。”“那——”“要报令师之仇，老夫倒有个计较？”“什么计较？”“你在大漠苦心经营这些年，可有何进展？”“不是在下狂妄，在下的实力当可与中原任何门派一较长短。”“那很好，令师之仇可望得报了。”“此言怎讲？”“咱们再度联手。”“要我归附于你？！”“老夫说的是联手，实不瞒你，老夫此时手中的实力，也断不在任何大门派之下。”“与在下联手，阁下有何好处？”“老夫意欲重振昔日令主陛下的神威！”“哼！”“当今天下，江湖浪子童超失踪，那让人摸不清底细的独孤樵也踪影全无。胡醉，老夫自忖可将其玩弄于掌股之间——个中原委，恕老夫不便言明。总之，你只要将布袋和尚那老叫花引出塞外，老夫再去寻金童玉女通力合作，今后的武林天下……哈哈！”冷风月又冷哼一声，道：“非阁下莫属？”任空行一愣，道：“非你我莫属！”“那么金童玉女——”“他们虽得令主陛下亲自调教，功夫端的不可小觑，但毕竟还是雏儿。”“话虽如此，布袋和尚那老叫花老奸巨猾，在下如何将其引至塞外？阁下又如何能使金童玉女与你合作？！？”任空行傲然道：“若无九成胜算，老夫又如何敢这般大言炎炎？哈哈！利之所趋，各取所需而已！”言罢一阵狂笑，又若此这般的低语了一番，冷风月阴沉的面容渐渐舒缓，末了，冷风月一声不吭，伸出右掌来。千佛手任空行也伸出右掌，二人迅速地击了三下。任空行道：“事成之后，你我平分武林。”冷风月一抱拳，道：“一言为定！”冷风月的身影鬼魅般消失在沉沉黑夜中。任空行轻轻弹了弹右手食指指甲，望着冷风月消失的背影，露出一丝不易觉察的奸笑。

三

清晨，黛色的青山已然苏醒。百鸟叽啾。万物滋生。天边，泛起一缕金光。红日，即将喷薄而出。金童和玉女相隔一丈，盘膝而坐，表情肃穆，凝视东方。露水早已打湿了玉女的长长秀发。他们在等待什么？不远处的树丛后，有一双深沉的眼睛在看着他们。一轮红日从东方山顶蓦然跃出，一时间天地灿烂辉煌。也就是在那一刹那间，金童和玉女的身形已杳，只见两只飞鸾腾空而起，万缕金光和万道白练交织在一起，幻化出一个方圆五丈的巨圆！一声低吼，一声娇喝，之后，一切归于寂静。

金童和玉女又盘膝而坐，面向东方，像是根本就没动过身形。只是，金童的手中多了两柄长剑：左手中的剑，剑尖遥指旭日；右手中的剑，剑尖却插入土中一尺有余。玉女的身周多了个直径二尺有余的圆，一条白绫围成的画。白绫的一头握在她的右手中，她的左手骈出二指，遥指旭日。一阵刷啦啦的响动，他们的周围，顿时铺满一层厚厚的绿色落叶。方圆五丈内的树木，就在这刹那间变成了一丛丛光秃秃直刺青天的枝条！不远处的树丛后一直盯着金童玉女的那双眼睛，突然暴射出一丝精光，但却一瞬即逝。缓缓地，金童收了双剑，玉女的白绫复又缠在腰间，二人四目相对，良久无语。

终于，金童颤颤巍巍地道：“御妹，咱们终于练成了！”玉女泪花闪现，使劲点了点头。金童道：“当今天下，又有谁能抵敌咱们这一招！”金童一腔狂傲之气，吐出这豪迈之语，却见玉女正满面忧戚地看着他。金童一愣，道：“御妹，你怎么啦？”玉女轻轻道：“咱们跟随陛下多年，直到今日方练成第一招‘旭日东升’……”金童朗声道：“那只说明陛下一身武学的博大精深，如今咱们练成了这一招，决不难为陛下报仇了！”玉女轻声道：“昔日陛下曾说，咱们只有将《太阳剑谱》的三招练成了，才可以……”“御妹，”金童又迫不及待地道：“咱们何不这就练第二招呢！你快把练第二招的内功口诀告诉我，我也把剑谱告诉你，咱们共同参详！”玉女脸色一变，道：“御兄，你忘了陛下之言么？！”金童骇然一惊，连忙道：“愚兄一时得意而忘形，多谢御妹当头棒喝。”

玉女叹了口气，缓缓道：“陛下学究天人，参透设天造地之功，创出这套内功心法和剑谱，其博大精深又怎是任何人都能领悟？陛下就是怕咱们贪多有失，才将《太阳剑谱》和《东方秘诀》交由你我分别收藏。陛下一再关照咱们，练成第一招之后，若无十年功力的增长，切不可练第二招，否则将欲速则不达，走火入魔，陷于万劫不复之境！”金童惊出一头冷汗，道：“是愚兄失言了……”玉女自顾道：“当日陛下曾严令，咱二人若有一人欲速练神功，另一人可以尚方剑诛之，唉！”金童“唰”的一声面向东方跪下，喃喃道：“陛下，念金童为陛下报仇心切，违背陛下遗训，金童知错了，望陛下开恩！”玉女走过去轻轻扶起金童，道：“御兄请起。”金童站起来，惶然地看着玉女。玉女道：“幸未造成事实，想陛下念御兄报仇大切，也不会过分责怪的。”金童喜道：“多谢玉妹！”玉女道：“陛下待咱们恩同再造，仇，是一定要报的，只是——”玉女稍停了停，接着道：“御兄，咱们报仇也不急在一时，何不遵循陛下遗训，将神功完全练就之后，再去诛杀那些坏了陛下大计的人呢？”金童道：“御妹所言甚是。”

话音刚落，却听七八丈外有人接口道：“非也非也！”金童玉女蓦然一惊，朝发声之处望去，却见千佛手任空行翩翩然步了出来。金童擎剑在手，沉声道：“你——”任空行双手抱拳，笑道：“恭喜二位练成了一招陛下所遗神功！”金童玉女对望了一眼，心下均想：如此机密大事被此人得知，今日却留他不得！哪料任空行像是早已看透二人心思，哈哈一笑道：“昔日老夫追随陛下，忝为本令左护法之职，也曾时常聆听陛下教诲，深知陛下天外神人，功高莫测，本欲求陛下指点一二，也好终生受用，然陛下肃然告知在下，《太阳剑谱》和《东方秘诀》太过博大精深，绝非寻常人等所能习练，若是指点于在下，那是教在下自寻死路，在下骇然而惊，将陛下圣言铭记于心，终生也不敢相忘！”金童玉女几乎是同声道：“陛下真有此言？”任空行肃然道：“陛下金口玉言，老夫怎敢视若儿戏！”金童道：“那阁下方才所言‘非也非也’不知是何意思？”任空行道：“公主方才所言固然深谋远虑，然依公主之见，公子与公主至少要花三十年时间，方可练就陛下所遗博大精深的神功。江湖历来风云莫测，谁能料到公子公主神功练就之日，独孤樵、胡醉、童超、布袋和尚等坏陛下大计之诸位凶贼，是否尚在人世等着授首呢？”金童沉吟道：“那依你之见呢？”任空行道：“只要公子公主依老夫之计，陛下的大仇不难得报。”

金童望着玉女，玉女道：“你——有什么妙计？”任空行道：“很简单，咱们携手合作。”“合作？”玉女道，“我们为什么要与你合作？”任空行道：“因为咱们的目标一致。”“不！”玉女道，“当初陛下曾对我们说……”金童喝了一声：“御妹！”玉女一惊，意识到自己险些失言，连忙改口道：“你的劣迹太多，如果与你合作，整个江湖都要对咱们不满。”任空行打了个哈哈，道：“老夫虽被江湖誉为大魔头，但老夫对陛下圣恩终生难忘，为陛下报仇，老夫义不容辞！”玉女“哼”了一声，道：“说得倒好听！”金童道：“你若有为陛下复仇之心，为何不去追杀那些凶妄，却来找我们做甚？”任空行道：“老夫不敢妄自菲薄，却也并非大言炎炎之辈，依老夫的身手，与胡醉、童超抑或姚鹏任何一人放手一搏，大约总是个平手之数；但要取其性命，却殊无把握。若是咱们联手，哈哈！哈哈！”金童怦然动心，道：“若是咱们联手，便可诛杀他们任何一人了！”任空行点点头，接着却又愁容满面地道：“只有一人，老夫尚无把握。”玉女道：“你是说独孤樵？”任空行故意沉默不语。

金童马上露出一脸的狂傲之气，道：“方才在下和御妹练就的那一招，你看如何？”“陛下神功，鬼神莫测！”“如果用此招诛杀元凶独孤樵呢？”任空行沉吟道：“也许有五成胜算。”金童喟叹道：“可惜这凶贼不见踪影，这半年多江湖上再不闻他半丝声息，否则本公子纵然性命不要，也得诛灭了他！”任空行又干笑了数声。玉女觉得刺耳，愠怒道：“你笑什么？”任空行正色道：“如果公子公主与老夫合作，老夫或许能指点一丝线索。”金童连忙道：“此言当真？”任空行道：“绝无虚言！”“如何合作？”“随时保持联络。”“本公子很想知道你与咱们合作的真实意图？”“重振昔日陛下的雄威。”“你想称霸武林？”“待那些坏陛下当初大计的凶妄一一伏诛之后，咱们之间不妨放手一搏，以定武林天下谁属。”金童望着玉女，玉女却低下头去。“好！”金童断然道，“咱们答应你了！”

第三回

谁主沉浮

四

洛阳，自古以来便是天下重镇。富商巨贾、豪门显贵、倾国粉黛、破落儒生抑或蓬头跣足叫花，凡三教九流，都在这儿云集。要蚀骨挥金，这里最是销魂！要打探消息，这里最是灵通！这里是鬼灵子小六的生养之地。虽然他不知道自己的生父养母是谁，但他知道这是自己衣胞之地。否则他不会记得，打从他初能记事开始，自己便是洛阳城里一个可怜兮兮的小叫花。星移斗转，世事沧桑，虽仅短短二载时光，但此时他已是满天下的布袋和尚姚鹏姚大侠之徒，江湖上颇有名声的鬼灵子！

信步徐入洛阳城，小六虽有一种物是人非之感，然更觉得亲切。天星客栈在洛阳并非特别有名，只算是二流而已。但凡江湖中人，都知道洛阳有个“天星客栈”。客栈的老板姓杜名伏，早年是一家镖局的三流武师，江湖上有个外号叫“包打听”。包打听杜伏如今早已发福，他之所以能发福是因为自从开这家客栈后，他将自己变成了“聋子”和“瞎子”，对江湖中的事不闻不问。尚在杜伏不“聋”不“瞎”的时候，人们就习惯了到这儿来打听江湖中最新的变故。积习难改，虽然如今杜老板又“聋”又“瞎”，江湖中人还是到他这儿来。“杜老板的价钱很公道。”江湖中人确实很奇怪，喜欢杀人和不怕被人杀，所以杜老板的价钱就很公道了。江湖中人还有个怪习惯，一旦高兴起来，不惜一掷千金作为赏钱，所以杜老板的价钱也乐于公道。

比如说此时，四五十个背刀带剑的汉子吵成一团，可杜老板却兀自坐在柜台里打瞌睡。突然，“砰”的一声，一位身高七尺有余、满面虬髯的大汉将一锭金子重重地砸在柜台上！杜伏缓缓睁开眼睛，望望那锭金子，慢慢道：“尉迟大侠是还要酒么？在下的小店可没这么名贵的酒。”被叫作尉迟大侠的虬髯大汉复姓尉迟单名恭，乃是一个山东响马。他为人粗豪，使单鞭，专劫富豪人家的不义之财，在江湖中名声尚好。此时听杜伏如此说话，连连摇头道：“非也非也！在下是想请杜老板说句公道话，这锭金子算是酬金。”一句话竟值一锭纯金！可杜伏似是不为所动，缓缓道：“在下什么也不知道，只怕无法赚尉迟大侠这锭金子了。”“这不打紧，”尉迟恭高声道，“只要杜老板说一句话，也就是了！”“一句话？”“就说：胡醉胡大侠武功天下第一！”未等杜伏开口，又闻“砰”的一声，一个精瘦矮小、目光如电的老者也将一锭纯金砸在柜台上。杜伏仍不为所动，淡淡道：“寒江独钓霍泉霍大侠也是要买在下一句话？”寒江独钓霍泉使一根长不盈尺的鱼竿，水底功夫煞是了得，长江面上没有不认识他的。此时他缓缓点头，直截了当地道：“江湖浪子童超童少侠武功天下第一！”又是“砰砰！”两声。“布袋和尚姚鹏姚大侠武功天下第一！”杜老板的面前已摆上了四锭纯金。四锭纯金至少可以再开六家天星客栈了！但杜老板闭上了眼睛。

尉迟恭甚是性急，高声道：“杜老板你倒是快说一句公道话呀！”杜伏缓缓道：“在下既没见过胡大侠，也不识得童少侠和姚大侠，只怕没福赚各位的金子了。”尉迟恭道：“你只要说胡大侠武功天下第一，这金子就……”骆一春打断他的话道：“姚大侠武功天下第一，这句话却值两锭金子！”霍泉道：“尉迟兄和骆兄当然都言之成理，但依在下看来叫长江后浪推前浪，无论豪气武功，胡大侠和姚大侠只怕都要稍逊江湖浪子半筹了！”“对对！”座中数十人高声附和：“江湖浪子武功天下第一江湖浪子武功天下第一！”“嘘！嘘！……”“胡大侠武功天下第一！……”“姚大侠武功天下第一！……”“童少侠武功天下第一！……”众人正嚷成一团，忽听“乒乓”一声脆响，一个戴着斗笠、始终不吭一声、自顾低头饮酒的人，将自己桌上的瓷盘拍得粉碎。众人一愣，尽皆噤声，不解地看着那人。那人却将斗笠压得更低，没人能看清他的脸，只见他端起杯子若无其事地兀自饮酒。众人你看看我，我看看你，尽皆摸不清那人深浅，作声不得。

尉迟恭终于忍不住，大步走到那人桌前，抱拳道：“兄台尊姓大名？不知此举何意？”那人也不还礼，却道：“好臭啊！好臭！”尉迟恭一愣，使劲嗅了嗅，却只闻到浓重的酒味，大惑不解，正欲开口，却听那人又道：“莫非是有数十人一起放屁么？”又自问自答道：“对！对！没有几十人一起放屁，臭味也不会这般熏人欲死！”这不是挑明了与群雄过不去么？座中性急的便要发作，却听那人又自顾道：“近百年来，倒没有听谁说过武功心智有超过太阳叟东方圣的，只是，他却被人杀了……”这话倒没人能反驳。的确，近百年来，太阳叟那参天造地之功和深沉心计，绝无复出于其右者！

尉迟恭愠怒道：“阁下休要阴阳怪气！”那人也不睬他，又道：“在下孤陋寡闻得紧，大约是胡大侠不知几时一剑杀了太阳叟吧？”尉迟恭怒道：“你——”那怪人道：“对啦！要不就是江湖浪子，喂，又好像是布袋和尚姚大侠，或者……咦？怎的个个都像是刺了东方圣一剑？但在下却听说武功天下第一的太阳叟只中了一剑便即身亡了呀？莫非传言不实，是中了四剑么？怪哉怪哉！”众人又惊又怒，却又不好发作——人家自言自语关你何事！便有人轻声道：“是呀！江湖奇人独孤樵一剑便刺杀了太阳叟，只怕这武功天下第一的头衔非他莫属了。”“但独孤樵的下落……”“在下听说他在……”“不，不，在下却听说他一剑杀了太阳叟后，就到……”“……”“喂！阁下方才既如此说话，只怕是知道独孤樵下落的了，却不知……”说话的人一句话尚未说完，却发现那以斗笠遮面的怪人早不见身影了！

他是谁？为何要如此藏头露尾？他既能在数十人的眼底消失，武功定是非同小可，但为何要溜走？！众人暗暗称奇，喋喋不休地议论着。而客栈主人，昔日的包打听杜伏，此时已在柜台内睡着了！柜台上的四锭金子，依旧放着。江湖中人的确是有很多毛病，其中最大的毛病就是无论什么事情都要占个上风。即便是与己毫无关系的事情，也一定要争出个高低输赢，很多时候便不惜刀枪相见。……此时，杜老板面的柜台上又加了一锭纯金。因为又有人说："独孤樵武功天下第一！"蓦地，一声暴喝和一声巨响……杜老板缓缓睁开眼来。杜老板第一眼看见的是尉迟恭的精钢长鞭和骆一春的鬼头刀缠在一起，二人的脸都涨得像关公！第二眼看见的却是一个笑嘻嘻的小叫花，将柜台上的五锭纯金一块一块地捡了揣进怀里。

杜老板冲小叫花笑了一下。小叫花也报以一笑。然后便听同时有三小人吼了同样半句话："小杂种，老子的金……"他们之所以不把想吼的话吼完是因为他们的嘴里都同时塞了一大片牛肉。"呸呸呸"三声，霍泉和另外两条大汉像刚才他们吼同一句话一样，几乎是同时吐出了一块带血的牛肉和一颗牙齿。那小叫花也吐出了一块牛肉，但他是吐在自己掌心里。他看看掌心的牛肉，转身对杜老板笑了笑，说："你这牛肉好像没煮透，要不他们干吗都要吐出来？"杜老板终于开口道："我的价钱很公道。""好吧，"小叫花道，"他们不吃我也不吃！"只见小叫花一挥手，掌心的牛肉早飞向尉迟恭和骆一春绞在一起的刀鞭上。"啪"的一声，刀鞭分开了，尉迟恭和骆一春面色突然转白，各自盘膝坐在地上运功调息。寒江独钓霍泉面色一凛，心想：这小叫花是谁，怎的小小年纪功夫却如此了得？！要知方才尉迟恭和骆一春已到了以内力较生死之境，若无比他二人合起来还要高的内力，绝不能将缠在一起的刀鞭分开。但小叫花却只用一片牛肉便将他们分开了！霍泉虽吃了大亏，只骂一声"小杂种"就损失了一颗门牙，但他决不想第二次徒受羞辱。

但江湖中像霍泉这样想的人并不多。比如现在，那另外两个也损失了刀牙的人就不这么想。只见二人同时低喝一声，一个运拳、一个使掌，一掌一拳，便往那小叫花身上招呼。小叫花嘻嘻一笑，泥鳅似的从二人中间穿过。"啪"的一声，使掌的掴了运拳的老大一个耳刮子！"嘘"的一下，运拳的兜胸给了使掌的一个冲天炮！"你为何打我？！"二人同时怒视对方。小叫花则冲霍泉眨了眨眼睛。霍泉黯然低首。便听有人嚷嚷起来："鬼灵子！鬼灵子！"原来是布袋和尚姚鹏姚大侠的高足，江湖人称鬼灵子的小六，霍泉心想，罢了罢了，我还留在这儿做甚！霍泉低头匆匆出门，却见眼前一花，那鬼灵子又笑嘻嘻地站在自己面前。欺人太甚！霍泉正欲发作，却听鬼灵子嘻嘻一笑道：“霍老先生，你的金子不要啦？”霍泉一愣，手中已多了一锭金子，但眼前的鬼灵子却已不见了。霍泉长叹一声，揣好金子，折头向南，黯然离去。

而小六早窜回客栈，笑嘻嘻地对那两个怒目而视的人说：“两位能否看在小叫花的面上，不要再打了？”使掌的大怒，一掌又拍向小六，只见小六倏地从他肘下窜过，也不见有何动作，便听“啪”的一声，使掌的掴了自己一个耳刮子，愣立当场。有人哈哈大笑道：“姚大侠武功天下第一！姚大侠武功天……”嚷得最响的那人后面的几个字又被一块牛肉堵回去了，不过这回的牛肉煮得很透，绝不会把牙齿硌下来。便见尉迟恭和骆一春一前一后走向小六，拖拳道：“多谢相救之恩！”小六正色道：“何事值得二位生死相拼？”二人嗫嚅道：“这个……这个……”小六又道：“谁武功天下第一关你们屁事？！”二人肃然道：“是！”使掌的和运拳的满面羞愧，心中均想：不错，谁武功天下第一关己屁事呢？！小六眼睛骨碌一转，突然跳上一张空桌，高声道：“各位好汉听着，谁天下武功第一关各位什么屁事？”先前拥布袋和尚为武功天下第一的十数条大汉哄然道：“不关屁事！不关屁事！”小六待声音稍竭，又高声道：“谁要是心中还觉得谁武功天下第一关他屁事，就请他立即出去，各位说好不好？”“好！好！”“出去！出去！”没有人出去。鬼灵子于是得意非凡，哈哈笑道：“好啊！那现在咱们一起说：谁武功天下第一不关咱们屁事！”“谁武功天下第一不关咱们屁事！谁天下武功第一不关咱们屁事……”数十人哄然大吼，又雄壮又滑稽。小六从桌上跳下来，双手背后，哈哈大笑着便向门口，转过身来，正欲带领众英雄再吼几句“不关屁事”之类的话，突觉背心三四十穴道同时一麻！众英雄只觉眼前一花，哪还见鬼灵子小六的身影！不禁心头骇然：不愧是名满天下的姚大侠高足，竟不用转身，就会突然消失，这等轻功，当真令人觉得匪夷所思了！

他们哪里知道，此时小六被人夹在腋下，心中正叫苦不迭！

第四回

重入中原

五

白雪茫茫，寒风瑟瑟。这儿是玉龙雪山的绝顶。白云，在山腰翻滚，恰似千万条蛟龙在殊死相搏，煞是壮观，令人心潮狂涌。一对俊美异常的少年男女，正站在这自古人迹罕至的绝顶上，寒风将他们的衣衫吹得猎猎直响。“真美！”司马青青幽幽道。江湖浪子良久无声。蓦然，但见他撮唇长啸，那声音高亢浑厚，绵绵不绝，直震得峭壁上的残冰唰唰下落。长啸停止，余音仍久久在天地寰宇间游荡。

青青喜道：“童——公子，这半年来你的功力似又精进良多了！”童超的功力本就惊世骇俗，这半年幽居雪山，功夫却也没搁下，自知功力又精纯了许多，此时听得青青这般说话，不禁激发了万丈雄心，长吟道：“哪管人鬼当道，我自浪荡江湖！”青青嗫嚅道：“童少侠，江湖风波险恶，你又何必……唉！”童超的脸上迅速掠过一丝黯然。半年相处，江湖浪子何等精明之人，毒手观音和青青师徒俩的心思他岂有不知。毒手观音无儿无女，因着早年的一段伤心事，视青青如同己出，自是希望爱徒能和人品武功俱超群的江湖浪子童超长相厮守，隐居雪山，过那神仙眷属的生活。青青的一颗芳心，则早已暗生情愫，与师父所思毫无二致。

童超何曾没有想过这一切，但，在他的内心深处，却总是回响着这样一个声音：这种生活不属于你！你的世界是凶波迭起的江湖……青青见童超沉默不语，便情不自禁地走过去，轻轻握住他的手。童超心中一阵激动，也伸手握住青青纤弱温柔的手掌，凝望着她。四目相对，良久，青青突然脸一红，“嘤咛”一声，钻进童超怀里。童超一手轻搂着青青的腰肢，另一手慢慢抚摸着她的一头秀发，心潮起伏，难以自已。青青抬起头来，凝视着童超的眼睛，幽幽道：“童哥哥……”童超满目柔情。青青沉醉在浓浓的甜蜜中，紧闭双目，轻声道：“童哥哥，咱们就在这儿，哪儿也不去，一生一世，就我们和师父三人，咱们长相厮守。我为你缝衣，做饭，给你……呀！羞也羞死人家了！”童超心中柔情万千，看着怀中脸色酡红的青青，不禁哑然：看此时她娇羞的小女儿态，谁又能相信她就是那个江湖上使人闻风色变的小煞星！

青青突然睁开眼来，撅着小嘴道：“童哥哥，你笑人家，哼！”童超笑道：“没有呀！”青青的一双小粉拳直往童超胸上擂：“就笑啦就笑啦！”“好好好！”童超道，“你说，我笑你什么啦？”青青道：“你笑人家心里想的事情。”童超哑然：“这就怪啦，我怎么知道你想些什么事情？”“人家想……想……”青青脸一红，道，“你心里知道的，却故意装作不知道，你欺负青青，我告诉师父去！”作势欲往下走，却被童超紧紧搂住。良久，童超黯然道：“青青，我喜欢你，但……”“童哥哥，你说吧，反正这一生一世，青青这颗心都是你的了。不管你说什么，我都听你的。”童超默然喟叹，突然“咦”了一声。青青兀自沉溺在幸福的暖流中。童超道：“青青你看！”青青睁开双目，沿着童超手指之处望去，但见离他们立身之处十五丈左右的地方有一块有若人工开凿的平台，平台上结着厚厚坚冰，折射出耀眼白光。在一片白光笼罩之中，竟有无数斑点上下翻飞，煞是壮观。青青看得呆了，却闻童超道：“咱们看看去！”二人携手，两三个起落，已如翩然惊鸿，早落在平台边沿。

一阵“咔噜噜”响动，恰似万朵雪花，霎时遮暗青空。青青又惊又喜，尖声道：“雪鸡！雪鸡！”雪鸡通体雪白，性喜结群而栖，但最多不过十数只而已。如此之众聚集一起，倒是罕见之景观。童超则呆然不语，青青微怔，顺着他的目光望去，却见在冰台西首边沿处，兀自立着数只雪鸡，其中一只长着血红巨冠，正单纯而立，斜乜着眼睛打量他们，一副傲然不屑之态。雪鸡而红冠，本已罕见，它那副神态，更使青青喜不自胜，不禁轻声道：“童哥哥，咱们捉住他。”童超微微点头，二人举步徐徐靠近。见他们移动身形，另外几只尽皆紧张地看看红冠血鸡，又看看他们。那红冠雪鸡骄傲得紧，见状非但不惊，反而若无其事地低头，以喙梳理自己胜似白雪的羽毛！待童超和青青离他们不过五丈时，另外数只雪鸡再也沉不住气，纷纷扑棱棱飞离；只有那红冠雪鸡，依旧爱理不理，又抬眼斜乜着他们。童超长笑一声，蓦然飞身而起，似一道白色闪电，直扑红冠血鸡。红冠血鸡似是早有防备，待童超身形甫动，它早已轻飘飘奔离一丈开外，咯咯咯叫着，似极赞江湖浪子功夫了得。

江湖浪子一扑未中，稍作停顿，便即明白它的意思，不禁激发干云豪气，长笑一声，道：“真骄傲得很，江湖浪子今日便和你比试轻功！”那雪鸣似懂人语，竟微微点首。旋即，但见一大一小两朵飘飘白云，在方圆十五丈的地台上追逐翻飞。江湖浪子运足平生修为，施展出惊世骇俗踏雪无痕的绝顶轻功，却始终离那红冠血鸡半尺之遥，不禁心中大为叹服。青青看得眼花缭乱，不停蹦跳叫好。大约过了半盏茶时分，陡见童超和那红冠血鸡同时飞起。待童超下落定住身形，那雪鸡竟也不就此飞去，只扇动翅膀，在空中对童超咯咯直叫。童超冲它抱拳大笑道：“雪鸡兄，江湖浪子甘拜下风了！”那雪鸡竟然落下，站在离童超不足二丈的地方微微点头，似对江湖浪子极是赞赏。青青心大有气，暗中取了一把碎冰在手，冷不防以漫天花雨的暗器手法，打向红冠雪鸡。雪鸡未做提防，惊觉时已然迟了。“青青！”童超惊叫一声。话音未落，只听“啪”的一声，红冠血鸡的双翅已被冰粒打中！

青青飞快奔将过去，捡起雪鸡，小心翼翼地捧在手中，怜爱地替它查看伤势。那雪鸡拼命将头扭朝一边，不与青青目光相接。童超走过来，从青青手里接过红冠血鸡，见它右翼羽毛已然被血染红，便轻声道：“雪鸡兄，多有得罪了！”青青道：“童哥哥，咱们回去找师父的金创神散替它包扎。”童超点点头。二人旋即飞奔下了五龙绝顶，回到木屋，青青取了金创神散，仔细替雪鸡包扎伤处。末了，青青道：“师父的金创神散天下无双，不出十个时辰，它的伤口就可痊愈了。”童超默然不语。二人放了雪鸡，均觉心中有些异样。

天色如晦，各自回屋。是夜子时，童超运功一个周天毕，突闻屋外有细微的“咔嚓”声，心中甚奇，便踱出屋来，却见在雪光映照之下，那红冠血鸡正傲立门外。童超一愣，旋即抱拳道：“雪鸡兄，日间之事，敝友多有得罪，还望包涵！”红冠血鸡摇摇头，看着童超，又点了点头，然后以喙撕啄青青替它缠在右翼上的绷带！童超心中一凛，呆呆看着雪鸡。良久……红冠血鸡将绷带啄尽，见童超兀自发愣，便咯咯叫了两声。童超恍若从大梦中惊醒，冲雪鸡点点头，一言不及，抱拳作礼。红冠血鸡见状，便转身一瘸一拐地离去，很快消失在融融夜色中。江湖浪子在屋外兀自立了很久，这才转身入屋，却又迅捷出来，数十起落，恰似流星赶月，人影便自山脚消失。

青青一夜未宿，天刚放亮便来至童超门前，轻轻敲了三下，却不闻任何回音，便蹑手蹑脚地侧身入内，屋里哪还有童超身影！青青一愣，心知童超已然离去，心头即刻一片茫然。一个时辰之后，毒手观音端酒而来，只见爱徒坐在屋角独自垂泪，心中微惊。继而发现以金刚指力刻在石床上的字迹，心头也觉茫然，黯然良久，转身离去。大约过了一个时辰，毒手观音又复回木屋来，只是肩上多了一大一小两个包袱。青青抬起婆娑泪眼，不解地看着师父。毒手观音怜爱地一笑，轻声道：“走吧。”青青一愣：“走？”毒手观音将较小的包袱递给青青，柔声道：“他走了，咱们还要留在这儿吗？”青青破涕而笑，脸一红，钻到了师父怀里。

第五回 大漠惊变

六

西北道，凛冽风。布袋和尚在滚滚尘烟里看清那人的背影时，已是次日卯辰交替时分。一夜奔驰，布袋和尚早已感到有些倦怠，然而此时前面的那袭飘飘白衫，却将所有倦意一扫而空。他几乎断定前面那人就是独孤樵，但他弄不明白独孤樵为何要避着自己。

“独孤少侠！”布袋和尚高声道，“我是老叫花姚鹏，你为何不停下，莫非是成心考较老叫花的功夫么？”哪料那人却一声不吭，以稍慢的身形又风驰电掣地向前疾奔。布袋和尚轻笑一声，心想独孤樵行事真不可以常理度之。眼见独孤樵的身影即将从视线中消逝，不禁激发了万丈雄心，哈哈一笑，运出全身功力疾追而去。茫茫大漠，天地一片浑黄。此时早已出了塞北，独孤樵终于稳住身形。独孤樵转过身来，漠然地看着渐渐迫近的布袋和尚。

布袋和尚在离独孤樵两丈开外的地方定住身形，强压住心头的激动，哈哈一笑道：“独孤公子的轻功，当真是老叫花平生所仅见，佩服。”独孤樵依然面色漠然，淡淡道：“是吗？”布袋和尚心头微怔：独孤少侠为何如此说话？只听独孤樵又漠然道：“姚大侠如此苦苦追寻在下，不知是何缘故？”姚鹏一愣，缓缓道：“独孤少侠若看不惯老叫花这张老脸，老叫花这便转身就走，但有一个人少侠却不能不见。”独孤樵道：“这倒是怪事，天下竟有我独孤樵不能不见的人！”言罢干笑了几声。布袋和尚愠怒道：“老叫花有个不争气的徒儿，叫柳玮云，独孤少侠不会不知道吧？”不料独孤樵大笑数声，道：“姚大侠豪气干云，却没想竟带出如此自作多情不知廉耻的徒弟，哈哈，哈哈！”布袋和尚就要发作，继而一想，徒儿玮云的事也确实怪独孤樵不得，端的令人难以启齿。或许独孤樵是偶然知道了玮云失身于千面狐之事，才变得如此乖戾……布袋和尚一代大侠，凡事经他一想，别人便没错了。但玮云的事又不能不求独孤樵，一想到此，布袋和尚便欲抹下一张老脸代徒儿出言相求，哪料独孤樵见布袋和尚脸色阴暗不定，也怕他当真一转身便走，故未等布袋和尚开口，便抢先道：“姚大侠休要动怒，只因……唉！”他故意打住话头，静观对方脸色。布袋和尚哈哈一笑，道：“此事也怪不得独孤少侠，老叫花有何缘由动怒，敝徒儿玮云之事，料想独孤少侠已然知晓，老叫花想求独孤少侠帮个忙，不知少侠可否肯卖老叫花这张老脸？”独孤樵沉吟道：“此事虽是难堪，但既是姚大侠出言相求……嗯……只要……”布袋和尚急不可耐地道：“只要什么？”独孤樵道：“姚大侠可否借一步说话？”姚鹏大侠闻言并不做他想，举步便走近独孤樵身旁。

猝然间，独孤樵一掌拍向布袋和尚命门死穴！布袋和尚骇然大惊，不知独孤樵为何下此毒手。但布袋和尚何等身手，一生不知经历了多少生死攸关的猝然之变，只见他惊而不乱，微一侧身，避过已及命门死穴的涛厉掌风，只听“砰”的一声，那股刚猛的掌风尽数击在布袋和尚胸腹之间！布袋和尚偌大的身子被击得凌空腾起，跌落在三丈开外！“哇”的一声，布袋和尚只觉眼前一黑，接着喉头一甜，竟吐出一大口乌血。幸亏是布袋和尚应变神速，在掌风及身的一刹那间将内功凝于胸腹，否则以如此石破天惊的一掌，哪是血肉之躯所堪承受。饶是如此，布袋和尚已然受了极重内伤。布袋和尚强提住一口真气，望着脸色依旧漠然并一步一步走近的独孤樵，沉声道：“不知独孤少侠此举何意？！”独孤樵心头一惊，心道任空行那老魔确非虚言，这老叫花的功力端的非同小可，自己这蓄足十成功力一掌，竟然没令他当场毙命，尚能发出声来！但布袋和尚胸襟上那斑斑点点的乌血表明他已受了极重内伤，独孤樵有恃无恐，冲天狂笑。布袋和尚立知此事个中有诈，便佯装若无其事，暗中将残余真力凝聚起来以防不测。

独孤樵狂笑声罢，伸手朝面上一抹——独孤樵不见了！布袋和尚的跟前是一个年约二十，面色阴沉双目有若鹰隼一样的少年！布袋和尚冷冷地看着他。那少年阴沉沉地道：“老叫花你倒是好好看看，我可是独孤樵么？”布袋和尚心头暗惊：江湖中几时突然冒出这样一个心狠手辣的小魔头，他的功力已臻一流好手之列，轻功更是天下没几人能及，行事又是这般阴毒……未等布袋和尚多想，只听那少年道：“老叫花，你死期已经到了，在下冷风月，替家师索命来……”布袋和尚笑道：“索命？老叫花能活至今日已觉多余了，却不知令师是谁？”冷风月傲然道：“江湖人称千面狐智桐的便是！”言罢，一掌拍出。布袋和尚突觉劲风扑面，一个侧翻避过掌风，朗声道：“杀人偿命，此乃至理，然杀千面狐如此禽兽，却是替天行道！”冷风月知道布袋和尚已然重伤，万难避过自己第二掌，哪料布袋和尚尚有余力，当下心中微惊，运足全力，展开一路天冥神功，飞沙走石，招招辛辣，直盼立将布袋和尚毙于掌底！

却道布袋和尚遭暗算，已受极重内伤，全身功力所剩无几，一时之间，竟不敢硬接对方掌力，只得强聚残存真力，左侧右闪，以避其锋。冷风月得意之极，狂笑道：“臭叫花，小爷叫你今日血溅当场！”言罢复又探身攻进，一招长虹经天，直拍布袋和尚腰胁。招式凶猛，更兼已揉进西域武功之诡异，布袋和尚虽然对中原各家门派了然于胸，然陡见此招，也不禁大惊失色！不可能的方位！不可能的身法！虽不言妙及丝毫，却也不失霸道乖戾。好个布袋和尚，惊而不慌，强提一口真气，拔地而起，堪堪避过此招，正自暗道侥幸，忽觉白影一闪，冷风月竟也拔地而起，直击布袋和尚双足。此时布袋和尚身形已然下落，冷风月击来的掌风，陡及布袋和尚小腹要害！布袋和尚心知此招万难避过，百忙中将全身残存真力尽数凝于小腹，硬生生受了这一掌！“砰”的一声，如今败革，布袋和尚偌大的身躯，有如断线风筝，直飞落三四丈外，一动不动！

冷风月阴惨惨地笑了几声，整个脸庞犹如一朵奇毒的复仇之花。大漠依然沉默无风。冷风月便是这沉默中的幽灵。冷风月仰视苍穹，谁也不知道此时他在想什么，现在他清楚地意识到死亡原来是一桩异常简单的事情，即便像布袋和尚这样名扬天下的绝顶高手，也会在一瞬间变成僵尸。是谁，使布袋和尚大侠变为僵尸？是他冷风月！冷风月突然仰天狂笑，有若野狼长啸！冷风月一步步走近布袋和尚的尸首，他要让他再死一次！布袋和尚没有一丝活人的气息。冷风月站在布袋和尚的尸首旁，喃喃道："师父，今日之事，你老人家在天之灵知否！徒儿这便取了你仇人的头颅，也做成夜壶……哈哈哈……"

笑声未毕，突闻"砰"的一声！冷风月的笑声戛然而止！又闻"砰"的一声！躺在沙漠上的，已不仅仅是布袋和尚一个人了。布袋和尚在触地的刹那恢复了知觉，他知道今日若不涉险，已是万难幸免了！他强忍住即将喷出的乌血。他使自己变成一具"尸首"。他暗中将所剩无几的真力慢慢凝于右掌，等待着最后的机会。冷风月会给他机会么？如果冷风月遥遥击来一掌，那布袋和尚毫无疑问就要变成真正的尸体了。但冷风月也许会近身！这是布袋和尚唯一的机会。机不可失！布袋和尚以平生功力之所聚，挥出了致命的一掌。冷风月的身躯有若离弦箭镞，飘落在五丈开外！

黄色的天幕，黄色的地衣，恰似一块巨大的黄色裹尸布。风萧萧，两个奄奄一息的人，静静躺在一片萧瑟中。他们是否就要玉石俱焚，同葬大漠？布袋和尚的肋骨像一具断了弦的破琴，已难奏生命的强音。虽然冷风月的那掌没有使他命丧当场，但他最后的搏命一击，已经使他的真元耗尽！布袋和尚躺在一座沙丘上，脸如金纸、气若游丝，现在他唯一期望的，就是看到冷风月死于自己之前。

冷风月却在另一座地丘上艰难地爬行，像逃避鬼魂似的尽量离布袋和尚远一些。他已经生出了那种触手可及的恐惧。他不敢相信尸体也会杀人，他突然明白了许多使自己感到恐怖的事情。先师智桐的影子他怎么也无法挥走。空气颤抖，大地着火似的燃烧。夜幕降临了。月光下，沙丘林立，鬼影幢幢。两个气若游丝的人，相隔十数丈，漠然而视。他们都没有力气哪怕再说一句话。他们像是在比赛看谁的生命之灯熄灭于后。蓦然，空气像是凝固了似的，有一种轰隆声隐约自天边响起，身下的大地在微微震颤。冷风月阴耸的脸上露出了一丝恐惧，他知道即将发生什么。布袋和尚虽有一丝疑惑，但面容格外平静。冷风月不知道布袋和尚为何还能平静，他已中了自己两掌，此时只怕连杀鸡的力气都不会有了，难道他不怕被漫漫黄沙吞噬？沙丘已开始缓缓移动！一种求生的强烈本能驱使冷风月使出最后一丝力气，缓慢艰难地爬行。他像只幼小的虫子，一点一点地向高处蠕动。布袋和尚依然静静躺着，虽然他知道这样下去意味着什么。

人，违背不了天意，这一点，布袋和尚是再明白不过了，想东方圣如此千古难见的学究天人，终究也难逃一死。死，对某些人来说，不过是另一种归宿，并没有一丝儿的神秘和可怕。布袋和尚就是这样的人。布袋和尚平静地想，自己一生叱咤江湖，从不做亏心之事，没想到老天最后叫老叫花死于黄沙之中。他甚至笑了一笑，一缕血丝挂在他的嘴角。大漠犹如海面，刹那间波涛滚滚！此时冷风月已爬到一座沙丘顶上，像一叶无桨的小舟稳稳地飘在浪尖。他知道大漠骇浪已难耐他何了。长年生活在大漠，他学会怎样避开巨大而可怕的黄沙。看着布袋和尚在低谷沉浮，冷风月笑了！布袋和尚的身影已经消失，冷风月几乎敢断定他是被漫漫黄沙埋葬了，冷风月突然感到一丝遗憾，他不能眼看着布袋和尚毒发而死！天冥神功，中掌必亡！——这是当初千面狐智桐给冷风月上的第一课。冷月风一点也不怀疑师父的话，因为他曾屡试不爽，饶是你武功高强，只要中了天冥掌，纵然当时不死，最多十天后也将毒发身亡！天冥掌，毒掌！

突然风平浪静。柔柔的月光下，漫漫沙丘像一个熟睡的少女。冷风月盘膝而坐，运力自疗内伤，一个小周天之后，他发现自己仅恢复了一成功力。布袋和尚最后那搏命一击，几乎将他全部真力震散。“老叫花！”冷风月恨恨地道，“纵是你葬地三尺，我冷风月，也要掘出你的头颅做夜壶！”冷风月环视四周，牢牢记住了这个地方，然后踉踉跄跄向西而去。大漠茫茫，一代大侠布袋和尚姚鹏，就此葬身沙海了么？

第六回 阴阳大法

七

沧州。古道。西风。铁算子田归林和雷音掌打马走进城门。连日来，二人心中皆是一片茫然，抬眼望去，店铺林立、幌子飘动，街道上人群熙熙攘攘，满目兴荣景象，却平添二人满怀愁绪。

茫茫人海，谁知独孤樵下落？酒店，行人的归宿。举杯，无言的饮酒，无言的相对，无言的苦闷。夕阳西下，残阳如血。次日傍晚，二人立马在一座荒郊野外的破庙之前。阴风愁惨，穿过破庙废墟，卷起一股腐败气息直扑二人鼻孔。残破的蛛网随风飘动，就像腐尸上的破衣，使人感到恐怖、忧愁和凄苦。然而却也有一种神秘的吸引力。任何人只要走过，都忍不住伸头进去看看，然后走开。雷音掌连城虎探头进去看了一眼，回转身来，无言地擦去粘在头上的蛛网灰尘。铁算子田归林接着探头进去，却没有立即转身，稍停，他“咦”了一声，迈步走进破庙。铁算子双目如炬，看着那尊泥土剥落关公塑像。雷音掌也跟着走进庙内，不解地看着铁算子，甚觉莫名其妙。铁算子手按精钢算盘，“啪”的一声，一粒算盘铁珠打在关羽塑像的右眼上。却不见任何异常。雷音掌皱眉问道：“你怎么了？”铁算子不答，纵身一跃，轻飘飘地落在关羽手捋长须的右手上，伸手按着关羽右眼，先直按，然后往左一旋。忽听得“咣当”一声，关羽塑像在缓缓移动！昏暗潮湿的破庙中，雷音掌心中大骇，直感头皮发麻，眼睛直愣愣地瞪着关公塑像，如见鬼魅一般。

浑身破败不堪的关公右手拎起青龙偃月刀，双手抱于胸前，少顷，只听得“咔嚓”一声，关公的左手倏然朝下一指，摆出“请”的姿势。泥土不停地“噼里啪啦”往下掉，腾起一阵潮湿的霉味。而关公手指的地方，露出一块冷阴阴的巨石，只见巨石缓缓移开，现出黑森森的一个洞口。铁算子从关公右臂上跳下来，二人你看看我、我看看你，心中皆是惊骇莫名，此事委实太过诡异，纵是二人艺高人胆大，也不禁面面相觑。沉吟之间，天色渐暗，阴风过处，使人不由得浑身皮肤绷紧！

铁算子用询问的目光看着雷音掌，良久，雷音掌坚定地点点头，于是，铁算子从破庙的门椽上取下两根朽木，运力于掌，将朽木劈成细条。雷音掌取出火折子，很快地将木条点燃。然后接过火把，用左手高高擎着，右手则运劲护于胸前，率先跃入洞内，铁算子当即跟进。洞内阴气逼人，且有陈年秽气扑鼻而来。二人屏住呼吸，将平生真力修为贯注全身，小心翼翼地慢慢往前探寻。走得十步，通道向左拐，拐角处竟备有松明火把！二人换了火把，继续前行。只觉地道逐渐下降，但不知何故，洞内异常干燥。忽觉一股阴风刮过，令人骨头发凉。二人心头大震，驻足观时，但见洞壁之上印有两人古怪的身影。

待得须臾，不见异常，这才压住急跳的心继续前行。地道豁然开阔，眼前突然出现一座大厅，大厅中央骇然有一巨大的黑影耸立着。二人对视一眼，均不作声，又点燃四五支火把插在洞壁。耸立在大厅中央的黑影却原来是一只巨大的沙漏。仔细搜索之后，再未发现任何机关，二人心知地道已到尽头。当下二人站在沙漏前茫然无措。此沙漏分上、下两个巨大的漏斗，旁有双人合抱粗的木桩四根，用以固定沙漏。上面的漏斗已是空的，下面的漏斗积满呈圆锥的细沙。如此巨大的沙漏，实乃二人平生所仅见，不禁惊讶莫名，雷音掌道：“这沙漏怎的这般大！”铁算子心中也正自惊疑不定，闻言摇摇头，细观阻前沙漏，发现沙漏的漏沙孔非常细小，不禁突然色变。雷音掌见状急道：“怎么了？”铁算子表情古怪地道：“这沙漏不是用于计时的。”“不用以计时？”“也非用于计日？”“那——”“它的漏沙孔如此细小，定是用于计年！”两人凑近细看，却见此时箭头正正抬到最后一个刻度，旁边赫然刻着一个数字：五百。雷音掌道："五百年？""五百年！"这只沙漏到现在已历经五百年之久！是什么人——出于何种目的——而制作如此巨大的沙漏了！谁？为什么了！两人隐约觉得一桩巨大的秘密将公之于世，心头不由得紧张起来。

但两人思来想去不得要领，雷音掌连城虎看到沙漏制作得异常坚固，运劲拍出一掌，沙漏纹丝不动。铁算子轻功略胜于雷音掌，当下身形微动。也不见如何作势，身子便已平地拔起，轻巧地落在沙漏边沿上。但见沙漏底部赫然有一黑色锦囊，当即施展"燕子三抄水"轻功，一把将锦囊抓住，腰身一扭，身子划出一道弧线，又翻回到沙漏边沿，轻轻一跃，落在雷音掌身旁。打开锦囊，二人看到里面有一竹简，另有一只精致的檀香木盒，大小如手掌，一股清香弥漫开来，驱除了地道中的秽气，二人顿觉心头畅快。再细观时，但见竹简上有如下字语："吾乃曹氏旁宗。曹氏不兴，因奉家严之命，捧干将莫邪所铸雌及鱼肠二剑密献圣上曹氏髦公，以期曹脉永盛，孰料奸人泄密，髦公仓促举事而殒。吾素蒙圣恩，不忍独活，密建此室，置雌剑于漏底，鱼肠剑即为沙漏箭头，另有曹公所赐《阴阳大法》一图，圣口此乃土古武神所留，为修为之秘籍，圣上寄望于鄙人能修为之，奈何鄙人愚钝，实难参悟，深感无颜，故一并留于此室……"

雷音掌突然奇道："曹髦却是何人？""曹髦乃曹操后人，"铁算子隐约记起史书上曾经这样记载道 ："公元0年，曹髦'见威权日去，有胜其愤'，因对臣下曰：'司马昭之心，路人所知也！吾不能坐受废辱，今日当下卿自出讨之'。结果曹髦为司马昭所杀。"雷音掌点点头，二人复往下观："《阴阳大浯图》置于木棱之中，据曹公云，此图与另一藏宝图原为一纸，后分为二。《阴玥大法图》归多余收藏藏宝图另附与他人。余仅知二图均未得解。据余愚见，若修此绝世内功，当有彼图为辅，方能参悟。鄙人终未知彼图下落，惜乎！""五百年后，有缘者当得入此室，取此异宝，若君凭此而尽斩天下妖魔，则余瞑目也！尔等虽入此室，尚望量力行之，若无雄才大略，请交与有德之人。切忌贪婪，徒遭杀身之祸！曹氏二六二年谨记。"二人看完竹简，面面相觑，忧喜交织，半晌作声不得。

忧，江湖凶险！喜，盖世神功！忧，能否参详得透？喜，若神功练成，自可笑傲江湖。忧，竹简语气极是严峻，二人虽非江湖宵小，却也并非雄才大略之辈！二人打开木椟，恭敬地捧出一张羊皮图纸，但见右首边缘呈狼牙状，却被人撕掉了另一半。二人细观图纸，上面只是弯弯曲曲的线条，终是不得要领，唯一识得的也只是“阴阳大法图”五字。铁算子苦笑摇头，将图纸交与雷音掌收好，再次跃上沙漏边沿，取下鱼肠剑。铁算子诚惶诚恐地捧着这长不盈尺的上古利器，心潮起伏，默立无声。稍后，两人寻到下漏斗嘴开关，合力掀开！沙漏嘴直径足有两丈！沙粒急速下滑。这些沙粒定是经过精心筛选而成，尽管已过五百寒暑，依然悄无声息地落下，绝无半点尘灰。在火光映照下，如粒泛着乳黄色的光泽。铁算子和雷音掌肃立沙漏旁。转眼间，五百年光阴飞快流尽！二人跃上沙漏边沿，不禁心头大震，相顾骇然。

一个美髯公双手托剑缓缓升起，到得与二人一般高矮，戛然而止，奉剑姿势栩栩如生。此事端的匪夷所思！二人惊惧异常，定神细观，方知髯公实乃沉尸！五百年前的沉尸！雷音掌看看铁算子，铁算子点点头，双手接过宝剑，只闻一阵嘎嘎响声，美髯公又缓缓下降！原来沙漏嘴上支有两根方木，交叉成“十”字形，中央有一木板托着髯公双足。沙子漏尽之后，沙粒的重量走动下面机关，髯公便被托着上升。当剑取下之后，引动机关，木块又载着美髯公缓缓下沉。二人跃下沙漏恭恭敬敬地磕了三个头，这才缓缓抽出长剑。只见剑身通体黑亮，恰似一道黑色闪电。剑尖微微震颤，隐隐发出嗡嗡之声，似在万马奔腾，又似大海海浪澎湃汹涌，端的雷霆万钧。剑柄上附有一白绢，上书：“吾乃曹门小卒，汝今得宝，望焚吾身。洁君之手，好自为之。”二人遵嘱点燃沙漏。转眼间上下两台沙漏已尽在腾腾火焰之中，正欲托剑拜别，忽又见美髯公从火中再度爬起，双手犹呈奉剑之势，目视二人，神色肃然。

铁算子和雷音掌跪拜于烈火之前。顿觉热浪逼人，呼吸难畅，二人长身而起，向洞外疾奔。出得庙来，已是月正中天，银辉遍野。两人翻身上马，投身溶溶月色。凉爽的夜风扑面而来，马蹄划过柔软的青草。阵阵幽香，山路回转，蝉鸣悠扬。正行走间，眼前忽现一座别致精舍。

二人驻足而观，始知精舍竟是青竹所制。青竹在月光下泛着淡淡银光。银光缥缥缈缈。二人几疑误入仙境，徐徐走近窗前，但见室内物竹清雅，绝无一丝尘埃。竹床之上，平卧着一位青衣少女，脸如白玉，一呼一吸之间，使人心醉神迷。二人心头一荡，不觉心摇神驰。忽闻“咯吱”一声，竹门开处，一人寺灯而入，置灯桌上，转身面对着竹床。二人心头大震！玉蝴蝶！江湖四大魔头之一，十恶不赦的采花大盗，人所共愤的玉蝴蝶金一氓！二人正震骇间，只听得玉蝴蝶瘆人地干笑几声，嗲声嗲气地道：“霍姑娘，算你有福，今晚金某定不负你，包你销魂，咯咯咯……”青衣少女浑然不知，显是要穴被制。玉蝴蝶淫笑着，伸手欲解青衣少女胸衣……雷音掌陡觉血冲脑门，暴喝一声：“淫贼住手！”话音未毕，二人早破窗而入。玉蝴蝶名列江湖四大魔头之一，武功端的非同小可，闻声虽是心头一惊，却是惊而不乱，身形早鬼魅般暴起，双臂疾伸，一拉一带之间，已扣住了两人门脉！

玉蝴蝶只料敢坏自己好事之人，武功定是非同小可之辈，他本欲以攻为守，不料竟一举得手，微愣之下，便见雷音掌眦目欲裂，铁算子则神色惨然，不禁嗜嗜怪笑道：“天堂有路不走，地狱无门偏来，尔等区区鼠辈，竟也敢管……”话音未落，陡闻一声暴喝：“撒手！”声如惊雷，玉蝴蝶心神俱震，惊回头，但见江湖浪子童超傲立门前，一袭白衫，有如玉树临风，此时俊目含威，怒视自己。玉蝴蝶骇然色变，心胆欲裂，哪还再敢作伤人之念。只见一鹤冲天，玉蝴蝶运足平生修为，破窗而逃……

第七回

进退维谷

八

“昆仑四剑”中硕果仅存的郜盛，自半年前武帝宫一役，带着师父尸骨回归本门之后，心里就从未有过一刻的平静。昆仑一派，起始与少林、武当和峨眉派齐名，被誉为天下四大门派。数百年之后，各门各派人才辈出，而昆仑派人才凋零，实难与创派立门之时同日而语了。时至今日，不过是江湖九大门派中无足轻重的一派而已。这还是因有追风剑客皇甫呈执掌门楣。如今皇甫呈命归黄泉，没有了那柄使天下英雄不敢小觑的追风侠剑，江湖中是否还承认它是天下九大门派之一，那倒也难说得紧了！

追风剑客皇甫呈，以快剑名动江湖，自十年前执掌昆仑派，共收了四名弟子——高峡、郜盛、杨坤和管育。四人中，高峡老成，郜盛粗豪，杨坤寡言聪颖，四弟子中数他剑术最高，小师弟管育为人机敏伶俐，深得本派中人喜爱，被江湖同道赠名为“昆仑四剑”。既有追风剑客和“昆仑四剑”，昆仑一派虽说不敢与少林武当争锋，但若与诸如同列九大门派的崆峒点苍之类相较，倒也不弱了名头。不意半年多前，先是掌门师尊失踪，小师弟管育下山寻找师父，又告神秘丧命。余下昆仑三剑陡闻噩耗，一齐下山，不多时日，高峡、杨坤又落入“黄龙令”魔坑，极不光彩地殒命。至于郜盛自己，若非江湖浪子童超两度相救，纵有十条性命，也绝难活至今日了！但就是这救他性命的大恩人童超，当日在武帝宫大战中，怒气勃发，一掌击毙了昆仑派掌门师尊追风剑客皇甫呈！是恩？是仇？郃盛委实难决断！江湖浪子两度相救，那情景历历在目，救命大恩，怎能不报！但他一掌毙师父手掌底的情景，也万难从郃盛脑中抹去！杀师之仇，深如四海！恩恩仇仇，怎不叫郃盛难安？

虽当日在武帝宫，掌门师尊是被太阳叟东方圣的药物迷了心性，甘愿助纣为虐，与天下英雄为敌，才被江湖浪子一怒击毙。但身为人徒，又怎能编排师尊不是。追风剑客纵有千般不是，也是身不由己，与你江湖浪子何关！你既一掌毙了昆仑掌门，那昆仑一派便与你江湖浪子仇深似海。但凡江湖中人，最是恩怨分明。救命大恩不报，却是禽兽不如之辈了！郃盛终日长醉，早令昆仑弟子寒心。作为硕果仅存的先掌门弟子，郃盛理当率领众同门剿杀江湖浪子，为掌门师尊报仇，重振昆仑一派声威。但先掌门尸骨未寒，郃盛却已颓丧如斯！但昆仑弟子中又有谁知道他们的郃师叔（伯）早陷入了进退维谷之境！

昆仑派虽有百余名入门弟子，但大多仅是记名，除二代弟子的“昆仑四剑”武功得掌门师尊追风剑客皇甫呈亲授外，第三代弟子中只有熊寻一人正式拜入昆仑四剑之首的高峡门下，因而不论人品武功，熊寻都是昆仑第三代弟子中的佼佼者。郃盛进退维谷的处境，他也只对熊寻一人说过。当时熊寻沉吟良久，才道：“既是如此，郃师叔，咱们只有请师伯祖他老人家出来了。”郃盛道：“这固然是最好之法，但师伯他老人家坐关已十年有余，他又怎肯破关而出呢？”熊寻道：“我和郃师叔去跪请三日，将本门惨变尽数告知于他老人家，师伯祖与掌门师祖亲生兄弟，难说——”郃盛道：“事到如今，看来也只有这样了。师伯他老人家若肯出来执掌门庭，那咱们昆仑派便有望了。”

原昆仑掌门追风剑客皇甫呈的师兄皇甫嵩，也是皇甫呈的亲生兄长，昔年号称追魂剑客，快剑追魂，犹在其弟追风剑客之上。早年追魂追风联袂行走江湖，连向来以剑法名扬天下的武当掌教灭尘子也称赞有加。人人都道待老掌门谢世，昆仑一派定由追魂剑客皇甫嵩执掌门庭。不意先掌门死后，追魂剑客宁死不做掌门，自行坐关，将掌门之位让与其弟追风剑客。个中情由，外人自是不知，仅有纳罕而已。甚至整个昆仑派上下，也只有追风剑客一人明了其兄心思。很简单，追魂剑客腻透了枕刀舐血的江湖生涯。既如此，郜盛、熊寻师叔侄二人长跪三日，自是了无结果。郜盛令熊寻主持本派事务，自己则终日对酒长歌，长歌当哭！也多亏熊寻心思缜密，一晃半年，昆仑派竟未出任何差池。

这日卯时，郜盛正饮到第三杯，忽见熊寻匆匆走进屋来，黯然坐在郜盛对面。郜盛恍若未觉，又慢慢斟满第四杯，刚欲端了一饮而尽，却见熊寻早已出手，端起酒杯一口干了。郜盛不解地看着他！熊寻放下酒杯，长叹一声，道："师叔，并非师侄无礼，只是……唉！"郜盛奇道："怎么啦？"熊寻道："江湖浪子在江湖现身啦！""童少侠？"郜盛急道，"他——他——"熊寻道："师侄派到川境的一个弟子，昨日连夜赶回，说在峨眉山下见了童超，且与童超交了手……""与江湖浪子交手？"郜盛骇然道，"那岂不——""童超那厮并未为难本门弟子，"熊寻道，"只让他回来给郜师叔传话。""传话？""昨夜师叔睡得太沉，故而——""传什么话？""童超说他此番重到中原，只为寻找胡大侠和独孤少侠，决不与本门为难。但本门若欲寻他报杀师之仇，他随时等着咱们。"郜盛黯然良久，才叹道："纵然本门兄弟全部下山，又怎奈何得了江湖浪子童超呢？"熊寻道："江湖浪子年纪甚轻，他的武功真如江湖传闻的那般可怕么？"郜盛道："并非师叔我长他人志气，江湖浪子的武功，若一对一对地搏，只怕当今天下无人能制服于他了。"熊寻也闻言心惊，暗自伤神。

二人默然相对。郜盛又要饮酒，却被熊寻伸手按住。郜盛不解地望着师侄。熊寻道："郜师叔心思，别人不知，师侄我却明白。恕师侄斗胆说一句，师叔你这般终日长醉，既不思为先师报仇，也不想如何报江湖浪子救命之恩，作为江湖中人，长此以往，只会徒招人笑。这对本门及师叔你个人声誉，只怕都没丝毫好处。"郜盛道："我又能如何作为呢？敬教于师，务必愧对恩人。报恩于人，却又愧对先师，我——""师叔左右为难，我都知道，"熊寻道，"师侄倒有个计较。"郜盛急忙道："什么计较，师侄快讲！"熊寻道："俗话说国不可一日无君，家不可一日无主，本派自掌门师祖仙逝，这半年来兄弟们惶然无主。虽师侄多方周旋，幸未有何变故，然时日一久，难说兄弟们不会生出异心。眼下师伯祖他老人家既铁了心不管本派事务，全派上下一唯有郜师叔辈分最高。若那师叔仍要这般耽于醉梦，兄弟们散沙一堆，师祖他老人家的大仇，却又如何能报？”郜盛道：“师侄此番说话，却不知——”熊寻道：“并非师侄一人这般想，全派兄弟都急盼师叔振作起来，执掌本派，纵是江湖浪子武功再高，只要咱们全派兄弟一条心，也未必就不能替先掌门师祖报仇。”“要我做本派掌门？！”郜盛急道，“那是万万不可的！”熊寻道：“师叔这般说，也是在情理之中。但师叔是否想过，若师叔不担起掌门重任，本派又怎有第二人选。一派无主的厉害，师侄已说了许多，师叔心里自然更是明白。至于师叔任掌门后的恩仇两难之处，师侄及本门兄弟们都已考虑周全了，并非不难解决。”“如何解决？！”郜盛急不可待地问道。

熊寻一喜：“这么说师叔是愿任本派掌门了？掌门在上，请受弟子一拜！”言罢便“扑通”一声跪下，郜盛大急，连忙伸手去扶，忽听“哗啦”一声门响，涌进十数个昆仑弟子来，进门便即跪下！郜盛举目一望，门外尚有近百名本派弟子，心知全派弟子，此时尽都聚于此地了。只见百余名昆仑弟子齐崭崭全跪在郜盛屋里屋外，口中一齐高呼：“参见掌门！”郜盛顿时大汗淋漓，急道：“你们……你们……”熊寻依然跪着，磕了三个头。百余人一齐磕头，轰然有声。郜盛又惊又急，一时作声不得。熊寻道：“掌门有何吩咐？！”郜盛语不成声地道：“我不……不是掌门，你们……兄弟们快快起来。”百余人齐刷刷站起来，一片哗啦声后，又是一声高呼：“谨遵掌门令谕！”郜盛六神无主，一时作声不得。

只见熊寻一使眼色，早有十数名弟子恭恭敬敬地将昆仑派历代掌门的灵位供上，灵台的正中，放着一只巨大的祖母绿戒指和一柄长及三尺的黑剑！剑是尚方宝剑，昆仑镇派之宝，纵是本派掌门，也不能佩其于身。祖母绿戒指，则是昆仑派掌门信符。灵位神物搬出，郜盛身为昆仑弟子，纵有十个胆子，也不敢不跪于祖宗灵位及宝物之前了。百余名弟子又齐刷刷跪于郜盛身后。郜盛规规矩矩地磕了三个头，站起身来却不知如何是好。众弟子也跟着站起，一齐看着他。郜盛看着熊寻，道：“你，你这是搞什么鬼？”熊寻立即跪下，道：

"启禀掌门，弟子熊寻为了本派前途，不得不以身冒犯神物，惊动祖宗灵牌，罪可当诛！便请掌门请出镇派宝剑，将弟子斩于祖宗灵前，弟子熊寻虽死无憾！"十余名方才搬灵牌神物进屋的弟子也一齐跪在熊寻身后，凛然将"虽死无憾"之言同声说了一遍！

九

原来，依昆仑派门规，若无掌门令谕，擅动灵牌神物，皆是罪当诛灭！镇派神剑，尚方剑，唯一的作用便是诛斩本派叛逆及违犯门规罪可当诛之人。邰盛转首看看尚方剑，又看看面前跪着的熊寻诸人，知此时木已成舟，自己稀里糊涂地成了掌门，只得长叹一声，道："你们起来吧。"熊寻等高声道："多谢掌门不杀之恩！"邰盛皱皱眉，心道罢了罢了，既是本派兄弟硬要来个霸王硬上弓，让我邰盛骑虎难下，那我邰盛便把这条命交给本派，不让列祖列宗丢脸也就是了。正思忖间，却听熊寻道："启禀掌门——"邰盛一愣，道："你又有什么事了？"熊寻道："弟子不敢。弟子与这十余名兄弟犯了本派门规，本是罪可当诛，但掌门宽宏大量，饶我等不死。但依本门门规，弟子等已是戴罪之身，望掌门准许弟子与这十余名兄弟下山戴罪立功，诛灭江湖浪子，为先掌门师祖报仇！"邰盛恍然大悟，原来先前熊寻说已有解决自己两难处境的办法就是这样，先让他接任掌门，管理好派中事务，然后由熊寻带部分兄弟下山为掩掌门报仇。

邰盛心头一热，暗道：我昆仑派既有这等好兄弟，还怕没有复兴之日么？！随即又想：熊师侄带十数名兄弟去找江湖浪子拼命，那无疑是以卵击石，自取灭亡，决不能让他们担此风险！江湖浪子童超虽一身浩然正气，绝非穷凶极恶之辈，但若你胡搅蛮缠，激起了他的怒气，却也是六亲不认的。当日在武帝宫一掌击毙先师追风剑客就是最好的例子。这一点，邰盛比任何人都明白。郜盛呆呆看着熊寻，转念间已有了主意，只见他转身从灵台上取下掌门信符的戒指，庄重地戴在右手食指上，然后冲历代掌门灵牌各磕了三个头肃然道："列祖列宗在上，请受昆仑第二十七代掌门郜盛一拜。自今而后，本掌门定当率领同门，将本派声威发扬光大！"身后百余名昆仑弟子均肃然地看着他们的新掌门，面露喜色。郜盛礼成之后，取下尚方宝剑，双手平托，转过身来看着熊寻。众人都是一惊：莫非新掌门真要斩熊寻及十余名兄弟立威了！

却听郜盛道："昆仑派第二十八代弟子熊寻听令！"熊寻凛然跪下，道："弟子熊寻谨听掌门令谕！"郜盛道："尔等未得掌门令谕，擅动祖宗灵用及本派神物，罪在不赦！然本门正值多事之秋，本掌门念尔等一片为本派着想之苦心，且饶尔等不死！"熊寻道："谢掌门不杀之恩！"郜盛又道："尔等既触及本派死律，死罪虽赦，活罪难饶！"众人又是一惊，却听郜盛接着道："本掌门为报先师血仇，即日便将率部分兄弟下山。本掌门特令熊寻戴罪立功，暂时接管本派神物尚方宝剑，维持本派立门重地安危。本派弟子若有心生异念、违犯门规者，熊寻可不请示本掌门，凭空中尚方剑就地诛斩！若本掌门复仇归来，发现熊寻治派无力，也当定斩不饶！昆仑第二十八代弟子熊寻，你可听明白本掌门令谕了么？！"熊寻早泪眼迷蒙，泣声道："弟子铭记掌门师叔之言于胸，断不敢忘！"郜盛肃然道："如此甚好！熊寻，接本门神剑！"熊寻双手托住尚方剑，站立起来，看着新掌门潸然泪下。

郜盛此番下山找江湖浪子寻仇，实是凶多吉少，别人不知，熊寻却是了然于胸。新掌门与江湖浪子的恩恩怨怨，熊寻也无有不知。郜盛让他这般"戴罪立功"，其中深意，熊寻自也知晓，一是不让他担凶险，二是新掌门生还机会甚是渺茫，熊寻本是聪明之人，不会不知道郜盛下山意味着什么！撇开江湖浪子武艺高超不说，纵然郜盛真杀了童超，他也定会自绝于童超尸前，以报人家两度救命之恩的！对于像郜盛这样的血性汉子来说，恩仇比性命还要重要！熊寻思忖至此，托剑的双手禁不住轻微颤抖起来。便听郜盛威严地高声道："昆仑弟子听令！"众人轰然道："谨听掌门示下！"郜盛道："江湖浪子童超，与本门有灭师之血海深仇，不杀此人，先掌门师尊之灵九泉之下难安！"众人齐声道："誓杀童超，以慰先掌门之灵！"郃盛等众人静下之后，又道："无奈童超武艺高强，咱们只能智取，不能力敌，此番本掌门只率十名弟子下山追杀童超……"话音未落，早有百余只手如林般举起，纷纷争着要与掌门下山。

郃盛看看熊寻，熊寻便指着先前搬动灵牌的十数人，道："就让这几位兄弟随掌门下山吧？"郃盛道："好！兄弟们别争了，与本掌门下山之人选已定，现在众位弟子看好！"只见郃盛高高抬起右掌，大声道："本掌门食指上所戴的戒指是什么？"众人均是一愣，那不是本派的掌门令符么！郃掌门为何有此一问？！众人你看看我，我看看你，面面相觑。又听郃盛道："凡我昆仑弟子，均知此戒指为本派掌门令符，现在本掌门要众位弟子一齐背本派第九条门规！开始——"众人轰然齐声道："凡我昆仑弟子，见掌门令符戒指，便若亲见掌门！"念罢众人心头都是一震。便听郃盛道："此番本掌门下山，归期难料，若有人持此信符上山，本派上下，均得奉此人号令行事，若有违者，昆仑第二十八代弟子熊寻务须请出尚方宝剑，立斩不饶。"众人鸦雀无声。郃盛怒道："熊寻，尔等竟敢不奉本掌门之令么？！"熊寻悲声道："弟子熊寻遵命。""如此甚好！"郃盛道，"与本掌门下山的弟子这便去打点行装。余下弟子各司其职，一切听熊寻调令。本掌门也要略作拾掇，明日下山。众弟子这便散去吧！"众人躬身散去，只有熊寻一人仍留在屋内。

熊寻道："掌门师叔，你——"郃盛道："这是最好的办法了。只盼你每日督促兄弟们勤练武功，不要损了本门声威才好！"熊寻道："如果掌门师叔留下，由师侄……"郃盛打断他的话道："师侄休要再说了，个中厉害，我已想得分明。你们既认了我这个掌门，我做掌门的又怎可不担当起为先师复仇的重责呢！"熊寻道："师叔……"郃盛怒道："休要啰唆！你去吧！"熊寻心头一凛，道了声"是"，便躬身离去。郃盛看着他的背影，轻轻点了点头。然后手抚先师留下的追风剑，良久无声。突听"啪"的一声！郃盛骇然一惊，却见茶几上多了本薄薄的小册子。小册子是由十数张羊皮纸订成，年深日久，早已泛黄。小册子的封面上，赫然题着四个隶书文字："追魂剑谱"！

郃盛一个箭步冲到窗前，却哪里还见得到半个人影。转回屋来，迷惑不解地看着那本剑谱。便听一个细微但却清晰的声音自耳边响起："郜盛，你早该这样了！"郜盛左顾右盼，颤声道："你是谁？"那声音道："不要找我了，你找不到我的。你只要看看那剑谱，就知道我是谁了。现在你别说话，静听我说。当年你师父号称追风剑客，以快剑名扬江湖，但若论出剑变招之快，令师与我相比，还是略逊一筹……"郜盛惊喜交加，高声道："你是追魂剑客？！师伯！弟子……""我要你别说话！"那声音道："我昆仑一派，向来以快剑闻名，但十年前我与武当灭尘道长论剑三日，却终是输给了他的慢剑。武当剑法以静制动，以慢制快，端的是天下一绝。然经那番论剑，也使我发现了本派快剑中的许多破绽。当年你师祖仙逝，我主动把掌门之位让与师弟。我对他说是腻味了江湖杀戮，其实我是想静静想想怎样弥补本派剑法大的破绽。这十余年来，也算有了结果。我将武当剑法之慢与本门剑法之快揉到一起，创新研出这份《追魂剑谱》，现我将它相赠予你，若然练成，仅以剑法论，你绝不会弱于天下任何使剑高手，望你勤学苦练，将本派发扬光大……你不要说话！这十余年来，除剑法外，我也悟透了许多事理，我已老啦，不会再管什么江湖是非了。你好自为之吧！"

郜盛听那声音不再传来，高呼了几声"师伯"，却哪里还有回音。郜盛不知是喜是忧，伸手翻开《追魂剑谱》，只见扉页上写着："天下运剑者，均知快慢二途，快者若风，慢若处子，孰优孰劣，本无准则，然因……"一路阅将下去，郜盛只觉心中狂跳，早先许多心中不解之处，竟豁然洞开。但看到后面剑招细则时，却又似懂非懂，看似简单，细着却又甚觉艰深……东方既白，那待与掌门下山的十余名弟子，早聚在郜盛门前。郜盛恍然惊觉，忙揣了那本剑谱，急急收拾行装。熊寻及近百名昆仑弟子，一直将新掌门送至山脚。拱手拜别时，人人心头均有一丝不祥之感。莫非真是：风萧萧兮易水寒，壮士一去兮不复还？！

第八回

陡起凶波

十

月黑风高。荒郊野冢。万籁俱静，鬼火荧荧，显得格外阴森。一条黑影鬼魂般飘然而来，在一座巨大的荒冢处收住身形，只见他朝四周略一打量，然后击掌三下。稍后，另一座荒冢后响起了三声回应，然后缓缓转出一条人影。先前那黑影冷冷地“哼”了一声。稍后出现的组影听到那声冷哼，陡然像触了电似的，连忙起身前来，颤音道：“属下没想到会是主上亲身前来，望恕属下无知之罪！”先前那黑影道：“吩咐你的事都布置好了么？”“回主上话，属下已派杨长老办理去了。”“杨世通？你相信他能办好？”“杨世通身为本帮执法长老，向来心思缜密，冷面无情，属下对他行事极为放心。”“那为何近日不见江湖为寻独孤樵而喧腾？”“这——”“只怕是尔等还未尽力吧？！”“不敢！主上吩咐之事，属下怎敢不尽心尽力呢！属下这就……”“罢了，独孤樵之事，老夫已另有安排。”“主上神机妙算，不知——”“老夫已诱使金童玉女去追杀独孤樵，他二人新近练成了东方圣那老匹夫遗留威力极大的一式剑招，如果独孤樵真的在江湖现身，那两强相斗……哈哈！”“主上神机，当真令属下佩服得五体投地。”“姚鹏那老贼，尔等尽可放心，此时是生是亡，倒也难说得紧了！哈哈哈……”“主上是说布袋和尚那老贼已被主上的神功——”“你听说过千面狐有个徒弟么？”“冷面煞星冷风月？属下也曾有所耳闻，好像昔日陛……东方圣对他极为赏识，把他派到大漠……”“不错，此人已尽得千面狐真传，心狠手辣，犹在其师之上，老夫已用计使他将姚鹏那老贼缠至塞外，老叫花能否生出大漠，倒要看他的造化了。”二人一阵哄哄怪笑，有如两只夜枭啼鸣。

稍后，其中一人道：“主上计谋莫测高深，不知此番主上要吩咐属下——”“独孤樵和姚鹏咱们可以无虑了，当今天下，唯一能与咱们作对的便是胡醉和童超。童超半年没有音信，即使现身，老夫也不惧于他……”“主上功高莫测，一身暗器功夫更非江湖浪子所能抵敌！”“你少给老夫戴高帽，当初若非东方圣那匹夫给老夫先戴了几顶高帽，致使老夫头脑发昏，与他打赌并输于他，老夫也就不会窝窝囊囊地给他做什么劳什子的左护法了！”“属下不敢！属下是真心……”“并非老夫妄自菲薄，与江湖浪子若放手一搏，老夫虽无惧于他，但也决难取胜，大约是个平手之数。最可虑的还是胡醉，他名誉上现在还是你们丐帮帮主，并且在江湖上侠名甚著。”“主上放心，眼下敝帮已在属下和黄长老控制之下。”“完全控制了？”“这个嘛——”“你休要大言炎炎，你和黄世通控制了丐帮多少力量，老夫胸中有底，现在老夫就要你与黄世通凭借你们的力量，将胡醉除去！”“除去？胡醉那厮的武功——”“并非让你二人去与胡醉厮杀。”“那主上之意是——”“用这个——”被尊为主上的黑影骇然是江湖四大魔头之首的千佛手任空行，此时他递过一团薄薄的东西，阴沉沉地道：“——和你们的脑袋！”“这是——”“这是千面狐的遗物，你回去一看便知。我要你们不但除去胡醉，还要江湖天下大乱，只有乱，咱们才可从中谋利。待大事成了之后，老夫替你把帮主前面的‘副’字去掉。”“多谢主上大力栽培！”说话的却是半年前在“武帝宫”与胡醉势成水火的丐帮副帮主铁镜！“不过，”任空行又道，“这还得看尔等如何行事。”铁镜忙道：“凡主上吩咐的事，属下等万死不辞！”“好！”任空行突然放低声音，说尔等只要如此如此，这般这般……“主上神算，当真赛过昔日诸葛，”铁镜连连点头道：“属下等一定照主上吩咐的去办！只是——兄弟们的解药——”“离毒发期不是尚有三日么？”“是！是！只是兄弟们——”“也好，近日老夫要去追查江湖浪子下落，这就把解药给了你们，一月之后，你可到老地方找我。”言罢抛给铁镜一个小药瓶。铁镜毕恭毕敬地道：“谢主上赐药之恩！”任空行“嗯”了一声，道：“记住千万别让胡醉那厮与你朝相！”“属下理会的。”“去吧。”任空行一挥手，铁镜躬身道了声“是”，人便如离弦之箭，画出一道黑线，消失在茫茫黑夜之中。

蓦然一道闪电，照亮了任空行奸诈阴沉的面容。闪电划过之后，任空行身影已杳。轰隆的雷声，是昭示着风暴即将来临么？永定镇，地处长江北侧，是一个只有七八百人的小镇。镇虽小，却是南北来客的必经之地。这儿最兴隆的生意是摆渡。渡人或渡货。货有轻贱的也有贵重的。有贵重的货，当然也就有镖局。永定镇最大也是信誉最好的镖局，是永盛镖局。永盛镖局有十九名镖师、三十名趟子手，总镖头姓陈，名运兴，早年曾做过两湖武林领袖，使一把三十余斤重的鬼头刀，为人耿直豪爽，水上功夫更是无人能及。在两湖境内，无论水路陆路，凡永盛镖局保的镖，还没失过一次手！陈总镖头的面子，两湖境内的白进黑道，都是要卖几分的。陈总镖头如今已年逾七旬，早已不亲自保镖了，镖局的事，他已托付给副总镖头艾远柏和大弟子于雄受理，自己则整日和三位姨太太花前月下、饮酒品茗，纳享清福。

这一日，约莫卯时辰光，陈运兴饮了早茶，心情颇好，正在后花园舞弄他那把三十余斤重的鬼头刀，忽见大弟子于雄面有惊色地匆匆奔来，高声道：“师父！”陈运兴的兴头突然被打断，满脸不悦地道了一声：“嗯？”于雄道：“师父，事情有些不对！”除运兴一挥手，道：“找艾副总镖头去！”“艾，艾叔叔他在、在的，”于雄道，“但——”“但什么，”陈运兴道，“镖局的事有什么你们不能处理的？哼！”“不、不是。”于雄一急，越加语不成句：“他，他一定要见师父你。”陈运兴微觉惊奇：“这倒是怪事，你慢慢说，谁要见我？”于雄道：“胡……胡大侠。”“大侠？”陈运兴哈哈大笑道，“老夫数年不出江湖，大侠倒是越来越多了！你去回话，一大早的，为师不见！”于雄急道：“不！不！来的是名满天下的丐帮帮主，千杯……”陈运兴一凛：“胡醉胡大侠？”于雄道：“正是。”陈运兴喜道：“胡大侠名声卓著，却有若神龙见首不见尾，我陈某不知是哪生修来的福分，居然江湖大侠登门造访，哈哈！走走走，见胡大侠去！”话音落时，人已奔出三五丈外，手中的鬼头刀竟忘了放下。于雄急忙跟上道：“不……不是……”“休再啰唆，见过胡大侠再说！”陈运兴一挥手，人已奔至正厅。

大厅正中央摆着一口棺材！副总镖头艾远柏愁眉苦脸地看看棺材，又看看一个高大健壮的背影。陈运兴打个哈哈，抱拳道：“是胡大侠要见在下么？”胡醉转过身来，一腮虬髯，表情漠然，只冲陈运兴微一点头。陈远兴道：“不知是哪阵风，将胡大侠吹到寒舍，老夫真乃三生有幸了。”胡醉淡淡道：“只怕不见得。”陈运兴甚觉惊讶，作声不得。胡醉道：“无事不登三宝殿，本人素喜有话直说，此番登门，是想求陈总镖头亲自出马，替本人押一趟镖。”陈运兴道：“好说，既是胡大侠投保，老夫自当效命，只是不知胡大侠投保的是什么？”胡醉道：“就是这口棺材，你将它押至鹰爪门总舵，交给鹰爪门掌门楚通的大弟子巨灵掌雷生。”陈运兴奇道：“为何不直接交与无敌神掌楚通楚老掌问？”胡醉生硬地道：“照我说的做！你这镖局的规矩是多管闲事么？！”陈运兴大惊，不知名满天下的胡大侠为何如此说话，一时怔立当场。

于雄道：“师父，胡大侠既来投保，却说没带保银，这与咱们规矩……”胡醉冷笑一声，道：“难道以我胡醉的声名，还不能使陈总镖头改一次规矩么！”陈运兴支吾道：“还望胡大侠鉴谅，敝……”话音未落，陈运兴只觉眼前一花，接着手头一轻，“咔嚓”的一声，手中的鬼头刀已然插入大厅横梁二尺有余！陈运兴骇然大震，顿时望着胡醉目瞪口呆。只见胡醉冷笑数声，面色漠然地道：“如果陈总镖头稍有一点不照我胡醉的意思办，我千杯不醉迟早要斩尽你永盛镖局大小九十七口！陈总镖头看着办吧！”“吧”字出口，厅中三人只觉眼底一空，早已不见胡醉身影！三人呆立良久，陈运兴才默然道：“此人当真是千杯不醉胡大侠？”艾远柏沉重地点了点头。“你认准了么？”“兄弟半年前在武帝宫亲自见过他面，决不会错！”二人同时长叹一声。站在一旁的于雄高声道：“什么大侠？！简直比魔头还蛮不讲理！师父，这镖咱们不保啦！”陈运兴没有理睬大弟子，只缓缓问艾远柏道：“咱们镖局老老少少全算上共有多少人？”艾远柏低头默算了一忽儿，突然抬头看着总镖头，骇然道：“不多不少，正好九十七人！”陈运兴脸色顿时变得死灰一般，良久，才转头对着于雄惨然道：“备车！”

第九回

魔高一筹

十一

黄河远途千里，浊浪滔滔。万里龟裂黄土，红尘漫漫。这里是八百里秦川。八百里秦川，不知曾诞生多少英雄豪杰、造就几多魔头巨枭！百年之前，一代大侠雷霆虎及其兄弟四人，跃马横刀，惩恶除暴、横扫秦川、笑傲江湖……当是时，八百里秦川，乃至于整个江湖，提起雷大侠及其兄弟“川陕五虎”的名头，哪个英雄不啧啧叹服，有何宵小不闻风胆丧！……光阴迅逝，年轮飞转。星换斗移，非是人非……百年之后，“川陕五虎”仍在，然当年雷大侠及其四兄弟的风范，却已荡然无存！如今的川陕五虎，早是打家劫舍、杀人越货、无恶不作的五个魔头！——坐地虎，川陕五虎的龙头老大，练就一身金罩铁布衫功夫，为人阴狠歹毒，曾在一夜间将长安一家客栈里的近百人杀了个精光！——霹雳虎，使一根狼牙棒，一棒能砸碎世间最牢的门！外家功夫端的不可小视。——开山虎，手握双斧，恰似当年冒充李逵的李鬼，所不同的是，他喜欢劫了商客财物之后，再将人家的头颅劈成两半！——白睛虎，细眼白面，五虎中数他轻功最高，曾在一夜间使七个良家少女失去贞操！——跳涧虎，阴鸷深沉，一把淬毒透骨钉打出，五步追魂！五虎功夫各有擅长，更因臭味相投，五人同进同退、杀人不眨眼，端的使人闻其名而寒其心。

五虎过处，当真是，雁过留毛，鼠过留尾痕！然俗话道得好：“一物自有一物降。”纵然五虎魔焰千丈，也自有人道高一筹……却说金童玉女因欲追杀独孤樵为太阳叟东方圣复仇，便答应与千佛手任空行联手。因受任空行指点，二人日夜不停，径往东南，这一日到了川豫地界。金童因偶得独孤樵线索，更因初初习得“旭日东升”剑招，自忖陛下大仇有望得报，故兴致颇高，意气风发。玉女则沉默寡言，显得甚是索然，偶尔还露出忧心忡忡心态，金童不解，开口询问，玉女却只淡然一笑。此时日正中天，正是午未交替时分，二人步入一座小镇，金童回首见玉女满面风尘，便道：“御妹，咱们在此稍歇再行可好？”玉女默然点头。二人走进一家较为洁净的酒肆，要了一壶习水大麯和几碟上等小菜，轻呷默饮。酒肆内除金童玉女外，尚有十数位食客，其中六七人似乎身负武功，一旁搁有刀剑，然一望便知，不过是江湖中三四流人物而已。

金童玉女步入酒肆时，座中三四人猛觉眼前一亮，手握酒盅僵住一刻！少男俊美，少女若仙，虽是略带一丝倦容，却恍若不沾半点俗尘之气。然那少男只是目光随意一转，那些僵住的汉子们便顿即骇然一惊，匆匆低首饮酒。像他那俊美绝伦的面庞一样，他那凛冽的目光，也是这些江湖汉子平生所仅见！金童淡然一笑。如此场面，他已并非初识，这些三四流角色，根本值不得他计较。玉女却恍若未觉，只轻飘飘地在金童为他拉开的凳子上落座，对小二粲然一笑，便即低首默饮。那些身佩刀剑的江湖汉子再不敢对他二人直视，只悄悄瞅上一眼，心中均想：这对少年男女不知是何来头，怎的不似尘世中人！然那少年身负双剑，莫非也是江湖中人？不像不像！在这些汉子心中，江湖中人便该是与自己一般的粗豪之辈，否则就难甚至绝不能过那枕刀舐血的江湖生涯！酒肆内一时哑然无声，连那些舌头一向最灵活的小二，此时也被金童玉女那高贵俊雅的气度所震慑，作声不得。

便听金童轻声道：“御妹，此次咱们到洛阳，若那老邪不在，抑或被别人抢先得了去，咱们……”玉女轻叹一声，道：“御兄，此时此地，还提那些俗事做甚。”金童道：“御妹说得是，为兄该罚三杯！”只见金童连倒三杯，均是一饮而尽。玉女冲他粲然一笑。众人这一惊非同小可。先是二人以“御兄御妹”相称，那自是表明二人身份了，大惊之下，均想：若非出身皇室，也断无此气度！更有甚者这般想，小人今日得见公子公主金面，也不知是哪世修来的福分！莫非小人祖坟突冒青烟，飞黄腾达有望？！……却苦于一时想不出讨公子公主欢心之法。心中正自暗急，却见公子连饮三大杯，却是轻描淡写，面不改色！众人这一惊更甚，想那刁水大麯，最是猛烈，一介翩翩年幼公子，竟也是这般海量，纵是自己这七尺大汉，连饮三杯，恐怕也得醉卧当场！心中正既惊且佩，又见公主那有若天仙般的粲然一笑，便顿即作声不得！

玉女微觉诧异：如此静寂的酒肆，她倒是从未见过。不禁转头环视四周。突闻“扑通”一声，一条大汉在玉女的目光与他的目光刚一相接时，已然跪倒在地！玉女轻轻“咦”了一声，便见那大汉磕头如泥，躬身道：“公子公主在上，小人李申……”话音未落，又听“扑通”之声大作。“……小人黄展雄……”“……小人龙开位……”“……”玉女惊诧莫名，转首望着金童。金童轻笑一声，对那些跪在地上的大汉道：“跪着干什么？！如此惊吓公主，哼！”众人一凛，复又磕头如泥。金童厉声道：“还不都快给本公子滚起来！”众人轰然道：“多谢公子！”然后立起身来，诚惶诚恐地看着金童。金童冷冷地道：“本公子与御妹在此饮酒，只为图个清静，尔等既惊公主于前，又扫本公子雅兴于后，哼！”身高七尺有余、满脸横肉的壮汉李申抢先道：“小的们该死！乞望公子公主开恩。”“……该死！……开恩！”又是乱糟糟一阵喧嚣，间或还有“啪啪”的自掌面孔之音！金童低喝道：“本公子宽宏大量，这便饶了尔等。尔等这便归坐饮酒，然不得弄出一丝音响，否则——哼！”众人欣然道：“多谢公子开恩！”一阵凳子响动之后，便又复归寂静。

金童冲玉女一笑。玉女轻声道：“御兄你这般……”金童打断玉女的话，也轻声说：“咱们为着陛下报仇大计，多一条走狗总是有一分用。”玉女轻叹一声，不再多言。金童观她如此，顿觉一丝索然，也不再出声。酒肆内鸦雀无声。蓦然，一声暴喝自酒肆门口响起：“小二！还不他妈的滚出来给大爷拴马！”众人一惊，一齐看着金童玉女。玉女微微皱了一下眉头，金童却恍若未闻。小二毕竟是小二，虽有公子公主在座，陡闻暴喝之声，心也自是虚了，正欲出声赔罪，却闻壮汉李申也暴喝道："外面是哪个不懂王法的混蛋鬼哭狼嚎，敢是不要命了么！"李申自觉有了讨公子公主欢心的机会。不料话音刚落，门口便立着一个比李申还要壮大的汉子，只见他面色阴沉，有若一尊索命凶神，手抚腰间狼牙棒，冷冷道："方才是谁出声？！"众人被他一身杀气吓得不敢出声。李申偷觑金童一眼，却见他仍若无其事地饮酒。李申顿时胆气一豪，高声道："是本大爷……""爷"字只道出一半，便见黑影一闪，随即响了沉闷的一声！众人定睛看时，壮汉李申的硕大头颅已恰似被人一拳砸破皮的西瓜，红瓤流了一地，身子则软绵绵地趴在酒桌上！

除金童仍旧若无其事地饮酒之外，众人早被眼前的剧变骇呆了，连玉女也紧紧闭上了眼睛。那凶神的表情也无任何改变，只见他将狼牙棒在鞋上擦了擦，又插回腰间。门口便又多了四人。确切地说这是四个稀奇古怪的索命无常！第一个眉毛倒挂，墙矮却壮似铁塔，满面横肉；第二个双腰别斧，一脸乖戾；第三个面白唇红，阴气十足；第四个阴鸷如枭，漠然异常。他们一出现，酒肆就被浓重的杀气所笼罩！只见腰插双斧一脸乖戾的凶神走到最先出现的那凶汉面前，伸指摸了摸他腰间的狼牙棒，然后将指伸进口里咂了几下，羡慕地道："二哥这狼牙棒好福气呀！"众人只觉恶心胆寒。却听凶汉道："三弟的双斧也不赖呀！昨日不是才切了四只瓜吗？"言罢二人竟旁若无人地笑了起来。面白唇红的凶神等他们笑罢，才细眼一眯，道："三哥与其羡慕二哥狼牙棒的好福气，不如也——""对呀！"被叫作三哥的高声道，"咱也慰劳慰劳伴咱多年的双斧！"众人正不解他们话语之意，突闻半声惨叫！坐在最靠门边的黄展雄，已然在瞬间变成了两个！不，是两个半个！因为自顶门至胯间，他已被利斧均匀地剖开了！金童依旧视若未见。玉女则面色苍白，一粒泪珠从她紧闭的双眼里掉了出来！

十二

那凶神的双斧却已插胸间，咧嘴一笑，正欲说话，却陡闻一声凄厉的暴喝：“川陕五虎！你们好毒，我拜兄何罪？”无人知道他后面要说什么，并且永远也不会有人知道了。因为他的口里飞进去了一把透骨钉！众人面色惨然，他们不知道中后还能不能再喝酒。因为川陕五虎最大的爱好就是毫无来由地制造死人！哪料五虎中的龙头老大坐地虎不知犯了什么毛病，只听他淡淡道：“大爷们今日不想再杀人了，你们都给我滚出去吧！”众人竟不知已捡了条命，只你看看我，我看看你，一时不知所措。

坐地虎双眼突然爆出一丝骇人的凶光，冷哼了一声。恰在此时，突闻白睛虎惊呼了一声：“大哥！”坐地虎一愣，便见四弟目光直愣愣地盯着一个方向——酒肆东首一雅座。一对俊美绝伦的少年男女。少男若无其事地饮酒，身负双剑。少女面色苍白，紧闭双目。白睛虎双眼直勾勾地盯着玉女。少顷，五虎的目光也一齐木呆呆地停留在玉女可怜楚楚的脸上。众人无一敢动，酒肆又恢复先前的寂静。

良久……突闻一声惊呼，白睛虎恰似饿狼饥鹰，已然飞扑过去。接着是一声惨嚎。一支竹筷，骇然插在白睛虎左眼窝内！白睛虎双手捂着左眼。血，正一滴一滴落下。他的右眼，兀自盯着玉女。玉女终于颤颤巍巍地睁开眼来，看看白睛虎，又看看金童。金童笑了一下，温和地道：“御妹可知道，有些人的眼睛是没有用的，长不长都一个样。”接着又道：“为兄曾听人说，江湖上近年出了个什么川陕五狗，就是长着毫无用处的五双狗眼。”玉女大奇：“真的有这等怪事？御兄可不要骗我！”金童正欲开口，却陡闻一声暴喝：“雏儿找死！”原来当白睛虎飞扑过去时，兀自愣立的坐地虎、开山虎、霹雳虎和跳涧虎正暗暗后悔自己起步得迟。不料，只见那俊美少年左手轻轻一抖，手中的筷子突然疾射一支出来，那速度之迅捷甚至使他们发不出一声惊喝。连一向以暗器功夫自负的跳涧虎，也怔怔地发不出声来。稍后白睛虎的那一声惨呼，早使其余四虎心头震骇：那少年只是左手轻描淡写的微微一抖，五虎中轻功最好的白睛虎竟然避那支筷子不过！五虎愣立当场，竟忘了当场发作。直到那少年又若无其事地对那少女说了这许多羞辱五人之言后，五虎中脾气最烈的霹雳虎和开山虎哪里还能忍受，双双一齐暴喝，一个高擎狼牙棒一个手搦双斧，同时纵身扑上。金童连头也不转，只对玉女一笑道："据说川陕五狗非但白长着五双狗眼，其中有两只还是疯狗，看来为兄只有打发他们上路了！"话音刚落，只听"啪"的一声，同时一道白练若灵蛇出穴，一闪而没。

霹雳虎和开山虎木愣地站在三丈开外。金童刚诧异地道："御妹你——"原来金童话音刚落，右掌便轻轻拍向二虎，玉女纵是不谙世事，此时已然看出金童是动了杀机。她人本聪颖，反应更是神速，未做他想，右掌已然拍出，硬按了金童掌风，左手同时挥出白练，将飞扑过去的二人卷到一边。也是多亏了玉女心地纯洁善良，否则霹雳、开山二虎此时焉有命在！个中情由，其余三虎自是心知，只因玉女虽御去大部分掌风，但金童也是反应奇速，陡见玉女接掌，忙中硬生生将掌偏得一偏，那已然式微的少部分掌风，竟也将坐地虎、跳涧虎迫得噔噔噔退了三步！坐地虎心头震骇，那少年匪夷所思的神功，实为他平生所仅见，而那美若天仙的少女，武功似也不在那少年之下！坐地虎这一惊当真非同小可，脑海中突然冒出两个名字来——金童玉女！

半年前震古烁今的武帝宫大战，川陕五虎未得目睹，但江湖中的消息，历来传播最快，金童玉女的名字，早已如雷贯耳了。尤其是金童之名，简直成了小煞星的代称，纵是坐地虎杀人如麻，陡然想起这个名字，也不禁惊出一身冷汗来。只听玉女嗫嚅道："御兄，我……"金童道："如此乖戾凶残之辈，御妹又何必怜其狗命。"金童叹了一声，又关切地道："为兄出手不知轻重，可否伤了御妹？"玉女摇摇头，正欲说并未有丝毫损伤，便听坐地虎阴沉沉道："二弟三弟，你们还好吗？"霹雳、开山二虎飞扑过去，只觉眼前白光一闪，尚未作出反应，便觉腰间被一股奇大却柔和之劲道所托，稳稳地落在一边。纵然武功不济，也知是玉女救了他们一命，二虎心头均是一派茫然，不知玉女为何要出手相救，竟然一时呆立良久，未能作声。

身为龙头老大的坐地虎，自然心疑他们的穴道已为白练制住，是故有此一问。二虎见大哥见问，一齐茫然摇头。坐地虎见他二人摇头，心中一喜，顿时胆气一豪，恶念随之而起。心道：纵然此二人便真是金童玉女，咱川陕五虎也不见得就怕了他们！虽他二人名头甚响，但江湖传言岂可全信。咱兄弟五人的“五虎断魂阵”迄今未逢敌人，未见得就不能就此废了这二雏儿！心头如是想，口中便道：“不知二位如何称呼，在下兄弟五人，不知何处得罪了二位，倒要请二位有个交代！”言罢冷笑数声。哪料金童睬也未睬。玉女却道：“你们这般视人命如草菅，非常，非常不好！”坐地虎仰天狂笑，道：“这些也算是人么？小、小姐未免太抬举他们了！”金童冷哼一声，道：“狗自然不算人，御妹，川陕五狗仅是五条狗而已，又怎能算是人呢！”言罢竟又若无其事地饮了一口酒。坐地虎大怒，暴喝一声：“结阵！”只见呆立的霹雳虎、开山虎如逢圣音，迅速奔至金童玉女东南侧和西北侧。连眼中兀自插着一支筷子的白睛虎，也鬼魅般站到金童玉女的东北侧。坐地虎和跳涧虎，则分别立到正北和西南侧。这“五虎断魂阵”，竟是按五行八卦排列。

金童斜乜一眼，冷笑一声，仍若无其事地饮酒。玉女则幽幽叹道：“人家又没招惹你们，你们何必如此残忍地杀人呢？！”霹雳早按捺不住，猛喝一声：“小子拿命来！”言罢舞动狼牙棒，扑了上去。五虎心头均想，勿要伤了那有若天仙的女孩，人家先前还出手救了咱们两条命呢！竟一齐扑向金童，这无疑犯了“五虎断魂阵”的大忌！只见金童冷哼一声，也不见有何动作，便闻四声惨叫。坐地虎、霹雳虎、开山虎和跳涧虎，竟一齐伸手捂住左眼，血正从他们各自的手指间挤了出来，滴在地上！只有早瞎了一只眼的白睛虎，此时呆立原地。金童像是什么也没发生，只将口中尚存的半口酒吐在地上，道：“这酒硬得似铁，岂能下咽！”小二早吓得呆了，未敢言声。

玉女却知方才金童一口喷出五口酒柱，一举废了四人眼睛且封了一人穴道，心中不禁恻然，幽幽道：“御兄，你又何必如此呢！”金童道：“对这般不长眼的禽兽御妹倒不必动恻隐之心。”玉女闻言想起了方才霹雳虎、开山虎砸死李申和劈毙黄展雄的一幕，顿时作声不得。便闻坐地虎厉声道：“不知公子如何称呼，在下兄弟等贱称川陕五虎，或许总有再逢公子之日，在下等知恩必报，改日必报公子今日所赐之恩！”金童冷冷地道：“凭你们还不配！”对川陕五虎来说，如此筋斗平生尚未栽过，这般低首认栽，更是闻所未闻。哪料对方竟给台阶不下，做出这般欺人之言！

坐地虎忍无可忍，阴恻恻地道：“在下不才，未知公子爷却要如何？！”金童爱理不理地道：“或者自卸一臂，或者给舍妹各磕三个响头赔罪，也就是了。”五虎同时大怒，道：“你——”金童道：“既如此，本公子只好勉为其难了！”话音未落，便闻两声惨呼，开山虎和霹雳虎只觉左肩一凉，仔细看时，两臂已然落在地上！金童却早已落座，对目瞪口呆的玉女道：“方才就是这两条手臂害了人家两条人命，御妹却不必痛惜。”玉女只黯然摇头，未等她开口，金童便已转头对坐地虎冷冷道：“还要本公子再代劳么？！”坐地虎跋扈一生，此时却也不禁胆生寒气，顿时作声不得。便听“扑通”一声，跳涧虎已然跪下！金童冷冷地看着坐地虎。坐地虎只觉双膝一软，便也跪落在地。金童放了一锭纯金在桌上，对玉女道：“御妹，咱们走吧。”玉女点点头。二人起身离座。路过白睛虎身边时，金童有意无意地撞了他一下。白睛虎只觉身上一轻，身上被制的穴道已得解。玉女先步出酒肆，金童则站在门口回头扫视了五虎一眼。那凛冽的目光使五个杀人不眨眼的魔头浑身冒出鸡皮疙瘩，没人敢发出一丝声音。以龙头老大坐地虎为首，白睛虎紧随其后，川陕五虎竟如五只病猫，一齐随在金童后面步出酒肆。酒肆内，只遗下两具尸体、两只胳臂和一片死寂！

第十回

灭顶之灾

十三

衡山。层峦叠嶂，气势磅礴。大小七十二峰，逶迤千里。鹰爪门总舵雄踞衡山最高峰祝融峰峰顶，危崖壁立，怪石林立。终日云雾缭绕，不时山风掠过，云开雾散，但见古树虬枝，奇花异草满布山峰。端的如龙盘虎踞，威损八方。宽敞的客厅之内，威势凛然，端的令人肃然起敬。永盛镖局总镖头陆运兴和大弟子于雄一行默言相坐。他们被侠名震天的胡醉胡大侠硬逼着走这趟镖，心中愁苦，脸上神色漠然，均扭头望着窗外群山，尽是回避着客厅正中那晦气的“重镖”。——那骇然是一具黑色的棺材！

鹰爪门第三代弟子中人品武功俱为超群的青衣秀士许聪，已暗中吩咐兄弟们团团围住大厅。此时山风掠过，人人神色凛然。众人手握兵器，一言不及。“噔噔噔”，一个身高八尺有余，臂长达膝，双掌大得惊人的巨汉走进客厅。来人正是鹰爪门掌门人无敌神掌楚通的大弟子雷同，江湖人称巨灵掌。一见棺材，巨灵掌雷同虎目暴露精光，直射总镖头陈运兴。陈运兴率众弟子起身相迎，陈运兴抱拳作礼，满头银发根根直立，他虽年逾七旬，当年雄风犹存。巨灵掌心中惊疑，面上却不动声色，两只巨掌抱拳还礼，道：“不知陈老英雄驾到，有失远迎，万望恕罪。”陈运兴正色道：“雷大侠言重了，老朽如何敢当！”巨灵掌道：“陈总镖头请坐。众位请坐。”“多谢！”众人落座。巨灵掌道："不知陈总镖头远来何事？"陈运兴黯然道："在下受千杯不醉胡醉胡大侠重托，保镖前来贵山。""胡大侠所托？却不知——"陈运兴点点头，指了指摆在大厅中央的黑棺。巨灵掌不露声色地点点头："如此多谢陈总镖头和贵局众兄弟了。"陈运兴道："不敢当。"巨灵掌雷同略一沉吟，道："众位一路风尘，暂且住下，家师不巧外出，便由小弟做东，略备薄酒，在敝山盘桓几日如何？""多谢雷大侠盛情，在下镖局中尚有俗事，如无其他吩咐，我等告辞了。"巨灵掌见他辞意甚坚，不再挽留，一招手，一名师侄手托木盘走近。盘上盖了一红绸。巨灵掌道："区区微礼，不成敬意，权充贵门兄弟酒资。"陈运兴抱拳道："酬金胡大侠已付。雷大侠义薄云天，在下心领了，告辞！"言罢转身便走，余人跟出。巨灵掌起身送客。

少顷，巨灵掌踱回大厅，见先前一言不发的二师弟，青衣秀士许聪正背负双手仔细观察那具棺材。午后的阳光溜进客厅，静静照在黑色棺材上，隐隐透出些诡异的肃穆肃杀之气。巨灵掌道："师弟可看出有何蹊跷？"青衣秀士许聪黯然摇头道："胡大侠与咱们小师弟交厚，许是跟咱们开个玩笑也未可知，咱们打开一看便知。"四名师侄拿来工具，小心撬开棺材。雷同、许聪抢上一步，往棺材中看去，只见棺内覆一白布，不知布下是何物事。布上却有一张书简。书简上布满蝇头小字。"楚通身为一派掌门，却卖身投靠黄龙会，甘当走狗，为虎作伥，本人不止一次救助于他，可他执迷不悟，甘与天下英雄为敌，罪在不赦，死有余辜。本人只得取其狗命，杀一儆百，以儆效尤——千杯不醉谨启！"雷同、许聪阅罢书简心头狂震，作声不得。阴风吹过，凛冽瘆人。良久，许聪壮着胆子揭开白布，但见——棺中骇然躺着鹰爪门掌门人无敌神掌楚通的尸身！血污满面，银发戟张，怒目圆睁！一股尸腐味从棺中散发出来，飘荡在阴森的大厅之中，蓦地一股山风吹过，转息间便消失在崇山峻岭之中。

大厅里鸦雀无声，良久，只见巨灵掌和许聪怆然跪下，脸上肌肉搐动，浑身颤抖，竟一句话也说不出。厅中一片死寂，四名师侄惊恐地跪在两位师叔身后，惊慌失措。良久，雷同嘴唇嚅动，半晌吐出一字："师……"话音未绝，一口鲜血狂喷而出，人已昏死过去，右手掌牢牢抓住棺材，手指竟嵌入棺木，鲜血淋漓！巨大的手掌青筋暴起，颤动不已！青衣秀士许聪脸色苍白，转瞬也昏厥过去！四名师侄大惊，二人慌乱救治师叔，另二人步态踉跄地奔出大厅报警。一时间，祝融峰山巅警声大作，众门下急朝总堂狂奔。二人被师侄救醒，木然相望，张了张嘴，竟发声不得，想起对自己恩同再造的师父，不由抱头大哭，哭声喑哑欲裂，呜咽之声悲怆欲绝。众人不问便知，鹰爪门已突遭灭师惨变，均是悲泣失声。祝融峰顶，顿时恸声大作。一师侄泣不成声地道："师侄斗胆请二位师叔节哀，此时，报仇事大，请……"二人闻言，呜咽之声戛然而止。面色悲愤，相视良久。雷同双目赤红，嗓音嘶哑地道："不杀此人面兽心的奸人，老子誓不为人！"青衣秀士道："师兄息怒，此贼武功深不可测，须防他闯上山来，还请设防为是。"雷同恨道："不用。正怕奸人不来，传下号令，鹰爪门下全部撤回总堂为师父守灵。"青衣秀士一想也对，全部搬回，不设关卡，如贼子过来，众门下齐上，或许可以一搏。想起胡醉武功，许聪心下惨然，心知唯一死以谢师恩而已。

灵堂。正中安放无敌神掌楚通灵牌。阴风掠过，烛光摇曳，纸幡晃动。巨灵掌已经枯坐七日七夜，眼眶深陷，双目赤红。滴水未进，巨大的身躯犹如一架愤怒和仇恨的火山，呆望着师父灵牌，任穿堂阴风掠动衣襟，浑不知觉。鹰爪门上下披麻戴孝，集于灵堂，神色肃然，满面悲怆激愤。巳午交替时分，守灵已过头七，一阵夜风急掠灵堂而过，烛光狂摇，众人身影如鬼魅般投在墙上。巨灵掌雷同独自呆坐，上前两步轻声唤道："师兄，师兄。"巨灵掌惊觉，转头望着师弟，嘴唇动了动，终于从干裂的喉间挤出两字："师弟——"语声嘶哑，如枯木相擦，竟不似人声。青衣秀士平时最与师兄亲近，见状不由急哭，当下强压泪水，悲怆地道："师兄，常言道，人死不能复生。师父他老人家的大仇，咱们纵是粉身碎骨，也定要舍命相报！但国不可一日无君，家不可一日无主，还望师兄节哀，担当起本门掌门之位，率兄弟们报此血海深仇，以慰师父他老人家九泉之灵。"巨灵掌似未反应过来，仍呆呆望着许聪。许聪心中发急，道："师兄——"巨灵掌脸色惨然，嘶声说道："师父尸骨未寒，我岂能做这掌门！”许聪道：“报仇之事非一日可就。若本门无主，各自为政，师父大仇又如何能报，师兄。为本门大计，你就……”雷同悲声道：“大哥无才无德，怎敢亵渎恩师尊位，二弟休要再提！”许聪道：“谁不知大哥神勇正直，浩然正气。休要过谦，请受小弟一拜了。”言罢就要跪下，雷同大急道：“师弟且慢！”伸手扶起许聪，正色道：“师弟，本门第一要务，便是报师尊血仇。不是师兄长他人志气，甘灭自己威风。胡醉那厮虽欺世盗名，若以功夫相较，纵是本门倾巢而出，也非胡醉之敌。将来为师尊报仇之事，当落在咱们小师弟身上。小师弟人品武功均在咱们之上，若由他任掌门，当使本门发扬光大。众同门既尊称我雷同一声师兄，那现在就且听我一句话，将来无论谁诛灭了胡醉那奸獠，本门上下便认他为掌门！”

许聪沉吟道：“大师兄言之坦荡，师弟我自无异议，只是小师弟他浪迹天涯，半年踪影不见，一时岂能找到。然报仇之事又迫在眉睫，依小弟之见，就请大哥暂摄掌门之职，待找到小师弟，抑或本门中有哪位兄弟亲手诛灭了胡醉那凶獠，届时再立掌门，师兄看如此可好？”雷同惶惑不安地道：“师弟聪明过人，若由你暂摄……”青衣秀士许聪打断他的话悚然道：“大哥如此推辞，小弟一死而已！”“这……”“请受小弟一拜。”不待说完，便已跪下。雷同待要相阻，已然不及。“哗啦”一声响，门下全部伏地跪下，齐声道：“参见掌门！”雷同见众人如此，垂泪道：“众位请起，众位请起。”边说边扶起许聪。众人又齐声道：“谢掌门！”“唰”的一声，黑压压一片肃立灵堂，烛光映照之下，人人脸色悲怆，静待掌门人发令。

雷同见事已至此，推脱不得，怆然说道：“为报这血海深仇，雪我鹰爪门之耻，我雷同不才，就暂摄掌门之职。但咱们有言在先，我雷同只是暂摄掌门之位，兄弟们对我只能以代掌门相称，待找到小师弟江湖浪子童超，抑或本门有哪位兄弟诛灭了胡醉那厮，这掌门之位总是要另议的！”众人轰然道：“愿听代掌门定夺。”雷同轻向许聪道：“依师弟之见，现在本门该当如何！”许聪鞠身道：“谨听掌门师兄吩咐。”雷同急道：“你少来这套，有何计较，赶快说来！”青衣秀士素知大哥脾性直率，便不在虚礼，答道：“胡醉这狗贼武功高强，只可智取，千万不可莽撞。为今之计，一是找到小师弟江湖浪子童超，二是寻查胡醉下落。”雷同点头称是，心想师父生前常夸二弟聪敏，此番看来，确实有理。当下道：“我和师弟各带一拨人马，师弟探查小师弟下落。我带部分兄弟到江湖上追查胡贼下落。”

计议停当，雷同轻身跪在师父灵前，众人随即跪下。雷同道：“师父在上，弟子雷同与同门兄弟此番下山，不杀胡醉，誓不为人！”众人齐声盟誓：“不杀胡醉，誓不为人！”怒吼之声音震得烛光暴闪，灵堂中黑影幢幢。祝融峰山巅悲风怒号！

不一日，巨灵掌雷同率部分鹰爪门弟子抵达大江北岸。浩荡长江东流水，流不尽，许多愁。正是落叶时节，秋风萧瑟，万物凋零，巨灵掌雷同眼眶深陷，神色凄悲，疲惫地伫立江岸，远眺滚滚江水没入茫茫天际。众弟子与雷同一般心思，均是默不作声。数日奔波，却无半丝胡贼下落！暮色中，三条灰影形色惊惶地疾奔而来，似被鬼魅追魂一般。他们径直奔到雷全面前，扑通跪下道：“启禀代掌门——”雷同嗯了一声，道：“见到陈总镖头了吗？”其中一人道：“见到了，可是……可是……”雷同皱皱眉，道：“陈总镖头他怎么说？你们且慢慢道来。”其实谁心里都明白，陈运兴小小一个镖头，也断不可能知道更多胡醉那厮的下落。不料另一汉子却道：“启禀代掌门，弟子三人奉命前去永盛镖局投帖拜候，只见大门洞开，等了半日，不见有何动静，心中蹊跷，便……”说到此处，脸色惊恐，竟瞠目不下，浑身颤抖。雷同不耐烦地道：“到底怎么啦？”“院……院子里一片血腥，永盛镖局给人挑了！”“什么？！见到陈总镖头吗？”“见……见到了。”“他怎样？”“他——没有头了。”雷同急道：“没有头是什么意思？”“陈总镖头身、身首异处了！”雷同心头大震！永盛镖局承保师父遗体，定然知道一些线索，本待前去相询，不想让贼人先下手了！当下带领门下向永盛镖局急驰。

昔日威震一方的永盛镖局，此时在暮色中显得一片死寂，阴风惨惨，令人毛骨悚然。雷同在三名弟子的带领下，急奔总镖头陈运兴的卧尸之处，只见陈运兴身首相隔三尺有余，兀自面露惊骇之色！雷同虽心头狂震，却沉声道："分散开了，看看还有没有活口。"众人应声，四下散开了。此时天色已暗，数名弟子点燃火把。只见离陈运兴尸身旁不远处仰卧一中年美妇，下身血污凝结，从血迹上看，死亡的时间仅两个时辰。陈运兴的成名兵器，那把重约三十斤的鬼头刀被抛在三丈开外。想陈运兴成名数十年，内外两功夫均有几成火候，却不想此番竟被人一刀割了首级。敌手功夫之高，实在令人胆寒。

雷同命人搬开陈运兴尸身，俯身查看中年女子的伤势，火光映照之下，只见那女子全身骨骼寸断。雷同心中一惊：这女子显是先被人强暴，然后毙命于一掌之下！那贼子之阴狠歹毒，竟然一至于斯！雷同暗思：一掌使人骨铭根根寸断，这般掌力之刚猛浑厚，当世高人中，恐怕仅有……"掌门快看！墙上有字！"一弟子惊叫道。火光之中只见后花园的照壁上，有人用人血龙飞凤舞地写了一行遒劲的大字：永盛镖局暗通匪人，鱼肉乡里，罪不当赦！——千杯不醉启！字字滴血淋漓，透露出浓重杀气！众人无不惊恐万状，雷同早目眦欲裂。忽一人又惊呼道："那是什么！"一个男婴被撕成两片扔在照壁之下，伤口上血肉模糊，隐约杂有灰白的东西，众人一愣之下，随即明白过来。胡醉竟用男婴的尸体来写字。鹰爪门上下怔立当场，仅觉浑身血液凝固，周身冰凉，空气中充满了令人欲呕的血腥气味，一呼一吸之间，恰似吸入大块大块的乌血！眼前景象，惨绝人寰！实非人类所能作为。

"启禀代掌门，永盛镖局上下无一活口。"雷同缓缓抬头望着黑沉沉的天空，道："把尸体聚拢来。""是。"不一会儿，尸体已被堆得如一座小山。"多少人？""回代掌门，大小共九十七口！"雷同黯然道："休要惊了乡里，把他们烧了吧。只是胡醉那贼子，纵是杀他一千次，也难偿清他的罪孽了！"门下在四周点燃了火，随即离镇而去。夜色沉沉，空气清凉，众人大口大口地呼吸，似要吐尽那浓重的血腥味。一盏茶时分，听得后面小镇上人声鼎沸，众人回头，只见火光冲天，四下一片通明。雷同停住身形，神色肃穆，凛然道："胡醉！就是把你碎尸万段，也难消这血海深仇！"鹰爪门上下仇恨满胸，众人一心，誓死诛灭胡醉！

第十一回

古堡幽灵

十四

北风凄厉，大漠肃杀。夜幕如墨，巨大而突兀的古堡犹如幢幢鬼影，悄然无声。丑寅交替时分，一条细瘦的黑影向着主堡缓缓蠕动。“砰”然一声，那黑影在离古堡约二十丈远的地方倒下，良久不动。怒号的北风掩盖了任何声音。那倒下的黑影与夜色融为一体。两条人影分别从主堡城墙的东西走近，他们的手都缩在袖子里，身上的长剑偶尔闪烁青光。

二人凑在一起，不约而同地转到拐角处蹲下。只听一人道：“韦管家可真他妈不够意思，这鬼天气只怕连猫头鹰都要睡了，还要叫咱们来巡夜！”另一人道：“有啥办法呢，堡主不在，整个黄龙堡就数他为老大，咱们能不听他的么！”先前那人又道：“听说服侍咱们堡主的那四个妞儿如花似玉，不知此时是不是正和韦管家在床上练习武功呢？！”言罢发出一阵淫猥的笑声。第二人道：“那倒难说得紧。既然堡主不在，韦管家敢不负起全责么？哈哈！”第一人道：“他妈的！人家垫着妞儿，盖着热被窝，却让咱们兄弟受这等活罪！哼！张三哥，你腰间那葫芦里装的可是酒么？”被叫作张三哥的道：“李四，你他妈的把俸银全塞进厨房里那帮臭婆娘的大腿根里，却又想占我的便宜！你不知道酒是我张三的命么？”李四道：“张三哥你这就见外啦，你我还分什么彼此嘛！”张三道：“你少给我套近乎！老子的酒也不多了，不知还抵不抵得住这后半夜的冷风呢！”“罢了罢了！”李四道，“咱们兄弟一场，竟连一口酒也不给喝……”李四道：“你少用话拿我，我李四不吃这一套。不过……嗯，这鬼风真他妈刺骨，老子开开恩，就让你喝一口，但说好只喝一口，嗯？！”张三接过酒葫芦，猛喝了一口，李四连忙一把抢回。张三咂咂嘴，道：“到底是自家兄弟！李四哥，你这酒的味道好像特别好，却不知——”“好个屁！”李四摇摇酒葫芦，道，“你他妈一口喝了老子半罐！”张三笑了笑，道：“李四哥够意思，我张三也不会亏待你。”李四道：“你不要嘴上说得好听，要报答我好办，你这就去巡逻一圈，让老子在这儿避避风怎样？！”张三道：“这个时候鬼都不会出来，还巡逻他做甚！”李四“哼”了一声，道：“你别忘了去年王麻子和钱老二，就是在夜间巡逻时像咱们现在这样只为了避避风，被堡主撞见了，一掌一个就丢了性命！”张三道：“现在堡主又不在，韦管家才不会出来查夜呢！”停了停，张三又道：“都说咱们堡主是冷面煞星，为人却风流成性，不知到底是一副什么模样？”李四道：“咱们入堡三年，还算有福气，没有进见堡主，否则——哼！”张三道：“这我倒不信——”“不信？”李四道，“堡主的拜弟飞云剑你总见过吧！还有飞云剑的老婆毒蝎子……”张三激灵灵打了个寒战，连忙道：“别说啦别说啦！”他们都想起了毒蝎子曾咬住人的咽喉生噬人血，将赵老五活活吸死的情景。

赵老五本也和张三李四一样，是黄龙堡的巡夜之人！体格之强壮，犹在他们之上。张三李四骇然相视。良久，张三道：“咱们还是到城墙上走走吧？”李四点点头。二人登上城墙，突听张三“咦”了一声。李四连忙道：“怎么啦？！”张三手往城楼下一指，道：“你看！”李四顺着张三手指的方向望去，只见城墙脚漆黑的阴影里，有条人影正慢慢弓起身子，一只脚踩在地上，正欲伸手扶墙立起，却又突地倒下。李四吼了一声：“什么人？！”楼下那人却有如一具死尸，绝无半丝动静。张三道：“只怕是赶夜路之人，缺水断水，看样子快活不成啦。”李四道：“管他什么人！韦管家要咱们对所有敢走近城堡十丈内的人都格杀勿论！”张三点点头：“那咱们下去看看？”李四取出一卷麻绳，将一头拴死在石柱上，二人溜索而下！张三将那昏卧的人翻过来，和李四同时“啊”了一声。一张惨白的脸上，点缀着无数黄沙！粗眉。细睛。高鼻。薄薄的嘴唇白皮片片，龟裂如枯木。嘴角两边，两行干涸的血迹！李四嗫嚅道：“他死了？”张三伸手去摸摸那人的胸口，道：“还没死！”李四道：“怎么办？”张三道：“咱们干脆放他一马，是生是死，凭他的造化罢了？”李四道：“可韦管家让咱们——”张三道：“反正看上去他也活不成了。”

李四正犹豫时，突听那垂死之人气若游丝地道：“二位大哥……可是黄……黄龙堡……巡夜的么？”张三李四听他居然能开口说话，均吓了一跳，二人对视一眼，又一齐看着地上那人，只见他依然双目紧闭。张三道：“正是，不知你——”那人道：“在下冷……”李四道：“这鬼天气谁不冷？！哼！”那人突然睁了一下眼睛，双目精光一闪而逝，复又闭上双眼，有气无力地道：“在下余丰冷，前来贵堡投亲，只因不识路途……”“投亲？”张三奇道，“你有何亲眷在本堡？”余丰冷道：“在下的表兄龙树基，说是……”“龙老大？”张三道：“龙老大是你表兄？哼！你休要蒙人了，龙老大会有你这样窝囊的表弟？！”言罢竟自顾大笑。原来龙树基正是黄龙堡巡夜队的首领，身高八尺有余，一身横练功夫非同小可，曾一拳砸死过一条牯牛！这个自称余丰冷人身高不及六尺，看上去又弱不禁风，怎会是身壮力沉的龙老大的表弟呢！连李四也觉得余丰冷的话太过荒唐走板，竟跟着张三一起哈哈大笑！

二人正大笑间，突闻墙楼上响起有若洪钟般的喝声：“张三李四！你二人不好好在城楼上巡察，却溜下去鬼笑什么？！”张三李四的笑声戛然而止。来者正是他们的顶头上司龙树基！张三恭敬地道：“禀报龙老大，这墙角上有个人。看他形迹可疑，我们才……”龙树基打断他的话，又喝道：“管他什么人，毙了也就是了，还愣着鬼笑什么？韦管家交代下来的话，莫非你们都不记得了么？”李四急忙分辩道：“这人自称是头儿您的表弟，我们才不敢贸然下手。”龙树基一愣：表弟？我龙某哪儿又钻出小表弟来了？心中好奇，便也顺着绳索溜下来，凑近一看，龙树基骇然“啊”了一声，道：“冷……”未等他道出第二个字，自称余丰冷的人早连忙道：“冷得受不了啦！表哥，我老远地跑来投你，你先给我口酒暖暖身子吧！”龙树基愣了一下，随即一把抢过李四腰间的酒葫芦，跪下一条腿，恭恭敬敬地扶起余丰冷的头，小心翼翼地喂他饮酒。李四虽然心疼自己的酒，但人家既是自己头儿的表弟，那也就不敢言声了。只是心头与张三一般，均是暗暗称奇，看样子头儿还真有这么个表弟。随即又想：幸好咱们未贸然出手毙了这人，否则龙首领怎能饶了咱们！李四还想：我李四省吃俭用买下的酒给头儿的表弟喝了，往后夜间巡逻这等苦差事，头儿只怕不会排给我了，细算下来，也还是划算的。张三李四正在肚子里各打各的小算盘，不料突然“啪啪”两声，每人重重地挨了一耳光！李四张三一下子给打蒙了，呆呆看着打他们耳光的龙树基茫然无措。

少顷，二人正欲分辩他们“并未为难头儿你的表弟”，不料话未出口，又是“啪啪”两声！这一回更重，张三李四各吐出了一颗牙齿！龙树基余怒未消，还想让他们再吐出几颗牙齿，却闻余丰冷道：“表哥！饶了他们吧，二位大哥也并未怎么为难我。”龙树基规规矩矩地道：“是！”余丰冷又道：“表兄，家师他老人家有封极为重要的信柬，要我尽快亲自交给贵堡的韦管家。家师一再吩咐说此信十万火急，烦表兄这便去通报韦管家一声如何？”龙树基恭敬地道：“是！”回转过身，又犹豫地折回来道：“但……”余丰冷连忙道：“有这两位大哥在这里，小弟当无甚妨碍，表兄这便去吧。”龙树基道了声“是”，然后对张三李四厉声道：“你们两个听着，给老子好好地护理我……我表弟，否则纵是老子饶了你们，韦管家也决饶不了你们！”二人连忙道：“是！是！”心里却实在对这余丰冷的来头摸不透。

龙树基走后，张三李四极力讨好余丰冷，知道博得了他的欢心，将来他在龙首领甚至韦管家面前替他们美言两句，那却是终生受用不尽了。然而他们哪里知道，他们二人的性命，此时已经在去鬼门关的半路上了！原因很简单，眼前这奄奄一息之人，根本不叫什么余丰冷，他的名字正好与“余丰冷”相反——冷风月！黄龙堡堡主、江湖人称冷面煞星、昔日魔枭千面狐智桐之徒、阴毒犹在其师之上的冷风月，被布袋和尚姚鹏搏命一击破了真元，此时正躺在他的黄龙堡外，让两个必死的人极力讨好于他。

十五

黄龙堡堡主冷风月的红、黄、蓝、绿四婢女，武功各有所长。红婢身轻如燕，凌荷踏波；黄婢双掌戏花，花残枝枯；蓝婢蜂腰婉转，摘叶伤人；绿婢蛮腿伸缩，鸳鸯连环。四婢轻功、掌法、暗器、腿功各自堪称一绝，若在江湖行，当可跻身二流高手之列。四婢相较，大约尽在伯仲之间。然四婢另有一功，却非任何江湖英雄所能匹敌。堡主在时，四婢常同发此功。堡主不在，便只须其中一婢施展此功，也可大获全胜。因为她们的对手是韦管家。韦管家在整个黄龙堡，武功仅次于堡主冷风月。韦管家原是横行塞外的独脚大盗，以一对判官笔点废了差不多所有塞外武林中人的一处或几处穴脉！直到冷风月在大漠出现，那对使人胆寒的判官笔才失误了一次。那次失误的结果，使独脚大盗成了冷风月死心塌地的韦管家。“死心塌地”这四个字的含意是：当堡主不在时，韦管家可以使黄龙堡一切如常。至少黄、蓝、绿三婢施展绝功也一如既往，韦管家的确是个好管家。除红婢之外，其余三婢相比较而言，韦管家最喜最怕的是绿婢。绿婢的腿功当真了得，此时一对小蛮腿如蛇似蛭，正将韦管家赤裸精瘦的双臀缠得几欲出水。

正在此时，却听到了“嘭嘭”的敲门声。敲门声很重！堡主不在，这般敲韦管家卧室之门，当真是不要命之辈子！绿婢一愣，韦管家却早暴喝出声：“他娘的，是谁活得不耐烦了么？”外面那人低声道：“韦爷，在下龙树基有要事禀报。”韦管家怒道：“什么鸟要事，明日再说！”不料门外的龙树基虽是声音恭敬，却未被韦管家喝走，又道：“韦爷，在下纵有十个胆子，也断不敢深夜来骚扰您老人家……”韦管家冷哼一声道：“那你还不快滚！”龙树基道：“韦爷息怒，是堡主令在下来……”“什么？！”韦管家大吃一惊，“堡主回来啦！”龙树基道：“堡主此时正在城门外。”绿婢早花容失色，幸韦管家惊觉得快，一手捂住绿婢樱口，她才未惊叫出声。韦管家色厉内荏地冲门外喝道：“堡主回来，怎么在门外，龙树基你好大的胆子！”龙树基道：“在下不敢！的确是堡主回来了。”韦管家示意绿婢别出声，又在她耳边轻轻交代了一番，才自顾穿了衣裤，出门和龙树基一起去见他们的堡主。

韦管家和龙树基一前一后急匆匆地打开城门出来，离张三李四尚在四五丈远，还未及开口，早见冷风月站起身，抱拳道：“表兄，走在前头的可是贵堡韦管家韦爷么？”声音一如既往，竟没丝毫异样！自称余丰冷的冷风月先前还状若垂死之人，就只这一刻工夫，竟宛若无事人一般，龙树基和张三李四三人都是惊服不已。韦管家则大惊失色，不知堡主此言之意。冷面煞星冷风月的阴毒无情，韦管家是早就深知了的。但他不知道堡主此番作为，也差不多耗尽了刚刚凝聚的几分真力！只听龙树基道：“表弟，这位正是本堡韦爷韦管家。”冷风月道：“韦爷，在下余丰冷，受家叔所托给您老人家传封书信，不知可否让在下入堡一叙？”韦管家丈二和尚摸不着头脑，只得抱拳道：“余兄请了。”冷风月也道了声“请”，率先走了两步，又站住转身道：“这两位兄弟待在下不错，表兄，天气这般冷，你就打发他们走了吧。”张三李四心头一喜，知道是龙头儿的表弟代他们求情，让他们回家去热被头。然未等他们道出“多谢”二字，只听韦管家道了一声：“区区小事，在下倒可代劳。”话音落尽时，张三李四在“呼呼”两声中已成了两具尸体！到底是哪儿出了毛病，张三李四即便去问阎王爷，只怕也问不出个所以然了。

冷风月强提一口真气，径直走到议事大厅，紧跟其后的韦管家虽感觉到堡主的脚步有些许虚浮，然心头正忐忑不安，并未作何深思，红黄蓝绿四婢早已在厅内恭候。冷风月脸上的黄沙虽被张三李四细心擦去，但那状若白纸的脸色乍一出现，还是使四婢大吃一惊。冷风月冷冷地看了四婢一眼，最后将目光定在绿婢脸上。绿婢心头骇然，正欲摆出媚态，却见冷风月一步跨进门来，连头也不回，淡淡道：“韦管家和龙队长今夜多有劳累，这便去歇息吧，明日再来见我。”韦管家和龙树基一齐恭声道：“是！堡主！”待他们惶然退去了，冷风月颤颤巍巍地关了大门，才有气无力地道：“快扶我到白虎厅。”红婢愕道：“堡主……”冷风月厉声道：“快！”一字吐出，竟伴着半口鲜血！

四婢大惊。黄蓝绿三婢连忙奔过来扶起摇摇欲坠的堡主，红婢则连忙奔向大厅东侧，一指点向两块巨石间一颗米粒大小的黑点。只听嘎嘎几声，数块巨石竟缓缓退开，露出一扇门来。四婢一齐扶着冷风月一步入石门，红婢又点了里面的一处红点，那数块巨石又缓缓合拢！冷风月看看红婢，又看右边墙壁。红婢心头恻然：堡主难道连抬手或开口说话的力气都没有了么？只见红婢低声道："是！"然后奔向右边墙壁，使壁上现出两块砖头般大小的一个方洞，伸手从洞内取出一只锦盒，又奔回冷风月身边将锦盒打开，取出两粒药丸塞入堡主口内。蓝婢早端了水来，喂堡主将药丸服下。冷风月看着红婢，竖起右手食指。红婢一惊：这续魂金丹药力甚强，寻常人等便是两粒也经受不住，堡主他——但见堡主目光甚是坚定，只得又取了一颗给他服下。冷风月微微一笑，随即闭紧双目，竟原地坐下调息。四婢你看看我，我看看你，不知如何是好。

白虎厅内一派死寂，笼罩着浓重的森然之气。除了红婢，黄、蓝、绿三婢都是第一次知道黄龙堡内居然有这么个所在。这是个神秘的地方，也是个恐怖的地方。白虎厅内有一只巨大的猛虎。猛虎虽是由巨石雕成，却是栩栩如生。两颗拳头大小的绿宝石镶嵌在虎额两侧，恰似一双使人毛骨悚然的眼睛，此时正凶狠地瞪着它跌坐于地的主人及其四婢。猛虎虽是卧着，其背却与丈余高的屋顶相接！大口骇然怒张，闪着森然白光的每颗利齿均有一人高大！虎口内，是一张金床。金黄的衾被和金黄的纱帐，金床一尘不染。床头有一把纯金打制的椅子，椅脚四方，恰似巨虎之须，端的威风凛凛！黄蓝绿三婢心中骇然，不知身入此屋是福是祸，一齐看着红婢。红婢则只顾满面关切地注视着她们的主人。她们的主人冷风月正面临生死关头。只见他的脸色由白转青，由青转黑，约过了一个时辰，冷风月"哇"地吐出一大口乌血，脸色又由黑转白。头顶渐渐冒出氤氲雾气。又过了一个时辰，冷风月脸色渐渐由白转红，只见他缓缓呼出一口长气，慢慢睁开了双眼。

红婢喜道："堡主好啦！可真急刹奴婢们了！"冷风月淡淡地嗯了一声，从地上站起，移步坐上金椅，满面阴鸷地盯着四婢，阴冷的目光里透射出一段森然。四婢惶然束手垂立。冷风月一声不吭，缓缓立起身来，看定绿婢，良久，才淡淡轻笑一声。绿婢面若白纸！冷风月猝然一指点出，绿婢颓然倒在地上，冷风月自己，却也皱了一下眉头。“扑通”一声，红、黄、蓝三婢一齐跪下！冷风月漠然回到金椅上坐下，道：“三位爱婢起来吧。”三婢道：“谢主上！”冷风月挥挥手，又道：“你们都退出去吧，我有些累了，今夜让小绿一人侍寝可矣。”红婢恭声道：“还望主上多多保重身体，奴婢们告退了。”冷风月点点头，红黄蓝三婢退了出去。绿婢心头打了个寒战，却努力做出一副媚态。冷风月冲她温柔地笑笑，然后出手如风，将她全身要穴尽数点了，一言不发，转身步入虎口，坐在金床上盘膝运功。

次日午时，韦管家跟着前去唤他的红婢一道步入议事大厅，顿时被眼前的景象吓得心头大震！黄龙堡稍有头脸的人物，都已齐聚于厅内。堡主冷风月高坐南面黄椅，满面漠然。黄婢蓝婢分立于左右两侧。红婢进门后径直走到冷风月身后肃立。冷风月的拜弟飞云剑和其妻毒蝎子，则和一干护堡武师立于下首左侧。黄龙八骑肃立右侧与飞云剑等相对。大厅的中央，是一黑一白两个精光的躯体。黑的八尺有余，覆盖在白的之上！这种丑相相当滑稽。但韦管家并不觉得滑稽，他只觉得心中大骇。甚至大厅内没有一个人觉得滑稽，他们只觉得冷。因为是龙树基覆盖着绿婢！

龙树基是黄龙堡护院武师的首领，也是堡主冷风月的心腹之一。绿婢则是冷风月最宠爱的四婢之一。此时他们二人在众目睽睽之下贴在一起，并且是精赤条条的，那当然就不会有人觉得这事情滑稽可笑了。韦管家不愧是独脚大盗出身，虽是心头狂震，却并没在脸上表露出来，只飞快地环视了大厅一眼，便对高高在上的冷风月恭恭敬敬地道：“老奴迟来一步，还望堡主恕罪！”冷风月笑笑道：“韦兄何须多礼，你我兄弟还摆这套虚礼做甚！”韦管家又是心头大骇，冷风月称他“兄弟”这还是平生第一遭！而冷风月既号称冷面煞星，其阴狠歹毒又无人不知。韦管家一时怔立当场。只听冷风月又道：“眼前之事，韦兄也见到了。此番唤韦兄到此，就是想听听韦兄高见。”韦管家喃喃道：“请恕老奴愚鲁，不知堡主之意——”冷风月叹了一声，道：“俗言道：家贼难防，本堡主待他二人均不薄，却不料乘本人不在时，他们竟干出如此欺上之事，韦兄你看该如何处置了？”韦管家心头惶然，不知是绿婢故意护着自己，诬陷于龙树基，还是堡主成心恩威并施，丢车保帅，以便自己永远不敢反叛于他！

略作思忖，韦管家已有了计较——冷风月虽为人阴毒，却是心细如毫，自己与绿婢的隐私，他断不会不知晓。此番他这般作为，将龙树基、绿婢二人哑穴尽点，自连让他们有口莫辩，施恩于我韦某了。计较停当，便听韦管家道：“如此不知好歹的禽兽，堡主还留他们做甚？”冷风月阴笑一声，道：“韦兄之意倒与本人不谋而合。”转头对飞云剑又道：“便请拜弟解了他们哑穴，让这两个知恩不报的禽兽死个心服口服……”未等飞剑出声，韦管家急忙道：“区区小事，何须劳烦飞少侠。再说禽兽口里能吐出什么人语，老奴这便结果他们罢了。”冷风月笑了一声，直笑得韦管家毛骨悚然。冷风月静静地看着心惊肉跳的韦管家，良久才道：“既如此，有劳韦兄了。”韦管家一颗提到嗓子眼的心终于落下了，待冷风月的话音刚落，他早已一掌击向龙树基兀自懵懂的头颅。一颗大好头颅顿即成了碎片。未待那横飞的红白碎片落地，又是“砰”的一声，绿婢娇嫩的胴体早又血肉模糊。冷风月淡淡道：“韦兄以一双判官笔名动江湖，没想掌力也这般了得，佩服！”韦管家连忙道：“老奴这点微末技行，怎能与堡主神功相提！此番堡主外出，老奴管家无方，竟出了这等事情，还望堡主降罪，老奴心服口服！”冷风月道：“事情过去了，元凶既已正法，韦兄就休要再提起了。不过如此辱及本堡主之事，我冷某倒也希望不要再发生了，往后还请韦兄心细一些。”韦管家骇然道：“堡主恕罪大恩，老奴万死难报。往后若再发生此等事情，堡主取了老奴项上之物就是！”冷风月点点头，示意两名护堡武师将两具尸体拖出，然后道：“往后这安排本堡周遭岗哨之事，便请韦管家多费些心了。”韦管家连忙道：“老奴万死也要维护本堡周全！”“既如此，大家各司其职。”冷风月道：“都散了去吧。”以韦管家为首，众人躬身而退，大厅里只留下冷风月、红黄蓝三婢、飞云剑和毒蝎子六人。

冷风月看了看红婢，挥手道：“你们也去吧。”待三婢也退去之后，飞云剑道：“大哥，我看你似是身上受了内伤？”冷风月道：“实不瞒你们，大哥此番外出，差点就不能活着回来见贤弟和弟妹了！”飞云剑夫妇齐声惊何缘由，冷风月便把如何遇见千佛手任空行，如何二人握手成交，又如何将布袋和尚诱至大漠并将其击成重伤，因一时疏忽竟受了那老叫花搏命一掌，险些命葬大漠……细说了一番，直听得飞云剑夫妇骇然惊叹。末了，飞云剑道：“龙树基那厮果然那般不要命，竟敢对大哥爱婢无礼么？”冷风月道：“绿婢那小娼妇死有余辜，但龙树基却也不该看到大哥昨夜那狼狈样。”毒蝎子道：“我就觉得蹊跷，龙树基纵有十个胆子，也断不敢……”“算了，”冷风月道，“丢车保帅的道理，大家心里都明白。”飞云剑夫妇一齐“噢”了一声，顿时恍然大悟。

冷风月又道：“姚鹏那厮中了我的天冥毒掌，万难活着走出大漠。不取了老叫花头颅做夜壶，实难消大哥我的心头闷气，这便劳烦贤弟及弟妹率黄龙八骑到大漠走一趟——”飞云剑道：“纵是掘地三尺，我夫妻二人也要寻出那老叫花首级来，只是——”冷风月点点头，将自己与布袋和尚搏击的方位详细告诉了飞云剑夫妇。毒蝎子听罢道：“我们明早就动身，只是大哥的伤势当无大碍吧！”冷风月道：“实不瞒二位，大哥我此时的功力虽有续魂金丹相辅，却也只恢复了最多七成，待你们一走，我便要闭关疗伤了。”毒蝎子道：“韦管家……”冷风月打断她的话道：“纵是再借他十个胆子，他也不敢妄动了，再说他的一举一动，红婢那丫头也会随时告知于我。”“好，”飞云剑道，“那我和弟妹告辞了，大哥你安心疗伤就是。”飞云剑夫妇告退之后，冷风月又隐入神秘的白虎厅。半个月后，黄龙堡安然无事，但有两桩事却令冷面煞星冷风月百思不得其解：第一桩是，飞云剑夫妇和黄龙八骑纵是掘地三尺，也早该拎了姚鹏首级回来了，却为何没有半丝音讯？！第二桩事情是，有续魂金丹相辅，不到十天所受掌伤已然痊愈，功力却怎么也恢复不到原先的十成。冷风月又惊又怒，只有每日加紧练功，静候飞云剑回音。

第十二回

双邪拜师

十六

却说鬼灵子小六正自得意非凡，暗思带着群雄再呼几句狗屁不通的口号，口号尚未想好，便觉后背一麻，饶是鬼灵子机智百出，应变神速，也自被人点了背心七八处要穴！鬼灵子作声不得，暗道一声“苦也”，顿觉双耳生风，浑身软绵绵，有若乘风而逝。心头不禁骇然：不知这突施暗算的却是何人，如此轻功，只怕师父前来也难救我了，倒不知我小叫花何时得罪了这般高人！随即又想：对啦，我师父那老叫花自命一代大侠，得罪的人一定不少。老叫花功力深厚，人家奈何他不得，便来找我这做徒弟的小叫花的晦气！他妈的，早知有此一难，当初就不该拜老叫花为师……未等前一个思绪退落，鬼灵子便又在心里骂自己：好你个不是东西的小叫花，当初若不是那老叫花师父舍命相救，你早就成了玉蝴蝶那色魔掌底的一堆烂泥。此番自己遭罪，却又如何怪罪那老叫花了！小叫花呀小叫花，你可真他妈不是东西，如果不擅自偷偷离开老叫花，又有谁能这般轻易地将你挟于腋下！……罢了罢了，小叫花命中当有此一劫，是生是死，只听天由命便是！心中既如此想，鬼灵子顿觉释然，竟在人家腋下忘了凶吉，呼呼睡去！

也不知过了多时，鬼灵子只觉肩头胛骨如裂般疼痛，顿时惊醒过来，知有人正用双指捏自己的胛骨，便不睁开眼睛，装出兀自昏睡之态。却听一哄哄夜枭啼鸣的声音道："老不死的，此子骨骼奇佳，实为我老婆子平生所仅见，看来咱们此番算是找到好徒儿啦！"言语中竟有一种掩不住的欣喜之意。这个自耳边响起的老妪之声，早使鬼灵子浑身鸡皮疙瘩直冒，不料五尺开外一老翁一阵怪笑之后的苍老声音，却使鬼灵子全身上下无一处不肉麻！那老翁道："牧羊女闻名天下的眼力，又有什么话可说了！不过，我牧羊童既未加否认，这份心思，端的也是天山少有，佩服啊佩服！"竟对自己大加赞叹不已！鬼灵子虽双眼紧闭，二人的对话却也听得清清楚楚，不禁心道：原来是这两个老邪物，我还道是谁有这份了不得的功力，却还对我小叫花突施暗算呢！原来这二人竟是名满天下的"天山二怪"。

天山二怪，牧羊童阳真子，牧羊女梅依玲，早在五十年前便已名动江湖，夫妇二人行为古怪，荒诞不经，最喜热闹，行事只凭一己之好恶，但却从未做下伤天害理之事。后不知何故，二十年前突然远隐天山，行事依然古怪，被人称为天山二怪。直到半年多前，听说昔日的白道武林盟主太阳叟东方圣已亡，二人才又在中原武林露面。不意半年前在武帝宫，突然发现神秘凶残的"黄龙会"令主，意欲独霸天下武林的隐身魔头竟是传闻早亡多时的太阳叟东方圣，二人大惊而逃，半年不见踪影，谁知他们又会突然在洛阳现身？闻他二人之语，竟有收鬼灵子为徒的意思。小六哭笑不得，自己早是布袋和尚之徒，二怪并非不知。布袋和尚姚鹏之侠名天下皆知不说，世间哪又有强夺人徒之理呢！此等邪乎之事，当真也只有"天山二怪"才能做得出来！

突闻牧羊女梅依玲道："姚鹏那老叫花当真是浪得虚名，如此骨骼奇佳的小叫花跟了他这许多日子，竟没学到丝毫本事。我老婆子轻轻点他几处穴道，这半日却也未能自解。可惜啊可惜！"牧羊童连忙道："并非那老叫花不济，而是依玲你点穴手段太过高明！佩服！佩服！我牧羊童纵是再下十年苦功，也断难修到如此高明的点穴功夫半成！唉……"言罢竟装模作样地自叹自怜，而牧羊女梅依玲竟也装模作样地安慰个不休！梅依玲状如枯竹，阳真子有若冬瓜，虽不知二人真实年纪，但总是七旬开外了。二人功力奇高，这自不好说。阳真子功力较梅依玲更为纯厚，这也是天下皆知之事。此时二人一唱一和，煞有介事，若被旁人听去，不笑破肚皮才怪！鬼灵子小六虽将二人之言句句听在耳中，却是不发出半点声响。小六正暗中凝集真力，意欲冲开被封穴道。人身穴道，除死穴之处，任何穴道被封久了，均会自行解开。若是身负内功之人，以自身所修真力冲穴，那自是比寻常人快逾百倍，先前小六只一味宽心而睡，心思一切均听天由命罢了，竟未运劲冲穴。此时听梅依玲言布袋和尚所教不济，自己所学不行，才恍然醒悟。一试之下，背心所封穴道已然尽解，鬼灵子这一喜非同小可，差些儿就要跳将起来。却猛然想起天山二怪正在身旁，自己纵然有千般本事，也万万不是二怪那高深莫测的武功之敌，何况自己穴道被封已久，虽一时得解，浑身仍觉得酸麻。只得强压喜兴，暗中运力调息将养。

天山二怪煞有介事地作一场戏，又自我吹嘘一番之后，牧羊女复将手掌摸向鬼灵子肩骨。她还想再一次证实小六确是骨骼奇佳，实为百年难遇的练武奇才，并且自己眼力之准也是天下罕见。不意一摸之下，竟有一股不弱的真力将她的手微弹而起，禁不住“咦”了一声，阳真子正欲出口相询，却见躺在地上的小六出手如风，早点了尚在惊诧的梅依玲的几处要穴，人也随即弹起，以一柄雪亮的匕首顶在僵坐的梅依玲前胸！阳真子见陡生剧变，意欲相救，却哪里还来得及，未等他扑出三步，便听鬼灵子呵斥一声：“你不要她的命了么？！”阳真子一愣，硬生生收住身形，道：“谁说我不要她的命了？！依玲的命比我老不死的这条老命可要值钱多了！”随即语锋一转，竟振振有词地道：“小叫花，我牧羊童今日倒要向你问个明白，你说，我可说过不要依玲的命么？！”

鬼灵子心中一乐，口头却尽量威严地道：“是你不要她的命，只要你敢再往前迈一步，她可就没命了，这你明明知道，可你却偏偏想朝前走四五步，你说，你这不是故意想不要她的命么？！”牧羊童阳真子连忙往后退了一步，道：“怎的我往前走一步就不要依玲的命了呢？”鬼灵子道：“因为你只要往前再迈出一步，我手中的匕首就要朝前递进半尺，你说，我的匕首递进半尺后会怎么样呢？”“半尺？”阳真子一怔，道：“你当我和你小叫花一样屁事不懂吗？你的匕首再递进半尺，那就全插进依玲的胸里去了！”鬼灵子一笑道："那又怎么样呢？"阳真子一时骇然，不敢道出那个"死"字来。鬼灵子小六又一笑，道："现在你还敢再前进半步吗？"阳真子理直气壮地道："不敢！""那就好，"小六道："现在你再退五步坐下。"阳真子不解地道："为何要我退后五步坐下呢？"小六道，"你不退后五步，我这匕首难说就五分之一寸地往前递进，你如果不坐下，这匕首难说又要二寸三寸地递进了，这可怪我不得。"阳真子未等小六话音落尽，早噔噔噔退后五步坐下了。

小六点头道："很好！""好个屁！"阳真子道。随即又咕哝道："你那匕首怎的如此怪诞？"小六胡诌道："我这匕首有个名字，叫'刺梅'，凡是遇到天下姓梅之人，它都会自动地钻到人家心窝里去。有人在旁它钻得还更快……"阳真子急道："要不要我再退远点？！"小六暗乐，道："那倒不妨，我鬼灵子虽只学到师父他老人家博大功力的皮毛，谅还能把握得住它。"阳真子心中暗暗称奇，稍后便道："纵是你师父那老叫花在场，我今日也要与你分说个明白，'不要依玲老命'这句话，到底是你说的还是我说的！"小六道："我说的。"阳真子喜道："好！我且问你，你为何要说？！"小六道："因为我不说你就要往前奔近四五步，而我手中的'刺梅'匕首又不好掌握，这你也是知道的。"阳真子想了想，道："这倒也是，好吧，我不怪罪你啦，现在你将那刺……刺……匕首收起来吧。"小六故作诧异道："我为什么要收起来？""因为……因为……"阳真子急道，"因为我和依玲要教你许多连你那老叫花师父也不懂的武功？"小六哈哈大笑，正欲开口，却听得梅依玲突然叫了一声："老不死的，少……"原来是小六功力与梅依玲相比实在太浅，虽乘人不防点了她的穴道，但小六与阳真子歪扯了这半天，梅依玲已运力冲开了哑穴。本来再运力一次，就能将全部被封穴道冲开，到时凭她的功力，绝难从小六手中脱险。但她一心一意收小六为徒，且心中早将小六认作徒弟了，天底下哪有徒弟点师父穴道的道理呢！既是这般想，她就自思要惩罚"徒弟"，并且也让她想出了办法，那就是不教他最厉害的几招武功。猛听得阳真子说要教小六许多连布袋和尚也不会的武功，她自是心中大急：布袋和尚差不多与他们同时成名，又在中原武林奔走经年，天下各门各派的武功均有所学，他不会的武功而他们天山二怪会的，也不外他们夫妇自己创研出来的几手，哪儿又有许多了？！心头一急，口中便要追出“少教他几手”之言，不料只追出个“少”字，小六早已骇然一惊，又是出手如风，复点了她周身十六七处大穴。

十七

梅依玲哑穴再度被封，便气呼呼地瞪着小六。阳真子却已站起身来，见小六的匕首果然往前递进了二寸，匕首尖已顶在梅依玲的胸前，吓得又连忙坐下，满脸关切地道：“依玲，你想说‘少’什么？”小六灵机一动，道：“她想说：师兄你少与咱们师父胡搅蛮缠！”牧羊童一愣：“依玲她几时成了我师妹？！咱们的师父又在哪儿？！”“好呀！”小六正色道，“你嫌她武功太低，不配做你的师妹么？既然武功天下无敌的牧羊童觉得有这么个师妹是辱没了你做师兄的名头，那——”小六故意停得一停。牧羊童早急得满面通红，大声哀号道：“我何时说依玲武功太低了？！依玲的武功，比我牧羊童高出十倍！不，何止十倍，简直是一百倍一千倍！”小六道：“那你是愿意要这个师妹了？”未等牧羊童开口，小六又连忙道：“如果你承认她武功不弱，那就是说你认为有这么个师妹并未辱了你的名头。如果你不认这个师妹，那也就是说你从心里看不起她的武功。你说——”

天山二怪之所以被人誉为天下最为邪怪之人，就是因其行事全凭自己一时好恶，并不从旁推想。大凡邪怪之人，却都最喜认死理儿，小六机灵活络，本是一番歪理，却让他说得头头是道，别说牧羊童已落入彀中而不自知，连牧羊女梅依玲，竟也听得一愣一愣的，睁着一双充满期待的老眼看着牧羊童。天山二怪行事虽邪，却最是伉俪情深，并且二人平生均以武功自负。此时梅依玲目光中的意思，阳真子他岂有不知！阳真子心头一热，便高声道：“依玲做我牧羊童的师妹，只要不折煞了我，我又有何不愿！”小六见二怪中计，心头大乐，面上却不见有何喜色，只淡淡道："如此就好。其实你们师兄师妹，武功各有所长，为师倒也还放心。"牧羊女梅依玲听阳真子那般说话，心头也是一热，双眼便露出感激之色。二怪心灵相通，正自以目传情，却猛听得小六如此说话，心头均是一惊。

牧羊童哪还顾得上以目诉说情怀，张嘴便道："喂喂喂！小叫花！你一口一个'为师'是什么意思？！"小六故作一愣，道："你师兄妹俩煞费苦心把为师带到这儿来，莫非不是为了要拜到为师门下么？"牧羊童哈哈大笑，高声道："错啦！错啦！简直错得一塌糊涂！"小六正色道："为师哪儿错啦？！"牧羊童竟乐不可支，道："这又错啦，你应该自称徒儿才是。"小六作怒状道："放肆！"牧羊童却一本正经："不放肆。我和依玲见你骨骼奇佳，更可贵的，是你小叫花行事与咱们一个样，竟带领群雄高呼些狗屁口号，当真是邪而又邪……"话语未落，自己竟呵呵大笑，笑罢又道："我和依玲被江湖同道尊称一声'天山二怪'，自是最喜性情相投之人，你正好合了咱们口味，因此嘛，我们就想把一身惊世骇俗的武功传给你。但我们怕布袋和尚那老叫花就在左近，才悄悄将你点了穴道。倒不是说咱们武功不如那老叫花，只是老叫花自命大侠，当真是难缠得很。要说论真实功夫嘛，仅依玲一只手就可打得他哭爹叫娘了。当然啦，这也是你小叫花的造化，才得以改投名师，将来定是前途无量！现在你赶快收了刺、刺——那个匕首，拜依玲和我为师，如何？"这也许是牧羊童阳真子一生当中讲过的最长的话了，连牧羊女梅依玲也听得暗暗称赞。好在牧羊童没有被自己天下无双的口才惊得大叫佩服，只一脸急切地看着小六。哪知鬼灵子小六听罢竟冲天大笑。阳真子大惑不解："你笑什么？"小六故意一本正经地绕着圈子道："想笑便笑，这是本门的法规。你做大师兄的怎能不懂呢，真是太过愚鲁！"

阳真子大奇："本门的法规？""这个稍后再细说不迟，"小六道，"当然，为师笑得也不是毫无道理，现在为师且问你，鹰爪门无敌神掌楚通楚老掌门与江湖浪子童超如何称呼？"牧羊童一时转不过弯儿来，便直截了当地道："楚通是童超的师父。""二人相比武功如何？""十个楚通也不是江湖浪子的对手。”“如果我小叫花与你们天山二怪放手一搏，结果又会如何？”“你？哼！纵是你那老叫花师父，也……”“就是说十个鬼灵子也不是你们的对手？”“这简直问都不用问！”“那就对了。”“什么对了？”“我且问你，你能让楚通改叫童超师父么？”“不能！万万不能！”“那你又怎可让为师改叫你们天山二怪做师父呢？！”牧羊童一时被搅得晕晕乎乎，竟“这——这——”的说不出话来。小六神色一肃，厉声道：“阳真子，现在你可知罪了么？！”牧羊童“哼”了一声，气呼呼地道：“不知！”小六沉下脸道：“第一，你对师祖他老人家不敬，一声一个老叫花，依本门门规，这要……要自掌三个耳光！不过为师宽宏大量，且先替你记下！第二，你对为师大不敬，竟要为师改拜徒儿你们为师，如此欺师灭祖之言，依本门门规，也要自掌三……不，六个耳光，这为师也且替你记下。第三……”牧羊童气得哇哇大叫，跳起来就要一掌拍向小六，却见小六手腕一抖，雪亮的匕首早顶住了梅依玲的咽喉！

牧羊童骇然呆立，却听小六厉声道：“阳真子，你想欺师灭妹么？！”牧羊童听小六之言古怪，心道：天下只有欺师灭祖之说，又哪儿来的欺师灭妹了！心下大奇，便道：“什么欺师灭妹？”小六道：“你欲掌击于我，这是欺师！你一掌击来，为师的‘刺梅’匕首少不得要穿透你师妹的咽喉，这就是灭妹！加起来便是欺师灭妹。你想一掌灭了师父师妹，然后独霸江湖，你说，你师妹会答应吗？！”牧羊童汗水淋漓，颓然坐下道：“不会。”小六语锋更加凌厉：“你知师妹不会，并且你也知师妹的武功并不弱于你，她便成了你独霸江湖的阻碍，因此你便想借为师之手将她除去，对么？！”牧羊童大急，连忙道：“不对！不对……”小六“哼”了一声：“不对？！那你怎么做出一副随时要第二掌击过来的样子？”牧羊童道：“我没有！”“你没有？”小六道，“为师怎么知道你没有？哼！你且对师妹和为师发个誓来听听！”天山二怪本都是直鲁之人，如此歪搅蛮缠怎是鬼灵子的对手，他这一番歪理，竟让梅依玲也听出了几分“道理”，便目光古怪地看着阳真子，似是忘了小六的匕首正指在离她咽喉不到一寸的地方。阳真子一急，再也顾不得什么，“扑通”一声跪下，竟发下毒誓来：“天公在上，厚土在下，我阳真子要是再有一掌击向——”小六急忙道：“师父和师妹！”阳真子道：“师父？”小六应了一声，才道：“你不诚心么？！若不诚心你师妹怎能信你！”阳真子一咬牙，道：“我阳真子若再有一掌击向师父和师妹之心……”他虽是下了狠心，但说到“师父和师妹”这五个字时，声音毕竟也小了很多。待他这句话说完，小六又连忙帮他接下去：“那就被师妹一掌击毙！”阳真子愣愣地看着小六。小六道：“你是不相信你师妹凭武功能一掌毙了你么？！”阳真子茫然地摇摇头。小六又道：“那你还不把誓连起来发一次！”小六的话狗屁不通，但阳真子却也没时间再犹豫了，因为此时梅依玲的目光里显然在说：老不死的你总说我武功怎么这么高强，原来在心里是如此瞧我不起么！她哪知道自己和阳真子一样，都早上了小六的当了。只见牧羊童果然虔诚无比地道：“天公在上，厚土在下，我阳真子若有再一掌击向师父和师妹之心，便被师妹一掌击毙！”发下毒誓之后，便呆呆地看着梅依玲。

梅依玲此时虽心里对阳真子怀着老而弥坚的柔情，但总是觉得有些怪怪的。阳真子也一般心理，只是二人均不知道是哪儿不对。鬼灵子小六见他二人愣怔怔地对视，哪里还忍将得住，不禁哈哈大笑起来。他这一笑，倒使天山二怪顿时醒悟是上了鬼灵子的当了。梅依玲苦于穴道被制，作声不得，只用怨毒的目光瞪着小六。阳真子便欲发作，却见小六早发现自己失态，转瞬停了笑声，又将匕首指定梅依玲喉头。小六打了个哈哈，道：“为师早已有言在先，本门门规第一条便是想笑便笑。方才为师见二位途儿四眼有若斗鸡，甚是有趣，这便想笑，因而笑了。可你们的表现却使为师失望得紧。说不得，为师只好细细与二位徒儿分说本门门规细则了。”阳真子怒道：“什么狗屁门规！哼，我和依玲几时又拜于你小叫花门下了！”“对！徒儿提醒得是，”小六一本正经地道，“虽然方才徒儿发下毒誓时曾叫了为师一声‘师父’，但咱们江湖中人，最是信诺守誓。俗言道，名不正则言不顺。这拜师入门之大礼，倒也不能废了。重道尊师这一条，确是咱江湖中人务须时刻铭记之第一要义！现在徒儿既提醒为师，那咱们不妨这就把入门之礼拜了，正正名分，往后也好对江湖同道有个交代。”

阳真子哪还忍得住，高声嚷嚷道：“不拜不拜！”小六故作惊奇道：“为何不拜？徒儿这便道出缘由来给为师听听，如果徒儿之言成理，那为师倒也可考虑。”阳真子想了想，竟哈哈大笑起来。小六道：“徒儿因何好笑？哦，对了，本门第一条门规便是想笑便笑，可以不问缘由的，这一条门规徒儿倒是遵循得好！为师如此见问，反倒显得不如徒儿理解门规要义之深厚了，哈哈！”“狗屁！狗屁！”阳真子连连道，“老夫之所以笑，是因为细想这事委实邪乎荒唐！”小六正色道：“这为师倒未觉出。”阳真子道：“无论是年纪还是武功，我和依玲尽可以做你高祖高母了，却要叫你为师父，哈哈！哈哈！不通啊不通！”世间只有“高祖”之称，却哪儿冒出了“高母”之说！鬼灵子强压住笑，道：“这般说话，足见徒儿学识浅薄、孤陋寡闻之极。唉！往后为师倒是要多加教导了！”天山二怪怪癖甚多，其中一癖就是自以为学识渊博，最喜卖弄狗屁不通的文辞，常使人啼笑皆非。此时听小六竟说他学识浅陋，阳真子白眼一翻，便要搜索枯肠大加反驳，小六却不给他时间，马上接下去道：“徒儿可曾听说这样一句古话：闻道有先后，达者为师？”未等阳真子开口，小六立即又连连摇头，装腔作势地道：“当然，当然，这般深奥的至理名言，徒儿自是从未听说过了，至于此言之意，徒儿自也是不懂的了，为师倒是多此一问了。”小六话音刚落，阳真子便急忙道：“小叫花休要门缝里瞧人，区区一句‘闻道有先后，达者为师’之言，老夫早已倒背如流了，其义是说领悟道理有先有后，无论年纪大小，先领悟的便可为师。”小六故作惊奇道：“没想到徒儿还有这般学识，当真是为师小觑于人了！”牧羊童露出了满脸的得意之色。

小六又道：“但有一个道理，不知徒儿领悟了没有？嗯——我想是没有。”阳真子“哼”了一声，道：“什么道理？”小六道：“咱们武林中人，要想名正言顺，便得有个师门来历，否则只能算是孤魂野鬼。这个道理为师领悟得早，年纪尚幼便拜了名满天下的布袋和尚姚大侠为师，家师他老人家曾就此事不止一次夸赞我聪颖。却不知二位徒儿这一大把年纪，在遇上为师之前，可有别的师承么？”阳真子一愣，说不出话来。只因天山二怪天赋异禀，一身骇俗的功夫尽是二人自创，独成一格，并未有何师承。小六自是知道这一切才故意这般胡搅，见阳真子果然中计，便一本正经道：“就此事来说，自是为师早悟了一步，因而你师兄妹二人拜我为师，并未有丝毫的邪乎荒唐。”阳真子心中自觉大大的不对，却听小六又说的头头是道，一时竟作声不得。便听小六又接着道：“至于二位徒儿的年纪，自比为师大出何止数倍，然本门有个名目，叫……嗯……歪邪门。顾名思义，本门行事决不可以常理度之。二位徒儿行事正投为师所好，连江湖同道，也尊称二位一声‘天山二怪’，因着此点，为师才肯收二位为徒。如若二位虽武功奇高，但行事却与被人称为大侠的胡醉啦童超啦他们一般，那却也不配拜于我鬼灵子门下。另有一条，为师见二位年事已高，却对凡江湖中人皆应有师承来历这千古至理领悟不透，别人因你们功夫了得而嘴上不言，心里却想，天山二怪虽是武功厉害、学识超群，也不过是两个孤魂野鬼而已！为师为二位徒儿计，便收二位为徒，也好使你们师兄妹往后行走江湖名正言顺。至于将来江湖中若有人对为师的年纪有所微词，二位徒儿自可理直气壮地告白他们：本门自命‘歪邪门’，个中深奥之理岂是凡人可以领悟！关于这一点，本门第二条门规自有章法：凡本门弟子收徒，年纪均不可小于师父！纵是你师兄妹二人往日若欲收徒，也务须先问清楚人家的年龄，若是小于二位自然也是万万不行的。”这一大番话乍听上去有理有情，对天山二怪有吹有打。

十八

再说二怪行事又邪怪百出，竟听得牧羊童阳真子连连点头，而穴道受制的梅依玲，则愣愣的无法作声。阳真子活了一大把年纪，竟被小六那如簧之舌说动了心，嗫嚅道：“小半岁也不能收为徒儿么？”小六断然道：“不行！既然江湖中各门各派都是弟子年弱于师，咱们歪邪门就必须一代长于一代，这事看上去虽有悖于常理，但咱们行事却决不可遵循常理。为师这般反其道而行之，也是有高深道理的。”阳真子来了兴头：“不知是何高深道理？”小六道：“为师闯荡江湖数载，发现天下各门各派，均是师父武功强于弟子，但天下又决无不死的师父，师父一死，弟子便弱了长辈的名头，堕了本门神威，这岂非变相的辱了师门！本门一代长于一代，武功自是一代高于一代，如此这般，本门的神威只会越来越高，将来，哼！若仅以武功而论，只怕天下所有门派都要唯咱们歪邪门之马首是瞻了！”说到得意之处，鬼灵子小六不禁哈哈大笑起来。阳真子越听越有趣，也跟着呵呵大笑。小六见事已有了五成成算，便机不可失地道：“徒儿若无异议，咱们这便把名分正上一正如何？”阳真子收住笑声，道：“这自无不可，只是依玲她……？”小六道：“你做师兄的应了，师妹岂有不应之理。”小六边言边察言观色，见梅依玲面上大有不愿之色——其实牧羊女梅依玲行事之邪，绝不在其夫之下，她自也觉得鬼灵子的主意妙不可言，只是这平日穴道被小六所制，且又有一把匕首在喉间比来比去，对小六早恼火异常，故而生了异心！——小六打一个哈哈，接着道：“你做师兄的代师妹拜师，为师妹省了磕头，师妹心里只会对你感激不尽呢，不信你问她愿拜不愿拜。”

阳真子果然问道：“依玲，你说咱们拜还是不拜？”小六伸手解了梅依玲哑穴，却是一解又封！梅依玲刚想说“拜他的叫花屁！”但仅说出个“拜”字来，哑穴又被封住了。小六连忙道：“看你师妹，她说：‘拜’！”阳真子又一咬牙，道：“既是依玲你也说拜，那我便拜了又有何妨！”言罢竟“扑通”跪下，冲小六磕了三个响头，高声道：“师父在上，请受弟子一拜！”小六心中大乐，面上却不露声色，大咧咧地受了阳真子三记响头，末了道：“歪邪门第一代大弟子阳真子听着！”阳真子肃穆而听。小六道：“令师妹此时有所不便，你这便代她行拜师入门之礼！”阳真子道：“我……”小六道：“你就这般说：师父在上，弟子梅依玲身有不便，托付师兄阳真子代为磕头拜师，礼成之后，千秋万代，永为鬼灵子之徒！”阳真子觉得这拜师之言很有些怪，看看鬼灵子，又看看梅依玲，满面询问之色。小六轻笑一声，如法炮制，点穴封穴之间，恰好比梅依玲道出“说不得”的第一个字！阳真子虽武功强于梅依玲，却历来最听牧羊女的话，此时听她说“说”，便又跪将下去，磕了三个头，将小六的话重复了一遍。梅依玲气得咬牙切齿，却又作声不得，心思穴道一旦得解，若不找这个叫花大大的晦气，那她就枉称天山二怪中的牧羊女梅依玲了！哪料她的心思，鬼灵子像是了若指掌一般，待阳真子代梅依玲叩首拜师礼毕，小六便道：“现在大礼已成，尔等二人自今之后，便是我歪邪门的第一代弟子，你师兄师妹要相亲相爱、白头偕老、永不反目！徒儿，为师之言，你可做得到么？”天山二怪伉俪情深，小六的话正说到了阳真子的心里去了。未等小六语音落尽，便连连点头道：“做得到，做得到！”小六故意淡淡道：“那就好。你们既已入了我歪邪门，本门门规倒是不可不对你们分说明白。”阳真子急忙道：“第一条，想笑便笑；第二条，徒儿年纪不可小于师父，连小半岁也不行……”“对，”小六道：“第三条，既经入门，永远不得违背师父，否则便是欺师灭祖，天理难容！好，徒儿跟为师将这一条念上一遍。”阳真子果然跟着小六念了一遍。小六看了看梅依玲气愤已极的模样，心头一凛，想了想，又道：“现在徒儿跟为师念第四条门规：往后若师兄阳真子对师父发难，师妹梅依玲须当即刻自绝经脉而亡；反之，若师妹梅依玲对师父鬼灵子发难，师兄阳真子也必须自击天灵盖而亡……”阳真子跟着念到这儿，心中大觉不是滋味，说道：“师父，这条门规怎的这般怪？！”鬼灵子心头暗笑，却故作高深道：“本门自名‘歪邪’，不怪何能显示本门的非同一般！徒儿休要打岔，这一条尚未念完呢，现在你再跟着为师念：若违此誓……不对不对，若违反这条门规，出门遭天谴，尸骨不存！在家被雷轰，双双烧成焦炭！”这哪儿是门规，简直比天下任何毒誓都要刻毒！阳真子越念越觉得不对，但又怕问出来会遭师父说他浅薄，竟悟不透“歪邪”门之博大精深，只深感纳闷。

鬼灵子心中越想越得意，想天山二怪的功力，只怕不弱于自己的师父，此时却已成了自己徒儿，若是让老叫花师父得知，只怕不知会如何得意呢。因而道：“第五条！”阳真子跟着道：“第五条。”小六道：“自今之后，不论何时何地，见了为师，均务必高叫三声师父——”念到这儿，阳真子实在忍不住了，道：“师父，这一条——”小六打断他的话道：“之所以有这一条，是为了向天下英雄表明，本门虽名为‘歪邪’，却是天下至为尊师重道之门，以便任何自命名门正派之人不敢小觑！”阳真子虽觉心中尴尬，但却不便反驳。只听小六又接着道：“——与此理相同，往后不论何时何地，阳真子梅依玲只要遇上为师鬼灵子的师父布袋和尚姚鹏，均务须大叫三声师祖。遇上鬼灵子之师姐柳玮云，均务须大叫三声师伯。否则……嗯……否则自掌六记耳光！”阳真子一字不漏地跟着念完了，嗫嚅道：“师父，为何要自掌六记？三记不成吗？”“不成，”小六道：“既是门规，为师也不好道自修改。对了，为师突然记起，此条门规后面还有一句，你跟着为师念——”“本门弟子自掌耳光时，务须啪然脆响。”阳真子眉头皱得紧紧，轻声道：“师父，本门的门规一共有多少条？”鬼灵子眼珠一转，道：“尚有最后一条。”

阳真子的眉头总算舒展了些。却听小六道：“现在徒儿跟着为师念这最后一条：本门门规甚多，因师父一时难以记清，往后师父只要想起，随时向本门第一代弟子宣布。完了。”阳真子大惑不解，道：“师父，这怎算得一条呢？！”小六道：“本门门规，决不可以常理度之，二位弟子须得切记此项。好啦，现在你把咱们的门规全部背一遍给为师听。”阳真子果然从首至尾背了一遍，背第四条时，总有些疙疙瘩瘩。小六听他语毕，出手如风，解了梅依玲所有被封穴道，然后纵身一跃，人早已缩到了阳真子身后。好个梅依玲，功力端的了得，虽浑身穴道被封几近半日，却是穴道刚一得解便一弹而起，伸手抓向小六。鬼灵子知她恨己已极，她会猝起发难，未等梅依玲近身，口中早大喝道：“阳真子，你忘了本门第三条门规了么？！”阳真子行事虽邪，却也最是遵守誓言。小六的喝声，无疑有如惊雷。阳真子心中一派茫然，伸掌便要自击天灵盖！梅依玲骇然收住身势，愣愣地看着丈夫。阳真子黯然道：“依玲，你既是要对师父发难，我只好——唉！”梅依玲呆立良久，黯然长叹一声，不知如何是好。

方才阳真子与小六所说的话，她是一字不漏地听到了。她知道如果自己找小六晦气，阳真子肯定会自击天灵盖的！夫妻数十年，丈夫的脾气她早一清二楚。二人正愣愣对视，小六却嘻嘻一笑，从阳真子背后转出，道："二位徒儿，为师有要事须先行一步了。"梅依玲冷哼一声，吓得小六又直往阳真子背后钻，正欲搬出门规，却见梅依玲并无发难之意，只得讪讪转出，对阳真子道："为师这便走了，二位徒儿多多保重。"言罢不敢久留，举步便走。行不出五丈，却听阳真子道："师父。"小六转过身来，道："二位徒儿还有何事？"梅依玲恨恨道："什么二位徒儿！老不死的叫你师父，我老婆子却还没叫！"小六也不以为忤，只对阳真子道："徒儿是问为师咱'歪邪门'有何事要做么？"小六不愧鬼灵子之名，这一猜竟猜了个正着。阳真子被梅依玲抢白了一句，不知如何作答，只来了个默认。鬼灵子想了想，从怀里摸出两锭纯金抛了过来，道："为师所带金银不多，先每人给你们一锭金子聊作盘缠之用，眼下本门的第一件事，便是找寻独孤樵独孤公子的下落，你们这便去打探打探，有了信息便想法传递于我。二位徒儿好自为之。"话音落时，人已在数丈开外，只留下天山二怪看着手中的金子发呆。一锭纯金，足可买下一座酒楼！鬼灵子随手便抛出二锭，还说所携金银不多！他们哪里知道，那金子根本不是小六的，他也是在洛阳悦仙客栈顺手牵羊而得。否则一介小叫花，出手又怎会这般阔绰。

二怪呆立良久，心知此刻木已成舟，拜鬼灵子那小叫花为师已成事实，心中甚觉窝囊，互相埋怨一番，却也于事无补。好在二怪此番重抵中原，本是为着寻独孤樵而来，这倒与那小鬼师父的吩咐无甚冲突。二怪便依自己心性，思谋出了个万全之策：往后竭力避开那小叫花、老叫花和柳玮云三人，也就无甚尴尬了！计较停当，二怪便回转洛阳，到那天下第一闹市打探独孤樵下落去了。

第十三回

茫然无绪

十九

江湖浪子童超一声暴喝惊走玉蝴蝶金一氓，使到鬼门关走了一遭又折回来的雷音掌和铁算子半晌缓不过神来，只愣愣看着白衣飘飘有若玉树临风的江湖浪子。童超见状一笑，抱拳对二人道：“连、田二位前辈，莫非不识得在下了么？”铁算子田归林使劲摇摇头，兀自不信已从玉蝴蝶那魔头掌下捡了性命，茫然道：“阁下是江湖浪子童超么？”这话问得童超一愣，心道自己与他二人何止数度相逢，已算得是相当熟稔了，莫非他们是被金一氓那老魔伤了？！便道：“在下正是童超，二位前辈没伤于那魔头吧？”田、连二人终于反应过来，是江湖浪子救了他们，二人对视一眼，便欲跪谢救命大恩，然他们只跪下一半，便觉被一股柔和却异常浑厚的内力有若一张细网托住腰身，哪里还再跪得下去。便听童超道：“二位前辈勿要折煞晚辈了！”雷音掌连城虎直通通地道：“救命之恩，岂能不报！这头，我连城虎是一定要磕的！”言罢退后几步，却依旧被江湖浪子的内家罡气所阻，未能磕得下去，一张老脸不禁急得通红。童超正色道：“前辈若一定要磕头，我童超折身便走！”连城虎顿时“这……这”的说不出话来。

铁算子田归林深知江湖浪子向来说得出做得到，见状只好一抱拳，道：“大恩不敢言谢！童少侠往后若有何差遣——”不等他的话说完，连城虎便也一抱拳，粗声大气地对童超道："对！反正我和三弟的这两条老命是你江湖浪子所赐，往后只要你江湖浪子吩咐一声，我们师兄弟刀山火海都去！若皱一下眉头，就枉称雷音掌和铁算子！"童超抱拳还礼，道："前辈言重了。却不知二位前辈因何到此，又怎的与玉蝴蝶那魔头动上手啦？！"雷音掌抢着道："我兄弟俩受大哥之托，到江湖上找独孤公子，就误打误撞地进入了关帝庙的地道，见到了《阴阳大法》和鱼肠剑，然后就在这里见金一氓那魔头想欺负那姑娘，我们就动上手啦！无奈那色魔武功太高，咱们不是他对手，幸好你童少侠就来啦！"一席话又是《阴阳大法》又是"鱼肠剑"，听得江湖浪子丈二和尚摸不着头脑，只得笑笑，走到兀自昏迷不醒在榻上的那少女跟前，禁不住"咦"了一声。

雷音掌急道："童少侠，这姑娘性命无碍吧？"童超再顾不得许多，伸手抄起少女的右腕，随即道："脉象一切如常，绝无性命之忧。瞿姑娘只是中了那色魔的迷魂药散，只须用凉水一激，便可清醒过来了。"铁算子道："瞿姑娘？童少侠识得她？"童超道："半年前在武帝宫见过一面，她是峨眉掌门绝因师太的关门弟子瞿腊娜。却不知她因何离开师门，又怎的落入玉蝴蝶魔掌。"雷音掌道："金一氓那老贼当真是色胆包天，竟敢欺负到绝因师太的弟子身上！哼！"童超道："玩火者必自焚，此事若让绝因师太知晓，玉蝴蝶死期不远了！何况那色魔作恶多端，今日算他狗运好，往后若再让我江湖浪子碰上，也定饶不了他！"江湖浪子一身豪气，使雷音掌铁算子二人暗自折服不已。

只见田归林略作沉吟，便掏出怀中的《阴阳大法》递给童超。雷音掌也连忙掏出鱼肠剑递了过去。童超却未伸手相接，奇道："二位前辈，这——"铁算子田归林便把二人在关帝庙之所见细细分说了一遍。童超心中好奇，接过上古宝典利器细看了一番，不由暗暗称奇。雷音掌道："童少侠义薄云天，正是持此宝物之最佳人选，还望童少侠收下它们！"田归林也道："二哥之言正合我意，童少侠，你就——""不，"童超将宝典利器又递还二人，道："此鱼肠剑确系上古利器，二位前辈正好可仗其护身。至于《阴阳大法》，既是前辈历尽艰辛而得，我童超断不可归为己有。”雷音掌急道：“这——”童超道：“并非我江湖浪子轻狂，当今武林天下，又有谁能奈我何！晚辈这番重入中原，只为寻找拜兄胡大哥及拜弟独孤樵，以谋个大醉三日，却没心思再练上古神功了。”田归林连忙道：“童少侠，说来也是惭愧，我和二哥大恩未报，却又有一不情之请，嗯——”童超道：“前辈休要这般说话，咱们江湖同道本是一家，却不知田前辈有何难言之隐。只要我童超力所能及，定当全力相帮。”田归林道：“那我和二哥先行谢过了。”

略停得一停，田归林又道：“也不知为着何事，咱们情逾兄弟的柳大哥，月前竟对二哥和我言道，此番若不能寻到独孤公子，就休要再回柳家堡了，可我和连二哥奔走了这许多日，竟连独孤公子的一丝音信也未查到。童少侠此番既也是欲寻独孤公子，若有何音信，还望——”童超道：“那是一定的了。但不知柳前辈怎么会……对了，柳姑娘还好么？”田归林道：“大哥大嫂都说玮云侄女尚好，只是这半年多来咱们这做二叔三叔的都没见过侄女一面。”童超略作沉吟，道：“既如此，晚辈先行一步了。能早一日寻到独孤兄弟便早一日好。但此地二位前辈也不必久留。当心玉蝴蝶那魔头复又归来，至于瞿姑娘，前辈只须将她带到有水的地方，喷她些凉水便可无事了。”雷音掌单手托着鱼肠剑，急道：“童少侠，这上古宝典利器你还是……”话音未落，只觉眼底一空，眼前哪还有江湖浪子的影子。遥遥传来童超的声音：“二位前辈珍重！待有了独孤兄弟讯息，我定会转告你们。”雷音掌和铁算子默视良久，几乎是同声道：“江湖浪子，真不愧‘侠’字耳！”然后雷音掌双手托起瞿腊娜，铁算子晃燃火折子，一把火将玉蝴蝶的秘密精舍烧了个精光，二人便往密林深处奔去。

不一刻，雷音掌连城虎和铁算子田归林兄弟二人，来到一处山清水秀之所。山并不高，只是丘岳连绵，黛色叠翠。溪水清清，有才寸许长的小鱼儿游来游去。二人来到溪边，雷音掌将瞿姑娘轻放在青草地上，田归林早含了一大口水来，“噗”的一声，尽数喷在瞿姑娘脸上。二人分别蹲在两侧，满面关切地看着瞿姑娘动静。瞿姑娘依然昏迷不醒。连城虎道：“莫非童少侠所言不准么，瞿姑娘怎不见转醒过来？”田归林道：“不会，只是翟姑娘被玉蝴蝶那色魔的药物迷得时间过长，咱们只须再等得片刻，她定会转醒过来……”“的”字尚未出口，陡闻一声娇叱！二人大惊，尚未反应过来，便觉眼前寒光闪闪，昏迷了半日的瞿腊娜早从地上腾起身来，一柄利剑分刺主人眉心！铁算子田归林轻功略高，未做他想，蓦地一个飞身后跃，堪堪避过剑尖。雷音掌连城虎虽掌力了得，但轻功却不如拜弟。亏得他江湖经验老到，陡遇惊变，知无论如何也万难避闪得开，便双掌一合，右掌拍出，意欲迫开对方，左掌变爪，伸爪硬夺对方长剑。哪知瞿腊娜剑法已得以长剑名动天下的峨眉掌门绝因师太亲传，岂是等闲之辈。饶是雷音掌应变神速，只见瞿腊娜滴溜溜一个转身，小细腰一扭，早避开雷音掌刚猛掌风，手中长剑改刺为劈。但闻“唰”的一声轻响，雷音掌左臂自肘至腕，早被划开一条尺来长的血槽！

瞿腊娜见自己使出峨眉剑法中的辣手绝招，也仅伤了对方一人，并未一举结果二人性命，也是心中微惊，暗道这两个偷施迷药的下三烂老贼居然还有这等身手，倒也是桩怪事！但自己此时昏迷日久，且又莫名其妙地到了这么个地方，定然已被这两个老贼非礼了！心中不禁既惊且怒，心道我堂堂峨眉弟子，却被如此老贼所辱，堕了师门名头，今日说不得只取定二贼狗命了！既如此想，又是一声怒斥，举剑又飞身逼近连城虎。却说铁算子堪堪避开剑尖，浑身早惊出一身冷汗，暗道难怪峨眉派以剑法威震天下，果非浪得虚名。如此一个十三四岁的小弟子，剑法也如此了得，自己若是避得稍慢，让那长剑贯顶，此时焉有命在！正惊骇未定，却见拜兄雷音掌已遭剑创。不仅如此，那瞿姑娘仍不放过，又举步逼上，纵是雷音掌临敌经验丰富，怎奈瞿姑娘剑剑辛辣，只将雷音掌迫得左支右闪，迭遇隆招！铁算子现状哪还顾得及多想，只冷哼一声，取下腰间精钢算盘，飞身加入战团！“叮”的一声，瞿腊娜的长剑与铁算子的算盘一触即收，解了雷音掌万难避过的一剑之厄。瞿腊娜只觉手腕一震，心道这精瘦老贼的功力倒也不可小觑。随即雌威一发，暗道本姑娘便怕了你们两个老贼不成，只闻她暴喝道：“老贼！纵是你二人齐上，本姑娘若不取了你们下三烂的两条狗命，也在称峨眉弟子了！”口中虽在说话，手中却未慢下半丝，运剑如风，招招辛辣，直刺铁算子周身要穴！

二十

雷音掌得拜弟一招解了性命之厄，心中已是惊骇狂震，怔立当场。此时闻得瞿姑娘暴喝，连忙道：“喂！姑娘你可不对了，怎的说咱兄弟二人是下三烂呢！”瞿腊娜怒道：“偷下迷药，正是江湖宵小所为。本姑娘不但不齿于尔二位老贼，还要取了你们狗命呢！”“呢”字出口时，长剑指东打西，迫退铁算子，一剑又直刺雷音掌璇玑要穴！铁算子惊道：“二哥小心！”雷音掌闻得惊喝，哪还敢故技重施，只得熊腰后折，一个铁板桥功夫，避了开去。瞿腊娜一剑刺空，冷笑一声，道：“老贼还算有点鬼门道，看本姑娘第二招来了！”“了”字出时，又是“叮”的一声，长剑又与合身扑上的田归林精钢算盘击在一起！雷音掌闪身避过，本欲说明个中原委，一切均是误会，然听瞿腊娜一口一个老贼，且又先剑创伤了自己左臂，也是心中有气，哪还顾及许多，也不包扎剑伤，任凭鲜血汩汩流出，大喝一声：“我雷音掌今日便和三弟一起领教领教你峨眉剑法！”话音落时，已然加入战团，每发一掌均轰然有声，有若雷电隆隆。铁算子与拜兄一般心思，也是运出十成功力，不时疾射出一粒算盘珠子打向对方穴道。雷音掌和铁算子成名在二十年前，虽武功未臻一流，但二人合力使出全身功夫，那威力也端的不可小觑。瞿腊娜剑法虽尽得绝因师太真传，峨眉剑法又以辛辣招快取胜，故峨眉弟子大多身轻似燕，变招灵动，无奈瞿腊娜尚是年幼，功力怎能与雷音掌、铁算子二人合力相比，一时竟被迫退了四五丈之多！

瞿腊娜怒气陡发，心思此番师父令弟子孤身一人下山，意在让我多长些江湖阅历，不料刚一到洛阳，便被这两个老贼偷施暗算，此番若连这两个下三烂也拾掇不了，那岂不堕了师父她老人家和我峨眉一派赫赫声名。心中既认定了就是眼前二人暗算于己，瞿腊娜哪还多做他念，剑招一变，快慢相济，怒叱一声："本姑娘今日就让两个老贼见识见识我峨眉剑法，让你们死得心服口服！"复又猱身攻上。雷音掌铁算子二人哪敢轻慢，各自使出全力。三人一时打了个难分难解！一方胜在功力深厚，经验老到。另一方胜在招式轻灵，步法绝妙。竟是个难分胜负之势。毕竟瞿腊娜年幼功弱，渐渐的气力有些不济，招式已现滞慢之势，人却早娇喘吁吁。雷音掌久战无功，左臂又一直血流如注，面色也是苍白，发掌再无隆隆雷音。只有铁算子越战心头越是敬佩，心道这峨眉剑法果然非凡，天下大约也只有武当太极剑堪与其匹敌了。想这一峨眉年幼弟子，自己兄弟两人合力，这半日竟也奈何她不得，果不愧是绝因师太之徒了。

瞿腊娜已呈不支之象，铁算子焉有不知之理。即便二哥雷音掌就此罢手，凭他铁算子一人，大约五十招之内也可制住对方。但铁算子心想，这一切本均出自误会，先前只是因为瞿姑娘一口一个老贼使己方兄弟二人动了真气，方自打成一团。此时久战下来，怒气已自消了。何况设身处地地为对方想一想，人家一介年幼少女，不明不白地陡遭暗算，又不知晓内情，纵是骂两声老贼，也是合情合理之事。更何况自己二人这般年纪，纵是做瞿姑娘的祖父也尽够了，人家初涉江湖，可自己早吃了几十年江湖饭，这么长时间才制限人家，面目上又有什么光彩！更何况制住了绝因师太的弟子，于己于人又有什么好处呢！退一万步说，依二哥雷音掌的脾气，他断不会先于自己罢手，再战下去，二哥血流过多，那却是后果不堪设想了。铁算子既如此想，口中便道："瞿姑娘，在下铁算子田归林和二哥雷音掌连城虎并非江湖宵小之辈，此番却真心服了峨眉剑法，咱们就此罢手如何？"瞿腊娜"咦"了一声。先的雷音掌自报家门之时，瞿腊娜正在怒气头上，哪里还听得清楚。此时双方都慢将下来，铁算子的话字字如耳，她自是心头微惊。

一惊是，对方竟知道自己姓瞿。二惊是，绝因师太令她到江湖上增长阅历时，早将当今天下武林中人之禀性道了个详细，其中也曾提及田、连二人，绝因师太当时的评价是：此二人武功不高，人却还算侠义耿直。瞿腊娜看他二人一人用掌，一人使一把精钢铸就的算盘，且容貌也和师父当时所形容的不差，心中甚觉蹊跷：莫非师父有差么，既是侠义耿直之辈，为何却又在洛阳客栈以迷药暗算于我？随即又想：江湖中鬼魅伎俩层出不穷，想当年人人称道的一代大侠太阳叟东方圣，到头来却是个阴险深沉的魔头！莫非眼前此人是故意让我罢手，然后又突施暗算么？！俗话言："一朝被蛇咬，十年怕井绳。"翟腊娜既被人暗算过一次，所虑自也就多了许多。虽然她看铁算子此时只守不攻，显是意欲罢手，但她仍是惊疑不定，兀自一剑一剑不快不慢的攻出。铁算子和雷音掌心中都是大奇，为何自己报出了自家姓名，翟姑娘仍不罢手呢？想自己二人在江湖名头虽不响，但平生却从未做过亏心事？莫非翟姑娘之意，是要拖雷音掌鲜血流尽而亡么？雷音掌已然又动了怒气，正欲拼尽余力，先将不识好歹的翟姑娘制服再说，不料一掌未及发出，陡觉背心要穴一麻，全身顿即僵硬难动！心头大惊，暗道此番我命休矣，干脆闭目待之。却是良久不见动静。雷音掌哪里知道，此时铁算子和翟腊娜的心思正好与他一般。铁算子心思：没料堂堂绝因师太的弟子这般歹毒，自己好心救她，却落了这个结果，此番连细道原委的机会也没有，唉！罢了罢了！翟腊娜则想：这老贼端的狡诈阴毒，故意使我疏了防范，却又突施绝招。我翟腊娜今日愧对恩师了！三人一齐闭目等死，却是半晌不见动静。心头都是大奇，睁开眼来，却见一个令人哭笑不得的少年正笑嘻嘻地看着他们！

说哭笑不得，是因为那少年衣衫光鲜昂贵，却是脸蛋脏兮兮，头发乱蓬蓬！雷音掌顿时忘记了自己身上要穴被制，竟僵立着哈哈大笑起来，边笑边道："鬼灵子，你……"未等他把话说完，那少年又嘻嘻一笑，道："连二叔、田三叔，你们两个大男人欺负人家一个小姑娘，我鬼灵子却是有些看不惯，所以嘛，就出手得罪了。但是呢——"鬼灵子故意打住话头，背着手装模作样地踱过来，仔仔细细地打量翟腊娜。翟腊娜居然粉脸一红，冲鬼灵子做了个鬼脸。鬼灵子小六的大名，翟腊娜早从师父那儿知了个详细。她不仅知道小六是布袋和尚姚鹏姚大侠之高足，而且还知道这个滑头聪明伶俐，行事古里古怪，连他师父也常被他折腾得无可奈何，但为人却满腔热血。此番他一举制住三人，虽说有不正大光明之嫌，但翟腊娜却不怪他。一是因为鬼灵子行事本来就歪邪，二是让他知道了眼前这两个老贼以迷药偷施暗算，鬼灵子定饶不了他们！但鬼灵子却只背着双手，绕瞿腊娜走了两圈，才在她面前作出一本正经的滑稽状，微微点头，道："不错，不错，如此美貌的小姑娘，连二叔田三叔怎舍得出手打人家呢！"瞿腊娜"呸"了一声。雷音掌却急道："她不知好歹……"小六提高声音道："你们都别忙着说话。凡事终归都有个缘由，这事既让我小叫花撞上了，说不得总要主持个公道。且先让我把方才没说完的话接着说下去如何——"

未等人家表态，小六又自顾道："方才我小叫花说，因为看不惯两个大人欺负一个小姑娘，才贸然得罪了两位叔叔。而你这个小姑娘呢，看你使的剑法像是峨眉弟子。你们峨眉掌门绝因师太，我小叫花也是识得的。她老人家的剑法连我师父那老叫花也是很佩服的，就像我小叫花佩服你小姑娘使得一手好剑一样。但你小姑娘是否知道，欺负你的这两个大人，却是我玮云师姐的父亲的拜把兄弟，如果我小叫花点了他们穴道，让你一剑一个杀了，那我师姐不把我打个落花流水才怪呢！所以嘛，我只好狠狠心，将你这如花似玉的小姑娘的穴道也一并点了。这些道理，我却不能不说个明白，将来贵派掌门绝因师太责怪下来，我小叫花也总算有个交代，现在呢，我就要问问你们因何打架了。"他一番话说得煞有介事，却也有几分歪理。等他话音一落，雷音掌连忙道："瞿姑娘她——""等等！"小六打断他的话，道："瞿姑娘？你怎么知道她姓瞿？既是认识之人，你们又为何要打个稀里哗啦？"雷音掌道："她叫瞿腊娜，是绝因师太的关门弟子……"小六总不让人把话说完，又打断雷音掌话头，道："瞿腊娜？嗯，不错，这么美的名字也只有这个姑娘才担当得起。但你们既然知道这个姑娘是堂堂名门正派峨眉掌门的弟子，又为何要联手打人家呢？连二叔田三叔在江湖上，也是堂堂侠义中人嘛！"他一口一个"小姑娘"，但他的年纪还没人家大，瞿腊娜心里早有气了，此时听他说连、田二人是"堂堂侠义中人"，不禁冷笑了一声。

小六故作大奇，道："莫非你小姑娘觉得我小叫花的话有何不对么？"瞿腊娜道："哼！什么侠义中人，简直浪得虚名，连江湖中九流的下三烂也不如！”“你说谁你说谁？”小六道：“谁连江湖上九流的下三烂也不如？”瞿腊娜道：“说谁谁心里明白！”小六道：“可我小叫花偏生不明白，这就怪了！”雷音掌“哼”了一声，正欲说话，一直没有出声的铁算子却先开了口，道：“一切都是误会，也怪不得瞿姑娘。”瞿腊娜道：“误会？！哼！”小六道：“既是误会，田三叔你就细细地说说可好？”田归林点点头，将他和雷音掌如何撞见玉蝴蝶金一氓欲对苗姑娘非礼，如何被那色魔制住，又如何被江湖浪子所救，并指点如何施救瞿姑娘然后离去……一直讲到三人如何打成了骑虎难下之势。其中小六曾打断铁算子的话，惊喜道：“江湖浪子终于露面了么？他这半年多时间跑到哪儿去了？”铁算子便细细把江湖浪子一语惊走玉蝴蝶之事讲了一遍，但对童超这半年多的行踪却也丝毫未知。待到铁算子把个中原委道了个详尽，瞿腊娜早听得又惊又骇且愧。惊的是：原来自己竟落入了玉蝴蝶那色魔之手！骇的是：若无眼前二人和江湖浪子相救，自己……她简直不敢再往下想！愧的是：雷音掌和铁算子二人舍命相救，自己却不识好歹地与人家以性命相搏，甚至使雷音掌受了剑伤！瞿腊娜不禁满目愧疚地看了雷音掌左臂一眼，只见鬼灵子突然制住三人时，早顺手点了雷音掌左手穴道，止住了鲜血外流。

小六嘻嘻一笑，道：“既如此，你们不打不相识，我小叫花就捡个现成的和事佬做做，你们就化解了这段过节如何？”言罢也不等三人首肯，又是运指如风，顿时解了三人被封穴道。只听“呲”的一声，瞿腊娜穴道刚一得解，便撕下了自己半幅衣袖。其余三人正自不解瞿腊娜此举之意，却见她早已盈盈下拜，道：“小女子有眼无珠，误伤救命恩公……”铁算子连忙扶起瞿腊娜，哈哈一笑道：“瞿姑娘休要多礼，原本误会，道清缘由，便没什么了。何况细说起来，连我和二哥的两条老命，均是由江湖浪子童少侠所救呢，瞿姑娘若要谢恩，往后见到童少侠时再谢不迟。”瞿腊娜立起身，道：“二位恩公义薄云天，小女子也就不多虚礼了，只是方才小女子误伤连二侠，甚是愧疚。幸好小女子带有家师所赐的金创散，还望……”小六招手道：“令师绝因师太配制的金创散，一定是神验无比了，连二叔，你臂上的剑伤可真是有福气啊！”雷音掌也哈哈大笑，伸出左臂，让翟腊娜敷了药，又用撕下的半幅衣袖包扎停当，才道：“贵门神散，当真神验，哈哈！”瞿腊娜道：“连二侠再这般说，小女子当真是汗颜无地了。”小六道：“大家都休要俗里俗气的了。对啦，你们怎么不在柳家堡纳享清福，却跑到这儿来做甚？我师姐她还好吗？”铁算子道：“我们有半年多未见玮云侄女了，但你师姐的爹爹和母亲都说她很好。我们此番到江湖上来，正是受柳大哥所托，前来探寻独孤公子。”“找独孤樵么？”小六道，“也真是怪事，我和师父这半年来也是一直找他，可半点音讯也没有，所以嘛，我就悄悄和师父分了手，多走一路就多有个线索。对啦，你们可有了线索没有？”铁算子和雷音掌黯然摇头。小六转向瞿腊娜，道：“那小姑娘你呢？”瞿腊娜“呸”了一声，才道：“什么小姑娘！我看你才是小不点儿呢！”“哟！叫你一声小姑娘你还不服气？”小六故作老成地道：“实不瞒你说，我小叫花虽然不大，但若论起辈分，哼哼！”

二十一

“哼什么哼？”瞿腊娜道，“令师姚大侠与家师也不过是同辈嘛！”小六道：“你的话固然有几分道理，但却仅是一个方面，若论另一个方面——”瞿腊娜道：“什么另一个方面？另一个方面又怎样？”小六道：“若论另一个方面，就只怕连家师那老叫花的辈分也不如我这个叫花了！”这话简直狗屁不通！纵是从一万个方面说，师父的辈分怎会不及徒弟呢！瞿腊娜和田连二人均是一愣：这鬼灵子行事大悖常理不说，连说话竟也这般荒唐走板！却见小六一本正经地道：“天山二怪那两个老家伙的名头你们总该听说过吧？”瞿腊娜笑道：“凡是江湖中人，不知道那两个老邪物的人只怕没有了！”小六道：“你们看他们的辈分如何？”瞿腊娜一愣。雷音掌连城虎道：“他二人早在六十年前便已名扬江湖，若论辈分，眼前在江湖中走动的人只怕都不如他们高了。”“那就对了。”小六道：“不管他们行事如何，但辈分总是改不了的。不知你们是否听到江湖传言，最近江湖上除几大门派之外，又出现了个不可小觑的歪邪门？”“歪邪门？！”三人同时大吃一惊，半年多前出了个黄龙令，早使武林中人胆寒，如今又出了个歪邪门，却不知又将要掀起什么凶波恶浪了！

连城虎最先沉不住气，急忙道：“这歪邪门却是个什么路数？！”小六一笑，道：“这我倒还清楚，他们的掌门人大号叫——”即是“大号”，倒不可直说叫“小六”。小六只算是小号，这倒使鬼灵子有些为难，故而略作犹豫。雷音掌铁算子瞿腊娜三人则迫不及待地望着他。小六灵机一动：将自己的“小号”掉过头来不就是“大号”了吗？！于是道：“歪邪门第一任掌门人大号叫陆小歪。”“陆小歪？”瞿腊娜道，“我怎的从未听家师她老人家提及此人？”小六道：“这倒不足为奇，就比如说一年前吧，江湖中又有谁听说过有童超童少侠这么个人？可不过半年光景，如今的江湖浪子童超，已是天下绝顶高手，在下这话可不是胡编的吧？”童超一语惊走玉蝴蝶那老魔之事历历在目，且小六讲的也是实话，三人不由得连连点头。小六又道：“这陆小歪武功路数如何，倒并不十分重要。只是这歪邪门的事情，我倒可以对你们讲讲。虽说是一大门派，可他们只有三个人。除掌门人陆小歪之外，就只有他的两个弟子。”瞿腊娜道：“莫非那两个弟子就是天山二怪？”小六点点头道：“你这个姑娘不但人长得美，连小脑瓜儿也端的聪明，真不愧是绝因师太的高足，竟一语猜中！”

瞿腊娜红着脸“呸”了一声，心里却暗暗称奇，天山二怪何等辈高，却从未听说他们竟有师父，纵然有，只怕也是百岁开外的老人了！雷音掌和铁算子也是一般心思，只道天山二怪年高功深，他们的师父定是百年前的邪派高人，只是怎么想也想不出有这么个人来。却见小六道：“若仅以辈分论，天山二怪的师父与令师绝因师太和家师那老叫花相比，竟是孰高孰低呢？”瞿腊娜想了想，道：“那自是要比家师和令师高一辈了。”小六听罢哈哈大笑着翻了个筋斗。瞿腊娜见状一惊，马上醒悟上了小六大当，正欲出声，小六却早已挺直身子，背负双手，道：“实不瞒各位，在下正是歪邪门第一任掌门，数天前刚收了天山二怪为徒。我那两个劣徒行事荒唐走板，为师往后一定多加教导。”一番话听得雷音掌和铁算子瞠目结舌。瞿腊娜却“哼”了一声，道：“你小叫花鬼话连篇，我才不信呢！”“不信？”小六急道，“事实俱在的事你有何理由不信？！”“事实俱在？哼！”瞿腊娜道，“我且问你，你鬼灵子小六几时又有个大号叫陆小歪了？”小六眼珠一转，道：“这个嘛，主要是因为我那两个老徒儿说，他们的师父叫小六不够威风，有损本门声誉，故而咱师徒三人一合计，认为将为师的名字掉转过来，再加上本门的开头第一字，那便是最为恰当的了。因此眼下本掌门的大号就叫陆小歪。”这倒确实是鬼话一番，瞿腊娜自然不信。鬼灵子急道：“你若还不信，就陪着我到江湖中走走，一是为着找寻独孤樵。二是若遇上我那两个徒儿，看他们如何作为，小姑娘你敢吗？！”瞿腊娜此番下山，本就是遵其师绝因师太之吩咐到江湖中增长阅历，鬼灵子机敏伶俐，跟着他走动江湖，既可避免许多麻烦，又可多长见识，再说绝因师太与布袋和尚交情甚厚，谅他鬼灵子也不敢无礼，这倒是个好主意。但瞿腊娜虽心头愿意，口上却道：“有何不敢！本姑娘倒想看看你鬼灵子的西洋镜何时才能戳破！”“好！”鬼灵子道，“男子汉大丈夫一言既出，驷马难追——”随即想起瞿腊娜并非男子汉，又连忙改口道：“女孩子家一言既出，至少两匹马也是难追！咱们就一言为定了！”

却见雷音掌伸手入怀，道：“三弟，咱们的……”铁算子忙打断雷音掌的话，道：“鬼灵子你师父怎的不与你在一起？”鬼灵子道：“我和家师分头寻找独孤樵。对啦，好叫二位叔叔得知，我那两个徒儿也受为师派遣，前去探查独孤樵下落，好歹这几日总算有点什么线索了。”“既如此，”铁算子道，“我和你二叔就先行一步了，若你有空路过柳家堡，不妨去见你师姐一面。”“好，”鬼灵子道，“我也正想去看看师姐，难说在那儿还能见着家师。不知二位叔叔可有何言托付于我？”铁算子道：“那就烦你转告柳大哥一声，不寻到独孤公子，我和二哥决不回堡！”言罢神色一黯，与雷音掌一齐拜别而去。

鬼灵子愣得一愣，便听翟腊娜道："小叫花，怎么有这么多人要寻找独孤樵？"鬼灵子道："我也正觉奇怪，我师父那老叫花身为丐帮长老，他们帮中乱成一团糟他都不急，这半年多却带着我东奔西跑，就为找一个独孤樵，却又没有一丝儿头绪！"翟腊娜道："我也听家师说胡大侠与丐帮副帮主势成水火，丐帮为天下第一大帮，若他们帮中大乱，只怕天下武林都要遭殃了。"鬼灵子道："可不是么！可师命难违，咱们还是找独孤公子要紧。"翟腊娜道："那现在咱们去哪儿？"鬼灵子，从怀里掏出一锭金子，掂了掂，嘻嘻笑道："先找个地方，饱饱的大吃它一顿再说！"翟腊娜本也是小孩心性，见状拍掌笑道："小叫花今天终于说了句好话！找独孤樵的事，咱们留待吃饱喝足再说。走吧！"二小如飞离去。

第十四回 宵小诡异

二十二

少年男女，俊美恍非尘世中人，他们走在前头，后面跟着五条凶狠大汉。那五条大汉每人有一眼兀自流血，其中有二人各少一条臂膀！七人皆默不作声。那情景又滑稽又惨烈，恰似两个年少的主人带着五只刚与群狼搏命归来的家犬！但沿途见此奇观者却尽皆漠然，无一人敢笑，也无一人露出恻隐之态。因为他们知道那五条像“家犬”的壮汉有个名号，叫“川陕五虎”！“川陕五虎”杀人越货，无恶不作，并且他们连不会武功的人也杀。甚至有很多时候他们杀人只有一个原因：好玩，或者过瘾！

虽然沿途的人们并不知道走在前面的少年男女是谁，但他们都明白一个道理：恶人自有恶人磨。七个人就默默地走出了小镇。到离那个小镇大约五里开外的地方，有一片并不算浓密的树林。树林界稀疏的卧着些荒寨。在某几座荒凉之间，静静地躺着几片青草地。他们就在一块青草地上站住了。前面的少年男女背对着后面的五条大汉。那五条大汉你望望我，我望望你，又各自望望周遭的荒冢，汗毛便根根竖直。少年转过身来，漠然地看着他们。川陕五虎便齐刷刷地跪了下去，无半丝犹豫。少年道：“现在你们该知道我们是谁了吧？”

坐地虎磕了三个头，才道："我兄弟五人有眼无珠，竟冒犯了先东方武帝御前的金童玉女，实是罪该万死！""算我没白留你们每人一只眼睛，"少年淡淡地道，"本公子姓金名童，舍妹便是玉女，但你们，只可叫她公主，否则——哼！"川陕五虎磕头如泥，连声道："公子公主在上，只怪小的们瞎了眼……""让你们每人瞎一只也就够了！"金童冷冷地打断他们的话，道："本公子知道你们是想求条活命，对么？！""对！对！对！"五虎齐声道。跳涧虎接着道："公子爷神机妙算，简直对得要命！"金童道："那本公子和御妹就暂且给你们留条生路。""多谢公子公主开恩！"金童道："本公子只说暂且，并未说一定，这一节你们务必记牢！"五虎骇然不语。金童又道："本公子和御妹另有要事，有一桩事便让你们去办。办成了，本公子有赏；办糟了，这儿便会多五座新坟。"五虎齐声道："只要是公子爷吩咐下来之事，我等纵是舍了性命，也是要办成的！"金童道了声"好"，然后将千佛手任空行告诉他们的木叶令主卢若娴在长安的落脚之处转告给川陕五虎，令他们不管使用何种手段，必须将那老邪婆捉了来，并将自己和玉女落脚之所告诉了他们。最后道："若你们连区区一个卢若娴也捉不来，那就回到这儿来自己挖个坑躺进去，本公子倒可以给你们盖盖土！"

木叶令主卢若娴成名早在三十年前，论功力要比川陕五虎高强得多，但既是金童吩咐下来，五虎哪还敢不诺诺连声，且将胸脯拍得砰砰响。五虎一般心想，虽卢若娴功力深厚，但若论起偷偷摸摸的下三烂门道，五虎何止高出一筹，既是知道了那老邪婆的确切住所，要捉住她也并不算什么难事。故而他们指天指地的发誓，一定要捉住木叶令主以报公子公主不杀之恩。待他们发誓已毕，金童才淡淡地道："去吧！尔等只须记住本公子的话便是了！"五虎磕头拜谢，这才径奔长安。他们离去之后，玉女转过头来，幽幽道："御兄，你这般作为，我——"金童道："御妹不必心有不忍，似他们这等人，也只配当走狗了。他们的歪门邪道甚多，我想他们当能捉了卢若娴那老邪婆来，也省得咱们多跑一趟，再说咱们虽练成了第一招'旭日东升'，但也还未到随心所发的程度，咱们乘此时机正好多做练习，待从卢若娴口中得知了独孤樵那狗贼下落，为陛下报仇也就多了几成胜算。”玉女默然无语。金童道：“御妹，你怎么啦？”玉女道：“没什么。御兄，咱们回去练功吧。”金童点点头，二人离开了那片树林。

却说木叶令主年逾半百，江湖阅历何等深厚，自从半年前独孤樵一剑刺死太阳叟东方圣，使所有天下英雄茫然混沌，独孤樵一人浑浑然离开武帝宫后，只有她一个人跟着独孤樵。也只有她一个人知道独孤樵自从身上沾满他生身父亲东方圣的鲜血之后，在独孤樵身上发生了什么！她的辈分颇高，论功力在江湖女流中堪称一绝，由她自创的“木叶十二式”剑法使将出来，却也不让须眉半分！然她行事总凭自己好恶，被江湖中人认为是除了“天山二怪”之外的第三号邪人，她竟也不因此生气。自从年前在柳家堡服了独孤樵之后，她便一心一意成了独孤樵的马前之卒，纵是独孤樵身上发生了巨大的变化，她也一如既往。半年多来，木叶令主卢若娴知道江湖中不知有多少人要杀独孤樵，故她把独孤樵带到长安，隐藏在一个绝不会有人注意到的地方。

俗言道：“小隐隐于野，大隐隐于市。”这道理卢若娴不会不懂，但她也多了个心眼儿，让独孤樵与她分藏两处，以免目标过大，容易被人发觉，她则每日给独孤樵送水送饭，当然每次都格外小心谨慎。约一月前，木叶令主感觉有人在盯梢，便折回自己住所，让独孤樵饿了一夜，奇怪的是第二日便一切如常，连续一月也不见有何动静。但木叶令主总有个预感，终归有一天她和独孤樵的行踪会被人发觉。她倒好说，反正已活了这许多年，死不足惜。但独孤樵却还年轻呢！因此这日她将昔年在木叶山上攒下的一万五千两银子，给独孤樵送了一万两去，嘱咐他万一自己出事，让他以此度日。另五千两却给了收留独孤樵的房东夫妇，让他们好好照看自己的“侄儿”，千万别让人知道了她“侄儿”的行踪。房东夫妇本是老实的本分人，一生从未见过这么多银子，死活不敢收，直到卢若娴说自己要外出很长时间，无法来照看“侄儿”，这五千两银子便权充给“侄儿”的生活费，待自己回来时再清账，并欲给房东夫妇下跪了，那对老实人才收下，并发誓决不让任何人知道他们家的阁楼上住得有一个人。卢若娴见一切均安排妥了，纵然自己出事，独孤樵也当可无碍。她原本行事就邪，虽这几日左眼跳得厉害，但她就是不信邪，从独孤樵处回来，顺便买了一壶酒，在屋里自斟自饮，不过酉时，已自酣然睡熟。

是夜，月黑风高。约莫子丑交替时分，川陕五虎偷偷摸摸地窜进了长安一条毫不起眼的僻静小巷。他们围住了一间简陋的木屋。白睛虎使出采花贼的惯用伎俩，点燃“五虎酥筋香”，以一纸筒将烟雾缓缓吹入屋内。屋内却无丝毫动静。约莫盏茶时分之后，估计药力早已透了，白睛虎一挥手，跳涧虎便使出打家劫舍的功夫，只见他往门前一站，也未做何动作，更无半点声响，里面的门闩却早开了。川陕五虎一齐飞掠而入！木叶令主卢若娴从梦中惊醒，一把抓起枕边长剑，微一运气，陡觉丹田空空，竟无半点真气，手中长剑竟“当”一声落在床边，浑身瘫软无力，心头大惊，再细观时，也见五条黑影如鬼魅般立在床前。

卢若娴虽惊不慌，厉声问道：“尔等何人？竟敢暗算老娘？”黑暗中发出一阵瘆人的奸笑：“敝等区区川陕五虎，谅你也听过我兄弟名头，此番特来此接你去见我家公子。”“公子？！谁是你家公子？！”“到时候便会让你知晓。老邪婆这便乖乖跟我们走吧！”“放肆！”“嘻嘻嘻，老娘们，你已中了我的‘五虎酥筋香’，这五虎酥筋香想必你也知道老子是用了做什么的，要不是看在你苦守六十多年的清白不易的情分上，嘻嘻，我白睛虎定便破了你这只老瓜。”“放你娘的疯屁！还不快给我滚出去！惹得老娘性起，一剑一个像宰鸡般的宰了你们！”“老娘们，你已功力全失，还兀自发什么雌威！乖乖地跟我们走，免得徒取自辱！”“你——”坐地虎见白睛虎还要斗嘴，手掌一挥道：“把她拎走，此地不可久留。”木叶令主羞愤难耐，待要厉声斥骂，忽觉哑穴被点，当即作声不得，一条麻袋当下罩下，木叶令主已被塞入袋中。五虎掠出院子，趁着黑夜，飞檐走壁，径向城外树林中奔去。

清晨。官道上远远驰来一辆马车。赶车的是一略已发福的中年汉子，他便是昔日雄霸长江的“紫鲸帮”帮主阮蛟，水上功夫天下无双。只因生了个貌美闺女，被玉蝴蝶那色魔缠上，几欲倾家荡产。后虽幸得胡醉姚鹏路经其处，惊走了玉蝴蝶，但阮蛟早已心灰意冷，解散了“紫鲸帮”，带着兄弟阮龙和女儿灵素携了家产，到洛阳开办酒楼。因深感胡姚二人昔年相救之恩，本再不想复入江湖一步的阮氏兄弟，半年前却受了姚鹏所托，让阮龙到云南点苍门报讯。可阮龙一去半年杳无音讯，阮蛟心急如焚。日前忽然有峨眉弟子瞿姑娘登门，报来凶讯。阮蛟陡闻噩耗，惊怒之下卖了酒楼，带着女儿前往川中，一为兄弟收尸，二为兄弟报仇。此刻阮灵素正坐在车中。她跟着父亲和叔叔学了一点拳脚功夫，自以为武功了得，早就跃跃欲试，大有闯荡江湖之心，只因阮蛟不许，决不肯让女儿在江湖抛头露面，直把个小女儿憋得怨气难耐。

此番听叔叔遇害，灵素心头自也伤悲，但伤悲之余却也略稍一喜，心道此番爹爹断不会不带自己步入江湖了。然阮蛟严厉关照她决不可将头脸露出车厢外，阮灵素只好嘟着嘴端坐车厢，阮蛟也并不搭理于她，好在阮灵素性格开朗，车一驰出豫境，便又高兴起来，叽叽喳喳跟父亲说个不停。“爹爹，到四川尚有多远？”“还早呢！”“待找到杀害叔叔的凶手，我一定要为叔叔报仇，手刃凶贼，爹爹你尽管在一旁替我掠阵罢了！”阮蛟嘴上不说什么，心中却道：真是个不知天高地厚的傻丫头，那凶贼既能残害你叔叔，纵是为父此番前去，也是凶吉难料呢！因而道：“大姑娘家，休要开口闭口地杀呀、刀呀的！”阮姑娘做个鬼脸，心想爹爹你不要门缝里看人，到时看我的便是了！芳心愉悦，便轻掀窗帘，睁着一双水灵灵的秀眼，看农夫耕耘、听春燕娇啼，好一派田园风光。正陶醉间，林中蓦然扑出二人！

两人均用黑布斜蒙着右眼，一人左袖空空荡荡，右手舞着狼牙棒，喝着“躺下！”说打便打，话音出刀，狼牙棒早向阮蛟当头脑砸下。阮蛟见棒风袭来，不可避免，也暴喝一声，扬鞭击向对方右眼，意欲逼他回棒自救。对方见阮蛟马鞭挟带疾风，显是具有武功之人，惊“咦”了一声，当下狼牙棒一横，便要去缠马鞭。阮蛟早料到对方会有此一变，当下手腕疾抖，马鞭“啪”地抽在了对方左肩之上！却说这拦路劫车之人，正是川陕五虎中的老三霹雳虎。此时挨了阮蛟一鞭，直疼得头昏耳鸣，就此抚肩蹲下。此时马车已停，不远处的跳涧虎见霹雳虎被击蹲于地，大奇之下，三枚透骨针扬手挥出，只听得“噗噗”数声，三枚淬毒透骨针已尽数投入阮蛟后背，阮蛟如遭电击，身子猛一阵抽搐，早摔下车来，正落在霹雳虎脚边。霹雳虎不想今日阴沟里翻船，吃了阮蛟一鞭，心头大怒，提脚狠命向阮蛟胸膛踏去！只听得“咔嚓”一声，阮蛟胸骨尽折，一口鲜血疾喷而出，就此气绝身亡。

这兔起鹰落，端的迅捷无比。待阮灵素知觉，父亲已魂飞命丧。心中悲凄惊怒，更不打话，拔下头上金钗，便朝霹雳虎射去，人却凌空飞击跳涧虎。“啪”的一声，金钗被一枚透骨针击落，跳涧虎伸手一揽，把阮姑娘揽入怀中。阮姑娘又羞又急，抬眼望去，便看见跳涧虎阴沉如枭的独眼，心头骇异，顿即花容失色，待要拼死相抗，身上穴道却已被点，动弹不得，芳心大骇，人竟昏了过去。霹雳虎本是又惊又怒，却见跳涧虎揽在怀中的阮灵素娇美异常；一时竟忘了肩上的鞭伤，哈哈大笑道：“四弟，三哥我挨了那老贼儿一鞭，这小姐儿便交给为兄出口闷气如何？”未等跳涧虎开口，便闻一阵“嗒嗒”的马蹄声。

二虎对视一眼正欲跃出林中，早有三骑如飞奔至，其中一人抱拳朗声道：“在下乃昆仑弟子，好朋友何必隐身入林？”霹雳虎打个哈哈道：“大爷们有要紧事情，昆仑雏儿少管闲事！四弟，咱们走！”突闻一昆仑弟子道：“咦！那不是洛阳阮蛟阮老板么，怎么横尸于此？！”话音落时，跳涧虎怀中的阮灵素“哇”地叫了一声，道：“大侠救命！我……”她虽被跳涧虎又飞快地点了哑穴，但昆仑弟子早已明白发生了什么事，见状一齐暴喝道：“光天化日之下，我昆仑弟子怎容你们如此胡作非为！”随着话音，三柄长剑早“当啷”出鞘，分刺二虎。跳涧虎右手一挥，轻描淡写地拨开刺向他的那柄长剑，左手兀自揽住阮姑娘，冷冷地道：“你几个昆仑弟子，还不配管大爷们的闲事，快滚回去问问你们掌门，我川陕五虎是何等样人！”霹雳虎则同时哈哈大笑，道：“昆仑小儿，先吃大爷一捧再说！”“说”字出口，昆仑弟子只觉后腰疾风袭来，未及避身，但闻一声闷响，人已伏尸鞍间。坐骑受惊，急驰而去。余下两人惊怒交集，一声怒吼，同时纵马就冲。霹雳虎见一昆仑弟子打马舞剑向他冲来，阴恻恻一笑，侧身让出半步，狼牙棒直击出去，“哗”的一声闷响，骑手震飞出去！霹雳虎飞身上马，回过马头向余下一人冲去。此时被震飞出去的那名昆仑弟子才闷声着地，想是在半空中便已气绝身亡。余下一人心头狂震，待得走马，只听得“扑哧”一声，胸口被射入二枚透骨针。跳涧虎抓过缰绳，一脚将昆仑弟子踹下马去，把缰绳扔给霹雳虎。霹雳虎一人两骑，率先奔出。跳涧虎将阮姑娘塞入车内，打马驾车随后跟上。此时朝阳再出，一轮红日跃出山巅，万丈光芒洒满辽阔大地。田里劳作的人们目瞪口呆地看着这一幕，远远站着，不敢靠近。

一声呼哨，林中奔出坐地虎、开山虎、白睛虎。坐地虎跳上霹雷虎套着空骑，开山虎将麻袋往车厢里一扔，跟着也钻进车厢。坐地虎一声险喝一马车奔走。白睛虎紧跑两步，轻飘飘地飞上车厢后边。吆喝声中，一车二骑绝尘而去，奔到日中，骄阳似火，人困马倦。山回路转，来到一河边，坐地虎打个手势，众人向树荫驰去，在草地上躺下。白睛虎凑近坐地虎，道：“恭喜大哥，不想如此轻松地擒到了木叶令主，公主定当重赏大哥。”坐地虎一笑：“全仗兄弟智谋。”

第十五回

古道搏命

二十三

古道一侧，古木参天，川陕五虎大功告成，正喜滋滋的拿出干粮美酒，只待饱餐一顿，便带了木叶令主卢若娴回去向金童玉女复命。开山虎猛喝了一大口酒，咂咂嘴道：“大哥，此番咱们功成圆满，不知公子爷会奖赏咱们什么？”坐地虎一愣，道：“奖赏？！”开山虎道：“公子虽然阴狠，但也真不愧是昔日武帝御前金童，那身匪夷所思的功夫，我开山虎倒真是心服口服！”霹雳虎也道：“折在公子公主手下，我霹雳虎虽失了一臂，却也不枉！往后若得公子指点一招半式，那咱们也终生受用不尽了！”开山虎道：“三弟的话正合我意，不知大哥你怎么说？”坐地虎沉吟半晌，才道：“但愿如此就好！只是没想到我兄弟五人纵横一生，到头来却落入两个小儿之手。唉！技不如人，大哥我有何话好说呢，走一步看一步吧！”跳涧虎却冷冷地干笑了一声。坐地虎道：“不知四弟此笑何意？”跳涧虎道：“俗话说终日打鹰，却总有被鹰啄眼的一日，但另有句俗话，想必大家都明白：兔死狗烹，鸟尽弓藏，哼！”四虎同时骇然一惊。金童那阴狠的手段，他们都是领教过了的！

五虎沉默良久，便听白睛虎笑嘻嘻笑道：“大哥说得好，事已至此，咱们也只有走一步看一步了。反正四位兄长都知道老五我的脾气，车上那小妞儿，实在令小弟心慌……”他的话还没说完，其余四虎便一齐大笑起来。坐地虎笑罢道："五弟终日操劳，竟也不见虚空，这倒是怪事！"白睛虎淫笑道："承蒙大哥夸赞，兄弟这脾气怕是改不掉了，车上那只老瓜，就算四个哥哥的了，小弟决不争功。那只小嫩瓜，小弟这便要去破了。"开山虎道："五弟也不再喝口酒壮壮行色么？！"白睛虎又淫笑一声道："承蒙二哥关照，小弟这把骨头还算耐用。"言罢便走向车厢，掀开帘一看，但见内装木叶令主的麻袋旁，阮灵素兀自昏迷不醒，虽青黛微蹙，面色凄苦，却青丝半遮面，酥胸微耸，玉颈如藕，更有一种道不出的忧郁之美，直看得白睛虎三魂出窍、七魂悠悠、心荡神驰！此时纵有刀剑交颈，白睛虎也顾不得那许多了，抱了阮姑娘，纵身便投向溪边密林。却听得坐地虎大叫一声："五弟且慢！"白睛虎站在林边，转过头来不解地看着龙头老大。

白睛虎道："大哥——"坐地虎道："有十余骑朝这边奔来，快上车备马！"蹄声甚疾，白睛虎强压欲火，只得将阮灵素抱了放回车中，道："宝贝儿，大爷待会儿再来陪你。"他的话音刚落，早有十余骑将川陕五虎团团围住，骑上之人，个个灰衣长剑，神色肃然！只见众人一言不发，轻飘飘跃下马来，"呛啷"拔出长剑在手。正午的阳光使长剑发出刺目的寒光！坐地虎使了个眼色，白睛虎便强作无事一般地备马驾车，待他系上辕马的最后一道扣子之后，坐地虎才打了声哈哈，道："昆仑郜二侠驾到，敝兄弟有失远迎，当真是失敬之至，却不知郜二侠寻敝兄弟五人有何要事？"只见一身材高大的汉子上前一步，当胸抱拳行礼，沉声道："好说！区区在下郜盛，率本门弟子找你们索命来了！"此时微风吹过，郜盛的长衫迎风飘飘，更显得高大魁伟，神色冷峻！白睛虎故作惊讶道："索命？却不知郜二侠要索我兄弟五人谁的性命？"郜盛道："好让你们得知，本派三名弟子尚有一人得以生还，这也算是天理昭彰吧！实不瞒你们说，此番除了向你们讨个公道之外，还想请你们放过一个人？"坐地虎一惊："谁？"郜盛道："阮灵素阮姑娘。"

坐地虎知今日之事定然不能善罢，看着白睛虎，道："要放阮姑娘不难，只怕我这兄弟不会答应。"五虎中数白睛虎鬼点子最多，坐地虎如此说，也是要他想个计较。白睛虎虽狡诈百出，但事已至此，除了手底下见个真章外，也是别无他途了，正欲开口叫阵，却听一昆仑弟子道："郜掌门，川陕五虎作恶多端，今日咱们却饶他们狗命不得！""掌门！"坐地虎奇道，"凭你郜盛也配做掌门？看来昆仑派真是越来越不长进了——"他的话音刚落，便听昆仑众弟子齐声暴喝，已然织出一片寒光剑网！五虎大惊，各自分头闪避。

郜盛早知川陕五虎赖以成名的"五丁阵"厉害，而操纵此阵的白睛虎实是关键人物，故双方一交上手，便即掌剑齐发，直取白睛虎，白睛虎左支右闪，不敢硬接，顿时狼狈不堪！坐地虎见状，运足内家真力，施出沾衣十八跌功夫，摔飞两名昆仑弟子，挥掌攻向郜盛。"好功夫！"郜盛见坐地虎铁布衫功夫甚有功底，喝声彩，放过白睛虎，硬生生接了坐地虎一掌。双方手掌相交，顿觉一股强大内力涌来，郜盛竟后退了三步之多。坐地虎却后退了五步才定住身形，顿觉胸腹闷胀，心下骇然，稍一凝神，双方又斗将起来，郜盛以一敌二，甚是从容。间或向其他三虎拍出一掌，解救门下弟子。跳涧虎展开灵动身法，剑走轻灵，在剑光丛中游击，昆仑弟子已有数人受伤。霹雳虎使狼牙棒，开山虎劲运单斧，二人虽失一臂，但仍凶狠异常，下手招招竟是毒辣无比。一棒一斧使得大开大合，杀得昆仑弟子狼狈不堪。

郜盛愈斗愈勇，见门下弟子不敌，当即朗声道："众弟子退下！且让掌门领教川陕五虎高招。"众弟子当即罢斗，抬着死伤的同门退下，立在一旁掠阵。白睛虎冷笑数声，一挥手，川陕五虎各施绝技，高纵低扑，围攻郜盛。郜盛神情甚是豪迈，长剑出鞘，潜运浑元功，展开昆仑剑法，但见剑尖颤动，真个快若闪电惊雷，慢似懒蛇吐信，剑气逼人。郜盛得了师伯的《追魂剑谱》，只悟得两成。今日初试，但觉威力无比，心中不觉高兴异常，打起精神与五虎酣斗。昆仑弟子见掌门人身手不凡，哄然叫好。川陕五虎以五敌一，竟是险象环生，各人自保不及，守多攻少。眼见再斗得十余回，川陕五虎定然不支。昆仑弟子高声大叫："掌门，为咱们死伤兄弟报仇，宰了这五条狗！""掌门，宰了川陕五虎，为江湖除害！"郜盛听得门下如此欢叫，神威大振，正欲一剑结果开山虎，猛听得一声大叫："虎涉江湖！"川陕五虎同时后跃二丈！郜盛疑惑，定下身形，不再追击，静观待变。

原来白睛虎见状不妙，忙命余下四虎后退结阵。五虎收起兵器，或掌或拳，站住五生相克方位。郃盛不由大惊，暗道自己疏忽大意：此阵赫然便是川陕五虎的绝招“五虎断魂阵”，自己对能否破得了此阵尚未把握。正心神不定时，但见坐地虎双袖真气鼓满，站立土位，如同一堵砖墙。开山虎身材高大，右手竖掌于胸，势如西风肃杀，立于金位。跳涧虎占据木位，身法灵动，形如枯木逢春。白睛虎位居水位，身材瘦削，如水可寻隙渗入。霹雷虎熊腰虎背，性情暴躁。外家掌力不弱，占据火位，更显得杀气腾腾。白睛虎一声令下，众人移形换位，由外五行变为内五行。初时郃盛看到外五行时尚觉有隙可乘，待内五行阵式一成，五虎独眼阴狠，阵内杀气腾腾，竟了无生门，再难寻出破绽。郃盛心中暗暗叫苦。

昆仑弟子见川陕五虎拿兵器尚且不敌本派掌门，此时两手空空，谅也奈何掌门不得，脸上竟有不屑之色。郃盛见内外五行两阵互补，转换阵形又极为灵动，竟是无机可乘。他一生豪迈过人，虽此时自知凶多吉少，却也临危不惧，当下凝神待招，神情甚是凝然。但听白睛虎冷喝一声，金火两位以外家阳刚刚猛之掌力攻向郃盛，出招大开大合，竟是全不防守。昆仑弟子均是大奇：开山、霹雳二虎不要命了么？！只有郃盛心中明白，自己若就此攻上，木土两位的跳涧虎和坐地虎即可使自己毙命当场。只得长剑直点水位白睛虎。他知白睛虎主意虽多，武功却是寻常。谁知白睛虎竟也是不避不止，眼看长剑就要刺到，忽觉木火两位掌力刚猛，大惊之下，只得撤剑，两掌分走跳涧虎和霹雳雷，二位知他浑元功厉害，连他们的花头老大坐地虎也略有不及，哪敢硬接，当即搬掌换位，避开雄浑掌风。郃盛见换位的一瞬间似有空隙，当下不及多想，就想硬冲。才奔得两步，惊觉坐地虎已双掌拍出，无奈此时已进退不得，回掌相接，各自震退三步。尚未定住身形，后背已然中了跳涧虎搏命一拳，疼痛彻心，未及还招，金火两位的外家掌法又已击到。郃盛斜身后退，躲过火位，双掌齐发，直击金位开山虎胸前，但听得一声闷响，开山虎脸如白纸，身形如纸一般斜飞出去，但郃盛后背又中坐地虎双掌，只觉气血翻涌，步法凝滞不畅，待要从金位突出，忽觉跳涧虎劈面一拳，郃盛只得闪避，如此受得一拳，余下四虎均同时出招。郃盛心中惨然，不想今日命丧川陕五虎。

二十四

他此时气血紊乱，不敢接招，只得凌空上跃。郃盛心知，此时虽能避开这招，但身在半空无可借力，终是免不了一死。左右一死，挨得一刻是一刻吧。霹雳虎见郃盛跃起，当即扬掌上击，“砰”的一声，郃盛硬接了这外家阳刚劲猛的一掌，当即给震得昏死过去。郃盛身体下降，坐地虎踏上一步，全身真力贯注双臂，斜空推出。此时郃盛昏迷，身体被击得如同纸鸢一样斜飞出去，口吐狂血落地。昆仑派弟子见掌门危急，待冲上之时，郃盛已吐血落地，看样子竟是毙命当场了。尚未伤亡的数名弟子心头大恸，持剑攻上，出招毫不防守，形同拼命，却被霹雳虎转眼间掌毙三人。余下弟子见川陕五虎厉害，不敢上前，只奔去看望掌门人。见郃盛胸前尽是血污，鼻息全无，显是已然亡命！昆仑弟子悲愤无比，有心为掌门报仇，奈何武功实是不及，当下只团团围住郃盛尸身，怒目而视川陕五虎。

跳涧虎见开山虎已死，不由大怒，回身向昆仑弟子冲击，余下三虎急忙跟上。此番拼斗，与方才却是不同。但见四人犹如虎入羊群，饶昆仑弟子舍命相拼，盏茶时分，已然全部横尸于地。跳涧虎犹未解恨，一挥手，五枚淬毒透骨钉尽数射入郃盛尸身。坐地虎道：“四弟息怒！二弟人死不能复生，再说有这么多昆仑狗贼垫背，老二死也不算冤。眼下已耽搁了不少时间，我们还是押了卢若娴那老邪婆去给公子公主才是正经。若是再耽误了时日，公子怪罪下来，咱们都担待不起。”跳涧虎素与开山虎交厚，闻言大怒，道：“大哥，金童那厮……”一句话尚未说完，早已骇然色变。坐地虎、霹雳虎、白睛虎都知道跳涧虎想说什么，均是骇然色变，良久，坐地虎才又道：“咱们走吧。”跳涧虎抱起开山虎尸身，四虎回身上马驾车，振臂挥鞭，扬长而去。

子夜时分，长安古道，阴风惨惨，血腥味太重。一匹野狼，双眼发射荧荧蓝光，注视着一片尸体。良久，野狼嘶啸两声，黯然离去。又过了半盏茶时分，尸群中竟有二人缓缓坐起！他们几乎同时轻叹一声，一齐将目光移向不远处一动不动的郜盛。二人均已气若游丝。他们缓缓蠕动到郜盛面前，潸然泪下，却都是有泪无声。一人半跪着，另一人将郜盛扶到那半跪着的人身上。然后二人相互搀扶着拼命立起。三人蹒跚着隐入茫茫夜色……次日辰巳交替时分，长安古道上风尘仆仆地走来二个女子。年长者看上去三十左右年纪，虽面色略带倦容，却掩不住昔年风韵。年少者正值豆蔻年华，虽连日奔波劳累，却依旧面带愠色。她们便是昔年令江湖中人闻风丧胆、名列江湖四大魔头之一的毒手观音侯玉音及其徒儿司马青青。

毒手观音早在二十年前便已名动江湖，被誉为江湖第一美人，此时早已年过不惑，然其毒功冠绝天下，凡善毒功之人，均深谙养生之道，故而看上去依旧风韵犹存。此番离开玉龙雪山，万里迢迢，重入中原，只为找寻爱徒青青的心上人儿江湖浪子童超。毒手观音因早年情场恨事，一生未嫁，视司马青青如同己出。故不时打趣青青，师徒俩一路上倒颇不寂寞。青青自小被师父娇惯，别人都怕了毒手观音，她却对师父丝毫不惧，师父打趣于她，她却也“以牙还牙”一本正经地道：“师父，你真美，若青青生成男身，就非师父你不娶！”毒手观音脸一红，啐了一口：“小丫头胡说八道，为师做你妈妈也尽做得了！”青青道：“就娶！就娶！”“好好好！”毒手观音笑道，“就算你是男儿，那童少侠可又怎么办？”青青闹了个大红脸，故作生气道：“师父你欺负青青！我不做你徒儿啦！”毒手观音道：“江湖浪子武功比为师高出何止一倍，青青既是要改投名师，为师便依了你吧，这便回玉龙山了此残生罢了！”青青故作急道：“师父你又欺负徒儿，想让徒儿孤苦伶仃，无依无靠，青青可不依你！”毒手观音尚未开口，忽听前面有车骑辘辘声。

师徒俩注目望去，只见三十丈外缓缓驰来一架灵车，灵车旁有两个年轻剑士护送。毒手观音“咦”了一声，道：“看上去似是昆仑弟子，且已受了极重内伤，却不知灵车内却是何人？”青青对昆仑派素无好感，闻言道：“整个昆仑派全死绝了才好呢！”毒手观音并未出声，暗想昆仑派前掌门追风剑客虽因被黄龙会迷失心性，当日被江湖浪子一怒击毙，但昆仑一派在江湖上并未多树强敌，此番观那两个护灵弟子，足可见灵车内定是昆仑派要人，莫非是“昆仑四剑”中硕果仅有的郜盛下山替师复仇，被江湖浪子又是一怒击毙了么？心有所思，便即驻足观望。少顷灵车驰近，但见两个护灵剑士满面悲戚。陡见毒手观音师徒立于道中，均是骇然色变，心头一震，对视一眼，虽引车让出道来，却均是神色凛然。

毒手观音见二人虽气色委顿，却又露出一副凛然之气，不禁心头暗笑，道：“既知本人是谁，却又哭丧着脸干吗？”二人不搭理，却也凛然不惧。毒手观音又道：“车内的小子是谁，值得你们替他送命么？！”二人还是不答，只是强运力气戒备。青青怒道：“你们竟敢不回答家师问话，当真是活得不耐烦了么？！”青青发话时的蛮横之气令那两个昆仑弟子忍无可忍，刚欲开口出声，不料口一张开，便有两粒软绵绵的丸药疾射入口，并未反应过来，那药丸早已入腹。毒手观音之毒功冠绝天下，十丈之内杀人于无形，两名昆仑弟子均暗道此番虽侥幸得从川陕五虎掌底逃生，不料却又绝命于这女魔，暗叹了一声，只有闭目待死。不料双目刚一闭上，便觉身上一麻，全身穴道早被如鬼魅般飘至的毒手观音尽数点了！两名昆仑弟子心头大震，不知这魔头要如何折磨他们，事已至此，他们不但作声不得，连自绝经脉而亡的机会也没有了！两人四目，均怨毒地盯着毒手观音师徒。

青青见状，便欲欺身上前废了二人，不意却被师父拦住。青青不解地道：“师父——”毒手观音道：“咱们先看看车内是何人再说。”言罢掀开车帘，却见里面骇然躺着浑身浴血的郜盛。毒手观音不知道追风剑客皇甫呈尚有个剑法更为了得的兄长追魂剑客皇甫嵩，只道皇甫呈及其另外三个弟子毙命，整个昆仑派便数郜盛辈分最高了。她先前估计灵车内是郜盛，也是据此所料。此时见郜盛右手食指上戴着昆仑派掌门信符绿宝石戒指，心中便已了然，当日在武帝宫江湖浪子一怒掌毙皇甫呈，虽说事出有因，但毕竟与昆仑派结下了灭师之仇，既然自己的爱徒已有意于江湖浪子，毒手观音便不欲对昆仑弟子为难。虽说昆仑派如今人才凋零，但毕竟也还算是天下九大门派之一，若全派上下一心为难，虽江湖浪子并不惧了他们，但毕竟也是麻烦。毒手观音心思若能化解了这份仇怨，对江湖浪子和青青都只会有好处。但因自己昔年恶名昭著，两名昆仑护灵弟子断不会让自己接近灵车，故先疾射了两粒续命保元丹入他们之口，再点了他们穴道，让他们动弹不得。这才揭开车帘，伸手搭向郃盛双腕。

两名昆仑弟子见毒手观音竟探身到车内，连他们已死去多时的掌门也不放过，心中更是震怒，虽作声不得，目光却更加怨毒。青青早已有气，不由分说，“啪啪”两声脆响，两名昆仑弟子每人早挨了老大一个耳刮子！便听毒手观音厉声道：“青青休要放肆！”青青大惑不解地看着师父。只见毒手观音从车厢内伸出头来，对两名昆仑弟子道：“亏你两个还算是名门正派弟子，你们掌门明明性命尚可有救，却将他装在灵车之内！哼！”两名昆仑弟子闻言大惊，一时竟忘了青青所赐耳光，大惑不解地望着毒手观音。连青青也是迷惑，道：“师父，皇甫老儿不是早死了么！”毒手观音道：“郃盛戴着昆仑掌门信符，大约是接住昆仑掌门了。只不知他因何受了这等重伤，五脏六腑已然离位，肋骨胸骨也断了七八根，大约已闭息四五个时辰了，难怪他们将自己掌门人装在灵车之中。”青青道：“郃盛死活与咱们毫无干系，师父，咱们走吧！”毒手观音却道：“再过一个时辰，纵是神仙也难救郃盛性命了。纵是眼下，当今天下能救郃盛性命的，大约也只有千佛手任空行那老魔头，还有我毒手观音和青青你师叔胡醉胡大侠了！”将头转向两名目瞪口呆的昆仑弟子，又道：“你们要贵掌门性命不要？”两名昆仑弟子面露惊喜之色，不知这女魔头今日为何突发善心。便觉身上一轻，所封穴道已被毒手观音尽数解开了。穴道刚一解开，两名昆仑弟子已然跪下，同声道：“侯前辈若能救下敝派掌门性命，我们……”毒手观音打断他们的话，道：“先前我射入二位口中的药丸乃是续魂保元丹，此时你们且运气看看，所受内伤当无大碍了吧！”二人依言略一运气，发现果然真力畅通，恍若无事一般，不由心中大喜，连连磕头称谢。

却听青青道：“师父，你一定要救郃盛小子么？那是否有损师父真元？”毒手观音道：“青青休要多嘴，为师自有计较。”转头对两名昆仑弟子又道：“你们两个傻愣着干什么，郃盛他还没死呢！”言罢便钻入车厢，以自家真力和药物相辅，救那部盛性命。两名昆仑弟子知掌门有救，自是大喜过望，仗剑护住灵车。青青看他们一脸肃然之态，不禁又好气又好笑，道："像你们这点本事，也好意思出来行走江湖，也不怕人笑话！"两名昆仑弟子讪讪的作声不得。无论如何，人家的师父正在舍命相救他们掌门人的性命呢！青青见他们神色尴尬，更加得意，又道："将个大活人装进灵车，全天下也只有你们昆仑派才干得出来，真是笑死人也！"言罢竟真的"咯咯咯"娇笑个不停……

第十六回

色魔入彀

二十五

昔年的江湖四大魔头，千佛手任空行功力最高，一身暗器功夫天下无双，千面狐智桐，易容之术独步天下。毒手观音侯玉音，貌若桃花，却在十丈之内杀人于无形，那份使毒功夫令人闻之色变；玉蝴蝶金一氓，在四魔中功力稍弱，然若单论轻功一项，除了不会丝毫武功、却使整个江湖茫然的独孤樵外，只怕天下就要数他第一了。半年多前，江湖上突然出现了个“黄龙令”，四魔均被那神秘的令主列归麾下。鬼使神差，毒手观音竟是名满天下的胡醉胡大侠之师姐，又因昔年宿仇得报，早已魔性尽收。千面狐智桐，又被布袋和尚和胡醉所杀，大好头颅成了柳家堡的夜壶。而玉蝴蝶与布袋和尚性命相搏，两败俱伤。四大魔头之首的千佛手任空行，正当与胡醉比拼内力的紧要关头，却被江湖浪子童超暴怒之下一掌击中后心，定然也活不成了。而玉蝴蝶金一氓，原本只是江南一介采花大盗，数十年前无意中得到一本专述采阴补功之秘籍，才得以名列江湖四大魔头之一。据那份秘籍所载，采阴所补之功，仅是轻功一项。金一氓如获至宝，心思只要练成绝顶轻功，性命便可无碍。打不赢就跑，一贯是这色魔的至高准则。他也因此准则无数次得以活命。不意半年余前，他却将这至高准则忽略了一次。那次忽略的结果，就是与布袋和尚两败俱伤！

细说起来，玉蝴蝶之所以忽略自己“打不赢就跑”的至高准则，也是情有可原的。首先是因为布袋和尚之徒柳玮云太过美貌，二是因为当时布袋和尚并算不了一流高手，玉蝴蝶凭自己的功力完全有把握制得住他！哪知那老叫花不顾死活，竟会舍命护徒！布袋和尚既是不要自己性命，玉蝴蝶自然不会吝啬。不料老叫花因祸得福，竟成了天下绝顶高手之一。而布袋和尚那搏命一击，却使玉蝴蝶损失惨重，虽逃得性命，却损失了几乎十年功力，要恢复原来功力，他必须再采百名黄花闺女之阴。且玉蝴蝶自知在江湖树敌过多，更何况布袋和尚那老叫花定不会饶过了他，因此半年多来不在江湖露面，跑到人迹罕至的深山密林筑了精舍，昼伏夜出，专掳良家闺女来采阴补功。半载之后，色魔已然恢复功力，一日窜至洛阳，遇见一负剑少女，貌美如花，不禁色心大动，悄然跟踪。只待夜深人静，他凭自己那份匪夷所思的轻功，轻易便将那少女迷翻，心思带回自己隐秘的精舍，多消受她几日再说。哪料雷音掌连城虎和铁算子田归林误打误撞，竟会闯到玉蝴蝶的秘密精舍前，坏了他的好事。这且不说，连、田二人那点儿技行，玉蝴蝶一掌一个，不用费多大劲儿，也就能结果他们了。鬼知道偏偏又来了个江湖浪子童超！

玉蝴蝶号称江湖第一色魔，也并非浪得虚名，整个江湖上，能使他害怕的人并不多，但偏偏江湖浪子童超就是其中之一！除江湖浪子外，眼下能使玉蝴蝶害怕的人大约只有布袋和尚姚鹏、胡醉、毒手观音和金童五人而已。他怕金童的阴毒！他怕毒手观音的杀人无形！他更怕童超、姚鹏、胡醉的干云豪气和深厚功力！所以江湖浪子一声暴喝，玉蝴蝶只有破窗而逃，竟忘了伤害雷音掌和铁算子二人。玉蝴蝶一口气逃出十里，回头看江湖浪子并未追来，心头暗喜，便靠在一棵大树上稍作歇息。待他静静地想清了前因后果，不禁把江湖浪子的十八代祖宗在心里骂了一回，真是个又惊又怒，正欲思谋如何给坏了他好事的江湖浪子找些儿晦气，突觉右臂肘间轻微一麻，有若被蚂蚁叮咬了一口。玉蝴蝶暗道奇哉怪也，怎会有蚂蚁钻入袖而自己竟未知觉！卷起袖子一看，只见被“叮咬”处骇然乌黑了指甲盖大小的一块！纵是被毒蚁叮咬，也只会发红且痒，却不会有麻木之感。玉蝴蝶心知中了暗算，急忙转头四顾，却哪里见得到半点儿踪影。因而故作无事一般哈哈怪笑一声，阴阳怪气地道：“都说江湖浪子豪气干云，原来却也是浪得虚名，偷施暗算之辈！哈哈！金某今日算是领教江湖浪子神功了！”话音刚落，却听一人打了声哈哈，从玉蝴蝶所靠大树后转出，抱拳道：“金兄久违了，别来无恙乎？却怎的恨江湖浪子这般入骨？”玉蝴蝶骇然，发话之人，竟是早死半年多的千佛手任空行！

玉蝴蝶心头大震，怔立当场，良久无声。却听任空行又道：“老夫大难不死，倒使金兄受惊了。这便给金兄赔罪！”言罢又一抱拳，打个哈哈。玉蝴蝶也欲一抱拳还礼，打个圆场再说，不料就这一会儿工夫，右臂竟抬将不起了！任空行又哈哈一笑，道：“金兄咱们本是同道，既然臂上略有不便，那套虚礼也就免了。老夫若所料不差，定是童超那厮坏了金兄好事？”玉蝴蝶冷哼了一声，竟连任空行何以“复活”也不想问。任空行又道：“老夫虽不敢妄自菲薄，自称一声千佛手，但若论轻功一项，天下又有谁能比得过金兄呢！今日也是迫不得已，老夫有些事情想请金兄帮个忙，所以只好用了颗不小心淬过奇毒的蚊唇针先将金兄留下。当然啦，如果金兄愿意帮忙，老夫自会用独门手法将它取出，对金兄的性命绝无妨碍。”玉蝴蝶冷冷地道：“金某今日既受暗算于你，有什么条件不妨明说了一切。”

金一氓之所以这般说话，是因为他偷偷运了几次真力，却发现竟未能提起平日五成！任空行笑道：“金兄真是快人快语，不愧咱们同列四大魔头。其实老夫托金兄所办之事也至为简单，仅是跑一趟腿，替我送点东西去给一个朋友而已。”玉蝴蝶金一氓早已认栽，也不多说话，只愤愤地看着千佛手任空行。任空行道：“塞外大漠深处有个黄龙堡，堡主叫冷面煞星冷风月，其师便是与咱们齐名的千面狐智桐。智兄不幸遇难，咱们对他的徒儿自然得多关照点儿，因此老夫便托金兄送一粒药去给他。凭金兄的轻功，当可在半月内赶到，若是超过半月，智兄之徒儿便没命了。唉！也是老夫当时不小心，在冷风月掌心弹了些天下无人能解的药粉，纵是老夫自己，也只能一月替他解毒一次，却无法一次彻底根除。那情景已如此时金兄肘间的蚊唇钉一个道理，若金兄不能在半月内赶到黄龙堡，又在半月内赶回此处找到老夫，老夫却是太愧对金兄和九泉之下的智兄之灵了。都是老朋老友的，相信金兄不会不给老夫这个面子吧？”玉蝴蝶让千佛手惺惺作态地说了一大通令人哭笑不得的话，待对方话音一落，他沉着脸伸出左手，道：“拿来！”任空行从怀里掏出一只小盒递给金一氓，假惺惺地道：“到底是老朋友了，行事就是爽快。此盒里仅有药丸一粒，金兄可嘱咐冷风月含白酒服下，一月内当可无碍。至于金兄的解药嘛，老夫一时忘了带在身上，只有先替金兄将那毒性止住，并不损金兄一丝轻功，相信金兄一月内往返绝无问题，届时老夫定会解去金兄之毒。”言罢也不待金一氓开口，竟指临空点了玉蝴蝶两处穴道。玉蝴蝶只觉浑身一轻，肘间也不再痒麻。

临空点穴之功法玉蝴蝶自然有所耳闻，但却从未练成过。此时见千佛手使将比来，不禁大为敬佩，心思此时虽功力无阻，但若与他硬拼，也断难讨了好去，因而一言不发，将千佛手交给他的方盒往怀里一揣，有若翩翩惊鸿，径朝西北如飞奔去。千佛手任空行见玉蝴蝶转瞬不见踪影，阴恻恻地一笑，也径自离去。玉蝴蝶金一氓施出绝顶轻功，端的如御风而行，不出三个时辰，已奔出二百里开外。毫无疑问，在这遥遥三百里路途中，他早把任空行那死而未绝的老魔头骂了个狗血喷头，玉蝴蝶本是色魔，若论骂人之言的脏丑阴毒，恐怕算得上是天下第一了。但无论他骂得有多阴损，任空行终归也是听不见的。多骂也是无聊。玉蝴蝶只得暗暗寻思解毒方法了。却是徒劳无功。

天下能破千佛手毒功的，只有两个人。一个是丐帮帮主，俗称千杯不醉的胡醉。但胡醉是名满天下的一代大侠，玉蝴蝶一介色魔，唯恐避之不及，哪里还敢去找他替自己解毒！若去找胡醉，那就绝不是去解毒，而是去送命了！另一个能破千佛手毒功的是天下使毒的第一高手，号称毒手观音的侯玉音。但毒手观音虽也曾名列四大魔头之一，早年杀人如麻，但近些年来却魔性尽除。并且纵是在她的魔头生涯时，也是恨透了采花贼盗，几乎是见一个杀一个。玉蝴蝶若无举世无双的逃命本领，恐怕在毒手观音手下已死过不止一次了！虽说他的功力与毒手观音不相上下，但毒手观音那一身杀人无形的毒功，玉蝴蝶也深感头疼。若去求她解毒，结果只会有一个：毒上加毒！俗言道：解铃还须系铃人。玉蝴蝶若不想一月后毒发身亡，只有尽快完成任空行交代的事情，在一月内从大漠赶个来回，让任空行将他所中之毒除去。但那老魔头一月后会如约将他所中之毒尽除了去么？玉蝴蝶想到此节，心头不禁不寒而栗！玉蝴蝶慢下了脚步。有一刻他想：与其终生受那魔头所制，还不如一死了之！但他却下不了一死之决心。好死不如赖活，他想，他娘的老子玉蝴蝶一辈子坑人，到头来却被人给狠狠地坑了，莫非这是老天的报应！罢了罢了，算老子这辈子认栽了，活一日且算一日！既是千佛手那婊子养的认为老子的轻功有用，将来姚鹏之流来寻老子晦气，老魔头断不会置之不理！想通此节，玉蝴蝶竟又有了一丝高兴，脚步也就加快了许多。

不一刻，玉蝴蝶来到陕豫交界的一个小镇，镇虽小，却是酒铺林立。他选了一家看上去干净些的，寻了个雅座坐下，打算先吃他个酒足饭饱再说。店小二见他腰别折扇，白面无须，以为是一介富家公子，连忙上来打招呼，低声下气地问公子要点些什么。却见玉蝴蝶一皱眉，凶巴巴地道："你们这儿是他妈的黑店么，怎的一股血腥味儿了！"小二赔笑道："公子爷说笑了，敝店……"没等他说完，只听"咔嚓"一声，玉蝴蝶早一掌拍碎了旁边的一只方凳！座中四五人吓得噤若寒蝉。小二则早已面如土色。只听玉蝴蝶又恶狠狠地道："叫你们老板来！"小二连忙应了，少顷老板便打躬作揖地出现在玉蝴蝶面前。玉蝴蝶道："店里的血腥味儿是怎么回事？若不细细道来，老子一把火将这黑店烧个精光！"老板结结巴巴地说了好半天，才将三日前有个公子和公主把五个叫"川陕五虎"的壮汉给打了一顿，是公子出的手，砍下了两个壮汉的手臂等等事由道了个半明不白。玉蝴蝶细问了那公子公主的模样，心头暗惊：金童玉女怎会在这儿现身？！但口中却道："那公子公主是大爷的朋友，大爷今天到你这儿来是看得起你，好酒好菜尽管上来！"老板唯唯诺诺，亲自下厨掌勺，让玉蝴蝶好一顿狂嚼滥饮，之后大摇大摆地离店而去，老板不但不敢收银，还一直恭送出店外。

玉蝴蝶出得店来，心思时辰尚早，再赶他一程再说，此时他已有了七分醉意，不禁忘乎所以，施展出绝顶轻功，直吓得小镇上的人们如见鬼魅。不出一个时辰，他已疾奔出三四十里，却突然听见前面传来一少女的咯咯笑声。玉蝴蝶酒劲上涌，大喜过望，心思真是天赐良缘。两个起落，离那少女不足五丈。正欲亲亲乖乖地叫上两声，却听见一个他早已熟悉的声音冷冷地道：“你两个还傻愣着干什么，郜盛他还没死呢！”一听到这个声音，玉蝴蝶的酒早吓醒了一半，悄悄缩在一块巨石之后，哪还敢发出半点声响！原来那先前咯咯娇笑的少女，正是司马青青。而后面发话之人，却是毒手观音侯玉音！青青和师父毒手观音在一起，纵是再借十个胆子给王蝴蝶，他金一氓也不敢再打什么鬼主意了！

玉蝴蝶不知毒手观音此时正在运功为郜盛疗伤，缩在巨石之后不敢轻举妄动，哪料一躲半个时辰，前面却决无半点动静，心头正觉蹊跷，悄悄伸头出来打算看个究竟，不意脚下绊动了一块碑石，发出轻微声响。便听毒手观音沉声道：“玉蝴蝶你这魔头，还没被姚大侠一掌送命么！”毒手观音的话音落尽时，玉蝴蝶人早已在二十丈开外了。只因金一氓早怕了毒手观音那浑身剧毒，纵是十丈之内，她也能杀人于无形。此时玉蝴蝶离她们仅五丈之遥，若毒手观音使出毒功，那更是防不胜防了。故而一弄出声响，玉蝴蝶便不做他想，只思先离远些再说。毒手观音虽躲在车内，但一听那人逸逃之音，便知江湖上有此等轻功者，非玉蝴蝶莫属，故一语道出玉蝴蝶之名，将那色魔吓了个魂飞魄散！其实此时毒手观音正运足全力替郜盛疗伤，若是玉蝴蝶攻将上来，定可一举毙了当场五人性命。只因他心中先自怵了毒手观音那无形无影之毒，且人家又一语道破了他的路数，因此窜出二十丈外后还暗道侥幸——若他藏身巨石后时毒手观音突发毒攻，他这条命能否保住那倒也难说得紧了！——玉蝴蝶竟连场面话也不交代两句，径往西北急奔！一代名扬江湖的魔头，竟然如此不顾颜面，连场面话也不捞回两句就自行逃窜，倒使毒手观音诸人大惑不解了。但他们哪里知道，玉蝴蝶已受了千佛手剧毒暗算，早已落入彀中。俗言道：“一朝被蛇咬，十年怕井绳！”如果再中了毒手观音之毒，对玉蝴蝶金一氓来说，岂不是雪上加霜了么！果真如此，又有谁能救得他性命？！

第十七回

豪气干云

二十六

天山二怪以行事之邪名扬天下，却也无甚恶名，且二怪功力深厚，自半年前在中原武林露面，被太阳叟一惊而走，倒也未树何强敌。虽按说依功力而论，他们对太阳叟倒也不必怕到如此地步，但二怪行事本邪，倒也无人深究个中道理。东方圣既被独孤樵一剑所杀，二怪复至中原，本也是情理之中。没想此番刚一踏入中原，竟成了小小少儿鬼灵子之徒！牧羊童阳真子倒也罢了，牧羊女梅依玲却甚觉憋气。只因当日鬼灵子收二怪为徒之时，梅依玲被点了穴道，连拜师入门之礼，也是“师兄”阳真子代的！好在二怪伉俪情深，鬼灵子自名“歪邪门”的所谓门规又太过邪乎，梅依玲纵有千般怨气，也只得往肚里咽了。待鬼灵子离去之后，二怪计较一番，径往洛阳赶去。

他们之所以要去洛阳，一是因为洛阳乃天下重镇，定有热闹可瞧；二是因为他们以为能在洛阳寻到独孤樵。没料二人赶到洛阳，虽顿顿酒足饭饱，却连一个在江湖中稍有头脸的人都未遇到，心中甚觉无聊。忽一日，二怪走街串巷，突然得知有个老妇人夜间被人掳走。细问那家主人，竟发现那被掳走的老妇极似与他们性味相投的木叶令主卢若娴。再细问，知掳走那老妇的竟是五条凶巴巴的大汉。既如此，他们差不多便可断定那老妇人便是木叶令主卢若娴了。二怪于是离开洛阳，心思若寻到木叶令主，大约便可知独孤樵下落。木叶令主的武功剑法，二怪也是深知的，他们倒极为放心：纵是十条“凶巴巴”的大汉，也难耐她何！二怪出得洛阳，却不知该投身何处。南面是去不得的，在那儿难说会遇上鬼灵子那见鬼的师父！西边也不可去，若遇上布袋和尚，依门规大叫三声师祖，那也是尴尬窝囊！东边、北边却又不会有何大热闹可瞧。二怪计议良久，便径向西南，逢人便问有没看见五个凶巴巴的大汉带着小老婆婆走，却是无人知晓。依着二怪的心性，自是被他们问讯之人，不会武功的便不计较，凡稍会武功的便点人家一两处穴道，让那些二三流武师木愣愣的站上一个时辰。

这日将离豫境，二怪在一树下稍作歇息，商议再往何方。牧羊童提议折去少林，闹点热闹玩玩，但牧羊女却说自空性那秃贼方丈死后，少林了无声息，闹不出什么花样，并提议径往西南，去看看峨眉绝因老尼是否真的吃素。牧羊童道：“绝因师太堂堂峨眉掌门，当然是吃素的了，又有什么看头？”牧羊女道：“那咱们就悄悄地弄些狗肉在她碗里，看她吃是不吃！”牧羊童于是哈哈大笑。牧羊女喜道：“老不死的可是觉得我主意高明么？！”牧羊童道：“我是想起咱们竟然拜了鬼灵子那小鬼头做了师父，天下只怕没有比这更好笑的事了，因而忍不住就——”牧羊女“呸”一声打断丈夫的话，道：“好笑个屁！跟着你这老不死的真倒了八辈子霉！”“怎的不好笑呢！”牧羊童奇道，“依咱们歪邪门的规矩，徒弟小师父半岁也不行，当今天下，又有谁做得了咱们徒儿！鬼灵子自以为得意，但依老夫看来，他歪邪门必然维持不了多久！哈哈哈！”牧羊女神色一变，道：“你是念咱们早死吗？哼！”牧羊童一愣，连忙道：“依玲！依玲！是我阳真子说错了。咱们歪邪门永世长存！长存永世！”牧羊女梅依玲道：“那你是想永世受那小鬼师父的窝囊气了？！”阳真子一时语塞，支支吾吾的作声不得。

恰在此时，突闻二十丈处传来人声，听声音人竟还不少。天山二怪对视一眼，面上均有喜色：在如此荒僻地方出现，定是身有武功之人，这下可有热闹瞧啦！二怪一般心思，一齐站起身来，大摇大摆地朝传来人声处迎去。二十余名劲装汉子均面带悲戚之色，并且满面倦容。突然发现面前立着一个老翁和一个老妪，均是一惊：那老翁酷似冬瓜，却白须飘飘齐胸，面红腹挺；那老妪却有若瘦竹，鸠发鸡颜。且二人太阳穴均高高隆起，显是内力深厚之辈！未等对方开口，牧羊童早大咧咧地道："你们这些小孩儿家，可曾见过五条凶巴巴的大汉带着一个论年纪可做你们老娘的人走路？！"二十条劲装大汉中便有数人将要发作，却被一年约二十四五的青衣汉子止住。只见那汉子越众而出，抱拳作礼道："原来是天山二位老前辈，在下……"未等他话说完，梅依玲早"咦"了一声，道："你这小儿，竟识得我天山二怪？你是何人门下？"那汉子道："先师无敌神掌楚通，这些都是我鹰爪门弟子，因不识二位天山前辈……""狗屁狗屁狗屁！"牧羊童嚷道，"什么天山前辈，老夫最听不得这等口是心非之言，你小子便叫我们一声天山二怪，我和依玲听了还顺耳些！"那二十余名劲装大汉听此人便是邪名传遍天下的天山二怪，不禁骇然色变。

只有那青衣汉子微笑道："既是如此，天山二怪，在下许聪这厢有礼了。"言罢拱手一道。阳真子也不还礼，道："你还没回我的话呢，莫非想搪塞过去么？"许聪道："在下等并未见着那六人。"阳真子忙道："哪六人？可是凶巴巴的五条汉子和一老妪？"许聪哭笑不得，道："就是那六人，在下等一个也没遇见。"阳真子道："看你们走了很多路，连那六人也瞧不见，那多走也是无益，不如就在这里待两个时辰再说吧！"言罢飞身上前，便欲点鹰爪门弟子穴道，却被梅依玲抢先一步拦住。阳真子愕道："依玲你——"梅依玲道："我还有话要问呢！"转向许聪，道："你既是楚通的徒弟，那童超与你又是怎生称呼？"阳真子插道："对！"许聪道："童超乃敝师弟。""童超是你师弟？！"阳真子道，"童超武艺高强，也不知楚通是如何调教出来的，老夫确实敌他不过，你既是他师兄，定然更为了得了！来来来！我和依玲联手，向你讨教三百招！"未等许聪开口，梅依玲早道："你这老不死的到底有完没完。竟不让老娘讲话么？！你要不让讲，我折身走了便是！"阳真子一生天不怕地不怕，偏怕了一个梅依玲，此时嗫嚅道："那就等依玲你讲完了我再说不迟，依玲你却千万不要生气。"

二十七

梅依玲道："你师弟叫江湖浪子，你叫什么？"许聪道："在下不才，叫'青衣秀士'。"梅依玲见许聪一脸聪颖之气，点点头，道："这名号不错，竟不弱于我们'天山二怪'。对啦，楚通一共有多少个徒弟？"许聪知天山二怪言行之邪乎天下无双，再说人家一大把年纪，纵是直呼先师之名，竟也不以为忤，只道："先师只收了敝师兄巨灵掌雷同，还有在下和童师弟三徒。""什么什么？"阳真子又忍不住插话道，"你说什么'先师'？楚通死了么？"这话也正是梅依玲所要问的，故此没有教训丈夫，只给了他一个白眼。青衣秀士神色顿时惨然，轻声道："先师月前被贼子所害，已然仙逝了。""这就不对啦！"阳真子急道，"半年前胡醉胡大侠两次救了楚通，东方圣被独孤樵杀了之后，楚通不是好好的回去了么？"他不提胡醉的名字还好，一提胡醉之名，鹰爪门下弟子如何还能忍耐，一齐怒吼出声，什么"胡贼"啦"人面兽心"啦连绵不绝。阳真子听得大怒，有若虎入狼群，转眼便点了除许聪外所有鹰爪弟子的哑穴，鹰爪门下弟子虽身尚能动，但被牧羊童那匪夷所思的功夫给惊呆了，一时呆立愣神，目光齐刷刷骇异地望着天山二怪。

原来天山二怪言行虽邪，却最是敬佩那些白道大侠，故而并非作恶之辈。放眼整个江湖，值得二怪敬佩的，仅胡醉、童超、姚鹏三人而已。故鹰爪门下弟子一齐大骂胡醉，阳真子哪里还忍受得了，梅依玲也不阻拦，便让牧羊童点了人家哑穴。阳真子飞身过来，面对许聪，厉声道："我天山二怪最是敬佩胡大侠，你且将他们口中喷粪的道理说个明白，否则我连你也给废了！"哪料许聪丝毫不惧，慢慢从怀中掏出一张书简，递给阳真子，冷冷道："你们一看便知。"二怪接过书简，正是当日覆盖在楚通尸身上的那一张。看罢你望望我，我望望你，二怪竟一时作声不得。便听青衣秀士许聪冷冷道："灭师之仇，岂能不报，我鹰爪门若不杀胡醉那厮，绝不为人！""放屁！"阳真子吼道，"凭你们也配杀胡大侠么？！”许聪道：“纵是本门弟子悉数战死，也定要杀了胡醉替师报仇！”“好好好！”阳真子道，“那我就先成全了你们，再把这张纸一把火烧了，不让江湖浪子知道。否则胡大侠和江湖浪子都是令人敬佩之人，他二人拼起命来，我二怪倒不知帮哪边了。依玲你看这样可好？”梅依玲竟然点了点头。

许聪心头大骇，面上却冷笑道：“本门弟子也不仅只有这些，敝师兄还正率众多同门追杀胡贼呢！”阳真子哈哈笑道：“那倒也不难，我和依玲正没事做，杀了你们，再去将你师兄叫什么雷同的通通杀了，也就相安无事啦！”梅依玲道：“对！咱们杀光了鹰爪门，就去告诉江湖浪子，说这事是千佛手任空行那老魔头干的，然后帮着童超，一起把任空行干掉，事情就干净啦！”阳真子大喜道：“依玲你真正是赛过昔日诸葛孔明，咱们这便动手！”“手”字刚出口，突闻一声暴喝：“二怪不可作恶！”声若洪钟惊雷，鹰爪门下竟有数名弟子被震昏倒地！连天山二怪也只觉耳鼓轰鸣。阳真子被惊得一愣一愣的，手中书简早被人劈手夺去。定睛看时，不由大吃一惊。来者并非别人，正是名扬天下的丐帮帮主，号称“千杯不醉”的胡醉胡大侠！

胡醉号称“千杯不醉”，果然没有被醉倒！此时胡醉很清醒，只淡然将那书简看了一遍，然后塞回许聪怀里。青衣秀士许聪聪颖过人，此时却惊骇茫然。天山二怪自以为聪明，也是大惑不解。鹰爪门下弟子，却早心神俱震。只见胡醉窜入鹰爪门下弟子群中，或点或拍，鹰爪门弟子顿时个个精神抖擞！许聪一声呼哨，二十余名劲装汉子便将胡醉团团围住。圈外的天山二怪，此时已然清醒，只听阳真子高声道：“胡大侠，你是要自己动手么？……”梅依玲也道：“有胡大侠在此，何须我们多事，老不死的，咱们这便走吧！”二怪说走便走，待他们奔出五丈，却听胡醉道：“贤伉俪若往西行，当可见到木叶令主，卢前辈此番大约正被恶人所磨，二位若能前去搭救，那是最好不过了。”“了”字落时，天山二怪已奔出数十丈外，阳真子远远答道：“既是胡大侠吩咐，我们二怪这就跑一趟何妨！”

待阳真子话音落尽，这边青衣秀士许聪冷冷道：“胡醉，此番你如此做作，意欲何为，便请明说了吧！我鹰爪门下弟子，决无贪生怕死之辈！”只听胡醉道：“令师弟江湖浪子此刻正在洛阳，你们当可在那儿找到他。”许聪一愣，道：“什么？”胡醉道：“另有一事，许兄大约还不知晓，保送令师楚老前辈遗体到贵门的永盛镖局，自陈总镖头到三尺孺童，一共九十七口，尽都被胡醉杀了，是令师兄替他们葬的尸首。”众人心头大震！九十七口人命啊！许聪强压心头狂跳，道：“胡贼，你——”猛见胡醉双目精光似电，虽一闪即没，却也压住了许聪后面的话。便听胡醉道：“我胡醉在江湖上被人尊称一声大侠，却如此藏头露尾，端的辱没了一个‘侠’字。纵是今日我胡醉在此现身，也是碰巧而已。其中隐情，请恕我胡醉实难相告。敝帮号称江湖第一大帮，若然内乱，定会殃及整个江湖。我胡醉身为帮主，隐情自难告与外人。但本帮之事，许兄及诸位英雄当已有所闻。今日我胡醉只能言尽于此了。方才我已将那张署我胡醉之名的书简还了许兄，许兄尽可在洛阳将其交给令师弟。江湖浪子与我结拜之事，想必你们尽都知晓。若童二弟也说要取我胡醉项上人头，胡醉只要皱得一下眉头，就枉称一声‘千杯不醉’。今日胡醉之言，字字均可以性命作证。我胡醉绝非宵小之辈，但江湖鬼魅甚多，就算以小人之心度君子之腹，武林中同时出现两个胡醉之事也不定就不会发生！这一节还望许兄略作思虑。为着本帮及江湖诸多事端，我千杯不醉胡醉眼下只有两个请求：一是望许兄及众同门将我今日之言，一字不漏地转告贵门代掌门巨灵掌和江湖浪子。二是暂寄胡醉之脑袋于项，我千杯不醉这颗脑袋，只要贵门查实先掌门楚老前辈确系胡醉残害，无须脏了贵门宝地，我自行奉上便是！”

胡醉一番豪气干云之言，直令当场众人心头暗服！若非师门剧变，定会轰然喝彩一声：真大侠也！然众人均默不作声。良久。忽闻青衣秀士许聪一声呼号，众人“呼啦”一声，列成两堵人墙，让出一条道来！胡醉与许聪均不出声，神色凛然地相互抱拳作礼。然后胡醉大步流星，穿过人墙而去！

第十八回

啼笑因缘

二十八

二人逆溪奔出里许，慢下脚步，雷音掌连城虎道："三弟，方才你为何——"铁算子道："二哥心思，兄弟我心里明白，二哥是想将《阴阳大法》和鱼肠剑托付给鬼灵子。实不瞒二哥说，鬼灵子虽说是姚大侠高足，但有时行事却令人摸头不着头脑。如果咱们所托非人，那就愧对前辈高人了，是故兄弟打断了二哥之言，还望二哥别放在心头。"雷音掌哈哈一笑，道："怎么三弟倒跟哥哥客套起来了？先前我是有将重宝托付鬼灵子之心，此刻三弟既已将话说明，那也就是了，为兄又如何会计较呢！只是此番咱们出来一月多了，却连独孤公子的半丝音讯也没得到，三弟你看——"铁算子道："似长安洛阳这般重镇，已有江湖浪子和姚大侠等前往，咱们去也是多余，依兄弟的意思，咱们便到乡间僻野去找寻一番。虽俗言道大隐隐于市、小隐隐于泽，但独孤公子行事处处出人意料，难说咱们误打误撞，竟在乡野找到了独孤公子也未可知。"雷音掌道声有理，二人复又逆溪而上，行翠竹间，但见山回路转，猿鸟轻啼。

如此约莫行了二十里，忽觉眼前豁然开朗。但见眼前呈现一平缓山谷。四周山峦柔柔起伏，满目苍翠。中有百十户人家，正自炊烟袅袅，好一幅升平气象。二人驻足观望，心中均是一般心思：今夜在此投宿！也不枉连日奔波辛劳了。二人进得村来，打听得此村竟有个响当当的名字：员外村！田、连二人径自投宿铁员外家气派非凡的庄园。入内才知，庄园中并非有什么叫铁员外的人，只是相传此庄园祖上曾出过一介武员外，此后家道不兴，连续六世均是女子单传，竟无半子儿丁，故六世均是招婿入赘。好在家传绝技，一路“降妖伏魔三十六式杖法”倒传了下来，只是这路杖法太过凶狠霸道，女子使来，敌人说不出的骇异，因此，六位“有幸”被招入赘的夫婿都先后不约而同地远逃他乡，终身不愿再回这景色秀丽的家园。现今员外庄主人名唤铁姑，家中已别无亲人。她本人是独养女，母亲早逝，父亲早年逃往他乡，从未谋面。偌大一个庄园，仅住着铁姑和三个老仆。家有祖上田产，一切租赁事项均由仆人办事，生活倒也着实殷富。

铁姑闲时便操练那路“降妖伏魔三十六式杖法”，待使将开来时，威风八面，虎虎生风，几个老仆既惊且佩，咋舌不已。铁姑刚会走路时，其母因伤心丈夫不辞而别，身体日渐衰弱，便抓紧传功。因铁姑太弱小，故而制了一支很轻巧的木杖给她使用，待铁姑日渐长大，这木杖便换成铁杖，并且日渐加重，待得铁姑二十岁时，其母逝去，只留下了一份偌大的家产和那把重约八十公斤的铁杖。此后铁姑便整日待在院子里用那把重约八十公斤的铁杖演练家传绝技。闲时偶尔也曾出门，某日恰遇到两头疯牛相斗，村人远远相观，但见铁姑便飞身而上，双手往牛角上一搭，轻轻松松地拆解开去，疯牛怯于铁姑神力，不敢不认。乖视铁姑，铁姑冷哼一声，转身离去，便有牛家主人送礼道谢，铁姑婉言谢绝。再勉强时，铁姑深感不耐，竟连人带礼一把扯了扔出八丈开外，久之，受惠于铁姑的人便只敢低声下气地赔笑脸道谢，而铁姑只淡淡一笑，不置可否。大人小孩俱是又敬又佩，远远望着铁姑。铁姑见众人这般，甚觉没味，终日独坐庄园，练功饮酒，暗地里便得了个绰号，唤作黑力铁姑。铁姑对“黑力铁姑”这个名头不以为忤，竟是笑纳了。

铁姑年幼时，母亲也曾请了个教书先生来教铁姑，可才坐得两分钟，那些子曰诗曰便弄得铁姑头疼，拔腿便走。也是活该这教书先生有祸，看到铁姑要溜，当下便摆出教书先生的架子来，一巴掌拍在桌子上，大叫一声：“站住！”铁姑奇怪地看他一眼，见瘦精精的先生正瞪着她，铁姑等了会儿不见下文，当即转身又走。教书先生大怒，想她一个女孩家，怎如此放肆无礼，当下急忙追上铁姑，一巴掌往铁姑头上打去。铁姑未曾提防，给他这巴掌打得疼了，不禁大怒，当下不再说话，右手照先生面门便是一拳，紧接着踏上一步，左脚斜勾，“咔嚓”一声，先生四肢着地，趴在地上，铁姑纵身骑在背上，提起醋钵大的拳头当头就是一下，先生当即昏了过去，只听铁姑道：“你这老穷儒，还敢管你姑奶奶不？”见先生不回答，“咚”又是一拳揍去。“你还敢不敢？”见还是没声音，当下不再问他，提起拳头从头到脚，犹如犁田般溜了一遍。见仍没声音，不觉乏味，转身走了。这先生可惨了，幸好铁姑母亲及时救治，死倒未死，可肋骨给小铁姑揍断了三根。小铁姑后来哈哈大笑，对母亲说：“这些男人怎的那么不经打？”母亲苦笑，想起自己年轻时候也曾差不多把一个教书先生揍死，便也不责备铁姑，只长叹一声，心道员外庄上天注定，出不了读书人，罢了罢了！待得先生伤好之后，送了一大笔钱给先生了事。自此学事一节告吹，铁姑依旧斗大的字不识一个，但满嘴脏话却说得极是流畅。

大部分时候，铁姑都是坐在兵器室里，那儿有个八根由小到大整齐地排列着的铁杖，那是铁姑母亲为铁姑不同年龄打制的，它们犹如八小伙伴暗伴着铁姑渡过了二十八个春秋。因从小练这门霸道的外功，铁姑竟长得五大三粗，那熊腰虎背的身材倒使得一干男子显得娇小玲珑，弱不禁风了。也因了这副身材，至今仍待字闺中。但也许是山水秀丽之故吧，铁姑一张洁白的脸蛋竟出落得千娇百媚，只是这尺码比起寻常的小姐来足足大了一号，但见双乳高耸，行走起来，恰似两座丰腴壮美的山峰向你蜂拥而至！比一干须眉，铁姑竟更豪爽好客——自是男客！村里男子见了，无不羞惭低头，暗恨自己竟生得如此弱小，不堪铁姑一击。

却说晚饭备好之后，一位年近七旬的老翁领着雷音掌连城虎和铁算子田归林进来，但见一桌非常丰盛的酒席业已摆好，室内装饰华丽。两人刚坐下，忽听得一声大叫：“请坐请坐！到我员外庄来，便如自家一般，只管请便，饮酒吃肉，我是奉陪到底，但弹琴赋诗那等穷酸之事，倒少在这儿抖搂，哈哈哈！”两人闻言一惊，回首时，便见由厅门走出一身材高大健壮的女子，虎步生风，一对大眼炯炯有神，烛光映照之下，一身乳黄色的短衫打扮，更显得英姿飒爽。来人正是黑力铁姑。两人心知此人便是此间庄主，当下二人立站，抱拳施礼，只听得铁算子道："我兄弟二人乃是江北柳家堡人氏，这是我二哥，人称雷音掌连城虎，小可名唤田归林，人称铁算子。敢问庄主高姓大名？"铁姑见田归林相貌猴精，一脸黑瘦精悍模样，不由心生欢喜。见他兀自彬彬有礼，不觉哈哈大笑，声如洪钟，直震得老仆人摇摇欲跃。铁姑见状，对老仆人一挥手，待老仆退去，复又大手一挥，大咧咧地坐下，道："两位不必客气，请坐，此间百姓胡扯蛋，给本姑娘取了个绰号，叫黑力，我的名字叫铁姑——咦，你们怎么不坐？"连、田二人从未见过这般走板女人，虽闻言坐了，心头却是惊讶万分。

铁姑转身从案上取下一坛子酒，"啪"地拔去塞子，朗声道："今日我等初次见面，也算有缘，理当一醉方休！来来来！"言罢给二人斟酒，然后抬起酒碗又道："纵有天大之事，也得先干了这碗再说。"只见她一仰头，一大碗酒早已干了，连田二人相顾骇异，早已被铁姑的洪嗓豪饮怔立当场。"喝呀你们！"铁姑见二人愣怔，又高声道："嫌咱家酒不好么？！"二人似才醒转过来，一低头，"咕嘟咕嘟"地喝完了酒，雷音掌说道："多谢庄主厚意……"话未说完铁姑又飞快地满上了酒，端起酒碗又一饮而尽，碗底朝上，道："俗里俗气的客套什么，喝酒便喝酒！"雷音掌这时已经看出，铁姑乃是一豪迈之人，当下也不再推让，道声，"请！"也一口干了。铁算子无奈，也只得喝了。如此数次，二人刚想讲点什么时，均被铁姑大手一挥给打断了。转眼间，菜未吃得一口，酒却已经灌下了十六七碗。饶是二人酒量不错，但如此鲸吞豪饮，也自受用不起，当下运起内功，以抵酒力！好个铁姑，见连、田二人虽面色铁青，却并未结舌歪斜，心中大喜。只见她巨掌晃动，给他两人面前各置一盘，抓起二只烤乳猪扔入盘内，高声道："咱们边吃边喝！你们的酒量不错！"两人正在运气，看到铁姑如此豪放不拘，心中甚是钦佩，但嘴上却不能说话。过得片刻，两人才缓过气来。只见铁姑兀自大嚼狂饮，却了无醉态。两人相顾骇然，心思这等酒量，天下只怕只有千杯不醉胡大侠一人堪与其匹敌了！

二十九

他二人深知铁姑自家酿的白酒虽然口味清甜，却是酒力醇厚，眼见得铁姑如此喝法，脸上神色俱是越来越奇。铁姑喝着喝着，见他二人神色不对，只定定盯着自己，不禁问道："你们怎么了？"二人自知失态。铁算子尴尬地道："铁姑好酒量！"心中佩服之极。这倒是实话。他二人岂知，铁姑自小演练"降妖伏魔三十六式杖法"，练的是外家功夫。外家功夫练至这等份上，竟是得助于这独家自酿之酒。此酒醇厚中透有刚强霸道之劲，恰与她家传杖法曲异功同。久而久之，铁姑自成女中杜康了！

三人边吃边聊，谈话中，铁姑听说二人尚未娶妻，不禁火辣辣地看了铁算子一眼。二人见铁姑又启封了一大坛酒，虽不像先前那般惊奇，但也是敬佩莫名，二人各斟了半碗作陪。却见铁姑双颊微现红晕，眼波旖旎，不住地打量铁算子。铁算子见这巨美人不住地打量自己，心中怦然一动，不禁心摇神驰。继而转念一想，铁姑整整高出自己大半个头，刚才言谈中又知她使一路什么"降妖伏魔三十六式杖法"，看这样子，似是着实厉害。当下摇头，暗道一声"荒唐！"后收敛心神，一心一意慢饮细咽。忽听铁姑道："这位田兄不知对此间景色做何感想？"说起景色，铁算子不禁连声赞叹："真乃仙谷也。"铁姑又道："那田兄可愿长住此间？"铁算子心头一颤，不知如何回话。铁姑此言，含义自是清楚不过，但她一个姑娘家，怎的初次见面便直通通道出此等言语，且无丝毫羞涩之意，也未免太过惊世骇俗了！铁算子哪里知道，铁姑一家均是武林中人，于此实是不知，铁姑性格便如那路"降妖伏魔三十六式杖法"一般刚猛霸道，绝不拖泥带水。铁姑见铁算子沉吟不答，又问道："田兄意下如何？"铁算子早已收敛心神，心中曾涌起过的那点春情早被一锤子砸个稀烂，见铁姑又逼问，便答道："此间景色虽好，奈何在下另有要事在身，明日自当别去，他日定再重游。"铁姑见他推脱，不觉脸色一寒，站起身来便走。二人好不尴尬，悻悻地回到客房中。想世间竟有此奇女子，不禁相对莞尔。

两人尽早上床，均是一般心思：明日起个绝早，悄悄离开此地，免得节外生枝。次日清晨，两人打点完毕，见一老仆垂手立于房外，铁算子因问何事。却听那老仆道："小姐有请。"两人一怔，铁算子又道："这般大早，小姐有请，莫非贵庄出了要事？"老仆笑而不答。两人无奈，只得跟那老仆去见铁姑，铁算子心头暗忖：什么"小姐"，叫声"大姐"还差不多！三人穿过后院，但见绿树成荫，有一假山，花香鸟语，煞是幽静。三人左转，见一月牙形侧门，上书二字：武厅。三人鱼贯而入，忽觉视野开阔，好大一个庭院！长宽约百丈，边上有一幢木房，想是练武之后歇息之用。院子里再无其他建筑和树木，但见得芳草青青，使人一见之下便不由暗生跃跃欲试之心。三人进得木房，仆人退下。二人施礼后，铁姑微笑着对雷音掌连城虎道："本姑娘有一事相求，不知当讲不当讲？""不知姑娘有何吩咐？""请你做媒。""哦？"雷音掌哈哈大笑道："好说好说！不知铁姑娘要在下替谁做媒？""连大侠果真快人快语，"铁姑道，"既如此，本姑娘也只有直白道语了。请连大侠做媒之人，便是本姑娘！"雷音掌一惊，心中已猜到了八九分，却故作不知，笑道："不知哪家公子有福，竟被铁姑娘看上了？"铁姑娘道："哼！那些不成器的什么公子，本姑娘睬也不想多睬。实不瞒连大侠说，本姑娘看上的，便是令弟田兄！"雷音掌"哈哈"大笑，正欲说"我这兄弟尽可做得你叔叔了"，但未等他开口，早听得田归林急道："这……这……这事万万使不得！"

铁姑今日穿了一身红色短衫，更显得英姿绰约。听到田归林这般说话，也不理会于他，只径自看着雷音掌连城虎道："此事连大侠你做兄长的当可做主吧？"说实在的，雷音掌连城虎相貌堂堂，一表人才，往哪一站，神定气闲也自有一番威势，虽说年纪比铁算子田归林大了几乎一轮寒暑，但习武之人，看上去却也只像四十开外的壮年男子。真不知铁姑何以会看上精瘦黑漆的铁算子。心中便思：大约真如主人所言，一切均有天定，"缘分"二字，当真是前世所注定，却是违它不得，心中便有了几分意愿，但观三弟一脸惶急，便硬着头皮道："舍弟便在此，铁姑娘何不……何不亲自问他一问？"铁姑竟微微一笑道："本姑娘却要明媒正娶。"雷音掌大惑不解："什……什么明媒正娶？"

铁姑不耐烦地解释道："成亲之后，夫君田归林自然同我住在此间。既有你做兄长的做媒，他当不敢不依。"雷音掌诧异万分："这……"铁算子田归林也算是江湖上的出名人物，堂堂一须眉男子，竟被一女子如此当面作弄，饶是他老谋深算，此时听到要逼着自己倒插入门，也不禁又气又急，乱了方寸，当下便破口骂道："你他妈放屁！"铁姑从小到大，那脏话听得实在太多了，听他骂起娘来，也不以为忤，只恼他多嘴多舌，扰乱正事，当下瞪了铁算子一眼，说道："你且闭上臭嘴！听我与你兄长说话，若再多言，当心我一脚将你踢出洞房！"铁算子万万想不到铁姑之言这般荒唐走板，竟似将他看成了夫婿一般，又惊又气，一时竟说不出话来，愣立当场。

铁姑见雷音掌支支吾吾，不耐烦地问道："连大侠先前一口承诺，此时又怎的没了个男子汉大丈夫样？哼，二哥你开口一句话，莫非会减去了你一年功力不成么？"她以"二哥"相称，显然是已以弟媳自居了，亏她一妇人家说出来竟这般自然，绝无半点扭捏之态！雷音掌本来就不善辞令，此刻被铁姑一顿抢白，端的是左右为难，一时却又想不出脱身之计，情急之下，不由焦躁，脱口而出道："这媒人我做不了！"铁姑也并不觉失望，闻言道："也罢。由弟媳自己来办理。此间已是二哥的家了，请自便，需要什么，传唤仆人便可。"雷音掌连城虎给铁姑这等自作主张弄得无所适从，作声不得。干脆就闭口不再说话，心想：三弟一向聪敏过人，想是自有办法对付。再说铁姑虽粗豪女子，倒也不算丑陋，且观她武功不弱，有此弟媳，将来行走江湖也多个照顾。既如此想，当下退后两步来个"事不关己，高高挂起"，一副超然之态，竟兴致勃勃地等着看铁姑如何行事。铁姑扭动一下丰腴健壮的身躯，看定惶急的铁算子，见他满头大汗，不禁心疼，当下情真意切地问道："夫君休要焦急，往后我好好待你便是。"铁算子纵横江湖二十年，在人世上也活了三十几载，可从未如今这般狼狈不堪，心知多说无益，折身欲逸逃，不想心绪紊乱，真气竟提不起来，只得望院门便疾走。忽觉头顶一黑，铁姑已经稳稳地飞落在铁算子跟前，微笑不语，手中却已经拈了那根八十余斤重的铁杖，横在面前。

铁算子见她这招“飞鸟投林”的功夫竟使得如此轻巧，心下不由一惊，冷冷问道：“怎么，大千世界，朗朗乾坤，这光天化日之下你若非想强抢民——”铁算子一生行侠仗义，救过不少良家妇女，每次动手之前，都要冷冷地问上一句：“怎么，你竟想在光天化日之下强抢民女吗？”铁算子话没说完，忽然想到：今日不是自己在行侠仗义救人了，而是被小女子强抢，念及此，便硬生生地把那个“强抢民女”的“女”字咽下肚去，这一咽不打紧，只觉得丹田之中有一股气上冲入脑，急怒之下，脑际“轰”的一声便失去了知觉。这边雷音掌见三弟昏倒，急掠而至，却见铁姑早已在给铁算子运功疗疾，并无害人之意，便急收身形，静观其变。过了须臾，铁姑展颜一笑道：“二哥，没关系的。”雷音掌本要发怒，被铁姑左一声二哥，右一声二哥给叫住了。雷音掌连城虎本是性情中人，对铁姑的直率豪爽甚觉对味，他暗忖道：铁姑确实也不错，虽说巨大了些，但是只要悠着点——嘿嘿，雷音掌不觉笑了。再说，他也不知这三弟心里到底作何打算，是以不便对铁姑发火。便听铁姑又道：“二哥，夫婿他气息紊乱，性命虽是无碍，但看样子得歇息两日才行。”当下铁姑抱了铁算子田归林向院门走去，手中恰似抱了个小兄弟，看上去毫不费力。

雷音掌见铁杖扔在草地上，便弯腰去捡，一提之下，竟是纹丝不动，心中大奇，当即稍一凝神，真气贯注双臂，这才提了起来。遂跟在铁姑后面而行，心中对“弟媳”更添了一层敬意。进到刚才路过的庭院，绕过假山，穿过正厅，步入后院，到了铁姑闺房。铁姑将铁算子放到一张巨床之上，知他仅是气息紊乱，稍息自会醒转，便不再理他。转身一看，见雷音掌犹自双手抬着那条铁杖，跟在后头，莞尔一笑道：“二哥，这媒人还得有劳你做一做才好。”雷音掌此时对铁姑已是敬佩于心，当下不做他想，展颜一笑，爽快地答应了。铁姑大喜，屈膝跪下便拜：“二哥在上，且受弟媳一拜！”雷音掌活了五十多岁，尚未做过媒人，此时想起竟然做起了三弟的大媒。且三弟总算有个家了，心里自然高兴得不行。见铁姑跪拜，忙扶起铁姑道：“弟妹何消多礼，快快请起！”二人重新坐定。铁姑道：“二哥，你看我与归林何时完婚才好？”雷音掌正沉吟间，铁姑又道：“二哥，咱们都是江湖中人，也没那么多虚礼，依弟妹愚见，就定在今日如何？”雷音掌连城虎虽觉有些不对劲，但架不住铁姑这一声声“二哥”“二哥”的，当下巨掌一挥道：“行，习武之人，何必在乎那么多的繁文琐节，就定今日便是了！”铁姑大喜，当即唤进仆人，吩咐下去，今日小姐我成婚，请员外村父老乡亲光临。

三十

这边铁算子田归林悠悠转醒，听得二人这般稀奇古怪的就定了自己的终身大事，急叫道：“二哥，你好……”才说得这几个字，又急得昏转过去。雷音掌听到叫唤，忙应道：“三弟放心，二哥替你做主了，自然是要包你满意的。”雷音掌心头高兴，不由得在室内踱起了方步。

盏茶时分，铁员外庄便热闹起来，杀鸡宰牛，忙得不亦乐乎。老仆领着一位婆子进来禀报，道是要帮铁姑打扮一下。铁姑轻挥玉手道：“不必了！”雷音掌也挥手道：“去去去，哪来那么多规矩？”老仆苦笑，心想铁姑不懂也就罢了，你雷音掌五十老几的人，也跟着瞎起哄，成何体统！老仆转念又想，员外村的人均知铁姑行事非同寻常，纵然婚礼上有何怪事情，想来也不会有人惊讶。当下摇摇头，躬身将那惊诧的老婆婆领走。

二人闲坐无事，便聊将起来。雷音掌将柳家堡的情况向铁姑讲了个大概，这时有人来报，客已到齐。铁姑和雷音掌并肩走出，雷音掌似觉不妥，便道：“弟妹，你权且在后边照看三弟，我先在外边应付着众嘉宾。”铁姑回答道：“没关系，夫君一时半刻不会醒来，左右无事，还是我与二哥同去吧。”雷音掌不便再说什么，二人步入客厅，但见员外村众乡亲喜聚一堂。大家见铁姑一身红色短衫打扮走将出来，不禁惊奇，有人即问：“黑力铁姑，今日是谁的大喜日子呀？”铁姑大咧咧地回答：“整个员外庄就我一个姑娘，除我之外更有何人？”众乡亲相顾失笑，随即在铁姑的安排下，各人自找相投的好友亲朋聚在一起，等着开席，饱餐它一顿！两人见众人落座之后，即退入后堂，乡亲们只道铁姑是去打扮一番，也不以为奇，径自你吹我拍，把个铁姑捧得像活神仙一般。入得内室，两人见铁算子兀自未醒，雷音掌便捏住铁算子颊车穴，掰开嘴巴，塞进了一粒“还魂丹”。一个时辰之后，老仆来报：一切准备就绪，单等新人出去拜堂。铁姑吩咐老仆着人去找块红绸布来。不一会红绸布送到，雷音掌以为铁姑还要顶着遮遮羞，心想大可不必。这时铁算子哼了一声，悠然醒转过来。两人忙把他扶起。但见他神情委顿，嘴唇翕动，半晌不能言语。好容易缓过气来，刚说了声：“这事万万不……”忽见铁姑抖开一块大红绸布，当头罩将下来。铁算子气结，当即又告昏迷。

雷音掌见铁姑把红布罩在铁算子头上，心中以为不妥。转念一想，三弟神色委顿，人又昏了过去，用这红布遮得一遮也好，随即不再多说，扶起铁算子向前厅走去。在一阵噼噼啪啪的爆竹声中，铁姑打头阵，雷音掌扶着铁算子随后跟进前厅。大厅中已经摆下数桌酒席，满满当当坐了百人之多。只听得司仪宣布：“请新郎新娘入席！”众人把头转向后院入口，但见铁姑精神抖擞地走将出来。众人大吃一惊，咋舌不已，未及众人反应过来，雷音掌已经神色庄严地把头罩红绸布的田归林搀扶了进来。乡亲们莫名其妙，还道新郎官是雷音掌。这时听得司仪宣布：“一拜天地！”铁姑对着天地牌位随司仪的口令鞠了三躬。这边雷音掌右手扶着铁算子的后腰，左手放在铁算子腹前，双手用力夹住昏迷不醒的铁算子，也鞠了三躬。“二拜祖宗！”“新郎新娘夫妻对拜！”众人这时才明白过来，原来新娘是铁姑，新郎便是头顶红绸布的那位，听仆人说，名唤铁算子田归林。这一幕大悖常理的婚配，直令众人傻眼。幸好员外村的乡亲几乎都曾受惠于铁姑，人心思报，便也不去为难她。相反倒为她找了不少理由：“新郎既愿入赘铁员外家，如此也不为过。”“对呀，铁姑神力，乃女中丈夫，新郎顶上遮羞布，也在情理之中。”众人你一言，我一语，为铁姑寻了千百条理由，谈到后来，竟把此举看得神圣之极。

正说得热闹，忽听有人忍不住笑了起来，众人循声一看，原来两个老仆正扶了铁算子田归林向后院走去，众人均想：莫不是要把新郎先扶入洞房候着不成。果不其然，铁算子田归林头盖红绸布，软绵绵地被送进了洞房。众人见此情景着实滑稽，有人便忍俊不禁笑出了声，笑声相互感染，瞬间百十人不分男女老幼均纵声大笑起来。新娘黑力铁姑见众人如此欢快，不禁心花怒放，豪情一发，一声大叫道："小的们，搬酒来！"遂抬起一大坛子酒，双手上举，对着众人敬了一圈道："众乡亲父老，请了！"言罢扬起酒坛就是一阵豪饮！众人连声喝彩，遂一齐扑向酒席，纵情狂吞！这情景好不热闹。铁算子田归林被仆人抬进洞房之后，不一会便醒转过来，睁眼一看，身边竟无一人。但听得前厅欢声笑语，吆五喝六，猜拳行令之声不绝；再看当头扯下的红绸，心知二哥荒唐，大约是闹了个"木已成舟"！只得暗自苦笑。环视四周，但见"洞房"寂静，陈设华丽，一对红烛在燃烧。铁算子今日三次气得昏迷，此番转醒来，仍觉浑身无力，本待再行睡去，怎奈如此的奇遇又确属匪夷所思。哪里还敢轻慢造次，急忙盘坐运功。微一起气，但觉胸口气闷，确是气息紊乱，不敢妄动，只得慢慢调息真力，盼着早一刻恢复功力，来他个三十六计走为上……好在铁姑正在前厅鲸吞痛饮，哪里还顾得上来洞房照看新郎。铁算子落得清静，一个时辰之后，但觉功力已恢复七八成，当下轻轻一跃，跳下床来。不禁暗骂自己今日窝囊，竟左一次右一次被一个女流之辈捉弄得昏死过去，几乎铸成大错而枉在江湖闯荡半生。想起铁姑，铁算子脊柱冰凉，又惊又怒。当即打定主意，先逃走再说，待功力复原之后再来找回这面子不迟！

刚欲飞身而走，忽然想起自己的二哥雷音掌正在前厅喝着自己的"喜酒"，顿即又哭笑不得，心里怨道：二哥真是老糊涂了，今日竟替我做起这稀奇大媒来，也罢，这副烂摊子就留给他去收拾吧，谅铁姑也不至于为难于他。计议刚定，忽闻"砰"的一声，门外撞进一个人来，定睛一看，却正是雷客掌连城虎。原来连、田二人兄弟情深，虽然喝着喜酒，雷音掌心里对昏迷的三弟却委实放心不下，这才进来一看，见三弟铁算子正欲扑出，不由得大喜道："好兄弟，你终于醒了！"铁算子忙"嘘"了一声，见他酒意正浓，不便多说，只管拉了二哥便走。二人悄然到得客房，取了自家行囊，径自越墙飞奔离庄。雷音掌素来对三弟的心计极是佩服，见他神色慌张，也不多问，只闷声紧随其后疾奔。少顷便见员外庄只成了一团幢幢黑影，二人收住身形，铁算子淡淡道：“二哥在此稍候，小弟去去就来。”语声甫毕，身形一晃，已消失在夜色之中。雷音掌心中不解，但见三弟如此，也只好在原地等待。铁算子施展轻功，掠回铁员外庄园，见众人正喝至酣处，不去理会，只直奔新房而去，到得近处，侧耳静听，知房里无人，便飞身入房中，一把抓起红烛便点起火来。他身形极快，一瞬间便在十多处将火点燃，眼见得差不多了，便把红烛一扔，拍拍手，提起真气，双足轻点，向庄外飞掠而去！俄而回到了雷音掌呆立处，也不多言，只道了声“走吧”，二人便径自朝谷口急行，回身顾盼，只见员外庄火光冲天，把个幽谷照得通明。远处隐隐传来乱哄哄的呼喊声和救火声。铁算子看着熊熊烈火，冷哼两声，心头怒气犹自未解，但又惧铁姑追来，站立少顷，拉了雷音掌连城虎提气疾行，不一会就消失在茫茫的夜色之中！

第十九回

命不当绝

三十一

夜幕深沉，大漠悄然无声。方才那有若千军万马奔腾的隆隆声，此时似是尽被黑夜吞没。那恰似海面被飓风掀起惊涛骇浪的滚滚沙丘，转眼便像温柔熟睡的处女，连绵不绝的大漠，既凶残又温柔，有谁知道它曾掩埋过多少白骨？！只有那些长年生长于大漠的人，才知道当沙浪狂涌之时，必须置身浪尖，将自己变成一条随波逐流的小舟，方有活命之望！所以冷风月拼死也要爬上沙丘之巅。他成功了，捡回了一条性命。布袋和尚姚鹏却已无力再挪动半寸。他身中冷风月两掌，虽凭其功力深厚，侥幸活得性命，但他能否逃出大漠找到不知捡过多少白骨的凶残之手么？不能！——这是冷风月看着布袋和尚在沙底沉浮时下的断语！所以冷风月要拜弟飞云剑等掘地三尺，挖出布袋和尚尸身！但是没有。飞云剑等并未掘出姚鹏尸身。是哪儿出了差错？——冷风月的断语错了？——布袋和尚错了？——或者是大漠错了？也许都错了。也许都没错。唯一的解释是：造化弄人，老叫花命不当绝！

却说当夜布袋和尚突遭暗算，中了冷风月全力两掌，哪还能挪动丝毫。幸亏他江湖经验老到，以其人之道还治其人之身，佯装毙命，诱得冷风月入瓮，搏命一击，闹了个两败俱伤，身上却再无半丝真力。待沙浪狂涌之时，布袋和尚只有听天由命，闭目等死一途了。不料大漠心慈，竟不愿收这老叫花尸骨。风平浪静之后，竟将布袋和尚那垂死之躯扔在一沙丘之侧！直到丑寅交替时分，布袋和尚才悠悠转醒，微一运气调息，但觉丹田空空，胸腹间更有一股寒气，如针尖般刺向全身穴道！此时月正中天，毫不吝啬地洒着溶溶清光，饶是布袋和尚生性豪放不羁，也不禁面色煞白。先前中掌之时，布袋和尚只觉浑身筋骨如寸断般剧痛，还只道是冷风月那小魔头功力了得，此时略一运气，才知自己竟是中了天冥毒掌！天冥毒掌之阴损，布袋和尚自是深知。此掌源出西域，为百年前一代大魔公孙鹤首创，因其过于歹毒，向为中原武林所不齿。后公孙鹤窜至中原作恶，被酒仙翁、苦苦僧人和跛足神僧三人联手除去。原以为公孙鹤一死，此掌便已绝迹，不意冷风月那小煞星因何奇缘，竟练会了如此歹毒掌法。凡中了天冥毒掌之人，若工力悉敌，初时并无不适，然十日之后，中掌者必毒发身亡！昔年酒仙翁一代医圣，制服公孙鹤后，花费十年心血，才研制出解此毒掌的配方：以红冠雪鸡之血勾引，服下千年雪莲！茫茫大漠，却到何处找寻这两样天下奇物？！布袋和尚苦笑道："不料这大漠不收老叫花尸骨，我老叫花却死皮赖脸地奉上，真个是……"一句话尚未说完，忽觉一阵阴寒之气由丹田涌起，浑身如坠冰窟，人竟又昏过去。

直待半个时辰之后，布袋和尚复又转醒，心道："既是老天爷不让我老叫花毙命当场，尚给十日期限，那我老叫花倒不可太悖天理，这便到天山走它一遭再说。"他知道欲寻红冠雪鸡和千年雪莲，天下最好的去处便是天山。既如此想，便强撑垂死之躯，往西蹒跚而行。月光下，一个摇摇晃晃的身影，有若婴儿学步！谁能想到，这人便是名动天下的绝顶高手布袋和尚姚鹏姚大侠？！但布袋和尚倒是心安理得，虽是跌跌撞撞，步履艰难，明知自己十日内是否能赶到天山，尚是未知之数，而十日内若无红冠雪鸡和千年雪莲，自己必定毒发身亡，倒是完全可以肯定。然而他竟似把这至关重要的事情忘记了，仍是慢慢腾腾地赶路。次日午时，布袋和尚坐在一副巨大的骆驼枯骨上，饮了一大口酒，像是突然想起了什么，不禁自言自语地道了一声"奇怪"！原来昨夜他每行一个时辰，丹田内必定毒发一次，每次均如身遭千针所刺，必得停下来歇息忍痛。此时已走了约莫三个时辰，却未现毒发之象！心中奇怪，便试着运气，但觉丹田内竟涌起一丝内家真力，虽尚微弱，却无痛楚之感，当下心头大喜，连饮了三大口酒，盘膝运功，半个时辰之后，真力渐强，运足一个周天，竟恢复了二成功力！布袋和尚大喜过望，心头却也略觉蹊跷。其实道理很简单，冷风月的天冥毒掌虽阴损歹毒，但若仅以功力而论，却又怎及得上名列天下绝顶高手的姚鹏。姚鹏先挨两掌，已使全身筋骨纷纷离位，此时他强忍痛楚，走了几个时辰，浑身筋骨得以活络，复归原位，自家真力便又复生，暂时克住了冷风月掌毒发作！自此之后，毒发间隔日见长久，第四日后，布袋和尚已恢复了六成功力，那天冥毒掌，却未再发作过一次！布袋和尚喜忧参半。喜的是，自己功力日长，进程自是快了何止一倍。忧的是，那天冥毒掌虽暂被克制，但六日后若还寻不到红冠雪鸡和千年雪莲，老叫花仍是注定要一命归西！

天冥毒掌，并非浪得虚名。昔年公孙鹤为恶江湖时，越是能克住掌毒不发作的高手，十日后越是无救，端的凶险万分！布袋和尚昼夜兼程，第六日，天山已然在望。此时离毒发时间，尚有四日！天山连绵千里，山麓碧草青青，溪流潺潺，布袋和尚已恢复七成功力，倒也不惧寒冷。但天山峰峰相连，一望无际，千年雪莲藏于哪座山峰峭壁？红冠雪鸡又栖于何处仙峰？！布袋和尚站立山脚，仰视群峰，随即哈哈大笑，豪迈地道：“老叫花之命，本就是上天所赐，此番听天由命罢了！”声震冰川，轰然有声，良久不绝！他上了博格达峰。博格达峰直插云天，终年积雪，浑似一块白练悬在碧空之上！布袋和尚足蹬手攀，时如猿猱溜涧，时似蛟龙腾云，不一日便攀至博格达顶峰。虽则他沿途目光如炬，格外留神，却终未见一朵雪莲！雪鸡倒是时常出现，却尽是寻常白冠，绝无一只红冠雪鸡！

日月如梭，从布袋和尚离开大漠，到此时攀上博格达峰顶，已是第九日了！布袋和尚巍立顶峰，任风吹得长衫哗哗作响。他本是洒脱豪放之人，心思葬身于此寒冰绝顶，也不枉活一世了。然离毒发尚有一日期限，我老叫花倒不能不把这葬身之地察个仔细，否则阎王爷问将下来，弄它个结结巴巴倒是大煞风景。极目四望，却见西首二十丈外有一光滑如镜之冰壁，色白似玉，然白壁正中，却有一处乌黑！布袋和尚奇心大起，几个起落，人已如飞鸢一般落至那冰壁之下，施出绝功，有如壁虎般贴壁而上，却见那一处乌黑竟是一个巨大的洞口！布袋和尚探身入内，竟发现洞内漆黑一团，深不见底。晃亮火折子，四壁顿时晶莹剔透，竟是千年坚冰。只觉空气纯净，精神为之一爽，便不多作他念，径往洞内深入。谁料此洞似是无底，半个时辰之后，只觉脚下坚冰缓缓下斜，前方却绝无半丝光亮！复往前行，渐见石笋丛生，突闻有泉水叮咚之声，布袋和尚大喜，不料便在此时，手中火折子已然燃烬，眼前漆黑一团！布袋和尚一愣，手摸怀中，却哪里还有第二支火折子。然若就此折回，岂非终生憾事！当下略一沉吟，依然摸黑前行。

又行了一盏茶时分，布袋和尚陡觉石笋扑面，心中略奇，便即稳住身形。稍息片刻，迎面轰然拍出一掌，当面一块石笋运声断折，布袋和尚豪气顿生，不料刚迈出一步，忽觉双足一滑，人已跌落疾下。劲风扑面，竟似坠落万丈深渊。好个布袋和尚，虽惊不乱，双掌左右翻飞，怒拍双壁，以减缓下落之势。待细观时，却见下面遥遥处竟有一丝光亮，心知快要落出洞了。正思忖间，忽觉刺目雪亮！下落之势却益发疾了。饶是布袋和尚机智百出，此时在黑洞中摸行甚久，刚一见到光明，双目不适，也不禁有些慌了，尚未作出反应，便听“嘭”的一声，身体有如被重锤猛击一记，脊梁痛彻钻心！但下落之势已然大缓。原来是山壁间突兀横生的一如臂松枝，将布袋和尚挡得一挡。然那松枝却也“嘎吱”一声，被布袋和尚那硕大身躯击断！布袋和尚只觉胸中气闷，强凝真力，注目望去，但见十丈之下，仍是一片厚厚积雪。间或有一二株苍松古柏，却是枝繁叶茂。这说来只是瞬间之事，只听“砰”的一声，布袋和尚已然没入厚厚积雪之中。

三十二

但只过了小半盏茶时分，布袋和尚那颗乱蓬蓬脏兮兮的叫花头，竟又缓缓从那雪窟窿中冒出来了。未及长身而起，老叫花已自哈哈长笑，高声道：“老叫花当真命不该绝也！”待得飞身而出，才发现那使自己落下的黑洞骇然高悬在四十丈以上，心头一惊，便觉脊骨又似针扎般疼痛，立时便盘膝疗伤。一个时辰之后，伤势已然无碍，然离天冥掌毒发时间，也不过只有四个时辰了！冰峰林立之间，竟有如此幽谷，倒是令人心旷神怡。布袋和尚沿谷底径往东行，但见夕阳如画、古木参天，更有一碧波清潭，盈盈闪光。波光之下，竟有鱼鳞闪烁。布袋和尚大喜，运掌如刀，削得木剑一柄，少顷便叉得银鱼一堆，不禁开怀大笑，道：“老叫花得此奇缘，虽死不枉也！”折得枯木数十棍，架起火堆，却发现随身所携火石早已失落，布袋和尚皱皱眉，竟拎起一条生鱼，大口咀嚼，又解下腰间葫芦，猛喝数口，反觉甘美鲜甜！布袋和尚酒足鱼饱，一算离毒发时尚有三个时辰，便暗思道：虽老叫花功力不弱，但若冻死在此，倒也枉称布袋和尚。不如折回去撞撞运气，若能寻到火石，也好做个热鬼！到阴间也少几分寒气。于是折回先前陨落之处，没费丝毫功夫，竟轻易地找到了落到冰窟窿里的火石。火石因有油布包裹，并无任何妨碍。惊喜之下，复回方才饮酒噬鱼处，点燃篝火，又烧了几条鱼吃，似是忘了两个时辰后自己便要毒发身亡，兀自沉沉睡去。火光映照在布袋和尚安详坚毅的脸上，且是在这人迹罕至的冰雪谷底，真不枉称他一声大侠！

古木幢幢，林涛如涌。约过了一个时辰，林涛中竟夹杂了“扑腾”声！布袋和尚何等样人，陡闻异声，人已端然坐起，双掌护于胸前，双目精光似电，直射那发出异响之处。但见八个斑点快愈闪电，须臾间便窜至离篝火不足三丈远的地方。布袋和尚注目一观，心下不由大奇！——竟是八只红冠血鸡！莫非真个是踏破铁鞋无觅处，得来全不费功夫？！但此时离毒发最多只有两个时辰了！况且光有红冠血鸡而无千年雪莲也是枉然。而那八只雪鸡一齐侧头看着篝火，又看看布袋和尚。随着火光在他脸上跳跃，八只雪鸡可爱的小脑袋也一偏一偏的。奇怪的是八只雪鸡竟只朝一个方向偏头！布袋和尚满腹蹊跷，不解地看着它们，良久，暗忖道："它们如此可爱，我老叫花倒不必伤了它们，两个时辰之内，反正是绝难寻到千年雪莲的了。"心如此想，布袋和尚干脆倒头便睡，但他刚一躺下，便有一只雪鸡飞蹿过来猛啄其面一下，随即又飞扑入群，八只雪鸡竟似不屑地看着他！布袋和尚又气又惊且奇，不知红冠雪鸡此举何意，陡然间雄心大发，心想我布袋和尚在江湖也尚被人尊称一声大侠，此番身遭暗算，本不欲伤你等小命，你们倒欺负到我老叫花头上来了，此番咱们就比试一番何妨！但见布袋和尚凌空跃起，直扑八只雪鸡，不料那八只雪鸡如同一心，未等姚鹏落下，早已一齐腾飞，径往它们方才偏头方向飞去。布袋和尚雄心大发，也是一个飞身，几个起落，已离那八只雪鸡不足十丈！前面却是一个并不十分陡峭的斜坡。布袋和尚只须再有两个起落，便可追上它们，但那八只雪鸡却一齐落在坡底，转头看着如风驰电掣般飞来的姚鹏，待他离它们只有丈余之距时，它们才又展翅，沿斜坡缓缓上飞。此时布袋和尚已恢复八成功力，他凝足全身真力，也端的非同小可。然那八只雪鸡不紧不慢，总与他保持一丈距离。山势渐陡，布袋和尚已微觉真力不济，离那八早雪鸡竟有五丈之隔。而那八只雪鸡，竟也飞累了似的停落下来，在雪地上缓缓前行。

布袋和尚高声道："哈哈！你们是成心考较我老叫花功力么？！"八只雪鸡不理不睬，兀自慢慢前行。此时早无草木，连狰狞怪石也全部被积雪覆盖。布袋和尚被雪鸡激起万丈雄心，运出最后一丝真力，恰似搏命一般，有如飞莲临风，硕大身躯竟腾起七丈有余，不料身在半空，真力已然不济，重重跌落在一陡立的峭壁之侧上。无巧不巧，布袋和尚跌落下地，正有一粒石子硌在腰间要穴，全身只觉一阵酸麻，已然无法动身！却见八只雪鸡一齐飞扑过来，团团围住布袋和尚，咯咯咯地叫个不停。布袋和尚全身无法动弹，只有望着雪鸡苦笑，道："尚有一个时辰，老叫花便要毒发身亡了，有你们八个为老叫花送终，我姚鹏也不算冤枉，哈哈！"先前啄布袋和尚面颜的那只雪鸡看看姚鹏，扑棱棱飞走，少顷飞回，却口衔两朵雪莲！只观那雪莲的肥硕庞大，便知它是长于千年之前了。布袋和尚大惑，却见那雪鸡放下雪莲，竟自啄食其中一朵。另外七只围住姚鹏和那只啄食雪莲的雪鸡，似是在护法一般。待啄食完一朵雪莲，那只雪鸡的红冠更是鲜红欲滴！只见它将另一朵也啄成碎片，一片片衔起喂入姚鹏口中。末了，又有一只雪鸡走近，只一下便啄破了先的啄食雪莲的那只雪鸡的红冠，顿时鲜血怒涌，而那雪鸡却侧头将红冠塞入姚鹏口内！布袋和尚惊诧莫名，待那红冠血鸡冠中之血入腹，与先前的千年雪莲混合，只觉浑身气血翻涌，燥热难当，只一会儿工夫，人竟昏了过去……醒来时已是次日午时，布袋和尚只觉胸前有一异物，取下一观，正是那只雪鸡，此时红冠已然惨白，自是为救姚鹏，竟是舍身血尽身亡了！另外七只雪鸡，却哪里还见踪影。

布袋和尚知自己中冷风月天冥掌的毒性已解，不禁眼眶一热，一代大侠，竟悲哭出声，有若狼啸虎吼，声震峰谷！布袋和尚以掌当剑，愣生生从坚硬如铁的峭壁下打出一个洞来，将那只舍身救己的红冠血鸡埋入其中，又用坚冰峭石垒了一座巨大坟墓，一言不发，对着那坟头规规矩矩地磕了三个响头！立起身来自觉十指生痛，细观时，除两个拇指外，其余八指指甲竟已没了，大约也埋入了那红冠雪鸡墓中。布袋和尚见此时日正中天，正是练功之时，便即盘膝运功，只觉气血通畅，并无半丝阻碍。一个周天之后，已自觉恢复了九成功力，心头百感交集。却见面前地上竟有八摊乌黑血迹，知是方才运功时已将天冥掌毒自指尖逼出，不禁心头恻然，转过头对着红冠血鸡之墓，沉声道：“在下布袋和尚姚鹏，在江湖上也薄有虚名，然天生一介叫花之命，老叫花平生吃鸡无数，自今之后，皇天在上后土在下，老叫花若再吃一只鸡，便有若此石！”言罢一掌拍出，早将峭壁上的一块突兀石块击成粉末！

正欲跪下叩首离去，突闻不足二十丈远的地方，传来一个阴恻恻的声音：“老叫花不吃鸡，倒是天下奇闻！本人虽非乞丐，却偏偏喜欢吃鸡！”又闻一女声娇滴滴地道：“不知大哥喜欢吃什么鸡？咯咯！”先前那人道：“大哥我吃叫花鸡，并且那鸡越吃越有味。若是能在冰天雪地的地方吃上一只老叫花鸡，那我这一生就心满意足啦！”话音落时，发话之人已离布袋和尚不足八丈。布袋和尚骇然转身，却见三人如鬼魅般逼了过来！

第二十回

惨绝人寰

三十三

阮蛟、阮龙兄弟解散“紫鲸帮”，携带家小，黯然离开江面，到洛阳开店经商之后，原在帮内坐第三把交椅的寒江独钓霍泉，成了江面上水底功夫最强之人。只要一到水面，他那根长不盈尺的鱼竿便出神入化，说是要钓一条黄花鱼，就绝不会钓起鲤鱼，若他说要钓一只团鱼的左眼，就绝不会挂上江龟的唇须！整个江面上，提起寒江独钓大名，凡于水上营生之人，无不高竖大拇指。

“黄龙令”为祸天下，多少武林高人或死或为其用，霍泉深知自己虽水上功夫了得，但若脚踏实地，自己委实算不上什么人物，因此终日垂钓饮酒，自得其乐。待“黄龙令”神秘令主，功参天地的太阳叟东方圣一死，霍泉便知武林天下定要重起纷争，便巴巴地从长江赶到洛阳，意欲在黄河面上也闯出个名头来。不料刻刚洛阳，才住进天星客栈，便为争议当今天下何人武功第一而与人动手，没来由地受了鬼灵子一顿羞辱。虽霍泉确认江湖浪子武功天下第一，但对尉迟恭骆一春之流提出的姚鹏、胡醉、任空行三人惊世骇俗的功力，他也是打心眼儿里佩服的。之所以与人动手，完全只是想在言语上占个上风——这本来就是江湖中人的臭脾气。待到布袋称尚姚鹏姚大侠一介小小徒儿便使自己蒙辱，早觉万念俱灰，什么闯荡名头，什么扬名立万，满腹壮志雄心，早如云烟散尽。颓然离开洛阳，只想回长江上独自垂钓，饮酒取乐，了此残生罢了。——何况在江面上，还有多少人尊敬他寒江独钓霍泉呢！因而霍泉一路匆匆，只想早一日回家早一日好。沿途大好风光，在他眼中不过是些枯枝残崖！

不一日，寒江独钓已抵达长江地界。傍晚时分，霍泉投宿一家小客栈，心思明日即可到家，今夜何不来它个酒足饭饱！要了满桌酒肉，寒江独钓正自细品慢咽，忽见门外走过七条紧身短袄的大汉，其中一人冲店内看了一眼，“咦”了一声，便收住脚步。少顷七人一齐走进店来，为首之人冲霍泉抱拳作礼，恭敬地道：“霍老英雄，在下兄弟七人这厢有礼了！”言罢几人竟一齐冲他打躬作揖。霍泉觉得眼生，不知七人这番作为是何用意，但观人家礼数甚周，便也还礼道：“请恕霍某眼拙，竟不识得——”先前发话那人连忙道：“寒江独钓霍老英雄大名，在江面上如雷贯耳，我兄弟七人早已久仰，倾慕之至。实不敢瞒霍老英雄，我等兄弟有个不雅之号，叫‘长江七鬼’，也是在江面上混口饭吃，虽名号不雅，却也非邪恶之辈。但兄弟们这点儿微末技行，与霍老英雄比起来，恰似荧虫比之日月，是故霍老英雄不识在下兄弟，自是不足为奇！”长江七鬼礼数甚周，言语恭敬。寒江独钓正欲邀了他们共饮，却突然聊起洛阳之行，神色随即一黯，心道自己在长江面上何等风光，自以为了得，却只是与似眼下这长江七鬼之辈相较而言。俗言道天外有天、人上有人，此言果真不假。小小一个鬼灵子，便使自己蒙羞受辱，若是见了江湖浪子、千杯不醉之辈，自己岂不也是荧虫比之日月，与一只井底之蛙何异，念及此，不禁长叹一声。

长江七鬼相互对视，不知霍泉此叹何意。为首老大便道：“若霍老英雄觉得在下七兄弟有碍清视，咱们这便离去，他日若有缘……”霍泉苦笑一声，道：“七位不用多礼，自管请便便是。”七人不知这“请便”是什么意思，又对视了一番，心下均道：“寒江独钓在江面上赫赫有名，今日遇上了，若就此离去岂不可惜。”当下老大便道：“既是霍老英雄不嫌在下兄弟有碍清视，咱们便也在这儿略作息歇。”霍泉又苦笑了一下，独自斟了一碗酒喝下，不再搭理他们，神色甚是颓然。长江七鬼在屋角坐了，店家置上酒菜，七人默然饮食。酒过三巡，老大拎了酒壶，余人各端杯在手，来到寒江独钓桌前，恭敬地道："我兄弟七人久慕霍老英雄神功，今日邂逅，也是有缘，长江七鬼恭敬霍老英雄一杯！"寒江独钓漠然地看了七人一眼，淡淡地道："尔等并非练武之料，还是早作其他打算为是。"众人听了甚觉尴尬，龙头老大但见对方语出真诚，便道："若得霍前辈指点，长江七鬼终身感恩不尽！"余人均道："还望前辈指点！"寒江独钓在长江一带成名数十年，平时难得一见，是故长江七鬼极为恭敬，很想巴结一番。此刻霍泉之言听着虽是刺耳，但以他在江面上的声举，确有资格这般说话，因而七人非但不恼不怒，还出语真心求他指点。但他们哪里知道，霍泉听了他们之言，真是感慨万千，心潮起伏，只觉造化弄人，抱起酒坛就是一气猛喝。七人不明就里，面面相觑，竟然不知所措。

须臾，酒坛已空，霍泉长声大笑，神情竟有说不清道不明的悲怆！但见他长身而起，摇摇晃晃向店外走去。七人目瞪口呆地看着寒江独钓霍泉瘦弱矮小的背影，作声不得。稍停。霍泉已到店门，忽听一人叫道："霍前辈稍候！"霍泉转过身来，只见一人向自己奔来。寒江独钓双目如炬，但这仅只是一瞬间的工夫，继而便呆呆地盯着那根与自己形影不离的兵器：一根长不盈尺的鱼竿。忽然，寒江独钓双手疾出，急如电光石火。捧着鱼竿的那人但觉眼现一花，便听得"咔嚓"一声，寒江独钓扬长而去，少顷便没入夜色。那人低头一看，大惑不解，转头看其余六兄弟，见各人脸上俱是茫然一片。地上赫然放着一根被折成两截的鱼竿——寒江独钓霍泉形影不离的兵器。

长江滚滚东流而逝，水天一色。两岸青山奇景依旧，但寒江独钓却哪还有心思观赏！但觉脑海里空空荡荡，三十多年的江湖生涯，犹如眼前的浩渺江水，一片模糊！再逆江而行十里，便是寒江独钓霍泉的隐居之所。当下面对茫茫天际一声长叹，然后转身缓缓而行。对岸峭壁耸立入云，高达数十丈。江中一叶孤舟正顺江而下。此岸却显得甚是平缓，俱是浓密杂树，间有鸟啼之声。已是正午时分，空气中充满霍泉早已熟悉的山林间特有的气味，显得煞是寂静。霍泉茫然地行走在杂木丛中，忽听得前面传来异声！倾耳细听，却又似若有若无。须臾，树丛中突来一声惨呼！寒江独钓不管江湖中闲事，但那声惨呼煞是悲烈，浑不似人类所发！霍泉悄悄向发声之处摸去。树枝浓密，荆棘遍布，寒江独钓心跳如鼓，只觉浑身毛骨悚然。正小心翼翼地前行之时，忽又是一声惨呼。此声更为令人骇异，恰似野狼死前的悲啸！在这寂杂的江岸，即便是寒江独钓这等久历江湖之人，也不禁打了个寒噤！那传声之所离此不过五丈，霍泉轻轻分开树枝，举目一观，便顿觉五脏俱震——前面的空地上，有一身材高大之人，正手提一柄血红尖刀，背对着寒江独钓。那人身前的一棵古松树上，赤条条地钉着一人！被钉之人双臂上伸，两腿分开，两手心和两足背各钉有一根木桩，身体呈“大”字形牢牢地贴在树上，浑身上下鲜血淋漓！

寒江独钓浑身战栗！他行走江湖数十年，从未见过眼前这等惨烈情景。待要冲出救人，却听被钉之人大骂道：“胡醉！你是一代大侠，我焦砾子昔日被黄龙令所迷，这条老命原本由你所救。今日你既要取回，我自毫无怨言。但老夫好歹也是一派掌门，但求你给老夫一个痛快！”寒江独钓这一惊真是魂飞天外。想崆峒派掌门神拳无敌焦砾子武功高出自己何止十倍，尚且如此任人宰割，我却救什么？更让寒江独钓心寒的却是侠名享著的千杯不醉胡醉大侠竟会如此凶残下作！本欲转身逃走，但又思胡醉武功冠绝天下，自己能悄悄摸到此间未被发觉，已属侥幸，如若被他发现自己看到他胡大侠竟干出这等灭绝人性的勾当，只怕自己便要比崆峒掌门更加悲惨了！一念及此，本就心绪茫然的寒江独钓，若僵尸一般，几乎连呼吸也停止了！

便听胡醉道：“我千杯不醉与东方圣那厮不共戴天，早在二十年前，若非他故，我胡醉便做定了武林盟主，你既称我一声胡醉大侠，那我也不妨明说，论武功我胡醉并非东方圣对手，当日在武帝宫你也是见到了的，若非我三弟独孤樵一剑刺死东方圣，我胡醉早成黄土了！你以为我率天下群雄对付黄龙令主是置生死于不顾的侠义之举么？哼！我隐身江湖五年，早查明那黄龙令主便是东方圣，我胡醉的命还没那么贱，甘愿送上门交给东方老贼。而东方老贼多行不义，我胡醉只登高一呼，天下英雄便对他同仇敌忾。此番东方圣一死，姚鹏乃我属下，童超、独孤樵又都得尊称我一声大哥，除千佛手那老魔外，天下又有谁是我胡醉的对手！哈哈！东方圣那老贼没做成的事，只怕就要由我千杯不醉来做成了！”言罢又狂笑数声！焦砾子赫然道：“你！你！你枉称大侠，竟要步东方圣后尘，做那武林皇帝么？！”胡醉道：“怎么你看我胡醉不配么？”焦砾子“呸”了一口唾沫，胡醉轻易闪过，阴恻恻地道：“凡当初甘当黄龙令主走狗之人，我胡醉一个也不放过！楚通已然伏法，你很幸运，算是第二名，楚通说纵是将他凌迟，到阴间也饶不了我，可我偏给了他个痛快！你焦砾子既然搬出什么鸟掌门架子来要我给你个痛快，我偏偏要慢慢消遣于你！让你死得比楚通惨烈百倍！”言罢竟似很为自己的主意觉得有趣，咯咯地笑了起来。

藏在五丈外树林间的寒江独钓却被吓得浑身止不住地颤抖起来。但见胡醉陡地转过头，目光如炬地往寒江独钓的藏身之处扫了一眼，脸上表情异常冷漠，犹如死人一般。赫然确是千杯不醉胡醉！寒江独钓浑身如坠冰窟，又复僵硬！胡醉冷哼一声，转过头如猫戏鼠似的盯着焦砾子，将手中短刀抛接着玩！寒江独钓脑袋里“轰”的一声，但觉有气进而无气出……待霍泉悠悠转醒时，却哪里还有胡醉身影！焦砾子的人皮、残肢、五脏六腑却是迎风招展，“哇哇”连声，霍泉终于忍将不住，几乎连苦胆也要呕吐出来了。

长江在这里拐了一道弯，流速陡然减缓。此段江面甚宽，傍晚时分，正如昔年王勃所言：“落霞与孤鹜齐飞，秋水共长天一色。”江岸树林浓密，林中多有奇禽异兽，故而人迹罕至。寒江独钓霍泉的隐居木屋，便在这密林深处。此时已近垂暮，寒江独钓霍泉，正独坐江岸一块狰狞的怪石上。但他手中空空，那支随身携带的鱼竿，早被他折成两段了。在洛阳之行前，他总是日暮时分来此垂钓，享受这雅致美景。但此时他却是一派茫然，流淌的长江水，在他眼中，只是滚滚汹涌的鲜血；而不时跃出江面的鱼儿，尽都变成了焦砾子迎风招展的残肢；身后的浓密树林，全都变成了林立肉阵；晚诸如诵之声，便是他心目中一代大侠胡醉阴森瘆人的狂笑……昔日美景今何在？！夜色越来越浓，但寒江独钓霍泉的脑海里，只有一片血红，似乎再也抹之不去！连续数日，霍泉都总是这般踏着浓重夜色，步履蹒跚地摸回自己那间深栽在密林深处的木屋。回到木屋，寒江独钓总是像喝水似的，将一大坛酒注入肚中，蓬头跣足，倒头便睡，状似死人！

这一夜，子丑交替时分，一条黑影如鬼魅般窜进了霍泉隐秘的木屋！那黑影身材高大，头上斗笠压得低低的。如果霍泉不烂醉如泥，他当能认出此人是月前曾在洛阳天星客栈出现过，并说过一剑刺死东方圣的武功天下第一的独孤樵！但江湖中本来就很少有什么“如果”，有的只是事实！事实是：寒江独钓当夜烂醉如泥，醒来时霍泉不知自己置身何处。他也不知道自己这一觉睡了有多久。他只是感到迷惑：自己窄小的木屋为何变成了一座大厅？并且周围竟立着数十条黑衣大汉？当他抬头朝南面上方看去时，差点被骇昏过去！——那惨遭胡醉生生肢解的焦砾子，正端坐着注视自己，面色凝重！霍泉一颗心几乎就要从胸腔蹦出，连道了三个“你”字，满面惊骇，竟道不出第二个字来。便听那“焦砾子”缓缓道：“老夫焦石子，江湖朋友错爱，赠了老夫一个名号叫‘神拳开丁’。此处乃我崆峒派演武大厅，却不知阁下如何称呼？”焦石子？神拳开丁？崆峒派？演武大厅？……这一连串的话使寒江独钓如突遭雷击，顿即作声不得！

焦石子又道：“敝派掌门乃老夫胞兄，阁下不必惊惶，只因阁下躺在敝派门口，又从阁下身上发现一张便条，本门弟子甚觉蹊跷，才将阁下请到此处。”霍泉见焦石子言语真诚，便道：“在下寒江独钓霍泉，因饮酒过甚，却不知怎的到了贵派宝地，至于焦大侠所言在下身上的便条，倒不知有何蹊跷，还望焦大侠明示。”“大侠二字，老夫愧不敢当，”焦石子道，“霍英雄看看这个便知。”言罢缓缓立起，走过来将一张便条递给霍泉，目光如炬地盯着他，沉声道：“这便是阁下身上之物。”寒江独钓迷惑不解地接过便条，只看得一眼，便觉脑袋里“轰”的一声，面露极度惊骇之态。只见那便条上赫然写着：贵派掌门已遭残害，此人知之甚详！

第二十一回 鬼魅伎俩

三十四

还是那片荒郊野冢。还是月黑风高。还是那两个黑衣蒙面人。怒号的悲风，将他们的黑衣吹得哗哗作响。只听那稍微粗壮高大的老者道：“铁镜！你事情办得真不错嘛！”声音如此浑沉霸道，天下除千佛手任空行，绝无第二人能发得出来！铁镜个头本也不矮，与任空行相比，只略显瘦削了些，此时听任空行如此说话，不禁一激灵打了个寒噤，连忙道：“承蒙主上夸奖，属下愧不敢当！”“知道愧不敢当就好，”千佛手阴沉沉地道，“老夫还以为你又愧又敢当呢！”铁镜颤声道：“主上！属下愚鲁，委实不知何事……”千佛手冷哼一声，道：“永盛镖局陈运兴一家大小九十七口，你们能将人家杀得一个不剩，老夫当真是佩服得很啊！”铁镜一愣：“莫非主上之意是——”“老夫除佩服你们行事果断外别无他意。只是鹰爪门下弟子竟放了胡醉一条生路，你这丐帮帮主前面的‘副’字，只怕要去掉便有些麻烦了。”“胡……胡醉他露面啦？！”“胡醉露面，只是迟早之事，有老夫在，你倒不必惊惶，只是——”“属下这条性命，早就托付给主上你老人家了！眼下属下的唯一所求，便是将主上吩咐之事做得尽善尽美！”“哼！果真如此么？！”“属下若有半字虚言，出门便遭雷劈！”“遭不遭雷劈，那倒是天意，与老夫并无关联，只是老夫的解药万一被胡醉抢了去，那可就麻烦得紧了。”铁镜骇然跪下，磕头如捣蒜，口中却说不出话来。任空行冷笑一声，道：“所幸现在你们的解药尚在老夫手中，你且起来回老夫问话。”铁镜颤巍巍地站起来，看着任空行。任空行道：“杀绝陈运兴的永盛镖局，是你还是黄世通的主意？”“是属下的主意。因楚通的大弟子雷同已经派人……”“你很聪明啊！”“不不！属下愚鲁之至！”“何止愚鲁，简直是愚昧！”“是是是！”“要为胡醉杀童超之师作证，天下还有比陈运兴、艾远柏更好的人选么？！”“没……没有？”“但死人是不合作证的，这你莫非不知？！”“属下知错了！还请主上饶命！！”“黄世通倒干得不错。但焦砾子惨遭肢解之情，江湖中究竟有多少人知晓了？”“据黄长老说，当时只有在长江面上混日子的一个人知道。”“此人姓霍单名泉，号‘寒江独钓’可是？”“主上洞察秋毫，属下佩服得五体投地！”“霍泉眼下何在？”“这——”“丐帮弟子遍布大江南北，若一个小小的霍泉也找不到——哼！”“启禀主上，不出三日，属下定将那霍泉抓了来！”“然后一刀杀了？”“不杀，不杀，属下怎敢一错再错？！”“小小一个霍泉的话，在江湖上还不如放个屁！老夫要你在三日之内，至少诱三四个有些头脸的人去凭吊昔日崆峒掌门焦砾子！”“属下遵命！”“对啦，若贵帮帮主胡醉不顾一切地冒将出来，与你搏命一击，你铁镜到底有几成胜算？”“不敢瞒主上，若以一对一，属下一分胜算也没有。”“所以你是不想让他出来了？”“属下实是不想！”“那——”“还望主上体恤属下！”“唉！老夫也不能时时在你左右，这倒有些难办。纵观当今天下，若江湖浪子不忍杀其拜兄，姚鹏那老叫花又决不会相助于你。毒手观音虽可杀人于无形，偏偏又是胡醉的师姐，天下倒很少听说有师姐杀师弟之事发生。天山二怪功力虽是了得，行事也邪邪乎乎，却又对胡醉佩服之极，所以嘛——”任空行故意忍住话头，作出一副为难状，看着铁镜，就像主人握着一块骨头，戏弄一条可怜巴巴的饿狗。

铁镜知任空行之言虽然做作，却绝非虚妄，不禁满面骇异。但听任空行又道：“眼下只有二计可施，一是让你和黄世通远走高飞……”“不不”，铁镜连忙道，“属下纵死也宁愿留下来替主上效命！”铁镜如此说话，只因他与黄世通还有丐帮中的数名堂主，均早已中了千佛手所下剧毒，那毒每月发作一次，每当毒性发作之时，浑身无半丝力道，全身上下却又有如被万蚁叮咬，痛痒难当，欲死不能！端的比死一千次还难受。但若服了千佛手的独门解药，却又浑然无事，并不损半分功力！否则以铁镜堂堂丐帮副帮主的身份，也不会在千佛手面前与乖狗相似了。千佛手任空行淡然一笑，道："你们既有为老夫效命之心，老夫便也需为你们做些打算。老夫思前想后，既是你和黄世通不愿远走高飞，那第二条计策便只有让胡醉不敢在江湖上公然露面了。"铁镜一愣，道："可主上先前说……"任空行道："若论单打独斗，眼下江湖中确无一人能制服胡醉，纵是老夫及先前提及的那几个，也绝无取胡醉性命之能。胡醉的脾气料想你比老夫更清楚，要让他不露面，也不是没有办法。"铁镜喜道："还请主上明示！"任空行道："少林、武当、峨眉、昆仑、崆峒、点苍……若这些名门正派都觉得胡醉在江湖露面不妥，那就……哈哈哈！"铁镜愕然道："胡醉是江湖中公认的大侠，那些名门正派怎会觉得他出现在江湖上不妥呢？再说半年前与先陛下的黄龙令作对时，也是他领袖群伦，只怕——"任空行道："若胡醉自恃武艺高强，将那些名门正派的重要人物各杀一名立威，步太阳叟东方圣的后尘，要做武林皇帝，人家就会认为他在江湖上露面不妥了，这下你总该信了吧？"铁镜恍然大悟，连声道主上高明。

却见任空行扔了个药瓶过去，铁镜慌忙接了，大喜过望，正欲叩首谢恩，便听任空行冷冷地道："除已死的楚通和焦砾子外，其余方丈掌教掌门全都留给胡醉自己去解决。但老夫既要你们去扮胡醉诛杀各派一重要人物替他'立威'，此事也不易办成，因此老夫给你们一瓶药散，难说有时能派上用场。"铁镜心中一凉，知方才接住的瓶内并非解药，便又可怜巴巴地看着任空行。任空行冷冷地看着他，半晌才从怀里掏出一个小纸包，扔给铁镜，沉声道："若尔等办事不力，竟要劳动老夫，老夫无空配制药粒，下个月可就没有了！"铁镜连忙磕头谢恩，发誓纵然舍命不顾，也要为主上腾出配药工夫。

第二十二回 江湖莫测

三十五

江湖凶险，人尽皆知。然江湖中怪异而大悖常理之事的层出不穷，若非置身其中，只怕连诸葛孔明复生，也是说不清道不明的了。昔年江湖白道盟主，一代大侠东方圣，到头来却是个狂魔巨枭，落了个一剑毙命、命丧黄泉！而“江湖四大魔头”，以狠、阴、毒、色令江湖中人闻风丧胆的千佛手、千面狐、毒手观音和玉蝴蝶，除千佛手任空行大难不死，仍以他的凶残狠毒暗中作恶江湖外；鬼使神差，从不好色，只以易容之术独步天下的千面狐智桐，竟会因色而送命；以一“色”字名列四大魔头的玉蝴蝶金一氓，反倒长叹色运乖戾！——年余来，玉蝴蝶因色被布袋和尚掌伤于先，好不容易采良家闺女之阴将伤疗愈，又震骇于江湖浪子于后。正为江湖浪子并未穷追不舍而感幸运，却身陷千佛手任空行毒力，不得不替人家效命，待听得一少女咯咯娇笑，以为苍天开眼，赐恩于他，复又被毒手观音一语惊得七魂丢了四魂，只顾惊惶逃窜！

漫漫大漠，除了黄沙枯骨，玉蝴蝶却又去哪儿找寻妙龄女子！一代色魔，竟只能踏着绵延起伏的一个又一个沙丘，到大漠深处替别人送解毒之药，不禁仰天长叹！而正当玉蝴蝶大叹色运乖戾之时，昔年以毒杀人如麻的毒手观音侯玉音，却正在救人性命！善使毒者多善于医，这本不足为奇。奇的是名列江湖四大魔头的毒手观音，此时救治的却是堂堂名门的昆仑派新任掌门郜盛！“毒魔”此举，别说令两名昆仑弟子瞠目结舌，纵是与她情同母女的徒弟司马青青，也是又惊又气，因而出言讥嘲“又愚蠢又无能”的昆仑弟子！毒手观音本正以自家真力替郃盛续命，但听徒儿青青在车厢外讥讽昆仑弟子之言太过损人，只得略收真力，道：“青青你休得无礼！”青青对着车厢做个鬼脸，她虽不怕师父，但此时师父正运功救郃盛性命，却是分心不得。便抽出长剑，护住车厢门户，眼中竟似没有两名昆仑弟子在侧。两名昆仑弟子技不如人，大觉尴尬，却也不便作声。四下里一片寂静。约莫过了半盏茶时分，忽听毒手观音沉声道：“玉蝴蝶你这魔头，还没被姚大侠一掌送命么？”车厢外三人听得玉蝴蝶之名，顿即大骇。四周环顾，却又不见有何人影，均觉莫名其妙。而车厢内的毒手观音，本正运足全身真力，只须稍过片刻，郃盛被震得移位的五脏六腑便可归位，再辅以药物，性命武功均可无碍了。但毒手观音何等样人，玉蝴蝶在五丈外弄出一声轻响，却早被她觉察。此时自己为救郃盛性命，耗了大半真元，哪还是那色魔敌手！若让那色魔知此情由，师徒俩定受其辱，而郃盛和两名昆仑弟子，必将丧命当场。故而硬生生撤回真力，一语惊走了玉蝴蝶！

待确信那色魔已逃得远了，毒手观音复替郃盛救治，但手一与郃盛百汇穴相接，顿时大惊！郃盛本将归位的五脏六腑，因毒手观音陡撤真力，复又离位，且比先前更甚！此时能否救其活命，已是殊无把握了！毒手观音大惊之下，哪还顾得许多，运足全身功力，将自家真力强行输入郃盛体内！青青听师父一语之后便又无声，四周复归寂静，心中微觉蹊跷，便悄悄掀开车帘一角，朝内一观，但见师父双目紧闭，双掌贴在郃盛胸腹间，头上白雾缭绕！青青大惊，轻轻放下车帘，缩回头来，心知师父此举定然要折损功力，这全怪昆仑派无能，本待出言怒骂几句，又恐惊扰了师父，那却凶险，当下恶狠狠地瞪着两名昆仑弟子，弄得二人莫名其妙，不知何故又惹恼了这个姑奶奶。又过得半个时辰，毒手观音才从车内出来。但见她满头大汗，倦怠地对昆仑弟子道：“郃掌门没事了。”青青心疼地掏出香帕为师父擦汗，嗔怪道：“让你别管闲事你偏管，师父你——”毒手观音微微一笑，轻轻拍了青青脸蛋一下。青青冷冷地道：“自己没本事，就别来走江湖。”见师父又要教训她，连忙道：“对了，师父方才说什么玉蝴蝶，到底怎么回事？吓了人家一跳？”毒手观音几乎忘了此事，听青青如此一问，心里也甚觉奇怪：玉蝴蝶在江湖中也算名头甚响之人，却不知他何以连场面话也不交代两句便溜了。百思不得其解，遂摇摇头道：“玉蝴蝶确实来过，但不知何故一言不发地又走了。”青青听师父如此说，也是大惑不解。

两名昆仑弟子早钻进车厢，见他们掌门确已被救活，虽然看上去极是萎顿，但却绝无性命之忧了。两人惊喜异常，竟怔怔地说不出话来。郜盛幽然道：“救我之人是谁？”两人齐道：“救掌门之人，是毒手观音侯前辈。”郜盛闻言不觉一愣。良久才黯然轻叹一声道：“快请侯前辈来，待本掌门谢过救命之恩。”郜盛之所以喟叹，是因年前“昆仑三剑”下山找寻师父时，毒手观音师徒也刚从云南玉龙雪山初入中原，彼时毒手观音魔性十足，在洛阳一家客栈，只因他多看了青青一眼，便差点命丧她师徒之手。后虽得江湖浪子童超搭救调解，但双方梁子总也是结上了的。后因多番变故，毒手观音魔性尽敛，但个中情由，郜盛又怎知晓。此时听门下弟子说救自己性命之人竟是毒手观音，郜盛怎不为难：他与童超的恩怨尚不知如何了结，怎的又遇上了这桩难处之事！但大丈夫行事当恩怨分明，人家救了自己性命，这大恩却不能不报，是故长叹一声之后，便令弟子有请侯前辈。当下一昆仑弟子依掌门吩咐，下得车来，对毒手观音师徒恭恭敬敬地道：“敝掌门有请侯前辈。”

却听青青“哼”了一声，把头扭向一边。侯玉音却走了过去，掀开车帘，见郜盛意欲起身忙道：“郜掌门伤势未愈，请勿多礼。”郜盛知她所言不虚，便虚弱地一抱拳，道：“多谢侯前辈救命之恩！”侯玉音道：“郜掌门言重了，却不知何人如此心狠手辣，竟然——”郜盛苦笑道：“川陕五虎。”侯玉音心中纳闷：想你郜盛好歹也算昔日“昆仑四剑”之一，如今更是一派掌门，却怎的如此不济，竟被几个强盗打成这个样子！当下两名昆仑弟子也觉面上无光，忙将前因后果讲了一番。侯玉音不动声色，心中却大不以为然：什么“五虎阵”，只怪郜盛自己无能罢了！便听郜盛对门下弟子道：“你们不要替我脸上贴金，贻笑方家了。本掌门技不如人，若无侯前辈相救，早已一命归西，还谈什么羞愧不羞愧，面上有光无光了！”毒手观音听郜盛这般说话，心想这郜盛还真不愧是一派掌门，算得上是条好汉！好感顿生，道：“川陕五虎乖戾霸道，出招阴损歹毒，郜掌门一时失手，也并不算就弱了你昆仑名头！往后再让郜掌门遇上，一剑一个杀了便是！”郜盛听毒手观音言语中竟在替他昆仑派维护声誉，心中不由大奇。

便见毒手观音从怀中掏出一红一蓝两包药来，递给一名昆仑弟子，道：“红的内服，蓝的外敷，再调养半年，郜掌门便可无碍了。”将头转向郜盛，道：“郜掌门，如此咱们别过了！”郜盛肃然道：“侯前辈救命大恩，郜盛没齿不忘了。”毒手观音道：“郜掌门言重了，告辞！”言罢放下车帘，对早已等得不耐烦的青青道：“咱们走吧。”青青白了师父一眼，嗔怪道：“偏就你事多！”毒手观音之名，使多少江湖中人闻风丧胆，却偏偏是这个爱徒对她毫不惧怕。当下笑道：“小丫头你懂什么，师父是为你好！”“为我好！”青青大奇，道：“怎的又为我好了？”毒手观音却不作答，举步便走。青青急忙跟上，正欲问个明白，忽听已在十丈之后的一昆仑弟子高声道：“侯前辈请稍候，敝掌门有话要说！”青青转头怒道：“有什么屁也早该放完了，师父，你——”青青愣住了，因为毒手观音果然折身向“灵车”走去！毒手观音掀开车帘，道：“不知郜掌门有何话要说？”郜盛道：“方才忘了告诉侯前辈，在下被那五个贼盗击昏之时，曾隐约听得他们竟不知以何手段，捉住了木叶令主……”“木叶令主？！”毒手观音闻言大惊，打断了郜盛话头，急道：“他们果真捉住了木叶令主？！”郜盛点点头，道：“本来在下只知车中有一个阮姑娘，便是昔日洛阳阮蛟之女阮灵素，没想搭救不成，反倒……”毒手观音打断郜盛之言，道：“郜掌门果真听清了么？”郜盛点头道：“他们说什么要将木叶令主交给公子公主领赏，便自朝西而去了。”毒手观音沉吟道：“公子公主——”郜盛道：“他们确是这般说的，却不知……”话音未落，便见毒手观音面色一肃，道：“多谢郜掌门见告！事不宜迟，侯某就此拜别！”言罢一抱拳，车帘落下，人却也掠至青青身侧，道声：“走！”拉起徒弟便朝西疾奔。

远远传来那昆仑弟子高呼声：“川陕五虎只剩其四，且各瞎一目，两人断臂……”青青不明所以，被师父拉着一口气疾奔了半个时辰，心中大是不愿，便故作疲软，迫使毒手观音慢下脚步来。一待师父脚步转缓，青青便道：“好臭！好臭！”她不说“好累”而说“好臭”，倒使毒手观音大惑不解，因收住脚步道：“什么好臭？”青青一本正经地道：“方才不知昆仑派那三个小贼放了些什么屁，咱们一口气奔出这几十里仍然臭气熏天！”毒手观音哭笑不得，道：“青青休要贫嘴，事不宜迟，咱们快走！”青青却索性坐下，道：“师父所言极是，事不宜迟，望师父赶快把因何要救郜盛那小子性命，却又说是为我好的缘由道个明白，否则徒儿便再也走不动半步了。”毒手观音无可奈何，只得道：“若为了江湖浪子童超，你走还是不走？”青青一跃起身，朝西便奔！毒手观音见状哈哈大笑。青青见师父并未跟上来，只在后面大笑，以为中计，竟坐地撒娇，呜呜地哭了起来！毒手观音连忙来到青青身侧，柔声道：“青青，你又怎么啦？”青青本是撒娇假哭，此时听师父柔声轻问，顿觉羞愧难当，竟真的哭出声来，边哭边道：“师父你欺负徒儿，呜呜！……”

毒手观音哑然失笑，心知青青是自以为中计而感羞愧，便故作肃然道：“好！就算为师骗了你，但你既是为师徒儿，便须回答为师问话！现在为师且问你：郜盛小子的师父，昆仑派上一位掌门追风剑客皇甫呈，是死于何人之手？说！”青青见师父“动怒”哭声立止，规规矩矩地道：“是童哥……童少侠一掌打死的。”毒手观音依旧满面肃穆地道：“什么童哥童少侠的，童超就是童超！”“是。”“灭师之仇，有不报之理么？”“没有！但当日皇甫老儿心性迷……”“不许多说！只回答为师所问便是！”“是！”“郜盛死了，昆仑派会不会又立新掌门？”“会。”“若整个昆仑派皆与童超为难，虽童超并不怕了他们，但童超是否麻烦事就多了？”“那倒真难缠得紧……”“休要多言！咱们此番出来，可是为了找那童超？”“是。”“童超那小子与咱们师徒不辞而别，复入中原，是故意来让昆仑派找他晦气，还是来找他的拜弟拜兄？”“当然是为了找独孤公子和胡师叔。”“为师施恩于郜盛那掌门小子，这给童超派了很大麻烦么？”“不，师父，青青不懂事，还望……”“你懂事不懂事与为师无关……”话音未落，青青已跪下道：“师父，徒儿无礼，愿受师父任何责罚，但……”毒手观者连忙扶起青青，柔声道：“青青，师父怎舍得责罚你，只因——”当下把郜盛之言说了出来，接着道：“当今天下，只有木叶令主卢若娴一人知道独孤樵下落，咱们只要追上川陕五虎，救下木叶令主来，她定会告知咱们详情。若是带了独孤樵在身边，他拜兄童超会不立即跑到咱们身边来么？”

青青大喜道：“师父处处为徒儿着想，可徒儿还……”毒手观音打断青青的话，故作惊讶道：“我哪儿又处处为你着想了？”青青脸一红，绕开话题，道：“师父，郜盛说的公子公主是谁呀？”毒手观音面色一肃，道：“若为师所料不差，便是昔日东方叟坐前的金童玉女！他二人虽年幼，但武功得东方圣指点，仅以招式论，只怕还要强于为师。若让川陕五虎将木叶令主交在他们手里，要救她恐怕就大费周章了。”青青急道：“师父，那咱们快追吧！”毒手观音点点头，师徒二人便朝西疾追。

三十六

两个时辰之后，她们追到一岔路口。两条岔路上均有密密匝匝的车轮印迹，正不知该选哪条道，忽觉后面有二人飞掠而至，注目一观，却原来是天山二怪！毒手观音素知二怪行事虽邪，却并不作恶，便笑道：“咦！天山二怪不在天山恩爱，却跑到此间做甚？”牧羊女梅依玲呵呵一笑，道：“那毒手观音为何不在玉龙雪山修炼你那冰清玉洁之功了？此间你来得，我天山二怪便来不得么？”牧羊童阳真子大奇道：“什么冰清玉洁之功？厉害么？”牧羊女道：“老不死的你为何打断我的话？你比我聪明么？”牧羊童急道：“不不不！一百个阳真子，论聪明也及不上依玲你万分之一！要不我怎会连什么叫冰清玉洁之功也不知道呢！”牧羊女待要安慰一番，却听青青道：“师父，咱们走吧，别理这对专在人前忸怩作态的活宝。”牧羊女大骂道：“什么叫忸怩作态？什么又叫活宝？小丫头你且说个明白！”青青笑道：“你不是聪明绝伦么？怎么连这样简单的话也要问我？”天山二怪乃邪怪人物，若论斗嘴，与青青相比那可差远了。

毒手观音见二怪被青青一句话噎住，不禁失笑道：“天山二怪意欲何往？”阳真子道：“这关你屁事！”毒手观音知二怪德行，也不以为忤，只转头向青青道：“这两条道，你看咱师徒走哪条好？”青青佯作认真地想了想，道：“左为阴，右为阳，木叶令主与咱们师徒均是女流……”天山二怪一听到“木叶令主”四字，未等青青话说完，便齐声道：“木叶令主在何处？”青青见状大奇，道：“这又关你们屁事！”牧羊女一怔，牧羊童却道：“这回小姑娘你可错啦！哈哈，木叶令主正关我和依玲屁事！”青青更奇，又道：“为何关你们屁事？”阳真子道：“为何关我们屁事又关你屁事？”青青道：“好！既不关我屁事，师父，咱们走吧！”“哎哎！”阳真子急道，“小姑娘请留步！”“你待怎样？”青青故作事不关己之态道。阳真子道：“好吧！就算既关你屁事又关我们屁事，总行了吧？”“那就怪了，”青青道，“木叶令主却关你们什么屁事？”“是千杯不醉胡醉叫我们来救木叶令主的。你说，这还不关我们屁事吗？”毒手观音闻言一惊，道：“此言当真么？如若当真，我这徒儿便告诉你们木叶令主下落了。”“一万个真！你当我天山二怪除了胡醉之外还听谁的话么？”阳真子急道，“小姑娘你快……”阳真子话未说完，便被梅依玲打断了，只见她高声道：“好臭啊好臭！老不死的你怎尽放臭屁？！”阳真子一愣道：“我没有放呀？！”梅依玲道：“那我且问你，除胡醉外，独孤樵、童超和姚鹏的话你便不听了么？”阳真子回过神来，忙道：“对！对！好臭啊好臭！依玲你的鼻子真灵验得天下无双，我老不死的被窝里放屁，自己臭自己，竟也让你闻到了！佩服啊佩服！”青青忍不住咯咯直笑，毒手观音已不耐，道：“青青咱们走，再迟救木叶令主就来不及了！”

但见阳真子一个劲地摇头道：“不行不行不行！”毒手观音奇道：“为何不行？！”阳真子道：“第一，你徒儿那小姑娘还未告诉我和依玲木叶令主下落。至于第二嘛，是因为胡醉已让天山二怪去救木叶令主，其余人等便均不得插手！”毒手观音微微一笑，并不以为忤，因为此时眼前路有两条，却不知川陕五虎到底走了哪条路，现有天山二怪插手，正好各走一条。二怪虽邪，武功却是绝高，纵是木叶令主已落金童玉女之手，想必他们也能救出来。他们将木叶令主交给胡醉，倒也和在自己手里一般。毒手观音便对青青道：“那青青你就告诉了他们吧！”阳真子见他们已然占了“便宜”，喜道：“这还差不多。”青青大是得意，故作严肃道：“天山二怪！你们真想知道选择哪条道才能救下木叶令主么？”牧羊女“哼”了一声。牧羊童却急道：“你这个姑娘废话连篇，简直与你师父不相上下。多问做甚，只管快快道来便是！”却听青青道：“有‘阴阳择道法’，你们天山二怪聪明绝顶，见闻之广博又是天下无双，大约总该是曾听到过的了？”阳真子自不愿承认他们从未听说有这么个“阴阳择道法”，便欲以支支吾吾搪塞过去。却听青青道：“既是如此，你们便依此法择道而行吧，我师徒俩既不得插手此事，这便打道回府了。”

阳真子见状大急，不敢再强撑脸面，当下“哼”了一声，瞪着青青，道：“明告诉你小姑娘，天下除你所说的‘阴阳择道法’之外，再无我天山二怪不知之物事！”青青心头暗笑，口上却道：“这也不足为怪，智者千懂，终有一懵嘛。此法其实甚为简单，我一旦说将出来，天山二怪定是顿时择道如破竹。听好啦：道有阴阳，人亦有阴阳。道不变，而行道之变，以人变之阴阳择道之不变阴阳。以何定阴阳？左为阴，右为阳；下为阴，上为阳；窄为阴，宽为阳；女为阴，男为阳。同气相求，即为择道之法也。”此番之乎者也全是青青胡编乱造而成，听上去却蛮有学究之气，唬得阳真子和梅依玲不由不信。但听得一片阴阳之声，心头却是茫然一片，如坠五里云雾，直闹个摸头不着脑！青青强忍住笑道：“依照此法秘诀，眼下你天山二怪中，牧羊童男，属阳；牧羊女女，属阴；一阴一阳，本应该牧羊女取左道而行，牧羊童取右道而行。但念你们伉俪情深，形影不离，本姑娘这便再为你二人寻一万全之策。一阴一阳，亦即不阴不阳。道之不阴不阳，便是左道和右道之间。”言罢手指两道中间的原野。天山二怪此番听懂了，司马青青为他二人择的道原来是让他二人顺原野当中追寻。虽觉不妥，但被青青满口学究之气唬住了，不敢随便羞辱斯文。竟是面面相觑，无所适从。

青青一笑，拉着师父从左道急掠而去。待得行远，回头看时，天山二怪兀自怔立于岔路口！毒手观音师徒心下均是微奇：她们既取了左道，天山二怪该取右道或直追过来才是。何况天山二怪并非愚鲁之辈，总该听出了青青是在言语中骂他们二人不阴不阳。先前连毒手观音也兀自暗中责骂青青不许如此损人，但二怪竟似呆了一般的愣立着，端的不知有何古怪！她们哪里知道，方才青青一番不阴不阳之言，早在二怪心头幻起剧震。个中隐情，后文自有交代，暂且按下不表。

却说毒手观音师徒追寻“川陕五虎”并不困难，五虎只剩其四，且四人俱是独眼，神情凶狠霸道。所过之处，酒店最为遭殃。轻则大吃大喝之后扬长而去，重则毁店伤人。店家提起川陕五虎，无不敢怒不敢言。好在毒手观音江湖经验老到，是以穷追不舍。数日之后，毒手观音师徒从一家被砸得稀烂的小客栈得知，她们离川陕五虎只有三个时辰的路途了。师徒二人精神大振，虽已天色向晚，她们却不愿再拖延时日，是以一路急追。一个时辰之后，恰是掌灯时分，前方正好有一个镇，师徒二人大喜，但进得小镇唯一的一家客栈时，却不见半丝川陕五虎的影子！川陕五虎竟未路过此镇！

陕南，巍峨秦岭，凤凰山，山势陡峭。毒手观音师徒，在凤凰山上搜寻川陕五虎，查探木叶令主下落，已几近半月了。是夜，月黑风高。一山洞内隐隐透出光亮！山风掠过，浩浩森林有如鬼影幢幢。毒手观音师徒心头一震，齐向那山洞掠去。待近洞口，青青便欲仗剑冲入，却被师父一把拉住。青青大惑不解，看着师父，却见毒手观音轻“嘘”一声，摇摆头，示意不可造次。然后右臂一挥，不知抛出个什么物件。便听“噗”的一声，左侧六七丈外早有一人倒地！毒手观音对徒弟耳语道：“咱们静观其变，青青千万不可妄动！”青青满面敬佩地对师父点点头。却不见洞中有人奔出。毒手观音施展绝顶轻功，向左侧疾飞，须臾拎回一人，扔在地上。但见此人独眼无须，一副骇异之色。毒手观音捏开此人下颌，抖了些药末入其口内。少顷，此人悠悠转醒，那僵固的满面变成了茫然。毒手观音轻声道：“你只须老实回答我的问话，老娘便饶你不死。”那人茫然道：“方才——”毒手观音冷冷道：“老娘姓侯，名玉音，在江湖中有个外号叫毒手观音。”那人一听“毒手观音”四字，早惊恐得便欲高呼饶命，毒手观音眼疾手快，点了他哑穴。那人魂飞天外，独目复透骇异之光！毒手观音冷冷道：“既知老娘是谁，便轻轻回答老娘问话，否则便叫你求生不得，求死不能！老娘手段，你总该知道吧！”那人连连点头。

毒手观音道：“你是川陕五虎中的第几虎？”言罢顺手解开他被封哑穴。那人乖乖地轻声道：“在下白睛虎……”“哼！”毒手观音道，“原来又是好色小贼。”白睛虎道：“侯前辈饶得小人性命，小人纵死也不敢好那……那么色了！”“好！老娘且问你，木叶令主现在何处？”“在……在山洞中。”毒手观音正待再问洞中复有何人，忽听青青恨恨道：“我师父心慈手软，本姑娘却平生最恨你这等下三烂的无耻小贼，像你这等狗命，还留他做甚！”“甚”字未落，白睛虎一颗大好头颅，早在一闪而没的寒光中与其颈项分了家！毒手观音阻止青青不及，又知青青最恨好色之徒，只得摇头苦笑。青青杀了白睛虎，却只似摁死了只蚂蚁，面色竟丝毫无异，轻声道：“师父，咱们救木叶令主去！”毒手观音却摇摇头，道：“先前为救郜盛，为师已耗费不少真元，咱们且先找个隐秘之所，待为师功行圆满再说。”言罢悄然下山。青青只得跟在后面，心头却大不以为然，似川陕五虎这等小贼，纵是师父你不出手，我司马青青也是一剑一个杀了，又何须如此慎重！

第二十三回 举步维艰

三十七

火烧员外庄，雷音掌心知定是三弟所为，虽心有不忍，但观铁算子一直阴沉着脸，又思自己替三弟做大媒时，他一直昏睡不醒，并未征得人家同意，也觉自己行事太过唐突，便只得默不作声。二人一路默然而行。铁算子素知二哥原来本缺少心计，也不多加计较。虽说因二哥鲁莽，使自己堂堂一介须眉，却毫无来由地受了一遭头罩红绸之大辱。但事已至此，多说也是无益，故三缄其口，只顾急速赶路，以免被铁姑追上，又弄个纠缠不休！

次日辰巳时分，二人离那员外庄已然百里之遥了，一夜奔波，二人均觉疲惫，脚步便慢将下来。行不多时，便见路边有家酒店。招幌在烈日下懒洋洋地垂着，显得甚是破陋。连田二人却怎顾得这许多，进得店来，捡了条稍结实些的长凳坐下。一老汉走近二人，躬身道："二位客官请点什么？"雷音掌道："但有好的，尽管做来便是。"老汉唱声喏，正欲离去，却听田归林道："店家，先沽两斤酒来解解渴再说！"老汉应了，少顷捧了酒壶上来，二人启封畅饮。雷音掌端起酒碗，道："三弟，昨夜之事……"铁算子道："算了二哥，过去的事，咱们兄弟就不必再提起了。"雷音掌大笑道："好！既有三弟这句话，哥哥这一夜压在胸口的石头总算落地了，来，干！"二人连干了三杯。老汉才送上菜来。他们正慢嚼细品时，忽听得外面传来"嗒嗒"的马蹄声。铁算子心头一惊：莫非铁姑这般快便追来了么？！却见三骑一驰而过，后边远处尚有四骑正奔过来。过得须臾，已驰去的三骑又折回，在酒店门口正碰到后边的四骑，七人互相打了招呼，一齐下马，其中三人步入小店，其余四人双双立在店门入口。

进店三人中一方头肥脸，一双眼睛被满面肥肉挤成一团，身上却是精瘦之极的汉子。细眼微睁，一线精光直扫铁算子腰间的精钢算盘，沉声问道："你是铁算子田归林？"铁算子一眼认出这七人便是横行湘鄂号称"沧州七雄"的恶棍。听他们出言不逊，虽不以为意，却也不由暗中提防，冷哼一声道："诸位想必就是号称沧州七鼠的了，哈哈！虽说鼠目寸光，却也识得在下，倒也是桩怪事！真个是世风古怪，连耗子也会学狗吠了！"其中一人见铁算子如此损人，心头大怒，抽出钢刀便要冲上，却被先前那发话之人挡住。那人把细眼转向雷音掌道："那么这位定是无音掌连城虎啰？"雷音掌听他说话如此阴损，竟将雷音掌说成无音掌，心头早已火起，又见三弟铁算子对他们一副蔑视之态，当下沉声道："七只耗子意欲何为？"言罢竟爱理不理地犹自喝了口酒。只听那人道："请二位交出沧州关帝庙中所取物事，咱们便各走各的道，互不相干如何？"铁算子心头暗惊，他们怎知此事？略一思量，顿即恍然：当日发觉关公塑像的右眼不对劲，自己曾用算盘珠子打了上去，出来时走得匆忙，竟留下了线索，让这群宵小追到此间。当下不冷不热地问道："却不知关帝庙中有何物事，尔等可否取出让老夫一观？！"那人一愣，顿即语塞。另一人叫道："大哥别跟他们啰唆，宰了再搜……"话声未落，只听得一声惨叫。众人惊看时，只见那人手中钢刀掉在一旁，却是早已气绝身亡。

原来雷音掌听他说话好似放屁，何况听言语这帮宵小竟似知道了他兄弟二人取得上古至宝之事，此事若被他们到江湖中传言，那却大是不妙，再加上他素知沧州七雄作恶多端，均是该死之辈，下手便不容情，只见他也不回身，仅凭听音辨形之术，一掌击去，只使得三成功力，便击碎了那人天灵盖。屋里那两人大惊急掠而上。细眼之人使一钢鞭，攻向雷音掌，另一人挥舞双刀扑向铁算子。雷音掌仍未起身，回手一撩，接住钢鞭，内力一吐，那人陡觉手腕酸麻，钢鞭竟要脱手，情急之下，左手便来扯住，尚未待他双臂运力，钢鞭已被雷音掌运劲甩回，那人只觉眼前一花，便被钢鞭紧紧缠住脖颈，当即倒地，双脚蹬得几蹬，便气闷而亡。攻向铁算子的那人双刀眼看就要向铁算子砍落，忽觉丹田穴被一钝物猛击，当即惨嚎一声，狂吐鲜血，也告毙命。原来正当他全力扑去之时，铁算子稍一用力，把早已踩在脚下的长凳翘起，正撞上那人的丹田穴。那人全力施为，全身力道尽全运于腕间，丹田空空，哪经得住铁算子贯注真力的长凳一击！店外四人大惊失色，惊呼声中一齐冲入，齐声恶骂。一人手持长剑朝雷音掌背心便刺！雷音掌听得长剑破空之声甚是劲疾，知此人功夫不弱，回转身来朝前一扑，右脚往左一摆，荡开长剑，人已站在桌上，面对敌手。但见此人身着黑色长衫，一双三角眼，相貌阴鸷，出手松快，转眼间已是七八剑攻向雷音掌下三路，倒把雷音掌逼得手慌脚乱，桌上的杯子菜碗酒壶给踢了个粉碎。忽见一剑又已横撩过来，雷音掌无奈，只得跃起避剑，那人早料他有此一招，未等剑招使老，长剑忽然向上急挑，似要把雷音掌一劈二片！雷音掌身在半空，无可借力，情急之下，双掌齐发，已用至八成功力，轰然似有隐隐雷声，迎那人当头击下！这本是个两败俱伤的拼命打法，不料那使剑之人求胜心切，竟忘了运劲于顶，但听“咔嚓”一声，那人早脑浆迸裂，长剑“哐啷”落地，一命归阴了！雷音掌也是出了一身冷汗，一跃下桌，从那人尸身上跨过，左掌一缩一圈，右掌跟着往圈中穿出，二掌先后向掠阵的另两人击去，同时身子急闪，蹿出门外。这几下兔起鹘落，迅疾无比，到得门外，自知方才屋小地狭，自己竟被一柄长剑逼得险象环生。虽一掌侥幸毙了那人，胸中已自闷窝了一口浊气。当下一声大吼，见那掠阵二人急跟而至，便抖起神威，双掌向二人复攻上去。

攻向铁算子那小子矮小精瘦，使一对判官笔，专攻对方要穴。铁算子见状，心头冷笑，暗道一声找死。我铁算子向以打穴自负，你那一双判官鸟笔却又奈我何！铁算子见对方身法并不灵动，功力远在自己之下，当下并不还招，有若老猫戏鼠，见对方判官笔向自己眉心和肩井穴点来，头往左一偏，避开点向眉心的一招，左掌轻拨，荡开另一支判官笔，电光石火之间，左手急伸，从雷音掌即将踏碎的足底之下抢出一杯酒来，见对方左侧判官笔向右急挥，右侧判官笔慢一步向左急撩，均是对着太阳穴而来，左右两招先后而至，间不容息。铁算子却不慌不忙，低头把嘴凑在酒杯上，恰巧躲过此招，然后一仰头把酒喝下。那人只道这两招铁算子绝无避开之理，却见不但轻松避开，竟然还喝了一杯酒，不觉呆了，莫名其妙地看看两支判官笔，心中一片茫然。此时，二人中间的距离不过一尺，铁算子颇有得色，淡淡一笑，谁知那人此时正巧茫然地看着铁算子，见铁算子微笑，自己不觉也跟着微笑一下，模样煞是古怪。突觉手中一凉，两只判官笔已被铁算子抢去，自己还兀自愣在那儿！铁算子见他这般模样，不由戏弄之心大起，当下双手疾出，只见判官笔在那人身上飞舞，瞬时间从头顶阴向穴开始，承位、四白、耳门、颊车、大迎、天窗、丹田、中极、阳溪、环跳、伏兔、三阴交、隐白……从上至下，从左到右，不分经脉，但是穴道便点，眨眼工夫，就像洗涤一般把他身前的所有穴道都给点了。铁算子越点越是得意，身子一闪便到了那人背后，从强间穴开始，天柱、关元、会阳、委中，直至足通谷穴，只怕洗澡也不会那么仔细，把那人自领间直至足背的穴位又一个未漏掉地打过！然后双笔齐出重点委中穴，劲力向下贯注，那人不由自主地双足跳起，铁算子双笔疾出，“啪啪”两声又点了足底涌泉穴。也亏他细心，竟连人体最末端的两穴也想到了。

铁算子只是想戏弄他一番，是以手上未运劲力，否则出手第一招便要了那人的命。现在全身穴道除了两胯之间的会阴穴和头顶之上的百会穴而外，全身三百六十五处穴位均被铁算子招呼过了。铁算子大觉有趣，抬眼瞧那对手，只见他兀自神色茫然地呆站着，不禁顿觉乏味，恰似一台精彩的好戏，演员费尽心力，观众脸上却毫无表情。心中自是气恼，判官笔正要朝百会穴拍下，终觉不忍。但撤回又觉不甘。几百个穴位都点了，就只剩二个没点，心中总觉不满．便轻轻点了百会穴和会阴穴，那人扑然倒地之后，这才舒心地吐了口气。忽听得外面传来一声惨叫，铁算子一惊：自己在此开玩笑，雷音掌却在外以一敌二，忙把判官笔往那人双手中一塞，急向门外掠去。却见一使双锏的大汉已倒在路中，双锏深深陷入胸膛，铁算子看到雷音掌这等神力，心中大喜，道：“二哥，再让兄弟开开眼界如何？！”沧州七雄此时仅剩一人，但见那人三十来岁，也使一柄长剑，身法甚是灵动，神情凝重，虽然七兄弟中已是五死一伤，但这人竟兀自不逃。虽取守势，但十招之中犹有两三招攻出。铁算子再看雷音掌连城虎，见他仅凭一双肉掌，兀自攻多守少，当即放下心来，站在一旁观望。

三十八

不过半盏茶时分，雷音掌早占尽上风，忽闻铁算子田归林道：“二哥请住手，且听兄弟一言。”雷音掌立即闪身一旁，却见田归林对那使剑的道：“想来尊驾便是一剑天路东南了？”一剑天路东南见雷音掌住手，也自跳出战圈，冲田归林抱拳握：“正是区区，你却有何话要说？”其实他心中早已发虚，只是被雷音掌掌力粘住，脱身不得，否则早就溜了。总算是田归林一语救了他性命，故而言语中竟少了几分乖戾之气。只听铁算子道：“关帝庙在下兄弟确实去过，可并没发现任何物事，七位刚一现身便性命相搏，却不知是何道理？”一剑天路东南哼了一声，道：“既无何物？却为何烧了沙漏，那尸骸又是谁的？”铁算子暗惊，心想此人倒也有些计谋。见他如此问来，本想呛他几句，就算我拿了什么，凭你这点微末本事又能怎样。但想到此事未能露出来点风声，否则后果不堪设想。沧州七雄虽不怎么样，但江湖上鬼蜮伎俩层出不穷，端的令人防不胜防，因而道：“只因地道之中浊气逼人，我兄弟二人寻了半日，竟一无所获，心中有气，故将它一把火烧了。至于那副尸骨，自是前辈高人，不知何故尸体竟得以保存至今，我二人能够进去，想必能够进去的人必定不在少数，为不辱先人，是以火化了他。”

路东南冷笑一声，满面不信之色，正待要说什么，忽见沧州七雄中的点苍天唐华走了出来，双手握着两只判官笔，不住地交叉相击，然后又疑惑地思考一阵，脸上一片茫然，竟似痴了一般。原来刚才铁算子躲过他电光石火的一击，并在这间不容发的空隙间喝了一杯酒，这等身手本不足为奇，但在这大号叫得震天响却又没真实功夫的点苍天看来，却如同遇见了鬼魅一般，竟是给吓疯了。铁算子得意的并非喝酒避开他两只判官笔合击的那一招，而是把点苍天身上的穴道又准又快地打了一遍。谁知这小子竟给先前的那点小把戏吓成了一介白痴，如若他再知道后边打穴这手，不给吓死才怪。想起自己如猫戏鼠的把戏竟是冲着一个武艺低微的人而来，铁算子不觉老脸一红，总算他生得黑瘦精悍，这红晕却也不易看出。这边雷音掌却看得呆了，他素知三弟铁算子武功纯正，并不会什么歪门邪道，为何这沧州小子看上去并未负伤，却变得这般痴疯，心下不由大奇，不解地看着铁算子。却见铁算子将头扭朝一边，并不作答。

雷音掌又朝点苍天唐华看去，不由得一声惊呼！原来一剑天路东南看见点苍天唐华从小店中出来，心头一喜，还道沧州七雄尚剩得二人，不料再一细看，发觉点苍天神色不对，当即上前叫了一声，点苍天竟是充耳不闻，心下骇然，不知这点苍天给铁算子用什么邪魔手法制住了。路东南心下惶急，不觉又吼了一声，这次点苍天唐华听到了，瘦脸古怪地一笑，未等一剑天有何表示，点苍天双笔急挥，一双判官笔竟向一剑天太阳穴点去。事出仓促，两人相距甚近，一剑天又全未提防，待到反应过来时，判官笔离太阳穴已不过寸余！原来点苍天唐华因刚才一击不中，正想得痴了，仅听得一剑天叫唤，茫茫然抬起眼来，见有一人头向自己伸来，不做多想，双臂同时疾挥，这一次吸取了被铁算子钻了空隙的教训，出招不再一前一后，而是同时出击，并且倾尽全力。这番猛击，已然失却了打穴讲究轻灵的大法，倒像是蛮夫拼命一般了。判官笔夹带疾风，一剑天路东南大惊之下，已感到太阳穴隐隐生疼，心头大震，当下不及多想，一招铁饭功夫硬生生腰如折柳，避了开去！然后脊梁凌空，双脚猛踢得四五下，一个倒飞鱼跃，身体向后跃出丈许站立。

所幸点苍天一击不中，竟又呆了，迷惑地看看手中的两只判官笔，待得一会，双臂又是急速地凌空合击，之后又静思默想，一副迷茫痴呆状。这边一剑天路东南却惊出一身冷汗，方才恰似到鬼门头走了一遭，心头兀自“砰砰”然跳个不停。伸手一摸额头，但见手背上有淡淡血色，想是虽退得快，还是江点苍天的判官笔给刮破了头皮。但性命犹在，总算侥幸，当下呼出一口长气，转头对铁算子怒目而视，冷冷道：“柳家堡素来自命正派，却原来于邪魔妖道也颇有心得，嘿嘿！果真名不虚传！在下佩服之至！”铁算子冷笑道：“沧州七雄不自量力，怪得谁了？”一剑天惨然道：“罢了罢了！今日沧州七雄的性命一并交给你柳家堡算了。”当下劈空一剑刺出，一招“仙人指路”，攻向雷音掌。雷音掌见他舍命冲来，倒不敢正面相接，便侧身让过，待得还招，却见一剑天陡然转身唰唰唰就是三剑朝铁算子上中下三路刺去。雷音掌惊呼：“三弟小心！”铁算子见一剑天向雷音掌攻去，知他不是二哥对手，便想退出圈子让他两人单打独斗，刚移得脚步，一剑天快捷的三剑便已刺到，一时间几乎着了道儿，慌乱之中精钢算盘在手，左支右挡总算化开了这搏命三剑。一剑天不待铁算子出招，身子又已扑向雷音掌。这次雷音掌早有防备，见他身形一动，知他定要回攻，左掌便击了出去，虽只使得三四成功力，却已虎虎生风，谁知这一剑天竟不避不止，敞胸腹门户必接掌力，剑尖兀自直指雷音掌喉头，飞身扑上，竟是要拼个两败俱伤！

沧州七雄虽平素多行不义，互相之间却颇讲义气。只是平时鱼肉乡里，还只道自己武功高强，天下无人能敌，所以外号取得格外响亮，此番追铁算子田归林和雷音掌连城虎意欲夺宝，虽知这两人武功了得，但想以自己沧州七雄合力，定能手到擒来。所以一见面便招招狠毒，却不想才动上手便死伤六人，只剩一剑天路东南独存！反正仅剩得自己一人也无颜再回沧州，索性舍了性命死个干脆。路东南既如此想，便使出了不要命的泼皮打法，倒使连、田二人不敢小觑。雷音掌连城虎和铁算子田归林要杀路东南并不算难事，然他二人本非邪恶之辈，方才出手打死几人实属一时气怒，江湖中人互相争斗，死伤在所难免。但正派武林人士均知此理：得饶人处且饶人！何况沧州七雄虽属当杀之辈，但此时路东南那兔死狐悲的勇气倒也令人钦佩。田、连二人怒气尽消，已无杀他之心，故而出手发招之时便手下留情，只想让对方知难而退。不料一剑天却是真的不顾性命，定要拼个鱼死网破！倒使得连、田二人大感头疼！

铁算子从腰间撇下精钢算盘，心想只要一有空隙，便给他吃一粒珠子，让他乖乖躺下，然后二人一走了之。然雷音掌连城虎心头却已烦躁，他本不想取一剑天性命，那小子却一味找死，手中长剑时时向雷音掌要命处招呼，当下只好展开身法避开长剑，不时出掌也只是为了隔开长剑。如此只守不攻，斗得片刻，但见一剑天仗剑连刺雷音掌，竟如影附身，看上去就像似雷音掌大落下风似的。这边铁算子早看得直皱眉头，知道二哥不善巧斗，碰到强手他越强，碰到无能之辈他也跟着瞎胡乱。眼见这般斗法，二哥虽无危险，但却也奈何一剑天不得，总不能耗到两人气衰力竭而亡吧？！他本不愿二人联手对付如此一无能之辈，否则这消息传到江湖之上，说柳家堡二人合斗一剑天，这块老脸还往何处放去，但等了多时不见一剑天向自己邀斗，当下也顾不了许多，大声叫道："二哥且请退下，让兄弟来教这小子知道好歹。"说毕欺身上前，手中算盘一迎，接过一剑天攻向雷音掌的一招，跟一剑天斗上了。铁算子轻功远在一剑天之上，若论游斗，与铁算子相比有若小儿，再说铁算子早已看得不耐烦，仅过得三招，只见铁算子手臂一挥，老实不客气地连发二粒算盘珠子，一粒打肩髃穴，一粒打鸠尾穴上，一剑天身体顿即委顿于地。铁算子"哼"了一声，便不多言，捡了两粒算盘珠子，正待要叫雷音掌上马，忽听得身后一声马嘶。急回头，却见一马已然毙命！原来点苍天唐华一直在纳闷为何看得明明白白的脑袋就是点不中，不知不觉便走到了自己的坐骑旁边，那马见是主人，便伸了头去亲热，点苍天正苦苦思索时，忽见一头伸来，也未分清是人是马，便双臂猛挥，只听得"扑哧"一声，一双判官笔已经嵌入马头。坐骑吃疼，人立而起，一声惨鸣倒地而亡。其余的六匹马受惊，一齐挣断缰绳沿来路狂奔，一溜尘烟飞起，转眼便即消失。

三十九

铁算子田归林眯起眼睛环视四周，但见酒店墙后颤颤巍巍地伸出一头，却正是店家，铁算子当即道："店家不用害怕，此有两锭银子，烦你把这些尸体理一下，尽快离开此地，免得官家纠缠！"言罢也不待店家回话，与雷音掌径自走了。到得黄昏，因二人急于赶路，已过了宿头，落得个前不着村，后不着店。好在山林之中，古树参天，落叶甚厚，此地人烟稀少，二人倒头便睡。

两人尚未睡沉，便听得远处有马蹄声向这边奔来。凝神细听，一共是四骑。铁算子暗自担忧，向雷音掌打个手势，二人纵身各跃上一棵大树，隐入浓密的树叶之中。从树叶中望去，前面是一片开阔地，芳草青青。此时日薄西山，霞光满天。马蹄声渐渐逼近，田野更无其他声响。四骑已从远处山丘转出，直奔二人藏身之处。清一色黑衣打扮，其中二人长剑斜插在背，鲜艳的剑穗随着坐骑的奔跑如蝶飞舞，在一片碧绿的芳草映照之下，显得煞是好看。另外两人直待奔到近前才看清楚，一个秃头使双斧，另一个手提一根玄铁棍。铁算子和雷音掌同时认出四人，正是江湖上号称的"黑煞四星"。两人不约而同地暗皱眉头。

铁算子和雷音掌此时唯一的希望便是这"黑煞四星"不是冲着他们来的！黑煞四星劣迹江湖，杀人心狠手毒，诡计多端，犹在川陕五虎和沧州七雄之上！武林中正派人士提起黑煞四星来，无不咬牙切齿，直想亲手刃了四贼。奈何四人武功既高，加之又神出鬼没，要寻他们着实不易。铁算子听得四骑奔远，后面已无人再追来，当下从树上落下。雷音掌道："怎么办？"铁算子心知原路是不能回的，要再碰上黑力铁姑，那也难缠得紧。此间两旁又尽是绵延百里的山峦，荒无人烟。若往前行，却又恐黑煞四星去而复返！二人相视，一时委决不下。雷音掌一拍胸道："咱们便往前行吧，真要碰上那四个煞星，他们未必就定能讨了好去。平日找他们不易，现下送上门来，说不得，咱哥俩便舍命除了他们，也算替武林同道除了四害，倒也值得！"铁算子听二哥这般说，豪气也是顿生，反正退回原路是决计不干的！因而道：“二哥说得极是！”两人计较已定，便大步前行，但走不过百十丈十忽听得“唰唰唰唰”四声响，二人惊觉停步，但见黑煞四星已经从树上落下，分立四角，把二人围在当中。

原来才一进树林，黑煞四星便已从树缝中发现了雷音掌的衣角。但四人作恶既多，为人又心计深沉，只怕有不少白道英雄隐藏树间，故使田、连二人诱他们入彀。因而故作不知，径自打马疾行而过，驰出百十丈后，才一齐纵身上树，隐起身来以观究竟，而那四匹马跟随主人多年，早知主人心性，并未停步，直奔出去。是故铁算子以为黑煞四星走远了。不想这次铁算子却走了眼，当下打小哈哈，道：“黑煞四星果真名不虚传，不知此番作为亦是为何？！”说话间，自己后退半步，侧身对着身后那个使双斧的秃头，身形与雷音掌形成掎角之势，以免腹背受敌。却听一人道：“好说！好说！田当家的行事却不该婆婆妈妈，留下一剑天路东南性命。虽此时路东南已和他兄弟们同奔黄泉了，但他却将‘沧州七雄’尚未做成的事交付了我兄弟四人，你们就乖乖地交出那东西吧！”铁算子朗声道：“田某已对他们说明，那关帝庙中一无所有，阁下之言，请恕田某实难了然！”秃头阴煞星阴恻恻地一笑，道：“正如你们自命侠义中人从不相信我兄弟等的话一样，田当家的以为我等会信你们之言么？”语音刚落，便另有一人冷冷道：“大哥，别跟这个小子啰唆，先宰了再搜不迟。”此人虽说得阴冷，脸上却是一副古怪笑容，正是笑煞星莫国。雷音掌听得怒火大炽，正要发话，面对着他的愁煞星裴文韶缓缓道：“两位自己斟酌吧。”那声调说不出的愁苦，脸上更是一副愁深似海的模样。雷音掌见他如此，心下不由大起同情之心，左脚踏上来步，便想去安慰一番。愁煞星斐文貂见雷音掌上当，待得他再走一步，便要突施杀手。当下脸上不动声色，只长长地叹了口气，这口气着实叹尽了人世艰辛。

他本想引得雷音掌再走近一步，谁知雷音掌听得这声长叹，心中一惊，连忙止步。但见满面阴沉的苦煞星胡涂寺中拎着一根黑乎乎的兵器，苦苦地望着两个不作声响。连、田二人对视一眼，点点头一心头均想：与其坐以待毙，不如舍命一搏！雷音掌双手一圈，真气贯注，向阴煞星一面缓缓推去，掌中隐然有雷鸣之声！铁算子田归林手抬精钢算盘，手一扬，展开灵动身法，骤然间已经向苦煞星胡涂和愁煞星裴文韶各递一招！笑煞星莫军嘻嘻哈哈地立在一旁，饶有兴味地观战，似是无意动手。阴煞星见雷音掌掌力浑厚，心下也暗暗吃惊，当即抽剑刺上，剑尖直指雷音掌左掌心，剑尖离掌心尚有一尺之时，忽觉长剑遇阻，阴煞星已待变招，雷音掌左掌倏地一伸，掌力搭在剑身之上，两人同时感到一股巨大之力撞来，不约而同被震退三步，惊讶地互相看一眼，心知今日棋逢对手，二人相较，谁也难讨了好去！当下雷音掌双掌齐飞，阴煞星剑走偏锋两，人一阳一阴，转眼间已拆了四五十招，犹自难分胜负。

铁算子不知苦煞星胡涂掌中那根黑乎乎的东西是何玩意，心中忌惮，便不敢过分接近，当下只游斗愁煞星裴文韶，三人战成一团，如同风轮一般急旋。得到百招之后，铁算子已认出苦煞星手中那根黑乎乎的玩意儿竟是玄铁所铸，攻守之际，苦煞星手中玄铁棍招招指向铁算子的身上大穴，心知苦煞星胡涂也是擅长打穴，当下心中稍稍安定，挡开愁煞星的那招“一愁三叹”，转身对着苦煞星一扬手臂，那算盘珠子哗啦一响，苦煞星以为暗器射出，此时两人相距不过三尺，心中大骇，身形向左侧跃开三丈。谁知铁算子此乃虚招，见逼开苦煞星，也不转身，手向下一压，三枚槽钢算盘珠子已然分袭愁煞星裴文韶右手太渊穴，胸上中府穴，右腿伏兔穴。愁煞星陡见三枚暗器袭来心中大骇，待要转身避让，已然不及，只听得“噗”的一声，二枚算盘珠子已经深深嵌进中府穴和府兔穴，所避开的，仅是袭向太渊穴的那枚而已。愁煞星但觉平边身子木麻急疼，站立不稳，人已经摔倒于地。

铁算子一招得手，并不回头观望，当下又与苦煞星胡涂斗将起来。这番相斗，自与方才以一敌二不同。铁算子不再游斗，只以苦煞星胡涂见招拆招，端的是短兵相接，你来我往，看得人眼花缭乱。待到第七十招时，铁算子右手暴直，精钢算盘直点苦煞星灵虚大穴，苦煞星以玄铁棍一挡，隔开精钢算盘，此时玄铁棍正指着铁算子肩井穴，相距约有半尺，铁算子不以为意，正待变招时，突觉肩井穴被重重一撞，当即半身酸麻，精钢算盘“啪”的一声落地！原来这玄铁棍中另有机关，苦煞星胡涂陡使绝招！玄铁棍顿时暴长尺余，铁算子哪明就里，不明不白便即着了道儿！雷音掌大吃一惊，心神略动，险些给阴煞星一剑洞穿喉头，虽是他经验老到，堪堪避开这致命一击，还是被阴煞星左手跟进点了穴道，顿时呆立当地，动弹不得！

此时天色已暗，树林中阴气森然，寂静无声。阴煞星解了愁煞星穴道。笑煞星莫军一直旁观，此时却哈哈一笑，嬉皮笑脸地凑到铁算子跟前道：“习武之人，总是不自量力，这下你还有何话可说？”铁算子默然怒目而视，笑煞星不以为忤，依旧笑嘻嘻地道：“你既不愿拿出来，那我就只有自己劳烦一番了！”言罢伸手便朝铁算子怀中掏去！猛听得一声暴喝：“何方贼人，竟敢辱我夫君！”黑煞四星陡闻暴喝，尚未回过神来，但觉眼前有一大堵黑影，跟着均感劲风扑面，惊骇之下，一齐后跃！原来铁姑昨夜正自豪饮，突闻老仆来报洞房起火，众人扑救不及，偌大一个庄园转瞬变为灰烬。铁姑一腔春情尽落得个鸡飞蛋打，心中又气又恼，暗自道：“看不出，你这不知好歹的倔强瘦猴还有几分本事，本姑娘此生缠定你了！”当下将庄园田产交与老仆照管，未待天明，便提了铁杖，退出谷来，误打误撞，竟在田、连二人最危急的关头被她给追上了！一看有人竟敢欺负她心中情郎，哪里还按捺得住，一声暴喝，人已扑向黑煞四星！铁算子认出铁姑，不禁惊怒交加，暗叹时运不济。见铁姑正跟黑煞四星恶斗，当下凝神静气，运气冲开被封之穴道，跟着又解了雷音掌被封之穴，拉着雷音掌向林中深处逃去！

第二十四回 歪邪掌门

四十

二人正不疾不缓地朝前走着，鬼灵子突然惊叫一声，疾退三步，满面惊骇！正与他并排而行的瞿腊娜心头大震，哪还顾得上想什么，也是一退三步，紧紧抓住鬼灵子的衣袖，花容失色，急道："怎么了？！"鬼灵子道："蛇！"瞿腊娜惊叫一声，拉着鬼灵子又疾退三步，然后"呛"地抽出长剑，惶然道："在哪儿？"鬼灵子肃然道："有千万条之多！"瞿腊娜这一惊更甚，饶是她剑法不凡，也万难对付如潮涌上的千万条蛇！何况瞿腊娜毕竟年幼，小姑娘家，哪有不怕蛇的。别说千万条，纵是一条，也足令她唯恐避之不及了！是以拉紧鬼灵子，颤声道："咱们折回去吧！"鬼灵子却突生一股豪迈之气，大笑道："小姑娘莫要惊慌！有小叫花在此，又何惧蛇了！打狗捉蛇，正是叫花子的拿手好戏！且看我戏弄那小蛇一番！"言罢竟大步流星，直往前走。瞿腊娜听他如此之言，心头略有所定，小心翼翼地跟在他身侧，一手持剑，另一手却紧紧抓着鬼灵子衣袖！

不料二人这般行出足有三里，却还是未见任何异常。瞿腊娜心下微奇，道："鬼……""什么鬼不鬼的！"鬼灵子打断她的话头道："小姑娘记住了，本掌门大号陆小歪！""陆——小歪，"瞿腊娜连忙改口道："那些蛇在……在哪儿？"鬼灵子却道："本掌门虽大号陆小歪，蒙江湖朋友厚爱，给了敝人一个尊称，叫鬼灵子。小姑娘叫我鬼灵子也没大错。”瞿腊娜道：“我是问……”鬼灵子道：“既要问本掌门话，小姑娘你又紧紧拉着我衣袖做甚了！要知本掌门这身衣衫，竟值得二两金子，你将它揉皱了，哼哼！”“区区二两金子，本姑娘赔你便是！”瞿腊娜道，“只是那千万条蛇……”鬼灵子总不让她将话说完，道：“你陪我？”瞿腊娜道：“赔！哼！有什么了不起的！”“陪定了？”“哼！”“你是陪定我了？！”“赔定了！”“好！一言既出——”“驷马难追！”鬼灵子哈哈大笑，直弄得瞿腊娜莫名其妙，便松开了他的衣袖。

鬼灵子笑罢道：“小姑娘既陪定了我这个叫花，我陆小歪倒不好再隐瞒于你了，那千万条蛇嘛，的确也有的——”瞿腊娜复又紧张，道：“在哪儿？”四下里张望，却哪里有半条蛇影子。“你既陪定了我，”鬼灵子道，“只要我不驱逐，你终归是要在我身侧的……”“什么什么什么？！”“只要有本掌门在侧，你也不用惊慌，那千万条蛇，聚居在东海的一个岛上，离此地竟有万里之遥。”瞿腊娜这才知道受骗，竟坐地“哇”的一声哭了起来。鬼灵子不慌不忙，双手叉于腰间，绕着瞿腊娜转了三个圈，才在她对面站住，长叹一声，道：“天要下雨，娘要嫁人，小姑娘要哭，唉，这都是没办法的事！”言罢摇摇头，一副无可奈何之状。瞿腊娜忍不住，“扑哧”笑了一声，未等她哭声再出，鬼灵子便急忙道：“又哭又笑，黄狗拉尿！”瞿腊娜“霍”地站起，怒道：“你？！”“我也是无可奈何，作茧自……自那个拴吧。”瞿腊娜道：“什么作茧自那个拴，叫作茧自缚！”“对啦！就是这个意思，”鬼灵子道，“小姑娘还有点儿学问。你既陪定了我，终是不离左右，往后你可得多教点儿学问给我。”“什么叫终不离你左右？！”“方才你不是说陪定了我小叫花么？”“我是说赔你衣衫！”“赔我衣衫？衣衫在我身上，赔我衣衫不就是陪在我身侧么？”他故意将“赔”说成“陪”，瞿腊娜又气又怒，竟你你我我的说不出多余话来。“什么你呀我呀的！”鬼灵子道，“天大的事也得等填饱肚子再说！走吧！”瞿腊娜先被鬼灵子以“蛇”惊骇于前，又落入其彀于后，但此时已是辛酉时分，腹中空空，她初入江湖又无个投处，虽心中又气又急，却也只“哼”了一声，率步朝前走，鬼灵子满面得意地跟在后头。

此时瞿腊娜正在寻思报复之法，鬼灵子岂有不知，但鬼灵子却在心头暗笑：谅你小小一个姑娘家，也奈何我歪邪掌门不得！一个时辰之后，二人步入一座大集镇。鬼灵子腰怀一大锭纯金，自是觉得财大气粗，随便拦住一个路人，大咧咧地问镇上最好的饭庄在哪儿！那被问之人见他蓬头垢面，却又衣衫华贵光鲜，且看跟在他身侧沉着脸的瞿腊娜，却是清雅美貌，且鬼灵子口气又是端的粗豪，便以为是一对官家姐弟溜出家来寻些开心，因而规规矩矩地回禀："本镇最好的饭庄便是'仙宾客栈'。"二人问明路径，直奔"仙宾客栈"。进得店门，便有小二迎将上来，笑容可掬，却对鬼灵子的笑容打扮摸不着头脑，不知该如何称呼。再看瞿腊娜，虽清雅秀丽，却又板着个脸，恰似冰雕玉刻一般。便听鬼灵子道："雅座雅座！"听其口气，小二心思恰与方才被鬼灵子问路那人一般，连忙道："公子，小姐，敝店楼上雅座空位倒是有的，只是今日知有些不便。"鬼灵子听小二称他为公子，心中大乐，便作出一副"公子"态道："既有空座，那就没什么不便了，你只管引本公子和……上去便是！"他本想将瞿腊娜叫作小姑娘，但又觉有些不妥，一时想不出适当称谓，便含含糊糊地搪塞了过去。小二道："公子小姐有所不知，本镇熊员外家小舅子中了今科举人，赵秀才、杨秀才和宋秀才正为熊举人庆贺，敝店雅坐，全被他们包了！"鬼灵子哈哈一笑，道："原来是那几小酸丁么，你且引我们上去便是。"小二迟疑道："公子与……""还啰唆个甚？！"小六发了"公子"脾气，"一切有本公子担待，那几个酸丁见了本公子，不喜得钻桌子才怪呢！"小二见状知眼前这公子小姐来头不小，且定与熊举人和赵、杨、宋秀才熟稔无比，顿时笑容满面，引了他们上楼。

雅座果非浪得虚名，四壁名人字画错综复杂，直令小鬼灵子发呆。厅内并无圆桌，只摆得十来张古香古色、齐膝高矮的茶几。一举人和三秀才各有二位歌伎作陪，占去四张，尚有七八张茶几空着。见小二笑眯眯地引了鬼灵子上楼，熊举人微觉蹊跷，待鬼灵子那蓬头垢面被看清晰之后，众人直皱眉头。鬼灵子却大大咧咧地对那小二道："此间没你的事了，下去吧！"小二打躬作揖下楼之后，三位秀才便欲发作，却忽觉眼前一亮，瞿腊娜已自上楼！那陪酒的八名歌妓虽均有几分姿色，但与瞿姑娘相比，却是有若荧虫比之日月！瞿腊娜此时早满面笑容，见众人皆看着自己发呆，不禁莞尔一笑，抱拳道：“恭喜熊举人金榜题名！”熊举人及三秀才连忙还礼。瞿腊娜指着鬼灵子道：“舍弟顽皮惯了，还望熊举人及三位秀才海涵！”方才四人只注意到鬼灵子的蓬头垢面，此时听他竟是国色天香的瞿腊娜之弟，才注意到鬼灵子衣服华贵光鲜，竟一齐冲小六作道行礼，口中道着：“哪里哪里！”

鬼灵子虽聪颖伶俐，竟也被瞿腊娜此举弄了个丈二和尚摸不着头脑。便见瞿腊娜走近身来，手指如风，连点了鬼灵子七八处穴道，边点边道：“六弟，你这般顽皮，羞辱斯文，连做姐姐的也面上无光，你啊你！”一举人三秀才哪知鬼灵子已然遭殃，还道真是个姐姐在教训顽皮弟弟。他们哪里知道方才鬼灵子刚一跟小二上楼，瞿腊娜便在楼下扔了一锭银子给老板，令他速腾一锅滚沸热水出来，道：“本小姐带了头小猪要尽快烫了下酒。”那老板虽见她身后并无仆人拎来小猪，但人家给了一锭银子，自是忙连应了。少顷便腾出一锅滚沸热水，令小二上去问那小姐个究竟。鬼灵子连哑穴也被点了，作声不得，心中叫苦不迭，不知瞿姑娘要如何报复于他。三秀才一举人正欲对貌美如花的瞿腊娜替她“六弟”说情，便见先前引鬼灵子上楼的小二笑吟吟地从楼梯口伸出头来，恭敬地道：“小姐，水已备好，却不知小姐带来的……”瞿腊娜轻轻提起鬼灵子衣领，递给小二，笑道：“便是这个，你们只管照本小姐吩咐做了便是！”瞿腊娜功力不弱，鬼灵子个头又小，是故她拎起鬼灵子递给小二时，一举人三秀才还道那“弟弟”真听“姐姐”的话。只有小二大觉不解，怀中的鬼灵子除眼睛能眨外，怎的竟似瘫了一般。心本虽大惑，还是抱了他下楼进了厨房！

四十一

楼上举人秀才们邀瞿腊娜入座，她本是江湖中人，竟不推辞，捡了个临窗之位坐了，但见窗外不远处即是连绵起伏的黛色青山，山上一座塔若隐若现，风景极佳。瞿腊娜身为峨眉绝因师太弟子，除剑法武功外，对棋琴书画酒五道也并不算陌生，加之貌美，竟喜得个熊举人三秀才忘了饮酒，只顾挖空心思，吟诗赞叹于她。楼下老板却甚觉蹊跷，明明一个小公子，怎的那小姐竟说是头小猪！再细观时，心下便即大悟：对了，这“公子”故意弄得蓬头垢面，使与她同行的小姐觉得羞愧。便让我替这个公子洗上一洗。一锭银子替人洗个澡，那倒是天下一等一的便宜事。故而加了几桶冷水入锅，待水温适度，便将小鬼灵子剥得个精精光，抱进锅里，替他搓胸擦背。少顷，那老板便又喜又惊又奇！喜的，这个公子不动不怒，自是听了那小姐之言，乖乖洗澡，自己猜中了那小姐心思，一锭银子是赚定了！惊的是，这个公子衣衫华贵光鲜，却是换了三锅水，也才堪堪将他身上污垢除尽！奇的是，在厨房的大锅里替人洗澡，这还是本生第一遭！楼上吟诗啧啧，楼下温水哗哗，倒也相映成趣。半小时辰之后，鬼灵子穴道已然自解，老板也堪堪将他浑身上下擦干。鬼灵子平生第一次洗澡，倒也觉得浑身舒坦，竟是不气不怒，边穿衣边笑吟吟地问清了老板个中情由，老板自是依实禀报。便听鬼灵子问，一锭银子，除替他洗澡外，再烫一只小猪够是不够。老板道纵烫十只也尽够了。鬼灵子一笑，倏然不见，直惊得小老板目瞪口呆。

少顷，果见鬼灵子不知以何手段，弄了只不哼不叫的小猪来，情景正与方才小二抱他下楼时无异。三下五除二，小猪已然烫熟，油盐酱醋一律不要，鬼灵子拎了小猪，飘然上楼。楼上众人兀自饮酒赋诗，而瞿腊娜知那老板断不敢将鬼灵子生生烫熟，只觉胸中出了口闷气，倒也放心得很，竟也开怀畅饮，品画论字。忽觉一道光影闪过，众人眼前，已然多了个红光满面的俊美少年！美少年不喜不怒地看着临窗而坐的瞿腊娜。瞿腊娜也是不喜不怒，只是心下微惊：这个叫花竟长得这般俊俏！便冲他做了个鬼脸。便听熊举人道："有其姐还有其弟，小公子，这般俊俏人品，我熊某还是平生第一次见到！"他们都认出了眼前这俊俏公子便是先前蓬头垢面的鬼灵子。赵杨宋三秀才便也要出言赞叹，却见鬼灵子连撕带劈，将手中小猪弄成五份，四条膀腿分置熊赵杨来茶几，猪头却放在瞿腊娜面前。

鬼灵子一抱拳，笑道："本公子姓陆，名小歪，听说熊举人金榜题名，特来道贺！"熊举人连忙道："原来是陆公子，熊某谢了！若不嫌在下庸俗，便请入席如何？"鬼灵子嘻嘻一笑，竟自坐到瞿腊娜身边，道："本公子礼物虽薄，却是祝各位步步高升之意，还望各位既是心领也要肚纳才好！"心领神会一词，举人秀才们倒是熟稔的，心领肚纳之言，倒是首次听闻，竟一齐大笑起来。鬼灵子见他们大笑，心想真是一帮蠢材，本掌门献你们猪膀猪腿，自是讥嘲你们老大一把年纪才有丁点儿出息，慢行似猪，却也自鸣得意，正想出言暗示，便听瞿腊娜轻声道："小猪从哪儿弄的小猪？"言罢咯咯娇笑。鬼灵子指着她面前的小猪头道："这般小猪头，要对付它还不容易么！"言罢也轻笑几声。

举人秀才们见他们"姐弟"相互打趣，虽不明就里，但也觉得有趣。便见熊举人端着酒杯站了起来，往窗外看了一眼，又在鬼灵子和瞿腊娜面前踱起方步，三秀才知他要作诗，一齐洗耳恭听。鬼灵子却不知他意欲何为，竟运功以备不测。便听熊举人摇头晃脑地吟道："粉面青丝两相映，黛眉卧蚕双似柳。远山奔面若画近，但闻啼雁雁语声。"吟声一毕，三秀才轰然道好。好声未毕，便见鬼灵子飞掠而出，在每张茶几上各抓了一点东西塞入口内。众人正不知他此举何意，却听"噗"的一声，鬼灵子早将口中之物喷吐于地，连声道："好酸！好酸！"熊举人骇然色变，但未等他开口，鬼灵子早道："本公子也有一诗在此，倒正好与熊举人之诗以及方才本公子献上的薄礼相映。"熊举人不冷不热地道："愿聆听陆公子大作！""好说。"鬼灵子大咧咧地道，"你们这便聆听吧！"于是鬼灵子也摇头晃脑，踱起方步吟道："远处山上一座塔，上面小来下面大。"只吟得两句鬼灵子便又坐回瞿腊娜身侧，端起酒来饮了一口，似是什么事儿也没发生。熊举人和其余三秀才听其所吟两句，虽显直露，倒也有意有景，与白乐天之诗倒有几分近似，当下不敢小觑于他，静听下文。却无下文。赵秀才奇道：“陆公子，那后面两句——”鬼灵子道：“你且说本公子此诗开头如何？”赵秀才看看熊举人，见熊举人正沉着脸，便道：“还算不错吧。”鬼灵子道：“既算不错，便请各位尝尝本公子敬献之薄礼，然后本公子便道出后两句来。”众人各尝了一口猪膀猪腿，却发现竟连盐味也无，一齐对鬼灵子怒视！瞿腊娜不知就里，也满目诧异地看着他。便听小六道一声“后两句来了”，便又摇头晃脑：“若是把它倒过来，下面小来上面大！”“哈哈”连声，瞿腊娜及那八名歌妓一齐笑了起来。

一举人三秀才中数宋秀才最为木讷，竟不知座中女子笑些什么，仔细想了想，慢慢吟道：“远处山上一座塔，上面小来下面大。若是把它倒过来，下面小来上面大。”吟毕，便也哈哈大笑，引得赵秀才也忍不住笑了起来。但熊举人却面色阴沉，对鬼灵子道：“陆公子是成心来消遣敝举人么？！”鬼灵子连忙道：“不敢！不敢！本公子不过适逢会，敬献大作一首而已。”熊举人冷哼一声，秀才歌妓们便强忍住笑！鬼灵子对瞿腊娜使了个眼色，然后道：“至于本公子所献薄礼，还望各位肚纳！”言罢众人只觉眼前一花，熊举人赵秀才杨秀才和宋秀才只觉口中一紧，早各塞了一只猪膀腿在口。八名歌伎一愣，待看清眼前景象时，想笑又不敢笑，直把八张粉面憋得通红。四名举人秀才愣神半晌，才从口中强拉出小猪膀腿来。待要发作时，却哪里还有鬼灵子和瞿腊娜身影！

鬼灵子和瞿腊娜自窗飞掠而出，一路上瞿腊娜笑个不休，连问“小猪”那首歪诗是从哪儿弄来的，鬼灵子道：“本掌门雄才大略，文武皆是超群，又怎的是歪诗了？！纵是歪诗，亦自有本门特色。至于‘小猪头’之言，那也不过是两只小猪戏弄四头蠢猪而已！”瞿腊娜道：“你要胡说八道，什么两头小猪？！”“咦？！”鬼灵子故作奇道，“我陆小歪堂堂一派掌门，又怎会胡说八道了！不是第一头小猪吩咐仙宾客栈的老板，第二头小猪才入四头蠢猪之口的么？！”言下之意，竟是“两头小猪”都与他鬼灵子无关了！瞿腊娜道：“那么入锅的小猪，一共又是几头？”鬼灵子一时语塞，便“咦”了一声。瞿腊娜道：“怎么啦？”鬼灵子道：“你倒是与人家眉来眼去的填饱了肚子，可我还空着肚皮呢！走走走，咱们去大吃它一顿再说！”翟腊娜急道：“谁眉来眼去啦？”鬼灵子道：“谁与那几个酸丁眉来眼去谁心里明！将来传出江湖去，哈哈！”翟腊娜几欲急哭，道：“你……”鬼灵子见状道：“好！只要你不把我今日洗澡之事传出江湖，我便替你保了这个密便是。纵是将来你师父绝因师太追问下来，我也一口承担便了！”翟腊娜道：“你明明入了锅，可我……”鬼灵子打断她的话道：“你的事我说过一力承担便一力承担！大丈夫一言既出便驷马难追，比如你说陪定了我便陪定了我，这便算是女中丈夫了嘛！”翟腊娜知斗嘴不是鬼灵子对手，干脆闭口不言，只心中寻思如何再捉弄他一次。

二人换了家客栈，自是鬼灵子摆阔，点了足够十七八人饱餐狂饮的一大桌酒肉！席间小六故作严肃，竟是一语不发。翟腊娜本也是小孩儿家心性，反倒忍不住了，先开口道：“好！陆小歪，算我服了你。你今日入锅之事，我不讲出去便是。但——”鬼灵子淡然道：“你以为这便扯平了么？”翟腊娜道：“本是子虚乌有之事，你却愣要往我头上赖，现在我自认倒霉，你却还要怎样？”鬼灵子道：“若我师父那老叫花追查下来，你能一力承担么？”翟腊娜道：“姚大侠他怎会知道，如若我不说出去，江湖中又有谁知道你入过锅了！”“那倒难说，世上无不透风之墙，”鬼灵子道，“若真的让江湖中知道了，你敢说入锅的，其实是你而不是我么？”翟腊娜“哼”了一声，道：“那你又总的一力承担我……哼！”鬼灵子道：“唉，要当大丈夫也还真的不容易，谁叫我口吐狂言，说是一力承担两事呢！没办法，往后若是风声透露出去，我便说今日与你眉来眼去的，决不是那四个酸丁，而是我陆小歪……”翟腊娜急道：“放屁！谁与你——”鬼灵子却肃然道：“纵是你师父绝因师太责罚下来，上刀山下油锅，我陆小歪若皱一下眉头，也枉称一代掌门了！”翟腊娜急红了脸，却又拿小鬼灵子毫无办法，气怒之下，竟端起一大碗酒，“咕咕咕”灌了下去！‘歪邪门”首任掌门陆小歪，却哈哈大笑，招了客栈老板过来，赏了他足够买下整个客栈的半锭纯金！如此重赏，客栈老板闻所未闻，当即愕然。便听鬼灵子道：“贵店之酒端的是天下第一！本公子今日所带金银不多，否则更该多赏才是！”

第二十五回 雪谷鏖战

四十二

先前冷风月大惑不解之事只有两桩，一是时隔半月之久，拜弟飞云剑等人为何还不能提了布袋和尚首级来见；二是既有续命金丹相助，功力为何总只能恢复九成。数日之后，又有一桩怪事，此事不但使这冷面煞星迷惑，更有甚者，一贯以阴毒著称的冷风月竟也有了一丝惊慌！——数日行功不辍，冷风月的天冥毒掌已然尽复。然每日只要一到未辛交替时分，便觉浑身疲软，不但天冥毒掌挥发不出来，竟连自行翻身也是难事！幸好整个黄龙堡只有红婢一人知晓此事，若让韦管家得知，结果端的不可设想！冷风月惊骇交集，心思姚鹏那老叫花在江湖上素有大侠之称，莫非其中有诈，姚鹏竟也练有某种隐秘毒功不成？每次功力尽散，均是自右掌掌心开始。而此掌年余来只施出全力击过姚鹏一掌！冷风月与红婢在枕边计较多夜，只得出两个结论：要么那老叫花胸腹间暗藏奇毒异物；要么就是姚鹏欺世盗名，练就了某项毒功，且后者的可能性更大。——因凡中天冥毒掌之人，十日内必毒发身亡，但飞云剑等离堡几近二十日了，却还未寻回姚鹏尸首。以毒攻毒，本就是一条至理。

布袋和尚既未身亡，冷风月怎又心甘。一狠心，竟将早年初到大漠时巧得的一份《天冥掌法秘籍》一招一式的传给了夜夜伴他的红婢，令她在自己外出时，全权掌管堡中事务。红婢跪地道："奴婢一生一世，均是堡主的人，堡主又何必——”冷风月道：“姚鹏不死，我冷风月怎能善罢甘休！我不日即要外出，去索那老叫花之命！”红婢道：“堡主身有故疾，万一……再说堡主外出，此间自有韦管家料理……”冷风月道：“绿婢之事，你自也知晓内情，我杀鸡儆猴，谅他也不敢妄动。但我现今传你这套掌法，便是为了以防万一！待我离堡之后，你名分上虽仍是婢女，但那老杂毛若有何异动，你便一掌毙了他！”红婢骇然应了，一心一意地学天冥毒掌，数日下来，竟已略有小成，如此又练了三日，忽闻飞云剑已派人回堡报信了。冷风月悄然出了白虎堂，却见与飞云剑夫妇同赴大漠的黄龙八骑早已在大厅恭候。冷风月只“哼”得一声，黄龙八骑早齐刷刷跪下。为首者禀报他们如何寻到堡主与姚贼相搏之所；如何掘地三尺仍未见那老叫花尸首；他们又如何将整个大漠走遍，飞云剑夫妇如何令他们回来，夫妇二人却去了天山……细细地说了一番。冷风月挥手让八骑去找韦管家领赏，自己复回白虎堂。

红婢见堡主面有喜色，也喜道：“那恶叫花的尸骨找到了么？”冷风月摇摇头，道：“拜弟飞云剑夫妇聪颖细心，他们定是知道了布袋和尚行踪。”红婢道：“怎么？他们没有回来？”“他们夫妇上天山去了。”红婢大惑不解：“天山？！”冷风月道：“凡中我天冥毒掌之人，只有以红冠雪鸡之血度千年雪莲服下，方可得救性命。老叫花也不枉浪迹江湖多年，竟也知道此节。不过掌毒发作仅十日之限，谅那老叫花也无生理！我今日即悄悄离堡，去寻拜弟弟妹，早一日见到那贼叫花之首级，我便早一日解了心头大恨！”红婢沉吟道：“但……”冷风月打断她的话：“那老叫花既中我天冥掌，又有拜弟拜妹在侧，你倒不必担心，只是我先前交代之事，你可要记牢了！”红婢跪下应了。冷风月又道：“我教你的掌法，你每日仍当勤练不辍！”红婢道：“堡主对红婢恩同再造，堡主之言，奴婢字字铭记于心。”……是夜，一条黑影，神不知鬼不觉地掠出了黄龙堡。

博格达峰高耸入云。博格达峰沉默不语。冷风月正午时分来到博格达峰脚，只觉山白天青，神气顿爽，不禁自顾阴恻恻地笑了数声，冷冷道：“臭叫花，此番小爷替你收尸来了！”他知道只有博格达峰上生长千年雪莲，并不时有红冠血鸡出没。——他还知道姚鹏一生浪迹天涯，定当深知此理。但布袋和尚在数百里之外的大漠深处，身中天冥毒掌，早已气若游丝，纵然那老叫花没被滚滚沙浪吞没，但他还能不葬身这冰天雪地的博格达峰么？！冷风月阴鸷如枭的面上遍布阴毒笑意，但那笑意很快便僵固了！——布袋和尚江湖阅历何等老练，当日连冷风月也着了他的道，他能想到的事，布袋和尚能想不到么？！恰在此时，两粒黑点如泥丸般射下峰来，冷风月连忙隐身，待那两粒黑点变成两条人影飞近，却正是垂头丧气的飞云剑夫妇，观其情状，定未寻到姚鹏尸首。

飞云剑夫妇下得峰来，茫然不知其所往。冷风月正待转出，却听飞云剑道："冰妹，此番咱们——"冷风月隐身之所惑他二人不过丈余，飞云剑的话自是听得清清楚楚，索性不现身，听他二人作何打算。便听毒蝎子辛冰道："博格达峰既无姚鹏尸首，咱们便到其他冰峰找寻。姚鹏那厮与大哥不共戴天，咱们此番离堡近有一月，若无才功便回，怎对大哥得起！"冷风月心中感动，却听飞云剑道："若将天山一峰一峰寻过来，岂不……唉，再说咱们离堡这么长时间，大哥岂不心急如焚！"二人正无计较，却见身侧一人施施然转出，却不是冷风月是谁！二人顿时大喜过望，连忙拜了。冷风月扶起二人，道："贤弟妹不必沮丧，偌大天山，寻尸何易！然也断无没尸之理！"飞云剑道："大哥，我和冰妹已然上了博格达绝顶，却还是一无所获。"冷风月道："那老叫花伤势极重，怎能攀此绝顶，倒是你们过高估计姚鹏那厮了，现今咱们便找些并不陡峭的峰谷搜索便了。"飞云剑夫妇齐声道"是"。三人便沿一座斜埠搜寻而上。不到两个时辰，陡闻上方陡峭处似有人声！

三人心中大奇，飞身而上，便听二十丈外有人朗声道："在下布袋和尚姚鹏……"冷风月闻言又惊又喜，惊的是那老叫花功力竟似丝毫未减。喜的是有飞云剑和辛冰在侧，三人合力，纵然姚鹏功力尽复，当也可取其性命！故而冷风月、飞云剑和毒蝎子三人一边冷言冷语，一边飞掠而上。三人呈掎角之势，分立东南西三侧，堵住了布袋和尚退路！此时正是午末交替时分。布袋和尚赫然转身，见面前立着的冷风月和另外二人，他不识得飞云剑和毒蝎子辛冰，但观二人眼色，便知也是阴鸷凶毒之辈，便哈哈长笑，对冷风月道：“老叫花纵然是鸡，但骨头却是太硬，只怕你这三只小毒雀吃不下了！”毒蝎子辛冰娇笑一声，媚态十足地道：“哟！这个老叫花你就别担心啦，本姑娘就是要老硬骨头才合胃口！”言罢又咯咯娇笑几声，直似花枝乱颤。飞云剑皱了下眉头，道：“冰妹……”辛冰柔声道：“飞哥你吃这老叫花的醋啦？唉！有什么办法呢。小妹我就是觉得男人要有几根又老又硬的骨头才过瘾，方才姚鹏说他的骨头又老又硬，我真想马上就尝尝他是否言下无虚，能否会小妹销魂！老叫花虽然脏了点，但——”她故意打断话头不说。冷风月知她是故意要激起飞云剑怒气——这一手，早在辛冰未与飞云剑拜堂之前，冷风月便领教过了！——故而并不打断她的话。飞云剑身为辛冰丈夫，却哪里还能忍受，阴沉沉地道：“但什么？！”辛冰故作怯态道：“飞哥既这般颜色，小妹哪还敢说？”飞云剑道：“你我夫妇，但说何妨！”辛冰道：“既是夫君如此，小妹便说了吧，小妹脾气，飞哥与小妹同床共枕这些年，莫非还不知道么？”飞云剑道：“你是说……”“对！”辛冰道，“咱们干脆杀了这姚鹏，断了小妹想头，飞哥便可放心啦。”冷风月身为拜兄，却不时给拜弟弄顶绿帽子戴戴，对辛冰的脾气，他早已深知。此时见飞云剑人彀，心中自是大喜：飞云剑本非人名，只因他一套“飞云剑法”使得出神入化，他的真名竟无人知晓。而他对自己的剑法也颇为自负，故舍了真名，就叫了飞云剑。人人都这般叫，“飞云剑”三字便也就成了他的真名。

飞云剑法源于西域，本就诡异霸道。使剑之人怒气越炽，剑招威力便也越大！此番飞云剑已然怒不可遏，只怕要将一套“飞云剑法”使成“飞醋剑法”了！要取布袋和尚性命，把握自是多了何止一分！布袋和尚却甚是不解，听其言语，那女的竟是使剑小子的老婆。如此大敌当前，她却有心调侃丈夫！待到后来听那女的说只有杀死他老叫花一途时，布袋和尚才心头大惊：辛冰如此貌美如花，心地竟这般歹毒！

四十三

未及布袋和尚多想，飞云剑早暴喝一声，仗剑攻了过来！观其拔剑出招之势，纵在中原武林使剑好手之中，也可算是一流的了！布袋和尚武功已臻绝顶，虽飞云剑的剑势凶捷霸道，却又能奈他何。待剑尖离其咽喉仅有一寸时，布袋和尚右掌一招“潜龙勿用”，拍偏剑锋，左掌一招“见龙在田”一击向飞云剑下盘，逼他退身！哪料飞云剑陡一发招，毒蝎子冲冷风月媚眼一闪，几乎是在同时，冷风月一掌击向布袋和尚左肋。毒蝎子一把淬毒铁砂，尽朝布袋和尚右侧所有穴道招呼！

布袋和尚骇然一惊！冷风月的天冥毒掌，他是领教过的了。这个魔头在大漠中了自己搏命一掌，短短月间，便已功力尽复，威势端的不可小觑！毒蝎子辛冰的那把铁砂，认穴竟是奇准，且离身尚有尺余，便闻浓烈腥味——显是粹过奇毒！布袋和尚已然出招对付飞云剑，万料不到他三人竟似演练过一般，分左中右三路几乎同时攻来。出招阴损，且配合得天衣无缝！此时后面又是坚冰峭崖，布袋和尚无法后退避招，一条老命，眼看就要葬身冰峰！好个布袋和尚，虽惊不慌，未等击向飞云剑的招式使老，愣生生撤回真力，飞身一跃，竟猛然腾起丈余！虽避过了冷辛二人毒掌毒砂，但飞云剑醋意甚浓，竟是不撤剑招，虽剑尖被布袋和尚陡发便撤的真力震偏一寸，但布袋和尚腾起之时，但觉左足一阵疼痛！地上，赫然多了一只脏兮兮的小脚趾！那是被飞云剑剑尖划下来的。

俗言道十指连心，其实十足趾也是连心。布袋和尚才一招之下，便失了左足一趾，幸得此地冰天冻地，布袋和尚又从不穿鞋，那本该“连心”的剧痛因麻木才有所减缓。饶是如此，左足已是血流如注！布袋和尚惊怒交加，身在空中，便是一声暴喝，运足十成功力，双掌齐发“飞龙现天”，朝三人头顶凌空击下！飞云剑一招得手，心下大喜，剑尖上撩，只待布袋和尚落身下来，便自胯至顶将布袋和尚划为两半！却陡闻冷风月猛喝一声：“飞弟快退！”语音方落，飞云剑便觉一股闻所未闻的刚猛掌风已然及顶，大骇之下，一个懒驴打滚，翻出三丈开外！冷风月和毒蝎子，则早已飞退五丈。“砰砰”两声，地上已然多了两个巨大雪坑！布袋和尚那刚猛绝他的罡力，将个身在五丈开外的辛冷二人惊得一愣！飞云剑仅滚出三丈，正在布袋和尚掌风边缘，只听“哇”的一声，飞云剑已被震得喷出一口鲜血。所幸伤势不重，飞云剑强运真力，飞身跃出两丈，落在冷辛二人身侧。但见满天碎冰！布袋和尚飞落于地，未等定住身形，右掌一招“亢龙有悔”，将那满天碎冰击向对方三人立身之处，左手食指疾点左足穴道，止住鲜血外涌。

若论掌法之刚猛纯正，天下首推丐帮“降龙十八掌”。此套掌法本只有这天下第一大帮的帮主一人独会，但当年胡醉为追查神秘的“黄龙令”令主行踪而隐身江湖，故将它传给了身为丐帮巡察长老的布袋和尚姚鹏。而“降龙十八掌”中，又首推“亢龙有悔”这一招最为刚猛绝伦！姚鹏论功力已臻天下绝顶高手之列，此时虽只运出七成功力，但那满天飞扬的碎冰却已被击成细末，有若一张寒网，直向冷风月等三人迎面罩去！冷、飞、辛三人疾向侧闪，避过“寒网”。一待立住身形，便听辛冰柔声道：“飞哥，你伤得重么？”语出真心，满面关怀，毕竟是一日夫妻百日恩，飞云剑心头悸动，当下一运气，发现真力只略微受阻，便道：“无妨！”接着又恨恨道：“我飞云剑决不饶了这臭叫花！”

只听布袋和尚哈哈大笑道：“谅你等三人也奈我臭叫花不得。说不得，我臭叫花今日倒正想替天行道，除了你这三个小妖魔！”言罢缓缓提起双掌，又欲拍向三人。冷风月急道：“散开！”便见冷风月左、飞云剑右、辛冰则朝后，三人一齐跃开。布袋和尚大笑道：“冷风月你这个魔头还有些鬼门道，我老叫花只有先除了你，再收拾他们，多费些功夫了！”言罢一掌击向冷风月。冷风月闪身避开，高声道：“弟媳铁砂招呼，飞弟咱们与老叫花近身游斗！”原来冷风月知布袋和尚掌力远在自己三人之上，若不近身，断无取胜之理。如只一味闪避其刚猛掌风，煞是费力，时日一长，难说还真要被这老叫花击毙在此冰峰。而布袋和尚却心下暗惊，心道这冷风月端的不可小觑！若近身游斗，他的天冥毒掌不好硬接，而飞云剑的剑路又阴损诡异，倒是真的有些难缠！但未等布袋和尚想出万全之策，迎面便有一大片毒砂分上中下三路打来！布袋和尚侧身闪避，正与飞云剑递出的剑尖相遇，当下心头微惊，只得出掌震偏飞云剑剑锋，尚未转身，后面冷风月如影随形，天冥毒掌以然攻至！布袋和尚闪开毒掌，飞云剑的剑尖又朝他下阴撩来！这一招简直下流之极。冷风月却哈哈大笑："飞云剑尚在吃老叫花的醋。"剑招虽然不齿，却是阴损歹毒，虽奈何不得布袋和尚，但有冷风月连绵不绝的毒掌相配，布袋和尚一时却也闹了个手慌脚乱。

冰峰剧斗之所，宽敞何止百倍，老叫花正可凭其掌力不让三人近身，不料此时布袋和尚却"自投罗网"，飞扑过来！三人不知他玩弄什么花招，甚觉蹊跷，竟不敢与他接招，慌忙分头避了开去。布袋和尚却如影随形，舍下飞云剑和辛冰二人不顾，只朝冷风月追击。冷风月心下骇异，不知这老叫花弄何玄虚，心道莫非姚鹏真练有某项邪功，竟不惧我的天冥毒掌不成？！否则当日在大漠，连中我二毒掌，为何却在十日内不毒发身亡，并且功力竟似丝毫未减？！何况此时只要我回身与其拼上一掌，纵是两败俱伤，我有续魂神丹相辅，恢复功力当无大碍，而他十日内未死，他虽功力尽复，却……冷风月不禁打了个寒噤。飞云剑和毒蝎子见姚鹏一味追击冷风月，对他二人置之不理。而冷风月一味逃奔，直令他二人大惑不解。

冷风月的天冥毒掌，天下无人敢硬接，这飞、辛二人早已深知。并且方才在冰峰搏斗，老叫花姚鹏也是一味闪避，不敢硬接天冥掌的，此时却怎的……冷风月仗着轻功高绝，并且心中有鬼，故并不敢远逃，只绕着飞云剑和毒蝎子二人周围兜转，任姚鹏在后面穷追！兜得几圈，冷风月见姚鹏轻功大不如前，心中迷惑顿时得解："这臭叫花是在拼命！"因而急道："飞弟……"飞、辛二人似大梦初醒，一剑刺出，却闻布袋和尚一声暴喝，右掌拍偏飞云剑剑锋，左掌将正欲以漫天花雨手法打出淬毒铁砂的辛冰震得"噔噔噔腾"连退五步之多！这正如俗话所说，一夫拼命，万夫莫敌！布袋和尚虽只剩平时一半功力，却也虎虎生威，再观其面，却是道不尽的豪迈凛然！飞、辛二人正自惊疑，便闻"噗"的一声，冷风月竟倒地不起，一动不动，恰似死人一般！——

此时，正是未辛交替时分，纵是在黄龙堡白虎堂，每逢此时，冷面煞星连翻个身也要红婢帮忙！飞云剑和辛冰哪知此节，只道布袋和尚陡发绝招，毙了他们大哥性命！当下二人心下大骇，飞跃过去，由飞云剑挟起大哥“尸首”，急逃出谷！幸得布袋和尚并未乘胜追击，只大笑道：“今日老叫花饶尔等性命，下次定杀不饶！”第二个“饶”字出口，布袋和尚早倒扑于地，情景恰与方才冷风月相似！

那边飞云剑毒蝎子庆幸布袋和尚慈悲，竟饶了他们性命。这边布袋和尚也自暗道侥幸：若那二小贼壮着胆子回头只要看上一眼，那要宰我老叫花当真比杀只鸡还要容易了！原来布袋和尚尚在追击冷风月之时，便早觉先前功行未满，未聚入丹田的那一半真力直在体内乱窜，气血翻腾，端的难受无比，无奈冷风月轻功高绝，既是抓定了这小魔头当自己丧命的垫背，没有十成把握，布袋和尚决不会贸然出手。待到飞云剑和毒蝎子愣神过来时，布袋和尚便想今日垫背难抓了，既是如此，能伤他两个小贼也是好的。故将所存功力尽数击向飞、李二人，然并未伤了他们。双掌击出，布袋和尚早觉眼冒金星，只待闭目等死。万料不到冷风月竟会自行倒地身“亡”！如此剧变，自是人人心惊，待飞、辛二人挟起冷风月朝谷口急逃时，布袋和尚虽不知究竟，但他江湖经验何等老道，强提一口气，道出两句威吓之言，以使飞辛二贼不敢回头，自己却真元耗尽，故而轰然倒下。

布袋和尚虽倒扑于地上，但神志却还清醒，心知当务之急，便是尽快盘膝吐纳，恢复功力。因而强行挣扎坐起，默然行功。一个小周天，功力已然恢复三成。又过半个时辰，功力便恢复大半。布袋和尚换了个隐秘之所，悄然练功。三日之后，布袋和尚功力尽复，除丢了左足小趾和八枚指甲外，他又是好端端那个名扬天下的姚鹏姚大侠了！大笑三声，布袋和尚离开雪谷，复上那座冰峰，在雪鸡墓前磕了三个头，才飘然下峰，径回太原。——此番自长安穿大漠直至天山，布袋和尚浪迹天涯一生，历经多少磨难，对魔道鬼魅伎俩之层出不穷，早已见惯不惊。冷风月的阴毒凶残，在他眼中也并算不了什么，唯一使他迷惑不解的是：当日自己气数将尽时，冷风月为何自行倒“毙”于地?

第二十六回 扑朔迷离

四十四

洛阳本是天下重镇，也是江湖中人出没最多之所。早先是“仙客来”客栈，江湖中人最喜落脚，后因此店老板——昔年的“紫鲸帮”帮主阮蛟，为报早年布袋和尚相救之恩，让其弟阮龙替恩人远赴云南为点苍一派报信，阮蛟觉出自家竟有重被卷入江湖之险，便将客栈转托给一个不会丝毫武功、为人颇为精明的本地人料理，自己则带着女儿阮灵素深居简出，坐收薄利。虽是后台老板，日子倒也过得殷实，但江湖中人见换了老板，也就很少在“仙客来”客栈投宿了。自“仙客来”客栈在江湖中人眼中“凋零”之后，那些背刀插剑的壮汉猛女们，便渐渐喜欢上了“天星”客栈。原因很简单，天星客栈的老板杜伏，又“聋”又“哑”又“瞎”，为人又不似“仙客来”客栈的新老板那般精打细算，在这儿饱餐狂饮，你愿多付银两，杜伏一声不响地收；你少付银两，他也一声不响地收；纵是你囊空如洗，杜伏还是一声不响地一文不收。江湖中人本就不喜欢多嘴多舌，既有这样一个对任何事情都不闻不问的老板，他们自然也就喜欢在这儿落脚了。天星客栈成了江湖中人投宿最多的地方。但一月多前，布袋和尚姚鹏姚大侠的徒儿鬼灵子到这儿胡闹一通，使聚集在这儿的无数英雄好汉要么颓然丧气，要么自觉面上无光，不过三日，已是人去店空。身为老板的杜伏却依然故我，有客便令小二热情招呼，无客便叫小二上楼睡觉，自己则一味在柜台内打盹儿，永远是一副死气沉沉之状。决不会没人不信：纵然有人大叫天塌下来了，杜伏也只会充耳不闻。对于江湖中人来说，天星客栈死气沉沉，那就意味着整个洛阳城都死气沉沉了。难怪天山二怪仅在洛阳逗留了几日，便觉毫无热闹可瞧，径自离城而去了。

连续一月有余，天星客栈都是生意清淡，每日仅二三桌客而已。但这与杜伏有什么关系呢？话又说回来，天下又有何事与杜伏有关？纵然连续二十余日来天天在此客栈食宿，长得有如玉树临风，年约二十，一出现便引得多少人心中赞叹不已的那个白衫少年，看上去也与杜伏无关。虽然杜伏昼夜不停地在柜台内打盹，见那少年总是昼伏夜出，但他还是不问不闻，似是见惯不惊。杜伏甚至没和那少年讲过一句话。那少年大醉过四次，这杜伏倒是记得清楚，但他每次都只叫小二去招呼。天星客栈的小二大约是受了老板影响，也都是些不多嘴多舌之辈。

忽一日，正是天刚放晓时分，杜伏仍端坐柜台内打盹儿，一巨汉率了二三十名精壮汉子涌进店来。杜伏微睁双眼，见走在前头的那大汉身高八尺有余，双臂过膝，一双手掌足有常人的二倍！巨汉臂戴黑纱。跟在那巨汉身后的二三十名精壮汉子都臂戴黑纱，杜伏不理不睬，复又闭目打盹。两名小二却早恭恭敬敬地奔了过去，问大爷们可是要吃点什么。那巨汉却一把将那问话的小二如小鸡般拎起，粗声大气地道："大爷们什么也不吃，只来这里找一个人！"

那小二身在空中，却并不骇然色变，只笑容可掬地道："不知大爷要找个什么样的人？"巨汉心中微奇，反问道："你怎么不怕我巨灵掌雷同？"小二道："原来是雷大爷，小的并非不怕，只因雷大爷足有小的三倍粗壮，怕不怕都一样，雷大爷只要一捏，小的脖子就断了。"雷同见小二答得滑稽，不禁哈哈大笑，道："那我不难为于你们便是。"接着神色一肃，又道："但你若不据实回答大爷我的问话，哼！"小二道："雷大爷这便请问，小的知无不言。"另一小二看了杜伏一眼，只见老板似是困倦已极般的将额头在柜台上磕了两下。便听巨灵掌雷同道："我们是来找这般一个人，年约二十，身着白衫……"

待他的话音落尽，先前被他拎起的小二看了看方才将目光投向老板的同伴，见后者点了点头，便道：“敝店确实有这般一个人……”雷同及所有大汉都是大喜，竟齐声道：“真的么？！”那小二道：“请大爷们稍候，小的这就去请那公子爷下来。”待小二上楼之后，巨灵掌等一干鹰爪门弟子寻了几张最靠里边的桌子围着坐了，均是面露喜色。

他们此番到洛阳来，本是为了追杀胡醉，前来探听胡醉行踪，顺便也打探江湖浪子下落。他们都知道杀胡醉为师报仇的大事，将来定须着落在江湖浪子身上，因而雷同、许聪师兄弟两分头行事，不料鬼使神差，负责找童超的许聪竟遇上了胡醉，而专为追杀胡醉的雷同却在这里误打误撞地找到了师弟童超！

少顷小二带一少年下来，一袭白衫，人在楼道口，恰似玉树临风，却不是江湖浪子童超更是何人！巨灵掌雷同兀自不信，揉揉眼，待要定睛看时，却见江湖浪子早飞奔过来，大喜道：“师兄！师兄——”话未说完，陡见师兄及本门兄弟尽戴黑纱，心中一凛，顿即住口。雷同本是性情中人，两只巨掌紧握师弟之手，竟是说不出话来。待见师弟神色有异，直盯着自己臂间黑纱，顿觉眼眶一酸，一条巨汉，竟当众恸哭出声！童超惊问道：“师兄！怎么啦？师父他老人家可好？”一弟子见巨灵掌兀自哭不答音，便悲戚地道：“启禀小师叔，师祖他老人家仙逝啦！”童超一时惊立当场，少顷便潸然泪下。良久，巨灵掌雷同止住哭声，将师父楚通之死的前因后果咬牙切齿地告诉了童超。江湖浪子这一惊更甚！他与胡醉结拜兄弟，情同手足，何以——此番他自云南玉龙雪山与毒手观音师徒不辞而别，本就是为子寻找拜兄胡醉和拜弟独孤樵，共谋一醉，然后叱咤江湖，不料……江湖浪子如突遭雷击，一时无法作声！

便听雷同又道：“师弟不在，本门弟兄们推我这不成器的师兄做了代掌门，但我已有言在先，待找到了师弟，本门这掌门之位，是一定要由师弟你坐的。眼下好了，师弟你既在这儿，师兄我可要老实不客气地卸下这副原本担当不起的重任了。”言罢突然跪下，叩首道：“掌门在上，请受雷同一拜！”“哗啦”一声，所有鹰爪门下弟子竟一齐跪下，叩首呼道：“掌门师叔在上，请受弟子们一拜！”童超恍若从梦中惊醒，连忙扶起巨灵掌，却只道得一个“我”

字，便再吐不出第二个字来。雷同泣道："师弟，本门诛灭胡醉那厮，替恩师报仇之大任，也只有你担当得起。就算师兄求你，便担当了本门掌门吧。"童超道："众位兄弟快快请起！"待众弟子起来之后，童超又道："师兄，众位兄弟，并非我江湖浪子忘了师门之恩，只是这掌门之位非同寻常，暂且留待二师兄到了再说……"雷同道："师弟休要推辞，此事我已和许师弟核计过了，本门兄弟们也是知道的。"众同门轰然道："掌门师叔，望念本门大仇，万万别再推辞了！"童超一时语塞，喃喃道："这……这……我……我……"雷同道："掌门师弟虽误交匪人，但胡醉那厮欺瞒天下，只要掌门师弟率本门弟子杀了胡醉，既替先师复仇，更为天下除此欺世公害，想必先师在天之灵，也断不会怪罪于你了！"此言情真意切，江湖浪子倒不好再说什么了。

正在此时，童超忽觉耳边响起一细微却格外清晰之音："童超，令师并非胡大侠所害！"童超一惊：显是有高人以内力凝音成线，贯入自己耳内！江湖浪子何等样人，陡然往那声音传来之处望去，只见一小二斜靠在柜台之外，本店老板杜伏却兀自打盹。童超便也运起传音入密之功，朝那声音所发之处道："前辈既有如此之言，为何不现身明示在下？"却听那声音又道："你做鹰爪门掌门不妨，但若杀了胡大侠，便要铸成千古大错！此时我还不便现身，你只须再待一个时辰，贵门其余弟子及二师兄来了便知端的，请恕我言尽于此了！你看着办吧！"雷同及一干鹰爪门下弟子见童超突然不言不语，如中魔法，似在侧耳倾听，心中都是大奇。忽见童超有若飞鸢，扑至柜台之前，一掌便往杜伏头顶击下。

四十五

杜伏却恍然未觉，依旧一磕一磕地打盹儿，丝毫不知已然噩运临头！雷同以为师弟突闻噩耗，心智已然迷失，见状大惊道："师弟不可！"童超功力已至收发由心之境，掌力离杜伏头皮只差一线时，硬生生收了回去。杜伏似被雷同的喝声吓醒过来，抬头迷蒙地看着童超，睡眼惺忪地道："客官你可是要酒么？"童超本疑方才那声音是杜伏所发，一试之下，却发现对方竟似不会丝毫武功，此时听杜伏问话，只得道："本公子来了些朋友，还请杜老板取上十桶上好的酒来。"杜伏似是一喜，忙招呼小二搬酒。

鹰爪门弟子自雷同以下，见童超要了这许多酒来，想是有了答应做掌门之意，不禁一齐欢呼："只要有江湖浪子出头，何愁师门大仇不能得报！"于是众人饮酒行令，一时热闹非凡。雷同人既壮大，酒量也豪，与童超一连干了二十碗，抹抹嘴道："掌门师弟，师兄算是服了你啦！我自以为本门中武功数你最高，酒量却算为兄老大，没想年余不见，师弟的酒量也如此了得！有师弟做掌门，本门何愁不兴！哈哈哈哈……"笑声未毕，忽见青衣秀士许聪带着二十余名鹰爪门下弟子满面忧色地走进店来。童超暗惊：方才那人凝功传音离此时二师兄进来，恰恰一个时辰！未等童超出声，许聪等早见了雷同童超及一干众同门兄弟，心中均是大喜，齐奔过来。许聪双手分握师兄师弟之手，却久久说不出话。

便听巨灵掌高声道："二师弟，莫非是看到师兄先一步找到小师弟，你竟说不出话来了？"许聪道："师兄，师弟，我——"雷同哈哈大笑道："错啦！许师弟你该叫咱们小师弟为掌门师弟才对！"童超忙道："师兄……"未等他说出下文，许聪及其率领的鹰爪门同门又已跪下，又叩首又高呼"掌门在上！"童超连忙将他们扶起。许聪面有喜色，道："既有师弟担任本门掌门，事情就——"却突然打住话头，神色一黯。雷同见许聪神色，大觉蹊跷，高声道："师弟，咱师兄弟俩分头行事，为兄负责追杀胡醉，结果却了无线索。师弟负责找寻咱们掌门师弟，断也是茫然无绪。哈哈！此番为兄误打误撞，竟找到了掌门师弟，莫非师弟也和为兄一般，竟找到了胡醉那厮不成？！哈哈——"雷同本想今日既有了江湖浪子童超任本门掌门，实是大喜之事。自先师被害之后，同门上下终日惨戚，今日何不痛饮开怀，之后为师复仇之事，一切均听掌门师弟安排便了，因而出言打趣许聪，本只想博同门一乐。哪知未待他大笑声毕，青衣秀士许聪竟缓缓地点了点头！许聪面色凝重，绝不似作伪。但胡醉那厮连先掌门无敌神掌楚通也要残害，却又怎能放过了鹰爪门下弟子！雷同心中大奇，嗫嚅道："师弟果真遇着胡……胡醉那厮了？"言罢兀自不信，转眼环视先前由许聪率领的本门弟子，却见那些弟子都面色凝重地点点头。

童超因先得人以传音入密之功提醒，是以不似雷同一般过度惊奇，只沉声道："二师兄，你可否——"青衣秀士许聪点点头，坐下喝了一大碗酒，先从怀中缓缓掏出一张书简递给童超，童超接过阅了，强忍泪水，道："师父！弟子童超若不为你老人家报这血海深仇，便有如此碗！"言罢也不见他有何声势，只伸掌在桌上轻轻一拍，摆在桌子正中上的那只空碗，却早变成了一堆细粉！这份匪夷所思的神功，整个鹰爪门弟子无一人有所耳闻，心中惊叹，却无人轰然叫好，只觉新掌门如此神功，心中均是大为振奋。许聪又道："掌门师弟，这为先师报仇之事——"雷同高声道："有掌门师弟挂帅，咱们但凭调遣便是！"童超道："大师兄休要性急，灭师大仇，咱们做弟子的理当得报。眼下且听二师兄将话讲完咱们再作计较可好？"雷同大声道："好好好！二师弟探知胡醉那厮下落，正是大事，倒是我做师兄的多嘴多舌了，许师弟快快请讲！"许聪于是把当时如何先遇天山二怪，如何险些被那两个老邪物所害，又如何得胡醉及时相救，并将天山二怪和胡醉之言，一字不漏地道了出来。

许聪一番话，直把雷同及其所率那部分鹰爪门下弟子听得目瞪口呆。虽整个鹰爪门众均知青衣秀士既为人聪颖，复又为人仗义。从他口中所出之言绝无虚妄，但巨灵掌雷同兀自疑惑，道：“师弟，你们真的遇上了……”却被童超打断了他的话。拜兄胡醉豪侠言行，江湖浪子自是深知，且他先已得人暗示，便对二师兄许聪之言深信不疑。先师遇难，童超自是惊怒交集，然师父遇害真情却是迷雾重重。师门大仇，不可不报！但残害师父之人，却绝非拜兄胡醉所为，童超既如此想，便道：“二位师兄！众位同门！先师惨遭贼人所害，咱们做弟子的若不报这血海深仇，也是枉自为人了！事至如此，既然本门上下同结一心，我童超却之不恭，便承袭了先师衣钵，做了本门第二十二代掌门！”众同门齐刷刷跪下，轰然道：“掌门在上！请受弟子一拜！”童超巍然而坐，受了同门这拜见掌门之礼。

雷同独自站起身来，将本门掌门令符，一只由万年玄铁铸成鹰爪模样的东西交给童超，复又跪入许聪之侧，道：“事急从权，童师弟，咱们便借此地行了交接掌门大礼吧？”江湖浪子肃然双手托住玄铁鹰爪，点点头，冲本门重地衡山方向磕了三个头，朗声道：“鹰爪门列祖列宗在上，我童超承袭本门第二十二代掌门，定将率本门弟子，有恩报恩、有仇报仇，使本门在江湖中决不堕了名头！”众鹰爪门弟子复又三叩九拜，行了交接掌门大礼。江湖浪子端坐众同门前，庄严道：“众弟子请起！”俨然是一派掌门之态。众人同声谢了掌门，一齐立起。

便听童超道：“自今之后，替本门第二十一代掌门、敝先师复仇之事，本掌门一力承担，凡本门兄弟弟子，若有违本掌门之言，本掌门以门规严惩不贷！”众人齐声道：“愿听掌门吩咐！”童超右手高擎掌门令符，沉声道：“本门第二十二代弟子巨灵掌雷同听令！”雷同越前一步，拜道：“雷同参见掌门，愿听掌门吩咐。”童超道：“本掌门令你这便率本门众弟子回归衡山祝融峰本门重地，代本掌门叩拜先师之灵，管好帮中事务，若有差池，本掌门唯你是问！”雷同一愣：自己率本门弟子巴巴儿的跑到洛阳来，只为追杀胡醉，怎的掌门师弟又要令咱们回去？大惑不解，因迟疑道：“这——”童超威然道：“雷同！你竟敢违抗本掌门之令么？！”雷同赫然道：“弟子不敢！”童超又道：“本门第二十二代弟子许聪听令。”许聪也越前一步，道：“弟子许聪愿听掌门吩咐。”童超道：“本掌门会你与本掌门一道，到江湖中探查先师遇害真相，并不时回本门圣地禀报消息。”许聪面露喜色，高声道：“弟子遵命！”童超端起一大碗酒，先朝衡山方向倒了，众人见他面色凝重，知他是尽孝先师，均是一派肃穆。然后又斟满碗，道：“凡本门弟子，均饮了这碗，咱们这便分头行事。不为先师报仇，我童超誓不为人！”众弟子每人都是大碗酒一饮而尽，轰然道：“誓为先掌门报仇！”待众人誓毕，童超道：“雷师兄，你这便率弟子们回归本门吧。”雷同心有不愿，无奈掌门如此吩咐，他也不敢不依，只得一抱拳，道：“两位师弟多多保重！”一挥手，除童超和许聪外，五十余人举步便要出店，不料刚一出门，便和一人撞了个满怀。

四十六

二人均是了无防备，雷同人高马大，只被撞退两步，与他相撞那人可就惨了，竟噔噔噔腾退出四步之后才定住身形。雷同此番被童超命令回门，本来心中就有气，正欲发作，却见对方也和自己一般，大有立即发作之态。二人四目相视，心中都是一惊。雷同身后有五十余人，皆是臂戴黑纱。而与雷同相撞那人，年约五十上下长得短小精悍，他身后之人，竟有七十之多，也是人人头缠白纱！黑纱白纱，相映却不成趣，只显得无比的肃穆肃杀。

只见那精瘦老者面色突然一缓，抱拳道：“楚老先生高足，可真身手不凡！小老儿甘拜下风！”雷同哈哈一笑，还礼道：“焦前辈如此说话，倒令我雷同汗颜了，无意相撞，还望焦前辈不要怪罪才是！”留在店内的江湖浪子童超和师兄青衣秀士闻言略奇，一齐走了出来。童超已在头上扎了一条黑纱。那精瘦老者陡见江湖浪子，面色突然一凛，又见他头缠黑纱，心下不由一奇。江湖浪子见对方众人也是头上尽缠白纱，也是心中大奇。二人异口同声，道：“焦前辈为何——童少侠为何——”

原来那精瘦老者，正是崆峒派掌门神拳无敌焦砾子之师弟，人称“神拳开丁”的焦石子。鹰爪门和崆峒派素无过节，方才焦石子陡见江湖浪子而色变，仅是因为凡江湖中人均知江湖浪子童超与千杯不醉胡醉乃是拜把兄弟！而此时焦砾子被胡醉惨绝人寰的活活肢解，崆峒派已然得知，神拳开丁焦石子承袭了掌门之位，全派倾巢而出，正是为了追杀胡醉。在江湖奔波半月，却了无胡醉音讯，此番到洛阳来，也是想到这天下重镇来探寻胡醉行踪！焦石子与童超同时开口，又都同时一愣。巨灵掌雷同便迫不及待地道：“焦前辈，贵派为何人人皆缠白纱？”焦石子神色一黯，便见崆峒派一弟子越前一步，抱拳道：“焦师叔眼下已是本派掌门……”童超一惊，道：“那贵派掌门神拳无敌焦砾子前辈呢？”焦石子神色惨然，道：“先掌门师兄已然被胡贼残害——”“胡贼？！”雷同高声道：“可是盗名欺世的胡醉那厮么？”焦石子听雷同如此之言，心中一愣，随即点点头。雷同嘶声道：“胡贼啊胡贼！你自恃武艺高强，竟如此丧心病狂，你莫非要——”却被青衣秀士许聪打断了师兄话头，对焦石子肃然道：“贵派前掌门焦砾子前辈遇害，本门深表哀悼，只是焦掌门，小心只怕有些个……”焦石子冷哼一声，道：“许二侠莫非认为本门竟诬赖了胡醉那厮么？！”“不敢！”许聪凛然道：“实不瞒焦掌门，先师似乎也是被胡醉残害，眼下本门掌门，乃由敝师弟江湖浪子承袭！”焦石子冲童超抱拳道：“恭喜童少侠荣任鹰爪门掌门！”脸上却绝无恭喜之意。童超也不为忤，道：“焦掌门能否请入店一叙，本掌门极想知晓贵派先掌门被害之事，若确系胡醉所为，我江湖浪子绝饶不了他！”焦石子满脸不屑，道：“童少侠若能大义灭亲，那倒是江湖大幸了，只是——哼哼！”童超凛然道：“我江湖浪子之为人，焦掌门还不知晓么？何况家师也遭残害，灭师之仇，我江湖浪子若不思报，也是在枉自为人了！”童超一段豪言壮语，直将崆峒派上下震立当场。

只听童超道：“雷师兄，你可率本门弟子走了。”待雷同率鹰爪门下弟子走远之后，童超朝店内一伸手，道：“焦掌门，请！”焦石子也一伸手：“童少侠请！”童超、许聪、焦石子以及一干崆峒派弟子，一齐进入店内。天星客栈的老板杜伏依旧在柜台内打盹儿。童超对先前带他下楼，此时正笑容可掬地奔过来的小二道：“再搬十桶酒来。”小二应了，少顷搬来十桶酒，进店的一干人众已然入座。童超令小二走开，双手轻拍数下，十桶酒全部启封，这一手收发由心的骇人内功，使崆峒弟子暗中咋舌不已。只见许聪一手拎了一桶，瞬间斟满了七十余碗。童超先端起两碗往地上倒了一圈，道：“这两碗酒，先敬家师和贵派先掌门在天之灵！”焦石子见状也端起两碗，又往童超所倒酒圈上默默地浇了一遍。

许聪又替他们斟满了酒后童超端起来，道：“恭喜前辈荣任崆峒掌门，童超先干为敬了！”言罢一饮而尽、碗底朝天。焦石子一言不发，端起一碗来也是一饮而尽。童超端起第二碗，道：“这碗酒，是愿本门和贵派灭师之仇早日得报。”七十余碗酒一齐干了。童超待众人放下碗，才对焦石子道：“焦掌门可否将令先掌门师兄遇害细节告知本掌门？”焦石子默然看了江湖浪子良久，见对方出语真诚，绝非作伪，才一抱拳，从座中拉出一个年纪与他不相上下，却显得精瘦猥亵的汉子过来，沉声道：“你说！”

童超一愣：崆峒派门下，除掌门焦石子外，尽都是三十上下的汉子，唯有此人年约五十，且头上未缠白纱，显非崆峒派中之上，童超叱咤江湖，却从未听闻有这般一号人物，便道：“请恕我童超孤陋寡闻，这位老英雄是——”“英雄二字愧不敢当。”那人道：“在下霍泉，长江面上的朋友给在下取了个绰号叫寒江独钓。”童超道：“失敬失敬，原来是寒江独钓霍老英雄，却不知——”转眼看着焦石子。焦石子对霍泉道：“童少侠豪气干云，你便把所见所闻细细地道了出来！”霍泉道了声“是”，于是把自己一月多前与山东响马尉迟恭“一刀断喉”骆一春等数十人在此客栈中如何争执太阳叟东方圣死后何人天下武功第一，有说胡醉的，有说童超的，有说姚鹏的，有说任空行的，更有说独孤樵的。正争执不下，已然酿起恶斗时，布袋和尚姚鹏姚大侠的徒弟鬼灵子突然出现，凭其神鬼莫测却又如同胡闹般的手段，将众人尽数戏弄个够，然后才悄然离开。“这一节，”霍泉道，“杜老板和这些小二都是目睹的。”然后霍泉又接着说，众人被鬼灵子一顿戏弄均是面上无光，纷纷离店而去。他霍泉只想回到长江面上，钓鱼饮酒，再不到江湖上丢人现眼了，不料到离大江只有一日之路程时，突然听到树林子里传来一声惨叫……说到这儿，霍泉竟一激灵地打了个寒噤！整个崆峒派中之人都顿时眼眶充血！焦石子沉声道:“说! ”霍泉又道了声“是”，然后说出自己如何悄悄摸进树林，如何见胡醉活活肢解焦砾子，自己如何不敢大声出气，直待胡醉离开之后他才悄悄回到长江岸边家中，心中震骇，连门也不敢出，只想就此了却残生。不料二十余日前的一夜，他正自醉卧于榻，醒来时却发现自己竟身在崆峒派的议事大厅，崆峒派从他身上搜出一张纸条，上面只有一句话：“贵派掌门已遭残害，此人知之甚详。”并未署名。事已至此，霍泉便把自己亲眼所见全部告诉了崆峒派，并领他们去取回了已被剥皮并砍成十数块，且也风干了的前焦掌门人尸骨……童超饶是豪迈过人，也被霍泉之言惊骇得作声不得！如此惨绝人寰之事，胡大哥竟能做得出来么？！

良久，童超道：“霍老英雄。那毫无人性之人，你可看清，真是胡醉么？！”焦石子冷哼了一声。霍泉凛然道：“昔年我紫鲸帮受玉蝴蝶那色魔之辱时，胡醉和姚大侠曾替本帮解难，因感其恩，胡醉的容貌我牢记于心，当日所见，绝不会不是胡醉！我霍泉虽算不上什么，但纵是当着所有天下英雄之面，我也敢以性命担保，在下所道之言绝无一字虚妄！”最后这几句话霍泉字字如锤，把个江湖浪子震骇得心头狂跳。焦石子漠然地看着童超。良久，童超似是大梦初醒，对许聪道：“师兄，你也把先师遇害及师兄所见所闻告知焦掌门吧。”许聪点点头，把楚通遇害，永盛镖局大小九十七口人全被杀绝，自己和雷同如何分头寻找掌门师弟和追杀胡醉等等细节详尽地复述了一遍。胡醉当日对他讲的那番话，许聪自也是一字不漏地道了出来。末了童超掏出那张曾覆盖在楚通尸身上，署名胡醉的书简递给了焦石子。

焦石子正细看时，忽闻耳边传来一个细微清晰之音：“许聪之言不虚，一侠一魔，当今天下真有两个胡醉！”如此传音入密神功，若无绝高内力绝对使不出来，放眼整个客栈，有此内力的仅童超一人，但童超此时正坐在自己对面，莫非是他故意？！焦石子将那张书简递还童超，定定地望着江湖浪子，耳边那声音却又响起：“千杯不醉胡大侠为武林安危，不好公然露面，正暗中追查那冒充他到处作恶之人，令师兄及楚通均为那假胡醉所害，望焦掌门三思，千万勿要铸成大错！恕老夫言尽于此。”纵有绝世内功，运出传音入密时，绝不可能嘴唇不动。而端坐在自己对面的江湖浪子却绝没张合嘴唇，况且那声音是从柜台那边传来的！柜台内杜伏兀自打盹儿。焦石子心有所疑，突然飞身出店。店外靠近柜台那边的小巷内行人倒是不少，但无一人似是身负武功之辈。除江湖浪子童超一人之外，店内所有人见焦石子飞身出店都是大惊！

少顷焦石子复入店来，一言不发，一拳击向正在打盹儿的杜老板左肩。“哇”的一声，杜伏喷出一大口鲜血，人竟昏了过去！两个小二又惊又怒地瞪着焦石子，却又不敢吱声。杜伏显是不会丝毫武功之人。焦石子一派掌门，却这般欺负一个不会武功之人且是当着江湖浪子之面，当即大觉尴尬。所有崆峒弟子见状，都觉面上无光。只有江湖浪子心中了然，焦石子定是也和自己先前一样，怀疑那传音指点的人是杜伏。因而面上并没露出嘲讽之色，只装作未见，低头饮酒。许聪却甚觉蹊跷：先前掌门师弟掌击杜伏，幸得师兄雷同喝止，且师弟内功已至收发由心之境，并未酿成大祸。此时焦石子为何又是一拳将杜伏击成重伤？故而面上露出了惊愕之色。那两个敢怒不敢言的小二，早奔过去，一人扶起老板，替他擦去嘴角血污，另一人撕开老板衣衫，用白酒替他搓揉遭击之处。杜伏左肩乌青了一大块，两个小二忙活了半晌，却仍不见老板转醒。焦石子尴尬了半晌，一声不吭地从怀里掏出一个小瓶，倒了两粒药递给小二，道：“以白酒替你们老板服下。”小二不接，只满脸怒气地瞪着他。

焦石子只好来个霸王硬上弓，劈手夺下小二手中酒碗，捏开杜伏下颌，将两粒药塞入其口，又灌了他一口酒，才将碗放在柜台上。不一刻，杜伏又“哇”地吐出一口污血，人才悠悠转醒。他茫然地看看两个小二，又看着焦石子，幽然道：“敝店酒质不好，得罪了大爷，还望大爷海涵。”焦石子尴尬地道：“杜老板如此说话，实令焦某汗颜。方才焦某失手伤了阁下，实在是对不起！这两锭银子，一锭算是付那酒资，一锭便给杜老板购药疗伤之用。”言罢把两锭银子轻轻放在柜台上。一锭银子，足可买二三十桶酒了。杜伏接了一锭在手，道：“既是大爷豪爽，这锭银子我就收了。实不瞒大爷说，光这一锭，纵买三十桶酒也足够了，大爷们只喝了十桶，便是要买药，余下的也还是多得多了。故这另外一锭，我是断断不可收的，虽说杜伏做的是小本生意，但做人也不可昧着良心，还望大爷收回。”杜伏“做人不可昧着良心”之言，使焦石子心中略有所动。便听那边江湖浪子童超道：“杜老板为人如此，我童超但凡路经洛阳，便再不会去第二家客栈，焦老掌门，我看你也不要过分拂了杜老板好意，哈哈！”焦石子也哈哈一笑，道：“既是你江湖浪子也这么说，我便厚着老脸取回这锭银子了。”将另一锭银子揣入怀中，冲杜伏抱拳道：“往后我崆峒派中要有人路经洛阳，也是住定了杜老板的天星客栈了！”杜伏连忙对焦石子和童超作揖道：“多谢大爷们照顾敝店生意！”童、焦二人还了礼。

鹰爪门、崆峒派和天星客栈三方各自拜别。这边童超将有人传音暗示之事告诉了许聪，解了青衣秀士满腹蹊跷。二人径往长安。那边焦石子也将之所以拳击杜伏之由告知门下弟子，弟子们均是大奇：怎的江湖上竟会有两个胡醉？！焦石子又细问霍泉当日所见情景，霍泉默想了很久，才道：“残害神拳无敌焦砾子之人无论身材相貌，均是胡醉无疑。只是当日胡醉除目露凶光外，面上竟是没有一丝表情，似是假面一般！”假面？！焦石子一惊，顿觉所有事情均是扑朔迷离！——莫非真有人冒充胡醉？！——丐帮正、副帮主势成水火，胡醉不公然露面，莫非真是为了顾及武林苍生？！——那暗中提醒自己莫要铸成千古大错之人又是谁？！而天星客栈内已无顾客，老板杜伏又迷迷糊糊地在柜台内打盹儿。

第二十七回

灭绝人性

四十七

月黑风高，夜枭悲啼，凤凰山犹若一座巨大的坟墓，在阵阵阴风中煞是瘆人。若非鬼斧神工，凤凰山决不会有这般宜人之所在——一个宽敞的山洞。且洞内有洞，共有十七个之多！天下知此奇迹的人，一共只有两个：金童和玉女——原先是有三个的，但太阳叟东方圣已被独孤樵一剑刺死，不再作数——除他们之外，纵有人曾步入此洞，但也仅知这是一个宽敞的山洞而已。

坐地虎、霹雳虎、跳涧虎，还有在洞口外放哨的白睛虎以及被他们从长安抓来的木叶令主卢若娴，对此山洞所知，当然也绝不会比别人更多。并且说什么他们也不会相信，每当洞外阴风惨惨时，洞内却是温暖如春。因为他们不知道此洞东西两壁均有一道一推即开、合拢起来又天衣无缝的石门。这种石门大小不一，共十六道，东西各八。更何况此时玉女面无表情，而金童却目光阴鸷。虽洞内四角均有巨大的松明火把，将整个洞内照得通明雪亮，但此时正立于木叶令主身侧的“三虎”，却只感到身上发凉，虚汗止不住地冒个不休——因为金童不时便看他们一眼。身处绝境的木叶令主，反倒比“三虎”要好。她的身上没有冷汗。她只用怨毒的目光盯着金童玉女。金童阴鸷的目光偶尔与她的目光相接时，只是淡淡地一笑。而玉女却从未与木叶令主目光相接。玉女端坐在洞壁西侧，一直垂着头。木叶令主虽不知玉女为何如此，但她自知自己已落入昔日太阳叟座前金童玉女之手时，便明白了会是个什么结果。

虽金童一见面就替她解开了川陕五虎缚住她双手双脚的牛皮筋绳，但同时也点了她七八处要穴！除金童偶尔挪动脚步之外，洞中其余五人，俱是有若石雕，这情景，当真是诡异无比。就这般过了四个多时辰，天光已然大亮，连木叶令主这般江湖经验至为老道之人，也闹不清金童是在玩弄什么玄虚！只见金童看看洞外，竟端坐在洞壁东侧，抽出双剑来，一剑指天，一剑插地，与玉女遥遥相对。蓦地，一声惊喝与一声娇叱同时响起，只见万道金光与万道白圈交织在一起，幻化出方圆六丈的巨圆！巨圆急剧旋转。此时，恰是旭日东升。但这只是一转眼的工夫。

木叶令主和"三虎"刚一激灵打了一个寒噤，便见金童玉女复又端坐原地，玉女依旧垂着头，一言不发。二人似是根本没动过身似的。金童却手擎双剑，待一阵呼啦啦的碎石雨洒尽之后，他才轻声道："御妹，你去歇息一会儿吧，此间之事，自有为兄料理。"玉女收了一头握在她手中，另一头却绕着她身周围成一个直径二尺有余之圆的白练，黯然轻叹了一声，竟似破壁而入一般，转瞬消失在众人眼前。石门开合时的嘎吱声，直令木叶令主和"三虎"瞠目结舌！

金童哈哈狂笑数声，才用剑尖一指跳涧虎，道："你！去看看白睛虎！"跳涧虎窜出洞外，却又马上折回，满目骇异地道："启禀公子，白睛虎他的头……头……"金童冷冷"哼"了一声。跳涧虎才倒吸了一口凉气，把一句话说了个完整："白睛虎的头离他的脖子竟隔着三四尺远！"金童心下一惊，却是不动声色，飞身出去只看了一眼，便即折回，令"三虎"架了木叶令主，从山洞的东侧"破壁"而入。连"破"三道石壁，到了一间方不方圆不圆的石屋，此屋比外洞大厅略小，却也够十七八人相拥而卧。四人刚入洞时，只觉眼前一暗，皆骇异不敢出声，但不过一盏茶时分，屋内竟渐渐地亮了起来。木叶令主虽穴道被点，但若论功力，自比"三虎"要深厚得多。她最先看见此间主人金童端坐在离他们大约三丈开外的一张巨床上，正阴恻恻地看着他们。"三虎"架着她，却面色惶然，显是还没看清眼前诸般景象。木叶令主只觉得架着自己的那六只手在轻微颤抖，心头不禁暗笑：原来老娘的处境也不比你们几条狗差！心头虽如此想，面上却也忍不住露出了一丝惊诧之色——洞内之光，竟是由金童所坐的那张巨床而发！如此巨大的石床，莫非竟是由千年碧玉制成！否则又怎能发出莹莹蓝光？更奇的是，此屋看似了无通风之所，呼吸却又甚是顺畅，且不令人觉得有丝毫寒意！

金童见木叶令主诧异地看着自己，知她已适应了屋内微弱之光，心下暗思：这老邪婆的功力倒也了得，然也多亏了这五条狗不知用何手段将她擒下，不禁轻轻一笑。他这一笑，若在大庭广众之下，不知要迷住多少怀春少女，然在此间，他俊美的面孔呈现碧绿之色，轻轻一笑，反有说不尽的诡异。木叶令主虽是历经风险，也不禁打了个寒噤。“三虎”也渐渐看清了屋内景状，双手却抖得更甚！便听金童轻叹了一声，缓缓道：“俗言道：虎落平阳受犬欺！卢前辈如此功力，却让几个连狗都不如的小贼欺辱，唉——”长叹一声，似有说不尽的辛酸。木叶令主差点儿就忍不住要安慰他了，却猛听得“扑通”三声，坐地虎、霹雳虎和跳涧虎已然跪下，嘶声道：“公子——”木叶令主心头微震：金童如此小小年纪，竟也练就了“摄魂心法”？自己在江湖上行走一生，竟差点着了他的道儿，当下便凝神静气以定心神，却不做运气冲穴之念——东方圣武功天下第一，点穴手法与江湖中各门各派均自不同。金童小小年纪，毕竟是东方圣御前弟子，虽只练得东方圣十成功夫中的三成，在江湖中却也算得是一流好手了。他随手点的几处穴道，木叶令主不运劲冲它还好，越冲却封得越死，恰似以自己功力助其帮自己封穴一般。

也是木叶令主邪名太著，金童一替她斩断缚住双手双脚的筋绳，她便不停运力冲穴，越冲越死，她开始还心头微惊，却偏不信邪，那邪乎劲儿一上来，便和自己较上了劲！否则昨夜那五六个时辰，纵是被绝世高手以正常手法封穴，也早自解了。哪知金童早知木叶令主行事邪怪，定会运力冲穴，那无疑是作茧自缚，竟一夜不去睬她，只不时讥嘲地看上她一眼，使她落入彀中。木叶令主怎不知其目光之含意，但她那邪劲儿老而弥坚，一直到此时方知邪中更有邪中手，便不徒作冲穴实为封穴之念，无奈此时被金童封的那几处穴道，早已如僵死了一般，浑身哪还提得起半分真力。

却见金童一挥手，轻轻道：“你们起来吧。”“三虎”一齐叩首，高声道：“多谢公子！”石屋内被“三虎”的声音震得嗡嗡作响。金童蚕眉微蹙，淡然道：“那也不用谢了，你们对前辈不敬，唉，恐怕我也护你们不得了。”未等“三虎”出声，金童早接着道：“卢前辈如此功力，却受尽你等欺辱，大约是白睛虎的‘五虎断魂香’又显神威了吧？只可惜此时他早身首异处，否则卢前辈倒可出一口闷气。”他说得越轻柔，“三虎”却越是心惊，而木叶令主与“三虎”相比所惊只有更甚：金童这小小一介孩童，“摄魂心法”却也颇有些功底了！也不顾“三虎”磕头如捣蒜，金童竟自对木叶令主道：“独孤樵实乃先陛下亲生骨肉，这么多年却不见他丝毫踪影，普天之下，只有卢婆婆你一人知他下落，还望卢婆婆见告。”木叶令主强定心神，冷哼了一声。金童又道：“在下与御妹在跟先陛下十数年，却连先陛下的亲生骨肉独孤公子的半丝音讯也得不到，好生令人羞煞，唉——”他这一声轻叹，比先前那一声又自辛酸了许多，木叶令主只觉心头一酸，便道：“独孤公子他……”只说得这五个字，便被“三虎”的声音打断了。“三虎”跪伏于地，齐声道：“还望公子开恩，护小人们周全！”木叶令主心头一凛，暗道侥幸，若非“三虎”这番嘶声高叫，她定中了道儿！金童也是一凛，眼前木叶令主突然阴狠狠地盯着他，知此计已难再售，不禁怒气大炽，笑眯眯地盯着“三虎”道：“你们定要本公子护你们周全，那不难，只是本公子怎知三位谁最忠心。”“三虎”一齐道：“我！”

四十八

坐地虎在“三虎”中内力最强，声音自也最高。待他们“我”字道出，金童微微一笑，左手一挥，坐地虎立觉胸中气闷，暗道不妙，刚欲说话，便听金童道：“原来如此，但本公子一人，却只能护得你三人中一人周全。”三人同时急道："公子！我——"金童道："反正你三人中，只得留存一人。"三人骇然相视。金童又道："追随本公子的，当非脓包之辈，你们……哼！""三虎"你看看我，我看看你，突然"砰""啪"两声，坐地虎身子凌空飞出，撞在岩壁上，口中喷出一大口鲜血！霹雳虎则委顿于地！原来三虎均是凶悍阴毒之辈，听金童说他三人中只留一人活命，早存了戕害另二人之心，三人中以坐地虎功力最高，无奈此时他只觉冷血翻涌，心下大骇，看了霹雳虎一眼后，便看着跳涧虎发愣。霹雳虎也自思，他三人力以坐地虎为老大，只要先毙了他，跳涧虎虽轻功了得，但在这石屋当中，百招之内，定有取他性命之望，见坐地虎发愣，心想机不可失，无毒不丈夫，今日为求活命，说不得，只有冒犯龙头老大了！也不等抽出兵刃，猛地一拳击在坐地虎背心，正暗喜一举得手，不料跳涧虎见霹雳虎陡然冲龙头老大发难，背后空门大露，三人中以跳涧虎功力最弱，但其心地之阴毒，却也一般无二。便在这电光石火之间，他也知霹雳虎拳毙老大之后，定放不过自己，故也未做他想，觑准霹雳虎空门，"啪"的一掌，正击中霹雳虎背心要穴！便听三人声音同时响起。坐地虎和霹雳虎均道："你好狠……"跳涧虎却高声道："公子，我——"金童冲跳涧虎微笑道："好！你很好！"跳涧虎心头微震，却听坐地虎对霹雳虎轻声道："咱们……中了……计了。"霹雳虎默默点头，却已不能开口出声。金童冷冷道："跳涧虎，去把那厮的舌头割了，免得他再啰唆！"跳涧虎愣得一愣，随即心一横，从靴套中拔出一把匕首，走到坐地虎身边，道："大哥，并非小弟心狠，只因公子之言对咱们乃是圣谕……"坐地虎凄厉的惨呼打断了跳涧虎的话："金童！我纵变成厉鬼，也饶不过……""你"字未得出口，只听"咔嚓"数声，跳涧虎的匕首早将坐地虎满口银牙和舌头绞了个粉碎！"噗"的一声，坐地虎吐出满口碎牙断舌，不去看跳涧虎，只怨毒地盯着金童。

纵是金童心狠手辣，也被坐地虎怨毒的目光和方才那"厉鬼"之言吓得怦然心跳。坐地虎目光渐渐黯淡，少顷，只听"噗"的一声，坐地虎倒扑于地，已然毙命！金童兀自心惊，厉声道："跳涧虎！挖出他的两颗眼珠！"跳涧虎喃喃道："他……他已死啦！"金童恍若未闻，心中只想废了坐地虎双目，他到阴间纵然变成厉鬼也看不到自己了。见跳涧虎愣愣站着，金童高声道：“你敢不听我的话！”话音落时，跳涧虎早双指疾出，抠出了坐地虎两颗眼珠。两颗眼珠早已充血，饶是跳涧虎阴狠歹毒，托着眼珠的那只手也不住地轻微颤抖！金童心神略定，慢慢使自己静了下来，对跳涧虎道：“你很好。”跳涧虎紧握住两颗眼珠，茫然道：“我不好。”金童一愣，知他被自己所为吓蒙了，也不以为然，只转头对委顿于地的霹雳虎道，“你定是也想变成厉鬼缠着我，可我偏让你认我不出！”话音落时，陡闻一声惨呼，霹雳虎两只眼眶已黑洞洞空荡荡，两股鲜血顺颊急流而下！金童如何出手，连木叶令主也未看清，只见白影一闪，霹雳虎的双目已然不存！木叶令主虽恨不得生噬了“川陕五虎”，此时却不由得心生一阵恻然，但更多的，却是震骇。跳涧虎的手中，已有了四颗眼珠。金童如何出手，如何将霹雳虎的两粒眼珠交在他手里，他却茫然未知。

金童状如鬼脸，狂笑声中，双剑交织如飞，转眼间已将坐地虎、霹雳虎双耳洞穿，绞出霹雳虎舌头，斩下二人四手四足！只见金童又跃回玉床端坐，喃喃道：“好啦，好啦，你们纵然变成厉鬼，看不能看，听不能听，走不能走，那是不能再缠本公子啦……”俗言道：“人死万事休。”二虎已死，金童却还这般灭绝人性，早把木叶令主卢若娴和跳涧虎惊骇得发不出半丝声音！金童却兀自喃喃不休，翻来覆去总是那几句话，似是痴疯了一般。

良久，木叶令主厉声道：“金童！你还是人不是！”金童茫然道：“我不是人，我是金童。”木叶令主一愣，倒不知该怎样说才好。金童又道：“昔日陛下说，金童玉女都不是人，而是神仙转世，以助陛下成就大业，我怎么会是人呢！我不是，我和御妹都不是……”木叶令主见其形状，知此时除此妖魔最是良机，无奈自己动身不得，对跳涧虎连使眼色，跳涧虎却浑然不知，只看着手中的四粒眼珠出神。又听金童喃喃道：“陛下大业将成，却毁于独孤樵之手。独孤樵……独孤樵是谁？金童玉女若不杀独孤樵，怎对得起陛下圣恩？！”突然脑海中闪过一丝灵光，只见他双目如炬，直射木叶令主，厉声道：“你知道的！你说独孤樵是谁？！他在哪儿了？本公子这就去杀他！快说！”木叶令主只觉浑身发冷，连忙闭上眼睛，缓缓道：“我不知道。”“你不知道？你不知道？”金童茫然道，“普天之下就一个木叶令主知道，莫非你不是木叶令主么？”陡然见跳涧虎立于一旁，疾飞过去撇他的左肩，厉声道：“你是木叶令主么？！”跳涧虎若是平时，定会被金童此举吓个三魂出窍四魂升天，此时却只茫然摇头：“我不是木叶令主，我好像不是木叶令主……”“咔嚓”一声，跳涧虎左肩肩胛骨已被金童捏碎，一条左臂颓然垂下，手中的四粒眼珠，却早落在地上。金童“咦”了一声，捡起眼珠，向跳涧虎道：“这是什么东西，滑溜溜的倒好玩得紧。”跳涧虎茫然摇头，竟伸出手也去摸摸那四粒眼珠，道：“果然滑溜溜的好玩得紧。”金童嘻嘻一笑，道：“咱们弹珠子玩儿好吗？”跳涧虎也笑道：“好！”二人竟弯下腰去，将四粒眼珠当珠子在地下弹将起来，口中一边连呼“好玩！好玩！”一边又忽笑忽叹的。木叶令主只觉浑身毛骨悚然。两具碎尸、两个疯痴之人、满屋的血腥气味、荧荧蓝光和四粒滚动不休的眼珠，端的有说不出的诡异！木叶令主紧闭双眼。

良久，忽听金童道：“不对！不对！这不是珠子。”跳涧虎道：“咦，真的好像不是。”金童道：“你吃一颗看是不是！”跳涧虎扔了一粒进口，“嗞！”的一声，一股黑汁喷在金童脸上。金童也不去擦，只连声道：“是不是？是不是？”跳涧虎不理他，只道：“拿来！”金童忙不迭地把自己手中的两颗递给他。跳涧虎接过便与手中的那一颗三粒一齐丢入口内，狂嚼猛吞！金童不解地看着他，道：“是不是啊？！”“不是！不是！”跳涧虎连声道，“好吃！好吃！这下你可上当啦！”木叶令主“哇”的一声，呕出一大摊酸水！金童、跳涧虎二人一齐看着木叶令主，满面茫然不解之色，只听金童喃喃道：“我上当啦？我上当啦……”跳涧虎道：“你果然上当啦。”“对！对！”金童连声道，“我就觉得有些不对劲儿，咱们中定有一个是木叶令主，我问你？你可是木叶令主卢若娴吗？”跳涧虎只觉得“木叶令主”这四个字煞是熟悉，却总是想不起来，半晌才道：“我好像不是。”金童道：“你知不知道独孤樵下落？”这名字跳涧虎倒不知道，便连连摇头，道：“我不知道什么东西叫独孤樵。”“哦，那你定然不是木叶令主，”金童道，“因为木叶令主知道独孤樵下落。”转向木叶令主，道：“你是木叶令主卢若娴吗？你可知道独孤樵下落？”他满脸是方才跳涧虎嚼碎眼珠时喷出的黑色汁液，在荧荧蓝光下甚是狰狞恐怖。木叶令主连连摇头。金童奇道：“咦，你们都不是木叶令主卢若娴，莫非是我么？我怎的也不知独孤樵下落？真是奇哉怪也！”怔立良久，金童忽然哈哈大笑，“呛”的一声拔出双剑来，边舞边道：“杀独孤樵！杀独孤樵！陛下，金童替你杀独孤樵！”

跳涧虎虽已痴疯，轻功却还未失，陡见金童拔出双剑乱舞，连忙纵身闪开，高声道：“我不是独孤樵！我不是独孤樵！”金童却兀自乱舞乱劈，哪还是什么剑法，只听两声惨呼，木叶令主左臂右腿，早被砍了下来！金童剑交左手，右掌“啪啪”两声，木叶令主右臂左腿，又已筋骨皆断！金童收了双剑，狂笑道：“我杀了独孤樵！陛下大仇得报啦！哈哈哈……”跳涧虎战战兢兢地走过来，问道：“这小东西就是独孤樵么？”金童“哼”了一声，对昏死于地，左臂右腿剑口处汩汩流血的木叶令主道：“独孤樵！你坏陛下大事，想这么就死吗？！别以为我不知道人的血一流尽就会死，我偏不让你得逞！”言罢运指如风，连点了木叶令主四五处穴道，止住了鲜血外涌。跳涧虎弯下腰看了木叶令主良久，才哈哈大笑道：“我还以为独孤樵是个什么东西，原来是个老女人！”“老女人？！”金童一愣，道：“独孤樵怎么会是个老女人呢？错啦错啦！”跳涧虎道：“不信你来摸摸看，哼！”金童果然伏下身去，在木叶令主身上一阵乱摸。住手后呆立良久，突然仰天倒下，面上紫气大炽，就此一动不动！

跳涧虎却兀自摸着木叶令主的脸，待摸到眼眶时，心头大喜，“哧哧”两声，抠出木叶令主的两粒眼珠扔进口里大嚼起来，连声道：“好吃！好吃！”吃罢心头似有所悟，猛地抽出匕首，把木叶令主的断舌碎齿绞了出来。想了想，又抽出一根银针，小心翼翼地刺破木叶令主双耳耳膜，才嘻嘻笑道：“这下没厉鬼缠我啦。”走到金童身侧，正欲依法施为，突然眼前白光刺目，接着只听一声惊叫。跳涧虎愣得一愣，眼前的金童哪还有半丝儿踪影！跳涧虎怔立良久，突然惊叫惨呼：“有鬼！有鬼！”便抱头鼠窜。“砰”的一声，跳涧虎只觉得撞上了一堵异常坚硬之物，连叫也未能叫出声，仰天倒地，就此昏迷过去。

第二十八回 以毒充毒

四十九

一个时辰之后，二人已奔出四十余里。冷风月突然哼了一声。飞云剑一愣，尚未有任何反应，只觉胸腹间一阵酸麻，穴道早已受制。他本正在疾奔，穴道猝然被点，人便似一截木头桩子似的轰然倒下。毒蝎子辛冰觉得身后有异，奔出三四丈后，才定住身形，转头一看，只见一条白影鬼魅般从飞云剑身下窜出。大惊之下，一把淬毒铁砂已然打出。那白影“咦”了一声，避过铁砂，失声道：“冰妹？！”辛冰正欲打出第二把铁砂，闻言也是一愣，待看清那白影竟是冷风月时，更是惊诧莫名。

冷风月略作思忖，已明就里，苦笑一声，道：“贤弟妹得罪，大哥以为是受了姚鹏那老贼暗算。”走到飞云剑身边，轻拍数下，飞云剑穴道已解，立时跳将起来，“呛”地抽出长剑，怒视冷风月。冷风月道：“大哥以为是老叫花乘人之危，得罪了飞弟，飞弟若想刺大哥两剑出出气，大哥决不还手就是！”飞云剑本正惊怒交加，闻言始知一切均是误会，便哈哈一笑，剑已还鞘，讪讪地道：“大哥点穴手法当真厉害。”冷风月道：“既是误会，你我兄弟，哈哈一笑也就是了。咦，布袋和尚那老贼呢？”辛冰道：“那老贼当真厉害，我们见大哥突遭暗算，抢了你就逃了出来，幸好那老贼说今日放我们一条生路。哼！我辛冰可不领老叫花这份情，他日若再遇上，看我给不给他留条生路！”

冷风月机敏过人，听辛冰如此说，已知端倪，连声道可惜可惜！飞云剑不解地道：“大哥说可惜，是——”冷风月苦笑道：“那老叫花困兽犹斗，想与我冷风月拼命，我已拖得他近乎虚脱，贤弟妹只要任何一人出手，均可取其狗命！”飞云剑夫妇失声道：“真的？！”冷风月道：“那老叫花红了眼，你们看他追击大哥之时，可还有半点一派大家风范。”飞云剑夫妇想了想，果然姚鹏是情急拼命，哪还有招数可言，心头均是一怔。辛冰道：“可大哥你——”飞云剑却道：“大哥练那天冥神功，莫非有何不便么？”冷风月道：“实不瞒贤弟妹，大哥练天冥神功，果然有些不便，每日总有一个时辰晕厥不醒，连翻身也是不能。”二人失声叫道：“啊？！”辛冰又道：“我们还以为大哥突遭那老叫花毒手……可惜！可惜！”冷风月道：“事不宜迟，咱们这便折回，一个时辰之内，那老叫花定难恢复功力，咱们正好将他除去！”飞云剑夫妇二人同声道：“是。”三人便如风般折回原路，疾奔而去。

到那雪谷，只见一个时辰前他们与布袋和尚姚鹏鏖战时的散乱足迹犹存，可布袋和尚却连影子也不见了。三人将雪谷翻了个遍，也未见任何踪影，均是大觉蹊跷。冷风月道：“我便不相信老叫花恢复功力这般快！”言罢冷笑一声，又大吼道：“姚鹏，你枉称一代大侠，小爷来找你索命，你便似缩头乌龟一般不敢露面么？！”三人骂了一阵，仍不见布袋和尚踪影，直觉无趣，只得垂头丧气地返回。本来冷风月不取姚鹏项上之顶誓不罢休，但既然让飞云剑夫妇知道了他每天有一个时辰功力尽失，他自己为人阴毒，便以小人之心度君子之腹，生怕二人乘机发难，故强压怒气，快快回堡。飞云剑心胸狭窄，冷风月这倒也不是多虑，就在他大叫可惜的时候，飞云剑心中也正自连呼可惜。早知如此，方才轻而易举地取他性命，神不知鬼不觉，辛冰又哪里会知道了？飞云剑早知自己的老婆和这拜兄曾有一腿。他纵然不愿杀冷风月得罪老婆，但将杀冷风月之罪归在姚鹏头上，让辛冰去找那老叫花晦气，岂不是更妙么！因而谁是君子谁是小人，倒也难说得紧。只有辛冰倒真是暗道可惜，布袋和尚号称一代大侠，若自己一把毒砂取了他性命，岂不是在武林中大大地露了脸儿！如此千载难逢的大好失机，偏是瞧它不破，竟然轻轻易易地放了过去，当真是可惜之极！三人各有心事，便闷声赶路，更不多言。

沙丘起伏，连绵不断。此地离黄龙堡尚有三日路程，冷风月突然心中一凛，在往后的三日中，若飞云剑乘自己功力全失之时猝施辣手……他不敢再想下去，脚步慢得一慢，随即又若无其事地赶上。但飞云剑早猜中了他心头所思，心头自是一喜：他既承认了是练天冥神功走火入魔，自己该用什么手段才能使他魔上加魔，自乱血脉而死，让辛冰瞧不出任何破绽来？冷风月在想如何离开飞云剑夫妇，飞云剑却在想如何让他“自乱血脉”，二人心中均有鬼，故而当辛冰突然猛喝一声“什么人”时，冷风月和飞云剑都吓了一大跳，同时向后跃出三丈，浑身冷汗直冒。

便听见一个不男不女嗲声嗲气的声音道：“小姑娘说话，不可这般凶巴巴的，将来吓死了自己老公，却是自讨苦吃。”言罢嬉笑两声。毒蝎子辛冰蓦然见眼前立了一个白面无须、满面淫荡之气的不男不女之人，她虽也是荡妇淫娃，却也不由一阵恶心，厉声道：“你这不男不女的妖怪，拦住你姑奶奶去路干什么？！”那人却自顾道：“女即是男，男即是女，男女合一，即归自然，自然分阴阳，若取阴补阳，则阴阳共济……”未等他话说完，冷风月早“哼”了一声，扑上就打。他虽看不惯这不阴不阳之人，但见他陡然现身，轻功大是不弱，心思此人若是轻功胜了飞云剑一筹，自己陡施辣手，让他知难而退，自己装作是去追敌，便可摆脱飞云剑夫妇二人了。哪知飞云剑早料到了他这般心思，冷风月陡一出手，他便跟着扑上，使出飞云剑法，封住了那人退路。既要使那人知难而退，冷风月自是一出手便是平生至为得意的天冥毒掌。掌风骇然夹带腥气，只是稍微偏得一偏，不击向那人要害。孰知一掌击出，方知大事不妙，眼前那人有若鬼魅般只晃得一晃，便即不见踪影。而飞云剑也只觉眼底一空，那人踪影全无，一个收势不住，剑已刺到冷风月胸前。冷风月大吃一惊，滴溜溜一个转身，避开了这一剑，满面阴鸷地看着飞云剑。飞云剑满面通红，讪讪道：“大哥，小弟收势不及……”冷风月“哼”了一声，正欲出言，便听见毒蝎子辛冰一声惊叫。

冷、飞二人骇然而视，但见那人有若鬼魅一般，已从后面制住了辛冰穴道。飞云剑大急，道："你？！——"便听那人阴森森地道："老夫拦住你们，本只想问明一条路径，不料两个小贼竟这般歹毒，不声不响便陡下杀手。哼！谅你两个小贼要取老夫性命，却是差着点儿。哈哈，老夫自称好色天下无匹，怎料流年不利，此番捉住这小娘们儿，也可聊解一时之闷了！告辞！"言罢挟起辛冰，径自奔走如风。冷风月一凛，顿时想起一人。但刻不容缓，举步便追了上去。飞云剑自也不甘落后。追了一程，竟是越追越远，那人挟着一人，竟比冷、飞二人还快，那轻功，当真可算得惊世骇俗了。冷风月突然收住脚步，高声道："金老前辈，别和晚辈们开玩笑了！"

飞云剑赶上前来，愣道："大哥，什么'金老前辈'？"便听那人"咦"了一声，也收住身形，道："小娃儿还算有点儿门道，既知老夫便是名扬天下的玉蝴蝶金一氓，你们这般穷追岂不是白费劲儿？老夫的脾气你们又不是不知道，憋了这多日，便借用一下这小娘儿们，又不损坏她什么，用过后完璧归赵也就是了。"玉蝴蝶正欲起步，便听冷风月道："金老前辈若要销魂，我黄龙堡妞儿有的是，却不要跟晚辈开玩笑，为难在下弟妹。"黄龙堡？玉蝴蝶一愣：此番到大漠来，找黄龙堡是第一要事。不要在这漫漫大漠中耽搁了时日，一月内无法回到任空行那魔头身边索取解药，对自己却是不妙，于是收住脚步。冷风月又道："金老前辈到这大漠来，真不知是刮了什么好风，便随晚辈到黄龙堡，略饮几杯薄酒如何？"玉蝴蝶道："黄龙堡嘛，老夫自是要去的，却不知你小娃儿在黄龙堡算个什么身份？"口气自是缓和了许多。冷风月道："倒是晚辈疏忽了，晚辈冷风月，先师与金老前辈齐名，便是江湖人称的千面狐了，想必金老前辈也是知道的。"玉蝴蝶大喜过望，真是踏破铁鞋无觅处，得来全不费功夫，自己在这大漠中乱撞乱闯了数日，连鬼影子也见不着一个，没想陡一遇见三人，其中便有一个冷风月！"啊哟"一声，玉蝴蝶早替辛冰解了穴道，连声道："真是大水冲了龙王庙，自家人不识自家人了，老夫不知姑娘竟是冷贤侄弟妹，多有得罪了。"冷风月抱拳作礼，道："晚辈冷风月，拜见金前辈。"金一氓略微作礼，道："好说，好说。冷贤侄果然不错，一点儿也没堕令先师之名头。哈哈！哈哈！"冷风月讪讪道："晚辈有眼无珠，不识前辈尊颜，出手无状，还望前辈包涵！”玉蝴蝶道：“不打不相识嘛，这位是——”冷风月道：“在下拜弟飞云剑，方才被前辈所挟的，便是弟媳辛冰。”飞云剑淡淡地道：“飞云剑拜见金前辈。”辛冰却咯咯笑道：“晚辈可有个不大好听的绰号，说出来可不要吓着前辈才好。”玉蝴蝶见辛冰浑身花枝乱颤，嗲声道：“什么绰号会吓着我了！小娃儿休要大言炎炎。”辛冰道：“前辈叫玉蝴蝶，晚辈却叫毒蝎子，只怕——”又格格娇笑不止。玉蝴蝶道：“玉蝴蝶会飞，毒蝎子叮它不着的，这倒没啥可怕。”言罢也怪模怪样地连笑数声。

五十

冷风月见他二人说话的神态，眉头微皱，又见飞云剑面色越来越难看，便哈哈一笑道：“难得金老前辈到此，便让晚辈做个东道主如何，咱们这便回黄龙堡去？”玉蝴蝶沉吟道：“冷贤侄，这儿离贵堡尚有多远？”冷风月道：“以前辈脚力，二日内当可到了，但晚辈们却要三日才成。”玉蝴蝶暗思：去三日回来二日，纵在那儿耽搁二日，也不过七日而已，时间倒是……正思忖间，便听毒蝎子辛冰笑道：“金前辈远来是客，冷大哥如此盛情相邀，前辈莫非一点儿面子也不给么？”玉蝴蝶听辛冰这般说，早把任空行的一月期限抛到了九霄云外，一横心，道：“既是贤侄们一片好心，金某这就领了，走！”当下四人举步向西而行，冷风月和辛冰都是心情甚好，只有飞云剑一人心中不是个滋味儿。

千面狐智桐和玉蝴蝶金一氓同列江湖四大魔头之一，素无交恶，若他冷风月有甚不测，玉蝴蝶自不能坐视不理。故冷风月一句一个“前辈”把玉蝴蝶叫得心里甜丝丝的。而毒蝎子辛冰总觉得玉蝴蝶身上有某种难以抵御的诱惑，也是一口一个“前辈”并不时咯咯娇笑，直令玉蝴蝶心痒难熬，恨不得一步便飞至黄龙堡。只有个小飞云剑阴沉着脸，闷声赶路。

玉蝴蝶何等样人，辛冰与他调笑，他自明白是何用意，而冷风月与他大套近乎，先前还有一丝儿不解，后来渐渐恍然：定是千佛手任空行在他身上做的手脚太过辛辣，他的堡主之位，难说会被这个拜弟夺去！他如此与老夫大套近乎，必是有所图谋。当下略作思忖，心中早有计较，哈哈一笑，道：“老夫尚在中原之时便听得故人之徒青出于蓝而胜于蓝，冷贤侄，恕老夫托大，倒要考较考较贤侄的轻功了。”冷风月道：“前辈的轻功天下无敌，晚辈又如何敢在前辈面前班门弄斧了！”玉蝴蝶道：“说别的武功老夫不敢狂妄，但若论轻功一项，老夫倒敢蔑视天下群雄，冷贤侄是晚辈，老夫便让你先行半盏茶时光，再行追赶如何？”冷风月见他对自己使了个眼色，知他此举定有深意，因而待他话音一落，便道：“如此晚辈先行一步了！”言罢轻啸一声，人已电射而出。玉蝴蝶道了声“好轻功！”却不加快脚步，只不急不缓地与飞云剑辛冰二人并肩而行。

辛冰道：“金前辈，以我大哥这轻功，在武林中——”玉蝴蝶道：“千面狐教的好徒儿，实令老夫羡煞。冷贤侄这轻功，在江湖中实可算是一等的了，能与他比肩之人，大约也只有四五人而已。”辛冰道：“但金前辈你的轻功，却比冷大哥还要好！”玉蝴蝶豪气顿生，大笑道：“自太阳叟东方圣死后，若论轻功，老夫倒不作第二人想！”辛冰娇嗔道：“前辈可肯赐教侄女么？”玉蝴蝶淫笑道：“那倒要看了。”辛冰道：“看什么，莫非前辈是觉得侄女的骨骼不够佳，练不成绝顶轻功么？哼！”那娇媚之态及言语之露骨，使身为丈夫的飞云剑哪里还忍得住，陡喝一声：“冰妹！”辛冰装作不解地看着丈夫，道：“飞哥，我求前辈指点轻功，对咱们将来行走江湖大有好处啊？！”飞云剑冷哼一声，铁青着脸。玉蝴蝶却哈哈一笑，道：“半盏茶时分已到，老夫先行一步了，看能否追上冷贤侄。”言罢，人已在十丈开外，恰似银色蝴蝶，转瞬几个起落便已不见踪影。飞云剑心中虽酸溜溜的，却也不得不叹服道：“若非亲眼所见，谁又相信世上竟有这等轻功！这色魔也当真了得！”毒蝎子辛冰却来个不理不睬，飞云剑大觉没趣，只觉得满肚子的气怨没处可发，暴喝一声，二掌将三丈处的一座小沙丘击得灰飞烟灭。毒蝎子淡淡地道：“飞哥好掌法。”

飞云剑冷哼一声，二人闷声不响地朝黄龙堡方向追去。

才过了大半个时辰，冷风月便听到远处有细微的“沙沙”声，他不相信玉蝴蝶的轻功当真有这般了得，不禁驻足朝后一看，只见一个白点有若电掣般飞掠过来，稍愣得一愣，那白点已变成一条人影。冷风月大为叹服，心道：当今之世，若仅论轻功一项，当真怕要数玉蝴蝶为第一人了！干脆不再前奔，只等玉蝴蝶奔近。玉蝴蝶奔近身来，只道了声“冷贤侄好轻功啊！”却并未停下脚步，兀自朝前疾奔。冷风月一怔，便听玉蝴蝶又道：“冷贤侄，老夫再来较考较考你的内力如何？”冷风月一笑，道声“好”，运足全力，飞奔赶上。玉蝴蝶也哈哈一笑，待到冷风月奔至身侧，才不疾不缓地与他并肩而行。如此又奔了大半个时辰，冷风月已完全折服，玉蝴蝶举重若轻，总挥洒自若地跟在身侧，恰似以影附形，无论如何也摆脱不了。

冷风月正要开口认输，却听得玉蝴蝶道：“此刻离你那拜弟、弟媳，当该有三四十里了吧？”冷风月虽不明他此言何意，但冷风月何等机灵，早从他话音中听出此番考较功夫云云，只不过是掩人耳目，目的却是为了摆脱飞云剑夫妇，不禁又惊又奇，只道是玉蝴蝶与辛冰一拍即合，想求他从中周旋。因而笑道：“前辈脾气，侄子自是深知……”却听玉蝴蝶打断他的话道：“老夫被称为色魔，倒也不敢负了这‘魔’字，老夫脾性，贤侄自是深知的了，但与贤侄最亲近之人的脾性，贤侄只怕是不大深知吧？哈哈！古人说得好：不识庐山真面目，只缘身在此山中。老夫是真小人，有话直说，还望贤侄勿要怪罪才是。”言罢又干笑两声。冷风月却心中一凛，暗道这老魔头怎的如此厉害，前后不到两个时辰，便让他看出了自己与飞云剑心中所思。于是道：“不知前辈此言何意？”玉蝴蝶肃然道：“但愿老夫是以小人之心度君子之腹，此番看走了眼，贤侄与令拜弟之间，似乎各有所思？”冷风月故作不知，道：“恕晚辈愚鲁，在下与飞弟一向是过命的交情……”“过命的交情？”玉蝴蝶道，“那也说的是，但大势所趋，只怕——”故意打住话头不说，冷风月道：“大势所趋？晚辈是越来越糊涂了。”玉蝴蝶道：“老夫虽从未到过贵堡，但贵堡之名头，老夫倒是听说过的，贤侄身为堡主，个中利害，自比老夫明白多了。哈哈！”冷风月沉吟不语，只在心头暗道：飞云剑若真杀了我，黄龙堡堡主一职，倒却是非他莫属，只是——哼！玉蝴蝶肃然道：“老夫与令先师虽无什么过命的交情，但相互却是心仪已久了的，贤侄又何必在老夫面前遮遮掩掩！”冷风月心一横，道：“先前倒一直都是好好的，但近日来，贤侄却总觉得飞弟他有些……有些不大对劲。”玉蝴蝶道：“这老夫早看出来了，方才贤侄对老夫陡下杀手，却将掌风故意偏得一偏，总是叫老夫知难而退之意。贤侄轻功高出他们甚多，只须装作是追杀老夫，便可避开飞云剑了，是不是？可飞云剑却封住了老夫退路——哈哈！”寥寥数语，听得冷风月大为敬佩，顿即作声不得。

玉蝴蝶又道：“贤侄功夫高出令拜弟一筹，心计也并不弱于了他，他居然有如此心思，只怕是贤侄身上有何难言之隐吧？”冷风月心下骇异，正沉吟未决，不知此事该不该告诉这色魔，却听玉蝴蝶哈哈连笑数声，道：“贤侄休要多心，黄龙堡又非有数千名黄花闺女等着老夫去破，这堡主一职嘛，倒提不起老夫兴致。贤侄有何故疾不妨说了出来，或许老夫能相助……”冷风月一咬牙，将自己近来与布袋和尚相斗受伤，几乎功力全失，幸得续魂金丹相辅，虽功力尽复，每日却有一个时辰人事不知……细细道了出来，末了道：“莫非布袋和尚那老叫花枉称大侠，竟练有某种毒功不成？”玉蝴蝶道：“贤侄且将与任空行那魔头交往之事道出，千万别漏了一个细节。”冷风月便把千佛手任空行如何告诉他诱布袋和尚上钩之计，他二人又如何击掌成交之事道了出来。

玉蝴蝶一听，心头顿知原委，道：“贤侄每次昏厥之时，可是以右掌掌心酸麻开始？”冷风月骇然道：“前辈料事如神，实令晚生佩服得五体投地！”玉蝴蝶苦笑道：“并非姚鹏那老叫花练成了某种毒功，贤侄这倒是冤枉他了。”冷风月道：“但近月来小侄右掌只与姚老贼动过手，莫非还真是小侄练功走火入魔不成？”玉蝴蝶道：“贤侄右掌不是还曾与任空行那老贼互击三下么？”冷风月心头狂震，颤声道：“前辈是说——”玉蝴蝶道：“正是，实不瞒贤侄，老夫此次巴巴儿地跑到大漠来，便是替千佛手任空行那狗娘养的给贤侄送解药来的。”冷风月早骇得像一截木头般愣愣地戳在那儿。

五十一

玉蝴蝶又道："任老贼让老夫转告贤侄，一粒解药只有一个月功效，若这一个月内贤侄无法缠住布袋和尚那老叫花，他的解药说不定便没有了。那狗娘养的当真歹毒！"言罢从怀中掏出一粒药来，冷风月谢过送药之恩，殊无喜意地服了。心中又惊又怕，把千佛手任空行的十八代祖宗都操了个够，却也一筹莫展。却听玉蝴蝶又道："老夫也是受了那老贼暗算，才不得不跑这他妈的一大趟。"冷风月正为玉蝴蝶竟会跑到这大漠来替自己送药深感蹊跷，暗道玉蝴蝶何等身份，岂会代人干这跑腿的事儿，莫非是发了羊痫风不成！此时听他这般说话，顿时恍然，苦笑道："原来前辈竟也着了那老魔的道儿。"玉蝴蝶也唯有苦笑而已，道："幸好老夫这一个月内毒性尚不会发作。"二人本都是一代奸枭，对一时落入任空行掌心竟似丝毫不放在心上，兀自哈哈大笑起来。

方一笑罢，玉蝴蝶便道："你对飞云剑夫妇说是练功走火入魔，那倒甚好，老夫有个计较在此，你一试便知飞云剑是否真起了歹意。"细细地将那计较分说了一番，冷风月大喜道："多谢前辈指点。"便把去黄龙堡路径告诉了玉蝴蝶。玉蝴蝶道："大功告成之后，那毒蝎子可得让她叮老夫一叮，哈哈？"冷风月道："只怕前辈真被她给叮伤了，小侄可不好交代。"二人一齐淫笑，末了玉蝴蝶道："那老夫可要先行一步，在黄龙堡等你们了。"冷风月道："红婢乃小侄爱妾，还望前辈手下留情！""老夫理会得，"玉蝴蝶长笑一声，笑毕，人已若翩翩蝴蝶，早在十数丈开外。冷风月就地盘膝而坐，运功助药力化开。

约莫过了半个时辰，飞云剑夫妇才赶了上来，冷风月行功已毕，站起来笑道："金前辈的轻功，当真可算是天下第一了！"辛冰道："大哥，前辈呢？"冷风月道："前辈说他在这大漠中憋了数日，快要憋出病了，大哥只好指明去本堡的路径，让前辈先行一步了。"辛冰失望之情溢于言表，飞云剑却心里暗忖道：小贱人如此没羞没臊，冷风月却也不是个东西！冷风月啊冷风月，这一着可是你失算了，待明日你病发之间，老子助你一把，让你魔上加魔。老子回去后，便为你服孝三天，黄龙堡这堡主之位嘛，嘿嘿，我飞云剑就当仁不让了。黄龙堡机关重重，只要玉蝴蝶那色魔不走，老子定有制他之法，到时若老子对那色魔软了手，我飞云剑便不是人养的！至于这个小贱人，到时也要大大地折辱她一番！

心头计较已定，飞云剑竟也笑道："金老前辈的轻功故可称得上天下第一，大哥你的轻功，也足可惊世骇俗了。"冷风月笑道："贤弟如此说话，岂不羞煞为兄了。"辛冰道："飞哥之言并无虚妄，连金前辈都说轻功能及得上大哥的，天下也只有四五人之数呢！"冷风月哈哈大笑，道："承蒙他老人家抬爱。"次日午时早过，离黄龙堡只有一日半的路程了。飞云剑看看天色，笑道："此时不知本堡的哪位姑娘有幸被前辈指教神功呢！"冷风月大笑道："他妈的，但愿不是我那三个婢子才好，否则大哥我可难处……"话未说完，人竟栽倒于地，一动不动，恰似死尸一般！此时，恰是未辛交替时分，毒蝎子辛冰看看天色，失声道："大哥的病又犯了，这可怎生是好？"飞云剑抱起冷风月，道："咱们还是将大哥先送回堡中再说。"辛冰也急着赶回黄龙堡找玉蝴蝶"算账"，听飞云剑如此说，只"嗯"了一声，率先朝前疾奔。飞云剑紧随其后，见怀中的冷风月与昨日发病时一般无二，不禁在心头道：冷风月啊冷风月，休要怪做兄弟的心狠手辣，实在是因为你们欺人太甚了！心头既如此想，右掌便不知不觉地抵到了冷风月的期门穴上，将掌力一分一分地输了进去。

冷风月惊怒交加。惊的是玉蝴蝶当真料事如神，飞云剑此举，无一不落入他的算计当中，自己若不是服了解药，早将期门穴闭上，飞云剑只须运出三分真力，自己岂不就这般懵懵懂懂送了命！怒的是自己与飞云剑兄弟一场，他竟这般加害于己！飞云剑慢慢将真力加到四成，怀中的冷风月却了无异状，心头微觉蹊跷，便又加了一成真力。饶是冷风月功力强于飞云剑，这般闭穴防范却也大费真元，飞云剑若再加一成真力，他冷风月倒是受它不住。故飞云剑堪堪使到五成功力时，忽听冷风月"啊哟"一声，人已从飞云剑怀中跳出，立在三丈开外，满面大惑不解之色。飞云剑却是目瞪口呆。毒蝎子辛冰陡然收足转过身来，见状大觉诧异，“咦”了一声。三人你看看我，我看看你，又看看天色，都是大惑不解：自冷风月“发病”至此时，最多不过半个时辰！少顷，辛冰喜道：“大哥，你的病这般快就……就好了么？”冷风月装作大惑不解地道：“为兄正昏迷不醒之时，忽觉期门穴上有真力绵绵不断地缓缓输入，不知不觉便就醒了，当真是奇怪之极！”“期门穴？”辛冰失声道：“飞哥，是你——”

飞云剑讪讪地道：“是我替大哥输入的。”辛冰道：“那岂不凶险至极，你？！”冷风月也不解地看着他。飞云剑道：“大哥勿怪！小弟少年学艺之时，家师传了我一套‘飞云剑法’，却不传另一套更为凌厉的‘飞云掌法’。小弟不明就里，多次相询，家师才说练那掌法凶险甚多，还是以不练为好。直待小弟功夫略有小成之后，家师才将因何不传那套掌法之故言明，原来那‘飞云掌法’实与大哥所习的天冥神掌有异曲同工之处，家师也是每日有一小时后昏迷不醒，症状与大哥发病时一般无二。家师直到晚年，才研透此疾解法，后家师每次发病，都由小弟将真力从他老人家的期门穴一分一分输入，因而——”辛冰大喜道：“既有此解法，大哥日后便无须多虑了！”冷风月心中雪亮，知飞云剑鬼话连篇，但他强忍怒气，也装作大喜道：“贤弟何不早说，倒让为兄在堡内多担惊受怕了十数日！哈哈！”飞云剑也哈哈了两声，心中甚是不解：莫非真的画虎不成反类犬，竟将他的故疾解了不成？！但他素知冷风月为人阴鸷深沉，日后可得加倍小心，且看他明日发病情形再作计较，当下便道：“并非小弟成心相瞒，实因天冥神掌与家师的‘飞云掌法’并非完全相同，是故小弟方才也端的出了身冷汗。”冷风月笑道：“咱们自家兄弟，相救之恩，为兄谢过了。”飞云剑道：“大哥休要客气。只要大哥不见怪，小弟也就心满意足了。方才若一个不慎，小弟当真是万死莫赎了！”辛冰道：“你们兄弟俩还客气什么，咱们赶路要紧，若金老前辈果真……果真指点了红黄蓝婢，倒叫大哥为难了。”冷风月道：“弟妹说的是。”

三日昼夜兼程，又至次午时，离黄龙堡已不远，冷风月对飞云剑道：“待会儿为兄若再发病，贤弟便依昨日之法替为兄解难如何？”飞云剑道：“这个自然。”口中虽如此说，心头却道：待会儿老子拋着与这小贱人翻脸，一掌便击在你命门穴上，看你冷风月有几条小狗命！不料未申交替时分已过，冷风月却无甚异状！冷风月收住脚步，“咦”了一声，大奇道：“贤弟，当初你替令师解除故疾时，一般管得几日？”飞云剑也正觉奇怪，听冷风月这般问，只得装模作样地道：“家师他老人家一般是解一次管得七日，却不知大哥——”冷风月道：“但愿为兄这一解也管得七日才好！”他这一说，连飞云剑也有几分相信了自己的弥天大谎，笑道：“大哥功力精湛，难说能管半月也未可知。”三人似是心情甚好，一路说说笑笑，到得酉时，已抵黄龙堡。守门之人见堡主与飞二侠夫妇联袂归来，自是又惊又喜，连忙开了城门肃立迎接。

五十二

三人径自走到议事大厅，冷风月在正中高椅上坐了，召堡中诸管事之人议事。少顷，韦管家、红黄蓝三婢和黄龙八骑均已到齐。冷风月匆匆扫视诸人一眼，见黄蓝二婢面带倦容，眼眶微陷，也不由得心惊：玉蝴蝶色魔之名当真是言下无虚了！其余诸人，包括红婢在内，都是愁容满面。冷风月干咳了一声，道：“韦兄，近日来堡中可还好？”韦管家结结巴巴地道：“启禀堡主，本堡连日来都一切如常，只是从昨日起本堡便……便闹……闹了鬼！”“闹鬼？”冷风月心中明白：玉蝴蝶的轻功果然有如鬼魅！当下却忍住笑，道：“怎生个闹法？”韦管家道：“从昨日起，本堡先后有七个女子被掠至堡外，一个时辰之后又被送了回来，个个均是疲……疲倦不堪！在下护堡不严，甘受堡主责罚！”“好！本堡主知道啦。”冷风月一摆手，道：“韦兄且请退下。”韦管家战战兢兢地退立一旁。冷风月又道：“黄蓝二婢，你们当也在被掠之列了？”二婢大骇，一齐跪在冷风月坐前。冷风月淡淡道：“绿婢之事，想必你们也是还记得的。”二婢连连磕头，颤声道：“堡主明鉴，奴婢们正好好睡觉，不料……不料……”冷风月道：“休要狡辩了！贤弟妹，此番只怕要劳你大驾，替为兄打发这两个贱婢上路了！”毒蝎子辛冰听玉蝴蝶一日之间竟掠了七个女子出去销魂，面色早已难看之极。此时听冷风月这般吩咐，出手更不留情，只道了声“是”，一把毒砂便打向跪在地上的黄蓝二婢。出手辛辣，自是恨透了这两个小贱人！

突然白影一闪，正闭目等死的黄蓝二婢忽听身侧有一人道：“好好好！冷贤侄，算你技高一筹，老夫可沉不住气啦。”此人自然便是玉蝴蝶金一氓了，辛冰的一大把毒砂，早被他长袖一卷，照单全收了。冷风月此举，也只是为了逼玉蝴蝶现身，此时听得他这般说，哈哈笑了两声，尚未来得及说话，便见毒蝎子辛冰冷哼一声，一大把毒砂又挟怒打向黄蓝二婢。玉蝴蝶见毒砂挟带疾风，再不敢托大，“呼”的一声，铁骨折扇早已打开，只听得一阵叮当之声，那些淬毒铁砂悉数落在地上。玉蝴蝶挡住铁砂，高声道：“乖乖不得了，醋坛子翻啦！”话音刚落，便听“呛啷”一声，飞云剑已拔剑在手，而面色铁青的毒蝎子辛冰，早扣上了一大把毒砂！

却听冷风月一声暴喝：“都给我退下！”飞云剑夫妇二人一看玉蝴蝶，又看看冷风月，见冷风月面色难看之极，只得愤愤退立一旁。冷风月面色转缓，道：“黄蓝二婢，还不快谢过金老前辈救命大恩！”玉蝴蝶刚一在大厅出现，不用睁眼，二婢仅凭气味便知此人便是昨夜掠了她们出去之人，本正心头气苦，却听堡主称他为“金老前辈”，言语中竟有了饶她们活命之意，不禁惊喜过望，连忙冲玉蝴蝶磕头。但一个头尚未磕下，便觉面前似有一张网似的，额头再难朝下半寸。正自大惑，便听玉蝴蝶道：“免啦免啦！在老夫昨夜至今日带出去的七个娘儿们中，数你两个最令老夫销魂，这头就不磕也罢。”二婢连忙转头冲冷风月磕头，齐声道：“谢堡主不杀之恩，奴婢们至死不忘！”这回玉蝴蝶未再阻拦，待她们磕了三个头后，冷风月才道：“你们起来站到一边去吧，既是金老前辈替你们说情，纵是天大的事，本堡主也不敢再问你们不是了。”“够啦够啦，”玉蝴蝶道：“贤侄你已给足了老夫面子，不用再多说啦。”

冷风月打个哈哈，对众属下道：“你们说的鬼，现在不正在你们眼前了吗？哈哈！真是一群井底之蛙，竟不识得名扬宇内的玉蝴蝶金一氓金老前辈！”韦管家一凛，冲玉蝴蝶抱拳道：“恕在下无知，方才在言语中得罪了金爷，还望海涵！”玉蝴蝶道：“好说好说，金某请你们堡主别怪你们护堡不严之罪便是。”冷风月道：“金前辈与先师齐名江湖，既是金前辈这么说，我这做侄子的怎敢再追究各位之罪，何况金前辈轻功天下无匹，纵是本堡主在场，也只怕真要当是闹鬼了。好啦，大家各司其职，这便退下去吧。”众人谢了冷风月和玉蝴蝶，少顷便走了个精光，只有飞云剑和毒蝎子二人铁青着脸，兀自立于原地。

冷风月故作奇道：“贤弟妹——”飞云剑道：“大哥！小弟想向金前辈问个明白，方才那句话是何意思！”“哪句话？”玉蝴蝶故作不解地道，“哦！就是‘醋坛子打翻了’那句话么？”红婢忍不住“哧”地笑了出来，冷风月故作怒状道：“无礼！你们都给我退下！”三婢同时应了声“是”，盈盈而退。玉蝴蝶又道：“那句话的意思嘛，三岁孩童都该明白，偏你飞云剑就这般愚鲁，也好意思做这貌美如花的辛家妹子的老公！”毒蝎子辛冰听他这么说，一腔怒气早已烟消云散。飞云剑却怒不可遏，高声道：“大哥，今日我倒要向这色魔讨个公道！”冷风月叹道：“俗话说清官难断家务事，请恕大哥不陪了，你们自己了断吧。金老前辈，你可得手下留情，免得贤侄脸上无光。”金一氓道：“好说好说。这小子对老夫出言不逊，本想一刀阉了他，但碍于贤侄面子，我放他一马便是。”

飞云剑哪里还忍得下这一口气，提剑便即攻上，但尚未等冷风月的背影完全消失，才堪堪过得三招，已被玉蝴蝶点了穴道。他刚想叫冷风月救他，哑穴又是一麻，哪还能开口出声。冷风月的背影却就在这刹那间消失了。毒蝎子扣了一大把毒砂在手，却无下手时机，待到场上二人立定，飞云剑早已受制。本来以飞云剑身手，也不至于这般不济，只因一开始就气怒浮躁，犯了武学之大忌。再者玉蝴蝶有意在毒蝎子面前卖弄，一出手便使出平生绝技，故而才过三招，便点了飞云剑周身要穴。毒蝎子目瞪口呆，作声不得。忽觉背心一麻，玉蝴蝶早鬼魅般欺身过来点了她穴道，“喇”的一声，手中一把毒砂尽落于地。玉蝴蝶不慌不忙地将大厅每一扇门窗关好，这才走到飞云剑面前，不阴不阳地道：“你这小子武功如此稀松平常，却也敢冒充辛家大妹子的老公，羞也不羞！现在你就看好了，大爷教你怎样做老公！”飞云剑紧闭双目，泪水双行直流，待到辛冰的呻吟声传来时，他只微看一眼，便知那个贱人穴道早解，实是心甘情愿，顿时双眼充血。只苦于作声不得，浑身又无法动弹，但闻“哇”的一声，飞云剑喷出一大口浓血，人竟轰然倒地。

毒蝎子辛冰吃了一惊，再看地上那摊血时，其中竟然有大半截舌头！飞云剑气怒交加，竟咬断舌头自尽当场了！辛冰“哼”了一声，道：“小气鬼！”转向玉蝴蝶，又道：“这地下让他弄脏啦，咱们到我房间去吧。”玉蝴蝶一笑，竟不理飞云剑尸身，二人穿好衣衫，扬长而去。这边冷风月和红黄蓝三婢却转了出来，冷风月对黄蓝二婢道：“方才之事，你们都看到了，飞二爷自尽身亡之事，对外面可不得泄露半句！”二婢连连称是。冷风月又吩咐二婢替飞云剑收了尸身，抛入井底，不得让人发觉，自己却和红婢退回白虎堂，冷风月这才将飞云剑如何意欲加害自己等等诸事细说了一遍。红婢恍然大悟，恨恨道：“任空行那厮如此歹毒！”冷风月道：“布袋和尚那老叫花定回中原去了，明日，最迟后日我又要和金一氓一块儿赶去拦截，一是为先师报仇，二也是为向任空行那狗娘养的索取解药。”红婢泣声道：“堡主，带了奴婢一起去吧。万一一月之后任空行那老贼不给解药，有奴婢在身边也好……”冷风月笑着搂过红婢来，柔声道：“咱们就不要这黄龙堡了么，真是孩子话。对了，我教你的天冥掌你练到几成啦？”红婢道：“奴婢不才，刚练至五成。”冷风月大喜道：“还说不才，才这几日便练至五成，这下我可以放心走啦！”

第二十九回 古刹劫难

五十三

大漠惊变，布袋和尚陡遭冷风月暗算，身中天冥毒掌。离掌毒攻心只有几个时辰，幸得红冠血鸡舍命相救，才得以保全性命。不料飞云剑、毒蝎子和冷风月阴魂不散，跟踪追至，一番雪谷鏖战，布袋和尚差些命葬天山。正值生死一线之际，冷风月猝然自行倒地，布袋和尚和飞云剑、毒蝎子三人俱是不明所以，惊愕之际，飞云剑早抱了冷风月和毒蝎子一起逸逃而去。布袋和尚本已力尽，待飞云剑和毒蝎子身影消失，他哪里还支撑得住，人便轰然倒地。幸得他功力深湛，不到半个时辰，又即转醒。待冷风月突然“痊愈”，率飞云剑和毒蝎子再度赶来追杀时，布袋和尚早寻了个隐秘之所盘膝运功，对三人叫骂恍若未闻。数日之后，布袋和尚已然功力尽复，长啸一声，步出雪谷，穿越漫漫大漠，又回到太原。

此番大难接踵，历经三月，也算是他老叫花命不当绝，布袋和尚除少了右足小趾及八块指甲外，倒也别无所失，往昔那份名震江湖的浩然豪气，却又更添几分。这一日，布袋和尚步入长安，便觉满街行人均对他投以诧异之色，他也不去计较，只想徒儿鬼灵子小六与他在长安分手，这数月来，不知他可否遇到凶险。布袋和尚想起冷风月当夜在客栈假冒独孤樵将自己诱至大漠深处陡下杀手之事，虽是他江湖阅历何等深厚、功力何等高强，竟也着了道儿，心头自是大觉不安。想冷风月那小贼既是这般处心积虑地要加害自己，定也不会饶了他老叫花的徒儿，难说当夜自己飞掠而出之后，便有那小贼的帮凶去对鬼灵子小六下手也未可知。——他哪知道早在冷风月未来之前，他刚一睡熟，鬼灵子便蹑手蹑脚地溜了出去，先到长安折辱群雄，又收天山二怪为徒，大咧咧地做起“歪邪门掌门”，并更改大号叫陆小歪了！——既如此想，布袋和尚不由加快脚步，径投当日他师徒二人落脚的那家小客栈；只是这街头人如泉涌，他难以运出那绝顶轻功，否则既惊了世又骇了俗，那可是有些不妥。想起徒儿鬼灵子，布袋和尚先前满面忧色，到后来却又忍不住失笑。

连他这个功高绝顶的老叫花师父，对那刁钻古怪的徒儿也奈何不得，何况是一般小贼了！半年多师徒二人联袂在江湖中寻独孤樵，老叫花虽被小叫花折腾得够呛，但小叫花也被老叫花逼着每日练功，功力早大胜往昔了，再加上鬼灵子小叫花的机智，纵是江湖一流好手，只怕也难奈何于他了。但冷风月为人太过歹毒，如果他手下之人也是一言不发，出手便是阴损招数，那鬼灵子能否在那客栈内得以生离，只怕就难说得紧了……布袋和尚只顾自己的思绪信马由缰，脚步不紧不缓，面上忽阴忽晴，对满街之人对他投来惊异的目光竟是视若未见，不多时便到了那家小客栈。

一进门，布袋和尚便哈哈一笑，冲店家老板抱拳道：“老哥儿，可还记得我老叫花么？幸得那日事先押了定银，否则老叫花半夜离店而走，只怕难逃赖账之嫌了，哈哈！”却见那店家老板满面惊诧之色，木瞪瞪地看着他。布袋和尚一愣，只略一扫视，见所有小二和为数不多的几个食客，也自和店家老板一般形状，大惑之下，立时醒悟，自己在雪谷这多时日，又刚穿越大漠而来，满面尘色不说，光头发胡须老长苍松，也足以惊骇这等市井之辈了。一笑之下，布袋和尚运力于掌，掌风如刀，只在自己头上比画得几下，发须纷纷落地，陡然在转瞬间又变成了三个月前曾在这儿落脚的布袋和尚姚鹏那老叫花了。哈哈一笑道：“店家老哥儿，这下你可认出老叫花来了吧？”孰知店家老板这一惊更甚，眼中早露出惊恐之色。几个胆小的店小二，几时曾见过这等神功，只以为这蓬头跣足的老叫花会使妖术，难说还是何路说不清道不明的菩萨显形，前来本店寻找岔子也未可知，早被吓得面无人色，缩在墙角打起抖来了。

布袋和尚心头一凛，暗道自己此番太过冒失，倒是弄巧成拙了，累得这些凡人无端的受了一番惊吓。但事已至此，再好言相询自是无用了的，本想转身就走，却又牵挂着徒儿的下落，只得将老脸一沉，冷冷地道："三个月之前，贵店东首第三间客房里，可曾有一个十二三岁小叫花的……死尸？说！"店家老板浑身发颤，"扑通"一声跪下，道："回……回禀圣大……大爷，小的开……开店清白，别……别说三三三个月前，纵……纵是敝店自自自开张这三……三年来，客房内也从未有过死……死尸！请圣……圣大爷明……"布袋和尚道："当真连点儿血迹都没有么？哼？"店家老板磕头如捣蒜，道："小的以性……性命担……担保，当真没有，求圣大爷明……明察！""察"字出口时，店家老板只觉眼底一空，哪还有布袋和尚身影，转过头去，见众小二眨眼的眨眼，摇头的摇头，俱是用足了力气，一副大梦初醒的样子。爬起身来，半晌才缓过劲儿，自是与众小二一起，探求今日是济公圣僧显形抑或是天上哪路菩萨下凡，并暗自庆幸自己开店历来清白公正，否则今日定遭大殃。将布袋和尚的满地须发细细地扫了用红绸布包好，当作本店圣物，一代代传将下去，教育子孙做人不可昧了良心，否则定遭大难。

而布袋和尚这个"菩萨"，此时却正自尴尬非常，他虽有济公癫僧游戏风尘之风范，却无昔日圣僧随时葫芦酒满之福。方才他听店家老板那般说话，自是相信无疑，鬼灵子要么是溜脱了身，要么是落入贼人之手，只要不命丧当场，凭鬼灵子的精灵古怪，要从贼人手中活命定然不难。既如此想，布袋和尚一颗悬着的心便落了下去。不料一颗心落将下去，却又惊动了数百条沉睡了十数日的"酒虫"，眼看满街酒铺林立，只苦于身无分文，不得不装作视而不见，只暗中大咽口水。正尴尬难敌之际，忽听得迎面一酒铺中传出有人高声道出"胡醉"两字。布袋和尚大喜过望：只要胡醉在此，今日说不得只好被他取笑一番，先将一张老脸折起来藏好，打发了"酒虫"之后，再与他找回这"场子"便是。

原来在丐帮中，千杯不醉胡醉身为帮主，却最烦那些帮内杂务，与巡察长老布袋和尚姚鹏最是投缘，二人一般的豪迈潇洒，又一般的嗜酒如命，无奈身为叫花，二人虽功高盖世，却也不耻于干偷鸡摸狗的下三烂行径，囊中也就常常羞涩，为此二人没少挨街头小摊贩的脚踢拳打。二人便以此相互讥笑，并大觉有趣，乐此不疲。他二人在一起笑傲江湖，偶尔一人囊空如洗而一人尚有余银时，“阔”的便购酒相“挟”，贫的则以一招绝技换一口酒喝也是心甘，布袋和尚的“降龙十八掌”，便是这般学来的，而胡醉也从姚鹏身上，“偷”走了许多老叫花至为得意的绝招。此番听那酒铺中传出“胡醉”二字，怎不令正被“酒虫”折磨得痛苦不堪的布袋和尚姚鹏大喜过望！布袋和尚毫不迟疑，甩开大步便奔向那个酒铺，尚未进门火便哈哈大笑道：“胡醉，老叫花今日一张老脸不要，也得向你讨……咦？！”说话间人早已大踏步进店，只扫了一眼，却哪里有胡醉踪影。店中早有数十人就座，皆是一副激愤之状，陡一见他大叫大嚷着进来，众人先是一惊，随即便有人冷目相对，也有人面露喜色。布袋和尚愣立门口，进也不是出也不是，只因他一眼之下，便看出这些人佩剑带刀，俱是武林中人。

布袋和尚平时行侠仗义太多，却从不施恩图报，最烦人家当众叫他“恩公”“姚大侠”之类的声名，故不愿与江湖中人聚在一起。但他一观之下，却又是大惑不解，那些面露喜色的倒也罢了，但他从不做亏心而愧对同道之事，此时何以有这些多人对自己冷目相对！布袋和尚正不解间，忽有一大汉站起来，高声道：“姚大侠，你老人家义薄云天，既有姚大侠出来主持公道，事情便不至于太糟啦！”饶是布袋和尚阅历甚丰，也听了个摸头不着脑，正欲问主持什么公道，早有一人哈哈大笑道：“赵兄只怕是高兴得太早了些，想人家姚大侠与胡醉那厮是何等交情，哼哼！”“胡醉那厮？！”布袋和尚大吃一惊，抱拳道：“那位兄台，请恕老叫花不懂阁下方才言中之意。”那人站起来，倒也是一介赳赳健者，却对名满天下的姚大侠视若未见，只对先前发话那人道：“赵兄听到了么？人家姚大侠不懂在下方才言中之意，哈哈！哈哈！大侠？！哼哼！”布袋和尚强忍怒气，对那被称作“赵兄”的人抱拳道：“这位赵兄，姚某实不明白那位兄台方才之语。胡醉豪气干云，义薄云天，那位兄台却说什么‘胡醉’那厮，个中曲折，还望赵兄略作剖析才好。”

那姓赵的大汉惊诧地上下打量了布袋和尚好久，才道：“姚……前辈是真不知道呢还是故作不知？”方才他一口一个“姚大侠”，此时却换作了“姚前辈”，个中差别，布袋和尚自是明白，听他如此无理相问，不怒反笑，一阵震得众人耳鼓生痛的哈哈长笑之后，凛然道：“老叫花今生行走江湖，还从未知道‘故作不知’这四个字的写法呢！赵兄也太小看姚某了！”姓赵的大汉扫视了众人一眼，众人俱是无声。又细细看布袋和尚，见他神色凛然，不像是作伪之状，又见他满面尘色，甚觉纳罕，便道：“不知姚……大侠此番从何而来？”布袋和尚道：“老叫花中人暗算，险些命丧大漠，那也不算羞耻，此番是从天山雪谷捡了条老命，穿越大漠而来，不知赵兄何出此言？”

姓赵的一愣，便听“扑通”一声，先前对布袋和尚出言不逊的那汉子早已跪下，高声道：“龙大年有眼无珠，方才错怪了姚大侠，对姚大侠出言无状，还望姚大侠恕罪！”他一连串说了三个“姚大侠”，倒把布袋和尚更弄个如坠五百里云雾，愣愣地作声不得。龙大年见状“呛”地抽出腰中佩剑，道：“姚大侠既不肯见谅，龙某这便自刎以谢天下英雄！”言罢手腕一翻，剑锋便往颈间抹去！忽见人影一闪，布袋和尚早飞掠而至，在间不容发间劈手将龙大年手中长剑夺下，“哐啷”一声，早插回龙大年腰间长鞘。这夺剑还剑只是瞬间工夫，却直把店中数十人惊得呆了，心下都暗道果然是一代名满天下的大侠，身手竟如此了得。随即一喜：有姚大侠伸头，还怕胡醉那厮不伏诛么？！便听布袋和尚扶起龙大年，道：“龙兄何必如此，只是龙兄方才之言，的确让老叫花好生纳闷。”龙大年道：“姚大侠刚入中原，难怪有所不知，胡醉那厮……”当下众人七嘴八舌，将胡醉如何残杀鹰爪门无敌神掌楚通楚老掌门于先，又如何生生肢解崆峒派神拳无敌焦砾子焦老掌门于后之事，乱糟糟地道了出来。

五十四

纵是布袋和尚堪堪陡逢无数惊变归来，众人这一番话也听得他心惊。待众人话音落尽良久，布袋和尚才一字一句地道："尔等之言果……果是真的么？"那姓赵的汉子道："鹰爪门已新立江湖浪子童超童少侠为掌门，崆峒派则立五丁开山焦石子焦前辈为新掌门，此时童掌门和焦掌门正率本门弟子在江湖中追杀胡醉奸贼。姚大侠只要到江湖中一探便知，我等字字是实。"龙大年则不知何时拔了匕首在手，一等姓赵的话音落地，便凛然道："姚大侠，我等若有半句虚言，有如此指！""唰"的一声，龙大年早把自己左手小指削落于地！顿时血如泉涌，但龙大年却不痛一般，傲立当地。

众人敬佩他的勇武豪气，当即便有数人抢先为他敷药包扎。布袋和尚如遭雷击，半晌作声不得。便听龙大年又道："胡贼灭绝人性，倒行逆施，我等还望姚大侠以江湖道义为先，替天下英雄主持公道！"众人轰然道："还请姚大侠主持公道！"布袋和尚喃喃道："此事待老叫花查明之后，定会还天下英雄一个公道。"众人轰然道谢，便有十数人过来敬酒。布袋和尚只觉心力交瘁，那些"酒虫"早不知跑到何方去了，竟是一一谢过，一口酒也没沾便步出了酒铺。只这一会儿工夫，布袋和尚便由一个豪迈洒脱的大侠，变成了一个恹巴巴毫无生气之人。只觉天地虽大，每日怪事百出，但若论奇诡怪诞，莫不以此为甚！一忽儿想：胡醉鬼啊胡醉鬼，你莫不是发了羊痫风不成，好好的自己喝酒何等逍遥自在，却又到江湖中鬼混干什么？！一忽儿又想：胡醉，虽我深信你的为人决不会做下如此灭绝人性之事，但众口一词，老叫花却也不得不信几分了，你若真是那般杀了楚通和焦砾子，别说江湖浪子他们容你不得，纵是我老叫花，也拼了这条老命与你纠缠到底。待毙了你之后，老叫花自绝经脉，也算是不愧了咱们一场过命的交情。

正胡思乱想茫茫然行走之间，忽然见有人拦住去路，定睛看时，却是个中年叫花。那叫花道："丐帮属下川陕分舵弟子马必然见过姚长老。"布袋和尚淡淡地道：“你是本帮弟子？”马必然道：“正是，弟子奉李舵主之命，有请姚长老。”“那就走吧，”布袋和尚依旧是淡淡地道，然后跟在马必然之后，迷迷糊糊地也不知走了多久，才来到一间大厅。一个衣衫光舒整洁的中年人迎出道：“丐帮川陕分舵李仁杰拜见姚长老。”布袋和尚道：“你是净衣一脉弟子么？”李仁杰一愣，立起身来道：“正是，弟子不才，忝为川陕分舵舵主。”“好，好。”布袋和尚漠然道：“帮中事务，你也不必说出来麻烦我了。”李仁杰大惑不解，本帮之中，他最敬佩的便是帮主和这位豪迈洒脱的巡察长老，却不知姚长老今日为何如此委顿。正自不解，忽听布袋和尚道：“有酒么？”不待李仁杰吩咐，早有数名弟子呈上两大坛酒来，递上碗，又敬佩又蹊跷地看着本帮姚长老。布袋和尚却不接碗，一掌拍碎坛盖，抱将起来，竟似是喝白水似的，一口气便喝去了大半坛，才将桶放回地上，道了声：“好！”

李仁杰道：“姚长老，你今日——”布袋和尚道：“胡醉杀死楚通、焦砾子之事，你们可曾听说啊？”李仁杰恍然大悟姚长老今日为何这般，连忙道：“属下早有耳闻，但本舵兄弟中，决无一个相信胡帮主会做出如此灭绝人性之事。”布袋和尚抬起头来，盯着李仁杰道：“果真么？”李仁杰肃然道：“眼下虽毫无头绪，但纵是属下，也敢以一条性命担保那些事绝非胡帮主所为！”布袋和尚大喜，哈哈笑道：“好！好！李兄，来来来，咱们干他三大碗，老叫花也贴上这条老命陪你担保便是！”李仁杰笑道：“姚长老，属下酒量——”“什么属下啦长老啦休要再提！”布袋和尚边抱着酒坛倒酒边道：“都是本帮兄弟，你便叫我一声老叫花可矣！”一连斟了二十余碗，才将空坛放下，端起一碗一饮而尽。李仁杰只得道声“好！”连陪了布袋和尚三大碗。布袋和尚却还不罢休，一碗一碗的直往肚里倒。不大会儿工夫，二十几碗已然干了，又拍开另外一坛，依葫芦画瓢，又是坛空碗底现，而布袋和尚却早缩到桌下呼呼大睡，已烂醉如泥了。李仁杰哈哈大笑，叫弟子收拾了张上房，将姚长老抱去安置歇息。

不料次日再来拜见时，却哪里还有布袋和尚的影子，心下不由暗暗称奇：眼见他醉成烂泥，三天三夜不会醒来一般，殊不料他一夜之间便酒醒人去，不由对姚长老又多增添了几分敬意。却说布袋和尚醒来，正是丑寅时分，万籁俱静，只觉头脑昏昏，隐约想起昨夜之事，却又记不周全，便盘膝行功，将酒劲逼出，少顷清醒复常，心道这李仁杰舵主倒还不错，往后若逢上帮主那……一想起帮主便是胡醉，心头不禁又是一片茫然。转念一想：老叫花身为巡察长老，此番来到本帮分舵，纵是李舵主不想麻烦我，只怕我老叫花也要麻烦本帮兄弟，人家好酒好菜奉了上来，那可如何是好。罢了罢了，老叫花一走了之，先查明鹰爪、崆峒两派掌门遇害真相，回头再来喝酒不迟。一念及此，人早悄悄溜出屋外，施展出绝顶轻功，避过本帮巡夜弟子耳目，人便已至宅院之外。此后一路向东南而行，沿途每有江湖中人，都是在恶骂胡醉，布袋和尚不愿多与他们纠缠，专拣无江湖中人的客栈食宿。

不一日，已入豫境。虽是处处留心，但这遥遥路程之中，别说胡醉的下落一丝头绪也未得到，连鹰爪崆峒门下弟子，也是一个也未遇到。布袋和尚大觉惑然。数日之后，布袋和尚路经嵩山，忽然想起这一路上一个少林寺僧众都未遇到，悟性大师自绝之后，悟明接任方丈。这悟明大师性本刚烈，能这般约束自己和门下弟子倒是难得。少林寺历来被称为武林中的泰山北斗，行事向来以武林苍生为念，此番何不上山去会会悟明方丈，听他对胡醉之事如何说法，或能从他那儿得知一些儿胡醉的线索也未可知。一念及此，便展开身法，拾级飞掠而上。到得少室山脚，却一个巡哨的和尚也没有，倒是地下有几摊乌血！布袋和尚大觉蹊跷，俯首看时，见那血迹尚呈红褐色，心思是何人血洒此地，仅是数个时辰之前的事。既有人在此斗殴，怎的少林僧众会不出面干涉，那倒真是咄咄怪事！正思忖间，忽闻山上寺中传来一片轰轰的念经之声，凝神细听，却是僧众们在超度亡灵，一阵浓烟也自诵经声中窜起。布袋和尚又惊又奇，当即施出绝顶轻功，飞扑而上。

不多时已到少林寺前，只见寺门大开，竟也无一人把守。布袋和尚这一惊更甚，也不多做他想，便朝那诵经之声传来处摸去。但见庭院之中，数百名少林僧众面朝西边盘膝而坐，双掌合十，闭目诵经，坐在最前面的是一个约五旬的白眉老僧，正是掌门方丈悟明大师。悟明大师之前，则是一堆熊熊烈火，烈火中整整齐齐地堆放着个七八具尸体，火焰舔在他们身上，满庭院一股焦臭味儿。布袋和尚陡见此种情景，正不知如何行事，忽闻悟明大师道：“胡施主，你此番去而复返，莫非真以为本寺无能，凭你一己之力便可毁去本派数百年基业么？阿弥陀佛！”悟明大师半年多前本是少林罗汉堂首座，功力本就颇为了得，接任方丈之后，更是勤练《易筋经》无上内功，功力更为精纯。此番布袋和尚悄然而至，在数百名僧众的诵经声中，还是让兀自合十闭目诵经的悟明大师给觉察了。

布袋和尚先时还只略微一惊，暗赞悟明功力了得，待他话音落尽，布袋和尚那一惊才当真是非同小可！——胡施主？一己之力？莫非又是胡醉在此作孽了？！——当下不及作想，连忙道：“在下布袋和尚姚鹏，拜见少林悟明方丈大师！”情急之下，他竟将“少林方丈悟明大师”说成了“悟明方丈大师”。悟明闻言“哦”了一声，道：“原来是姚施主，阿弥陀佛，不知寻贫衲有何贵干？”言罢又道了数声“阿弥陀佛”。数百名僧众，却任凭他二人对答，竟似恍若未闻一般，只顾诵经超度亡灵。布袋和尚愣得一愣，随即大声道：“江湖传言，本帮帮主胡醉残害江湖同道，做下诸般人神共愤之事。姚某身为本帮巡察长老，只因有事缠身，刻日方从西域归来，陡闻此事，自不能坐视不管，故登临宝刹，敢求方丈大师指点迷津。”他这一番话道出，僧众们诵经之声立止，一齐转过身来，对他合十问讯，之后又转回身去，闭目默诵。

却听悟明大师道：“善哉，善哉，姚施主既心生此念，武林苍生何幸之有，无奈贫衲却对胡施主所作所为也仅略有耳闻，指点迷津之言，贫衲深以为愧。然本寺十数名弟子，就在姚施主来的数个时辰之前，被胡施主一掌一个超度，那却是实有其事。虽说人身本是一副臭皮囊，但胡施主如此超度，却与我佛旨意相差甚远。阿弥陀佛，阿弥陀佛。”布袋和尚又一次有如突遭五雷轰顶，半晌作声不得。若先前还道江湖传言有虚的话，眼前这烈火中渐渐焦透的十数具少林寺僧尸体和少林方丈之言，却是实实在在的了，莫非胡醉真的突然心性全失，兽性大发了么？！又听悟明大师道：“阿弥陀佛，胡施主如此不念上天有好生之德，日后定当有所报应。姚施主，恕贫衲不克分身，你这便下山去吧，阿弥陀佛。”布袋和尚一怔，道：“悟明大师，老叫花有一事不明，若大师能予见教，老叫花感激不尽，立时便离开贵宝刹。”悟明道：“姚施主但问无妨，阿弥陀佛。”布袋和尚道：“不知大师可曾亲眼看清方才出手残害贵派弟子之人是胡醉了？”悟明道：“阿弥陀佛，贫衲虽未亲眼得见，但本派弟子数百双眼睛，却都是看清了的。”布袋和尚又道：“贵派这十数名弟子不幸，不知大师可曾查看是因何所致？”悟明大师道：“贫衲已查探过了，皆是被掌力震断心脉筋骨才魂登极乐。阿弥陀佛，震断心脉倒也罢了，连浑身筋骨也根根尽断，若非胡施主的‘降龙十八掌’，天下也无……”随即想起布袋和尚也会“降龙十八掌”，且内力也不弱于胡醉，当下不再多言，以几声“阿弥陀佛”遮掩过去。布袋和尚一抱拳，道：“多谢大师指点，姚某告辞了。”言罢也不等悟明再诵那几声“阿弥陀佛”，人早已飞掠出寺。

第三十回

武当蒙辱

五十五

原武当掌门灭尘道长，因被“黄龙会”以药物所控，甘任其七巡察之二，后虽得胡醉相救，却也自觉羞愧，自绝于天下英雄之前，倒也并未堕了武当名头。只是如此一来，灭性道长却大犯踌躇。只因灭性乃灭尘之师弟，灭尘既死，全派上下便以他武功修为最高，辈分也是无人与匹，然灭性道长脾性暴躁，与本派之讲究清静修为的道家风范相去甚远。无奈众弟子苦苦相劝，灭性只好袭师兄衣钵，做了武当掌教。好在如此一来，派中诸多繁杂事务，倒磨得他脾性稍缓了些，离道家修为的规范便近了一步，对武当名扬天下的《太极剑法》和“以气御剑”之理，自也领悟了更深一步。虽是如此，此时灭性道长也不禁浑身颤抖，脸色铁青，对惶然不解地立在他身旁的徒弟道：“敲钟！两短三长！”两短三长？！——那是召集本派弟子迅集的信号！——弟子茫然不解，道：“师父？！”灭性沉声道：“快！”那弟子无奈，只好飞身而出。少顷，便听到急促的钟声。

仲夏之夜，繁星满天，夜色爽人。武当阁宇沉浸在这宁静的夜幕之中，但见屋影幢楼，满目月光。陡然，三长两短的急促钟声响起！月色之下，但见一条条黑影直往山顶急掠，霎时之间，武当山被火把照得通明。三清殿中，但见掌教灭性道长兀自面色铁青，烦躁地踱来踱去。众弟子俱皆茫然，大惑不解地看着本门掌教。良久，灭性道长才猛喝一声："本教弟子都到了么？！"灭尘道长首徒清云见状越众而出，躬身道："启禀掌门师叔，弟子们都到齐了。"灭性陡然转身，盯着清云道："胡醉！道爷若不将你碎尸万段，也愧对了武当列祖列宗了！"清云自是大惊失色，众弟子更是相顾骇然。便见灭性道长将一张书简扔给清云，道："念！"清云接住书简，道了一声"谨听掌门师叔吩咐"，便念道："在下借贵门'太极剑谱'一观，真武烂剑一试，这——"当下茫然无措地看着掌教师叔。灭性道长大怒道："念！"清云又念道："灭性道长修行有道，自知昔日刘皇叔借荆州之说了，哈哈！道长却又能奈我何？！——胡醉启！"

一待清云念毕，众人均心头狂震。只因此"太极剑谱"乃武当创派祖师爷张三丰张真人所著，而"真武"剑系由千年玄铁所铸，乃张真人中年时所用之剑，此二物均为武当镇派之宝，历来受掌教收守密藏，不料此番却被名扬天下的一代大侠胡醉一齐"借"走！"刘备借荆州，有借无还！"这岂是借，简直是盗是偷！众弟子正骇然间，便听灭性道长道："此乃我武当一派亘古至今从未遇过之奇耻大辱。本掌教无能，竟在旬日之后始觉本派宝物被盗之事，胡醉武功虽高，本掌教却誓与他周旋到底！"众弟子均顿时鸦雀无声。灭性道长又道："清云、清风明日随我下山，清溪、清泉及众弟子留守本门！"众弟子轰然应"是"。

次日灭性道长便率了清云、清风下山。此时正值夏末，一场大雨过后，青山碧云，空气清新，好不令人赏心悦目。灭性道长自是垂头丧气，忽听清云"咦"了一声。灭性道长茫然抬头，但见清云满脸惊讶地看着路边，灭性道长顺眼看去，不由心头狂跳！雨过天晴，芳草青青，一对约八九岁的男女儿童正在比剑过招。男孩身穿短褂，头上冲天扎一个辫，手中握着一柄木削长剑。女孩一身翠绿束裹头，头上红绳系着两条小辫子，手中也握着一把木剑。但见男孩挡开女孩刺来的那招"有凤来仪"，左手捏个剑诀，右手慢慢递出，木剑画着圆圈，直向女孩木剑套去，女孩若不撤剑后跃，便要被木剑刺中右肩，是以清云大惑不解。待灭性道长抬头看时，也知女孩非得撤步后跃不可。却不料那女孩并未后跃，相反还踏进一步，只听“啪”的一声，女孩木剑从极其诡异的方位刺出，正中男孩手腕，男孩木剑捏不住，落在地上。

女孩这一招刺出，直把个灭性道长刺得心惊胆战！自忖便是自己也抵挡不住这一剑。灭性道长乃武当派中武功修为最高之人，眼见太极剑被破，心头不禁骇然，自忖自己若是那男孩，虽然弃剑，但左掌犹可向那女孩头顶拍落，女孩左掌却可以拍出相抗，但此时已到以内力相拼之时。自己右腕受伤，内力定然受损，若是与功力和自己相当之人相拼，己方胜算已然不多！灭性道长只觉此事太过匪夷所思，踏上一步，正要问那两个孩子的师父来历时，却听男孩道：“这次不算，我不使这太极剑了，你使太极剑，我使破极剑，定要杀你七零八落！”那女孩小嘴一扁，撒娇道：“不嘛，哥哥，我不使，太极剑一点用处也没有，你是哥哥，力气比我大，当然该你使太极剑我使破极剑，咱们重新打过！”两兄妹这一番言语，只听得灭性道长和清云清风心头大怒：想太极剑素为武当镇山之宝，向来不传外人，即便是武当弟子，如果人品不佳，师父也定然不传。是以武当弟子对这太极剑极是崇敬，不想今日却听着这两个乳臭未干的小孩左一声右一声地大骂太极剑无用！清云、清风当即冲上去，一人抓住一个小孩，大声斥责。武当派享誉多年，附近一带百姓无不对武当道士恭敬有加，特别是孩子，对身佩长剑的道士更是羡慕不已。此时，这两个小孩陡然间被人抓住，自是惊骇欲哭，但待看清抓住自己的是两个道人，且只另有一个老道站在一旁时，男孩便当即破口大骂起来：“牛鼻子！臭道士！快放开我！”清风、清云均是一愣，不明这两孩子何以出口谩骂。

灭性道长毕竟是堂堂武当掌教，武当派历来扶助弱小，今日之事虽然令人愤怒，但以大欺小，终究令人汗颜。当下喝令清云、清风放人。清云、清风一抓之下，便知两个小孩并未练过武功。听掌教如此一喝，也觉脸红，当即撒手退开。那男孩揉了揉被捏疼的双肩，冷冷看着清云，少顷，眼珠一转，突然问道：“你们可是武当派的？”清云见问，虽知刚才无礼，传出去难免惹人耻笑，但事已至此，焉有欺骗之理，当下应道：“是。”男孩一喜，问清云道：“你可会使太极剑？”清云道：“会的。”男孩高兴地捡起木剑，塞一把在清云手中道："来来来，我俩来一次如何？"清云好生为难，转头看灭性道长。灭性道长道："清云，你就跟小施主领教几招吧。只可比招，不许用内力。"清云道："弟子谨听吩咐。"清云转向男孩，发现男孩身高尚不及自己腰部，顿觉为难，正不知如何区处，却听灭性道长肃然道："出招慢些。"清云无奈，只好红着脸道："小施主请。"小男孩一脸跃跃欲试之色，兴奋道："你先出招，你先出招。"清云心中不禁有气，想你一介孩童，却如此不知天高地厚，今日定要好好教训你一番。

五十六

当下不再说话，左手捏个剑诀，剑尖垂地，双手成圆，正待出招，不想男孩木剑倏地从双手之中刺入！清云不惊反怒：这太极剑的起手式极为客气，寻常过招，既说了让对方先出招，就得让对方攻入才还手出招，不想这男孩连起手势也要破，当真欺人太甚！清云冷哼一声，一招"左拦扫"，荡开男孩长剑，跟着"三环套月"，木剑直缠男孩右臂。男孩不避不让，木剑依然从清云所画的环中刺入，剑光直刺清云手腕。此时清云若不变招，自己手中木剑未及对方之身，手腕却要先被刺中，心中微惊，一招"燕子抄水"，飞身反击过去。这一招本是由高击低，清云身高远远高出那男孩，使的也算对路。眼看木剑就要撩中男孩肚皮，却见男孩双手高擎长剑，竟是不闪不避，又刺清云手腕！青云本来占据身高优势，此时未想对手太矮，是以出招之时，身体前倾，重心低压，待男孩出手之时，自己反而处于劣势。男孩这一招出手的方位和握剑的姿势均是古怪之极，清云不禁骇然，再想变招，却又不及，情急之下，反使一招"指南针"只听"啪"的一声，两柄木剑断为四截！原来清云眼见势危，不由自主地运起内力，但他内力修为不算深厚，未能做到收发自如，加之处境尴尬，是以连同自己的木剑也给震断了。男孩却剑势不变，连人带断剑依然扑上，“哧”的一声轻响，断剑的齿口嵌入清云的后背，这才两人同时摔倒于地。

灭性道长急步抢上，见男孩已然震得昏了过去，连忙替他推血过宫。清风自是取出创伤药给清云敷了。站在一旁观战的小女孩见哥哥明明赢了，却自己躺在地上，大惑不解，半晌作声不得。过得盏茶时分，男孩悠悠醒转，不明所以地看着灭性道长。灭性道长面色难看无比，男孩连忙移开目光，却正见到面有愧色的清云，当下一个骨碌爬将起来，抓住清云的道袍道：“你输了，你输了。是不是？”清云满脸通红，道：“贫道是输了。”清云心知刚才实是凶险，若是与功力跟自己相当的人相搏，对方断不至于像这男孩一般被震昏，自己却定遭剑穿背心之厄了！男孩满心欢喜，得意地看着妹妹。

小女孩心有余悸，悄声对男孩道：“哥哥，咱们走吧，比武就要开始啦——”男孩答应一声，心疼地捡起断剑，瞪了清风一眼，正要走时，但听灭性道长道：“清云、清风，将你俩的佩剑赔给小施主。”清云清风依言解下腰间佩剑，双手递给那男孩。男孩大喜，一把抓了，递一把给妹妹得意地道：“这是我赢得的！”灭性道长道：“小施主，你使的剑术叫什么名字啊？”男孩随口应道：“破极剑。”灭性道长一听，不禁变色。武当剑术名太极剑，这“破极剑”却似专门与武当难看！再者“破极”也可理解为一文不值之意，而这一文不值的剑法竟然破了武当绝学太极剑，这不明摆着是绕着弯子骂人么？！灭性道长“哼”了一声，强压怒气道：“请问小施主的师尊是哪位高人？”男孩道：“我没师父。”男孩见他面露不信之色，又道：“我和妹妹是偷学的。”清风心中一惊：偷学却这么厉害了！忙问道：“向谁偷学的了？”男孩道：“全村的大人都在练，不信你们自己去看——哟，糟了，说不定比武已经开始啦，妹妹快走。”二人提了长剑，踏着青草地，向村中奔去。

灭性子一愣，却见清云“扑通”跪在自己面前道：“弟子无能，堕了本门名头，愿听凭掌门发落。”灭性道长淡然道：“起来吧！”清云道：“谢过掌门！”立起身来，见掌门师叔不再言语，只凝望着村子，当下心头一凛：“不知何人，竟这般苦心地要与本派为难！”回想刚才男孩所使的几招，招招从极难预料的方位刺出，后发先至，料敌生机，似真是太极剑的克星！一念及此，浑身早冒出冷汗。灭性道长却突然冷笑一声，道：“他虽然招式奇特，但只要牢记太极剑剑意，以慢打快，自可与之周旋。”清云、清风躬身道：“是。”灭性又道：“待会若要动手，你俩便以本门绵剑和绵掌讨教对方高招。”清云、清风应了，随掌门师叔摸进村中，但见村人聚集谷场。谷场正中早已搭起一座擂台，旁边立着两棵木桩，上面各贴一条直幅，右侧那条上书“三招两式破太极”，左侧条上写的却是“七零八落臭道士”。灭性道长心中大怒，但想那对头既筹划日久，自己倒不可不防，须得小心行事才好，当下忍住怒气，示意二弟子隐身，自己也隐于一高墙之后，静观待变。却见一老汉走上擂台，大声道：“众位乡亲，咱们奉胡大侠之命，已经操练了将近一个月，今日正式比武。得胜之人，领取胡大侠所赐黄金三百两，并宣读胡大侠所留之书。”场下众村人齐声轰叫，人人脸上均现贪婪之色。灭性道长大怒：“原来又是胡醉这贼鸟厮！竟是这般歹毒，偷了我武当至宝不说，还如此辱没于人！胡醉，我武当上下若……”正思忖间，却听老者继续道：“每一场比武，上场之人均须使破极剑和太极剑，各人先使何剑，可由双方临时商定。胜败以谁在尽可能少的招数之内击败对方而定，连胜两场者，休息两场之后再比。”接着宣读了参加比武之人名单，待他一退下，立即便有一个壮小伙子跳上擂台，手中拿着一把木剑，兴奋地道：“我铁柱先来出丑，哪位大哥上场陪我一块练练？”一个尖细的声音道：“铁柱大哥，我阿牛来陪你！”在众人的哄笑声中，一个精瘦的小伙子费力地爬上擂台，手中也拎着一把木剑。

灭性道长大奇：这两人毫无内功功底，显是平常村民，这番比武却是古怪，这一村人莫不是都发了疯不成？！正惊讶之际，擂台上二人协商已妥：阿牛先使太极剑，铁柱先使破极剑。一声呐喊，阿牛摆开架式，二人“斗”将起来，阿牛的太极剑虽使得狗屁不通，招式却是像模像样。起手式一过，跟着三环套月、大魁星、燕子抄水、左栏扫、右栏扫……一招招的演将下来，直令武当三人又惊又气。惊的自不必多说，气的却是这阿牛每使一招，均向后退几步，使到第十四式“持剑归原”之时，他已经满场退了四五圈。众村民却大乐，均知这阿牛是在使诈，因明知太极剑斗不过破极剑，是以手上虽是出招，脚下却是一味后退，本来该踏上一步的，他反而后退两步。一套名扬天下的太极剑给阿牛如此使出来，端的猥亵难看之极。若张三丰张真人复生，不被再活活气死一次才怪，哪还能像众村愚民一般大笑出声！台上铁柱也自大笑，只道一声“破极剑来了！”便提着木剑，更不躲闪阿牛那似攻实退的剑招，猛跨三步，奔到阿牛身前。阿牛正使一招“归去来兮”，木剑横砍。这铁柱急红了眼，不避不止，剑交左手，倏地翻腕，木剑急刺阿牛右胁。阿牛知道厉害，当即大叫一声：“我输了！”撒剑就跑，铁柱木剑刺空，竟给他跑了，台下又是哄然大笑。

灭性道长心中又是一颤：铁柱这一剑对付“归去来兮”这一招倒真是令人心惊，只是如阿牛这般使用太极剑，无胜于有，如果换了阿牛是本道爷，又如何——那老汉又上台来，大声宣布道：“铁柱使破极剑在第五十九招上胜阿牛的太极剑。下面由阿牛使破极剑，铁柱使太极剑。”两人摆开阵式，才一上手，铁柱便想学着阿牛的样子一味后退，却不料自己对这后退的打法陌生得紧，而阿牛又早料到他定会学自己，是以一上手便是三招急攻，“啪”的一声，铁柱木剑脱手，只得恨恨地认输。这三招直把个堂堂武当掌教攻得心惊胆战，面无人色，心思自己若陡然与内力相若之人相遇，对方攻这三招来，我灭性子又如何避得过！

五十七

接下来擂台上使太极剑的均学着阿牛先前模样，满场退着跑，手上却还要比着进攻的招式，直把个太极剑变成了自欺欺人的大笑料。然而众人均不如阿牛退得熟悉，是以他保持的逃到第五十九招才被破极剑打倒的记录无人能破，阿牛倒成了这场比武中的夺魁者，虽人人眼红那三百两黄金，却又不得不服阿牛精明，当下便对阿牛又笑又骂，乡村俚语，自是粗俗不堪。

这边灭性道长直看得又气又急又惊。眼前之事匪夷所思，必要弄个明白才行。当即静下心来，把阿牛及诸村民的破极剑剑招想了一遍之后，便又冷笑出声：只因天下武功均分内外两途，但剑法都融二为一。剑招固然重要，然若无相应的内功心法为辅，剑招的威势自是难以发挥。太极剑法乃张三丰晚年冥思苦想，豁然贯通，集阴阳为一体之大成，端的是博大精深，奥妙无穷，灭性子自己也只敢说理会了十之一二，更何况这些乡下百姓了！而那“破极剑”招式固然独到，但不能连贯融汇，天下只怕很难见到这般徒具招式的剑法！灭性道长正冷笑连声时，忽听老头大声叫道：“今日比武，有谁还不服阿牛？”灭性子哈哈长笑。众人陡觉脑后有人大笑，一齐回头观望，却只觉头顶一凉，复回过头，灭性道长已经飞身跃过众人，立在擂台之上。人群中有人识得灭性道长，当即叫出声来。

灭性道长淡然道：“贫道正是灭性子，忝为武当派掌门。今日想向阿牛居士讨教几招。”说毕拿过一把木剑，左手捏个剑诀，剑尖垂地，双手成圆。正是太极剑起手式。清云、清风见掌门人现身，当即也从隐身之处跃出，静立当场。武当派与少林寺齐名，积威之下，村民们一开始倒也着实被吓了一跳，转念却又想破极剑是厉害，心头不由一宽。有年轻气盛的小伙子便趁机斗口寻衅，清云、清风只是不理，目不转睛地瞧着台上。台上灭性子气定神闲，虽也是一招平常的起手势，由灭性道长使来，却显得气势恢宏。阿牛何曾见过这等阵势，心里早先怯了。但一村父老乡亲均看着自己，又想自己本可以伸手即得三百两黄金，却被这老道出来捣乱，心头有气，提了木剑，挺剑便往灭性道长双手所画的圆心中刺去，正是小男孩刺清云的那一招。灭性道长早已见识在前，自不会着了道儿。此时要打败阿牛，本是举手之劳，但灭性道长要等阿牛使出全套破极剑来。当下木剑引开阿牛的一击，只将太极剑一招招慢慢使出。这阿牛却是见招拆招，与灭性子斗了个热热闹闹，只看得台下村民哄然叫好。斗到第六十招时，阿牛出招开始重复，灭性道长知“破极剑”已经使完，心想今日若不显点手段给他们瞧瞧，只怕这些愚鲁村民还真以为我武当派浪得虚名了。当下略一运气，真气贯注木剑，趁着阿牛一剑向自己直刺过来之机，手中木剑转眼间连劈数十下，阿牛只觉一股灼热之气扑面，眼睛一花，心下大骇，怔怔呆立良久，却见老道正对着自己手中木剑微笑不语。阿牛不明所以，也低了头看自己手中木剑，一挨之下，觉得有点异样，略一用劲，只见手中捏着一把细木条，足有数十根之多，却哪里还有木剑影子！

阿牛大惑不解，竟一根一根细数起手中的木条来，台下村民也甚是纳闷，有人便道："阿牛，怎么回事？"灭性道长见他们不识这手功夫，当下举目回顾，冷笑一声，放下木剑，抽出自己佩剑，走到右道木柱旁，扬臂挥了数下，众人只觉眼前几道白光闪过，待细观时，只见灭性道长早已还剑入鞘，对阿牛道："阿牛，你过来，看能不能推得动这根木柱？"阿牛摇摇头，示意不能。灭性道长微微一笑，左掌轻挥，那木柱立时倒下一摔成七截，每一截上贴有一字，拼起来便是"三招两式破太极"，只不过现在被摔得满地都是而已。众村人大惊失色，顿时噤若寒蝉。

灭性道长转身对主持比武的老头道："敢问老丈，贵村今日比武，却是因何而来？"老头连忙道："回禀道长，旬日之前，村中来了一个脸色阴沉的大汉，逼着小老儿敲钟集合全村人众，人齐之后，那大汉远远的一掌便把个好端端的石碾打成了细粉，然后问大家的头是否有那石碾硬，乡亲们自然不敢撒谎，连说没有。那大汉便说要教咱们武功剑法，还掏出三百两黄金交给小老儿，说我们只要愿学，七日之后比武，谁赢了，这三百两黄金就给谁，还说只要照他这封书简中所言行事，待事成之后，每人再给黄金一百两。他昨日离去之时，特意关照小老儿们必须勤学苦练'破极剑'，说将来定有大用场，因而本村便……便这般行事了。对了，直到他离去之时，咱们方知他叫胡大侠，也不知他是姓胡的大侠呢，还是姓胡名大侠。小老儿全都说了，请道长明鉴。"言罢规规矩矩的递过一封书简，又道："道长请过目，胡大侠留的书简便是这封。"

灭性道长接过拆开，抽出一张写满了字的纸来，只看得数眼，人竟往后便倒！清云、清风见状大惊，飞身抢上扶住。清云一搭脉，只觉脉象滞涩，显是气急而致昏迷，并无中毒之象，当即放下心来。一边替师叔推血过宫，一边细看师叔手中的书简，但只看得几行，饶是他道学修为已有根基，也不禁气得破口大骂。清风一怔，取过书简来，但见上面写道："尔等学艺已成，可凭破极剑冲上武当山，将一干臭道士杀了，事成之后，每人赏黄金一百两……"清风直看得又气又怒，"唰唰"几下，早将那信柬撕了个粉碎，正欲大骂胡醉，忽听灭性子暴喝一声："胡醉，我武当派若饶过了你，本道爷誓不为人！"喝罢抽出佩剑，"唰唰"几下，早将左侧木柱劈成细条，道声"走！"便头也不回地径自飞掠而去。清云、清风连忙跟上，只留下一干村民目瞪口呆地看着他们的背影，半晌无人出声。

江湖中胡醉无影无踪，但武当宝物失窃之事，不知是何缘由，竟是人人皆知，相好的同道帮着灭性掌教出谋划策，平时与武当略有嫌隙的却幸灾乐祸。灭性子每日总有吵不完的架和打不完的人，早把"清静修为"四字抛到九霄云外，还给真武大帝去了。如此近一月苦寻，仍是半点端倪不见。灭性子和清云清风两个师侄，均是憋了满肚子窝囊气，恨不得一口生吞了胡醉方解胸中恶气。忽一日，三人正闷闷在山道行走之时，猛听得二三里开外传来长啸之声，显是有人以极高深的内力狂啸山村，灭性子心中正闷气难消，当下不做他想，运足十成内力，冲那啸声传来处撮口长呼！

第三十一回 玉殒香消

五十八

峨眉掌门绝因师太座下俗家大弟子杨留虹，自幼父母双亡，为绝因师太收养。此时年方双十，却是为人稳重随和，待众师妹犹如亲人，是以峨眉派上下俱是对她交口称赞。然绝因师太一是念她身世，不愿让她削发为尼，二是因她自幼随师学艺，在整个峨眉派弟子中，她的武功剑法虽可算是上乘之选，但峨眉剑法本是走的轻灵一揽，与她稳重随和之脾性不甚相投，她虽对本派剑法至为熟稔，却难以揣摩峨眉剑法更高深的心法精奥。是故绝因师太迟迟未立她为掌门弟子，首先自是为了她好，其次也是为了使本门在下任掌门手中更加发扬光大。

绝因师太的关门弟子瞿腊娜，虽年幼天真，却是颇有灵气；入门虽仅三年，除内力不如师姐们外，一套峨眉剑法却是使得连掌门师尊都暗暗首肯。而这小师妹对世事一无所知，一派天真烂漫，全派上下，对她煞是喜爱。绝因师太有心让她承袭衣钵，便让她独自到江湖中闯荡闯荡，一是使她增些阅历，二也是为了再考察一下她的人品。不料瞿腊娜一去数月，竟是音讯杳无。绝因师太恐她有失，便令座下大弟子下山相寻。杨留虹与小师妹瞿腊娜最是投缘，她虽年长小师妹甚多，但自幼在峨眉山上长大，虽年前曾随师父到武帝宫走了一遭，却也对世事所知甚少。大师姐小师妹常在一起，谈些让外人听了笑破肚皮但在她们却是至为蹊跷的话题，她深深佩服小师妹的聪明机灵，对她充满亲姐姐般的柔情。是以师父吩咐她到江湖中找小师妹，她一口便答应了。

不料一路苦寻，沿途见人便问，直从峨眉山找到汉水岸边，竟连小师妹的一丝音讯也未得到。这一日，杨留虹来到一座小镇，已是傍晚时分，匆匆吃了些干粮，只好投宿客店。店家见她是个单身女子，便引她到一间僻静的客房歇息了。三更时分，忽听得“啪”的一声窗纸被人捅了个小洞，杨留虹早已被惊醒，却见月光之下，隐约有人从窗外插了根竹管进来。杨留虹又惊又怒，心想此等小手段，却又能奈我何！当下屏住呼吸，手握剑柄，静观其变。忽觉一丝凉意拂过脸颊，心头一惊，随即哑然失笑：只因此屋破陋，墙壁裂有一缝。初时自己仰卧不知，此时翻身侧卧，便觉夜风缓缓从裂缝中窜入，甚是清凉。当下心中暗喜道：我何不将计就计，诱得奸人入内，陡然动手，定是手到擒来。

约莫过了半个时辰，只听得“吧嗒”一声，门闩滑落，稍停，木门被缓缓推开，三人闪身进来。当先一人抖开一块黑布，对着杨留虹当头罩下。杨留虹冷哼一声，正待拔剑跃起，陡觉手脚瘫软，竟使不出半分力道。心头震骇之间，已被蒙了个严严实实，随即哑穴被点，四脚被人捆住。杨留虹再次运力，只觉丹田中空空荡荡，哪还能凝聚半分真力，心头又惊又怒，知道方才自己只顾提防前边之敌，却不料墙缝那边正有对头再使毒，自己不知，兀自大口大口地呼吸，正着了人家的道儿，且那使毒之人心思缜密，所使之毒竟然无色无味，定非庸手所为。心中一沉，正不知这些人将如何折辱自己，忽觉身体凌空，已被人提起，塞入一条麻袋，随后那人将她负于肩上，掠上房顶，向镇外疾行。杨留虹这一惊更是非同小可，那人负重，脚底却是不慢，武功实不低于自己，心头一骇，便昏了过去。

不知过了多久，杨留虹悠悠醒来，四周漆黑一片，只听得流水之声，似是身处江边。过得良久，才慢慢记起先前之事，当下不做他想，连忙运力冲穴，但微一运力，却发现真气依然不能聚集！便在此时，屋门“咣当”一声被打开，进来两个大汉，手执火把，当先一人道：“杨女侠，帮主有请。”杨留虹心中一惊，不知此人何以竟知道自己姓杨。转念又想，他们既苦心地劫我到此，自是早已摸清了我的来路。他说帮主有请，却不知这帮主是谁。有心动问，又想此等下人，不问也罢，见了帮主，自有分说。想今日身陷囹圄，武功虽失，却决计不能坠了师门名头。当即冷哼一声，不再多言，随了那二人前去。一出了木屋，才发现竟身处江渚之上。两旁江水缓流，江面甚宽。但自己武功既失，又不识水性，看来此番要脱身着实不易，忽又想那人既称自己为女侠，还道一声“请”，看来并非凶神恶煞之辈，自己只要搬出师父她老人家的名头，对他们晓以利害，难说他们就此放过了自己也未可知，心头不禁松得一松。

沿途斜坡而上，两旁杂草丛生，小路崎岖，万籁俱静。行得一会，到了山顶。那二人带着杨留虹径自走到一座破庙之前，方才停下，当先一人道：“启禀帮主，杨女侠到。”庙中一人应道：“有请！”跨入庙中，杨留虹环视四周。但见十余条大汉立于周遭，人人身材高大，劲装结束，俱是赤手空拳。正中坐着一人，却是秀才打扮，手拈一把折扇，火光映照之下，颇有几分英俊。见杨留虹进庙，他才站起身来，抱拳施礼道：“早闻杨女侠芳名，今日得见，小生当真有幸！”杨留虹见对方客气，自己虽是满腔怒气，却也不愿失了礼数，当即也抱拳还礼，道：“小女子不才，却不屑于干那等暗算于人的勾当，倒不知公子有何见教？”那秀才模样的人听了也不生气，只一笑，自顾道：“小可贱姓邓，名干，人称水上书生。与十数个兄弟在水上混口饭吃，人称我等兄弟为汉水帮。兄弟不才，忝为帮主，让杨女侠见笑了。”说罢对一汉子挥手道：“侍座！”那大汉应了一声，搬来一条笨重的木凳，杨留虹冷冷地道了声“多谢！”

杨留虹虽从未听说过汉水帮的名头，但想此地并非这所谓“汉水帮”的总坛，却是决计错不了的。此庙已经多年没人居住，一切布置都显得甚是匆忙，与这一干人的身份神态极不相称。但到底为何如此，却又猜他不透。只思此番既已落入他们之手，人为刀俎，我为鱼肉，却决不可做任何辱及师门之事，大不了一死而已。却听水上书生邓干道：“杨女侠，今日之事，小弟事出无奈。若不如此，决计请不了芳驾光临。得罪之处，尚乞莫怪。小弟这厢与你赔礼谢罪了！”言罢长鞠到底。杨留虹听他嘴上虽说得客气，却只字不提解药之事，当下也不多言，只冷哼了一声。邓干接着道：“杨女侠定觉蹊跷，何以小生要将你请到此间吧？”杨留虹实是大惑不解，听他如此说，便冷冷地道：“还望帮主示知。”她说这“帮主”两个字时，加重了语调，言后之意，自是不屑。邓干佯装不知，继续道：“小生虽出身草莽，但峨眉剑法冠绝天下，却端的令小生敬佩。”

杨留虹听他提到峨眉剑法，心中一惊：莫非这小子竟敢觊觎峨眉剑法不成？水上书生邓干接着道：“杨女侠行侠江湖，拯救弱小，也让小生好生钦佩。杨女侠品貌俱优，实乃女中宋玉，小生景慕已久，今日得见，实在欢喜得紧。”杨留虹听他这般说话，脸上不由一红：自己到江湖中找小师妹未久，却不知他那行侠江湖之言从何说起，但凡青年女子，谁都希望别人夸她容颜姣好。杨留虹一直在师父绝因师太身边，派中师妹妹之间，于男女之事自是只字不提，是以她活了二十岁，还是第一次听到有青年男子如此当面称赞自己的容貌，芳心窃喜之下，脸上怒色不禁大为缓和，道：“帮主派人将我……将我掳到此间，不知是何用意，还望明言。”邓干道：“杨女侠既这般干干脆脆，我邓干倒也不可做那拖泥带水之事，实不敢相瞒，杨女侠乃窈窕淑女，小生虽一介草民，却也欲效君子之举，不知杨女侠意下如何？”杨留虹又羞又怒，自己遭他暗算，被掳至此地，本就未存侥幸之心，却没来由地听他一通胡说八道！当下面色一变，冷冷地道：“哼！当真是……当真是下流无耻！”水上书生听了此言，也不气恼，淡然一笑道：“杨女侠看来是无垂青于小生之意了？”杨留虹怒道：“既落入你手，要杀要剐，均由得你，却休得再胡说八道！”水上书生依然不怒，道：“杨女侠被在下这般请来，心中有气，自也在情理之中。依小生之见，在下兄弟共有十六人，杨女侠若能将我等全部制住，我邓干这就送你过江，任由你走路。杨女侠意下如何？”言罢顺手抽出一柄金光灿灿的剑来，倒转剑尖递给杨留虹。

五十九

杨留虹“哼”了一声，心道我今日便教你们见识见识什么叫峨眉剑法！伸手接过剑来，不由一愣，但觉此剑虽金光灿灿，却重不逾三两！待使劲一捏剑柄，才发觉这“剑”竟是以硬纸糊就，只在面上镀了层金粉，杨留虹俏面一寒，正欲出言相讥，却听水上书生邓干道：“杨女侠剑法高强，我等只敢讨教招数，却不敢以性命相拼。杨女侠武艺了得，自是持一纸剑足矣。在下等一干草莽，自不敢也以一纸剑同女侠过招，只好用各人称手的兵器了！”杨留虹怒极，但知多说无益，只寒着脸一言不发。邓干又道：“杨女侠若今日输了，明白再斗。明日输了，后日再斗。尽可以一辈子斗将下去。哈哈！”一干大汉也跟着哈哈大笑。杨留虹心中雪亮，如此斗法，他们自是立于不败之地。自己内力已失，纵然招数奇精，奈何一柄纸剑，刺在这些大汉身上，恰如蚊蝇一叮而已！他们这般作法，自然是……自然是……心头突然一凛，冷笑数声，道：“邓干，你打得如意算盘，竟想偷学我峨眉剑法吗？”水上书生邓干喜道：“杨女侠真是小生知己，只一猜便猜中了小生的心思。”杨留虹见他言语之间竟无一丝尴尬，如此厚颜无耻之徒，可真是平生所仅见，当下不由愣得一愣，随即沉声道：“邓干！你将峨眉弟子看得也忒低了。你看杨某会是贪生怕死之辈吗？哼哼！当真是狗眼看人低！”不料邓干竟然开怀大笑，道：“杨女侠，你也将我邓干看得太高了。你看我是正人君子吗？哈哈哈，君子度小人之腹！”“以小人之心度君子之腹”这句俗话，原是骂人之语，邓干把它倒过来讲成“以君子之心度小人之腹”，竟是自认自己是小人，反而嘲笑杨留虹是君子了。

杨留虹平生从未见过如邓干这般自认小人之辈的人，一时倒弄了个哑然无声。良久，才听邓干缓缓地道：“杨女侠，你手中拿的是一柄纸糊之剑，以你之力，你自忖能刺死自己吗？关你的屋中自是没有绳索可供杨女侠上吊。若杨女侠决意要死，自可以撕裂衣衫搓成绳索而用。但小生知又怎生舍得！是故只得剥光了杨女侠的衣衫，以防备万一。唉，还望杨女侠念小生出于好心勿怪。只是杨女侠容颜姣美，体态丰腴，这荒岛之上，却住着十几位和我邓干出生入死的兄弟，尽管小生爱煞杨女侠，但如果这些兄弟对杨女侠有何无礼之处，小生也是无可奈何。唉……”这一番话水上书生虽说得平平淡淡，却直把杨留虹听得心胆俱震，骇然无声。邓干及一干大汉均沉默不作声，冷冷地看着杨留虹。一阵江风吹过破庙，火光摇曳，更增添几分狰狞之气！杨留虹心知今日定然无幸，宁愿一死，也决不能为这群猪狗之辈所辱。但自己内力既失，手中又只提一柄纸糊之剑，却又怎生死法。正犯难间，忽见一条大汉“呛”的一声抽出长剑，斜斜指着自己，道：“杨女侠，在下先来领教峨眉剑法。”杨留虹心中一动，便已有了计较：斗至酣处，自己猛然撞上他剑尖便是。

当下更不打话，捏个剑诀，一剑刺向那大汉。大汉横剑削来，杨留虹不待双剑相交，倏地翻腕，纸剑直刺大汉右手腕。大汉斜身滑步，手腕一沉，剑尖直点杨留虹喉头，剑势凶猛，武功端的不弱。杨留虹虽然内力已失，但剑招却是奇精。心想今日落入贼手，如不显点手段，倒叫他们小觑了我峨眉剑法。当下冷哼一声，纤腰一扭，剑随身游，直点大汉双目。大汉挥剑上撩，硬削纸剑。谁知一削之下，长剑竟落了个空，心头一惊，暗道不妙，正待闪避之时，陡觉期门穴剧疼，已被欺身过来的杨留虹一肘击中！期门穴乃人身死穴之一，饶是杨留虹内力已失，这一肘之力虽不能取了对方性命，但那大汉仍觉气血翻滚，退得两步，便觉双眼发黑，人便猝然倒地。

破庙中依旧无声。众人漠然地看着杨留虹。杨留虹淡然道：“一个不是对手，你们齐上吧！”杨留虹适才与那大汉过招，已知这些人绝非寻常江湖浪人，武功实是不低。此时出言激他们齐上，自是存了个乱中求死之念。水上书生笑道：“杨女侠既叫阵了，兄弟们便并肩上吧。”众大汉依言齐将杨留虹团团围在正中。邓干则依旧文质彬彬地立在一旁袖手旁观。但闻一声呛喝，十五柄长剑齐刷刷向杨留虹刺来。只见杨留虹滴溜溜地原地转了一圈，手中纸剑有若蝴蝶戏花，幻化出一道道金色孤光，直削众大汉眉心，却正是整套峨眉剑法中最难练就也最为凌厉的一招“佛光普照”。众人均觉眉心一凉，陡然间忘记了杨留虹手中的纸剑不能伤人，竟一齐大惊后跃，更有一人但觉手中长剑有异，待看清时，不禁大骇：他手中长剑已变成了纸剑，自己的长剑却不知何故早到了杨留虹手中！众大汉自是骇然相顾，杨留虹自己也是大惑不解：自己内力既失，身形自该滞涩不畅，但何以刚才这一招“佛光普照”却比平常使出的威力还大？！愣得一愣，试着微一运气，但觉真力畅通，了然无碍。这一喜真是大出望外，也不细想是何缘故，便手持三尺青锋，冷冷道：“谁再来送死？！”水上书生陡见杨留虹功力顿复，也自一惊，随即明白是胡醉到了，便折扇一摇，哈哈笑道：“杨女侠不愧是绝因师太高足，一招‘佛光普照’已尽得师父真传，实令小生们大饱眼福了。听说贵派剑法中还有一招‘点眉落明’，杨女侠何不也使出来，指点指点我这十五位兄弟。哈哈。”杨留虹闻言一惊，想不到这邓千对峨眉剑法倒煞是熟悉，只是那招“点眉落明”太过阴损霸道。此招一经施展开来，便要夺人双目，端是凌厉之极。是以昔年绝因师太传授这一招时，也曾谆谆告诫门下弟子，若非身处绝境，对手又是大奸大恶之辈时，万万不可使用。杨留虹当真弄了个大惑不解：自己功力既复，邓千又明知“点眉落明”那一招的阴损，为何还要我施展，当真是有恃无恐么？再看众人时，但见各人面上均露了惊诧惨然之色，自也是知道了邓千此言之意，杨留虹心下好生纳闷，不知邓千何以要她刺瞎这些人双目。

举目望去，却见邓千兀自悠然自得地袖手而立。杨留虹心头暴火怒炽，暗道此人虽生得一表人才，为人却这般诡计多端，阴狠歹毒，竟连自己兄弟也要假我之手将人家除去，此人当真留他不得！既如此想，心头已有计较，但闻一声轻叱：“好，‘点眉落明’来了！”话音未落，人已如惊鸿般飘起，长剑直刺那一十五条大汉双目。众大汉见她骤然出招，哪还敢还招攻击，人人自危，一齐舞剑护住身形。却见杨留虹身在半空，纤腰一扭，裙带斜飘，恰若凌波仙子，已自转过身来，双脚刚一点地，便是手腕轻抖，剑尖微颜，唰唰唰三剑疾攻，招招刺水上书生邓干双目！邓干大吃一惊，连忙疾挥折扇，暴退丈余，惊险绝伦地避开了那夺目三剑。待惊魂稍定，才沉着脸道了一声："好剑法！"杨留虹见自己陡施辣手，竟也给对方避了开去，心头也自骇异，知今日遇上平生劲敌。

邓干虽油嘴滑舌，手上功夫却颇为了得，端的远在那个五条大汉之上，纵是与他单打独斗，胜负之数也殊难预料，自己只有全力一拼，纵然一死，也万不可坠了师门名头。当下更不多言，剑交左手，唰唰唰又是一路疾攻。邓干此时早有防备，只挥洒自如地游身避招，凝神细观峨眉剑法。杨留虹又惊又怒，冷哼一声，将长剑交回右手，一招"点眉落明"又自攻出。但见她长剑忽而在左，忽而在右，忽儿似乎又在两手之间，剑尖却始终直逼邓干双目！邓干几时曾见过这种不躲不避、只一味猛打急攻的不要命的剑法，一时间竟给逼了个手忙脚乱，险象环生。转眼间杨留虹已攻出九三二十七剑，见仍夺不了邓干双目，心头一凛，剑招急变，一招"佛光普照"已然使出。邓干陡觉眼前一空，大惊之下，百忙中一个侧身，但听"咔嚓"一声，右边脑袋一凉，邓干提气暴退三丈。幸好杨留虹只仗剑冷笑，并不乘胜追击。邓干惊魂刚定，伸手摸时，只觉湿漉漉一片，哪里还有右耳。邓干这一惊非同小可，直出了一身冷汗，适才恰似到鬼门关走了一遭，万幸此时小命还在，心思自己若连一个女流之辈也敌她不过，岂不让在暗中观斗的胡大侠觉得我邓干太过脓包！当下不再托大，冷笑一声，沉着脸道："杨女侠的峨眉绝学邓某领教了，且看小生的扇上功夫却又如何！"语毕，气运右臂，折扇轻挥，人已揉身攻上。

六十

杨留虹凝神静气，拆得数招，便知对方武功远胜于己，一柄长不盈尺的折扇在邓干手中，直与三尺长剑无异，劈刺点穴，妙处只是扇影。杨留虹情知再斗无益，只徒遭戏弄而已，当下更不闪避，一招“点眉落明”将邓干逼退三尺，举剑便往自己颈间抹去。忽听“叮”的一声，剑锋离颈堪堪只差一线，杨留虹陡觉右臂剧震，手中长剑早“哐啷”一声落在地上。杨留虹心头惨然，只道对方武功既这般高强，竟连自尽也为其所阻，此番落入他们手中，不知还要受多少折辱。当下紧闭双目，便欲自绝经脉。不料她心念刚动，便觉背心一麻，十数十穴道早被人点，浑身麻木不仁，哪里还能运劲自绝！电光石火之间，忽听那十五条大汉喜道：“胡……”但他们只道出了这一个字，并且永远只能道出这个“胡”字了，只听“啪啪”数声，十五声惨叫同时响起！

杨留虹大吃一惊，睁开眼来，便见一高大黑影穿梭于那十五条大汉中间，身形快如鬼魅，只一眨眼工夫，那十五条大汉人人脑浆迸飞，早成了一堆尸体。杨留虹惊骇莫名，却见那大汉右掌一挥，将兀自待扇微笑的水上书生邓干打得有如断线风筝一般，直飞庙外，只道得一声“你好狠”，便闻“啪”的一声，从此无声无息。杨留虹只觉毛骨悚然，不敢看那十五条大汉惨状，当下紧闭双目。忽觉身子一空，已被那人挟出庙外。那人将她放在地上，回身提了邓干尸首掷回庙内，取出火折子，利索地将破庙点燃四五处。待火势渐盛，才又挟了杨留虹飞奔下山。几个起落，已到江边，那人挟着杨留虹一个飞身，轻飘飘落于泊在江中的一条小船上。这一跃只怕有七八丈之遥，杨留虹只觉江风飕飕贯耳，心头自是骇异，此人的功夫，只怕她师父绝因师太也有所不及。待稳坐船中之后，那人伸手给杨留虹解了穴道，冷冷道了一声：“那等江湖宵小，死不足惜，杨姑娘倒不必心有不忍。”

杨留虹穴道既解，便转头看江岸之上那熊熊烈火，想起邓干诸人死状，正自心头恻然，不料这救她之人背对着她，并未看她一眼，竟已窥破了她的心思，心头不禁大感敬佩。正欲出声，却见那人双掌连击水面，小船有如离弦之箭，疾向对岸冲去。如此“划”船之法，实为杨留虹平生所仅见，心头钦佩之心又起，一待上岸了便高声道：“晚辈峨眉绝因师太座下弟子杨留虹，多蒙前辈相救，不知前辈高姓大名能否见告？”那人却不答话，只双眼含笑，转过身来看着杨留虹。淡淡的月光之下，只见那人虽面无表情，却有一些面熟，略一思忖，便盈盈拜道：“多谢胡大侠相救之恩！”原来这出手相救之人，正是年前在武帝宫率天下群雄与东方圣力搏、侠名满天的千杯不醉胡醉。

当时杨留虹随师父绝因师太前往，曾见过胡醉之面，是以觉得面熟，略一思忖，便已记起。只不知胡大侠为何这般冷漠，但救命大恩，岂能不谢。不料胡醉却不受她这一拜，杨留虹未及拜下，便觉一股巨大之力涌来，阻住了自己下拜之势，心知胡大侠行侠江湖，施恩不谋图报，崇佩之心顿起，至为恭敬地道：“晚辈奉师命下山，打探小师妹讯息，不料在永昌镇中了邓千等人奸计，被掳至此，幸得胡大侠出手相救，晚辈好生感激！”胡醉似是愣得一愣，才道：“胡某只是适逢其会，杨姑娘倒不必放在心上，只是令师妹，可是一个——”收住话头，沉吟不语。杨留虹连忙道：“敝师妹姓瞿，名腊娜，是个十四五岁的小姑娘，不知胡大侠可曾知她讯息？”胡醉道：“那就对了，杨姑娘请随我走。”听他言语，自是知道小师妹讯息了，杨留虹大喜过望，便欲拜谢，却见胡醉早在五丈开处，当下不再多言，提起真力，飞身跟了上去。数日之间，胡醉尽择荒无人烟的小道行走，他功力本比杨留虹高出甚多，是以杨留虹只能见他背影，心头不禁微觉纳罕：小师妹怎的会在这了无人迹之处？出言相询，胡醉也不转身，只道到时便知。又行了数日，峨眉山已隐约可见，杨留虹顿即释然：原来小师妹已回山了，却不知是否似自己这般是由胡大侠护送回来的，当下心中当真对胡大侠感激不尽。

这日黄昏，二人已行至峨眉山山腰。再行半个时辰，便可见到师父和小师妹了——杨留虹一念及此，心下又是感激又是喜欢，不禁加快了脚程。待到穿越一小片森林时，始终在身前一丈左右的胡醉突然停下，转过头来淡淡地道："杨姑娘，咱们不必再走了。"杨留虹大惑不解，道："胡大侠你说什么？"胡醉冷冷地道："我说咱们不必走了，这儿风景不错。"杨留虹更是不解，闻言四下扫视了一眼，见三十丈处有一个樵夫兀自砍柴，除此之外别无他人。杨留虹心头一惊，回头看胡醉时，只见他目露凶光，面色有若僵尸一般，只死死盯着自己。杨留虹芳心狂震——此人相貌确是胡醉，神态却与当日她在武帝宫所见的胡大侠决然不同。胡大侠那卓尔不群的浩荡之气，此时毫无踪影不说，还换成了一脸乖戾。杨留虹当下颤声道："胡……胡大侠，你……"胡醉干笑了两声，道："你若能冲了过去，胡醉转身便走，若是无法过去，胡某说不得便要留杨姑娘一留了！"杨留虹冷哼一声，心道你胡大侠名满天下，却到我峨眉山显手段来了！我若不也显点手段给你瞧瞧，倒让你小觑我峨眉派了！当下只道了声"好"！拔剑在手，更不多言，运足平生修为，举剑攻了过去。胡醉空手接招，身形快逾闪电，杨留虹一路急打猛攻，长剑却总离胡醉身周寸许，待她一套峨眉剑法堪堪使完，胡醉手腕倏地一翻，早将她手中长剑劈手夺过，阴恻恻地笑了数声，才道："杨姑娘你看胡某可曾后退半步么？""么"字出口，杨留虹陡觉双腿一软，人早委顿于地，却是在这电光石火之间，胡醉已点了她周身要穴。杨留虹大惊之下便欲出言相问胡大侠因何如此，却哪里还能发出半点声来，竟是连哑穴也被点了。芳心不由大骇，满目惊恐地看着胡醉。

胡醉却不看她，飞身过去将那躲在草丛中连天气也不敢出的砍柴汉子拎了过来放在杨留虹身侧，淡淡地对那汉子道："你叫什么名字？"那汉子却只顾不住口地跪地求大爷饶命。胡醉"哼"了一声，森然道："我问你什么你便说什么，大爷一高兴，难说便饶了你一命。"那汉子大喜，连忙道："是！是！小的什么也没看见。"胡醉又道："你叫什么名字？""小的名唤李富贵。""哼！瞧你这样子富贵个屁！""是是！小的穷得揭不开锅，实在是富贵个屁！""你今年几岁了？""小的今年三十三岁了。""可曾婚配了么？""小的老婆倒是有一个，只是又聋又瞎，倒让大爷见笑了。""如果有不聋不瞎的妞儿看上了你，你要不要？""大爷说笑了。""你看地上这妞儿，还配做你老婆吗？""大爷别吓小人。峨眉山上的姑娘尼姑都厉害得紧，小的可不敢……不敢……”“不要怕，这妞儿此时已不厉害了，大爷看你老实，这就再赏你个老婆。此时便入洞房，你若要活命，便把衣服裤子脱了！”李富贵浑身有若筛糠，战战兢兢地脱光衣服，露出一身的皮包骨头。“好，”胡醉道，“把你媳妇儿的衣衫也脱了。”“小……小的不……不敢。”“连自己媳妇儿的衣衫也不敢脱，那还留你活命做甚，大爷这便……”“大爷饶命大爷饶命！小的这就去脱。”颤抖着走到杨留虹身前，跪地磕了三个头，才又道：“这……这位大……大姐，小的要……要活命，实……实在是……是迫不得……得已。这……这得罪之……之处，还望大……大姐莫……莫怪。”杨留虹又羞又怒又觉恶心，心头惨然，两行清泪夺目而出。李富贵一愣，便听胡醉喝道：“快！再慢大爷一掌便打死了你！”李富贵一惊，伸手便去解杨留虹衣裙，尚未触及肌肤，便听“噗”的一声，李富贵陡觉面上一热，伸手摸时，正好接住一片软溜溜热乎乎的物事，待低头看清，早被吓得惨叫不止。他手中捧着的，竟然是半截舌头，还兀自微微颤动！杨留虹自断娇舌，头一偏，已然命归黄泉。

胡醉一惊，连忙点了李富贵哑穴。李富贵作声不得，竟似呆了一般，只木愣愣地看着手中的半截舌头，对胡醉剥杨留虹的衣裙看也不看，待到惊觉身上有异时，早被胡醉用衣带将他和杨留虹尚有余温的赤条条尸身捆在一起了。胡醉哈哈大笑，将他二人吊在一棵大树上，运掌如刀，将那大树削下一大块皮来，运指刻字：“峨眉山上一窝淫女，绝因老尼羞也不羞！”末了冲山顶道观运足内力高声道：“峨眉淫女，我胡醉领教了！告辞！”“辞”字出口，顺手解了李富贵哑穴，人却一闪身便没了踪影。整个森林，少顷便充满了李富贵凄惨的瘆人的嘶叫声。

第三十二回 临危托宝

六十一

黑力铁姑气怒交集，一路急追，只想着一旦追上之后怎样惩治偷偷溜走，给她难堪的铁算子和连城虎。不料追上之时，却见他兄弟二人正被四个煞星欺辱。铁姑大怒：我家“夫君”纵有千般不是，也自有老娘管教，何须外人多手！故而暴喝一声，也不问个青红皂白，轮起八十余斤重的铁杖便冲将出去。

笑煞星莫军正欲将手伸进铁算子怀里，陡觉劲风扑面，吓得急速飞跃，避了开去。黑力铁姑也不管他，但凡是欺负我家“夫君”的，便没一个是好人！先将他们打翻了再说！当即使出家传绝技，一路“降娇伏魔三十六式”杖虎虎生风，竟分别攻向四煞。黑煞四星大吃一惊，不知从哪儿突然冒出这般个母夜叉来，一时竟被弄了个手慌脚乱！但见草木横飞，杖风激荡，仓促之间又摸不清铁姑来路，四煞只顾腾跃闪避，竟无一招攻出！待铁姑一阵急攻猛打之后，黑煞四星总算各自退开数丈，各执兵器护在身前，凝神应对落了阵脚，少顷便分立四角，将铁姑围住。但铁姑铁杖了得，四煞无不忌惮三分，均是不与她以硬碰硬。无论她攻向何人，那人便迅捷后退。其余三煞则紧紧跟上，仍是把她围在当中。铁姑一时伤四煞不得，干脆执杖定住身形，冷冷地道：“你们四个小子逃命倒是有一套本事，却为何不与姑奶奶见个真章！”黑煞四星从未听说过江湖中有这么一号母夜叉，更不知如何得罪了她。但见她杖法刚猛沉雄，臂力惊人，立在那儿倒似一座铁塔，一时间竟怔怔无语。

铁姑见他们竟敢不回答自己问话，当即怒道：“我看你们没一个是好人！”一指笑煞，又道“你这嬉皮笑脸的家伙最不是东西！待姑奶奶先拾掇了你。”言罢抡圆巨杖，冲向莫军便打！此番相斗，与刚才却是不同。一条铁杖，俱照着笑煞莫军身上招呼！铁杖重愈八十斤，经铁姑挥将出来，力道何止千斤！稍有不慎，只要给铁杖沾得一沾，不死也得重伤！莫军心中大骇，不敢以双斧相抗，只是一味躲闪，不禁窘象环生。笑煞星莫军这一生不知恶斗过多少次，从未如今夜这般狼狈不堪，情形险恶，竟再也笑将不出！余下三人见势不对，一齐各执兵器飞扑而上！铁姑听得身后风响，当下铁杖后撤，如使剑一般照当先扑来的愁煞星胸前猛撞！愁煞星裴文韶见铁杖来势急猛，尚相距一尺便觉胸闷难耐！此时身在半空，无可闪避，大骇之下，长剑点向铁杖，想借力避开！此招凶险无比，实属无奈。铁杖夹带劲风，只要再往能一送，纵有十把长剑也将被硬生生折断！千钧一发之际，左右两侧的苦煞星和阴煞星已双双扑倒。阴煞星长剑直刺右胁，苦煞星玄铁棍直点期门！铁姑见势危急，铁杖一抖，将愁煞星摔将出去，跟着铁杖横撩，逼退阴煞苦煞二人。此回合双方均未占到便宜，当下又静立当场。

风声瑟瑟，森林中一片死寂。静立片刻，铁姑看着阴煞星的秃头不由心生厌恶之情，便轮杖向阴煞星急攻。正当阴煞危急之时，其余三煞星又攻上替他解围。如是者三，铁姑已然看出四煞心思，知他们想困得自己力疲而亡！当下心头冷笑一声，舞杖向阴煞星急攻。阴煞星闪避，却见铁姑不待余下三人扑救，已然回身急掠，铁杖照笑煞星莫军当头砸下！变起仓促，笑煞星身形早已向铁姑扑去，本想解救阴煞星，不想铁姑倒打一耙！此时笑煞星犹如将头自往铁杖撞去，已然不免一死！正危急之时，却见铁杖稍缓！笑煞星莫军何等狡诈，本已闭目待死，不想此时稍露一线生机，当下也不管铁姑弄何玄虚，双斧疾出，直往铁杖架去！一击之下，不想铁杖之上竟毫无力道，铁杖当即给双斧震飞出去！笑煞星莫军一愣，不知何故竟得以如此轻易脱身！正纳闷之时，苦煞星玄铁棍已疾点铁姑七八处大穴！四煞轻易得手，心中均觉蹊跷，不解地向铁姑瞧去。却见铁姑神情呆钝，犹如痴了一般，两眼直瞪着树林深处！黑煞四星顺着铁姑目光看去，却见惨淡星光之下，哪还有铁算子和雷音掌的影子！

愁煞星裴文韶陡然想起铁姑现身时的那声大喝，莫非这母夜叉竟是那矮小黑瘦的铁算子的老婆！念及此，心下不觉失笑。却不知铁算子和雷音掌何以悄悄逃去。心下不解，疑惑地又看铁姑一眼。却见铁姑犹自呆了一般立在那儿，对自己穴道被封似是不知！愁煞见状，心头一惊：连城虎和田归林身上定然带有至宝，否则决不会连老婆也不顾地奔逃！当下对阴煞星道："大哥，追那两个老贼要紧！"阴煞星冷冷地点点头，正待发话时，却听笑煞莫军道："老子定杀了这婆娘方解心头之恨！"说毕将双斧掂了两掂，向铁姑走去。原来这莫军恼铁姑三番五次地朝自己暴施杀手，此番铁姑受制，他焉能不报此仇！却听愁煞星一声长叹道："此女为情所累，兄弟就饶他一遭吧！"笑煞星莫军一愣，不便佛他之意，但心口窝着一口晦气，不出不快！当下砍来几根藤条，一头分系铁姑脚踝，另一头穿过两棵巨松树杈，一拉，将铁姑两腿分开倒吊在两棵巨松之间！铁姑原本兀自痴迷，被笑煞星如此一吊，猛然清醒过来，奈何身子已被悬空倒吊，加之穴道受制，竟奈何不得！

铁姑本是霸道惯了的人，全是因为一颗春心属了铁算子那老小子，才被人如此戏弄。不想铁算子放火烧庄之后，不辞而别不说，此番又绝情至此，心下怒极，竟将满腔怒火发向笑煞星莫军！当下满口污言秽语滔滔不绝地骂将出来，只听得四条汉子骇然相顾，真不知铁姑一女流之辈何以竟如此骂得出口！笑煞星莫军充耳不闻，又在铁姑手腕之上各系一根藤条，分系两棵巨松。随即解了铁姑穴道。穴追一解，铁姑暴怒，身体急剧扭动，想要挣断藤条！但见两棵巨松枝碰晃动，再加上铁姑的亮嗓恶骂，夜色之中，竟有说不出的滑稽诡异。那藤条已生成千年，极有韧性，饶是铁姑力壮如牛，却又如何扯得断它！铁姑但觉两只手腕和两只足踝剧痛无比，恶骂愈加难听！笑煞星莫军见铁姑体态丰腴，本待猥亵一番，却给铁姑的满嘴脏话败了兴致，见她犹自骂不绝口，便道："你再不住口，老子扒光你的衣服，也好让过路人瞧瞧你的满身肥肉！"铁姑戛然止声！莫军哈哈大笑，噘嘴向铁姑鼻孔吹气。铁姑但觉一股腥味向自己鼻中扑来，不觉恶心欲呕，本待臭骂一通，又惧笑煞星莫军真个扒光了自己的衣服，当下只见铁姑一脸怪相，说不出的难受！却听阴煞道："走吧，别让那两个老贼逃远了。"四人向林中追去，任由铁姑两条粗壮的大腿迎天叉开！

铁姑待得四人走远，忍不住又高声臭骂起来。四人走得已远，隐约听到铁姑的嘶哑的骂声，均觉有趣，忍不住一齐怪笑起来。铁算子此时的心思，自是更惧铁姑。被黑煞四星制住，大不了一死，男子汉大丈夫自是视死如归，但若给铁姑缠上，此生定是生不如死，是以此番奔逃，竟是全力施为，但见星光之下，铁算子犹如黑夜精灵，悄无声息地移动身形。雷音掌却觉得如此行为大为不妥！让一女流之辈替自己阻敌，而自己招呼都不打一声便落荒而逃，实非大丈夫所为，但念及黑煞四星为恶江湖多年，若再给他们得到《阴阳大法图》和上古利器，则江湖同道定要遭殃，是以勉力跟着铁算子奔逃。只是觉得自己和铁算子前尚且不敌黑煞四星，铁姑一女流之辈能否全身而退，实是令人惴惴不安！他轻功不及铁算子，再加上如此犹豫不及，是以远远落在后边。铁算子见雷音掌落后，不时停下身形等他，待得雷音掌奔近，铁算子便又转身急往前奔。不大工夫，两人已逃出十里之遥。雷音掌纵然有心，也顾铁姑不得了。当下凝神静气，追赶铁算子。铁算子行行停停，自是体力充沛。雷音掌一番提气狂奔，到得天明时分，已是气喘吁吁了。

二人这一夜奔逃，已然行出百里之遥，铁算子暗想此番大约没事了，但朝四周看了一眼，便觉心头微微一震！原来二人落荒而逃，慌不择路，一夜狂奔，竟不辨方向此时正置身一悬崖绝壁之上！雷音掌和铁算子对看一眼，均觉实在荒唐，不禁一齐苦笑。二人向崖边摸去，到得边沿，攀住一棵古松，伸头望将出去——脚底赫然便是万丈深渊，渊底云雾缭绕，目力竟不能穷尽，但觉一股巨大之力隐隐要将二人吸入深渊！二人惊回身，只觉头晕目眩，当下各自盘膝运功调气。此时朝阳已自东方升起，层林尽染朗霞，世界一片空明澄静！运功一周天之后，二人顿觉心胸开阔，一夜疲劳竟一扫而光，直感体内真力充沛激荡，神定气闲，不由得神色肃然，傲立于悬崖之顶，醉心于这辽阔壮美的大自然之中！

良久。雷音掌和铁算子忽觉有脚步声自身后响起，陡然回转身来，却见黑煞四星又赫然立在身后五丈开外之处！

六十二

雷音掌和铁算子神色凛然地盯着四煞，毫无惊慌之色！二人此时已被这壮美的大自然深深吸引，但觉全身血脉通泰无比，心中空明洁静，功力竟似略有增进，虽不明所以，但面对眼前这四个江湖妖魔，二人均是大义凛然，全然不惧。阴煞阴恻恻地干笑道："田当家的和雷音掌你兄弟俩轻功不错嘛！"雷音掌和铁算子俱是微微一笑，均不作答。四煞见他二人镇定异常，不觉一怔！笑煞星莫军古怪地笑道："田当家的，那母夜叉现在如何，你不会不想知道吧？"见二人不为所动，笑煞星莫军怒道："你二人若肯乖乖地交出那东西，我等难说还会饶你们一命，否则——"却听得苦煞星淡淡地道："两位暂不拿出来也行。"连、田二人闻言不觉一怔，不知他要弄什么玄乎。

苦煞星胡涂玩着手中那根黑乎乎的兵器道："飞天神龙，你还不下来，想坐收渔利吗？"只听得六人头顶上传来一阵大笑，众人惊抬头，但见树梢上站着一人，身体随风在树梢上飘动，这一手轻功，铁算子已自被吓了一跳。更令他诧异的是：此人何时到来，自己竟一无所知。待听得苦煞星言道此人便是飞天神龙万人乐时，铁算子和雷音掌不由喜忧参半。若仅以邪怪而论，整个江湖中，自是天山二怪为首！但天山二怪自高身份，除了喜瞧热闹，别人不先行叫阵，他们倒是极少出手。而这飞天神龙万人乐却又自不同，介乎侠、魔、邪三道之间，很难将他算成哪一道。逢其侠义之时，江湖宵小丧胆。待他魔性发作，又使白道英雄遭殃，而邪乎劲儿一上来，他那名字便真正的形象生动"万人乐"了。飞天神龙武功奇诡，自成一路，竟不在江湖一流好手之下。但他与天山二怪恰恰相反，不喜热闹。是故年前太阳叟东方圣图霸武林、天下大乱之时，却不知这独来独往的飞天神龙躲到何处去了。半个影子也是不见！然武林中人均知其脾性，倒未有人去留心，他此时在此地陡然现身，谁又能料定他是侠是魔还是邪了！是故铁算子和雷音掌喜忧参半。而阴煞愁煞笑煞听苦煞叫出飞天神龙之名，又见万人乐悄立树梢，随风摇曳，却是暗自心惊。因为黑煞四星的人数刚好是田、连二人两倍！而江湖中几乎无人不知，飞天神龙万人乐有个古怪脾气：只要他逢上有人打架，他总是不会袖手旁观。并且他定然是帮人少的那边！也不管人少那边武功是高是低，是邪是正，他总是认定一条死理：以众欺寡绝非好汉所为！其实有时一武功超群之人，尽可将数十名武艺低微之辈杀个落花流水。但万人乐却似对此浑然不知。万人乐这般怪僻，有时难免误人大事。但他自号飞天神龙，也并非浪得虚名，真的是见首不见尾。江湖中人提起此人，常常是无可奈何地一笑。

而黑煞四星此时却连苦笑也笑不起来了，因为飞天神龙已然道：“黑煞四星，你等以四欺二，本就不成体统，却还要逼人家交出什么东西，才饶了人家性命，这就更是无理取闹啦！”苦煞胡涂冷冷道：“虽说见者有份，但我们苦苦追了他二人一夜，阁下想不劳而获，那却没个门儿！”万人乐奇道：“什么叫不劳而获？他二人身上带有什么好东西么？你且说将出来让我听听，看对我是否有用！”苦煞星冷哼一声。万人乐道：“你哼这一声又是什么意思？”苦煞道：“若阁下想知他二人身上的东西，何不亲自去搜了！”万人乐道：“我在这儿舒服得紧，不想下去，你便代我搜搜又有何妨？”苦煞道：“天下只怕没这等便宜事吧？！”言罢连声嘿嘿冷笑。飞天神龙很认真地想了想，竟然蛮有把握地道：“有！”苦煞一愣，道：“什么？”万人乐很不耐烦地道：“我说有便有！你只管搜了交来给我就是，还再啰唆什么？！”言罢便不再开口，自顾在树梢上荡来荡去，好不逍遥自在，竟没把树下六人放在眼里一般。铁算子与雷音掌对视了一眼，心头均是一般心思：虽这飞天神龙行事怪诞，却也不像黑煞四星那般奸恶。不知此时这“神龙”是侠是魔，若正巧逢他侠义之心起时，便将宝物交给了他，让他转交胡大侠或姚大侠，且叫他立下誓来：决不贪为己有！依飞天神龙身份，只要他答应下来，这倒是个万全之策。怕就怕这怪物正好魔性攻心，那就麻烦之极了！不过宝物总之不能落入奸贼之手，万一事到临头，便是纵身万丈深渊，也决不能让奸人得逞！如此一想，二人心意相通，反倒镇静下来，凝神运功，静观其变。

阴煞星却认定飞天神龙是想来个鹬蚌相争，渔翁得利，又见万人乐如此托大，心中怒气大炽，高声道："飞天神龙！有种的下来，咱们先比试比试！"万人乐古怪地看了他一眼，问道："你一个人和我打么？"阴煞愣得一愣，暗忖道：我一人绝非他对手。因而道："我黑煞四星同进同退，对付一人齐上，对付百人也是齐上！"万人乐道："那就不对啦！若是你们一个死了再上第二个，那还差不多。你们要是答应了，我便下来。若是四人一齐上，那就乱了章法，虽我还是能杀了你们，但却于江湖规矩大大的不合了！"笑煞莫军早忍耐不住，竟破口大骂道："别人怕了你这贼鸟厮，我黑煞四星却不怕你，今日你下是不下来？！"万人乐道："是你想先上来送死么！我就是不下来的了。"莫军更不打话，飞奔至站着飞天神龙的那棵树下，双斧轮圆，只听"砰砰"连声，木渣飞溅，只待须臾，那棵双人合抱的大树竟轰然倒下！莫军料定此番飞天神龙树倒落，定会抢先发难，因而树一偏斜，人早飞退回三煞身侧，手持双斧护住门户。却听飞天神龙哈哈大笑道："你这小贼砍树功夫倒不错嘛！"声音仍是自上面传来。众人均觉莫名其妙，待细看时，飞天神龙竟又在另一棵树梢迎风晃悠！

莫军大怒，又奔至那树下，运斧如风，少顷又将一棵巨树砍倒。情景与方才相似，但除莫军之外，树下诸人惊是骇然！方才未待看清，此番众人却见巨树将倒之时，空中宛若一条蛟龙惊腾，飞天神龙竟又轻飘飘落在三丈开外的一棵树梢上哈哈大笑！若在平地，一跃三丈并不算什么，铁算子自忖也能做到。但须知树梢柔嫩之极，无从借力，飞天神龙这般了得的轻功，早将众人惊得呆了。万人乐又打趣莫军"砍树功"当真不错，莫军哪受过这般羞辱，持斧又要去砍第三棵树。陡闻一声呼哨，莫军竟如脑后长眼，一个倒飞，与阴愁苦三煞分从四个方位扑向田、连二人！

飞天神龙大笑声戛然而止！田、连二人正自心下敬佩飞天神龙轻功了得，哪料到黑煞四星竟如此阴毒，故以莫军怒状使飞天神龙中计，先行毙了他二人夺得宝物再说！连飞天神龙如此人物已自中计，更何况田连二人了。别说还招，竟连闪身避招的念头都未生出！但听“砰砰”数声，田连二人魂飞魄散，只道自己此番已然不幸，唯有闭目待死一途了。哪知大谬不然。“砰砰”数声响过，田连二人睁开眼时，但见离他们的身前不到三尺的地方，黑煞四星的四般兵器正分东南西北落在地上！而黑煞四星却面色惨白，各自立在自己兵器的两尺之后。四煞双腕间，均各插一小段松枝，便听飞天神龙万人乐兀自在树梢上高声道：“区区微末伎俩，怎骗得了我飞天神龙！你四人欺负人家二人，本就违背了江湖道义！竟然还要以诡计偷袭，那又与江湖下三烂何异！我万某气你们不过，这才略施薄惩。若再执迷不悟，定取你们性命不饶！”原来飞天神龙素知四煞中以笑煞最为诡计多端，要逼自己下树，决无如此笨法，心下早已疑心。待笑煞砍倒第二棵树时，曾偷觑了阴煞一眼，阴煞微微点头，笑煞又作大怒状时，万人乐早知此乃古人所言的“项庄舞剑，意在沛公”，只不过此时换成了“笑煞挥斧，意在田连”而已。便早折了八段寸余长的松枝在手，待阴煞呼哨声起，万人乐便以漫天花雨手法将那松枝当暗器打出，分寸拿捏得分毫不差，一举将四煞兵器尽打脱手！

万人乐行为本就古怪，此番他若要取四煞性命，本是易若反掌，但他既说要四煞将田连二人身上宝物搜出给他看看，便是一定要看的，故而竟不伤他们性命，只使四煞双腕各负轻伤而已。此份功力，早将四煞震骇当场，万人乐见状大是得意，又接着道：“我辈江湖中人，行动该当光明磊落，念你四煞练成这等功夫也不容易，我飞天神龙不忍伤了你们。现在你们拔下腕上的松枝，各自捡起兵刃吧。”四煞依言行事，果然只觉腕间微痛，并不曾被封穴，便各自捡了兵器望着万人乐。万人乐浑若无事，道：“苦煞胡涂，你当真糊涂得紧么？！”苦煞一愣，道：“万大爷，我——”万人乐道：“你怎的还不搜了他们二人身上的东西给我飞天神龙看！”此言一出，树下诸人均是大惊！阴愁笑三煞惊的是，此番苦苦追逐算白费劲了！与飞天神龙相比，自己相差得实在大多了，他既已觊觎宝物，哪还有咱们的份儿！苦煞惊的是：飞天神龙叫他一人去搜身，以一敌二，岂不是叫自己送命给田连二人么！田连二人所惊更甚，飞天神龙大言炎炎地教训黑煞四星，且救了他二人性命，似是正逢了万大乐侠义之心大发之时。不料说来说去，万人乐还是要看宝物！

苦煞正自犹豫时，铁算子已有了计较：此时四煞只略受轻伤，只他们拼命斗狠并无大碍，何不逼飞天神龙与他们拼斗！两败俱伤最好，就算四煞不济，自己也有乘隙而逃的可能！因而冲高高在上的飞天神龙抱拳道："在下田归林和敝兄连城虎谢过飞大侠救命之恩！"雷音掌连城虎本是直鲁之人，便跟着抱拳道谢。飞天神龙淡淡道："那倒也不用谢了，我救你们，只不过是不想让他们四人打死你们两人，让我去搜你们的尸体，那却麻烦得紧。"雷音掌一愣，铁算子知道："救命之恩，那是不能不报的。我与二哥在沧州关帝庙里的确取到了几件武林至宝，便是一份上古神功秘籍《阴阳大法图》和两柄剑。"万人乐和四煞齐声道："什么剑？！"铁算子道："一把是上古铸剑大师干将莫邪所铸的雌剑，另一把是昔年荆轲刺秦王时所用的鱼肠剑。"铁算子轻松道来，却把个飞天神龙及黑煞四星听得神往悠悠。便听铁算子又道："我兄弟两人怀璧其罪，被这四个小贼逼上绝境，幸得万大侠出手相援，既蒙大侠救命，这三件武林至宝，我们便一并送给万大侠谢恩吧！"雷音掌急道："三弟……"却被飞天神龙大笑声打断话头。飞天神龙笑罢道："铁侠士所言二剑，当真是上古利器，天下至宝，万某笑纳了，但《阴阳大法图》，却不知……"铁算子肃然道："那是上古神功秘籍，练成此功后，当可天下无敌！"飞天神龙一听此言，当即从树梢跃下。

不料黑煞四星竟似胆边生毛，一齐拦在田连二人之前！飞天神龙也不睬他们，只收住脚步，对铁算子道："你们既要感恩，便拿来吧！"铁算子却沉吟道："飞大侠义薄云天，给定是要给的，只这中间倒有些不便。"飞天神龙和四煞同时一愣。铁算子道："与此三件武林至宝放在一起的，尚有一份竹简，此竹简为五百年前一位前辈所留，若是——"铁算子故意打住话头。飞天神龙与黑煞四星同声道："若是什么？！"铁算子道："二哥，你且将竹简取出，我念与飞万侠听。"雷音掌大觉蹊跷，但他素知三弟论计谋远胜于己，便神情凝重地掏出书简递给田归林。铁算子田归林接过竹简，神色庄严肃穆，将那竹简自“吾乃曹氏旁宗”一直念到最后的“尔等虽入此室，尚望量力行之，若无雄才大略，便交与有德之人。切忌贪婪，徒遭杀身之祸！曹氏二六二年谨记”，一字不漏字字肃然。最后几句，更使众人心头俱是一凛！铁算子将竹简交还雷音掌郑重收好，这才又道：“铁某兄弟俩俱非雄才大略之辈，只思将其转交有德之人。不料五百年前那位先辈竟若神仙，只因我兄弟俩身怀此宝，便一路举步维艰，被此四贼逼至如此绝境，方知竹简所言果然是实。望恕在下对救命恩人无礼，在下若将宝物交与飞大侠，只怕……”

飞天神龙“哼”了一声。铁算子凛然道：“在下兄弟俩纵然一死，也是不能将宝物让此四个贼盗夺去的——”飞天神龙道：“他们还不配！”四煞大怒：“你也不配！”飞天神龙竟在四煞怒吼之后哈哈长笑。笑声未毕，只听“噗噗噗噗”四声，黑煞四星已然躺倒在飞天神龙与田连二人之间。

六十三

只觉黄衫略微一闪，田连二人甚至未看清飞天神龙是如何出手的！二人大骇之下，但见一袭黄衫，状若落魄书生的飞天神龙，手持一把折扇，笑眯眯地跨过四煞身躯走近前来。待双方相距不过三丈地，陡闻铁算子猛喝一声：“慢着！”飞天神龙一愣，随即抱拳道：“万某自信身有雄才大略，且算有德之人，望……”不料他话尚未讲完，陡闻雷音掌爆喝一声：“看招！”飞天神龙虽功力奇高，但雷音掌见他举手投足间便让黑煞四星倒地，心思今日定然不幸，是以暗运真力，运足十成功力双掌陡然发出，此招虽不光明正大，但为武林苍生为念，也顾不得那许多了。掌力刚猛，隐隐似有雷音，飞天神龙毫无防备，大骇之下，人竟如陀螺般滴溜溜转了十数个圈，才将雷音掌攻来的掌力卸掉！正欲发作，便听铁算子道：“阁下若是有德将此武林至宝交与千杯不醉胡大侠，我兄弟俩便自绝于此，以报方才阁下救命之恩，虽死无憾！”言语间神色凛然。

飞天神龙虽行事古怪，却也非滥杀无辜之辈，且最敬重那等视死如归之人。此时听铁算子如此说话，便也凛然道：“铁侠士认为胡醉比我更具雄才大略、更为有德么？！”雷音掌哈哈大笑。飞天神龙大怒，道：“方才你偷施暗算，已属无耻之徒，此时我与铁侠士说话，你却鬼嚎什么？”雷音掌道：“我是笑你自不量力！”万人乐道：“何以见得？！”雷音掌道：“你给胡大侠提鞋也还不配！”“好！”万人乐怒极而笑，“你看我飞天神龙配是不配！”后一个“配”字方出，飞天神龙右掌一拍，但听一声轰响，雷音掌庞大的身躯有若纸鸢一般，早飞落万丈深渊！铁算子相救不及，陡见二哥已然不幸，心下大憾，哪还能做他想。精钢算盘一挥，数十粒算盘珠子尽向飞天神龙疾射，人也随之扑击过去！但闻一声惨呼，黄衫连闪两闪，铁算子已然口吐鲜血扑倒于地。飞天神龙武功高出铁算子甚多，行事本就乖戾，他不知铁算子是因见兄长坠入深渊才陡施杀手，反怪二人先后偷袭，不算英雄好汉，故下手不容情，堪堪避过那打向他全身要穴的数十粒算盘珠子，便一掌猛击飞扑而来的田归林前胸！铁算子田归林惊怒交加，早犯了武学大忌，情同拼命，空门大露，是以被飞天神龙一掌击中！

飞天神龙跨过铁算子身躯，朝雷音掌落身之处探头一望，但见深渊万丈，迷雾重重，目光不能及底，不禁长叹了一声！上古神功密图利器，竟这般轻易失落！飞天神龙既惊且怒，转回身来，一脚便欲将铁算子大好头颅踏个稀烂！——因铁算子与他说话分心，让他险些着了雷音掌道儿，使他怒极，才将雷音掌击落深渊。否则凭他的武功，自可让田连二人自跳深渊也不能！故他将满腹怒气，全发在了铁算子身上！脚未落下，陡闻一声暴喝：“万人乐！”飞天神龙惊骇转头，但见面前三丈处赫然立着一条不怒而威的虬髯大汉，却不正是名扬四海的胡醉胡大侠是谁！飞天神龙饶是有十个胆子，也不敢在胡醉面前张狂！当下只道了声“告辞”，便拔足往东首密林狂奔。但闻胡醉只长叹一声，竟不追赶！

名震寰宇的一代大侠，此时竟是满面颓色，高大的身躯甚是疲惫不堪！胡醉缓步走到铁算子身侧蹲下，伸手一探，但觉铁算子一息尚存，便将他轻轻扶起，掌抵其命门，以自家真力替他续命。半个时辰之后，铁算子悠然转醒，便听一声音道："田兄请勿妄动。"铁算子田归林陡闻胡醉声音，惊喜交集，人竟又昏了过去。胡醉大惊，急速催动全身真力，又过了盏茶时分，才将铁算子走岔的真力引还其丹田。但见他神色黯然地掏出一粒药丸，放入铁算子口内，便站起身来，径朝黑煞四星走去。待到了四煞身侧，淡然道："裴文韶，胡涂，你二人装死倒装得挺像的嘛！还不快给我滚起来！"

原来方才飞天神龙陡向四煞痛下杀手之时，知四煞中以阴煞功力最深，论狡诈却以笑煞为首，故将大部分掌力击在此二人身上，而愁煞苦煞仅是被震昏而已。待飞天神龙欲踏碎铁算子大好头颅泄愤，被胡醉一声暴喝吓跑时，愁煞苦煞已然转醒。但睁目一观，见惊走飞天神龙之人竟是胡醉时，哪还敢微动半分。胡醉侠名传播天下，最是疾恶如仇。似黑煞四星这等人物，平时烧香拜佛都只求别撞上胡醉，此时陡然遇上，愁煞苦煞除了装死，哪里还有他途！胡醉何等样人，愁煞苦煞身躯微震，随即又悄然无声，早知二人是在装死。但铁算子伤势甚重，还是救人要紧，哪还顾及其他。也是四煞平时怕胡醉过甚，以至愁煞苦煞连过度睁眼都不敢。若是他们看见胡醉替铁算子疗伤之状，即便不敢朝毫无抵抗之力的胡大侠动手，恐怕也早逃之夭夭了！——铁算子因惊喜二度昏眩之时，胡醉大骇之下催动了全身真力。此时别说愁煞苦煞，便是一个不会丝毫武功之人，只须朝他头顶上轻轻一拍，一代大侠也得当即毙命！苦愁二煞错失良机，此时听得胡醉喝声，早吓得心胆俱裂，一个翻身跪将起来，不住口的求胡大侠饶命！哪还有抬头看胡醉一眼的胆子！——胡醉连他们装死也能一眼瞧破，且一语便惊走飞天神龙，功力早臻化境，除了求这神仙般的胡大侠开恩外，愁苦二煞又哪还有半线生机！

也不知磕了几百几十个头，愁苦二煞头昏目眩，却听胡醉淡然道："丘一西和莫军二人早已丧命，你们收了他们尸首，下山去吧！"裴文韶和胡涂二人跪伏于地，面贴冷石，陡闻胡醉此言，便有若僵硬了一般，心中瞬息间转了几百个念头，兀自不知今日到底是感动了哪路神仙，胡大侠竟会真的饶了他们性命！便听胡醉冷冷道，“你们平时作恶多端，今日我放你二人一条生路，往后若再为恶了我胡醉要取你们小命易若反掌！滚吧！”二煞大喜过望，却没当即便“滚”，直把个“胡大侠活神仙”之类的言语道了数十遍，才各自抱起丘一西、莫军的尸体，蹒跚着下山离去。苦愁二煞始终没敢看胡醉一眼，否则必然更觉蹊跷：名震寰宇的一代大侠，何以这般神色颓丧！

二煞走得已远，胡醉却兀自呆立。忽听得身后一微弱声音道：“胡大侠……”胡醉早知铁算子性命无碍，缓缓转过身来，抱拳道：“田兄找个隐秘之所，只须运功调息，一月后定然无碍了，胡某就此告辞。”神色颓然，言罢转身便欲离去，铁算子惊诧莫名，高声道：“胡大侠请稍候！”胡醉又转过身来，黯然道：“莫非田兄也真相信胡某是灭绝人性的妖魔之辈，要取我胡醉性命么？”铁算子这一惊更甚，半晌才缓过神来，奇道：“胡大侠义薄云天，却不知此言从何说起？！”胡醉听他这般言语，也面露诧异之色，道：“田兄莫非不知……”田归林未等他话说完，早接口道：“胡大侠救命大恩，我田归林不敢言谢！但胡大侠方才之言究竟何意，实令田某如堕五里雾中，还请胡大侠——”胡醉盯着田归林双眼，见他语出真心，不禁大奇，道：“田兄真想知道？”田归林肃然点头。胡醉道：“田兄莫非不知我胡醉眼下已成了江湖中人人皆曰可杀的妖魔？”言罢惨然苦笑，却把个田归林惊骇得一个字也吐不出来。

胡醉见状淡然道：“如此胡某告辞了，日后定当有个分教！”却听田归林惊道：“胡大侠！”胡醉沉声道：“田兄是真的不知，还是定要指教胡某一两招？！”田归林凛然道：“当今天下，令我田归林敬重之人，首推你千杯不醉胡大侠！本欲有所重托，哪知竟是看错人了！既是瞎了眼，这双眼睛留它何用！”“用”字刚出，两指便自刺双目！就在这电光石火之间，田归林忽觉手腕一紧，刺向双目的手指尚差一线，便再难寸进分毫。田归林惨然道：“田某这条命本为你所救，你又何必——”胡醉也凛然道：“我胡醉往昔为人，谅你铁算子也心中明白，你要刺瞎双眼，本不关我胡醉何事。但我偏不信邪能胜正，会没有真相大白之日！留你双目，便是要让你到时看看究竟看错了人没有！”田归林自负聪明，却给胡醉这一番言语弄了个糊里糊涂，竟愣愣地道：“什么邪能胜正？什么真相大白？我……？”胡醉见状心下大奇，也自愣道：“你——”二人我你你我来来往往三番，都发现对方均非作伪，不禁愣愣相对。

良久，才听胡醉道：“田兄对江湖中眼下发生之事，竟是一无所知么？”铁算子田归林和雷音掌连城虎自沧州关帝庙得宝，又在员外庄蒙羞，脱身之后一直被人追杀，只顾仓皇逃命，倒是对江湖中近日来连连发生的剧变一无所知，因而神情肃然地点点头。胡醉也肃然道：“田兄信不信我千杯不醉胡醉会是个灭绝人性的妖魔了！”田归林凛然道：“纵是杀了我，我铁算子也是这句话：不信！”胡醉一代英豪，竟在田归林这一言之下潸然落泪！田归林大奇，道：“胡大侠，到底是怎么回事？”胡醉惨然一笑，把楚通和焦砾子惨死、少林蒙难、武当受辱、峨眉遭劫诸事细细道出，饶是铁算子浪迹江湖数十年，也被震了个目瞪口呆！便听胡醉道：“我胡醉若不把那冒充我做下这些惨绝人寰之事的恶人千刀万剐，便不再称千杯不醉了！”往昔那份干云豪气，又回了胡醉身上！田归林凛然道：“胡大侠，我并没看错人，方才自刺双目才是真真的瞎了眼！现今我有一重托，还望胡大侠不要推辞才好！”胡醉紧握田归林之手，肃然道：“田兄但有所求，我胡醉决不相负！”

却见田归林眼圈一红，将自己和连城虎的诸般际遇细细道出，只略去了他曾头蒙红帕之事，末了抽出鱼肠剑，双手递给胡醉。面对如此武林至宝，胡醉接也不是，不接也不是。便见田归林突然跪下，凛然道：“望胡大侠勿拂先人之意！”胡醉大惊，也跪下双手接过鱼肠剑，一言不发。二人立起身来，但见群山连绵起伏，均是沉默不语。良久。胡醉突然引声长啸，啸声绵绵不绝！田归林见状惊喜交加，惊的是胡大侠功力竟一深至斯！喜的是胡醉终于又是那个侠名满天的千杯不醉了！胡醉长啸声罢，侧过身来，道：“田兄，咱们……”却见田归林突然神色黯然，便打住话头，冲雷音掌、连城虎落身处一抱拳，高声道：“连兄安息！胡某告辞了！”又对田归林道：“此处人迹罕至，田兄便在此疗伤，多多保重！”田归林冲胡醉感激地一笑，抱拳道：“胡大侠，咱们就此别过！”胡醉知铁算子与雷音掌兄弟情深，田归林纵不疗伤，也定会在此为雷音掌守“灵”七七四十九日，故有方才之言。而田归林知其心意，是故感激地一笑。二人就此拜别。

第三十三回 道是无情

六十四

瞿腊娜一觉醒来，已是日上三竿时分。一睁开眼，便见鬼灵子正坐在窗前似笑非笑地看着她。瞿腊娜心头微惊，待发觉自己衣衫整齐，了无异状，一颗心才落了下去，却又顿觉头疼欲裂，不禁大为恼怒，一双秀目，狠狠地瞪着鬼灵子。鬼灵子却站起来将头转向窗外，饶有兴味地注视远处，面上忽愁忽笑，不多时却又变成惊讶不已的神情，像是看到什么古怪物事似的。瞿腊娜见他始终对自己不理不睬，不禁大奇，道：“喂！陆小歪，你看到了什么？”鬼灵子“嘘”了一声，从背后摇了摇手，示意她不可出声。瞿腊娜小孩儿家心性，见状更是大奇，竟似忘了头疼欲裂，悄悄翻身下床，轻手轻脚地走到鬼灵子身旁。朝外一看，并不见有何异样，正欲出声询问，却见鬼灵子神秘兮兮地将一粒药丸递给她，轻声道：“赶快把这药吃了，否则十分凶险！”瞿腊娜见他说得慎郑重其事，当下便连忙把药服了下去。大气也不敢出，立在鬼灵子身边朝窗外细观。但见金光万丈，将远处黛色的青山映照得青翠欲滴，山上除了飞鸟嬉戏，更无他物。瞿腊娜不由得大觉蹊跷，看看鬼灵子，却见他面上兀自挂着惊讶莫名的神色，故也不敢妄动，只屏住气静静立着。

直过了半盏茶时分，鬼灵子才长长地舒了一口气，转头望着瞿腊娜，道：“瞿姑娘，你的头还痛得厉害吗？”瞿腊娜一愣，道：“你怎知我头疼？”鬼灵子道："小姑娘家喝醉了酒，醒来后头不疼才是怪事呢。幸好我陆小歪有先见之明，从老叫花师父那儿偷到了些解酒之药，以后你尽管醉好了，反正这药灵得很，服下只须半盏茶时分头痛便立即消了，对不对？"瞿腊娜摇摇头，果然已不再疼痛，便道："什么'以后你尽管醉好了'！哼！往后见了酒，我决计是一滴也不沾的了！对啦，陆小歪，方才你看到了什么古怪物事？"鬼灵子嘻嘻一笑，道："太阳居然已升起这老高了，你说还不古怪么？！"瞿腊娜情知上当，失声道："陆小歪，你作死啊！"言罢作势欲打。鬼灵子却笑道："要打你就打好啦，反正我陆小歪明人不说暗话，这般看太阳，本掌门也还是头一遭，为的是让你服那粒药止住头疼，你若要恩将仇报，打死我我也决不还手便是！"瞿腊娜一想也是，鬼灵子这般做作虽该打，却也是出于好心，一时下不了手，便气嘟嘟地坐回床边，自己生自己的气。鬼灵子自是心头暗笑。

过了一会儿，鬼灵子"咦"了一声，道："奇怪奇怪，你们峨眉弟子不戒酒么？我怎么从未见你师父绝因师太喝过？"瞿腊娜"哼"了一声，道："少见多怪！我峨眉派弟子又非全都是出家之人，像我这种俗家弟子也有很多呢！""原来如此！"鬼灵子作恍然大悟状，道："怪不得瞿姑娘如此海量！"瞿腊娜脸一红，只道得一个"你"字，便没了下文，只好扭过身去不理他。不料鬼灵子却比她沉得住气，也是一言不发，斜靠在窗台上，竟自打起盹儿来。瞿腊娜实在看不下去了，"腾"地站起身来，道："陆小歪，你就在这儿半死不活地待着好啦，本姑娘可是要走了。"鬼灵子似是蓦然惊醒，道："走？你想反悔，不陪我啦？如此言而无信，只怕……"瞿腊娜"哼"了一声，举步出门。鬼灵子一笑，慢腾腾地下楼付了银两，步出客栈，见瞿腊娜果然立在门口，茫然不知该往何处。鬼灵子笑道："果然不出我所料，哈哈。"瞿腊娜道："什么又不出你所料了，哼？！"鬼灵子道："本掌门自思，峨眉绝因师太门下，定不会教出言而无信的弟子，瞿姑娘果然在这里等我。"瞿腊娜想出言反驳，又觉得有些不妥，若她说陆小歪的话不对，那就是说她师父门下会教出言而无信的弟子，若承认他的话对，心头又大是不甘，只好来个闷声不响。鬼灵子又道："左右无事，本想到我师姐家去走一遭，又怕瞿姑娘不敢。""有什么不敢？”瞿腊娜道：“你师姐的名字，我早就听说过了，只怕你才不敢呢！”鬼灵子道：“我自是心中有些怯意，尚未禀明师父师姐，我就擅自开山收徒，只怕……算啦算啦，咱们不去也罢！”瞿腊娜却连声道：“走走走！咱们便到柳家堡找你师姐去！”鬼灵子装作无可奈何地道：“去就去，大不了挨师姐训一顿便是！”瞿腊娜大觉得意，紧跟在鬼灵子身后，竟咯咯地笑出了声来。

二人一路向南。鬼灵子虽未到过柳家堡，但他从师父处早知了大致方位，因而并不着慌，一路上自少不了赌气斗嘴，每次均是瞿腊娜“着了道儿”，但她一想到鬼灵子将乖乖地被他师姐教训的情景，便不气不恼，只催着快快赶路。不一日，二人到了柳家堡。正是倦鸟归林时分，鬼灵子陡一见师姐家高门大户，也自吃了一惊。到离大门尚有十余丈远的地方，鬼灵子突然拉着瞿腊娜的手跃到一棵大槐树后，失声道：“不好！”瞿腊娜被吓了一大跳，忙问道：“什么不好？”鬼灵子道：“我师姐家养着十八条又凶又猛的大狼狗，你怕是不怕？”瞿腊娜大惊失色，颤声道：“怕……怕的。”鬼灵子道：“那你赶快爬上树去躲着，千万不可出声！”瞿腊娜连连点头，道：“那你呢？”“我去去就来，”鬼灵子道，“你千万要等着我，否则那十八条又凶又猛的狼狗窜将出来，却……”未等他话说完，瞿腊娜早连声道：“你快去快来，我在树上一动也不动就是。”言罢一跃纵起，攀住一根枝丫，细腰一扭，早在树叶中躲了严严实实。鬼灵子则一弯腰，从侧边掠了出去，转瞬消失在高墙拐角处。

鬼灵子跑到一个干涸的池塘边，跳进污泥里把浑身上下弄了个又脏又臭，这才站起身来，胡乱抓了些污泥抹在头上脸上，哈哈笑了一声，自言自语道：“小叫花该当如此，否则玮云姐姐认我不出。”来到西首高墙脚，运足浑身真力，提身一纵，正好攀住墙沿，暗道了一声“天助我也”，双手一运劲，骑在高墙之上，再一跃，便已轻轻落进柳家堡内。忽听一个老婆子道：“裳姑娘，你今日第几次来取酸菜了？”鬼灵子一愣，心道此番怎的跑到厨房边来了，那也好，待会儿顺手牵羊，弄点东西去给瞿腊娜那小丫头吃。转念至此，便听那个叫作裳姑娘的道：“婆婆依哪来那多事体？老鸭吩咐我恰啥麦子依帮我啥麦子一再要多兀，老鸭怪罪凶来，依吃得消哦？！”声音有若银铃，煞是好听，饶是鬼灵子机敏过人，却也是三成只听懂了一成。原来那裳姑娘竟是沪杭一带口音，鬼灵子从来足履东边，纵是再聪明十倍，也无乍一听便能全懂之理。老婆婆道："裳姑娘不要生气嘛，老爷虽说过你取什么我便给你什么，但一天取四五次酸菜，却是有些蹊跷，我老婆子心中奇怪，就多了一句话，便让你裳姑娘数落一大通，唉！"裳姑娘连忙道："是我勿好，婆婆勿要生气，只要婆婆勿要帮外人讲，我告诉你就是。"那婆婆道："我老婆子是过来人，纵是姑娘不讲，我也心中有数。小姐这数月来足不出户，又喜食酸菜，不是有了身子又是什么？"

鬼灵子闻言心中大奇，"小姐"在这柳家堡内就只我玮云师姐一个，这老婆子当真老糊涂啦，"有了身子"是什么意思，莫非师姐原先便没身子么！他这一想，便没听到裳姑娘后面讲了些什么。却听到细碎的声音从屋内传出，鬼灵子连忙隐好身，心思要找玮云师姐的闺房，该当着落在这讲话稀奇古怪的裳姑娘身上。待那裳姑娘走出十丈左右之后，鬼灵子便蹑手蹑脚地跟在后面。转了四五道弯，裳姑娘才在一道门前停了下来，裳姑娘轻声道："小姐，我回来了。"便听见屋里传来一个声音："裳姑娘进来就是了，还这么多礼做甚！"鬼灵子又惊又喜，那声音他太熟悉啦，不是他玮云师姐说话却又是谁？！他差不多一个箭步便要冲了过去，费了好大劲儿才强行忍住，心道，还是先见过了师姐她爹娘再说，免得人家说我小叫花不明礼数。他记住了师姐门前的那棵夹竹桃，这才溜回厨房，见那老婆子正兀自打盹儿。鬼灵子暗笑一声，悄悄溜进去偷了一只熟鸡，细心地用菜叶包好，出屋后飞掠上墙，不小心弄落了一块瓦片，便听那老婆子在屋里大骂"该死的猫"。鬼灵子一愣，连忙"喵喵"地叫了几声，这才跳下墙原路返回，一路上心中暗笑，我小叫花被人骂得多了，但被骂作猫，这倒是平生第一遭。

回到老槐树下，鬼灵子轻轻一纵，便稳稳地落在一枝树杈上，见瞿腊娜正蹲在上方一丈高的地方大气也不敢出。嘻嘻一笑，又是一跃，蹲在瞿腊娜身边。瞿腊娜见他浑身上下又脏又臭，皱眉道："你这是怎么啦？！"鬼灵子道："我师姐家那十八条狼狗端的厉害，把我给追到烂泥塘里去啦！"瞿腊娜"哧"

地笑了一声，连声道：“活该！活该！”鬼灵子道：“不过这也好，那些狼狗见我从泥塘中爬出来已然成了一个活脱脱的小叫花，就吓得远远地逃了。”瞿腊娜将信将疑，道：“这又是怎么回事？”鬼灵子道：“叫花子打狗捉蛇最是拿手好戏，它们见我陡然变成小叫花，哪有不怕之理。”瞿腊娜笑道：“你骗人，我不信！”鬼灵子道：“信不信由你。不过我倒是因祸得福，有个老婆婆见我小叫花可怜，便让我到她屋里去大鱼大肉地吃了个饱，末了还送了只鸡给我，让我在路上吃。反正我现在撑得要死，这鸡便给你吃吧。”言罢递上偷来的那只熟鸡，他的手虽脏，但是有菜叶子包着，那鸡倒也干净。瞿腊娜接了过去，道：“那老婆婆心真好，待会儿我们去谢过她老人家。”鬼灵子道：“你先吃吃看，若味道不好，那也就不用谢了。”瞿腊娜心道你陆小歪也太无礼了，人家好生施舍你一只鸡，你倒说味道不好便不用谢了。便撕了一块放进嘴里，边嚼边道：“好吃！好吃！味道真好！”鬼灵子一笑，道：“你在这儿慢慢地吃，我去打发了那十八只又凶又猛的大狼狗，咱们便去见我师姐。”也不等瞿腊娜应声，他跳下树径自走到柳家堡大门前，啊哟啊哟地高声大叫。

六十五

守门的老头连忙走到他身旁，道：“小……兄弟怎么啦？”鬼灵子有气无力地道：“小叫花快要饿死啦，你老人家莫非眼睛不好，看不见还是怎的？！”言罢又高声大叫。那老人回到门房，拿了个煮熟的玉米棒子出来递给他，道：“小兄弟吃了这个就不饿啦。”鬼灵子止住哭声，接过玉米棒子细看了一会儿，又看看那正笑眯眯的老头，道：“老人家倒是好心，但这东西明明是拿来喂狗的，我小叫花虽然可怜，却也不吃狗食！”随手将那玉米棒子扔了，又道：“原来你柳家堡竟用狗食打发叫花么！啊哟……”那老头面色一变，去捡回玉米棒子，道：“你这小叫花不识好歹，饿死了也是活该！”鬼灵子大叫大嚷道：

“小叫花命苦，饿死了自是活该。但我小叫花饿死在柳家堡门前，柳老爷子面子上倒是好看得紧。啊！当真是好看之至！”那老头只当他是胡说八道，也不去睬他，径自回到门房，任凭鬼灵子在门外大叫大嚷。躲在树上的瞿腊娜听鬼灵子叫得可怜，便想将大半只鸡送去给他吃，随即又想：他不是大鱼大肉的吃得撑了么？哦，他是想引出他师姐来，那就不用怕那十八条又凶又猛的大狼狗了！这陆小歪还真有点儿歪聪明，原来他说不怕狗是假的，是故并不作声，只看着陆小歪做戏暗笑。

不多时从堡内走出一条壮实汉子，到门前问道：“马大爷，这小叫花是咋回事？”守门的马大爷道：“这小叫花不识好歹，你听他嚷些什么！”鬼灵子把一切都看在眼里，嚷道：“柳老爷子浪得虚名，原来是这等不知体恤之辈，啊哟！啊哟！”那壮实汉子听得火起，出门来站在鬼灵子身旁，吼道：“小叫花，你给我滚得远远的！”鬼灵子干脆躺倒在地，道：“你叫我滚得远远的，是怕小叫花死在这儿给柳老爷子面上贴金么！我偏不滚，柳老爷子既有乐施好善之名，脸上这块金我小叫花是给他贴定了！啊哟啊哟！”那壮实汉子见他这般无赖，伸手便去拉他，想把他拖得远远的。不料手还未触及鬼灵子身上，便陡觉半边身子一麻，就此僵立不动，那姿势煞是古怪。鬼灵子一个懒驴打滚，又靠近了大门数尺，大叫道：“不好啦不好啦！打死小叫花啦！”马大爷并不睬他，却对门外那壮实汉子道：“唐二，你弄什么鬼！”唐二动身不得，道：“这小叫花有些古怪，马大爷快去叫李三他们来。”马大爷心道不是小叫花古怪，你唐二那样子才古怪呢，咕咕哝哝地进去叫人。

待他的背影一消失，鬼灵子立时便不哭不嚷了，冲唐二嘻嘻一笑，道：“唐二爷，你在练什么功夫啊？”唐二怒道：“放你妈的叫花屁，老子这明明不是练功，你小叫花眼睛瞎了不成！”鬼灵子道：“不是练功，那倒奇怪得紧，唐大爷怎的比老僧入定还认真，一动也不动？”唐二怒极，高声道：“老子也不知道，定是你这小叫花做了手脚！”鬼灵子还想多打趣两句，猛听得有杂乱的脚步声传来，连忙转过头来，哼哼唧唧地又叫又嚷。十余条汉子匆匆奔来，看看鬼灵子，又看看唐二，均是大惑不解，为首的李三道：“唐二，你在搞什么鬼名堂？”唐二道：“李三哥，这小叫花………”话才说了一半，陡然便发不出声来，却是鬼灵子乘众人不注意偷偷弹了块碎石过去，封了唐二哑穴。唐二急欲说话，苦于无法作声，只把一张脸憋得通红，众人见他姿势古怪，不禁大笑。笑罢李三又道：“唐二，这小叫花怎么啦？”唐二哪能作声，倒是鬼灵子越哼越有劲儿，边哼边道：“众位大爷行行好，施舍小叫花一点儿吃的吧，小叫花要被饿死啦，被饿死了就不能讨饭，不能再讨饭就更要被饿死，这般死来死去，小叫花一天便要被饿死个十七八回了。啊哟哟！”众人听他说得有趣，又是大笑不已，李三从怀里摸出一块碎银，扔给鬼灵子，道：“小叫花胡说八道，人怎么能死十七八次呢，这点儿银子够你大吃一顿啦，你这就去吧。”鬼灵子却不捡银子，嚷嚷道：“我小叫花明明是胡说七道或者九道，你这位大爷却偏偏说我胡说八道，这不是冤枉人吗？小叫花纵不被饿死，也要被你冤枉死啦！人都要被你冤枉死了，这破银又要它做甚！还不如被饿死了的好。”言罢顺手捡起那块碎银，抛还李三。李三伸手去接，但觉碎银刚一入手，便有一股巨大力道涌来，“腾腾脚”退了三大步，才堪堪定住身形。

其余人不明就里，尽皆莫名其妙，却见李三一抱拳，道：“原来阁下是深藏不露，倒是我李三看走眼了。不知高人光临敝堡有何见教？”鬼灵子哼哼道：“我小叫花明明个子矮小，你偏偏说我是高人，才这短短时间，就被你冤枉了两次，啊哟哟，若再被你冤枉一次，小叫花不命丧当场才怪呢！”李三沉声道：“胡帮主胡醉胡大侠和姚长老姚鹏姚大侠与敝堡主柳老爷子颇有渊源，布袋和尚姚大侠更是敝堡大小姐的师父，却不知阁下与他们如何称呼？”李三见鬼灵子小小年纪便身手不凡，料定他是丐帮弟子，故有此言，众人听他如此说话，方明白唐二是被这小叫花点了穴道。他们都是护院家丁，曾得雷音掌和铁算子指点过几手，均是略通拳脚，虽不会借物传功之术，却也是听说过的。眼见鬼灵子凭一块碎银便将李三震退了三大步，先前还不明就里，此时听李三说话，自知鬼灵子非寻常之辈，心下皆想：这小叫花定是丐帮弟子无疑，便不敢再存小觑之心。

却听鬼灵子哼哼道："胡醉嘛，我便叫他醉鬼，布袋和尚呢，小叫花便叫他老叫花。这也是没办法的事，谁叫他们又能喝酒年纪又比我大呢。"胡醉、姚鹏侠名遍播天下，有谁敢对他们这般说话无礼，鬼灵子既这般说，显见他并非丐帮中人了。却不知鬼灵子机敏伶俐，花招百出，连做师父的布袋和尚也怕他三分，而布袋和尚豪迈洒脱，他师徒二人在一起时，常常没大没小，以小叫花、老叫花相称——鬼灵子如此说，倒也不算大错，只是他这一番话，却听得众人骇然色变。鬼灵子接着道："小叫花今日到柳家堡来，也没有什么好见教你们的，只是想讨口饭吃，先不被饿死再说。不过嘛，人只要不被饿死，活着就总要有点儿事做，小叫花若得众位大爷垂怜，不至于饿死，便想向贵堡讨一个人，让她跟小叫花浪游天涯，一块儿讨饭去。"鬼灵子装模作样地想了想，道："柳老爷子嘛，已经上了年纪，大约没心思跟小叫花去闲游浪逛了。梅夫人呢，面皮太薄，讨饭的事她大概也是不会干的，算来算去，也只有贵堡大小姐柳姑娘合适了，但……"这不摆明了在叫阵么！未等鬼灵子话说完，李三一使眼色，十余条大汉齐扑而上，棒砸腿踢，一齐朝鬼灵子身上招呼。

躲在树上的瞿腊娜先前听鬼灵子出言滑稽，强忍住笑，此时却惊叫出声，正欲跃下相助，却见陆小歪连滚带爬，口中叫着"我的妈妈哟……，乖乖不得了！……小叫花今日没命啦"，样子极为狼狈，但十余条大汉的腿、棒却早已落空。待鬼灵子叫声毕时，十余条大汉有若戏台上的奇妙造型，踢腿的踢腿，举臂的举臂，早已僵立当场，面上均露出大惑不解之色。连躲在树上的瞿腊娜也大为敬佩姚大侠的徒儿了得，她自忖对付这十余条大汉绰绰有余，但要像陆小歪这般躺在地上转眼间便点住他们穴道却是不能，心头对这稀奇古怪的小叫花顿生了几分敬意。却听李三沉声道："马大爷，去请堡主来，就说今日有高人欺上门来，李三等敌他不过！"马大爷虽对武功一窍不通，但李三等人的情状大是古怪。听李三这等说，自也明白了几分，连忙应了声是，奔入堡内。幸好鬼灵子没出手阻拦。鬼灵子一跳起身，背负双手在兀自僵立的十余条大汉中窜来绕去，嘻嘻地笑着踱起了方步，面露深觉蹊跷之色，道："嗯，不错，不错，柳老爷子倒真懂得享受，这般清一色大男人的戏班子小叫花倒是第一次见识。对啦，谁领个头，先来一段《苏三起解》如何？哦，那是且用唱的，你们没有唱反串的么？那就来一段《苏武牧羊》凑合凑合吧。只是你们这十余条大汉放牧一群羊，不出三天，准会被你们将羊儿都吃光了，嘻嘻！哈哈！”鬼灵子从小在洛阳街头流浪，对别的一窍不通，对戏文却是熟悉，只是他这般胡说八道，委实滑稽无比；十余条大汉中，倒有半数跟着他哈哈大笑，另一半却大骂“唱你娘的头！……放你娘的叫花屁！……”诸如此类。骂声笑声此起彼落，便听有人沉声道：“住口！”众人只觉耳鼓轰然作响，知是堡主到了，一齐噤声。

六十六

鬼灵子此时正背对着大门，听得喝声，也不禁暗赞道：柳世伯内力倒真不俗。连忙转过身来，便见白马书生柳逸仙抱拳道：“阁下光临敝堡，不知有何见教！”柳逸仙身旁立着一个年约四十，风韵犹存的妇人，正是小素女梅素素。二人面色均是非常难看，却是因为守门的马大爷颠三倒四地把小叫花要讨了大小姐去的诸般事情一一禀报了他们。鬼灵子一愣，连忙跪下磕了三个头，白马书生夫妇大惑不解，却见鬼灵子站起身来，嘻嘻笑道：“这回可是柳世伯和世伯母看走眼啦，你们看我是谁？”伸手将脸上的污泥抹掉，又冲二人嘻嘻一笑。白马书生柳逸仙一愣，随即捻须哈哈大笑。小素女梅素素则笑道：“偏是你鬼灵子才能弄出这许多花样来！”柳逸仙笑罢道：“世侄远道而来，伯父伯母未曾远迎，倒是……”鬼灵子“咦”了一声，道：“世伯说哪里话来！小侄一到此，世伯便派了一个这般有趣的戏班子来接，小侄当真感激不尽呢！”柳逸仙素知鬼灵子油嘴滑舌，闻言也不以为忤，却见李三等人的形状倒颇有几分与戏班子相似，不禁又是一阵哈哈大笑。连小素女梅素素也忍俊不禁，边笑边走到李三等一群大汉中间，素手连拍，解了他们被封穴道。

虽说鬼灵子点穴时未下重手，但如此干净利落的解穴手法，也端的令人敬佩。鬼灵子道了声“世伯母好掌法”，却见那十余条大汉一齐涨红着脸瞪着他，便打了个哈哈，道：“世伯，我师姐呢？”柳逸仙却对那群壮汉道：“你们真是有眼不识泰山，这个叫花便是姚大侠的高足，大小姐的师弟鬼灵子小六了，哈哈哈……”李三等人早听堡主不时提过布袋和尚姚鹏姚大侠之名，说姚大侠如何功高盖世，义薄云天，对本堡又如何恩重如山。他们虽不知姚大侠曾施何恩于本堡，但心头却是景仰已久了的，此时听得眼前的小叫花便是姚大侠的高足，便一齐讪讪的作声不得，心头却均是又惊又奇，惊的是姚大侠当真了得，如此年幼的一个徒儿，咱们十余个人一齐动手也敌他不过。奇的是方才李三问过他与姚大侠如何称呼，他竟说“叫他一声老叫花”，徒弟对师父怎可如此无礼呢！当下都是大奇，愣愣地看着鬼灵子作声不得。

鬼灵子却笑道：“世伯的话可有些不对啦，什么叫‘有眼不识泰山’呢，莫非我鬼灵子的长相竟与泰山有几分相似么？”小素女梅素素已回到丈夫身旁，见柳逸仙被鬼灵子的话问得一愣，当下笑道：“依你便该怎么说了？”鬼灵子道：“第一，依世侄看这叫作大水冲了龙王庙，一家人不识一家人！咱们是不打不相识，一打成知己，几位大哥可觉得小叫花的话更有几分道理么？”这几句话听得柳逸仙夫妇微微点头，心下暗赞这鬼灵子当真巧舌如簧，寥寥数语便把羞辱人家之事轻轻揭过不说竟还跟人家攀起交情来了。果然那十余条大汉一齐笑道：“正是！”梅素素又笑道：“那第二呢？”鬼灵子道：“第二嘛，本掌门已有了大号，姓陆名小歪，连起来便叫陆小歪，再不叫鬼灵子小六啦。”柳逸仙奇道：“本掌门？哈哈，谁又承认你是哪一门哪一派的掌门了？既自称掌门，却又怎的取了这么稀奇古怪的名字，陆小歪，哈哈，小歪，哈哈哈……”待他笑罢之后，鬼灵子才一本正经地道：“世伯莫怪，兹事体大，不便在此明言。”梅素素连忙道：“啊哟，当真是糊涂啦，世侄远道而还来，连茶也未喝一口，咱们便在这大门口神聊了半天。”“咦”了一声，又道：“你师父他老人家呢？”鬼灵子也故作奇怪道：“怎么？那老叫花还没到么？小叫花与他在长安分手，老叫花说要来看我师姐，先行一步，哈哈，倒是我小叫花后发先至，大概在路上遇到什么事把老叫花给缠住啦。不过嘛，他终归是要来的，大约就在这几天吧。”听说姚大侠要来，柳家堡人人均面露喜色。小素女嗔怪道：“偏你鬼灵子没大没小，师父就是师父，怎的一口一个‘老叫花’，让你师父听见，不打你老大耳刮子才怪呢！”鬼灵子嬉笑道：“当着老叫花我也是这般叫，叫惯了改不了口啦。”梅素素笑道：“贫嘴！咱们这便进去吧。”

鬼灵子故作不知似的举步便走，却急坏了兀自躲在树上的瞿腊娜，当下再也顾不得别的了，高声道：“喂！陆小歪，你不等我啦！”鬼灵子心头暗笑，面上却装作恍然大悟的神色，道：“哦，差点儿忘记啦，此番与我前来的还有一个小丫头，请世伯世伯母稍候。”柳逸仙夫妇均觉蹊跷，一齐站住转回身来，看着那棵老槐树。鬼灵子一招手，道：“小姑娘，快下来见过我世伯世伯母。”瞿腊娜连忙跳下树来，手中还拎着半只鸡，跑过来拜道：“小女瞿腊娜参见柳前辈梅前辈。”柳逸仙夫妇陡见一个十四五岁的小姑娘背负长剑，手中拎着半只鸡，满面通红地跑过来便拜，连忙齐声道：“瞿姑娘快快请起。”

瞿腊娜起来瞪了鬼灵子一眼，鬼灵子却仰头看天。梅素素见瞿腊娜长得秀美娇小，煞是可爱，又见鬼灵子这般做作，便轻叱道：“鬼灵子！”鬼灵子连忙装作不解的样子看着梅素素，老老实实地道：“小侄在此，世伯母有何见教？”梅素素又好气又好笑，走过去拉起瞿腊娜的手，道：“瞿姑娘是——”未等瞿腊娜开口，鬼灵子抢着道：“这个小姑娘是峨眉派掌门绝因老师太的小弟子。”柳逸仙夫妇同时“哦”了一声。绝因师太为人正直，在武林中德高望重，没料这瞿姑娘竟是绝因师太弟子！便齐声道：“原来是绝因师太高足，令师她老人家可好？”瞿腊娜道：“多谢二位前辈见问，家师她老人家很好，吩咐小女来江湖中增长些见识。”仅凭这句话，柳逸仙夫妇便知这瞿姑娘天真未凿——人家并未问你到此贵干，你倒老老实实地先说出来了——梅素素抚摸着瞿腊娜的秀发，不胜怜爱地笑道：“今日我柳家堡不知刮得什么好风，竟把峨眉绝因师太和姚大侠的高足给吹来了。”瞿腊娜正欲道谢，鬼灵子却抢着道：“倒也不见得是什么好风，世伯母别早早地高兴了，这个姑娘我是在半路上遇到的，为人刁钻古怪之极，多次让我吃了大亏。比如说到这儿来，也是她连催带逼的连日赶路，瞿姑娘，你凭良心说是不是？”瞿腊娜为了早日见鬼灵子“被他师姐教训”的样子，连日来的确是催着他赶路了的。但刁钻古怪多次吃她大亏之言，却又从何说起。一时涨红了小脸，作声不得。

六十七

鬼灵子哈哈一笑，道：“不敢承认了是不是？哈哈，你一遇到我，便即死缠烂打，说一定要陪我——哼哼，是不是？”瞿腊娜急道：“不是的，人家是说赔你……”鬼灵子连忙打断她的话，道：“陪我便陪我也罢，反正小姑娘一言既出，驷马难追。但世伯母你看，她才一到此间，便溜进贵堡厨房，偷了只鸡出来躲在树上吃。不信世伯母你去问厨房那老婆子，可曾丢了只熟鸡没丢，此时人赃俱在，瞿姑娘，你还有何话可说？”瞿腊娜又羞又急，扬手便将半只鸡打向鬼灵子，鬼灵子一闪声避过，大叫道：“乖乖不得了，小姑娘想栽赃陷害！”瞿腊娜终于忍不住，“哇”的一声坐地哭了起来。梅素素连忙扶起她，边替她抹去泪水边道：“瞿姑娘莫要急，鬼灵子刁钻古怪，伯母才不相信他的连篇鬼话呢！你与他这一路行来，不知吃了他多少苦头呢。”瞿腊娜顿觉悲从中来，更是大哭不止。梅素素手足无措，大声喝道：“鬼灵子！你给我滚过来！”鬼灵子大叫道：“咦咦咦，小侄又不是圆的，怎生滚法？罢了罢了，既是世伯母吩叫，小侄走过来便是。”言罢走近梅素素身旁，梅素素厉声道：“还不快给瞿姑娘赔不是！装模作样地看着我干什么？！”“赔不是？”鬼灵子奇道，“这倒怪了，莫非小姑娘一哭小叫花就得赔不是么？看来小叫花这辈子倒霉是倒定了！喂，小姑娘，你别哭了行不行？”瞿腊娜将头扭朝一边，仍自啼泣不已。

鬼灵子道：“世伯母你看，她这般把头扭向一边叫小侄怎样赔不是呢，看来只好等她不哭的时候再赔了。不过嘛，我老早便对这个姑娘说过，老天要下雨，娘……这个这个……要嫁人，小姑娘要哭，都是没有办法的事……”“扑哧”一声，瞿腊娜听他又老调重弹，忍不住便笑出声来。一笑之后顿觉不妥，生怕鬼灵子又说什么“又哭又笑黄狗拉尿”，连忙抢先道：“伯母，那鸡是……”“对对对！”鬼灵子打断她的话，道，“那鸡的确是我鬼灵子陆小歪吃的，这丝毫不假，童叟无欺，方才我还把手中的半只鸡打向瞿姑娘，意欲栽赃陷害，我小叫花当真该打！”鬼灵子口齿伶俐，一口气把这番话道了出来，直把小瞿腊娜气得“你你你”好半天说不出第二个字来。众人实在忍不住一齐大笑起来。“有什么好笑的！”柳逸仙喝了一声，“都散了都散了，各自忙自己的事儿去！”李三等人道了声“是”，一齐散了开去，心中自是对姚大侠陡增了无数敬意，都想纵是姚大侠的徒弟，不但武功高强，而且舌战也竟是这般了得。推徒及师，姚大侠不知又有多么了不起了！他们哪里知道，若论舌战，十个姚大侠也不及他一个徒弟鬼灵子。

众人退去之后，瞿腊娜好不容易才说出一句话来：“你说那鸡是一个好心的老婆婆施舍的。”鬼灵子接着道：“因而我就把它吃了，此时我嘴角上还有鸡油，是不是？”瞿腊娜一抹嘴角，果然有些油腻，顿即作声不得，一张粉脸又涨得通红。却听柳逸仙突然道：“咦，这倒是奇怪，本堡厨子历来是那老头，今日怎的突然间就——”鬼灵子大笑道：“世伯你怕是弄错啦，方才我明明见厨房内是个老婆婆，还有个说话稀奇古怪叫作什么裳姑娘的去跟她取酸菜呢。”柳逸仙道：“瞿姑娘，你说本堡的厨子是小老爷爷呢还是个老婆婆？”瞿腊娜道：“蒙前辈见问，小女子委实不知。”柳逸仙哈哈大笑，鬼灵子情知上当，刚欲分辩，柳逸仙早道：“鬼灵子，你还有何话好说？你若没到过厨房，又怎知厨子是个老婆婆？厨房内又怎么突然少了只鸡，哈哈哈！”鬼灵子强辩道：“小侄只是猜猜而已，哪又怎知道了，至于那只鸡嘛，只怕是被猫叼走啦。”梅素素笑道：“不错，那只鸡是被猫叼走啦，那猫把鸡叼去给瞿姑娘，骗她说是一个好心的老婆婆施舍的，瞿姑娘便把它吃了，对不对，鬼灵子？”瞿腊娜见鬼灵子支支吾吾的作声不得，大喜道：“对不对？陆小歪，你倒是说对不对呀？！”鬼灵子大窘，道：“小姑娘得意个屁，待会儿叫十七八条……”

他自觉没把握肯定柳家堡内是否有十七八条大狼狗，因而话才说了一半便即打住。没料纵是半句话，也吓得瞿腊娜面色大变，直往梅素素怀里躲，她一会儿哭一会儿笑，俨然还是个不谙世事的孩子，但她毕竟是绝因师大的徒弟，武功定是不弱，梅素素又是怜爱又是蹊跷，不知何以鬼灵子的几句话就把她吓成这般，便搂着她对鬼灵子道："鬼灵子，十七八条什么？怎不把话说完？"鬼灵子嗫嚅道："这个十七八条——嗯——东西嘛，就是这个——那个——嗯——"梅素素道："什么这个那个的？瞿姑娘，你知道他说的是什么吗？"瞿腊娜道："我知道的，他说……说贵堡有十七八条又凶又猛的大狼狗，要我在树上躲着乖乖的不要动。"梅素素失声笑道："鬼灵子！你当真是胡说八道，我柳家堡又哪来的狗了？"瞿腊娜大喜，从梅素素怀里钻出来，道："果真一条又凶又猛的小狼狗也没有吗？"梅素素笑道："好叫瞿姑娘放心，本堡一条狗也没有。"瞿腊娜道："陆小歪，你简直胡说——"鬼灵子接过话头，道："十七八道还是十七八条大狼狗？那狗嘛，终归是有的，只不过不在这里而已。"瞿腊娜道："那你方才为何骗我说就在这里面，害得人家在树上躲了这半天？""我当真说过吗？"鬼灵子讪讪地道，"只怕是姑娘你记错啦。再说，从你上树至现在，最多不过半个多时辰，怎说是半天呢。好啦好啦，我不跟你纠缠不清了。世伯，世伯母，我师姐哪儿去啦？"柳逸仙心道你这个叫花当真滑头，这么快便将话题转了。但一想起女儿玮云，面色不禁一沉，道："咱们进屋再说吧。"当下梅素素拉起瞿腊娜的手，四人一齐朝堡内走去。

第三十四回 邪有邪道

六十八

天山二怪怔立良久，牧羊童阳真子才惶恐莫名地道："莫非……莫非她……那小丫头竟也知道咱们的事么？"牧羊女梅依玲老脸一红，道："那时她还未出世呢，怎么知道！"阳真子道："那……那她方才所言，却——"梅依玲见阳真子大惑不解地看着自己，心下也是惑然，殊无把握地道："莫非那个丫头的师父与东方老贼有何勾连，东方老贼把咱们——那事告诉了毒手观音，毒手观音又告诉了徒弟？"阳真子道："那倒难说得紧！彼时东方老贼武功天下无人能敌，毒手观音又号称江湖第一美人，故……"却听梅依玲"哼"了一声。阳真子连忙道："江湖中人有眼无珠，明明侯玉音只能算江湖第二，他们硬要说第一。"梅依玲道："那第一是谁？！"阳真子肃然道："江湖中除了依玲你，谁还敢妄称第一美人，我便与她拼命！"梅依玲面有喜色，道："拼命？怎生个拼法，莫非——"话未说完便连忙打住，两张老脸都是同时一红，阳真子讪讪道："依玲，咱们——"梅依玲道："老不死的偏这多话，咱们追上那个丫头问个清楚才是正经！"阳真子道："对！但胡醉交代咱们的事，却又怎生办才是？"梅依玲怒道："咱们问了个清楚再办不行么？哼！""对对对！"阳真子连忙道："此事端的是天下第一重要，我阳真子办事本末倒置，该打该打！"竟真的"噼噼啪啪"给了自己四记耳光，梅依玲连忙拉住他的手，随即脸一红又放开。二怪一言不发，直朝毒手观音师徒的方面追去。

两个时辰之后，毒手观音行功圆满，长呼一口气，缓缓从一小山洞里走出来，却见替师父护法的司马青青，也倚着洞口的一块岩石打盹儿，毒手观音暗忖：这几日连续奔波，也真难为她了，微微一笑，也不惊动她，轻轻坐在一旁，心想既知道了金童玉女之所在，凭自己的使毒功夫，自可神不知鬼不觉地救出木叶令主，也不忙在这一时半刻，且让爱徒多歇憩一会儿再说。东方渐白，少顷旭日喷薄而出，把个夜晚阴森森的凤凰山照得碧绿欲滴，煞是令人心旷神怡。毒手观音师徒所处的山洞中，正对着东方，太阳一出来，刺目的光线早把青青惊醒。青青打了个呵欠，见师父正坐在一旁笑吟吟地看着她，不禁面上一红，道："师父，你没事了吧？"毒手观音故意打趣她，道："当然没事了，否则为师又怎能在这儿为你护法。"青青自知师父是在打趣自己，却故作一本正经地道："唉！看来我司马青青，这一辈子是不敢收徒弟的了。"毒手观音奇道："却又为何？"青青道："徒弟睡觉，师父护法，若我收了徒弟，且不是觉也睡不成了么？"毒手观音笑道："可惜为师早年没悟透这一点，收了个又爱耍贫嘴又讨人喜欢的徒儿，好在——"故意打住话头。青青道："师父你自讨苦吃，后悔了是不是？嘻嘻！反正青青是缠上你啦，叹气也没用，却又好在哪儿？"毒手观音道："好在江湖浪子童少侠迟早会替为师解难，他人品既好，武功又高，更兼……"未等师父话说完，青青一张粉脸早红得像熟透的苹果一般，连声道："不来啦不来啦！师父你又欺负徒儿！看我——"毒手观音看青青又羞又急的神态，怜爱之心更炽，笑道："好好！为师知错了，如何处置，任凭青青发落。"青青"扑哧"一笑，道："既如此，徒儿便给师父一个改过自新的机会，咱们这便去把木叶令主卢前辈救下如何？"毒手观音忍住笑道："谨遵徒儿之命！"

毒手观音本是不苟言笑之人，但此时除她师徒外更无旁人，晨风微拂，心爽神朗，便一反常态，与徒弟开起玩笑来。而她们此番奔波，本就是为救木叶令主。只因她为救昆仑掌门部盛性命，所耗功力甚剧，内力不足，她那匪夷所思的使毒功夫便不能尽情挥发，无一举制住金童玉女的把握，才暂避此间恢复功力。此时功力已复，她还何惧之有？

师徒二人悄悄摸到夜间探到的金童玉女所居的山洞左近，毒手观音将一粒药丸让青青含在口里，自己也含了一颗，忽然一挥手，一股白雾早射入山洞，随即师徒二人疾扑入洞！洞内无声无息。待白雾散尽之后，毒手观音师徒惑然相对！洞内空空荡荡，哪还有半个金童的影子，连“三虎”和木叶令主也了无踪迹，只地上方圆六丈铺满薄薄的一层碎石碴！毒手观音骇然仰视，只见洞顶也有个直径六丈的巨圆，似是被人用剑和一种至柔的东西交叉刻扫而成！

毒手观音从青青腰间抽出长剑，清啸一声，陡然跃起，但闻一阵“叮当唰啦”声，又落下无数碎石碴子。待“石雨”下过之后，洞顶上多了个圆不圆、方不方的图案，虽比方才那巨圆刻得稍深一些，面积却只有之前一半大。青青奇道：“师父！”毒子观音叹了口气，黯然道：“往后若无为师在侧，你不要与金童玉女动手。”青青大惑不解。毒手观音又道：“金童玉女练成了东方老贼留下的《太阳剑谱》的第一招‘旭日东升’。”“这一招很厉害么？”青青道。毒手观音道：“若仅以招式论，天下只怕没人能以抵敌。”青青道：“童……少侠也不能么？”毒手观音自顾道：“所幸他二人功力不深，胡师弟、童少侠、姚大侠和任空行那魔头，当可接下此招。但当今天下，也仅他四人而已了。”青青道：“那师父你——”毒手观音笑道：“我有毒功相助，可让他们剑招的威力挥发不出来，倒也不惧他们。”青青一喜，道：“那咱们这就去找他们的晦气，先将木叶令主卢前辈救下再说。”毒手观音点点头：“便是这样。”师徒二人将洞内搜寻了一遍，不见任何踪迹。出了洞来，只见身首异处的白睛虎仍在原处，但金童等一干人的脚印，却半个也找不到。毒手观音师徒茫然相视，心头均觉此事当真蹊跷。

青青道：“咱们把这附近的山洞都搜个遍，就不信他们能长了翅膀飞了！”毒手观音点点头，师徒二人便展开身形满山搜索。到得傍晚，山洞倒让她们搜到了十数个，但里面要么虎踞蛇盘，要么空空荡荡，除了那些倒了大霉的虎和蛇外，人的影子，却半个也不见。眼看夕阳将要落山，毒手观音突然心中一凛，道：“青青，咱们回长安！”青青奇道：“咱们还没找到木叶令主，却回长安——”脸色一变，道：“好！师父，咱们可得快些才行，莫让那金童赶到了前头。”她们都想到了这一节：如果木叶令主将独孤樵的下落告诉了金童玉女，那却是大大的不妙了。木叶令主行事邪怪，谁又能担保她一定不说出独孤樵下落呢！独孤樵不会武功，却没人能伤他分毫，且他一剑便毙了功参天地的太阳叟东方圣，金童玉女自也伤他不着。但毒手观音师徒却隐隐觉得有些不妙。到底什么不妙，却又说不上来。师徒二人一般心思，便即飞奔下山，朝长安方向疾掠而去。

六十九

天山二怪奔上凤凰山。虽然他们行事有悖常理，但武功修为却非平凡之辈，不多时，竟给他们找到了那个奇怪的山洞。牧羊女梅依玲“咦”了一声。紧跟而至的牧羊童阳真子刚问了句“什么？”就随即道：“毒手观音来过。”牧羊女“哼”了一声，道：“偏你就记得她！”口上虽这么说，心里却不得不佩服阳真子了得。阳真子讪讪地道：“这气味……这气味……有些古怪。”梅依玲嗅了嗅，道：“药力早就失了，这气味又有什么古怪！只是……”阳真子急忙道：“只是什么？”梅依玲一指：“你看！”阳真子顺着她指的方向看见，见离他们不足五丈远的地方，骇然躺着一具尸首，早是身首异处。二怪小心翼翼地过去，看了看，阳真子道：“这家伙是川陕黑道上的一个小角色，叫什么白睛虎来着。”梅依玲道：“你以为我没看出来么？”阳真子道：“你自然是早就看出来啦，只是没说出来罢了。”梅依玲道：“亏你老不死的嘴滑！”言罢环视四周，又道：“咱们可得小心些儿！”阳真子点点头，心道：毒手观音若在左近，咱们再小心也防她不了。二怪一步一个提防地摸到洞口，各立洞口一侧，发现洞内石碴遍布，心头大觉蹊跷。阳真子捡了个石头掷入洞内，却不见有任何异常。二怪对视一眼，各自运功护住周身，一齐窜入洞内。

洞内甚是宽敞，二怪刚一站定，便见东首骇然有道敞开的石门，里面隐隐有声音传出。二怪大奇，相互点点头，一步一步摸了进去。连过了两间石屋，均无异常，二怪胆大了些，阳真子率先大步踏入第三间石屋，但觉浓重的血腥气味扑面而来，尚未立定身形，便被一人撞了个满怀。阳真子虽早功布全身，陡被人一撞，也吓得“腾”地退出一大步，正欲骂“你找死吗？！”却见撞他那人早仰面跌倒，一动不动。紧随其后的梅依玲却被吓得连退了三大步，才颤声道：“你——怎么啦？”阳真子道：“这洞古怪。”梅依玲道：“有何古怪，莫非她……她们在洞中么？”她说的“她们”，自然是指毒手观音师徒了。阳真子摇摇头，凝神细观。梅依玲也纵过来立在阳真子身旁。

此时虽石门洞开，但光线仍是暗淡。二怪刚从洞外进来，一时竟难看清洞内景状。然二怪功力深厚，稍一凝神，不禁一齐惊叫出声。但见洞内鲜血淋漓，残躯断体竟有三数人之多！二怪强压狂跳之心，将洞内景状观了个仔细，又一齐惊“咦”了一声。阳真子看了看梅依玲，梅依玲却也正看着他。二人同声道：“是卢若娴？”未等话音落尽，二怪早奔到木叶令主卢若娴身侧，但见她双目已失，两个黑洞洞的眼眶煞是骇人。断腿断臂处鲜血兀自缓缓涌出。梅依玲伸手一探卢若娴鼻息，只觉尚有游丝般气息呼出，因而道：“她还没死。”阳真子却兀自发愣。梅依玲运指如风，点了木叶令主几处穴道，止住鲜血外流，随后道：“莫让她死了，咱们不好向胡醉交代。”阳真子却似吓呆了一般，愣愣不语。梅依玲“哼”了一声，再不多言，紧闭双目，掌抵木叶令主后心，以自家功力替她续命。

但觉木叶令主真力尚存，内腑并未受震，只是失血过多，少顷便有丧命之厄。便撤了掌，正欲将此情告诉阳真子，却听阳真子喃喃道：“当真邪门！当真邪门！”梅依玲怒道：“什么邪门了？！”阳真子道：“坐地虎和霹雳虎以性命相搏，先将对方的耳朵削了，眼珠挖了，双腿也砍断了，无力再战，竟一齐咬断自己的舌头毙命。”梅依玲道：“川陕五虎本是凶残歹毒之辈，这等作为，也算不上什么邪门。”阳真子道：“是啊。但他们自己咬断舌头，却将满口牙齿也咬碎了，他们武艺平平，舌头却这般硬，还不算邪门么？！”梅依玲道：“当真么？这倒邪门得紧。咱们在江湖上混了这多年，却没听说有哪门功夫能将舌头练得比牙齿还硬。”“可不是么！”阳真子道：“我就是觉得这门功夫邪门，莫非将舌头练硬了也能伤人么？当真是奇哉怪也！”梅依玲道：“跳涧虎怎的又不和他们拼命？是给吓死的么？”阳真子道：“这贼鸟厮撞了我一下，给吓疯了。”梅依玲大奇，跳过去号了号跳涧虎的脉息，但觉他脉象紊乱，虽性命无忧，果然已吓疯了，因而道：“是他来撞你，又不是你去撞他，怎的倒把他自己吓疯了！这川陕五虎当真不成器之至。”阳真子满面得色，道：“果然不成气候！”梅依玲见他得意，“哼”了一声，随即心头一凛，急道：“咱们快带了卢若娴去交给胡醉，再迟就来不及啦！”阳真子道：“怎的就来不及啦？”梅依玲道：“卢若娴这老邪怪不知弄什么鬼，竟自斩一臂一腿，失血过多，马上就要死啦！”阳真子道：“自斩腿臂？哦！大约是她练功走火入魔啦！”梅依玲道：“就算她走火入魔，胡醉是叫咱们来救她，可不是叫咱们来替她收尸！你还啰唆个甚？！”阳真子道：“依玲说的是！只要卢若娴一息尚存，咱们就对胡醉好交代啦，走！”梅依玲抱起卢若娴，出得洞来，但见卢若娴尚存的一腿一臂倒垂，晃悠晃悠的，显是筋骨已被挑断。跟在后面的阳真子奇道：“卢若娴也真邪门，自斩一腿一臂也就是了，何必又将另外一腿一臂的筋骨挑断呢？怪哉怪哉！！”梅依玲一愣，转过头来，却见阳真子正拿着木叶令主的那条断腿断臂，盯着木叶令主吊垂晃悠的另外一腿一臂，面露大惑不解之色。梅依玲看了看自己抱着的木叶令主，虽也觉得她大可不必挑断尚在腿臂的筋骨，但见阳真子竟将一条早已离开躯体却是白皙无比的大腿扛在肩上，不禁大怒，道：“老不死的你干什么？！”

阳真子一愣，见梅依玲盯着自己肩上木叶令主的腿臂，心头一惊，喃喃道：“胡醉他……他要的是木叶令主，我……我老不死的想，如果少了这一腿……一臂，就不是卢……卢若娴了，因此就……就捡了来。”“说得倒好听，哼！”梅依玲道：“老娘早就知道你想将卢若娴的腿啦手啦缠在你脖子上了，是也不是？！”“不不不！”阳真子急道，“决无此事！我阳真子若有这个念头，便叫……叫天打五雷轰！”梅依玲见阳真子如此说话，怒气缓解了些，只道：“拿来！”阳真子规规矩矩地把木叶令主的断腿断臂放在梅依玲怀中的木叶令主胸上。梅依玲瞪了他一眼，才甩开大步疾奔下山。

待到山下，阳真子倒是轻松，梅依玲抱着个半死不活的木叶令主，早是气喘吁吁，幸喜木叶令主一息尚存。阳真子见状故意落后十来丈，装出上气不接下气的样子，高声道："依玲你当真了得，竟是不会累似的，我可是跑不动啦，咱们歇一歇再走如何？"梅依玲自知阳真子这般做作是为自己好，心中甚觉甜蜜，口上却道："你老不死的也真不成气候，老娘抱着一人尚且不累，你空着手却跑不动了，哼，便依了你，咱们歇歇何妨。"言罢便寻了块平整的石头坐下，喘气如牛。阳真子慢慢跟上，也坐在梅依玲身边，把梅依玲功力如何深厚大吹特吹，梅依玲却也大咧咧的受之无愧了。木叶令主的气息越来越弱，天山二怪大感为难，卢若娴只是失血过多，以内力相助并无大用，难不成叫二怪割血喂她，这却是二怪断断不干的。

正在此时，大道上奔来一队官兵，约有十数人之多，皆是骑着高头大马，中间却拥着一辆华盖大车。二怪大喜。梅依玲朝阳真子使了个眼色，阳真子点点头，大咧咧地走到大道中间，负手而立。少顷官兵驰近，领头的大汉陡见一个白须老翁立在道中，生怕他被烈马撞翻，百忙中双臂猛拉缰绳，那烈马高嘶一声，人立而起，差点将背上的大汉摔将下去。前面一停，后面的也只好跟着停下，但闻一片烈马嘶啸之声。待静下之后，领头的大汉怒道："老不死的，不要命了么？！"阳真子奇道："你怎知我叫'老不死的'，这倒是奇哉怪也！但你后一句话不对，谁会想不要命呢！"那大汉一愣，随即大怒道："你不长眼睛么？若不是老子心慈，看你不被这马踏死。"阳真子摸了摸自己的眼睛，见双眼仍好端端地生在脸上，便笑道："你这小儿当真邪门，老夫的双眼好生生的，你怎的问我长眼睛没有。哼！你这点儿年纪，却自称老子，那岂不是怪事。纵然老夫对你说'老子'这两个字，也还有些不妥，称你爸爸还差不多，但我和依玲并无一子半媳，怎会有孙子呢？也是说不通说不通！而你这匹马，怎又踏得死我呢？我一脚踏死它倒还……"话未说完，马上那大汉早已怒极，"唰"的一鞭，冲阳真子当头抽下。

七十

阳真子不闪不避，待那鞭稍已近顶门，才伸手一投一拉，早把那大汉拖下马来摔了个大屁股蹲儿！阳真子却不理不睬，钻到那马腹之下，双臂一举，早把那马掀翻，跟进照马头一脚踏下，只听“咔嚓”一声，马头碎裂，四脚蹬了几下，那马便一动不动了。阳真子这才道：“你这个儿无礼，怎的不让老夫把话说完，莫非你是依玲么？哼！方才我说到哪儿啦？对了，说到‘还’字，后面尚有三个字，老夫便把它补上：‘差不多’。现在你信了么？是差不多还是差得多？”那大汉早已骇然色变，顿即作声不得。

却听“呼啦”一声，十数名官兵早取出刀枪将阳真子团团围住。阳真子怒道：“你们这些小娃娃当真好无道理，老夫本来只想借点儿你们的血去救一个人，没想竟敢对老夫动粗。好！老夫便叫你们动不了。”“了”字一出，只见阳真子一弯腰，抓了把碎土打出，那些官兵只觉身上一麻，“哐啷啷”一片响声，手中刀枪早已落地，身上却忽然僵硬了似的动弹不得。阳真子哈哈长笑，问先前被他拖下马的那大汉道：“老天想借点儿你们的血用，行不行？”他见那大汉早已吓呆，故未封他穴道，那大汉正欲说“行”，突闻车里传来一声大喝：“他奶奶的！天贵，你们闹什么鬼，怎的不走啦？！”那大汉望了阳真子一眼，才转头冲那辆华盖大车道：“叔父，有位老……老前辈拦住咱们，说是要……要借点血用。”那车里的人道：“你给他一刀，不就有血啦！他奶奶的，哪个活得不耐烦的敢拦本官……”话音未落，便见车帘被人掀开，伸进一颗滚圆硕大的光头来。虽然头皮油亮光滑，下颌上却长着浓密而雪白的长须，似是一头银发长错了地方似的，车中那长相威猛，年约五十的老者吓了一跳，随即大怒，喝道：“是你老儿拦住本官去路么？”“是，”阳真子道：“但你先前的话有些不对。”那老者“呛”的一声想抽出腰刀就砍，没料刀才抽出一半，便觉胁下一麻，浑身立即僵住，心头大骇，结结巴巴地道：“老……老前辈意欲何……何为？”阳真子道：“你这是明知故问，我想借点儿血去救一个人，你又不是不知。但你方才说那话有些儿不对，第一，砍我一刀，自然就有血了，这一节我和依玲早就明白了，但你想我们会愿意么？既然不愿意，又何必你来指点？你既指点了，就说明你比我们高明，来来来，咱们下车来比画比画！”言罢顺手解了对方穴道，一伸手就把人家从车内拖了出来。

那老者只觉被阳真子捏着的手腕骨头都几乎碎了，知今日遇到了高人，哪还敢动手过招，连连赔罪道：“是小的瞎了眼，小的哪里敢和前辈过招！”阳真子道：“你双眼好端端的，当面撒谎可不对劲！”“是是是！”“方才你说话不完整，不过只凭前半句也不对，谁会活得不耐烦了呢！”“对对对。”“我拦你那‘官’字后面是‘之道’或者‘去路’这两个字，对不对？”“对对对。”“可我偏偏拦了，并且我并非活得不耐烦，可见你一个字也没说对，简直像放屁一样。”“对！小的放屁，小的放屁！”“你这又不对啦，我只说像放屁一样，可没说你一定是放屁，有哪一门功夫练到家后会用嘴放屁呢？你练过吗？”“没有，小的没有。”“那……”阳真子正欲再说下去，忽闻梅依玲喝道：“老不死的，你当真这般不成器，半晌还弄不到血来么！”阳真子面色一变，对那老者道：“都是因为你纠缠不清，依玲怪罪下来啦。”那老者道：“是！是！”“是个屁！”阳真子道：“还不快取两个碗来！”那老者连忙从车内取了两个大碗递给他，阳真子接过碗，奔到那兀自僵立的十余名大汉前，捡了一柄长刀，众大汉均吓得面如土色。阳真子却不管这许多，划开一名大汉的手腕，将流出的血接在碗内，随后便又点了那大汉两处穴道，止住了他的血。如此一一施行，待十余条大汉轮过一遍之后，两只大碗已装满了。

阳真子端着两大碗血奔到梅依玲身边，被梅依玲瞪了一眼。梅依玲捏开木叶令主下颌，二怪同时“啊”了一声。阳真子手中的一碗血，早失落于地。木叶令主口里，也是空空荡荡！阳真子奇道：“莫非她也练了那……那舌头功么？”梅依玲也想不通，皱眉道：“先喂了她血再说。”阳真子道了声“是”，慢慢将一碗鲜血灌进木叶令主口里。木叶令主的气息稍强了一些。梅依玲道：“再去取一碗来。”阳真子又端着碗奔向那些官兵，这次倒无须用刀，取血只是解穴封穴之劳。木叶令主又喝了一大碗血，气息又强了几分，看来一时死不了啦。二怪大喜。梅依玲道："咱们这便走，把她交给胡醉就是了。"阳真子道："可她的舌头少了半截，如果胡醉追问下来——？"梅依玲道："就说被你吃了！""我没有！"阳真子道，"舌头长在她嘴里，我怎么吃得到呢，除非——"二人都是老脸一红，阳真子诚惶诚恐地看着梅依玲。梅依玲面色古怪，须臾，却是一喜，道："对啦，胡醉若追问下来，咱们就说她练功走火入魔，自己将舌头咬断咽下去了！""对对对！"阳真子大喜道，"并且还硌下了满口牙齿，都一并咽下去了。舌头牙齿既还在她肚里，咱们就不算有辱使命。胡醉纵有通天地之能，也断不能打开她的肚子证明咱们的话不对！哈哈！依玲你真是天下最聪明的人！"梅依玲听他这么一说，也认为自己的主意当真是天下第一聪明的人才能想得出来，心头暗喜，口上却淡淡道："咱们这就走吧，你歇够了么？""歇够啦。"阳真子道："依玲，我有个计较在此，不知行是不行。"梅依玲道："你且说来听听。"

阳真子道："你内力高强，抱着个卢若娴奔跑竟若无事一般。可我这老不死的就不行啦，时候一长，便内力不济，跑是跑不动了。因而嘛，咱们便以车代步如何？"梅依玲暗道此计大妙，却故作沉吟道："这倒也使得，便依了你吧。"阳真子一笑，率先走向那队官兵。那被叫作"天贵"的小头领正和先前车内的老者站在车旁面面相觑，陡见阳真子后面跟着一个鸡皮鸠颜有若竹竿的细瘦老妪，心头都是一惊。待到近前，看到老妪抱着的木叶令主模样，饶是他二人久经战阵，也不禁骇然色变，心头狂震不已！

阳真子冲他们一笑，道："你叫什么名字？"那老者战战兢兢地道："小的杨德贤。""咦？"阳真子道："你也姓阳？眼下你要去哪儿？"杨德贤道："小的官拜参将，此番到长安公干。"阳真子道："原来是杨参将，官不小嘛。"杨德贤连忙道："蒙皇上圣恩！"阳真子道："你姓'阳'，我也姓阳，咱们本是一家人。你去长安公干，我也去长安——这个私干。便借你的车一用如何？"杨德贤连忙道："使得！使得！"阳真子大喜，掀开车帘，让梅依玲钻了进去。阳真子放下车帘，道："不错，你不错，咱们阳家竟出了个参将，哈哈，咱们这便走吧。"却见杨德贤的侄子杨天贵道："老前辈，他们——"阳真子一看那十余条大汉仍自僵立，连忙道：“是我忘记啦！”弯腰抓起一把碎石朝那些人打了过去，那些人被封穴道立时自解，纷纷捡起兵刃，大骂那老头会使妖法。阳真子哈哈大笑，道：“不是妖法！不是妖法！只怪你们武功太过稀松平常，一下子就被我封了穴道。”他这几声以深厚内力发出，直震得一队官兵身内轰鸣作响，均知遇到了高人，再不敢出言叫骂。阳真子大是得意，正欲再找几句话说，便听梅依玲在车内道：“老不死的还啰唆个甚？赶快走才是正经！”阳真子道：“是！”又转向杨德贤，道：“咱们都姓阳，你这参将就让我做一会儿，你替我赶车罢。”杨德贤堂堂参将沦为马夫，心大自是有气，便听杨天贵道：“老前辈，敝叔不擅驾驭，由在下替你赶车如何”？阳真子道：“甚好，甚好！看来你也姓阳？”杨天贵道：“在下杨天贵。”阳真子道：“很好。杨德贤，你年纪也不小啦，咱们上车吧。”也不等杨德贤答应，右手轻轻一托，杨德贤早如飞燕般栽入车内。

阳真子也跟着掠进。好在大车甚宽，纵再乘二、三人也不会挤着。杨天贵一声“驾！”一队车马便向东疾奔。大约行了三四个时辰，到得一个小镇，天色已暗，阳真子吩叫就在此落脚，明日再行赶路。众官兵哄然叫好，寻了家客栈，进去便大叫上酒上肉来。

七十一

毒手观音师徒正在店内吃饭喝酒，猛见得一队官兵涌入，都是眉头一皱。青青正欲寻他们一点儿气，猛听得一声大笑，一老者高声道：“店家，本参将大人照顾你生意来了！”毒手观音师徒闻言一愣：那自称参将大人的却不是牧羊童阳真子是谁？！

阳真子大咧咧地走入店来，店老板打躬作揖地道：“老将军辛苦了，小的这就给老将军和兄弟们奉上酒菜。”阳真子道：“本将军坐车，辛苦倒说不上，你快上酒菜倒是正经。”店老板连应了三声是，这才心中叫苦不迭地转进厨房。阳真子朝店内一扫，“咦”了一声，目光像被钉子钉住了似的。司马青青笑道：“牧羊童，你几时又做了官家的什么鬼将军啦，当真邪门得紧！”却听阳真子高声道：“依玲！依玲！她们在这里啦！你快来快来！”车内的梅依玲怒道：“谁在那里了！你老不死的鬼叫什么？！”阳真子道：“就是她们。咱们那事可得向这小丫头问个明白！”话音落时，梅依玲早抱着木叶令主来到阳真子身侧。那断腿断臂兀自放在木叶令主胸上。梅依玲和毒手观音师徒都同时“咦”了一声。店内诸人却纷纷大叫“我的妈哟！”夺路出店。只那队官兵先前见过木叶令主惨状，此时再见虽心头仍惊，却未离去。

阳真子转头对那些官兵道：“你们到那边远远的坐着喝酒吃肉，本参——老夫有话问毒手观音师徒。”青青“哧”的一笑，正欲出言打趣，却听师父凛然道：“天山二怪，木叶令主是死是活？！”阳真子傲然道：“是死是活关你屁事，你又不是胡醉。”毒手观音道：“自然不关我事，但胡醉是叫你们救木叶令主，并非叫你们来收尸，哼！”梅依玲怒道：“你‘哼’什么！卢若娴又没有死！”毒手观音道：“眼下虽没有死，但我看也差不多了。”阳真子奇道：“你怎么知道？！”木叶令主先前喝了两大碗血，气息稍强了些，这几个时辰奔波下来，气息又越来越弱，此时早面如金纸。毒手观音善毒，自也善医，心思天山二怪功力深厚，若是内伤，他二人自可以内力治愈，因而道：“卢若娴失血过多，转眼便要断气，是也不是？”阳真子道：“是啊是啊，你怎的……”梅依玲打断他话头道：“老不死的休要跟她夹缠不清，咱们且将那事问清楚了再说！”阳真子一凛，道：“正是！”转向青青，道：“小丫头！我且问你，你怎的知道了咱们那……那事？”青青奇道：“我知道你们二怪什么事？”二怪双双老脸一红，你看看我，我看看你，均是作声不得。

毒手观音心道这连日奔波便是为了一个木叶令主，可别让她真的死了，于是道：“二怪且请过来，我立誓不使毒便是，纵有天大的事咱们细细地问个清楚不迟。”二怪心头均想：那事却也不能大声追问，让别人听去了端的难堪。对视一眼，阳真子道：“好，你说话可得算数！”毒手观音凛然道：“我侯某几时说过的话不算数来着！”二怪见状大为放心，一齐来到毒手观音师徒桌旁坐下。青青见木叶令主惨状几欲作呕，连运了好几口真力才忍住。毒手观音道：“是何人将木叶令主伤成这样？”阳真子道：“我们还没问你呢，你却怎先问起我们来了？”毒手观音笑道：“你说的对。这样吧，我开付药单，你遣人去配了药来，将木叶令主救活后，你们问什么，我师徒知无不言。我问你们什么，你们也得据实回答，如何？”二怪相互对视。梅依玲道：“好，便是这般。”毒手观音叫小二取了纸笔来，少顷开出一服药单，尽是补血灵药，递给阳真子。阳真子高声道：“杨天贵，你过来！”杨天贵连忙跑过来，道：“老前辈有何差遣？”阳真子道：“你带两人去照这单子抓了药来。”杨天贵接过药方一看，面露为难之色。阳真子怒道：“还不快去，莫非你想和卢若娴一样么？！”杨天贵自然知道他说的卢若娴是谁，骇然变色道：“是，小的这就去。”毒手观音道：“若一时配不齐，能抓几味就抓几味。”杨天贵正为此小镇实难配齐这多灵药犯难，听毒手观音这般说，大喜道：“多谢！”退下叫了两个兵卒，忙不迭地抓药去了。

阳真子道：“好！杨天贵已经去抓药，这下该轮到我们先问了。”毒手观音道：“你们便问吧。”阳真子转头盯着青青，道：“小丫头，你怎知道我和依玲那——那事？”青青奇道：“那什么事？”梅依玲怒道：“那事便是那事！是我们问你还是你问我们！”青青道：“我自然知道你们二怪的许多事，但你们不说‘那事’是指什么，我又怎的知道了！”阳真子喜道：“你当真不知道？”青青道：“不知道便是不知道，哪有当真不当真的了！”阳真子道：“但你昨日说那阴阳什么的，若不知道那事又从何讲起？”梅依玲也道：“你当我们是傻瓜么？！”青青道：“我那是信口开河，世上又哪有什么‘阴阳择路法’了。”梅依玲道：“谅你小小年纪，若非知道我和真子那——那事，你也讲不出昨日那番话来！你以为我们会相信你此时的话么？！”毒手观音大惑不解，道：“小徒自己承认昨日那番话她是信口开河，我毒手观音可替她作证并无虚言，若有得罪，你们便包含着点，别和她一般见识，但你们说的‘那事’是什么，我和小徒却是不知！”阳真子喜道：“当真不知？”毒手观音道：“那事是指什么，你们不说别人又怎会知道了！”梅依玲“哼”了一声，道：“纵是我们不说，如果东方圣那老贼告诉了你，你又告诉了你徒弟，小丫头不就知道了么？！”毒手观音越来越摸不着头脑，道：“东方老贼与我不共戴天，他又怎会告诉我什么事！何况东方老贼早已被独孤公子一剑刺死，死人又怎会说话呢？你们这般问，且不是太过没有道理了吗？”“没有道理？哼！”梅依玲怒道：“东方老贼就因为知道那——那事，才使我和真子跑到天山一躲二十年不敢到中原来。你徒弟一个小丫头，若不知道那事，怎敢对我天山二怪说话那般无礼！你们若以那事逼我们再回天山躲二十年，就很有道理了么？！”

毒手观音恍然大悟，凭天山二怪的功力，当不至于怕东方圣一至如斯——半年前在武帝宫，一见黄龙令主便是盛传已死的东方圣，二怪惊叫一声便逃逸而去。原来二怪此时说的“那事”竟是一个把柄，东方圣以此要挟他们不得在中原武林露面，难怪当年二怪突然销声匿迹，令人大惑不解。但东方圣死后，别说毒手观音师徒，甚至于整个江湖，恐怕也无人知道“那事”是什么了！但青青“阴啊阳啊”的一番信口开河之言，又与“那事”有何关系呢？毒手观音大惑不解。她们哪里知道早在二十年前，这对邪名遍布天下的夫妇，在一家小客栈里，正自阴阳倒置，凤上凰下的邪弄巫山云雨时，被当时白道武林盟主东方圣赤条条地双双点了穴道，二怪羞愧难当，便欲举剑自刎，却被东方圣阻住，只令他们远赴西域，他东方圣不死便不准二怪在太原武林露面。二怪捡了性命，自是发下毒誓了的。

青青一番不阴不阳之言，正击中二怪疼处，故令二怪怔立当场。此时见二怪穷问不舍，毒手观音自隐隐明白青青那阴阳之说关系到天山二怪的一件重大隐私，因而凛然道：“我毒手观音向来说一不二，若侯某师徒知道二位被东方圣逼出中原武林那事，便遭天轰雷劈！”青青见师父突然发此毒誓，大是不解。天山二怪却大喜过望，对视一眼，齐声道：“多谢见告！”阳真子高声道：“拿酒来拿酒来，我要敬她们师徒三杯！”店小二见“将军大人”吆喝，自然忙不迭地拿了酒和杯来，阳真子连敬毒手观音师徒三杯。未了，梅依玲也敬了他们一杯，二怪的面色自是和善可掬。

恰在此时，杨天贵抓了药来，对阳真子道：“老前辈，在下三人跑遍了全镇，也找不到千年老参和茯苓。”阳真子一挥手，道：“别说只缺两味，纵缺十味也不打紧的，你们喝酒吃肉去吧！”杨天贵大喜告退，毒手观音吩咐小二熬药，然后道：“现在该我问你们了吧？”梅依玲道：“你问什么我们只要知道就告诉你，问多少都行！”青青笑道：“问‘那事’是什么也行吗？”二怪面色一变，连忙道：“不行不行！万万不行！”毒手观音道：“青青休要多嘴！”青青伸了伸舌头，冲师父做了个鬼脸。阳真子忙对毒手观音道：“纵是你要问那事，也是万万不行的。”毒手观音道：“我决不问那事便是。”二怪齐声道谢。

毒手观音笑道不必，然后面色肃然地问道：“贤伉俪是在何处遇上金童玉女的？”阳真子奇道：“没有啊我们没遇上金童玉女。”毒手观音也奇道：“那木叶令主又怎会在你们手里？”梅依玲抢着答道：“我们在山洞里捡到她的。”阳真子道：“就是那个有很多石碴子的山洞。”二怪你一言我一语，将如何见到木叶令主和“三虎”的事好不容易才讲清楚。毒手观音听得又惊又奇，待她细看木叶令主的伤势之后，半晌作声不得。阳真子奇道：“卢若娴又没死，你急什么？”毒手观音恨恨地道：“金童那小贼竟狠毒如斯，他日若撞在我手里，我叫他求生不能求死不得！”青青道：“师父，你怎么啦？”毒手观音恻然道：“青青，咱们走吧。”四人一齐站起身来，阳真子急道：“你怎么说走便走，那药怎么办？”毒手观音苦笑道：“煨一个时辰之后，倒出药汁喂她一次，加上水，再煨两个时辰，又喂她一次，木叶令主便暂无性命之忧了。”梅依玲道：“然后呢？”毒手观音道：“然后找千年老参和千年茯苓切细了喂她，她的命便可保住了。凭贤伉俪的手段，寻这两味药当不是难事。”二怪齐声道：“当然不难。”毒手观音一笑，抱拳拜别，出得门来，才将木叶令主已然成为废人之事告诉了青青。青青骇然道：“金童那小贼怎的竟下得了手！”她们哪里知道，木叶令主的一腿一臂固然是金童疯痴时挥剑砍下的，但刺聋木叶令主双耳、挖其双目、绞断舌头并挑断尚存腿臂筋骨的，却是跳涧虎因怕厉鬼缠身所为。

第三十五回 毒手落难

七十二

毒手观音师徒别过天山二怪，一路疾行，心头俱是茫然，眼见木叶令主已成废人，金童自是也未得知独孤樵下落。茫茫天下，自今而后又有谁知独孤樵究竟隐身何处了！眼下唯一知道的，便是木叶令主是在长安失手遭厄，兴许独孤樵在长安也未可知。是故师徒二人一路向东，直奔长安。

这日午间，骄阳似火，二人路过一座小镇，找到一家酒店坐下，只想解了饥渴赶路。此时店内食客不多，只东首一张酒桌之上，团团围坐着了几条大汉，但人人脸色阴沉，均低了头喝酒，无甚言语。毒手观音师徒心头微奇，却也不愿多惹事端，只自顾喝酒吃饭。少顷，忽听一人道："我看胡醉那厮没安好心，他是要步东方圣之后尘！"毒手观音陡闻此言，眼中精光暴炽，旋即却又消失，只冷冷地打量。却见一个满脸虬髯的大汉道："他这般荼毒天下英雄，哼，只怕到头来死无葬身之地！"毒手观音师徒二人直听得如坠五里云雾，摸头不着脑，青青作势便要站起，却被毒手观音连忙伸手阻住。

青青大惑不解，抬头看时，却见师父手握酒杯，默然无语，便听一人道："大哥，你看咱们怎么办？"被称作大哥之人是一个四十来岁的汉子，闻言凛然道："咱们自命侠义之辈，见了胡醉那厮自然是舍命齐上，要死便死在一块儿！"一人道："对，大伙儿齐上，谁他妈怕了胡醉这鸟贼！"语音未落，忽然大叫一声："哎哟！"双手捂住脸颊，抬头怒视。却见青青正撮了一张小口，不紧不慢地喷出一粒粒饭粒。那汉子左避右闪，竟是让不开这看上去慢腾腾飞来的饭粒！饶是青青内力并不深厚，饭粒又软，但打在脸上，那汉子已是吃疼不起，那人看她是一介姑娘，模样娇顽无比，正要出言呵斥，不想双眼之下的承泣穴忽被两粒饭珠重重击中，当即眼眶一酸，泪水便忍不住滚滚而下！一条大汉双手捧脸，脸上泪水纵横，竟给气得说不出话来，模样端的是滑稽有趣。青青忍不住，"扑哧"一声，满口碎饭齐喷到那十余人头上！她一乐，内力尽泄，饭粒只是轻轻落下，那些人并不觉痛。但均狂怒站起，下面一人便要抢出，被那大哥一把抓住。

那大哥扫了一眼一言不发，冷冷坐在青青对面的中年美妇，瞪着青青道："何家小孩，如此顽皮胡闹？"他见青青先前口喷饭粒，竟是先慢后快，内力极是不弱，这美妇与青青一块进来，显是青青家长或师父。是以言语虽然严厉，但已经给自己留下后路，只是要逼那美妇教训青青。谁知那美妇依旧漠然望着窗外，对他所言恍如未闻！青青却反唇相讥："何家老儿，如此口没遮挡？！"语声颇是严厉，言罢自己先忍将不住，"哧"地轻笑一声，竟似没将对方十余人放在眼里！下首那条大汉忍无可忍，操起一条长凳，猛向二人席间摔来！他见青青一再出言不逊，那长辈竟放纵不管，勃然大怒，但看二人衣着整齐华丽，品貌俊美，气度不凡，是以虽出手教训，但手下已然留情，只将长凳砸向席间，以示惩戒！眼看长凳挟带劲风飞来，毒手观音左掌轻挥，那长凳在空中停得一停，反向摔凳之人疾飞回去！那人见长凳突然折回，力道颇为凌厉，不敢硬接，慌忙闪避。但心念电闪：自己若闪开了，那长凳定然要将自己兄弟们的一桌酒席砸个稀烂。情急之下，慌忙伸手去抓那长凳，身形难看之极！谁知一抓竟抓了个空！长凳"啪"的一声落回原处！原来毒手观音见此人虽然狂怒，但并未向青青下毒手，心想这些人倒也并非宵小之辈，是以将长凳拍回之时，并未存害人之心。

那一干大汉俱是识货之人，眼见毒手观音露了这手上乘功夫，无不骇然，知对方若不是存心相让，此刻众兄弟定然要糟。那摔凳之人更是心头狂震，呆呆看着身旁长凳不语。他自知方才自己那一掷，虽未使上全力，但力道少说也有几百斤，却被这美妇轻轻送回！若不是心存一丝善念，长凳只要向她二人中的任何一人砸去，此时只怕自己早已命赴黄泉了！念及此，不由打了个寒噤，浑身泛出一层冷汗，脸色变得极白！当即双手抱拳，一鞠拜道："多谢手下留情，不敢动问闪辈高姓大名？"青青正要打趣，忽听门口有人大声道："小二，大爷来了，还不快上酒来！"只见一身高八尺有余的大汉跨进酒店，脚步之重，直震得地板发抖！他身后跟着的六七条大汉，也都大声吆喝，要小二快快上酒。小二忙不迭地跑过来，大喜道："唐大爷来了，快请进，快请坐，小的这就上酒。"那唐大爷大咧咧地道："小二，这一向生意可好？"小二满脸堆笑道："托唐大爷的福，生意还好。不知唐大爷这些时日又上何处行侠去了？"唐大爷挥手道："去吧去吧，快上酒来。"小二应了，转身而去。

青青早被这伙人的大吵大叫搞得心烦，此刻听得这唐大爷竟然还会行侠仗义，心头又好笑又好气，不禁"哼"了一声。唐大爷等闻声转头看时，却见先前那一干人兀自站在桌旁，脸上神情古怪，当下大叫道："哎哟，这不是侠义十三弟吗？幸会幸会！"青青撇了撇嘴，敢情眼前这一干人便是侠义十三弟了。哼，屁本事没有，行个鬼侠义！却见侠义十三弟龙头大哥抱拳道："原来是快拳唐维义唐大侠到了，幸会，幸会。"唐维义哈哈大笑道："大侠二字可不敢当，老夫对侠义十三弟锄恶助弱的行事甚为敬佩，特别是你'除恶务尽'宗维侠，老夫更是钦佩得紧。""除恶务尽"宗维侠勉强笑道："哪里哪里，小弟所为，与快拳唐大侠相比，那真是萤火比之日月了。"快拳唐维义道："宗大侠休要过谦，来来来，宗兄，我给你引见几个老夫不久前结识的侠义之士。他们刚刚在江淮一带做了件大侠大义之事……"当下便将那六人在江淮一带杀官放粮赈济灾民之事说了，众人交口称赞，遂一一见过。青青一副老大不以为然之样，不住地撇嘴皱眉。毒手观音却暗自佩服这干人的侠气，虽说似自己这等武林中人，本不应去管那官府之事，但他们路见不平，拔刀相助，却也不失为好汉行为。

却听快拳唐维义道："宗兄，你们兄弟可曾听到胡醉那厮欺世盗名，残害武林之事了？"青青一听这人又骂胡醉，当下便要将手中双筷掷出，却又被毒手观音阻止。但听宗维侠道："兄弟们早有耳闻，却总是不信，昨日偶遇崆峒新任掌门'五丁开山'焦石子焦老前辈，方知江湖传言竟是不虚！"唐维义一拍桌子，大声叫道："他妈的，胡醉那狗贼……"一句话尚未说完便戛然而止，唐维义只觉嘴里多了块物事，伸手掏出，竟然是一大块红烧牛肉！唐维义不明所以，不住打量毒手观音师徒。却见二人犹自饮用酒饭，似是不知！又大惑不解地看看侠义十三弟。宗维侠脸一红，"腾"地站将起来，沉声道："二位到底是何来路？何以对胡醉这——一再相护？"快拳唐维义等后来诸人，闻言又奇又怒，均瞪着毒手观音师徒。却见青青冷冷地道："尔等自命侠义中人，却怎的一味辱骂当今天下第一大侠？"唐维义道："却不知姑娘所说当今天下第一大侠是谁？"青青哼了一声道："反正不会是你唐维义！"快拳唐维义听了竟不生气，哈哈一笑道："那当然。"遂即举起方才被射入口中的那块牛肉道："想必这块红烧牛肉便是姑娘所赐了？"青青淡淡地道："味道怎么样？"唐维义道："待唐某尝尝！"言毕将肉放入嘴中狂嚼猛咽，大叫道："味道不错！"抬起酒碗一口干了，又道："姑娘何不再赐唐某几块？"青青冷笑道："那你接好了。""了"字尚未出口，一支筷子激射而去！唐维义号称快拳，见竹筷向自己射来，当下一把抓住，陡觉手心一震，脸上不禁变色。

宗维侠对毒手观音抱拳道："前辈武功远在我等之上，有话何不明言？"毒手观音淡淡地道："你可知我是谁？"宗维侠道："晚辈乃井底之蛙，还请前辈明示。"毒手观音平淡地道："我姓侯名玉音，江湖人称毒手观音的便是，这是我徒儿司马青青，胡醉乃在下师弟。不知宗大侠可曾听闻？"寥寥数语，直惊得店中诸人目瞪口呆，心脏俱震！良久，唐维义哈哈一笑，道："原来是昔年号称江湖四大魔头之一的毒手观音，嘿嘿，怪不得胡醉这厮竟这般心狠手辣，原来是同出一辙！难怪，难怪，宗兄，你做何打算？"毒手观音见此人既知自己是谁，还兀自这般硬气，心下不禁微觉诧异。但他辱及先师，倒要看看他到底有几根硬骨头？当下只淡然一笑，任由他们将大话说完。青青见师父出言，自己便默不作声，暗自准备好随时发难！

宗维侠惨然一笑，道："死在胡贼手中是死，死在他师姐毒手观音手中也是死。既然都是一般，咱们何不痛饮一番再死？哈哈哈哈！"侠义十三弟中余下的十二人均缓缓点头，神情漠然。跟唐维义进来的那六人也道："今日我等六兄弟有幸识得众位英雄，也不枉活了此生。咱们便就一桌，喝个痛快如何？"众人哄然叫好。唐维义一拍桌子，高声道："小二，将店中所有酒都给我搬了上来！"小二应了，不一会，搬来七八桶酒，喜道："众位大侠们今日有何喜事，怎的这般地高兴？"众人不答。但见唐维义伸手入怀，将所有银子掏出来拍在桌上。众人见状，纷纷倾囊而出。共有三锭黄金，四百多两银子。唐维义对大惑不解的小二道："小二，这些金银买你的酒店够不够？"小二笑道："唐大侠说笑了，这多金银，纵买十座小店也够了。"唐维义撕下衣袖，将金银一股脑儿包了一塞到小二怀中，道："好，那你带了这些银两，将店门关了，给大爷我滚得远远的！""这……"唐维义大怒："快滚！休得啰唆！惹得大爷生气，一拳打死了你？"店小二虽觉蹊跷，却哪还敢多嘴，携了金银，忙不迭地下楼去了。

众人均道今日定然难逃一死，既是英雄难逢，何不乘此痛饮一番，黄泉路上，倒也不会寂寞！砸烂桶盖，操起大碗，尽情痛饮！倒把个毒手观音师徒俩晾在一边，不理不睬，俨然视若未见一般。青青眼见众人如此豪饮，已自惊诧，抬眼看师父，却见师父只嘴角挂着一丝冷笑，漠然看着众人。待众人三碗酒下肚之后，毒手观音森然道："快拳唐维义唐大侠，请移座一谈如何？"唐维义闻言应道："在下奉陪！"说着舀了一大碗酒，径自走到毒手观音师徒俩的桌旁，一言不发，一屁股坐下。青青被他的酒气冲得直皱眉头，道："这算什么好汉，借酒壮胆！"唐维义一笑道："小姑娘懂个屁！"抬起碗来猛喝了一大口。青青正要发作，却听毒手观音道："不知胡醉与唐大侠有何过节？"唐维义道："没有！"毒手观音奇道："那阁下何以对敝师弟如此痛恨？"唐维义道："胡贼欺世盗名，多行不义，人人得而诛之！"毒手观音道："愿闻其详！"他二人在此叙话，那边众人自顾高谈畅饮，好不热闹，直把唐维义惹得心痒难耐，听毒手观音如此说，心头早已不耐烦，便道："臭婆娘，怎的如此啰唆！你杀不杀？不杀唐某可要喝酒去了！”见毒手观音兀自饮酒，唐维义站起身来便要走。突觉一双手背奇痒难耐，“啪”的一声，酒碗坠地摔碎。众人惊回头，但见唐维义死命狠抓自己手背。须臾，一双手背早已给抓得血迹模糊，露出森森白骨！一阵“啪啪啪”之声响过，毒手观音脚下骇然堆了一地的暗器和两柄长剑！原来众人见唐维义脸色煞白，一副生不如死的惨状，不约而同地拔出暗器或兵刃向他射去，助他早点脱离苦境！谁知竟会给毒手观音一一打落在地！只听“扑通”一声，唐维义已然倒地，身子一动不动，像是一命归天了。

众人长呼一口气，重新落座，竟喝将起来。过得须臾，毒手观音又道：“‘除恶务尽’宗维侠宗大侠，是否敢过来陪毒手观音共饮一杯？”宗维侠浑身一颤，却凛然道：“宗某何幸之有。”言罢走到唐维义先前所坐的凳子上坐下，满面视死如归之色。毒手观音给宗维侠斟了一杯酒，道声“请！”宗维侠一言不发，抬起来一口喝尽！毒手观音道：“胡醉与你有何过节！”宗维侠放回酒杯，道：“没有。”毒手观音又道：“能否让侯某得知敝师弟到底做了何事，以至于尔等如此仇恨于他？”宗维侠“哼”了一声，道：“你真不知？”毒手观音道：“侯某仅知胡醉侠名甚著。”宗维侠冷笑一声道：“好个‘侠名甚著’！胡醉将鹰爪门掌门无敌神掌楚通一掌毙了，侠也不侠？！胡醉将崆峒派掌门神拳无敌焦砾子活活碎尸，侠也不侠？！胡醉将武当派镇山之宝《太极剑谱》及真武剑盗走，侠也不侠？！胡醉将峨眉派大弟子杨留虹凌辱至死，侠也不侠？！胡醉一夜之间掌毙十余名少林弟子，侠也不侠？！”宗维侠愈说愈怒，陡然站起，眦目裂张地大吼道：“胡醉猪狗不如，天下人人得而诛之！”毒手观音已自听得心惊，见宗维侠话已讲完，便又替他斟了一杯酒道：“宗大侠，你所言之事是亲眼所见还是听人传言？”宗维侠怒道：“江湖之上，人所共知，你既是他师姐，自是与他沆瀣一气了，何必明知故问！要杀便杀，休再多言。”言罢头也不回，径自回去陪等死的众兄弟们饮酒去了。

毒手观音沉吟良久，黯然道：“这些事断不是胡醉所为，青青咱们走！”青青道：“那这些人怎么办？”毒手观音看看众人，见已有数人醉卧于地，当下摇头苦笑，道：“宗维侠，唐维义的解药在此，替他外敷内服，一月之后定当无碍。”掏出一个小盒子放在桌上，一手拉了青青，师徒俩从窗口飞身而出！青青道：“师父心眼真软，要是我呀，非得好好教训他们一顿不可。”毒手观音一声长叹，默然不语。青青大奇，道：“怎么啦，师父？”毒手观音苦笑道：“人世沧桑，当真是变化莫测。当初为师‘魔’名甚着，杀人如割麻，谁知此时却这般手软；胡师弟一代大侠，却不知因何……唉！”青青道：“胡师叔决不是那样的人！”毒手观音道：“为师自也不信，可唐维义宗维侠连死都不怕，又何必说假话呢？”青青道：“师父，咱们眼下怎么办？”毒手观音沉吟道：“还是先回长安打探些讯息再说吧。”

师徒俩茫然走了一个时辰，均是默不出声。毒手观音道：“不知胡醉师弟是遇上了什么伤心事，竟会变得这般……”正自无解无绪，忽闻一声暴喝：“看招！”“招”字出口，毒手观音师徒早觉全身一麻，已然穴道被暗器打中，浑身哪还有动弹分毫！毒手观音又惊又怒，沉声喝道：“何方小贼，竟敢暗算……”话音未了，但听岩石后传来几声怪笑，旋即转出一人来，赫然便是千佛手任空行！毒手观音一怔之下，冷冷笑道：“原来是你这老魔，怎的半年不见，竟学会了这般下三烂的勾当，偷施暗算于人了？哼哼！”任空行倒不羞不怒，反笑道：“彼此彼此，哈哈，当年你杀人如麻，不也是经年不见，你便摇身一变，从‘江湖大魔头’一变成了胡大侠的师姐了么？可见凡世间诸事，皆不值得惊怪。”言罢又哈哈大笑。毒手观音冷哼一声，道：“你我往日无冤，近日无仇，向来河水不犯井水，此番你偷施暗算，意欲何为？不妨言明不切。”任空行道：“你我固然无冤无仇，但你的那身毒功却委实有些麻烦，老夫虽然不惧，但令师弟他们丐帮中那些叫花子可就要遭大殃了。”毒手观音道：“休要胡说八道，我毒手观音又怎会与丐帮中的那些叫花子为难了！”任空行干笑几声道：“诸多事体，一时也难言尽，只是令师徒若不在舍下盘桓数月，倒是对老夫将要做的一番大事有许多妨碍，俗言道，既来之，则安之，得罪之处，尚望莫怪！”话音落时，早点了毒手观音师徒哑穴。但见他两掌轻拍数下，岩石后轻出二张轿子，四名“轿夫”不由分说，将毒手观音师徒塞入轿中，抬起便往山道疾奔而去。

第三十六回 魔焰嚣张

七十三

玉蝴蝶、冷面煞星和毒蝎子三人，坐骑皆是大宛名驹，在大漠中奔腾，简直若履平地一般。为赶时日，三人不惜累坏百难挑一的宝马，沿途扬鞭疾赶，昼夜兼程，对飞云剑被活活气死一事，三人皆是闭口不提，似是根本便无此事一般，如此半月不到，刚刚至千佛手所限一月期限的当日，竟让他们给赶到了玉蝴蝶受任空行算计之所。三人一跃下马，便听到连续“扑腾”三声，三匹大宛名驹竟一齐倒地，皆是口鼻流血，折腾得几下，已然毙命会场。

三人相顾骇异，面色俱是难瞧无比。却听一声哈哈长笑，千佛手任空行从树上跃下，抱拳道：“金兄真乃信人，倒未使任某久候。”玉蝴蝶打个哈哈，青着脸道：“拿来！”千佛手笑道：“金兄快人快语，当真令人敬佩，只是金兄此语有些突兀，好叫老夫不解……”玉蝴蝶大怒道：“老任，你千佛手在江湖上也算是个响当当的角色，莫非说话竟有若放屁，放过就算了么？！”任空行面色微变，轻轻一扬手，玉蝴蝶吓了一跳，却不见他有何古怪暗器发出，便愣愣地怒视着他，任空行则突然一笑，道：“金兄，咱们名列同榜，方才金兄所言，任某自不会计较，然金兄语中之意，任某倒是委实不知，还望金兄解释一二。”任空行始终只对玉蝴蝶一人说话，对冷风月、辛冰二人，竟视若不见一般，连正眼也不看他们一看。

冷风月早已火起，正欲出声叱骂，却听玉蝴蝶尖声道："金某一时不慎，中了阁下道儿，金某已自认栽，一月之内往返大漠中原，替你给冷——冷贤侄送药。此时一月之期刚到，老夫幸未有辱使命，阁下却为何佯装不知，不依言将解药给了金某？"任空行奇道："解药！什么解药？莫非金兄此行途中，竟有人敢虎口拔须……"玉蝴蝶面色大变，道："任兄开什么玩笑来！金某身中任兄那剧毒蚊唇钉，任兄莫非早忘了么？"任空行闻言竟仰天大笑，这一笑直笑得旁边三人骇然不已。玉蝴蝶心道他这一运足九成真力的大笑，只怕是显示功夫来了，己方纵然三人齐上，任老贼功力一深至斯，也是难耐他何。况且自己和冷风月均先失手在先，中了他独门剧毒，如果他以此相挟，倒是麻烦得紧！冷风月则暗暗心惊，他先前目中无人，知道千佛手之所以名列江湖四大魔头之首，不外乎仗着暗器功夫不错，加之会使点毒而已，却不料他功力如此了得，自己万万不是他的对手。辛冰则道：这老魔头的功夫竟似不低于姚鹏那老叫花，中原武功高强之士怎的如此多？！——三人只觉心中狂震，竟一齐哑口无声。

任空行笑罢道："金兄这一提醒，老夫倒顿然想起一月之前与金兄开的那个玩笑，也未免太大了些，害得金兄一月担惊受怕。"玉蝴蝶惊道："你说什么？！"任空行惺惺作态地长叹了一声，才道："昔日咱们名登同榜的江湖四大魔头，侯玉音那娘们不知怎的突然魔性尽敛，反与侠道中人混在一起。千面狐智兄为一个丫头，不幸英年早逝，大好头颅竟成了人家夜壶。这'四大魔头'之说，早是名存实亡了。金兄与老夫硕果仅存，老夫又怎忍心出手加害金兄呢，更何况那枚毒蚊唇钉，细如牛毛，端的不好磨制，老夫手头也是不多，怎会轻易拿出来下在老朋友身上。金兄如若多虑，不妨运气试试，可有一点儿中毒之象么？"五蝴蝶微一运气，只觉真力畅通，并无丝毫滞涩，心知任空行言下无虚，当下长笑一声，道："任兄的玩笑开得真是有趣，让金某一月来寝食难安，哈哈！哈哈！"任空行也笑道："老夫玩笑开过了头，尚请金兄鉴谅。""好！好！"玉蝴蝶道，"话既言明，金某替在兄所办之事已然妥了，恕金某告辞啦！"对毒蝎子辛冰使了个眼色，示意她一同离去。不料辛冰只迈出一步便即停下，面露古怪之色。任空行笑道："金兄可以走，只是这个女娃娃来路不明，老夫只怕要留她多盘桓几日了。"

玉蝴蝶茫然无措，却听任空行对冷风月厉声道："冷贤侄，布袋和尚姚鹏那老叫花的头颅，你将它取下了么？！"冷风月颤声道："小侄不才，尚未……尚未……"任空行冷哼一声，道："令师与老夫交非泛泛，令师既亡，老夫自当有责于故人之徒，然你生性孤傲，又坐井观天，自以为天下无人能及。老夫为了将你留于身边便于照拂，便在你身上略施了些'散功散'，你不念老夫苦心，却借故将杀师仇人放走，是也不是？！"最后"是也不是"四字运足内力而发，直震得冷风月双耳轰然作响，当下面色一变，颤声道："小侄不敢！"任空行又道："老夫'散功散'之滋味，你是尝过的了，若金兄不按时将解药送到，定期每日发作一个时辰超过了一月，你便永远散失功力，形同废人了，哼！"冷风月吓出了一身冷汗，连忙道："小侄往后不敢……不敢再离开世伯一步了。"任空行叹了口气，道："令师之仇，老夫自当记在心上。"冷风月连忙道："多谢世伯。"任空行突然面色一凛，肃然道："若无突生之变故。今年中秋之日，别说一个姚鹏，纵是胡醉、童超及少林、武当、峨眉诸派方丈掌门之性命，老夫也一并取了！"言罢又哈哈大笑，满面飞扬跋扈之色。冷风月一惊，喜道："世伯神功盖世，当真令小侄钦羡得紧。只要……"任空行不理他，转过头，"咦"了一声，故作惊奇地道："金兄，你怎的——"

玉蝴蝶金一氓讪讪道："方才任兄所言，不知因何而发？"任空行道："莫非金兄也有兴趣么？"玉蝴蝶道："任兄所提诸人，均不止一次坏了老夫好事，若非老夫轻功独有心得，只怕这条老命早就完结了，是故——"任空行则顾左右而言他，指着毒蝎子辛冰道："这小女娃娃是何来路？"玉蝴蝶道："任兄说笑了，她是……她助在下练功，倒也颇有……有……哈哈！""原来如此！"任空行打个哈哈，道："小女娃儿叫何名字？"辛冰咯咯荡笑道："任老前辈的'散功散'当真厉害，侄女辛冰只怕要和冷大哥一般，陪定任前辈了。只是侄女有个绰号叫'毒蝎子'，难说几时便叮了前辈一口也未可知，还望前辈当心则个。"言罢又浪笑几声。"原来是自家人，"任空行笑道。递过一粒药丸，又道："侄女服了它，一月内当可无碍。"方才任空行手臂轻扬，玉蝴蝶正不知是何古怪，此时见辛冰接过解药一口吞下，方知她早中了任空行暗算，难怪她刚一迈步便面露古怪之色。玉蝴蝶暗骂任老贼无耻，却又舍辛冰不得，只好装出挺有兴趣的样子道："若能一举铲除胡醉、童超诸人，金某自愿执鞭尾随了。"任空行大喜道："有金兄帮忙，大事便成一半了，到时老夫自不会对金兄不起，便送两件礼物给金兄品味品味。"玉蝴蝶奇道："任兄说笑了。"任空行道："金兄若不信，且随老夫一行便知端的，请！"当下四人展开身法，飞扑入林。

天光如晦。四人刚一在那座隐秘的木屋内坐定，任空行便伸手朝西边屋角凌空一抓，一块三尺见方、足有一尺半厚的木板当即腾起立于一侧。他这凌虚抓物的一手神功使屋中三人大为敬佩，却又使他们茫然不解，看看那块重逾四百斤的木板，又看看任空行，均不作声。任空行哈哈一笑，指着那木板先前盖着的地方道："金兄请看这两件礼物还入方家法眼么？"玉蝴蝶举目一看，但见那木板腾起之后，现出一个洞来，洞不甚宽，此时正有两个女人相拥而卧。待他看清了那两人的面目时，心头不禁狂跳——两个女人骇然是毒手观音侯玉音和她徒儿司马青青！玉蝴蝶早在二十年前便垂涎于"江湖第一美人"侯玉音色貌，只惧于她浑身是毒而无从下手，此时陡见风韵犹佳、楚楚动人的毒手观音师徒，竟"这这"的说不出话来。任空行笑道："两朵毒蘑菇，不知哪朵味道会更好些，哈哈。"玉蝴蝶咽了一大口口水，淫笑道："小的鲜美味甜而老的更多嚼头，各擅胜场吧，嘻嘻！嘻嘻！"毒蝎子辛冰竟也不以为忤，跟着道："任老前辈这两件礼物均是上上佳品，难怪喜刹了金当家的。"任空行笑道："侄女初到中原，只怕于此中关节还略有不知。急刹金兄倒是有的，喜煞却不见得。"毒蝎子和冷风月大是不解，齐声道："还望世伯分说。"

任空行道："那老的二十年前被誉为江湖第一美人……"未等他话说完，冷、辛二人早惊道："她就是毒手观音？！！"任空行点点头，道："毒手观音已然受制，倒没什么打紧，金兄要对付她自是不难，哈哈！只是她那师弟胡醉，却是有些让人犯怵。"冷风月突然道："对啦，小侄早听说胡醉是中原一代大侠，此番咱们一路东来，沿途武林中人皆大骂胡醉奸贼，端的蹊跷，只是小侄们急于赶路，未及细问，不知个中有何古怪？”玉蝴蝶好不容易将目光从毒手观音师徒脸上移开，也道：“不错，这当中莫非有任兄做下的手脚？”任空行道：“此事稍后再议不迟。金兄可知这个毒蘑菇又有何背景么？”玉蝴蝶奇道：“这小丫头仗着她师父的名头骇人，倒也不算什么，不知任兄何出此言？”任空行道：“金兄只知其一，却不知其二了，哈哈！”玉蝴蝶急道：“莫非她当真有何——”“此事老夫也所知不详，”任空行道，“但有一点倒可以肯定，这小丫头是江湖浪子童超的相好。”玉蝴蝶“啊”了一声，失声道：“童超？！”任空行笑道：“是故胡醉、童超一日不除，金兄便一日不可尝两朵毒蘑菇的滋味。金兄若动了她们，你有把握逃过胡醉、童超这当世两大高手的激怒追杀么？”玉蝴蝶大失所望，摇摇头，黯然道：“纵是金某轻功再高一倍，也无把握能逃出他们之手。”言罢竟然长叹一声。

任空行笑道：“金兄何须气馁，俗言道有志者事竟成，再过三月，便是八月中秋，老夫倒有把握将他们一举铲除，以消金兄后患，到时金兄便可在这两朵毒蘑菇身上大显神功了，哈哈！哈哈！”玉蝴蝶大喜道：“任兄有何差遣，但说无妨。”任空行正欲说话，突然树林外传来一长二短的呼哨声。玉蝴蝶和冷、辛二人都是一惊，任空行则若无其事的也撮口呼出二短一长三声呼哨，便听一人飞掠而来。那人进屋之后，只扫了玉蝴蝶等人一眼，便朝任空行跪拜道：“属下拜见主上。”任空行道：“铁兄不必多礼，来来来，老夫给你介绍几个朋友。”指着玉蝴蝶道：“这位便是名动江湖的玉蝴蝶金兄。”转过头又指着进来那人对玉蝴蝶道：“这位是丐帮副帮主铁镜铁兄。”玉蝴蝶和铁镜都是一惊。玉蝴蝶名列江湖四大魔头之一，铁镜自是知晓，没想这号称轻功天下第一的色魔，却长得这般不男不女模样。而铁镜多年来代胡醉暂行帮主之责，丐帮为天下第一大帮，帮主胡醉武功已登天下绝顶高手之列，副帮主定也不会逊色，却不知他为何会称任空行为主上？！当下二人互道了久仰，任空行又替铁镜介绍了冷风月和辛冰，铁镜既知是千面狐之徒，也是不敢小觑。

末了，任空行淡淡地道：“峨眉那边的事情都办妥啦？”铁镜连忙道：“启禀主上，属下和黄长老已将那事办妥，那老尼果然只带一个徒儿到中原来找胡醉拼命啦！”“好，”任空行道，“黄世通可曾隐好了身？”铁镜道：“黄长老隐身于一个绝对不会有人料想得到的地方，属下一切均也办妥，万无一失，还望主上放心。”“好，”任空行道：“很好。”玉蝴蝶却听得大惑不解，道：“任兄，此事究竟——”任空行嘿嘿笑了两声，将如何挑起江湖巨大风波之事道了出来，直听得玉蝴蝶和冷风月、辛冰三人瞠目结舌。铁镜早看到了仍自昏迷的毒手观音师徒，待任空行的话一落，便喜道：“主上当真了得，竟将这毒婆娘给捉来了，不气死胡醉那厮才怪！”任空行却只淡淡一笑，道：“金兄，你看老夫与东方老儿相比如何？”玉蝴蝶大为尴尬。任空行虽也了得，却无论心智武功，都比东方圣差着老大一截，是故支支吾吾的说不出话来。任空行笑道：“金兄不必忸怩搪塞，太阳叟东方圣学究天人，老夫无论如何是不敢与他比肩的，但老夫此番之所以敢行事如此决绝，是因为老夫有两样东西。”玉蝴蝶道：“却不知是何法宝？”任空行道：“昔年千面狐智桐兄曾欠老夫一个情。年前老夫与智兄一起在东方老儿座下办事之时，老夫便请智兄给精制了张人皮面具。那便是其中之一了。”玉蝴蝶叹道：“智兄当真了得，任兄戴那面具，竟瞒过了少林和尚和武当道士。”冷风月也叹道：“可惜小侄心有旁骛，先师绝技，却只学了十之一二。”

任空行又道：“第一样东西咱们已用过了，武林今日劫乱已成，正如老夫所料一般。第二样东西嘛，说起来毫不足奇，是老夫当日在武帝宫混战中，意外地捡到的。”言罢掏出一枚花押印章，放在众人之前，那花押古色古香，玉蝴蝶冷风月辛冰三人皆甚看不出个所以然来，铁镜则只看了两眼，便惊喜地道：“是胡醉那厮的？！”任空行点点头，面上大有得意，从怀里摸出一张帖子，递给铁镜，道：“照此帖复制几千份，遍撒江湖，每份帖子上自然都加盖胡醉花押。”言罢哈哈狂笑。铁镜等人一看英雄帖上的文字，稍作思忖便知小心含意，连声道“高”。任空行道：“胡醉心高气傲，届时自不会不到。你只须以如此这般的话拿住他，再以丐帮帮规一压，咱们混在贵帮帮众之平，也不时激他一激，胡醉受激不过，定会大打出手，到那时，不用咱们动手，童超等一干自命侠义道中之人，或为推师门血仇或为雪师门耻辱，必会与他……哈哈，咱们坐山观虎斗，待到双方两败俱伤，咱们便坐收渔利可矣！”此番言语，听得连玉蝴蝶这般魔头也暗自叹服，心道：毒手观音浑身是毒，你是怕那些叫花吃不消，却口口声声说送了给我，我玉蝴蝶便来个周瑜打黄盖就是了。铁镜等人则连声道高，不时哈哈大笑。

当下任空行将每人各司何职以及每人步骤的诸般细节及其利害都一一分说了，众人皆觉此事已万无一失，才各自分头行事。木屋中只剩下千佛手任空行一人，他独自又把三个月之后的“泰山英雄会”细想了一遍，自言自语道：“东方老儿功亏一篑，只因突然冒出了个独孤樵，此番断不会有第二个独孤樵前来捣乱了！”言罢踱出门来，仰天狂笑，那不可一世之状，倒也真不负了“魔头”二字！

第三十七回

侠影萍踪

七十四

数日之后，一队官兵奔进长安。此时牧羊童阳真子已过足了做上“参将”的瘾头，车马刚一入城，便在一家小客栈前叫杨天贵收了缰。阳真子跳下车来，对尚在车中的杨德贤道：“老夫嫌你参将的头衔太小，不做也罢。你去公干，我可要和依玲忙私干去了。”杨德贤一路上见天山二怪言谈举止疯疯癫癫，倒也并非大奸大恶之辈，何况他二人武功奇高，也确实惹他们不起。正不知到长安后如何处事，此时听阳真子说这就离开，心头自是大喜，连忙唯唯诺诺地称是，还不住地道二位前辈走好。

客栈老板陡见一队官兵停在门口，心下正自大骇，却见从那华盖大车里走出怪模怪样的一对老翁老妪来。店家老板只看得一眼，差点没吓昏过去！——梅依玲兀自还抱着半死不活的木叶令主！木叶令主无眼无耳无舌，左臂右腿被砍离身，此时正放在她自己胸前，却已干枯萎缩了。店家正在瞠目结舌，却见阳真子早来到柜台处，高声道：“店家，本将军……”他这一路这般讲惯了，一时改不过口来，待“本将军”三字出口，方觉有些不妥，连忙改口道：“快快给开两间上房来！”店家早吓得面无人色，连连道：“是！是！将军息怒，小的这就给开房来。小二！小二！快带这位将军和……和……”阳真子道：“和依玲！”店家道了声是，连忙接着道：“和依玲到西首那两间上房去！”“啪”的一声，店家虽不知道“依玲”是何物事，但脸上挨的那一耳光倒是实实在在知晓的。他正茫然不解，便听阳真子道：“他妈的！我依玲的芳名也是可以让你大呼小叫的么！”老板此时哪还能想什么东西叫“芳名”，虽阳真子打他老大耳刮子时没用半分真力，但既身为“将军”，力气自是不小。老板只一个劲儿地连声道：“是是是！”阳真子道：“咦，你说是，那是可以叫了？”“不不不！”店家老板连忙改口，“小的不敢叫。”阳真子笑道：“这还差不多。”却见前来引路的小二看着梅依玲怀中的木叶令主，早吓得面无人色。阳真子对小二一挥手，道：“走吧走吧，这个人又没死，有什么好看的！”小二一听不是死人，心才稍定了些，躬身引路，将天山二怪带到西首两间上房，只道了一声“请将军大人们歇息，小的告辞了。”便不敢再多待一刻，转身便跑。

二怪将木叶令主安顿好了，回到自己住的房间来，一时竟面面相觑。梅依玲“哼”了一声道：“老不死的你看着我干什么！”阳真子道：“你不看我，怎知……”立即想起与他对话的是梅依玲而不是杨德贤，连忙住口。梅依玲怒道：“怎知什么？！”阳真子支吾了一会儿，才道：“怎知我不看你就拿不出个主意。”梅依玲面色转缓，“呸”了一声，道：“越老越没正经，那你此刻可能拿出主意了么？”阳真子沉吟道：“眼下之计，是要去购到千年老参和千年茯苓，让卢若娴别死才好。”梅依玲想了想，道：“便是这般。”当下二人飞身而出，在夕阳的余晖下客栈内的人只觉眼前一花，从眼前掠过的两大团物事便踪影全无，俱是相顾骇异。每逢药铺，二怪便大叫快快拿出千年老参千年茯苓来，吓得老板们连忙起座赔笑，口口声声只道当真没有。如此寻得十数家，阳真子渐渐火来，只觉得整个长安城的所有药铺都在跟他捣蛋，他好不容易拿出个不受梅依玲反驳的主意来，却是实行不通！眼见得前面又有个大药铺，便沉着脸走到货柜旁，凶巴巴地道：“店家，你这回要再说没有，老夫便一把火把你这黑店烧了！哼！”那店家大吃一惊，举目一看，但觉阳真子面生得紧，只觉是这老头要么是疯了要么是记错了地方，因而笑道：“大爷，你今儿个可是第一次光临敝店吧？”阳真子一愣，道：“是又怎么着？”店家道：“那大爷方才说小的要再说没有，便一把火烧了敝店，这‘再’字当作何解呢？”阳真子道：“反正你们长安所有药店都一个鸟样！你这回要再说没有，老夫便是这样一把！”言罢只听“咔嚓”一声，阳真子早劲力一把将货柜边上的一根横木抓断！店家骇然无声，却听阳真子蛮有把握地道：“你的脖子断断没有这根木头硬！哈哈！”“没有，没有，”店家连连道，“当真没有。”不料阳真子大怒道：“他妈的，你也是这般说？！”

原来他们方才每到一家药铺高叫快快拿出千年老参茯苓来时，所有店家都异口同声地这般说。此时这店家哪知个中情由，见阳真子吼罢便恶狠狠地瞪着自己，心中不由大惊，暗道是你自己说老子的脖子没有那木头硬，果真没有，老子便承认了，你便又这般凶巴巴地瞪着老子做甚？！心中一气，便道：“莫非你是胡醉不成？！”阳真子大奇，怒气顿时消了，道：“怎么？你认识胡醉？他在哪儿？快快说来，老夫便放你一马！快！”店家也是大惑，苦笑道：“幸好小的不认识胡醉，否则纵有十颗脑袋，只怕也早被他给打得稀巴烂了！”阳真子听得大失所望，骂道：“你他妈的说话颠三倒四，倒害得老夫空喜欢了一场，不认识胡醉，那也怪不得我，你们只需把千年老参和千年茯苓都给我乖乖奉上，老夫便不追究你们不识胡醉之罪了。”他自己讲话颠三倒四，直把个店家听得双眼一抹黑，喃喃道：“不识胡醉之罪？不认识胡醉那是万幸，怎又会是罪过呢？”“老夫说是就是！”阳真子道，“你少要啰唆，快将千年老参千年茯苓都搬了出来！”店家道：“千年老参茯苓，那可是灵药，敝店……”阳真子吼道：“你敢说没有？！”店家皱眉道：“敝店在长安也算是个大字号了，当然是略有所备的。”阳真子和一直闷不吭声的梅依玲均是闻言大喜，齐声道：“快快拿来！”梅依玲这一开口，又吓了店家一大跳，她那有若枭鸟啼夜的声音，全天下怕只有阳真子一人听了悦耳，店家仰视了梅依玲一眼，才道：“二位身上的银两方便么？”阳真子从杨德贤参将处弄了百十两银子来，当下大咧咧大道：“你要多少老夫都有，快取药去吧。”店家笑眯眯地道：“千年老参嘛，是一千两银子一支，茯苓也是同价。”这回轮到阳真子吃惊了，当下大怒道：“怎的这般贵，你这人不是黑店又是什么？！”店家道：“大爷说笑了，你纵是跑遍长安城，也是这个价的。”

七十五

天山二怪面面相觑，恰在此时，一个叫花慢腾腾地踱到他们身旁，对店家道："千年老参茯苓都是救命的灵药呀，一千两银子倒不算贵。"店家连忙笑道："那是，那是，兄弟的晚酒可有着落了么，小店愿……"那叫花道："你施舍我我是不要的，只是似这般灵药嘛，倒要看拿去救什么样的人了。"店家又连连道："是是是！"天山二怪正没发火处，此时见那叫花和店家一唱一和，连说一千两银子一味药还不算贵，不禁大怒一齐道："穷叫花知道个屁！"那叫花看着他们，道："我自是不知个屁，但却知道你们是购药去救谁。"一副蛮有把握的样子。阳真子大奇："你知道木叶令主……哼！你怎知我们购药去救谁了！"那叫花闻言面上一喜，道："天山二怪和木叶令主卢若娴的大名，在下是久仰了的，哈哈！哈哈！"言罢举步而出。

天山二怪见他出言便叫破自己来历，均是一愣，觉得这叫花有些古怪，便跟了出去。到一个墙角边，那叫花停下来，转头道："二位果真是天山二怪，要购了千年老参茯苓去救木叶令主性命么？"阳真子怒道："那还有假，你不长眼么？！"那叫花不怒反笑道："阳前辈息怒，二位请随在下去取了二千两银子如何？"阳真子更奇，道："二千两银子？你穷叫花怎会有二千两银子？"那叫花道："实不瞒二位前辈，在下在丐帮川陕分舵李舵主座下做事。胡帮主告知二位前辈去救木叶令主，定会返回长安，本帮兄弟四方设了眼线，却不知二位前辈早神不知鬼不觉地到了城内。哈哈！"二怪大喜，随那叫花走了好大一程，才到一所大宅院前，那叫花叫二怪稍候，自己径自入内，少顷随一条壮实汉子一齐走出，对那汉子指了指二怪，那汉子便连忙抱拳道："在下丐带李仁杰，拜见二位前辈。"二怪见那汉子衣衫整齐，只在不显眼的地方随意打了两个补丁，均是一愣，梅依玲便道："你就是丐帮川陕分舵的舵主？"李仁杰道："正是在下。"阳真子道："你怎的不像个叫花？"梅依玲瞪了他一眼，怒道："你讲了这半天还没讲够么？！"阳真子讪讪地不敢开口。便听李仁杰道："好叫二位前辈得知，本帮历来分净衣污衣二脉，在下属净衣一脉。"梅依玲道："这我们自然是知道的，不过你旁边那叫花说要给我二千两银子，这话可算数么？"李仁杰连声道："算数算数！"梅依玲喜道："那就好，咱们这便取银子去吧。"李仁杰一摆手："请！"

走过了两重门，还未到正堂，二怪心下暗道怎的叫花还住得这般阔绰！待过了第三重门到正堂时，便听到一个他们很熟悉的声音道："两小老邪物，怎的一去这些时日才回？"二怪一听大喜过望，竟一齐哈哈大笑。笑罢阳真子抢着道："李仁杰，你那银子我们不要啦，反正木叶令主又没死，我们将她交给胡醉也就是了。"胡醉从屏风后转出，抱拳道："这番奔波辛苦你们啦。"二怪一齐笑道："不辛苦不辛苦。"李仁杰叫人奉上了酒菜，胡醉先敬了二怪一杯酒，道："你们行事倒真古怪，竟瞒过了本帮众多眼线，偷偷地溜进城来了，却不知——"阳真子大是得意，哈哈大笑道："本将军是坐车进城的。"胡醉一愣，阳真子和梅依玲便你一言我一语地将此行的细节颠三倒四地讲了出来。胡醉听得又惊又喜，喜的是半年多音讯杳无的师姐——毒手观音侯玉音——和青青已在江湖露面，并且二怪终于救下了木叶令主。惊的是二怪说木叶令主练什么"硬舌功"之言，只怕是言下有虚。当下胡醉令李仁杰等随天山二怪去客栈接木叶令主，又会数人去准备千年老参茯苓。

大约过了半个时辰，天山二怪和李仁杰一行方才返回。胡醉陡一见梅依玲抱着的木叶令主，心头大震，待到细细将木叶令主伤势检查了一遍之后，只见胡醉铁青着脸，一言不发。饶是天山二怪这般邪乎之人，此时也不敢出声。过了良久，胡醉才颓然坐下，长叹一声，道："给卢前辈喂药。"李仁杰道，"帮主——？"胡醉道："木叶令主虽无性命之忧，却已是废人一个了。"李仁杰大惊，道："废人？！"胡醉点点头，道："卢前辈口耳目及腿臂筋骨皆已被废，唉……""事已至此，帮主伤神也是枉然。"李仁杰道，"自今往后，卢前辈便当是我丐帮川陕分舵众弟子的前辈亲人，尽心服侍她老人家安度余年便是！”胡醉感激地拍了拍李仁杰的肩头，随即又恨恨地道：“金童那小贼也太过心狠手辣，我胡醉定饶不了他！”牧羊童阳真子讪讪道：“胡醉，你要我们救卢若娴，我们是一条胳膊腿也没少的给你把她送来了，只少了截舌头和几颗牙齿，大抵总是还在她肚里，咱们便就此别……别过了。”胡醉“哼”了一声，道：“你们救人的手段倒是挺高明的嘛，连断腿断臂也给捡来了！”

便在此时，先前带天山二怪来的那个叫花又满面不安地奔进来，道：“启禀帮主，舵主，有人给咱们送了英雄帖来。”言罢呈上一大沓帖子，胡醉先取过一张，只看了数眼，面色立即大变。只见那帖子上写着——“谨启天下各门派掌门、帮主及各路英雄：本帮之乱，已为天下所瞩目，胡某忝为帮主，偶有失手也实属迫不得已。今我辈中人不念胡某苦心，却口口声声要与胡某讨个公道，胡某虽不才，却也何惧之有！便于是年八月中秋之日，在东岳泰山之顶，还尔等一个公道罢了！此英雄帖所到之处，还望各拨英雄笑纳！丐帮帮主胡醉”“胡醉”二字后面，骇然画着血红的花押，胡醉呆呆地瞪着那花押发愣。

李仁杰心下也是狂震，见状道：“帮主，这花押——”胡醉道：“的确是我的，但半年前在武帝宫与东方老贼相搏时便已失落。”李仁杰道：“定是铁镜那厮所为！”胡醉突然豪气顿生，哈哈大笑道：“好！好！好！”连道了三个“好”字，端起一大碗酒一口干了，才道：“这般公然了挑明叫阵，方是英雄好汉所为，此番我倒是有些佩服铁镜的胆量了！哈哈，八月中秋之日，我一准赴会便是！”天山二怪见胡醉突然高兴，连忙齐声道：“恭喜你胡醉！我们告辞了。”“慢着！”胡醉道，“眼下才六月中，时间还来得及，二位便陪我胡醉再走一趟凤凰山如何？”二怪连忙道：“那地方其实也没什么好玩。”胡醉道：“如果金童玉女已从木叶令主口中得知了独孤樵下落，一剑便把独孤樵杀了，那就好玩得紧么？”二怪面色大变，他二人能在中原露面，多亏了独孤樵一剑杀死东方圣，他们行事虽邪，却也在心里早将独孤樵奉为第一大恩人，听得胡醉这般说，阳真子连忙道：“那便不好玩！”梅依玲则道：“我们陪你走一趟就是。”胡醉见一说独孤樵性命之忧二怪便脸色大变，虽不明白个中关键，但计已得逞，便笑道：“如此贤伉俪今夜便在此安想，明日咱们一早便动身如何？”二怪应了，由李仁杰派人带他们去歇息。

这边胡醉对李仁杰道：“李舵主不用担心，我这便写封密柬，你找个可靠之人悄悄传到洛阳卢长老手里，他自会安排好一切的。哼！饶是铁镜他机关算尽，恐怕也没料想到卢长老依然健在吧，哈哈！”李仁杰道：“帮主，但本帮六个分舵，倒有四个分舵已为铁镜控制，也不知那厮是使的什么手段。何况此时帮主身上还蒙着这许多不白之冤，到时只怕——”胡醉道：“天理昭彰，公道自在人心，李舵主无须多虑！对了，若我中秋之前不能赶到，还望李舵主嘱兄弟们给我挑十桶酒上山。”李仁杰笑道：“纵是帮主赶到了，这十桶酒兄弟们还是要提前备好的。”胡醉哈哈大笑道：“如此便劳烦兄弟们了，我中秋之日，准在泰山之顶现身便是！胡某倒要看看他铁镜能耍出什么花招！”当下便各自分头歇了。次日一早，胡醉头戴斗笠，充当天山二怪的马夫，径投西南。

沿途每有江湖中人出现，都在众口一词的大骂胡醉，天山二怪早得胡醉叮嘱，不许与人计较。二怪只觉与胡醉在一起太过沉闷，便乐得帮着人大骂胡醉几声。凡饮食投宿，“马夫”自与二怪分开。如此数日之后，三人又到了凤凰山。二怪在前引路，径往那山洞而去。待离那山洞尚有二十余丈时，突闻洞口传来嘤嘤啼哭声。二怪大觉蹊跷，一齐停步转头望着胡醉。胡醉竖掌示意他们别出声，自己抢上前去，施出绝顶轻功，掠到离洞口只有五丈之遥的地方，隐身在一巨石之后。举目望去，顿时大吃一惊，但见玉女正面朝西边，盘膝而坐，双手合十，口中正喃喃自语：“大慈大悲救苦救难观世音菩萨，普贤菩萨，文殊菩萨，哦，还有释迦老祖，地藏菩萨，还有……还有……天上所有菩萨，小女子诚心恳求你们，救救我御兄，不要让他疯，他疯起来好怕人！不要让他死，他死了我就无依无靠了，阿弥陀佛！阿弥陀佛！”玉女双目紧闭，面上挂着两行清泪，一副楚楚可怜之状，纵是铁石心肠之人，也定陡生悲天悯人之心。

胡醉早被玉女恳求菩萨那番话弄得大为惊诧：金童怎的疯了？而玉女那幼稚的话语又让人忍俊不禁，真的是病急乱投医，居然要请天上所有菩萨，这面子倒太大了些！胡醉正不知如何是好时，天山二怪早走到玉女面前，阳真子抢先道：“小姑娘，你——”玉女不惊不诧，抬起一张小脸静静地看着天山二怪，那脸有若冰雕玉琢，宛非尘世中人。阳真子本想说“你不要哭了”，但愣了好一会儿，才结结巴巴地道：“你……你真好看！只差依玲年轻时一点点儿。”梅依玲叱道：“老不死的胡说八道，我老婆子纵是她这般年纪，也没有她好看。”

七十六

玉女道：“老公公老婆婆，你们救救我御兄好么？他快要死啦。”言罢又潸然泪下。阳真子大声道：“是谁打了你哥哥，快告诉我老公公，老公公这便去把他一掌……嗯……抓来给小姑娘你磕头！”玉女听他言语奇怪，又看了一会儿，突然道：“我见过你们的。”天山二怪大奇，道：“你见过我们天山二怪？”“你们叫天山二怪？那就不错了。”玉女道：“当日在武帝宫，先陛下一抹下脸上的面具，你们就跑了。你们是好人，不和我们打架。”二怪齐声惊道：“你是东方老……东方圣御前的玉女？”玉女道：“正是，但你们叫陛下叫东方老东方圣，那却不大好。”阳真子大声道：“糟糕！糟糕！简直是糟糕之极！”梅依玲道：“什么糟糕之极！老不死的说话当真好没来由！”阳真子道：“依玲你且听我说，她叫玉女，那她御兄除了金童还会是别人么？金童把人家木叶令主眼睛挖了，耳朵刺聋了，舌头也割了，砍了一腿一臂，挑断另外一腿一臂的筋骨，你说这还不够糟糕么？！”玉女骇然变色，连忙道：“不！不是的！”梅依玲喜道：“不是么？那就不糟糕了。”言罢瞪了阳真子一眼。

阳真子道：“那又是谁干的？”玉女道：“当时御兄他早就昏过去了，是跳涧虎干的，我若是去迟一步，连御兄都只怕要被他把眼睛……”骇然不敢再往下说，忙换了话题，又道：“你们可肯救我御兄么？”阳真子道：“我们不……不懂医，不过和我们一块儿来的有个人医术天下第一，只怕他不肯救你御兄。”玉女泣声道：“快请他出来，玉女便给他磕一百个，不，一千个头，也得求他救了御兄。”胡醉只好现身，道：“胡醉见过玉女姑娘。”玉女惊道：“是你？”胡醉道：“不错，在下便是曾与东方圣以性命相搏的胡醉。”玉女道：“胡醉你肯不肯救我御兄一命，他快要死啦，我……我……”跪下便要磕头，却被胡醉阻住。胡醉淡淡地道：“胡某此番前来，便是要问金童为何这般心狠手辣，对木叶令主下那般毒手！但方才听你所言，个中似乎另有别情，不知玉女姑娘可否见告？”玉女道：“我全说了你就肯救我御兄了么？”胡醉正自犹豫，却听玉女道：“川陕五虎去长安劫木叶令主，是御兄叫他们去的……”胡醉打断她的话道：“不知玉女姑娘可否见告，你们是怎样得知木叶令主下落的？”玉女道：“是左护法告诉我们的。”胡醉惊道：“任空行？！”玉女点点头，当下便把他们如何与任空行谈妥成交之事尽数道了出来，末了道：“我本劝御兄不要如此急着追杀独孤樵，因为我们的《太阳剑谱》还没练成，可他偏不听，唉——”胡醉越听越惊，任空行什么“继先陛下未成之大业”之言，自是透露出了君临武林之心，莫非铁镜只是……胡醉面色凝重，便听玉女又道：“川陕五虎去抓木叶令主，回来时不知怎的少了一个。对了，他们还抓了阮姐姐来。”胡醉道：“哪个阮姐姐？”玉女奇道：“就是阮灵素阮姐姐呀？”见胡醉不语，又接着道：“我怕他们欺负阮姐姐，就把她关在我住处。后来我们练完了‘旭日东升’那一招，我就自己回住处和阮姐姐说话去了。再后来我觉得有些不对，就到御兄住处去看，但才走进第三道门，便见屋里血腥遍地，跳涧虎正要挖御兄的眼睛，好吓人！我什么都不敢看，提了御兄便跑回我住处。没想他醒来后就疯疯癫癫，整天只会说一句话：‘我杀了独孤樵啦，我为先陛下报了仇啦！’”

天山二怪大惊：“真的吗？”玉女道：“不是真的，我们连独孤樵的影子也没见着。再后来御兄就脸色渐渐发青发黑，整日地吐着白沫子，真吓死人了，多亏阮姐姐好生照料他，我是连看也不敢多看。”听到此处，胡醉知玉女天真未凿，不谙世事，所言当非虚妄，再加上天山二怪先前所说洞中所见之言一印证，便知了此事来龙去脉一个大概，因而肃然道：“玉女姑娘，只要你答应我一个条件，胡某便去救你御兄。”玉女大喜道：“只要你救好了御兄，别说一个条件，就是十个条件我也答应！”胡醉道：“这个条件就是，你尽量阻止金童不要去追杀独孤樵。”玉女面有难色，沉吟道：“我最多能劝阻他二十年，这行吗？”胡醉大奇，道：“二十年？却又是为何？”玉女道：“先陛下曾告诫我和御兄未练成《太阳剑谱》上的功夫，便不要在江湖中胡闹，这套剑法只有三招，每招却至少要练十年。眼下我们已练成了第一招‘旭日东升’，第二、三招还要练二十年才成。在这二十年中我可以劝阻御兄少在江湖中胡闹，但二十年之后，我可就没有理由劝他了。”“好吧！”胡醉道，“便是这样，我答应了。”玉女大喜过望，连忙拉了胡醉的手走入洞中。

刚一入洞，胡醉及天山二怪便一齐惊“咦”了一声。天山二怪是奇怪洞壁东边的门怎么突然没有了。胡醉则是对洞顶上那方圆六丈的巨圆感到惊讶，因而道：“玉女姑娘，这洞顶上的圆，便是你们练成‘旭日东升’那一招所刻的吧？”玉女道：“是的。”言罢伸手在洞壁西边的左前方上一推，顿即出现一道石门，率先举步入内。三人惊异不已，听玉女在里面招呼，才一齐跟了进去。如此连过八道石门，才来到一间温暖如春、四壁镶满夜明珠的屋子里。无数夜明珠把屋子照得四壁通明，竟如在洞外一般。屋里充满异香气味。一个少女，正在细心地替躺在床上的金童擦去嘴角边的白沫。那少女陡见玉女带着这三个人进来，大吃一惊，道：“玉妹，你——”玉女道：“天山二怪说胡醉医术天下第一，我便带他来给御兄医治。”那少女正是昔年“紫鲸帮”帮主阮蛟之女阮灵素，胡醉曾予他们阮家有极大恩德，此时陡闻胡醉之名，只冲三人看了一眼，便冲胡醉拜道：“小女子阮灵素，拜见胡大侠！”胡醉连忙道：“阮姑娘快快请起。”阮灵素却又磕了三个头，道：“阮灵素谢过胡大侠昔年相救之恩！”胡醉道：“阮姑娘再要拜，我可要生气了。”阮灵素这才起来，面上很快又堆满愁容。胡醉看向金童，正与方才玉女所说一般，当下骇然一惊，连忙替金童号脉，众人都忐忑不安地看着他。过了半盏茶时分，胡醉凝重的面色才有所缓解，长叹了一口气，才睁开眼睛，道：“好个任老贼，竟这般歹毒！”

阮灵素连忙道：“胡大侠，他还有救么？”胡醉道：“他中了千佛手任空行的‘失心散’，幸得中毒未深。心性迷失，是因极度惊骇所至，此时尚可有救。若再晚一个月，纵是华佗再生，也是只能救其活命而不能使他不疯的了！”言罢也不等众人多言，运指如风，点了金童十七八个穴道，这才对天山二怪道：“此时他心智迷失，须得治他阳明胃经，稍会我从他四白穴和地仓穴上着手，将真力输入他大迎、颊车、头维和下关诸穴；你们一人以内力通他隐白、太阳、公孙、商丘、地机诸穴，一人通他少海、通理、神门、少冲四穴，须得悠缓些，半个时辰之后，再缓缓撤出真力，如此四个疗程，每日一次，四日之后，我再配了药物作辅，将养半年，他便可无事了。”阳真子大急，道：“帮他疗四日没什么，但要在这待半年，那却是万万不行的！”胡醉笑道：“咱们只在这儿待四日，哺喂药物之事，谅你们天山二怪也干不成。咱们这就开始吧。”二怪依言行事，半个时辰之后，三人撤了真力，均是面冒微汗。

此洞中每过一道门户便是一间石屋，每屋里皆有奇珍异宝，美酒自不必说，更有一间专堆各种药物，胡醉所开药方，竟不用出洞便可配齐，各人心头均是欣慰。四日之后，金童已然面色转白，再无疯癫之状，胡醉又替他复查了一遍，均无大碍，这才带了天山二怪出洞。玉女和阮灵素送了三人出来，均是不住口地道谢，胡醉笑看阮灵素，以目光问她是否一起回洛阳。却见阮灵素脸一红，道：“还望胡大侠和天山二……二位前辈莫要让江湖中知道这个洞的机密才好！”胡醉听她如此说，便道：“两位姑娘放心便是。”天山二怪也抢着道：“我们好不容易救好的人，怎能让别人再来害他！”玉女和阮灵素又再拜谢了，径回山洞服侍金童，胡醉和天山二怪则大步下山，到长安分了手。胡醉算时日不多，便启程赴泰山“盛会”，天山二怪则不知到哪儿私干去了。

第三十八回 抉异探怪

七十七

四人刚一落座，便有老仆前来掌灯。鬼灵子在门前这一折腾，夜幕已降临了。白马书生柳逸仙夫妇二人相视一笑，均暗道时间怎这般过得飞快，往日他二人愁眉相对，只觉时光慢腾腾的难以打发。鬼灵子正欲问他师姐怎的还不见，却有丫鬟前来问老爷太太是否此刻便即上酒饭来。柳逸仙道声“不忙”后，未等鬼灵子开口，又接着道：“喂，鬼灵子，你那‘掌门’和陆小歪的大号到底是怎么回事？”收天山二怪为徒，实为鬼灵子平生至为得意之杰作，此刻听白马书生见问，却装出一副无所谓的样子，道：“那也没什么，小侄收了两个徒弟而已。”瞿腊娜连忙道：“陆小歪尚未禀明他师父师姐，便擅自收了两个徒弟，还自立门户，号称什么‘歪邪门’掌门！”一副小孩儿家急着向大人告状的神态，把柳逸仙夫妇都逗笑了。瞿腊娜脸一红，低下头去摆弄衣角。梅素素道：“歪邪门？这名目倒和你陆小歪的大号相配得紧，却不知你收的两个徒弟却是何等样人？”鬼灵子看了瞿腊娜一眼，瞿腊娜“扑哧”一笑，道：“你自己说！”鬼灵子“哼”了一声，道：“说就说。”停了一会儿，突然“呀”了一声，才又道：“世伯母当真是女中诸葛，实不相瞒，我陆小歪这大号，便是为了与本门名称相配才取的呢。至于我那两个不成器的徒儿嘛，师兄叫牧羊童阳真子，师妹叫牧羊女梅依玲，想必世……”未等他话说完，柳逸仙夫妇早同时失声道：“天山二怪？！”

要知天山二怪若以辈分论，竟比江湖各大门派掌门都要略高。纵是鬼灵子的师父布袋和尚姚鹏，与二怪相比都只怕有所不及，江湖中虽无人不知二怪行事邪怪，但似拜鬼灵子陆小歪为师这等匪夷所思之事，却也不得不让柳逸仙夫妇瞠目结舌了！“原来世伯世伯母都知道我那两个徒儿有个名号叫天山二怪。”鬼灵子心中大为得意，面上却只淡淡地道，“世伯和世伯母看我那两个徒儿还与‘歪邪门’这三字相配么？”梅素素忍俊不禁，笑道：“有其师还有其徒，你师徒三人都与贵门名目相配得紧！”言罢还笑。柳逸仙则满腹蹊跷，道：“陆小歪，那两个老怪物怎么拜到你门下来？”鬼灵子道：“这中间嘛，当然有些曲折，不过话说明了，便没什么古怪的啦。”梅素素道：“你就大概地说一说嘛。”这一下鬼灵子终于原形毕露，神采飞扬地站起来，滔滔不绝地道：“却说这日我鬼灵子来到洛阳……”他一个人不停地说下去，直过了一盏茶时分，他才把自己如何在洛阳悦仙客栈率群雄大呼口号，不小心着了天山二怪的道儿，又如何反徒为师，让二怪终于拜在自己门下，以及他“歪邪门”的名目来历、古怪门规等等等等诸般事情细说了一遍。他说的绝不是“大概”，而是连二怪如何拜师的情景都让人觉得历历在目。一开始虽有凶险，后来更多的却是滑稽，瞿腊娜虽是第二遍听了，还兀自笑得咯咯的，更别说白马书生夫妇了，他二人有若听天书一般，大笑不已。待到鬼灵子念完他“歪邪门”的几条门规时，场中三人都笑得滚作一团！

正好下人们又来问老爷太太是否即刻上酒菜来，见状都惊诧莫名——老爷太太半年多来一直愁眉不解，大家在他们面前走路都轻手轻脚，生怕惹老爷太太不高兴，何以今日这陆小歪一来，便高兴成这个样子？心中便对鬼灵子充满了敬意。鬼灵子见状大为得意，对那些立在门口目瞪口呆的下人大咧咧地道：“你们是来问是否即刻上饭菜的么？那就上好了。”柳逸仙闻言连忙坐正，轻咳了一声，却还是忍不住又笑了两声才终于恢复老爷的样子，对那些下人道：“不忙不忙。平儿，你先带这位陆……”一时不知该叫什么，“小歪”二字差点出口，又强自忍住。鬼灵子连忙接着道：“陆公子。”柳逸仙道：“对，带陆公子去沐浴一番，替他找套合适的衣裳换了。”一个颇清秀的丫鬟恭恭敬敬地道："是，老爷。"转向鬼灵子，也恭恭敬敬地道："陆公子请随奴婢前往。"鬼灵子转头道："这——"梅素素也恢复了太太模样，笑道："你去吧，待会儿伯母有话要对你说。"鬼灵子万般无奈地跟了那个叫平儿的丫鬟出去，转了好几道弯，才到那沐浴之所。

鬼灵子平生只数日前在鄂境一家小镇的客栈里被人洗过一次澡，那还是被瞿腊娜点了穴道，自己苦于无法动弹，才被人家给扔进厨房烫猪用的大锅里洗的。此时陡一见如此华丽、满目"金砖"明镜的沐浴之所，不禁惊叹了一声，道："平儿，便是这儿么？"平儿道："是。方才奴家早已冲上了水，不知此时是否凉了。"平儿伸手到那巨大的外表涂着银粉的木缸里一探，又道："水温正好，陆公子请来试试如何？"鬼灵子也走到水缸旁伸手试了试，道："倒真是不冷不热，真亏你想得周到。"平儿道："多谢公子。公子这便入浴么？"鬼灵子道："这就洗吧，时候长了我小叫花可耐不住饿。"见平儿并不出去，"咦"了一声，道："你怎么还不走？"平儿道："奴家这便给公子爷宽衣。""你？你！"鬼灵子大急道："你要给我脱衣衫？"平儿也奇道："正是。""不用啦不用啦"，鬼灵子急红了脸，"你若不出去，今日这澡我可不洗啦！"平儿也急道："若老爷追究下来——"鬼灵子道："我陆小歪替你一力承担便是。"平儿道："既是公子爷这般说，奴婢告退啦。""走就走了，什么告退不告退的。"鬼灵子："你快快出去吧。"平儿掩上门出去之后，鬼灵子连忙脱光衣服，跳进木缸，少顷身上污泥尽除，鬼灵子只觉浑身百骨如酥，通体舒泰，不由得闭目咕哝道："早些年小叫花听人唱大戏，只知皇帝老儿好会威风享福，大约也不过这般吧……"忽听"扑哧"一声轻笑，鬼灵子一惊，睁开眼来，心下不由大窘，连忙弯腰坐起，满面涨得通红。但见平儿手中捧着一套新衣，正俏生生地立在木缸之侧。

鬼灵子急道："你，你怎么进来了！"平儿忍住笑道："奴家来替陆公子更衣。""什么更衣不更衣的"！鬼灵子大窘道："区区穿衣服这等小事，也要由你多手么，去！去！"平儿掩住口，将鬼灵子脱了扔在地上的脏衣服捡了出去。鬼灵子连忙跳出木缸，三下五除二地将衣衫穿上，对着铜镜一看，发觉衣衫不长不短正合身，心头大奇：莫非这柳家堡有与我一般身材的人么？正自不解，平儿早又进来将他的头发梳了个平整。这回鬼灵子倒没推辞，心想梳梳头也算不了什么，便笑道："平儿，你挺会服侍人的嘛。"平儿道："多谢陆公子夸赞。"言罢愣愣地看着鬼灵子，不再作声，鬼灵子奇道："怎么啦，平儿？"平儿由衷地道："陆公子好俊的人品，难怪老爷、太太竟如此喜欢。"鬼灵子闻言羞红了脸，道："小丫头胡说八道。"平儿急道："奴婢从不胡说八道，陆公子人品俊俏不说，本事又那般大，李三爷他们十几个人一齐上，你也能在转眼间将他们制得动也不能动。"鬼灵子笑道："是他们自己不想动，又怎是我制住的了？""真的么？"平儿道："可李三爷他们都说，今日得见陆公子这等神功，他们输得心服口服，还盘算着……盘算着……"鬼灵子道："盘算着什么？想再跟我小叫花打一架？""不是的不是的！"平儿急忙道，"他们想……想……嗯，奴婢不敢说，否则李三爷他们会不高兴的。""说不说由你。"鬼灵子故意激她道，"李三他们的功夫，捉鸡宰羊还差不多，明日我远走高飞，他们又怎寻得到半点踪影。哼！"平儿急道："陆公子果真明日便要走么？"鬼灵子道："莫非我要待在这儿受人家算计不成？"平儿心一横，道："李三爷他们是在盘算若怎样才能留住公子爷多盘桓几日，好向陆公子讨教几手神功。唉，我这一说，李三爷他们的办法不灵了，准会责怪于我的。"鬼灵子道："本公子让他们的办法灵了就是，你却不用……"话音未落，便听"咕"的一声，却是鬼灵子肚中作怪了。

平儿一愣，鬼灵子却早红着脸大嚷道："啊哟乖乖不得了，有饿老虎钻进小叫花肚里去啦！"平儿强忍住笑，带鬼灵子走出沐浴之所，原路返回。回到大厅，便听见梅素素笑叹道："陆小歪古怪精灵，倒让瞿姑娘吃苦了。"鬼灵子一惊，心道这还了得，尚未跨进门槛，便大叫大嚷道："好呀小姑娘，小叫花不在，你便瞎告烂状了么！"语音落时，人早跳进屋去，却见桌上摆满了酒肉，三人均未动筷，此刻却惊诧地望着他。鬼灵子道："看着我干什么？哦，对啦，定是小姑娘你说我头上长有两只角，是也不是？"瞿腊娜道："没有。我们看着你是因为你的头发梳整齐了真好看。"听她这般老实说话，柳逸仙夫妇都是一笑，齐声道："果然好看。"鬼灵子面一红，道："不管小姑娘诬陷什么，终归有被我慢慢查清楚的时候，回头再跟你算账不迟，现在我小叫花可是要先打发了肚中的饿老虎再说。世伯，世伯母，你们怎么还不吃？"柳逸仙道："对，咱们边吃边聊。"

便有丫鬟前来斟酒，小六大喝大嚼，果然是一副叫花状。瞿腊娜滴酒也不敢沾，先前又吃了半只鸡，倒是不饿，吃得煞是斯文。见鬼灵子那副模样，大惑不解道："陆小歪，先前你不是说那好心的老婆婆让你大鱼大肉的吃了个撑么，此时怎的又这般饿了？"鬼灵子含糊不清地道："我哪儿又大鱼大肉的吃得撑了，哼，小叫花从午时起，还未吃过一点儿东西呢。"瞿腊娜道："那你为何不吃那只鸡？"鬼灵子道："那是赃物，只有那种多嘴多舌，诬告烂状的人才吃，哼！"瞿腊娜大急，却一时无话可说。梅素素笑道："什么诬告烂状？人家瞿姑娘才不会像你那般刁钻古怪呢！""什么什么？"鬼灵子嚷道，"世伯母倒编排起我的不是来了。方才我在门外听到的世伯母那句话又是什么意思？"梅素素道："好，那伯母便告诉你。"原来平儿带鬼灵子出去之后，梅素素问瞿腊娜道："瞿姑娘和鬼灵子此番从北南来，路上可曾听到雷音掌连田虎和铁算子田归林的消息么？"瞿腊娜道："哦，我和田连二前辈打了一架，还伤了连前辈的手，心中好生过意不去。"柳逸仙夫妇大吃一惊，忙问究竟，瞿腊娜便把自己如何被玉蝴蝶所掳，如何蒙田连二人及童超相救，又如何因误会而与田连二人大打出手，得鬼灵子解救，尽释前嫌，之后便不再听他们消息。她又如何与鬼灵子同行，等等诸般事情，一一道了出来，她人本老实，连自己如何上鬼灵子的当，以至于喝醉了酒这等难于开口的事，也红着脸说了出来，只略去了小六曾被当成小猪下锅那一节。故梅素素有被鬼灵子在门外听到的那般说话。

当下梅素素将瞿腊娜的话原原本本地道了出来，小六心想这个丫头倒也老实，口中却道："世伯母，这小姑娘黄口乳牙，说话是算不得个准的，你们别信她的。"梅素素道："这话应该由瞿姑娘原话奉还你鬼灵子才对，论年纪你还得叫她一声姐姐呢！"鬼灵子大窘，强辩道："世伯母胳膊肘愣是要向外拐，小侄还有什么办法，唉……”言罢只顾低头吃饭，瞿腊娜大是得意，不时冲他做个鬼脸。鬼灵子装作视而不见，待酒足饭饱，放下碗时，却莫名其妙地淡淡道了一句：“好戏还在后头呢。”柳逸仙夫妇相视一笑。瞿腊娜则不服气地“哼”了一声。

七十八

饭后梅素素拉着瞿腊娜径自走了，鬼灵子正欲问师姐是否在堡内，却见柳逸仙突然面色凝重，当下也不敢作声。便听柳逸仙道：“世侄，世伯知道你一定要知道你师姐的事，但你虽为人精灵，却是口没遮拦，世伯真不知道该不该跟你讲。”鬼灵子心中更奇，闻言道：“我师姐她——”柳逸仙道：“玮云她此时好端端地在堡内，你们姐弟俩半年多没见面，本来早该带你去见她了。但个中有些情由……唉！今夜你好好歇一宿，待你世伯母去问清你师姐后，若她要见你，世侄明日再去见你师姐如何？”鬼灵子虽满腹蹊跷，但听柳逸仙说得郑重，却也不敢轻浮，便规规矩矩地道了声“是”。

当下由平儿引路，自到下榻处去了。虽满屋清香，鬼灵子却哪里还睡得着，饶是他机智百出，却无论如何也想不通。想他鬼灵子与师姐何等情深，世伯却为何总推三阻四的不让他们相见。再说自己在门口这一场大闹，师姐也早该知晓了，她却为何又不来找师弟呢！鬼灵子越想不通就越要想，越要想却越想不通。末了，突然心头一亮，暗骂自己道：“鬼灵子啊鬼灵子！你被人当一次小猪莫非真的就变得猪头猪脑的了么？你白天不是早探知了师姐下榻之处，此时去见师姐一面，什么事不就都一清二楚了么？！”当下翻身下床，蹑手蹑脚地走出屋来，径往东边掠去。他这一掠，自是施展出了平生修为的轻功，李三等一干众护院家丁，又怎能发现他了，不多时便让他摸到了柳玮云的闺房外，却听见里面传来小素女梅素素的声音：“姚大侠和鬼灵子找了这大半年，也没寻到独孤公子一丝儿头绪，你二叔三叔出去找了这一月多，也是杳无音讯，唉，玮云，你看……”便听见一个鬼灵子至为熟悉的声音传来：“娘不要为女儿担心，独孤哥哥定是有什么要事不便分身，或许过不了几日他就会来了的。”这却不是玮云师姐是谁！鬼灵子差不多便要冲将进去了，却听玮云又道：“娘，听裳儿说今晚有个小叫花到咱们大门口胡闹了一番，但裳儿又是从甄婆婆那儿听来的，她说话又满口侬呀伊拉的，女儿倒听了个摸不着头脑。只是那个叫花的胡闹，倒使女儿想起了师弟。这半年多师父他老人家和师弟那鬼灵子到处奔波，我心里真的挂念得紧。”梅素素道：“如果你师父或师弟哪一个到了本堡，你见不见他们？”玮云道：“见！当然即刻就见！”梅素素道：“但你这副样子……”玮云道：“师父师弟又不是外人，他们断不会取笑我的，娘！”梅素素苦笑了一声，转头冲鬼灵子藏身处道：“陆小歪，你偷偷摸摸的干什么，还不快来见过你师姐！”陆小歪？玮云一愣，便见一个光鲜俊美的少年推门而入，讪讪地道：“世伯母的耳朵好灵。”然后跪地便拜：“师姐，师弟好想你啊！”语言中真情毕露，却是做作不来的。

梅素素只觉喉头一酸，道：“你姐弟俩聊一会儿吧。”言罢走出屋去，顺手带上了门。玮云一听声音，当真是大喜过望，这光鲜少年不正是师弟鬼灵子小六却又是谁！连忙欠身道：“师弟快快请起。”鬼灵子站了起来，师姐弟俩四目相对，均觉景在梦中，良久，竟一齐笑了起来，笑罢，鬼灵子道：“师姐，你瘦多了。”玮云笑道：“你倒是出落得俊俏多了，师姐一时竟认你不出，对啦，我娘叫你陆小歪是怎么回事？今日在我家大门前胡闹的就是你吧？你怎么不像个小叫花了？你干吗不一来就来看师姐？嗯？你说你该当何罪？”她一口气说了这些话，竟是气喘吁吁了。鬼灵子大奇，道：“师姐，你——”玮云脸一红，道：“恭喜师弟，你快有小师侄啦！”鬼灵子一愣：莫非师姐也自己收徒了？便听玮云又道：“我问你的话还没回答呢。”鬼灵子摇摇头，道：“我也正觉蹊跷，世伯世伯母老是推三阻四，不让我和师姐见面，而师姐你也避而不见，到底是——”玮云脸又一红，轻轻掀开被子，道：“师弟你看我这样子能出去胡乱跑么？”只见玮云腹部高高隆起，已是六甲之身。鬼灵子“这这这”半天说不出第二个字。玮云红着脸轻笑一声，道：“你小师侄便在这里面缠着我，我又怎能出去见你。”鬼灵子愣了这片刻，终于明白了个中情由，不禁又惊又喜，道：“难怪师父帮中乱成一团糟也不管，却天天忙着到处查找独孤公子下落，哈哈哈……”玮云“嘘”了一声，道：“轻点声。”鬼灵子便真的轻声道：“师姐，俗言道：来而不往非礼也！师弟也恭喜你，师姐已经有两个老师侄啦！”玮云笑道：“半年多不见，师弟还是这般油嘴滑舌，师姐哪儿又有两个老师侄啦？”鬼灵子正色道：“我陆小歪纵敢欺天瞒地，也断不敢在师姐面前撒谎！”玮云一愣：“陆小歪。”

当下鬼灵子面上大有得色，将收天山二怪为徒之事又细细道了一番，自是比在饭厅里讲得还要详细，直把个玮云听得又惊又奇，格格笑声不断。待到鬼灵子正儿八经地宣布他“歪邪门”门规时，师姐弟俩早笑成了一团。良久，玮云才止住笑，道：“你陆小歪与那两个老徒儿，倒真如天造地设似的，只是你又让他们到哪儿去给你找年纪比他们大的徒孙，我看你这歪邪门呀，只怕也好景不长！”“有多长便管多长呗。”鬼灵子道，“反正本门在江湖中名头又不如少林武当，不存便不存罢了。”师姐弟俩又打趣了一番，玮云才道：“你在长安与师父分手，到底是怎么回事？”鬼灵子当下不敢再信口开河，只好把自己偷偷溜出来之事说了。玮云笑道：“方才娘对我说师父不日便会到此之言，也是你乱编的吧？”鬼灵子只好老老实实地道：“是。自从我在长安与老——师父分手，就再未听到他半点儿音讯。”玮云：“这便是了。对了，师弟，我怀着独孤哥哥孩子的事，你——”“万万说不得！”鬼灵子连忙道，“待找到独孤公子之后，此事方能公之于众！”玮云道：“半年多不见，师弟真懂事多了，此事若过早让人知晓，师姐那是羞也羞死了！”鬼灵子肃然道：“师姐，此事着落在师弟身上，江湖中若有第三个人知道，我陆小歪就把他宰了！”玮云道：“师弟休要胡说，师父和胡大侠就知道，莫非你也——哼！”“胡醉也知道？”鬼灵子道，“那就好啦，他和独孤公子是拜把兄弟，这半年多我也未听到他消息，大约也是忙着找他拜弟吧。胡醉神通广大，难说他们兄弟俩此刻正喝得酩酊大醉呢！”玮云道：“此事劳动胡大侠，师姐当真好生过意不去。”

鬼灵子道：“师姐也不要有什么过意不去，当时若非独孤公子一剑杀了东方老贼，咱们白道中人，只怕要倒多大的霉还不知道呢！”玮云嘴角边露出一丝甜蜜的微笑。

鬼灵子又道：“师姐，此事万万拖延不得，师弟想明晨便走，去江湖上找寻师父和探访独孤公子下落。”玮云道：“师弟的心意我领啦，但师弟远来，何不再多待几日，再作计较？”鬼灵子肃然道：“师姐，大丈夫行事当分主次，咱们就此别过了。”玮云一愣，抬头看窗时，早已东方既白。鬼灵子此时倒真有点大丈夫气魄，强扭过头转身就走，到了门口，听得玮云叫了声师弟，鬼灵子一震，道：“师姐还有何吩咐？”玮云见他虽然站住，却不敢转回身来，也是觉得双眼发酸，便强忍住泪道：“没什么，见到师父他老人家时，就说师姐天天念着他。”鬼灵子应了，飞快出门，回到自己下榻之所，却见柳逸仙夫妇和瞿腊娜都在等着他。便对柳逸仙夫妇道：“世伯，世伯母，昨日是我错怪你们啦！”柳逸仙奇道：“昨日你怪我们什么啦？”鬼灵子道，“小侄在心里这个……嗯……怪你们那个……推三阻四。”柳逸仙恍然大悟，笑道：“不知者不为罪嘛！”鬼灵子道：“个中情由，小侄已然明了。方才小侄已禀明师姐，我此刻便要拜别了，还望世伯世伯母勿怪。”梅素素奇道：“你现在就要走？不陪你师姐多玩几天了吗？”“这——”鬼灵子道：“行事当分主次，寻找——嗯，此事万万耽搁不得。”柳逸仙微微点头，道：“如此便拜托世侄了！”“咱们一家人，还说什么拜托不拜托，倒是世伯多礼啦。”鬼灵子又恢复了他那油嘴滑舌的歪邪形象，哈哈大笑道，“喂，小——瞿姑娘。江湖凶险，我料定你是不敢跟我走的了。你便在这儿躲着享清福吧，反正我世伯母这么喜欢你，你纵在这儿待一辈子也是没事的，我可要走啦。”瞿腊娜道：“哼！休要小看人，我偏要到江湖上闯闯给你看！”当下二人拜别柳家堡，柳逸仙夫妇将他们送到大门口，微笑着看他们如飞奔去，只有李三等一干众护院家丁大感失望，自是因为他们好生生盘算好用以留住鬼灵子的鸡鸭鱼肉都白费劲儿了。

鬼灵子一路满脸严肃，不苟言笑，任由瞿腊娜嗤笑于他，却不理会。瞿姑娘小孩儿家心性，哪耐得住这路途寂寞，自是想了不少法门逗惹于他。她人本老实，心地又善良，诸般小聪明，在鬼灵子陆小歪眼里看来，真如三岁小孩胡闹一般，因而顶多沉喝一声“胡闹！”便不理她，俨然一副大人状，倒把瞿姑娘闹得个大红脸，便气呼呼地嘟着嘴一路跟了他去。鬼灵子看在眼里，自是暗自偷笑。

鬼灵子在柳家堡拍胸脯打肚皮，向柳逸仙夫妇和师姐打了包票，要去寻找独孤公子，如此寻了数日，却哪里有胡醉、姚鹏、独孤樵诸人的半点踪影？他人本刁钻古怪，硬憋了数日，早已心痒难耐，此时再已忍不住，便停下身来，望着官道“咦”了一声。瞿腊娜正没滋没味地走了几日，心头气恼，忽听他开口，倒着实吓了一跳，也跟着停下来，见鬼灵子满脸疑惑地看着脚下，不禁奇道：“怎么了？”鬼灵子不答，抬起头来，看着远方沉吟不语。瞿腊娜顺目望去，此时暮色已浓，两旁青山夹道，前方似有一户人家，细看之下，却别无古怪。心知这陆小歪定是故技重施，哼了一声，自个站在道旁不理他。鬼灵子见计不得售，眼珠一转，自言自语道：“古怪，古怪！”边说边向前方飞奔，也不理俏生生立在一旁的瞿腊娜。瞿腊娜见他自顾走了，无奈之下，只得跟上，心中恨透了陆小歪，打定主意，明日一定与这小子分道扬镳。鬼灵子见她跟上，更不搭话，脚下加了三成劲，身体飞掠而出，直向暮色中奔去。瞿腊娜见状一愣，好你个陆小歪，考较起本姑娘轻功来了。当下微一提气，展开峨眉身法，直追而去。须臾便到了那幢小屋近前，却原来是一家酒店，门口赫然躺着四具尸体，二人大惊停步。

七十九

瞿腊娜毕竟是个女孩，陡然间在这荒郊野外见到这多尸体，心中早已怯了，不由自主地伸手抓住陆小歪衣袖。鬼灵子心头一乐，心想小姑娘只会吹大气，几个死人便吓成这样，嘴上却不说什么，只装作很老练的样子，认真查看尸体，低声道："已死了三个时辰了。咦！怎么店小二也给弄死啦？"二人步入店中，发现尚有三具尸体。瞿腊娜突觉脚底一滑，低头看去，直吓得花容失色，紧紧拽住鬼灵子。鬼灵子见瞿腊娜吓得发抖，便伸手扶住她的腰间，低头看时，原来地下那人给人一掌打得脑浆迸裂，瞿腊娜刚才便是踩在他的脑浆之上了。鬼灵子道："好厉害的掌力。"瞿腊娜颤声道："这些尸体，有啥……啥看头。走……走吧。"鬼灵子扶着她步出酒店，向前方疾奔。此时月上东山，清澈的月光泻在山间，显得极是静谧，道路蜿蜒爬上两山相连之处，穿过森林，消失在山后。瞿腊娜忽觉异样，抬头一看，却见鬼灵子正似笑非笑地看着自己。这才发现自己与他紧紧挨在一起，不禁大羞，一巴掌打开他扶在自己腰间之手，纤腰一扭，早已奔出三丈之外，一言不发，向前疾走。鬼灵子嘻嘻一笑，快步跟上。他生性油滑，忍不住道："此番你可得陪我两辈子了。"瞿腊娜听他说得古怪，回头佯怒道："什么两辈子？""上次你捏皱本掌门衣服，只得答应陪定了本掌门，此次你又揉皱本人衣袖，岂不是——"瞿腊娜听他出言无状，不禁芳心大怒道："陆小歪，你给我滚得远远的，别跟着本姑娘。"鬼灵子见她柳眉倒竖，显是真的生气了，便伸伸舌头，做个鬼脸道："行。"

瞿腊娜见他一口答应，倒被怔住了，哼了一声。却听鬼灵子道："但有一事本掌门可得交代清楚了才能滚得远远的。"言罢严肃地看着瞿腊娜。瞿腊娜不理不睬，自将头扭朝一边。良久，鬼灵子一言不发，折身向来路走去。瞿腊娜大急道："哎，你……"鬼灵子回身站住，依旧严肃地看着她。瞿腊娜大窘，嗫嚅地道："你方才所言，却是何事？"鬼灵子道："瞿姑娘信不过本掌门，是也不是？"瞿腊娜大奇道："这——"鬼灵子气愤愤地道："方才我在路边停下来观天象之时，瞿姑娘以为本掌门是在作奸使诈，诱你上当，是也不是？"适才瞿腊娜确是这般心思，此时给他点破，看样子显然是自己错怪于他了，有心认个错，却如何开得了这个口？鬼灵子见她神态忸怩，心头大乐，却依旧得理不饶人地道："现下瞿姑娘已知在下并非存心相戏，本掌门便死而无怨，这就滚得远远地吧，省得姑娘肝气不疏，横逆犯胃，腹疼起来，貌若西施，气死嫦娥……"陆小歪一个劲地胡说八道，一作势就要"滚开"。他本只是开个玩笑，哪里会真的滚开。却老不见瞿腊娜出言喝止，此时身形已经缩做一团。自己站起来吧，岂不成了言而无信之徒？真的“滚”吧，却又有失大丈夫风度，真是作茧自——那个缚，自作——那个自受。只好继续胡扯下去：“……我陆小歪一把火将自己烧了，这个世界便干干净净的了，瞿姑娘也就……”他怎么知道，瞿腊娜此时又羞又急，一早已方寸大乱。

她在峨眉派中是最小的师妹，师父绝因师太及众师妹对她又娇又宠，何时受过一丁点儿委曲？此时见这鬼灵子兀自信口雌黄，竟是半点不让自己，当即悲从中来，坐地哭出了声。这一下倒让鬼灵子找到了台阶。他马上站起来，走到瞿腊娜身边。瞿姑娘还道他是来劝慰自己的，边哭边等着，可过了一阵不见动静，悄悄抬起头来，却见鬼灵子拍头看着前方天空，脸上神情凝重！瞿腊娜气不打一处来，飞起一腿，朝他委中穴踢去，鬼灵子似犹未觉，竟不避不止，给踢个正着，当即倒地抱着右腿狂呼道：“哎——哟哟哟哟，哎——哟哟哟哟——”瞿腊娜也未想到这一脚竟会踢实了，见他狂呼乱叫，知是踢重了。当即忘了再哭，连忙爬将起来，扶起鬼灵子，却见他满脸怪相，噘嘴猛吸冷气，似是疼极。瞿腊娜当即给他推血过宫，耳朵里却充满了鬼灵子哼哼唧唧的声音，知他三分真七分假，忍不住伸手拍了他一下，嗔道：“看你以后还敢不敢胡说八道？！”却听鬼灵子一声长叹。瞿腊娜见这口气叹得大是蹊跷，忍不住停下了手，向他望去。却见鬼灵子闭了眼睛，一副睡着了的模样，便推他一下道：“怎么了？”“世上唯女子与小人难养也。”瞿腊娜听他拿腔捏调的竟出此等言语，心头气急，又是一巴掌拍下道：“你放屁！”不料一拍之下，鬼灵子一骨碌爬将起来，连声问道：“什么什么什么？你说我放——这个——什么？”瞿腊娜话才一出口便觉不对，此时见他连声追问，不禁给闹了个大红脸，却还怎么说得出口？鬼灵子却不愿就此罢休，但见他摇头晃脑地道：“由此可见，小姑娘不学无术，讲话犹似这个——放——那个！”“扑哧！”一声，瞿腊娜笑将出来，一不提防，鼻子竟吹了泡泡！鬼灵子顿时欢叫道：“不羞不羞，哭哭又笑笑，鼻子吹个大泡泡！”瞿腊娜早羞红了脸，紧紧抱着小脑袋，恨不得钻进土里去！

却听鬼灵子正色道："你可知方才那句话是谁说的？"瞿腊娜抱头不答。鬼灵子又道："告诉你吧，谅你也不知。此话是一个大圣贤说的，此人姓孔名丘，排行老二，故又称孔老二。哼，小姑娘才疏学浅，竟敢出言无状，当真狂得可以！"鬼灵子小叫花一个，此番好不容易在"学问"之上压倒了瞿腊娜，心头自是高兴。一番堂而皇之的教训，倒把瞿腊娜逗笑了，当下抬头道："好好好，就算你学识渊博行不行？你讲完了没有？"鬼灵子知她又要叫自己"滚"，连忙接口道："没有！""快讲！""适才本掌门仰观天象，发觉天狼星到了坎位，北极星却正处于离位！此乃不大寻常之天象，主奇异之事。此事该当就在前面。是以——这个——本掌门——那个想瞧瞧……"鬼灵子支支吾吾，不肯言明。瞿姑娘却早知他不愿"滚"得远远的，芳心窃喜，脸上却不动声色地道："陆小歪，你真会看天象么？""那当然。适才不是应验了吗？"言下颇为得意。瞿腊娜半信半疑地道："那你看看家师她老人家此时却在何处？"陆小歪一愣，道："这个——天机的不可泄露。小姑娘若想知道，陪着本掌门便知端倪。"其实鬼灵子哪会看狗屁的天象，适才路边之事，不过巧合罢了，也亏他机智百出，胡诌了一通。瞿腊娜犹自不信，便道："本姑娘就让你再跟三日，若三日之内没有何奇异之事。哼哼，到时你可得滚快点。"鬼灵子当即笑道："行！"心想跟我鬼灵子在一块，要没奇异之事，那才真是奇异了！瞿姑娘见他如此听话，倒还是第一遭，芳心大悦，柔声道："咱们走吧。"二人这才重新上路。

此时月正中天，天地间空明澄静，犹如清水洗过一般，会人说不出的轻松愉快。二人早已过了宿头，遥见前方有一树林，均想何不就在树林中露宿一夜，说不定也别有一番情趣。默行一阵之后，鬼灵子道："瞿姑娘，本掌门尚有一事相询，不知可否？"瞿姑娘见他今晚又是听话又是客气，不由咯咯咯地笑了起来，道："掌门人但讲无妨！"言罢又咯咯直笑！笑声在这万籁寂静的深山夜色之中，显得煞是清脆悠扬。鬼灵子道："如若三日之内碰上了奇异之事，瞿姑娘却又该当如何？"瞿腊娜不答，一个劲娇笑不语，身形却是极轻快地滑向树林！鬼灵子不紧不慢地跟着，道："哼，峨眉弟子言而无信，待它日本掌门上峨眉山去，羞那绝因老尼一羞。她教徒不严，该当何……”鬼灵子戛然止声，但听见隐隐有一奇异之声传来。瞿腊娜已然止住笑声，二人蹑手蹑脚地朝那发声之处走去，鬼灵子低声道：“瞿姑娘，此番你陪定本掌门了。”“你……”二人身形未停，几个起落，已到了发声之处，一看之下，二人才大吃一惊！但见一个身材高大的女人被倒吊在两棵古松之间，两条粉色的大腿迎天叉开！见了二人，止住嘶哑的恶骂，奇怪地打量着鬼灵子和瞿腊娜。鬼灵子哈哈大笑道：“瞿姑娘，本掌门的观天象之法可还使得么？”月光之下，只见瞿腊娜一张小嘴张得大大的，被跟前这怪异之事惊得目瞪口呆！

听鬼灵子见问，呆呆地道：“这……这怎么回事？”鬼灵子兴奋地道：“你先说，本掌门观天象之法可还使得么？”瞿腊娜“呸”了一声，道：“本姑娘认输便是。”鬼灵子连声大叫道：“什么什么什么？你听好啦，瞿姑娘，当初可是你自个说的要陪……”“陆小歪！”瞿腊娜见他在外人面前又要胡说八道，当即喝住！鬼灵子道：“得得得，本掌门今日认栽了。想不到峨眉派剑法厉害，耍赖也是独有心得！”“谁耍赖了？”“你不是说要陪我吗？”“我是说要赔你……”鬼灵子急忙打断道：“这不就得了？”瞿腊娜大急道：“你这才是耍无赖！”鬼灵子一本正经地道：“行啊，我耍无赖，你也耍无赖，就当咱们是两个小无赖罢了！”“你——”陡听见一个嘶哑的声音道：“两个小孩别吵了，快将本姑娘放下。”鬼灵子闻言大吃一惊，自言自语道：“姑娘？”边说边围着那人绕了几个圈子，眼珠不住地上下打量，脸上一片惊讶莫名之色。那人给他绕得火起，厉声道：“有什么好看的？”鬼灵子仰头道：“你真是——是个姑娘？”那人大怒道：“他妈的，老子不是姑娘还会是什么？”鬼灵子道：“这就奇了，‘老子’怎么会是姑娘呢？”那人大声道：“小无赖到底放不放？”鬼灵子道：“放什么？”“放我！”“我，是什么？”那人语塞。鬼灵子又道：“你真是姑娘？”那人道：“老——我当然是姑娘！”鬼灵子道：“你为什么是姑娘？”那人道：“我怎么知道？”鬼灵子道：“你既不知道，却又为何自称是姑娘呢？难道一个人想做什么便是什么吗？我能做姑娘吗？当然不能，对不对？”那人突然道：“那你为什么不是姑娘？”鬼灵子奇道：“这你都不知道？因为我是站着撒尿。”那人却道：“那我却是因为蹲着撒尿！”瞿腊娜见二人实在毫不知羞耻，当下怒道：“陆小歪，你嘴里给本姑娘放干净点。”

鬼灵子不理，自顾打量着那人，口中念念有词地道：“不像，不像，一点儿都不像！”那人道：“什么不像？”鬼灵子道：“什么都不像。”那人问道：“不像什么？”鬼灵子道：“不像姑娘。”那人怒道：“为什么不像？”鬼灵子道：“姑娘哪有这般大？你看看我身旁这个姑娘，小巧玲珑，这才叫姑娘！”那人道：“放你娘的臭屁，我不像姑娘，那像什么？”鬼灵子沉吟道：“你什么也不像。”那人居然乐了，道：“那我到底是什么？”这一下倒让鬼灵子颇为踌躇，思虑再三之后道：“你是个大东西，勉强可算个大女人吧！”瞿腊娜心地善良，眼见这人被倒吊着，想必十分难受，抽出长剑，就想放她下来。“慢着！”鬼灵子大声道，瞿腊娜悚然住手，沉着脸问道：“怎么啦？”鬼灵子道：“小姑娘胆大，你不看看，你只有她的一条腿粗。放下来好办，但若她要将你一口吞了，看你怎么办了！”瞿腊娜心想自己倒不至于被一口吞了，但看样子此人武功不弱，如她羞于自己遭人暗算之丑闻传到江湖之中，竟会杀人灭口，只怕也难说得紧。当下手持长剑，好生为难道：“那怎么办？”鬼灵子道：“本掌门且问她一问。喂，这位——嗯，大女人，你叫什么名字？”那人嘶哑着嗓门道：“我叫铁姑，人称黑力铁姑。”鬼灵子与瞿腊娜对看一眼，均未听说过此人名头，当下又问道：“家住何方？”“员外谷。”“因何吊在此间？”铁姑一提此事，直气得火冒三丈，连说带骂地将如何识得铁算子田归林和雷音掌连城虎，如何与铁算子拜堂成亲，铁算子如何烧了员外庄，自己如何追赶，如何与黑煞四星动上手，以及如何被吊起来之事，从头到尾说了个仔细。也亏她兀自倒吊着还有耐心如此细细道来。末了，想起铁算子如此忘恩负义，实是义愤填膺，又不住口地骂将起来。瞿腊娜直听得娇躯乱颤，笑伏于地。鬼灵子却听得心惊胆战，“扑通”一声，跪在地上呆呆地说不出话来！

八十

铁姑却大奇道：“你这小无赖怎的跪下了？”鬼灵子这才缓过神来，道：“请三伯母恕罪，小侄不知，真是该死！”铁姑更奇道：“谁是你三伯母？”鬼灵子也细细地将自己与柳家堡的关系一一道出，直听得铁姑大喜道：“有趣有趣，你小无赖挺有意思。快快快，将你三伯母放了再说！”鬼灵子轻声道：“三伯母能否饶恕小侄不知之罪？”铁姑怒道：“他妈的，莫非我不饶你，你便敢不放我下来不成？”鬼灵子故作急状道：“小侄不敢，小侄不敢。”言罢从笑得前仰后合的瞿腊娜手中抢过长剑，“嚓嚓”两声先将铁姑脚上之藤条斩断，待铁姑双脚落地之后，又将她手上的藤条也斩了，然后弃剑站在一旁。铁姑活动了一下被勒破了皮的手腕，见刚才还伶牙俐齿的鬼灵子，此时恰似哑了一般，怔怔地站在那里，心头好笑，不禁叉开蒲团大的手掌，兜头拍了他一下。这一下手掌之上并未使上内力，以鬼灵子武功，要避开自是易如反掌，可他却还是不动，当下受了这一掌。铁姑天生神力，虽然只是亲热地拍拍他，却已使鬼灵子疼得直咬牙。

铁姑捡起铁杖，就着月光扫了使劲忍住笑的瞿腊娜一眼，道：“小姑娘长得好俊，你跟这陆小歪在一起，当心哪天也像你三伯母一样，给人倒吊在树上！”语声刚毕，铁姑高大的身影早已向铁算子消失的方向奔出十多丈，森林中就好像刮起了一阵急风，直卷得地上的落叶不住地翻滚。两人均觉万分尴尬，不敢对视。良久，瞿腊娜“扑哧”一声笑将出来，学着鬼灵子的腔调道：“小侄不敢，小侄不敢。”鬼灵子哼了一声道：“小姑娘别高兴得太早，当心给人倒吊起来。”瞿腊娜大窘，低了头默不作声。鬼灵子又道：“此乃本掌门与你半斤八两，咱们就此按下，以后谁也不准再提。你看如何？”瞿腊娜应了一声，声音低得犹如蚊音一般。鬼灵子陡然间恢复了原先的模样，显得又是自信又是胸有成竹，问道：“瞿姑娘，依你看我们此时该往何方走？”瞿腊娜捡起长剑道：“你不是会看天象吗？看看不就得了！”鬼灵子装模作样地看着天空，嘴唇翕动，似是念念有词。瞿姑娘也跟着，但见月明星稀，却看不出任何门道，不禁钦佩地看着鬼灵子，忽然间小脸一热，忙把头转向一边，却听鬼灵子道：“咦，怪了？”瞿腊娜忙问道：“什么怪了？”鬼灵子道：“刚才似乎有个人在心里念我……待我算算看。子丑寅卯，鼠牛虎兔，嗯，此人年不满十五，是个女孩，待本人再算算她此刻身在何处。干震坎离……”瞿腊娜大急，生怕他算到自己头上来，便道：“得啦得啦得啦！你看出我们该朝哪个方向走了吧？”鬼灵子手指铁姑消失的方向道：“那边。”瞿腊娜面有难色，道：“你看清楚了？”鬼灵子道：“两个方向都有奇异之事，那边，还有前边。”他边说边指了铁姑消失处和正前方。铁算子和雷音掌急于逃命，尽择荒无人烟之处而行，是以铁姑也未走大道。瞿腊娜道：“夜这般深了，还是走前方大道的好。”鬼灵子心头暗喜，这小姑娘毫无心计，正中了他下怀，当下便道：“就依瞿姑娘便是！”二人经过这一番折腾，早失了困意，均想再赶一程，到前边再寻投宿之所不迟。

正行走间，忽听前边又有人声，二人驻足倾听。但觉脚步声杂沓，似有二十余人向这边走来。二人连忙飞身上树，藏好身形。过了半盏茶时分，一行人已来到近前。但听一人道：“天时不早，已过了宿头，众弟子便在此间歇息吧。”二人从树缝中看去，却见二十多人均身着孝衣，心下大奇。却见众人在草地上坐了，有几人便去捡柴。不多时分，烧起了一堆旺旺的篝火，有几人围坐在篝火旁。但听一人恨恨地道：“胡醉这厮做了乌龟，他妈的也不知躲到何处去了！”另一人道：“哼！胡狗做贼心虚，哪还敢在江湖露面！”又一人道：“胡醉这厮也太大胆，竟敢挑明了与天下英雄为敌，当真是不要命了！”一人接道：“他此刻便是想要命，只怕也由不得他了！”这番言语，直听得鬼灵子和瞿姑娘惊怒交加，当即便欲抢出。

却听树下又有一人道：“掌门师叔，我崆峒派的大仇莫非要等到八月中秋才——”但听一直未出声的那老者道：“我焦石子但要三寸气在，便决意与胡贼周旋到底！此时离八月中秋尚有二月之久，众弟子照样齐心协力寻找胡醉，只要找到，大伙儿并肩齐上，将胡醉碎尸万段了再说！”鬼灵子听到此时，哪里还忍将得住，冲瞿腊娜使个眼色，瞿腊娜微一点头，手握剑柄。当下鬼灵子冷哼一声，从树上电射而入直扑五丁开山焦石子！五丁开山焦石子听到风响，知有人偷袭，但尚未反应过来，更觉身上一麻，已被点中了穴道，跟着便是“啪啪啪啪……”十几个耳刮子打在脸上，一张老脸给打得肿起老高，牙齿也被打落几颗。众人大惊，细观时，但见出手之人竟是一个少年！身边的几个门下弟子早已给瞿腊娜点倒在地，一柄长剑直抵焦石子胸前。但听一个脆生生的声音道：“都给我站住！一个也别过来，否则我先杀了这老家伙！”余下弟子见掌门人受制，哪还敢动，俱怔立当场！

鬼灵子恨恨地道：“焦石子，你今天不把话讲清楚，我陆小歪让你不得好死！”却见焦石子一口将被打落的几颗牙齿吐入火中，凛然道：“我焦石子光明磊落，从不做亏心之事，你让我讲什么？”陆小歪见此人虽然受制，仍如此硬气，心下也好生佩服，便道：“胡醉乃当今天下第一大侠不说，还多次出手救过你掌门师兄之命，可算对你崆峒一派有莫大恩情，你口口声声辱骂于他，却是为何？！”但见焦石子惨然一笑，道：“好个大侠，哼！好个大侠！鬼灵子，大丈夫做事何必藏头露尾？今日定是胡醉这厮让你所为，又何必自称什么陆小歪了，哈哈……”焦石子话未言落，鬼灵子“啪”地又是一巴掌击在焦石子脸上，厉声道：“焦石子，你只要胆敢再骂一句，我定让你生不如死！”焦石子嘴角渗出一缕鲜血，闻言竟又哈哈大笑道：“我焦石子此条老命本不足惜，既敢与胡贼为敌……”鬼灵子扬手便要一掌击下，却被瞿姑娘挡住，道：“让他把话讲完！”但听焦石子续道：“……早已将性命置之度外。哼，胡醉胡醉！你当真是浪得虚名，为何不从树上下来，自己取了老夫性命！又何必假手这两个小孩？！”后边两句，自是提了内力送出，但听声音悲怆凄凉，神情激昂无惧！

瞿腊娜撤了剑，抱拳道：“焦石子前辈，晚辈是峨眉派弟子，名叫瞿腊娜。鬼灵子小六现已改名陆小歪，并非有意相欺，我二人也并非受了何人指使，只是偶然遇到你们，我们方才听你们口出恶语骂胡大侠，才气不过打了你们。胡大侠义薄云天，我还未下山之时，便听家师绝因师太她老人家对胡大侠交口称赞，你们如此骂胡大侠，当真是不对得很。对了，家师说贵派掌门是令师兄，怎的你刚才自称掌门？莫非——”话未说完，伸手解了焦石子穴道。鬼灵子也发觉此事似乎别有隐情，是以未加阻挡，抱拳立在一侧。五丁开山焦石子一大把年纪，却被两个初出茅庐的后生一招制住，深觉无颜，本待一死了之，但听瞿腊娜竟是峨眉掌门绝因师太之徒，而鬼灵子师承他自也知晓，且听她之言，并非受胡醉指使，更何况师兄大仇未报，自己岂可轻易丧生。既是折在名满天下的姚大侠和绝因师太徒儿之手，倒也不是什么太丢面子之事，既如此想，心中才有了几分释然，当下长叹一声，将胡醉如何残杀崆峒派前掌门神拳无敌焦砾子之事细细道了出来。他一提师兄惨状，自是目眦欲裂，直吓得瞿腊娜毛骨悚然，惊骇无比。鬼灵子却大惑不解，道：“焦石子，你不可信口雌黄，胡……”五丁开山焦石子淡然道：“鬼灵子，令师姚大侠曾有恩于我，今日之事你们既也是受了胡醉那厮欺蒙，我也不怪罪你们便是，但我一大把年纪，何必信口雌黄！你若不信，自去问胡醉那厮，老夫如有半言相欺，那也枉称一派掌门了！”鬼灵子和瞿腊娜听他如此说话，自是言下无虚，不禁一齐呆了，怔立半晌，作声不得。

当下焦石子又将在洛阳天星客栈与童超和雷同、许聪相遇，以及得知鹰爪门掌门无敌神掌楚通被胡醉所杀之事也说了出来。饶是鬼灵子机智过人，也听了个目瞪口呆。瞿腊娜道：“焦石子前辈方才说八月中秋却又是何事？”焦石子一怔，道：“你们还不知此事？”二人相顾茫然，一齐摇了摇头。焦石子掏出一张帖子递给二人，二人接过来就着火光一看，但见那帖子上写着——“谨启天下各门派掌门一帮主及各路英雄：本帮之乱，已为天下所瞩目。胡某忝为帮主，偶有失手也实属迫不得已。今我辈中人不念胡某苦心，却口口声声要与胡某讨个公道，胡某虽不才，却也何惧之有！便于是年八月中秋之日，在东岳泰山之顶，还尔等一个公道罢了！此英雄帖所到之处，还望各路英雄笑纳！……丐帮帮主胡醉”“胡醉”二字后面，赫然印有血红的花押！鬼灵子细看花押良久，骇然色变。瞿腊娜见状急道：“果然是胡大侠的花押么？”鬼灵子缓缓点点头，却一句话也说不出来！

第三十九回 拭目以待

八十一

布袋和尚姚鹏甚觉气闷。自大漠归来已然盈月，别说未能得见胡醉，连徒儿鬼灵子的音讯，也是丝毫不知。整日在江湖中听到的，只是接连不断的凶讯和一片咒骂胡醉之声，布袋和尚身为丐帮长老，帮主胡醉为天下英雄所不齿，他自也觉面上大是无光，况且他与胡醉相交又非泛泛，是以终日沉醉酒乡，只不愿与江湖中人朝相。心下却大是惶然，不知胡醉何以这般丧心病狂，竟敢与整个武林为敌！虽他布袋和尚断断不信所有那些灭绝人性残祸江湖之事会是胡醉所为，但俗言道三人成虎，饶是姚鹏空有一身盖世武功，也不得不信几分，心头便更是惶惑。

这日，布袋和尚正茫然行走山林间，却猛听得一阵啸声……江湖浪子童超自当日在洛阳天星客栈得人以传音入密提醒，对胡醉会残杀他的受业恩师无敌神掌楚通已自起疑。但连月来江湖惨祸不断，且桩桩与胡醉有关，他正惊疑不定，偏偏胡醉又踪影全无，不由得便已信了几分。他与二师兄青衣秀士许聪二人终日奔波，只为打探胡醉下落，殊不料胡醉与他童超身为拜把兄弟，却也是避而不见，失望、幽怨、伤悲和愤慨之情不由顿生。这日二人伫立山岗，放目远眺，但见山峦无尽，层林苍翠欲滴，童超面对如此壮丽山河，陡觉自然的博大和个人之无谓，不禁激发万丈豪性，一声长啸，有若虎啸龙吟，回荡于峭壁山林间……

武当失却镇派重宝之事，早已在江湖中传得沸沸扬扬。灭性道长接任掌教之位一年不到，便发生如此亘古未有辱及列祖列宗之事，自也无颜多与江湖中人朝相，只带了清云清风，奔波于草泽山林之间，探查胡醉踪迹，却又哪里能探出丝毫。这日正闷声赶路，猛听得一阵有若龙吟虎啸的长啸传来，当下不做他想，嘬嘴一呼，将满腔的幽愤凄怨呼了出去。

当日樵夫李富贵的第一声惨呼，早为峨眉派觉察，绝因师太令大弟子逸静率一干弟子去查看究竟。不料逸静等刚一离开，便听到胡醉以内力传来的高声笑骂："峨眉派一窝荡妇淫尼，我胡醉领教了！"这还了得，绝因师太大怒之下疾奔下山，少顷便赶上先前遣派的一干弟子。刚行得几丈，又听到了李富贵那骇人的惨呼，有若一阵浓重的阴风，饶是峨眉派上下均是身负武功之辈，绝因师太更是见多识广，也不禁冷冽冽地打了个寒噤！等到她们看清森林中的那副惨状时，绝因师太双目几乎出火，而一干弟子有的面色煞白、有的满面通红——本派俗家大弟子杨留虹骇然精赤着身子与一个同样赤裸但精瘦如柴的猥亵汉子被人捆绑着吊在一起！杨留虹丰腴的肌肤苍白如雪，显是早气绝身亡了。绝因师太袍袖一卷，将杨留虹的尸身和那猥亵汉子卷了下来，又运指如剪，剪断了捆绑着他们的布条，略微一探，便知弟子早是回天乏术，而那汉子竟不会丝毫武功。问得几句，只听那汉子只能发出"哦嗬"之声，早是给吓疯了。绝因师太那火暴性子老而弥坚，盛怒之下，只率了逸静一人，就此下山追杀胡醉。一月之后，师徒二人刚入豫境，正行走于崇山峻岭间，猛听得一声长啸。师徒二人对视一眼，驻足倾听，又听得一声长呼与那啸声相合，一般的幽愤凄怨，只是那啸声博大刚猛，而那呼声细婉绵密，绝因师太听得少顷，竟然面露喜色，当下运足十成功夫，将声音远远地逼了出去："灭性老道！一做了掌门人功力便大进了，却不知是何缘故，只不过终是逊了江湖浪子一筹，你还穷呼什么？！"言罢拉了逸静一齐朝江湖浪子立身处掠了过去。

灭性道长正呼得酣畅，猛听得绝因师太声音，愣了一下，正欲出声回敬，却听得远处又传来一阵哈哈长笑，仅凭此笑声，灭性道长便知那发笑之人内功更在自己之上，大约与江湖浪子正在伯仲之间，心头一骇，便听那人笑罢道："江湖浪子内力博大刚猛，灭性道长细婉绵密，但绝因老尼你做了这多年峨眉掌门，却怎的还是这般霸道，毫无出家人的样子，哈哈！老叫花算是服了你啦！"布袋和尚与绝因师太素来交好，故他出言如此"无状"，绝因师太不仅不以为忤，反而也大笑道："臭叫花如此回护灭性老道，是不是因为人家做了堂堂武当掌教，便欲巴结啦！"话音刚落，便听江湖浪子童超大喜道："哈哈！三位前辈可否——"他的话才说了半句，便见一条灰影率先奔至，却正是布袋和尚姚鹏。江湖浪子叹服道："姚大侠好深的功力！"姚鹏尚未答话，绝因师太率逸静，灭性道长率清云、清风，又是一齐到了。众人均是大喜，互道久别无恙，不料一句话问出口来，各人面色都是微变，童超授业恩师被杀，姚鹏死里逃生又亲见古刹少林遭难，武当重宝失窃，峨眉弟子蒙辱……又怎能说是"无恙"？

正尴尬时，便听布袋和尚笑道："大家均非外人，不要再道有恙无恙的俗言了，我老叫花是大难不死，也没什么可羞辱的……"当下将自己的所历所闻道了一遍，未了道："胡醉与老叫花交非泛泛，这人人均是知晓的。若江湖传言属实，老叫花却也容他不得了！"江湖浪子微叹了一声，道："在下与胡醉结拜之事，江湖中无人不知，但……"也把本门惨变及在洛阳天星客栈处听到的话讲了。又道："我也不信胡醉会有这般所为，但事至如今，胡醉他始终无影无踪，也不由使人……唉！"接下来绝因师太和灭性道长各述了本派之变，听得众人都是又惊又怒。童超道："那刻在树上侮辱贵派清誉之言，果真是以指力刻出的么？"绝因师太面色惨然地点点头，道："那指力之强，纵是贫尼也有所不及，纵观当今天下，有此指力的不过胡醉、童少侠和老叫花你三数人而已……"灭性子接口道："但在短短旬日之内便教会一群愚鲁村民使本派太极剑及似是专克本门剑法'破极剑'的，依贫道之见，天下只有昔日太阳叟东方圣、千佛手任空行和胡醉三人。

童少侠和姚大侠虽论功力并不亚于胡醉和任空行，但若论心计，却只怕有所不如了。"姚鹏和童超点点头，面色凝重地对视一眼。童超道："当日胡醉和任空行比拼内力，正值生死关头，我对任老魔骤下杀手，他当无幸免才是，何况我最后离开武帝宫时，曾一掌击碎门匾，不料却引发了东方老贼事先安装好一举尽歼天下英雄的烈性炸药，武帝宫当即被夷为平地，任空行纵有十条命，只怕也该丢了。”姚鹏道：“听说东方圣是童少侠和毒手观音师徒一道埋的？”童超道：“正是。东方圣被独孤兄弟一剑刺透左胸，那是断活不成了的！”绝因师太道：“如此说来，天下能创出那狗屁‘破极剑’的，便非胡醉莫属了？”灭性子道：“问题那‘破极剑’并不很狗屁，陡然遇上，那招式也……也的确能克住本门太极剑法。”指着清云又道：“我这师侄，便曾栽在一个三尺孩童手下。”此言一出，众人俱惊。绝因师太本是一代使剑高手，如此匪夷所思之事，她自是大觉蹊跷，正欲细问详情，却见一个又瘦又老、双目无神的叫花蹒跚着走过来，气喘吁吁地道：“你们可是叫姚鹏、童超、绝因和灭性子么？”众人一愣，便见青衣秀士许聪早掠过去，只伸手轻轻一捏，那叫花便疼得杀猪般地大叫起来，并且眼泪鼻子一齐直下，显然是不会武功之辈。许聪连忙松了手，讪讪地立于一旁。布袋和尚问了几句丐帮切口，那叫花竟也一窍不通。

末了布袋和尚道：“这位兄弟，你怎知我们姓名？”那叫花道：“小老儿方才在山脚那个叫东山客栈的门口讨饭，忽然来了个凶巴巴的大爷，问小老儿要不要银子，小老儿说要的。那大爷便给了小老儿二两银子，叫小老儿来给众位爷台送东西。众位爷台的名字和上山路径，也是那大爷告知的……”童超道：“那人叫你送什么东西给我们？”那叫花忙不迭地从怀中掏出一个帖子递上来，道：“就是这个。那大爷还说如果小老儿不送到，他就要砍断小老儿的两条腿，这……这……”话未说完，早已面露极度惊恐之色。而童超等人接过那帖子一看，无不面色大变！——那帖子骇然便是胡醉约请天下英雄于八月中秋之日到泰山“还给公道”的英雄帖！布袋和尚一挥手，叫那送帖子的老叫花回去之后，突然哈哈大笑：“好！好！胡醉，老叫花倒要看看你怎样还天下英雄公道！哈哈……”待他笑罢，童超、绝因师太和灭性道长一齐用询问的目光看着他。布袋和尚沉重地点点头，只道了一声“咱们中秋在泰山见上”，人便飞速离去！——他知道“英雄帖”上胡醉的花押是真的。而童超、绝因师太和灭性道长却知道藏头露尾并非胡醉的风格。当下众人更不多言，相约在泰山见后当即离去。

第四十回

决战东岳

八十二

东岳泰山，高耸入云，气势巍峨。杜子美曾以《登泰山》为题，得“会当凌绝顶，一览众山小”之绝唱传世，当真把个泰山的高大雄伟一吟而尽了，是故在中原五大名山之中，向来便有奉泰山为“五岳之尊”之说，泰山之气势恢宏，由此可见一斑。

此时，正是八月中秋。山脚骄阳似火，却仍有零零星星的江湖中人行色匆匆，直往山上飞奔。自岱宗庙越级而上，经晒经石、斗姆宫、抵中天门，再过“斩云剑”时，泰山虽仍是在烈日下墨翠欲滴，奔行之人却渐渐感到了一丝凉意。好在人人均身负武功倒也并不觉得。方在中天门时，他们便看见南天门上人影幢幢，显是武林中大部分人都已赶在他们前头到了。这些后来之人要么所居之地离泰山太远，要么是收到英雄帖太过迟了，却都巴巴儿地赶了来，人人心头都是一个念头：如此武林盛会，若不得置身其中，岂不是终生憾事！

今日，正是先前举世公认的一代大侠，连月来却大肆荼毒残害江湖同道，早已天责神怨，人人均欲得而诛之的丐帮帮主、千杯不醉胡醉出头相邀，要还天下英雄一个“公道”之日。凡见“英雄帖”之人，俱知“公道”二字后面，实是隐藏着浓浓血光。人人心头犯疑：纵你胡醉有通天彻地之能，莫非还能在泰山绝顶一举聚歼天下英雄不成！倒要看看胡醉那厮何以如此胆大包天，浑不把天下英雄放在眼里。是以尚在旬月之前，便有各路江湖中人或结伴或挂单，携足了饮食之物，陆续上山。眼下这些后来之人，看天色已近午时，早隐约可闻太皇顶上的喧哗之声，却不知此时上面到底发生了些什么，心头都是大急，无奈十八盘似是无穷无尽，眼看南天门伸手可触，却又似永远也赶不到似的，只得凝神提气，闷声赶路。

堪堪走完“紧十八盘”正往“缓十八盘”疾赶时，众人忽视头顶上一暗，正不解之间，早有双脚在他们头顶上轻点两下，正欲惊怒出声喝骂，却见一秃头老翁和一瘦长老妪已飞奔出十数丈外，疾往前奔，遥遥听那老翁传回话来：“事情紧迫，稍后便没热闹可瞧了，天山二怪借路一用，勿怪勿怪。”话音落时，二怪早又飞掠上数十丈远，众人相视一眼，俱是无可奈何地一笑：天下有谁能奈何这对行事歪邪却又功力奇高的活宝，那便算他了得了！便又低头赶路。他们却哪里知道，天山二怪此番来迟，正是怕在山上遇上了布袋和尚，当着天下英豪，大叫三声“师祖”，那岂不是太过难堪，这倒也罢了，数日前二怪便早到了泰安城内，探得确凿讯息：他们的“歪邪门”掌门师父陆小歪和一个貌美如花的小姑娘已结伴上山！光布袋和尚便没什么，他们来了装作没看见，便可免了大叫三声“师祖”之尴尬事，谅那老叫也没办法。但他们对鬼灵子那个鬼师父倒是怕极：鬼才知道那刁钻古怪的陆小歪“陆掌门人”会什么时候突然摸到身侧来了！若依照门规当着天下英豪大叫三声“师父”，他天山二怪两张老脸却是往何处搁去。是以天山二怪一直躲在山脚泰安城内的客栈中，终日心痒难熬，愁容相对，好不容易熬到今日，实在忍耐不住到山顶大饱眼福之诱惑，情急之下，才想出一条在别人看来是盗铃掩耳，在他们却是“甚高甚高”的妙计，大喜之下飞掠出客栈，直往山上急奔。

不料一到泰山脚下，便见前面竟有两乘轿子也自往山上疾奔，二怪陡觉轿中之人定是与他们一般心思，怕与师父师祖朝相，方有乘轿上山之举。二怪顿觉此计大妙，比他们的“妙计”要高出少许，便喝令轿中之人出来，让他们乘了上山。无奈轿中之人死活不愿，待出来时却是少林寺方丈悟明大师和一个头戴瓜皮小帽的圆脸老者。二怪早已火起，邪劲发作，哪管你方丈不方丈，顿时大打出手。殊不料那圆脸老者一副生意人模样，手下却也毫不含糊，双方都似是一般心思，急欲赶往山上，是故一出手便各施平生绝技，堪堪打了个平手。天山二怪打得性起，一味死缠烂磨，不时点翻一个前来帮少林方丈和那圆脸汉子的、武功也颇为不俗的轿夫，待八名轿夫全被点翻之后，已然过去了两个时辰。悟明大师看看天色，运足全力一掌逼退梅依玲，长叹一声，道："罢了罢了，你天山二怪为何要甘充任空行那老魔的爪牙？！"阳真子听得大奇，也运全力一掌逼开那圆脸汉子，道："老和尚你说什么，我天山二怪几时又甘充任空行那魔头的爪牙了？你如此小看我天山二怪，来来来，我牧羊童陪你练他个三百六十招！"言罢一掌拍出，掌力煞是惊人，悟明大师闪身避过，却并不还招，合十道："二位既非任空行那魔头所遣，何故又死死缠住贫衲和卢施主不放？"阳真子理直气壮地道："我天山二怪何等德高位尊，岂能让许多江湖小辈看见我和依玲的真实面容，此番只想向你们借两乘轿子用用，却又怪你这和尚和那位姓卢的小气，竟是舍不得。那也好，咱们便重新打过，赢了的便乘轿上山，输了的自己走路，你们服是不服？！"悟明叹道："二位施主内力深湛，贫衲服佩之至，只是二位施主若再……再纠缠，只怕山上的胡大侠当即便要没命了，唉！"二怪闻言大吃一惊，齐声道："果真有此事么了！"竟不等悟明答话，转头便朝山上疾奔。

悟明见状苦笑一声，连道了数声"阿弥陀佛"才黯然道："一切自有天数，既是天意如此，卢施主，天意难违，咱们便只全力施为罢了。"那圆脸汉子点点头，面色煞是惨然。二人运力替八名轿夫解穴，不料天山二怪点穴手法独特，竟又费了二人小半个时辰工夫，那些轿夫才一个个悠然转醒。一看天色，八人惊叫出声，连忙四人一轿，扛了悟明大师和姓卢的圆脸汉子便往山上疾行。天山二怪一口气奔到南天门，把门传讯的丐帮弟子见他二人年纪甚高，功力也极是了得，便恭恭敬敬地道："敢问二位前辈高姓大名？小的可好传报。"牧羊童阳真子急忙道："我天山二怪的高姓大名，那是千万传报不得的，这一节你须记牢了！"天山二怪邪名甚着，那叫花自是久闻了的，今日不知他二人在闹何玄虚，是故只淡淡一笑，道："既是天山二位前辈如此吩咐，小的不传报也就是了。”二怪一齐点头。牧羊女梅依玲道：“你这小叫花还算知书达礼。”牧羊童一愣，不知那叫花所言所行与“知书达礼”四字有何关联，正欲问个明白，便听梅依玲“咦”了一声，又道：“怎的人这般多法？！”阳真子依言望去，但见从南天门至太皇顶，一路上塞满了人，只有丐帮弟子护住一条窄窄的通道，果然是人山人海，只怕有万人之多。那守门传讯的叫花道：“今日本帮盛会，三山五岳的朋友们都是来了的。”二怪也不睬他，径直往玉皇顶赶去。路上有叫花盘问，二怪只说：“我天山二怪之高姓大名，那是万万不能传报的。”他二人辈分甚高，足可名列观礼贵宾，叫花们只是一笑，便放他们通行。

赶至太皇绝顶，二怪不敢大声张扬，只悄悄摸到一干叫花之后，阳真子也不待细观，便掰过一个叫花肩头，急问道：“胡醉死了没有？！”那叫花肩头被他一按，直疼得骨头碎了一般，更听他如此见问，自是气不打一处来，只“哼”了一声，并不作答。阳真子怒道：“我天山二怪问你话，便算是你幸运了，还哼什么哼？！”未等那叫花出声，便听梅依玲道：“胡醉没有死。”“当真么？”阳真子大喜之下，便放开了那叫花，道：“老和尚原来是骗人！”举目望去，但见东南西三面，都为丐帮弟子占据，虽净衣污衣混杂，一共分成六路就座，每路均有四五百之众，共三千人之多，显得倒是井然有序，只北面留给了前来“观礼”的诸路英雄，为首的正是江湖浪子童超、武当灭性道长、峨眉绝因师太、崆峒掌门焦石子。他们身后，骇然有江湖各帮各派头面人物千人之众。胡醉正被围在当中，面前一张桌上摆着十七八个大碗，旁边有十数只酒坛，其中三只早已酒干倒立，胡醉兀自大碗大碗的喝酒，恍若老僧入定一般，对旁边正不停说话的另一条瘦高汉子理也不理。

二怪本是来大饱眼福的，也不听那瘦高汉子啰唆，只细看众人颜色。只看得一会儿，阳真子便连道：“古怪古怪。”梅依玲道：“老不死的觉出什么古怪了？”阳真子道：“灭性老道身旁立着两个小老道，那是不足为奇，童超旁边跟着一个青衫汉子，却也不算什么。”梅依玲道：“那便是了，偏你老不死的何来古怪之言？”阳真子道：“绝因老尼身旁有个尼姑也罢了，怎的还有一个小叫花，那不是古怪得紧么？”梅依玲道：“那是个小姑娘。”阳真子道：“是小叫花不说，还是个小姑娘叫花，莫非丐帮大有女弟子，竟拜在峨眉门下了么？”见梅依玲不理不睬，又自顾道：“焦石子那老儿，又何来这般胆子，竟敢带了本门三个弟子上山，这岂不与胡醉的英雄帖有所冲撞么？依我看呀，那三人武功稀松平常，特别是那个苦着脸的瘦精老儿，大概是不能下山的了。”梅依玲道：“他能不能下山管咱们屁事！喂，老不死的你倒看看，布袋和尚那老叫花和陆小歪那个……小叫花师父怎的不见？”阳真子喜道：“那不是正好中了咱们之……”“意”字尚未出口，便觉身后有一人嬉笑道：“两位老徒儿，别来无恙乎？本掌门师父已到多时了。”

八十三

天山二怪闻言大惊，连忙从怀中掏出一块黑布来蒙在眼睛上，齐声道：“我们可没看……看见你！”却说鬼灵子带着瞿腊娜，四日前便到了泰安。天下各路英豪均早先后在此会聚，三五相约上山。但更多的，却是丐帮子弟。泰安古城一下陡增这数千叫花，倒是亘古至今从未有过的事。鬼灵子没费多大周折，便点倒了两名丐帮三袋弟子，剥了人家衣服换上。他自己做惯了叫花，倒是货实价真，只苦了个娇滴滴的瞿腊娜，对着身上那又脏又臭的叫花衣大皱眉头，待要将面上抹黑抹脏之时，更是大为不肯，鬼灵子只好胡说八道一通，道是山上各路英豪中，似玉蝴蝶那类采花大盗多得不可计数，瞿腊娜心头一骇才老大不愿地把一张粉面涂得有若画板。二人打扮停当，三日前便已上山。凭着鬼灵子的机灵乖巧，三日中没费多大劲儿，便早摸清丐帮内情，心中不由暗惊。丐帮六大分舵中，只有川陕、洛阳两分舵拥戴胡醉，其余江南、胶东、豫皖和晋鲁四分舵，竟全被铁镜所控。三千丐帮弟子，倒有两千多拥铁倒胡。其余江湖英豪，五成中有四成是来看热闹，另有一成，如快拳唐维义和“神剑十三弟”之类，却是口口声声为着诛灭胡贼、为武林同道除害而来！鬼灵子找到川陕分舵舵主李仁杰，自报了身份，李仁杰最是敬佩本帮巡察长老，爱屋及乌，自是对布袋和尚这徒儿赞赏有加，将自己所知，悉数告诉了他。鬼灵子大喜过望，那些残害江湖同道之事既不是胡醉干的，事情就决不至于太糟。而洛阳分舵舵主郑雄烈，早在五年前便已神秘失踪，代领舵主之职的副舵主宇文虎，乃一赳赳大汉，虽也对姚长老的徒儿大为推崇，鬼灵子问来问去，却只得到他一句话：“陆老弟但请放心，此番铁镜那厮绝讨不了好去！”细问详情，宇文虎只说“到时便知”。

转瞬便到这中秋之日，铁镜一大早不知从何处摸出来，会尽各路英豪，且将丐帮数千弟子调集得井然有序。鬼灵子虽恨他过于阴损歹毒，却也不得不佩服这厮颇有手段，只和瞿腊娜暗暗地混在丐帮川陕分舵弟子中坐了，心思今日我鬼灵子陆小歪若不给你铁镜弄些难堪，便枉称堂堂的“歪邪门”开山掌门了！待到李仁杰令本舵弟子在空场中央置上酒桌诸物时，铁镜问明就里，竟也不加阻拦，只微皱眉头而已。不多时，胡醉有若神兵天降，数千人几万只眼睛，竟无一人看清他从何而来，只觉眼睛一花，身着黑色劲装的千杯不醉早坐在桌前自顾饮酒，更不多言。丐帮川陕、洛阳两分舵弟子哄然叫好，李仁杰和宇文虎上去行了参见帮主之礼，胡醉点点头，道了声“亏李舵主购得好酒”。铁镜也上去抱拳见过，胡醉却浑若未见一般，铁镜竟也不觉尴尬，只哈哈一笑而已。胡醉这般连招呼也不打一个，早使天下英雄怒气顿生，便有人道：“名扬四海的千杯不醉身手当真了得，只是……哈哈！”有人接口道：“若无此等手段，也断不能连毙十余名少林弟子，又盗走武当《太极剑谱》和真武神剑了。”“听说峨眉派俗家大弟子杨留虹女侠，便是被他活活凌辱至死，不知老哥可曾有所耳闻么？”“此事嘛，在下也是有耳闻的，只怕玉蝴蝶那色魔的手段，也还跟人家相差着老大一截呢！”“哈哈……”众人附和大笑，丐帮川陕、洛阳二分舵弟子，早是按捺不住，一齐开口叫骂！叫花子走街串巷，自是对市井俚语独有心得，那叫骂之辞，甚是不堪入耳，但鬼灵子却一字也没听进去！

只因瞿腊娜陡闻大师姐惨讯，只觉浑身发软，脑袋“轰”地一涨，双眼发黑，竟昏了过去。鬼灵子惊骇之下，连忙出手施救。好在身周叫花都正忙着与人对骂，并未多注意他俩举动有异。良久，瞿腊娜悠然转醒，身在鬼灵子臂中，两行清泪却已潸然滚落，对四周一片哄然叫骂，竟似浑无知觉，只愣愣看着鬼灵子，似是突然呆了一般。鬼灵子心头一酸，轻声道："贵派中真有个姓杨名留虹的师姐？"瞿腊娜茫然点头。鬼灵子恻然道："那些狗嘴里，绝吐不出象牙来，瞿姑娘不要相信，稍后若令师绝因师太法驾光临，一切自有计较。"瞿腊娜仍只茫然点头。便听铁镜道："众位英雄和本帮弟子都请静一静，铁某有话要说。"他以内家真力将话逼出，虽不甚高亢，上万正大声叫骂的武林中人却俱是听得字字清晰，这份功力，也当真是非同小可了。铁镜身为丐帮副帮主，今日丐帮是东道，他既如此说话，众人渐渐收住语声，丐帮弟子见无人对骂，也自停了下来，少顷便静了下来。

铁镜正欲开口说话，却有人躲在众人中道："铁副帮主的功夫，可当真俊得很呐，却不知与胡醉相比如何？"铁镜哈哈一笑，抱拳道："这位兄台说笑了，铁某与胡帮主的盖世神功怎能同日而语？在下这点儿微末道行，如果以少林武当那领袖武林的博大武学相比，那更是贻笑大方了。"众人一愣，以为先前发话之人竟是少林武当弟子，随即却又恍然大悟：他这般说，自是将武当少林蒙辱遭难之责，一齐推到胡醉身上去了。胡醉一直闷声喝酒，此时却突然双眼精光暴炽，只看了铁镜一眼，转瞬却又精光尽敛，只顾自斟自饮，浑若身周无人一般。众英豪见胡醉浑不把天下英雄看在眼里，怒气更甚，渐渐竟直呼胡醉之名，出语也越来越刻薄。有人道："铁副帮主，生生肢解活人，贵帮这套神功却是叫何名目呀？"铁镜长叹一声，道："兄台见笑了，敝帮上下均视此为奇耻大辱。好在崆峒掌门焦石子焦兄稍后即到，我丐帮虽乃天下第一大帮，却也不敢仗势欺人，总会还天下英雄一个公道的。"又有人道："胡醉乃贵帮帮主，今日之事，为何不由他来主持，倒把一切都推给了你这个做副帮主的？""人家忙也忙死了，今日要上少林，明日要去武当，再后日呢，人家又要到峨眉，眼下这等区区小事，自然要请铁副帮主照应了，哈哈！""咦？人家此时不正在好整以暇地自斟自饮么，难道兄台没长眼睛？""这眼睛嘛，此时虽还长着，若是哪位大侠突然看中了，难说便像焦砾子焦老前辈一般，转瞬便又没了，是以在下正在习练无眼观天之法。”“……”铁镜审时度势，平缓得体地一一应对，却字字含沙射影，胡醉却总当听而不闻一般。瞿腊娜却每到有人提起峨眉派俗家大弟子杨留虹惨遭凌辱之事，便即刻昏迷，直把小鬼灵子忙得气喘吁吁，铁镜说十句话，鬼灵子倒连三句也没听见，李仁杰和宇文虎，只是阴沉着脸，自始至终一言不发。

渐渐的群情激愤，十句言语当中，倒有九句或指桑骂槐或直截了当，都在大骂胡醉了。铁镜心中大感得意，面上却始终摆出一副愧对天下英雄之状，便有人道：“铁副帮主，依在下看，你‘帮主’前面的那个‘副’字，干脆不要它也就是了。”铁镜故作惶然状，正欲说话，便听数十名传讯叫花一齐高声道：“武当灭性掌教、峨眉绝因掌门、鹰爪门童超掌门、崆峒派焦石子焦掌门及本帮巡察长老携各门派弟子到！”铁镜连忙越步相迎。胡醉也放了酒碗，看向众人来处。少顷，灭性道长、绝因师太、江湖浪子童超、布袋和尚姚鹏、五丁开山焦石子和武当清云清风、峨眉逸静、青衣秀士许聪以及寒江独钓霍泉等人，一律沉着脸飘然而至。众人只冷冷地与铁镜打个招呼，一齐走到胡醉面前不到十丈远的地方站定，淡淡地看着他。玉皇顶上，突然鸦雀无声，数千双眼睛，只呆呆盯着场中诸人。胡醉淡然一笑，连斟了十来碗酒。平端一碗齐颈，静静看着童超等人。

八十四

众人微一愣神，忽见一个叫花飞跑到绝因师太面前跪下，道：“师父，逸静师姐，大师姐她……她……”小叫花对绝因师太跪倒便拜，这已算是离奇，那个叫花出语有若婉转莺啼，却又是奇上加奇了。别说众英豪惑然，便是绝因师太和她旁的逸静，也是微微一怔，才发觉这个叫花正是本派小师妹瞿腊娜。

连忙将她扶起，却见她身着褴褛不堪的叫花衣，腰间还俨然负着两个袋子，脸上的泥污被泪水冲得横七竖八。饶是绝因师太此时正愤气填胸，也忍不住哑然失笑道："腊娜，你怎的这身打扮！"翟腊娜一愣，道："回禀师父，陆小歪他说我长得太……太好看，这山上像玉蝴蝶那样的采花大盗又多如牛毛，所以他点翻了两个丐帮二袋弟子，剥了他们衣衫我们一人就套了一件……"她的话音未落，早逗得无数群豪哄然大笑，更有人道："陆小歪是谁，怎的这般胡说八道骗人家小姑娘，这山上哪儿又是采花大盗多如牛毛了！哈哈……"绝因师太老脸一红，道："腊娜，休要再多说了。"翟腊娜道："是，师父。其实这衣衫又脏又臭，弟子也是极不喜欢，若师父也不喜欢，弟子这便将它脱了就是。"群豪又是一阵哄然大笑，翟腊娜不明所以，抬眼看看群豪，又回头看师父，见师父也正哭笑不得地看着自己，更是惑然，便转头看逸静。逸静强忍住笑，拉过翟腊娜到身旁，道："师妹，你把这破衣衫脱了。"翟腊娜依言将那叫花衣脱了，却"咦"了一声。逸静正给她解下发髻，听师妹如此出声，也自奇怪，道："师妹，怎么啦？"翟腊娜道："陆小歪怎的不来见他师父？"转头又朝鬼灵子那边叫道："喂！陆小歪，你怎不来见过你师父？还有这破衣衫，你可要拿到客栈里去还给了那两个小叫花。"一语未了，满山遍野又是一片哄然大笑之声，绝因师太把脸一板，道："腊娜，休要再多言！"翟腊娜连忙垂手道："是！师父！"随即心中一惊，失声道："师父，大师姐她当真……当真……"绝因师太也是面陡含霜，凄然地点点头。翟腊娜"哇"的一声，竟当着天下数千英雄之面大哭出声。逸静一惊，连忙把她搂到怀里，低声劝慰。她这一哭，倒没一人笑得出来。人人都知峨眉派这个弟子天真烂漫，煞是可爱，当下心里俱觉恻然。

绝因师太当的转向胡醉，厉声道："胡醉！在下等讨公道来了！你还有何话要说？！"胡醉依旧双手平端酒碗齐劲，朗声道："绝因师太，大丈夫行事敢作敢为，今日既是与在下讨公道，我胡醉自会还天下英雄一个公道。只是……"铁镜连忙道："是呀，绝因师太，胡帮主既如此说，自会有个交代的，还望师太少安毋躁。"胡醉陡然暴喝道："铁镜！有本帮主在此，还不配你来啰唆！”吼罢直瞪着铁镜，不怒而威，一副凛然不可侵犯的豪气，竟弄得个堂堂丐帮副帮主讪讪不得作声。便见布袋和尚姚鹏噔噔噔走到胡醉面前，端起一碗酒，也是齐颈手执，静静看着胡醉。胡醉一口把酒喝干，将碗扔在地上。布袋和尚也是一口干了，突然仰天哈哈大笑，又回到灭性道长身旁。稍后，江湖浪子童超也慢慢走到胡醉面前，一言不发地看着他，然后抄起一碗酒，一干而尽，还是一言不发，回到布袋和尚身侧。之后灭性道长、绝因师太也是与江湖浪子一般。胡醉一连干了四碗，加上先前独自喝的两坛，只怕在三十斤以上了，却浑若无事，天下英豪见他如此豪饮，尽皆骇然。崆峒派掌门却未过去饮那碗酒，只阴沉着脸对身旁的寒江独钓霍泉道："霍当家的，你看清了，是不是他？”霍泉从一开始就紧紧盯着胡醉，见他始终威严板面，却不是那个生生技解焦砾子之人又是谁？！当下便道："是！是他！”童超姚鹏等人闻言都是心头狂震。胡醉突然哈哈大笑，笑罢道："你看清楚了，当真是我胡醉么？！”他这一笑，霍泉只觉与当日肢解焦砾子的那个胡醉略微有异，但到底何处不同，又说不上来，一时竟支支吾吾的作声不得。

铁镜却冷冷地道："胡帮主，这寒江独钓霍泉只是长江面上的一个小角色，你如此威吓于他，只怕天下英雄都有些看不顺眼，倒没来由的辱了本帮声誉。”他这一语既出，顿有丐帮江南、波东、豫皖、晋鲁四分舵属下二千余名帮子高声附和。胡醉面不改色，待众人声息之后，才淡淡道："这倒是怪事，你怎的知道他叫寒江独钓霍泉？又怎知道人家是长江面上一个小角色？哼！至于本帮声誉，当日在武帝宫就被人辱得够可以的了，堂堂天下第一大帮，竟成了别人手里的一杆枪，那便没辱及本帮声誉么？”铁镜一时语塞，喃喃道："东方老贼阴狠歹毒，铁某其时心性迷失……”"心性迷失？哼！”胡醉道："就算你被东方圣迷失了心性，不是胡某托大，当今天下能解得那迷药的，只有敝师姐毒手观音、千佛手在空行那魔头三人而已，想必你是被任老魔解救的了？”"胡说！”铁镜怒道："任空行那老魔早死了半年多，与在下又有何关联了！你胡醉休要强词夺理，就算铁某与你势不两立，那也是本帮中事，咱们稍后自会以帮规裁处，只是你做下这诸般灭绝人性之事，只怕本帮纵想饶你活命，天下英雄也饶你不得了！”“很好，很好！”胡醉道，“你总算承认当日在武帝宫前心性并未迷失了。”“是又怎样？”“不怎样，胡某为查证东方老贼奸媒，隐身江湖多年，本帮事务托你代管，你既心生排我之心，那也不算情理之外之事。我这帮主，也是做得极不像样，此事咱们便照阁下所言，稍后以帮规裁处。但你自言与任空行那老魔并无丝毫关联，只怕言有不实吧？”未等铁镜开口，胡醉突然大笑一声，道：“任空行！你怎的还未被江湖浪子一掌打死？还有金一氓，你们两小老贼怎么越来越不成器，竟投到本帮中来了么！”话音刚落，众人正深觉诧异间，便闻两声长笑自丐帮江南、胶东分舵中传来，随即丐帮弟子只觉头上暗得一暗，早有两条人影飞越到当中空地，却不正是千佛手任空行和玉蝴蝶金一氓两大魔头是谁！

众群豪大觉诧异，一齐“咦”了一声。任空行早抱拳道：“老夫大难不死，倒是天数，此番和金兄只为看热闹而来，倒不想打架，是故混在丐帮弟子中，倒让胡大侠见笑了。”胡醉道：“岂敢！岂敢！任当家的深谋远虑，雄才大略，胡某是敬佩得很的。”任空行干笑道：“好说好说！今日是胡大侠约请天下英雄至此，其间还有要事，老夫和金兄这便作壁上观为妙。哈哈，哈哈。”言罢退至一侧。铁镜见胡醉虽言辞锋利，却不时查看天色，虽不知他在等何人，但也怕迟则有变，当下便道：“胡醉，纵然你花言巧语，公道却自在人心，你是先还天下英雄公道呢，还是咱们先了结帮中事务？！”胡醉却不应声，径自走到桌旁坐下，端起一碗酒来，刚饮得数口，便见布袋和尚姚鹏面色微变，少顷便到本帮川陕分舵前坐了，恍如老僧入定一般。江湖浪子等人均觉诧异，看看胡醉，又看看布袋和尚，正自大惑不解之时，便听寒江独钓霍泉有如蚊蝇叫声一般，嗫嚅道：“这个胡醉和……和残害焦砾子前辈的那个有点……有点儿不一样。”

八十五

天山二怪刚一将黑布罩在脸上，便有掌风当着顶门击下，百忙中伸手一挡，那掌风陡然失踪，手中黑布条，自然双双落在地上。定睛看时，却见鬼灵子正似笑非笑地看着他们，方才那一掌，自也是他诱使二怪上当的虚招了。天山二怪大惊之下，竟愣愣地看着鬼灵子作声不得。鬼灵子嬉笑道："这下两个徒儿可看见为师了吧？"阳真子嗫嚅道："看嘛，是……那个看……看见了的，只是……""只是嘛，"鬼灵子道，"为师也知道二位徒儿最喜瞧热闹，今日泰山英雄大会，当真是百年难遇，两位徒儿嘛，是不能不来瞧上一眼的，是也不是？"阳真子连忙道："是，是，师父，那再是也没有啦。"他不知不觉之间，竟叫了一声师父。鬼灵子心头暗笑，面上却忽然变得一本正经，道："虽说咱们歪邪门行事与天下各门各派大不相同，但如果当着这天下各路英雄之面，二位徒儿大叫我三声师父，虽是言出肺腑，实为喜极而呼，但在那些坐井观天之辈听来，却未免太过惊世骇俗，是也不是？"这回连梅依玲也一起道："师父，确确实实是这样！"鬼灵子道："所以咱们的第五条门规，今日只怕得——"故意收住话头不说。阳真子听他语调中大有缓和余地，大喜之下，只觉这师父是整个天下最为通情达理的了，连忙道："师父，师父，你今日无论如何得把这条门规改上一改。"鬼灵子故作沉吟未决之状，梅依玲连忙也道："师父，老不死……师兄的话大有道理！"鬼灵子道："好吧，既是二位徒儿都这么说，虽然本门才创门立派不久，擅改门规，大是不妥，但本门行事本就莫测高深，端的与众不同，只要二位徒儿听为师的话，这条门规嘛，为师今天便要免他一免了。"二怪大喜，连忙道："多谢师父。师父叫咱们去打谁，咱们便去打谁，连眉头也不皱一下！"鬼灵子道："好，为师眼下也不让你们去打架，只是稍后你们站起来，靠拢一些，将为师拦在身后，为师要你们讲什么，你们便讲什么，声音越大越好，二位徒儿看可使得么？"天山二怪连声道："使得，使得！"鬼灵子道："好，你们这便站了起来。"二怪不等他语音落地，早腾地站起，阳真子已爆笑出声。

铁镜陡见两个奇貌老者突然站起，那老妪一立起来便高出寻常之辈一头。而那奇矮滚圆的虬髯老翁，开口一笑便震得人耳轰然生疼，内力煞是惊人，不禁愣了一愣。方才铁镜见胡醉和布袋和尚一个嘴唇合动，却不出声，一个恍若老僧入定，先前还像江湖浪子及众人一样惊惑不解，少顷便缓过神来，暗道不妙，胡醉这厮知今日公道难逃，是以用传音入密之功，传授“打狗棒法”于姚鹏那老叫花。这个大大的不妙！原来“打狗棒法”和“降龙十八掌”，历来是丐帮两大镇派之宝，并无秘籍所载，只有历任帮主代代口授相传。“降龙十八掌”倒偶尔可传外人，那“打狗棒法”却历来秘而不宣，普天之下便只有丐帮帮主一人独会。眼下胡醉临阵相授，其中含意自是不言而明。铁镜果不愧为一代枭雄，他这一猜，竟猜了个正着。只因胡醉眼见时光飞逝，而自己所等之人仍不见踪影，心头不禁大急，今日酿成这等情况，自己这帮主是再也不能做了，但这职位也决不能让铁镜得了去，是故对铁镜的咄咄逼人之语听若未闻，端起一碗酒，以传音入密之功对布袋和尚姚鹏道：“老叫花，所有那些事决无一桩是胡醉所为，铁镜那厮处心积虑加害于我，除觊觎这帮主之位外，大约还受了任老魔指使。眼下你若还相信胡醉的话，便什么也不要说，赶快到本帮川陕分舵前坐好，李舵主他们自会替你护法，我这便将‘打狗棒法’传授于你。”布袋和尚正欲推辞不就，便听胡醉又道：“老叫花，就算是我胡醉求你，本帮在江湖中的声望势力，你身为长老，自也是知晓的，莫非你愿意让铁镜那厮得了帮主之位，凭借丐帮荼毒江湖同道么？无论于私于公，我胡醉都求你了！”布袋和尚更不搭话，几步跨到川陕分舵之前盘膝而坐，屏息静气，强记“打狗棒法”。

铁镜则在心底暗骂了一声，当下便旧话重提，列数胡醉诸般惨无人道之大罪，将天下各路英豪的仇怨，又渐渐迁移到胡醉身上。正得意间，正欲传本帮执法长老宣布胡醉所犯帮规以及该当何罪，天山二怪跳了出来。铁镜只愣得一愣，便认出了这两个最令人头疼的老怪物，当下眉头微皱，只得抱拳道：“原来是天山二位前辈到了，敝人未能相迎，还请恕罪。”天山二怪却不理他，待阳真子大笑声息，梅依玲早道：“老不死的又有什么事觉得好笑了？”阳真子道："我老不死的想了这半天，怎么也想不起天下竟有哪一位英雄这般能说会道，方才猛然想起，此人不正是当日在武帝宫门前与咱们有一面之缘的丐帮副帮主铁镜铁大侠么？我老不死的一想通此节，便就此喜极而笑了。"梅依玲道："后生晚辈中英才辈出，这倒是可喜可贺之事，便算你老不死的笑得有理罢了。只是你叫铁副帮主叫铁大侠，那却有些不妥。"阳真子道："丐帮数千弟子，三成倒有两成追随于铁副帮主之后，依玲你倒想想，当今天下可还有哪一门哪一派有此势力么？铁副帮主雄才大略，自可当得起'大侠'二字了，依玲你倒说我老不死的话有何处不妥？""副帮主之上还有帮主，若叫帮主大侠，副帮主便只能叫二侠。你既叫副帮主大侠，那帮主岂不成了'大大侠'么？你倒说说，天下哪有'大大侠'这么个叫法？""这依玲你就错啦，胡醉的帮主之位眼看是做不成了，副帮主转眼便要将那'副'字去掉了，我老不死的见机得快，先叫铁副帮主一声大侠，那也是有据前祝贺之意。""但却不免也有了提前拍马屁之嫌！哼！我天山二怪何等德高位尊，老不死的却丢得起这个脸么？""俗话说好汉不吃眼前亏，纵是江天下英雄小看我们天山二怪，今日这马屁，说不得是要拍他一拍的了，哈哈！"他二人如演双簧，你一言我一语的只顾自己说话，铁镜面色越来越难看，各路英豪则有的喝彩有的跺脚，一片杀气腾腾的氛围，转瞬间便被二怪一席话变成了热闹哄哄。

此时听梅依玲愣得一愣，铁镜连忙喝道："天山二怪，铁某念你们远来为宾，更深知你们二怪为人，也不计较你们出言无状，却不要再胡说八道了！"阳真子道："咦咦咦，铁大侠既深知我天山二怪为人，便自也知晓我们说话从来比大和尚们还不打诳语，怎的又出言无状了？更何况我们后面的话还没说，你又怎知我们定要胡说八道呢？如果我们胡说七道或者九道那就不成么了！"铁镜脸色铁青，暴喝道："住口！""住口？这倒奇了。"阳真子道，"你又不是东方圣，我们为什么要听你的？更何况我天山二怪巴巴儿地从老远赶来，便是要为你铁大侠捧场，你既如此谦逊，我们更是不能住口啦。有些难免有丁点儿拍马屁之嫌的话，却是如鲠在喉，不吐不快。"铁镜冷哼了一声。

梅依玲道："老不死的，你没看见人家铁大侠有些不高兴了么？要拍马屁你就快些，省得待会儿拍在马蹄上。”阳真子道：“铁大侠，对你的武功为人，我天山二怪是早已久仰了的。”梅依玲道：“咱们久仰铁大侠什么？”阳真子道：“至少有两点咱们就不得不久仰，一是心细，二是胆大！”“老不死的你倒是把话说明一点，什么心细啦胆大啦是何意思，莫非今日到泰山这以万计数的各路天下英豪中，便没有胆大心细之人么？”“这种人嘛，自然是有的，像咱们师父便算一个……”众人“咦”了一声，铁镜也是心头一凛。这天山二怪成名在五六十年之前，此时只怕早年逾八旬了，他们的师父，岂不是该有百龄之外了么？二怪行事虽邪，一身修为却端的不可小视，他们的师父，便该是武功绝世的前辈高人了！但天下英雄从不知天山二怪还有师父，是以惊咦出声，而铁镜心思今日既有他们那有若神龙见首不见尾的师父在此，倒是不可轻易得罪了他们，当下心头一凛，也不出声。

整个泰山顶上，恐怕只有峨眉派中师妹瞿腊娜一个人不感惊奇的了，她见师父绝因师太也是面色微变，便连忙低声道：“师父，他们的师父便是与弟子一起上山的陆小歪。”绝因师太一惊，心道你陆小歪总也算前辈高人，怎的胡说八道吓唬腊娜一个小姑娘家。随即又想，有其师必有其徒，天山二怪如此，他们的师父也可推想而之了。当下心头释然，只对瞿腊娜“嗯”了一声。却听牧羊童阳真子又道：“不过纵是咱们师父，论起心细胆大来，只怕与铁大侠相比也略有不及。”梅依玲佯怒道：“放屁！你敢辱及咱们掌门师尊他老人家，待会儿我定要叫师父打你老大耳刮子！”阳真子道：“师父他老人家是讲道理的人，定不会责怪于我，只因我这般说是有道理的。”“哼！！”“你想，当日在武帝宫对付东方圣那场大混战中，师父他老人家作壁上观，居然也没留意到从胡醉身上掉下来的那枚小小的花押印章，偏偏铁大侠便注意到了，并且神不知鬼不觉地捡了去，今日便派上了大用场，召了这么多人到泰山顶来，哼，师父他老人家每与我提起此事，对铁大侠的心细也是赞叹不绝的。”他这一番话一出口，人人都是骇然色变。童超、绝因师太、灭性子诸人对视了一眼，均觉此事太过蹊跷。天山二怪向来言语纠缠不清，今日怎的口齿如此利落，定是有前辈高人暗中指点，这位前辈大约对个中情由了解甚多，难说便是天山二怪的师父也未可知。当下便不作声，只等二怪再说下去。

八十六

铁镜和任空行等人也是大吃一惊，虽那枚花押印章并非铁镜所捡，却的确是任空行在当日武帝宫的混战中所得。太阳叟东方圣功参天地，天山二怪的师父却能在武帝宫中作壁上观，那功力，岂不太过匪夷所思了。众英豪则均心头暗道：如果阳真子所言属实，那这浑不把天下英雄放在眼里的“英雄帖”便不是胡醉所写的了，其中莫非……他们哪里知道，鬼灵子从李仁杰处得知胡醉花押失落之事，胡乱猜想，便派到了铁镜头上。天山二怪的一番言语，自然也是鬼灵子所说，只不过是借了两张嘴巴而已。便听梅依玲道：“那胆大呢？”阳真子道：“你想昔日千面狐智桐何等乖巧难缠，胡醉武功又如何高强，但铁大侠偏生敢从千面狐那里偷了张人皮面具，又戴着它冒充胡醉胡乱杀人，这不是胆大得可以么，纵是咱们师父，只怕也……”陡闻铁镜暴喝一声：“那小杂种，你给老子滚出来！”却是他早觉此事异，便即留心细观，鬼灵子稍不注意，便被他瞧出端倪来，因而暴喝一声，打断了阳真子的话头。

众人正诧异间，忽见一个身负二袋的小叫花从天山二怪之后笑嘻嘻地转了出来。只见他手脚麻利地除去身上所负二袋，对铁镜道：“大杂种是叫我么？”铁镜怒极，喝道：“老子便是叫你小杂种！”“很好！很好！”鬼灵子道，“你总算承认自己是大杂种了，大杂种是否因为行径败露，才这不顾身份地口吐脏言呢？”铁镜顿时气得说不出话，任空行见状右手轻扬，一枚蚊唇钉早打向鬼灵子，天山二怪何等样人，陡闻有细微的破空之声传来，双双大袖一挥，早把那蚊唇钉卷得不知去向，二怪今日在天下众英雄面前出尽了风头，自是满心欢喜，觉得这小鬼师父果然不错，又见铁镜气得说不出话，便以为这暗器定是为他所发，当下便双双道：“师父，要不要我们去打铁镜那突施暗算的大杂种一顿出气？”他们这声师父一出口，众人顿即哑然无声，数千双眼睛，一齐刷刷地射向鬼灵子。却见鬼灵子一挥手，大咧咧地道：“罢了，咱们大人不记小人过，两位徒儿要打架，待会儿自有你们打的。为师方才之所以口出脏言，实是因为铁副帮主骂人在先，为师才不得不然耳。眼下本掌门却不许二位徒儿再说那‘大杂种’三字，否则岂不让天下英雄笑我‘歪邪门’出言不逊。是也不是？”天山二怪齐声道：“是，再是也没有啦。”

绝因师太“咦”了一声，看着瞿腊娜。瞿腊娜道：“师父，他就是陆小歪。”众人均觉诧异，这天山二怪的师父听口音像是个少年，莫非他已功至化境，返老还童了么？这种神功在江湖上虽久有传闻，却没人亲眼得见，此番算开了眼界了。便听鬼灵子道：“瞿姑娘好眼力，竟认出我老人家来了。”瞿腊娜“哧”地一笑，道：“哼！什么老人家，陆小歪你别给我装模作样了！”鬼灵子正讪讪地不知该说什么，便听阳真子大声道：“师父，这小姑娘可是咱们师母么？怎么她才一句话你就被呛住了！”阳真子常被梅依玲一语呛住，是故有如此说话。他话一出口，众人早哄笑出声，连一直板着脸的灭性道长和焦石子等人，也不禁相顾莞尔。瞿腊娜早羞了个大红脸，“呸”了一声，直往师父绝因师太怀里钻。鬼灵子却连忙道：“徒儿休要胡说八道！”阳真子应了声“是”，心头大是不解，也不知他咕哝了句什么。

忽听胡醉道：“这位陆兄……”众人见一直闷声不响的胡醉突然开口说话，俱是愣了一愣，一齐看向他，却见他此时恰如大梦初醒，正笑吟吟地看着陆小歪，原来他已将一套“打狗棒法”三十六招尽数授完，布袋和尚却依然有如老僧入定。鬼灵子听他叫自己“陆兄”，连忙道：“胡大侠，在下行不改名坐不改姓，首任‘歪邪门’掌门鬼灵子陆小歪便是，倒让胡大侠见……”“笑了”二字未出，猛听胡醉一声暴喝：“当心！”鬼灵子一个侧身，天山二怪则双双大袖齐挥，只听噼噼啪啪几声轻响之后，早有七八名丐帮弟子惨呼一声，转瞬便倒地身亡。胡醉高声道：“任老贼！咱们这笔账怎么算法？！”众人正不知那歹毒暗器从何而来，此时听胡醉喝破，俱对任空行怒目而视，却见任空行哈哈一笑，道：“好说！那个叫花指使两个老邪物信口雌黄，当真留他不得，老夫与他的账，自会和姚鹏老叫花他师徒俩算。至于胡大侠与天下英雄的账，此时也该有个算法了吧？哈哈！哈哈！”铁镜也道：“胡醉，咱们旧话重提，你是要以帮规先算本帮中你我之账呢，还是先还天下英雄公道？”胡醉道：“胡某何德何能，这帮主之职，定是要由本帮中德高望重之人来担当的了，幸好胡某并未坏了列祖列宗所传的规矩，方才已将一套‘打狗棒法’传给了本帮巡察长老布袋和尚姚鹏。姚长老武功盖世，侠名满天下，担当本帮帮主之职，确实再合适也没有的了，哈哈！哈哈！”铁镜竟面不改色，只缓缓道：“姚长老果是胜任本帮帮主一职，但阁下说没坏列祖列宗规矩，那倒也不见得，本帮帮规之中，可有滥杀无辜、残害同道而不受制裁这一条么，哈哈！”突然暴喝一声：“本帮执法长老何在？！”丐帮胶东分舵舵主郑士武凛然站起，正欲出声，便听南天门遥遥传来丐帮传讯弟子的声音：“丐帮执法长老卢振豪到！少林方丈悟明大师到！”卢振豪？不是早失踪了五年之久的么？铁镜面色微变，偷看任空行时，见他也兀自皱着眉头。

少顷，两乘轿子如飞奔至。轿夫们放下轿子，一言不发，只飞快地脱去罩在身上的长衫，露出里面的褴褛衣衫，竟个个身负袋子，全是丐帮中人，其中更有一人，竟然身负七袋之多。他们也不知从褴褛衣衫里掏出些什么，转眼便将脸抹得乌黑，并把头发也弄得蓬乱，才一齐向胡醉跪拜，当先那身负七袋之人道：“丐帮洛阳分舵舵主郑雄烈率属下弟子参见帮主！”胡醉应道：“众弟子请起。”洛阳分舵中早有无数人大喜而呼：“郑舵主、郑舵主！”郑雄烈笑了笑，回到本舵属下中，坐在副舵主宇文虎身旁。两人只使劲拉了拉手，什么也没说。便见当先一乘轿子里钻出个蓬头垢面、身负八袋的老叫花来，径自走到胡醉面前拜道：“卢振豪有事来迟，还望帮主降罪。”胡醉笑道：“卢长老快快请起。今日本非敝帮主约请天下英雄至此，卢长老何罪之有！”卢振豪谢过帮主不怪之罪，回到轿子里托出两柄雪亮的短刀，却正是丐帮执法戒刀！卢振豪托刀走到铁镜身前，缓缓道：“不知铁副帮主相召何事？”

铁镜尚未答话，便有人高声道：“咦？那不是洛阳天星客栈的杜伏杜老板么？怎的又是丐帮执法长老了？！”“是呀，就是杜老板！一点儿也没错！”“哈，世间只有抹脏了脸让人辨不出本来面目的，似杜老板这般修饰干净而易容的，倒是真闻所未闻。”“这比抹脏了脸可难得多了。”“可不是么，在下每次路经洛阳，均在天星客栈落脚，却不知道杜老板竟是早年闻名天下的‘冷面菩萨’卢振豪卢老前辈，当真是有眼无珠了！”丐帮弟子则一齐狂呼：“卢长老！卢长老！……”铁镜陡闻“天星客栈”四个字，却有若猛遭雷击，脸色煞白，浑身也在轻微颤抖。任空行一看铁镜之状，也顿时心头豁然，顾不得其他，暴喝一声，道：“铁镜，莫非他——？”铁镜知任空行所说“他”所指何人，当下惨然点头。任空行“哼”了一声，突然道：“风月，金兄，咱们走！”“走”字出口，四条人影已有若风驰电掣般掠至路口。其中两条是从丐帮胶东、江南分舵中掠出，去势之疾，端的了得。胡醉暴喝一声：“哪里走！”如影飞掠跟上。却听一声震耳欲聋的“阿弥陀佛”佛告喧起，之后啪啪两声，四条人影中，只有一条夺路而逃，另有三条却被阻了下来，转眼之间，胡醉、童超、姚鹏、灭性道长和绝因师太，已先后飞奔而至，挡在三条人影之前。

众人正不知这电光石火之间发生了何剧变，一齐看向路口，却见胡醉等人所拦住的，正是千佛手任空行、一个满面阴鸷的年轻人和一个妖冶媚人的青年女子，那得以脱身溜走的，自然是天下轻功无匹的玉蝴蝶金一氓了。金一氓远远传下话来：“任兄，金某还想保住这吃饭家伙，可不敢贪图两朵毒蘑菇了，哈哈，告辞！告辞……”

八十七

这边却听“啪”的一声，方才从轿上窜出拦击四人的少林方丈悟明大师，已然瘫坐于地。原来他猝然间与任空行全力对了两掌，早是心脉受震，灭性子大骇之下，急忙替他推血过宫。便听胡醉冷冷道：“任老魔，既来观礼，何不等好戏开场后再走？”任空行哈哈一笑，道：“好好，任某听胡大侠吩咐便是。”言罢竟无丝毫惧色，竟自退回先前立足之处，只路过铁镜身旁时，冷冷地哼了一声。铁镜心头一怔，似是刚从梦中惊醒，嘶声吼道：“结打狗阵！”群豪心头一凛，便见眼前人影看似纷乱实则有序，瞬间丐帮胶东、江南、豫皖和晋鲁四分舵属下弟子，早将胡醉、任空行等人和丐帮川陕、洛阳两分舵围在当中。

忽闻布袋和尚哈哈大笑，高声道：“冷风月、毒蝎子，总算是老天有眼，今日让你两个阴毒小贼撞在了我老叫花手里，拿命来吧！”这正应了“仇人相见分外眼红”八字。布袋和尚几次三番险些儿命丧冷风月之手，此时陡见二人正立在任空行身侧，虽是他们此时正被围在“打狗阵”中，却也顾不了那许多了，故话音未落，人早飞身扑上。冷风月和毒蝎子辛冰二人大吃一惊，各施绝技与姚鹏周旋，转眼便各自攻出十七八招。丐帮江南、胶东、豫皖、晋鲁四分舵一时未得铁镜号令，并不催动阵式。铁镜却惶惶地看着任空行，不知如何区处。任空行死盯着江湖浪子童超，满目怨毒。童超、绝因师太因早从姚鹏口中得知冷风月乃昔年名列江湖四大魔头之二的千面狐智桐之徒，曾数度暗算于布袋和尚，此时不禁一齐望定场中，看冷风月到底有何惊人技艺。胡醉则微觉心惊：那冷风月不过双十年纪，掌力却这般惊人！随即心头一凛——天冥毒掌！莫非这小子和百年前的一代大魔公孙鹤有何关联？

胡醉正欲喝止，忽听一人呵呵数声长笑，已从众丐帮弟子头上双足轻点，恰如凌虚御风，早落在布袋和尚身侧不足三丈远的地方。这轻功，当可名列江湖绝顶高手之内了！“他妈的！”“咦！”“怪哉怪哉！”“他不是……”丐帮弟子头被轻踩一下的，自然少不得要骂出声，而旁观的各路江湖英豪，辈分高一些的被冷风月的天冥毒掌所震惊，见识浅一些的则为此时奔入场中之人的轻功所震慑便一齐惊咦出声来。布袋和尚姚鹏习得了天下绝学的“打狗棒法”，此时虽手中无棒，只凭一套“降龙十八掌”应敌，但他武功何等精纯博大，将棒法融于掌法之中，二十招一过，他以一敌二，却早占尽上风，不料刚觑出冷风月一个破绽，正欲一掌毙了这阴损歹毒的小妖魔时，身旁突然多了个人，未知是敌是友，心神略分。冷风月何等样人，布袋和尚略分心神的电光石火间，他早身形疾动，运足十成功力，一掌朝布袋和尚左胁劈下！这一招迅捷歹毒，布袋和尚闪避已然不及。就在这千钧一发之际，只见他左掌一翻，迎向冷风月击来的右掌，那却是两败俱伤的打法了！但冷风月的毒掌居然没再击下，仅是变掌为拳，往上一挡，挡开了击向他顶门的一扇后暴退三尺，冲以扇突施暗算的人阴沉沉地道：“阁下何人？竟敢暗算小爷。”那人笑道：“小家伙没听说过你大爷的名头么？江湖上最看不惯以众欺寡的人，便是本大爷了，不信小家伙可以问问。”冷风月初入中原，倒是没听说过中原竟有这么一号人。但布袋和尚以一敌二，明明是占尽了上风，这“以众欺寡”四字却不知又从何说起，只怕改成“落井下石”倒更妥当些！当下便只冷哼了一声，怒目而视。

便听任空行道：“万人乐！你小子也敢来搅这塘浑仗，想讨老叫花好么？”来人正是飞天神龙万人乐，只听他笑道：“任前辈此言差矣，我飞天神龙独来独往，自不会巴结任何人，但万某的脾气，任前辈又不是不知，他们若以一敌一，我飞天神龙自不会多管闲事，但这般以二打一，却是有违江湖道义。”“去你妈的江湖道义！”冷风月吼道，“你给小爷滚得远远的！”万人乐也不生气，只道：“你们一比一的打，我自然要退得远远的，但你们要以多欺寡，我飞天神龙便不退了。”冷风月早打红了眼，闻言只以为飞天神龙在调侃他与毒蝎子辛冰二人联手也不敌布袋和尚一人，大怒之下，哪还再做他想，只暴喝一声：“好！连你小子一块儿上！”一语未了，右掌击向姚鹏，左掌走向万人乐。辛冰哪敢让冷风月一人涉险，当下一把毒砂，也分向姚鹏、万人乐二人身上招呼。冷、辛二人这一招伤不了布袋和尚，那自不用多言，纵是飞天神龙，也身形优美地避过冷风月掌风，折扇一挥，早把辛冰射向他的毒砂尽数击偏，高声道：“好！二比二，咱们就打他一场！”“场”字出口，便折扇连挥，径自攻了上去一，他号称飞天神龙，轻功自是了得，直与冷风月不分轩轾。布袋和尚恨冷风月太过歹事，留着他作恶江湖却是不可，便也招招辣手！不过十招，冷、辛二人早险象环生，眼看便要性命不保。

突闻一声暴喝，布袋和尚“噔噔噔”退后三大步，才堪堪定住身形，飞天神龙则飞身跃出三丈开外。任空行却冷冷地道：“老叫花，你追人不可太甚！”布袋和尚却哈哈大笑道：“任老贼，你暴然出手，却也只给老叫花松了松筋骨而已，哈哈！”任空行淡淡道：“好说。”布袋和尚道：“咱们都是死过一回的人啦，老叫花倒很想和你比比到底是谁的功夫恢复得好些，只是冷风月这小贼为人太过阴损歹毒，老叫花说不得先要替江湖除此妖孽了！”言罢又已朝冷风月攻上。冷风月早被布袋和尚和飞天神龙攻得冷汗浃背，此时见布袋和尚又复攻上，而飞天神龙也如鬼魅般欺近辛冰身侧，逼住她发不出淬毒铁砂，冷风月哪敢再逞强，只一味游身闪避。却听任空行道一声“好，任某和你老叫花这就比试比试”。言罢人已猱升而上，劫住布袋和尚厮杀。冷风月松了一口气，见辛冰只有招架之功而无还手之力，提了一口气，便助辛冰双斗飞天神龙。飞天神龙功夫与冷风月正在伯仲之间，此时以一敌二，自是顿落下风，一时间左支右绌，凶险分万。

忽然两条人影如风飞至，一言不发，帮着飞天神龙便斗冷风月和辛冰，堪堪一个照面，毒蝎子辛冰便被来人点了穴道！飞天神龙一愣，见飞身相救自己的二人已封住冷风月所有退路，眼看冷风月也将受制，一扇冲其中一人当头击下！那人大惊，哪还再顾伤人，举手一挡，将飞天神龙震退一丈开外，而冷风月在这电光石火之间，已然退后三尺！那人站定后破口大骂：“万人乐，我天山二怪救你性命，你却为何要暗算老夫？！”说话的却是牧羊童阳真子，二怪此番所为，自是受鬼灵子差遣的了。冷风月惊魂未定，也是大惑不解。而梅依玲却和阳真子一样怒视飞天神龙。飞天神龙却施施然道：“他们两人打我一个，自是不对之极。咱们三人打他们二人，那也是胜之不武，二位前辈听在下之言可有几分理么？”阳真子愣得一愣，道：“你果然说得有几分道理，那该怎么打？”万人乐道：“这女娃儿被点了穴道，亦是不能再打了。这样吧，我和那位冷兄联手，斗斗你们二怪如何？”阳真子看看梅依玲，梅依玲道：“便是这般！”话音落时，天山二怪与冷、万二人早又斗成一团糟了！

天山二怪胜在功力深厚、配合严密。冷、万二人则胜在招式怪异、轻功高绝。一时间旗鼓相当，斗了个难分轩轾。那边布袋和尚和千佛手却已斗至百招，兀自胜负未分。众人目光大半都被这两个当世绝顶高手难得一见的龙虎相斗所吸引，对天山二怪和飞天神龙及冷风月的胡打蛮缠倒未过多关注，否则只怕早哄笑哗然了。其中只有个鬼灵子陆小歪又气又怒，他本意是让两个老徒儿帮飞天神龙尽快制住冷风月和辛冰，然后出其不意地再制住兀自惶惶然看着任空行的铁镜，不料二怪邪，飞天神龙也邪，一场好戏竟变成了他们的比武较技，而他鬼灵子又不敢大声喝止二怪，他一出声，万一铁镜从懵懂中清醒过来，自会发动围在外面的“打狗大阵”，来个玉石俱焚，他陆小歪可是担当不起！

转瞬间姚鹏和任空行又斗了三十余招，仍是胜负之数难料，二人渐渐动了真怒。本都是赤手对搏，任空行大怒之下，更不顾二人宗师身份，突然将他那天下无双的暗器发了出来！布袋和尚大为惊骇，腾跃闪避，运力拍打，一时间险象迭出。任空行身子不动，口中却狂笑道：“老叫花你还能接得住几招？！”布袋和尚此时身在空中，哪还能开口说话，心头却是又急又怒：我老叫花手中若有一刀半剑，又怎怕你淬毒暗器！只没料到你任老魔一代武学宗师，竟会如此大赖。正急怒间，忽见一根绿油油三尺青竹棒凌空飞来，布袋和尚当下不做他想，伸手一接，竹棒重量正是趁手，大喜之下，使出“打狗棒法”中的挡字诀，但见满天青影，一阵“叮当”之声，任空行分从四面八方打来的一蓬毒蒺藜早无影无踪，而布袋和尚一声长笑，稳稳落在地上。

八十八

任空行心中一凛，未等姚鹏长笑声停，人若一只巨大鹰隼，又已凌空扑击过去，威势煞是惊人。“狗急跳墙！”姚鹏只听得有人叫了这么一声，当下便不闪不避，运出“打狗棒法”中的“挑”字诀，正是一招“狗急跳墙”。任空行身在空中，陡见一道青影正反撩自己丹田穴，大吃一惊，急提真力，硬生生一个折腰，人已凌空掠出三丈开外，心头大震：若非自己见机得快，依势下击，掌风未及姚鹏顶门，自己丹田穴早被击中，却哪里还会再有半分真力！正惊魂未定间，忽又有人道了一声“恶狗挡道”，便见眼前青光暴炽，姚鹏早将一根青竹棒劈了过来，正是打狗棒法“劈”字诀中的一招“恶狗挡道”，看似斜劈敌手双膝，实是击向下盘胫骨。任空行百忙中纵身跃起，险险避过此招。“狗尾续貂。”“打落水狗。”“……”“天下无狗！”此时人人均知是胡醉在将丐帮镇帮至宝，天下无双的“打狗棒法”招数名称一连串叫了出来，布袋和尚依言一招一招使出，虽这些名称甚是难听，招式看上去也平淡无奇，但饶是名列江湖四大魔头之首的千佛手任空行，竟也只有招架之功，十招中只还得了一两招，但他所发的那些暗器，又尽被一支毫不起眼的青竹棒封了个严严实实，端的是狼狈不堪！见姚大侠将黑道巨魔逼得险象连连，众英雄早轰然叫好绝。待胡醉最后那句“天下无狗”的“狗”字刚一出口，便听一声“砰”然巨响，任空行身躯，早有若断线风筝一般，飘落三丈开外。幸得铁镜有若大梦初醒，一个飞身，在任空行刚要落地的瞬间，将他接住。但见任空行面若金纸，铁镜连忙替他推血过宫。

外围早结成“打狗大阵”的丐帮弟子，一时颇为尴尬，想为本帮长老大败的江湖巨魔喝彩，却又被人误认为是为本帮副帮主替任空行疗伤叫好，只愣愣地作声不得。其中只有郑士武、王伯基、周温和郑启龙四位分舵主明白，若千佛手任空行一死，铁副帮主和他们一个月之后也定然大笑而终，数月前本帮齐、陆二长老在胶东分舵大笑而亡之事，至少郑士武是亲眼看见了的。泰山太皇顶上，早已沸腾一片，数千各路英豪和丐帮川陕、洛阳分舵数百弟子的喝彩之声，有若滔天巨浪，层叠翻涌！天山二怪、冷风月和飞天神龙四人，早在群雄哄然叫好之时，便已各自跃出战圈，静观布袋和尚和千佛手剧斗。此时冷风月和辛冰站在一起，面若死灰。阳真子则对梅依玲低声道：“师祖那根竹棒有些古怪。”梅依玲则瞪了他一眼，道：“古怪个屁，那是打狗棒，看来胡醉是要将帮主让给师……老叫花啦。”飞天神龙则笑道：“好！好！一对一的打，这是公平得很，老叫花胜的一点儿也没作伪，很好。”只是他的声音势单，在数千人的哄叫声中，恰有若蚊音一般。

布袋和尚一棒击飞任空行，却把自己惊得怔立当场，对如涛似浪的轰叫声竟浑若未知！——打狗棒法的威力竟如此强横！直到江湖浪子童超和绝因师太齐声道："恭喜姚大侠练成了打狗棒法这旷世绝学！"布袋和尚才恍若大梦初醒，道了声多谢，然后径直走到胡醉面前，道："丐帮巡察长老幸不辱命，请帮主验收本帮打狗棒！"言罢规规矩矩地双手呈上那根三尺来长的打狗棒。童超、绝因师太和姚鹏三人虽声音不高，但均是以无上内力运劲发出，场中数千人听在耳中，竟是字字清晰，心头都是一震，待布袋和尚呈还打狗棒给胡醉时，更是人人惊诧，连江湖浪子和绝因师太都是大惑不解。——姚鹏一代大侠，自该知非明理，胡醉可是做下诸般灭绝人性之事、人神共愤之徒！！这……方才还吼声如涛的太皇顶，此时却突然寂静无声，数千双眼睛，一齐盯着胡醉、姚鹏二人。

只听胡醉苦笑了一声，道："老叫花，到这个时候了，你还叫我帮主么？"并不接过打狗棒。未等姚鹏开口，牧羊童阳真子早接口道："是啊是啊，师祖你打狗棒法也会了，打狗棒又在你手上，那就做了丐帮帮主吧。咱们的脸上也好有几分光彩。至于胡醉嘛，他的身手和你大概也差不多，就让他和我天山二怪……"鬼灵子陡然跳出来大吼迫："阳真子，你要再胡说八道，为师可要动用门规啦！"阳真子一凛，果然将后面的话硬生生咽了回去。鬼灵子正欲过去见过师父，忽听"哇"的一声，任空行吐出一大口淤血，缓缓站了起来。铁镜看了看任空行，见任空行轻轻点头，便高声道："本帮二郑、王、周四位舵主听着……"话未说完，又猛听得一声佛号。只见少林方丈悟明大师已站了起来，道："武当内功心法果然了得，贫衲谢过灭性道兄了。"灭性子一直以自家真力替侍明疗伤，直至此时方毕。闻言笑道："悟明大师内力深湛，贫道献丑了。"悟明放目四观，不知方才发生了多少剧变，但见时至辛酉之交，胡醉又是满面索然，当下连忙合十道："阿弥陀佛，武林苍生为念，忍辱蒙冤，贫衲错怪胡施主，这厢给胡施主赔礼了，阿弥陀佛！"此言一出，群豪大哗。胡醉却只淡淡地道："大师言重了，胡醉愧不敢当。"江湖浪子、绝因师太、灭性道长和焦石子等人则满目惑然地对视一眼，一齐看着少林方丈。

悟明又道："无念孽障，出来吧，阿弥陀佛。"众人正自不解，只见先前悟明所乘的轿子里蹒跚走出一个人来。一声惊咦，四周又复寂然无声。——一个人！——一个不可思议的人！——这人是"胡醉"！突闻铁镜惨呼一声："主上——"任空行默然摇摇头。坐在桌前的胡醉高笑数声，捧起一坛子酒猛灌下去，只若饮水无异！悟明拉着从轿中出来的"胡醉"慢慢转了数圈，让天下群雄都看了个仔细，才对一直站在"神拳开丁"焦石子身边的寒江独钓霍泉道："霍施主，你——""是他！"霍泉永远忘不了这个面若僵尸、灭绝人性地肢解焦砾子的"胡醉"，当下指着悟明手中的"胡醉"道："就是他，当日就是他生生肢解……"一语未了，五丁开山焦石子早暴喝一声，飞扑而上！"阿弥陀佛！"悟明高宣佛号，大袖一挥，以无形罡风将焦石子迫退，道："焦施主，可否稍候片刻？"言罢也不等焦石子回音，面上一抹，手中多了一张精巧面皮。"不错！是黄长老！他怎会是……""阿弥陀佛。"悟明高声道，"不错，无念俗家姓名便是大力金刚指黄世通，曾身为丐帮护帮长老。"然后运掌如电，以如刃掌风将黄世通头发削去。黄世通顶额上，骇然有九个新烙的戒疤！悟明宣声佛号，沉声道："孽障，你将个中情由，这便向天下英雄分说个明白。"黄世通规规矩矩地道："是，师父。"他这"师父"二字出口，又是一阵大哗。悟明高声道："阿弥陀佛！迷途知返，善莫大焉。黄施主自知罪孽深重，日前已皈依我佛，拜在贫衲门下，法号无念，我佛慈悲，普度有心向善之人，无念既已放下屠刀，贫僧自有责引他立地成佛。凡世间万事万物，既有前因，则必有后果。无念作恶多端，只怕天下英雄饶他不得，阿弥陀佛，这报应也是天数，无念。"黄世通道："弟子在。"悟明道："观汝所作种种罪孽，只怕为师也救你不得了，阿弥陀佛。"黄世通道："昔日因缘，今日之果，师父于弟子堕入深渊时当头棒喝，令弟子得有今日回头，对弟子已有莫大恩德，弟子实是感激不尽了。"

转头向外，接着道："王兄、周兄、二位郑兄，咱们和铁兄一起受任空行药物控制，那也是天数使然，为图一己之命，而欲屠尽天下英雄，那却大是不该。四位兄弟并未多作罪孽，为何不苦海回头，你们身上所中之毒，相信胡帮主当能解得。黄某作恶多端，冒充胡帮主残害楚通楚老先生于先，又灭绝人性地肢解焦砾子焦掌门并陷害本帮帮主于后，都能豁然醒悟，四位兄弟又何必再多造罪孽。”听他如此一说，外围结“打狗大阵”的丐帮弟子，十成中倒有六七成坐下了，均是满面羞惭之色。“罢了罢了！”丐帮胶东分舵郑士武突然暴喝道：“铁镜狗贼，咱兄弟们都被你害苦了，也怪我姓郑的被猪油蒙了心，竟会被你以‘执法长老’之位所诱，心甘情愿地供你驱策！纵是胡帮主义薄云天，我姓郑的又有何面目再对江湖朋友！黄长老，姓郑的不枉交了你这个十几年的老哥哥，多谢你当头棒喝，小弟先去了！”只听“啪”的一声，郑士武早自击天灵盖而亡。王伯基哈哈大笑，抚胸对周温和郑启龙道：“周舵主，郑舵主，你说胡帮主能解咱们所中的‘笑魂散’么？”周、郑二人一凛，也抚胸肃然道：“能！”王伯基又道：“胡帮主他会么？”周、郑道：“会！”“但咱们还有脸面见本帮兄弟和江湖同道么？”“没有！”问的肃穆凛然，答的斩钉截铁！待周、郑二人“没有”二字出口，三人一齐大笑，才笑得两声，又一齐倒地气绝！三人的左胸上，骇然各插着一柄匕首没柄！饶是众多高手相隔他们不远，也是无法相救，只因王伯基才问第一句话时，三人一般心思，早以袖掩手，将匕首插进了自己左胸。后面几句话和最后的笑声，就是强以一股真力护住心脉所发。

丐帮六大分舵舵主，转眼间只有川陕分舵的李仁杰和洛阳分舵的郑雄烈硕果仅存，数千丐帮弟子尽皆恻然。打狗大阵，早是不攻自破！铁镜暴喝一声：“黄世通，我铁镜要剥你的皮！”血红着眼睛便扑向悟明身边的黄世通！但他却只扑出三步，便被随后跃上的千佛手任空行一把制住。铁镜大骇，道：“主上？！”任空行方才被姚鹏那一棒打得受伤非轻，虽调息了这半个时辰，但这一跃之势，却也使他气血浮躁，略作停顿之后，才道：“留得青山在，不怕没柴烧！”拉着铁镜退回原地。“阿弥陀佛！”悟明虽是高宣佛号，音调中却有说不尽的悲怆：“任施主，本派十八名弟子的性命，你却不想有个交代么？！铁施主，你的金刚指力果然不弱，但峨眉绝因师太只怕也不会轻易让你走吧？！”绝因师太心头大震，高声道：“悟明大师，敝徒杨……”悟明合十点头。绝因师太的话却被任空行的笑声打断。

八十九

众人一愣，便听任空行道：“不错，杀楚通和焦砾子的，是黄世通这假秃贼。将峨眉派俗家大弟子杨留虹诱至峨眉山辱没的，是铁副帮主。超度少林一八名秃贼上西天和借走武当真武铁剑并教一干村民‘破极剑法’的，便是老夫。而老夫这二位贤侄冷风月和辛冰，则多次险些要了布袋和尚老叫花的命。今日招天下英雄狗熊到此的‘英雄帖’上的花押，却是老夫‘葬身’武帝宫中所得，可以说这一切，本都是老夫一手挑起的。哈哈！老夫蒙各位厚爱，倒也不敢愧对了‘魔头’二字！但想当日在武帝宫，正是被你们自命侠义道中奉若神明的江湖浪子乘人之危，若非老夫另有奇遇，早是死无完骨了！老夫既然命不当绝，便认定了以屠尽天下侠道狗熊为己任，此番作为，并不过分，只是大概因天数使然，黄世通身形最与胡醉相似，故不便让他今日在此露面，偏偏铁镜将他藏在最不为人意料得到的洛阳天星客栈，老板杜伏却恰是失踪了多年的原丐帮执法长老‘冷面菩萨’卢振豪。这叫人算不如天算，老夫倒也不觉愧疚，这正如年前太阳叟东方圣决没料到会突然出现个独孤樵一样，哈哈！老夫自今往后，自当以剥了卢振豪的皮和报童超一掌、姚鹏一棒之赐为第一要务了。至于少林、武当诸派要找老夫场子，老夫也随时恭候！哈哈！哈哈……”

这一番话倒是说得魔气冲天，枭气干云，端的不愧出自一代巨魔狂枭之口，不料他笑声未绝，便有一人嘻嘻笑道：“佩服啊佩服，刚挨了一棒就豪气干云，往后若再挨十棒八棒，谁又能不被他一句话就吓死，小姑娘，你说是也不是？”说话的自然是鬼灵子陆小歪了。只听瞿腊娜道：“吹牛！谁会被一句话就吓死，我才不信……”便听绝因和太沉声道：“腊娜，不要再多说！”抬头冷冷地盯着铁镜，道：“铁当家的，你认命吧！”言罢更不多言，“呛”的一声抽出宝剑，便即攻上。铁镜也不打话，抽出腰间判官笔，右手持笔，左手运指，迎将上去。绝因师太一生浸于峨眉剑法，自是招招在妙，加之数十年深厚功力，那威势端的骇人。而铁镜身为天下第一大帮的副帮主，一身功力也是非同小可，手中一对判官笔使的出神入化，二人这一交上手，一两百招之内决难分出胜负。强敌环伺，千佛手任空行却神色自若，将冷风月和辛冰二人招至身侧，若无其事地负手观斗。这份定力，使数千英豪敬佩。

鬼灵子上前见过师父，禀报了自长安分手后的种种际遇，直听得布袋和尚连说“胡闹胡闹”时笑时忧。而胡醉也是一般，末了对布袋和尚道：“老叫花，算我求你一次，这帮主之位，我胡醉是决不能再坐了，铁镜那厮这一闹，帮中兄弟虽知并非我胡醉作恶，但心里毕竟投上了一丝阴影。眼下只有你老叫花最能聚合本帮兄弟，本帮数百年基业，不能就此毁于一旦。你做了帮主，便和卢长老一起，尽量调和川陕、洛阳二分舵与其他四个分舵之间的嫌隙，而我则去找寻独孤兄弟。总之，丐帮这副重担，于情于理都非由你担当不可了！”布袋和尚面色凝重，待胡醉说完故作沉吟，便坚定地点了点头。胡醉一言不发，只重重地拍了一下姚鹏的肩头，然后二人端起两大碗酒一饮而尽。

另一边江湖浪子童超、青衣秀士许聪、神拳开丁焦石子及门下弟子，一齐围在黄世通和悟明大师身周。悟明大师白眉慈祥，黄世通则满面平和地看着面前双目喷火的众人。良久，黄世通幽然叹了口气，才道：“童少侠，焦掌门，你们动手吧。”童超淡淡地道：“你已经武功尽失了？”黄世通没说话，悟明大师则低宣佛语，道：“无念孽障恃武行凶，灭绝人性，贫衲早在七天前便将他武功废了，只望他往后一心向佛，减轻些罪孽，阿弥陀佛！”焦石子等悟明话音一落，一掌击在黄世通胸腹间！悟明并未伸手阻拦。黄世通跌落三丈开外，寂然不动，脸上犹带微笑。悟明过去一探鼻息，知其已然魂归极乐，便就地坐下，闭目默念超度亡灵经。童超、焦石子、许聪等人则都是满面萧索，大仇得报却殊无喜意。

丐帮执法长老卢振豪手执两把长不盈尺的黑色戒刀，却早加入了绝因师太与铁镜的战团。——方才两百招一过，铁镜笔势陡变，似是又慢又拙，却偏偏将绝因师太轻灵迅捷的峨眉剑法克了个快不起来，一时间迭遇险招！卢振豪手执的正是丐帮历代相传的执法戒律刀。他不用称手的兵器铁链铜锤而使执法刀，自是指明了为本帮清理门户，且他跃入战圈时胡醉以帮主之名令他执法，别人倒不敢说他们以众敌寡而有违江湖道义——只因铁镜之命只有一条，峨眉派要取其首级报仇，丐帮却因其触犯帮规欲清理门户，峨眉一方少不得要“架梁子”，但绝因师太心中雪亮，卢振豪是在帮她，峨眉派与丐帮的“弟子”决不会因此而“架”起来，但这却也激发了绝因师太好胜之心，下手更不容情，直将峨眉剑法发挥到了极致。卢振豪昔年号称“冷面菩萨”，一双铁锭铜锤使得出神入化，虽在洛阳天星客栈当“杜伏老板”时又“聋”又“哑”又“瞎”，此时手执双刃，反应之快、内力之强，绝不在绝因师太之下！昔日布袋和尚姚鹏尚未得世外高人酒仙翁授以功力时，整个丐帮，除帮主胡醉之外，便数身为副帮主的铁镜为武功最高，但此时在绝因师太和卢振豪两大高手夹击之下，却是落尽下风，转眼便有性命之厄了！飞天神龙万人乐又想插手，却被天山二怪堵住——以一敌二的事，飞天神龙是不想干的。

悟明大师和灭性道长，则一齐慢慢走了过来，面色凝重，脚步甚缓。千佛手任空行突然暴喝一声：“住手！”虽是重伤之后，这一吼也仍震得人双耳轰轰作响！正剧斗的三人各自避开三尺。悟明大师和灭性道长也愣得一愣。任空行接着沉声道：“胡醉、童超，毒手观音师徒的命你们要是不要了！”童超和胡醉均是心头狂震，一起失声道：“什么？！”任空行冷冷地道：“毒手观音师徒巴巴儿地从云南玉龙雪山赶到中原来，徒弟追情郎，师父助徒儿顺便找自己师弟，不幸却落在我千佛手手中，此时正关在一个只有老夫才知道的地方，老夫虽对她们礼敬有加，无奈那地方若无人去从外面开启，关在里面的人只怕活不了几天，哈哈！”冷风月见胡醉、童超二人骇然色变，便道：“任世伯，那地方好像玉蝴蝶那采花魔头也知道啊？”任空行大笑道：“对呀！老夫一时倒忘记了。糟糕，方才他口口声声说不敢要那两朵毒蘑菇了，却不知他的话是否靠得住，万一……”“住口！”童超和胡醉一齐暴喝出声，“任老魔！你待要怎样子！”“也不怎样”，任空行淡淡道，“你们二位这便送老夫、铁兄和老夫的二位贤侄下山，待离开山脚二十里之后，老夫自会告诉你们毒手观音师徒之所在，然后咱们各奔前程，往后在江湖上遇到，咱们自然都不会饶过对方，到时咱们再以性命相搏如何？老夫今日颇有些累，却不想再动手了。”童超冷冷道：“此言当真？！”任空行道，“老夫身为江湖四大魔头之首，倒也不敢负了这个名头，对了，灭性老道若还想要《太极剑谱》和‘真武剑’，最好也跟我等走一趟，只是灭性老道得多随老夫走二十里才成，贵派那两样对老夫没丝毫用处的东西放得稍远了一些。”灭性子凛然道：“你愿还了？”任空行道：“老夫说过你们的东西对我没丝毫用处，便还了你们也无妨。”灭性子、童超和胡醉三人相互对视了良久，才一齐道：“好！我们答应你！”一言既出，满山大哗。

九十

胡醉猛喝一大碗酒，摔碎酒碗，抱拳四周团团一揖，高声道：“悟明大师，绝因师太，天下各路英雄，今日胡某和江湖浪子及灭性道长向众位求个情，咱们网开一面，放了这四个妖魔，但在我胡醉有生之年，定杀此四獠以谢！”江湖浪子和灭性道长也是抱拳作揖，面色肃然，一个道：“我江湖浪子决不负天下英雄！”一个道：“我武当一派定与此四獠周旋到底！”短暂的寂静。忽有人道：“本来这是除妖灭魔的大好时机，但胡大侠、童少侠和灭性掌教有因相求，咱们更有何话可说，只是太便宜任空行那老狗了！”“可不是么，任老魔此番作恶，纵死十次也绰绰有余了！”“铁镜那厮欺上作乱，任是哪一派的门规只怕都饶之不得！”“那个姓冷的是昔日千面狐之徒，却居然会使天冥毒掌，只怕和百年前的大魔头公孙鹤有何牵连，更是饶他不得！”“真的么？！什么叫天冥毒掌？”“天冥毒掌嘛，端的……”“啊……”“……”天山二怪则嚷道：“让铁镜自绝经脉！让铁镜自绝经脉！”飞天神龙万人乐却力排众议：“几千人打人家四个人，那是违反了江湖规矩，让他们走！让他们走最好不过！”“阿弥陀佛！”一声佛号宣起，顿时把一片议论压了下去，只听少林方丈悟明大师道：“胡施主，童施主，灭性道友，贫衲不再向这四个妖孽动手就是。绝因掌门，你看——？”绝因师太缓缓点了点头。胡醉、童超和灭性子齐声道：“多谢大师！多谢师太！”

毒蝎子辛冰大喜，又恐事迟生变，连忙道：“那就快走吧，再迟金……金一氓恐怕就要动手了。”胡醉心头一凛，站了起来，高声道：“各位英雄，今日虽非胡某邀请各位至此，但终归是与本帮有莫大关联。胡某有个不情之请，望各位英雄给本帮一个面子，暂且在此逗留一日，凡今日所到之人，均是本帮第三十六代帮主姚鹏接住帮主之位仪式的观礼贵宾。凡饮食诸物，本帮弟子自会即刻采办齐全，姚帮主乃丐帮原八袋巡察长老，在江湖上及本帮中均德高望重，并已得本帮‘打狗棒法’真传，这众位英雄都是亲眼看见的。丐帮第三十五代帮主胡醉自今日起卸任，借此诏告天下武林同道。只因事急从权，胡醉不克分身，丐帮第三十五和第三十六代帮主交接仪式，特托本帮执法长老卢振豪主持！胡醉就此告辞并谢过天下各路英雄！”众人又惊又喜，惊的是胡醉年弱于姚鹏，这只怕是丐帮有史以来唯一一次新帮主年长于老帮主之事！喜的是好戏连台，丐帮为江湖第一大帮，帮主交接仪式自是盛况空前，且有酒有肉可吃可喝，那真是不虚此行了。

胡醉言罢又和姚鹏、卢振豪、李仁杰、郑雄烈、宇文虎以及悟明大师、绝因师太、焦石子等等一干人打过招呼，然后与江湖浪子童超及灭性道长带着任空行等四人下山而去。布袋和尚姚鹏侠名甚著，且当着天下英雄之面刚刚将天下第一大魔头击成重伤，由他接任丐帮帮主，丐帮众弟子都大觉面上有光，先前结打狗大阵的四个分舵属下弟子，也都觉得如此最好不过。何况少林方丈和峨眉掌门亲自留下观礼，武当掌教有急事不克分身，却留下大弟子清云，鹰爪门留下青衣秀士许聪，二人代表灭性道长和江湖浪子童超，其余各派各门均有首要人物在场，怎不令丐帮弟子深感荣耀！当夜太皇顶上火光通明彻夜，喝拳吆令、一片沸腾自不用提。

次日正午，丐帮执法长老卢振豪庄重地把打狗棒交给姚鹏，姚鹏肃然受了本帮数千名弟子的唾沫，新帮主接住仪式已成。众人又狂饮半日，直至次日各路英雄才陆续告辞下山。布袋和尚姚鹏和卢振豪等一干丐帮中人，为选派本帮胶东、江南、豫皖和晋鲁四个分舵正副舵主及其他诸般杂事，直到三天后才忙出头绪，分批下山。新帮主处事公正平和，自是皆大欢喜。一场大乱，就此以丐帮声名扶摇直上而终。

秋风萧瑟，枯叶纷飞。一个中年美妇，一个绝色少女，一个英俊少年，还有一个威猛的虬髯大汉。四个人默然而立。古道。少年美妇道："童少侠，青青，我就托付给你了。"英俊少年庄重地点点头，望着绝色少女。绝色少女面上微红，却挂了两行清泪，只道了一声："师父……"少年美妇轻叹了一声，对虬髯大汉道："师弟，咱们走吧。"虬髯大汉看了英俊少年一眼，又看看中年美妇，也轻叹一声，转身便走。中年美妇跟在后面。他们走出大约十丈，身后的英俊少年突然叫了声："大哥！"那虬髯大汉闻言浑身轻微一震，收住脚步，却没转过身来。英俊少年也没跟上来，只黯然道："大哥若探到独孤三弟的讯息，还望……"虬髯大汉和少年美妇却已如飞而去。

密林深处。一个束冠老道悠然转醒。他的身侧，有两样东西和一个人。一样是《太极剑谱》，一样是真武剑。人是个小道士。小道士兀自昏睡。老道解开小道穴道，小道也悠然转醒。老道黯然道："那老魔头倒未食言，咱们走吧。"

也是四个人。一个小叫花，一个小姑娘，一个小尼姑，还有一个老尼姑。老尼姑看着小叫花，道："你偷偷从师父身边溜开，却跟着我们干什么？"小叫花连忙道："不，不，师太明鉴，是老……老……师父叫我到江湖上找独孤樵的。"老尼笑笑，道："你找独孤公子，怎的跟在我们后面？"小叫花支支吾吾地道："是……是这样，我想独孤公子会……会在这左近出现……"老尼道："好吧，找独孤公子，咱们峨眉派也得出点力，腊娜。"小姑娘道："徒儿在。"老尼道："你就随鬼灵子到江湖中走走，看能不能找到独孤公子下落。"小姑娘急道："师父，不……不行的，陆小歪他……他……"老尼道：

“为师心意已决，你不要再多说了。逸静，咱们走。”

凤凰山。石洞。一对俊美绝伦的少年男女相对而坐。少年的旁边，坐着一个年约十六七的美貌姑娘。少年紧皱俏眉，一言不发。少女道：“御兄，你不要太过烦恼，一切都等养好了病之后再说，好吗？”少年叹了口气，缓缓道：“胡醉于我有救命之恩，可独孤樵那贼子却是胡醉拜弟，你叫我怎么办？莫非真要再等二十年不成，唉！”美貌姑娘不说话，只呆呆看着那少年，满目忧戚。

风凛冽，马萧萧。一辆马车正在长安古道上缓缓而行。车内，一条壮汉颓然而坐，死死盯着手上的巨大戒指发呆。他左侧的那劲装汉子看了他良久，才道：“部掌门，凡事想开些，世间无解不开的结，咱们……咱们昆仑派总有……总有……唉！”那壮汉道：“毒手观音侯前辈又救了我部盛一命，可侯前辈之徒却偏偏又成了江湖浪子的情侣，你看我……我却怎生区处！抛开这次不说，昔日江湖浪子也不止一次救过我部盛之命，但也是他一掌害了先师，这——”

是恩？是怨？是情？是仇？——什么都是，又什么都不是。——也许，这就是江湖。——江湖本来就是最变幻莫测、恩怨情仇搅缠不清之所。柳家堡。月光如水。梧桐树下，一条白影在幽幽徘徊。昔日的白马书生，今夜的愁闷老者，柳逸仙正轻轻吟着南唐李后主的凄婉词句：“无言独上西楼，月如钩。寂寞梧桐深院，锁清秋。剪不断，理还乱，是离愁。别是一番滋味在心头。”有人在他身后也轻叹了一声，但白马书生并未转过身来。